GW00992350

SUR ORDRE

**

Avec *Octobre rouge, Tempête rouge, Jeux de guerre, Le Cardinal du Kremlin, Danger immédiat, La Somme de toutes les peurs, Sans aucun remords, Dette d'honneur* et les quatre volumes de la série *Op-Center*, Tom Clancy est aujourd'hui le plus célèbre des auteurs de best-sellers américains, l'inventeur d'un nouveau genre : le thriller technologique.

TOM CLANCY

Sur ordre

**

ROMAN TRADUIT DE L'AMÉRICAIN PAR BERNARD BLANC

ALBIN MICHEL

Titre original :

EXECUTIVE ORDERS
publié par G.P. Putman's Sons, New York

ON RECOMMENCE

— Je ne peux pas vous la confier, ni même vous laisser la photocopier, mais vous avez au moins le droit d'y jeter un coup d'œil... (L'homme tendit la photo à Donner. Il avait enfilé des gants de coton légers et il en avait fourni une paire au journaliste, en expliquant tranquillement :) A cause des empreintes.

— C'est bien ce que je pense ? demanda Tom.

C'était un cliché en noir et blanc, un tirage sur papier glacé de huit sur dix. Mais sans tampon de classification, en tout cas pas sur le recto. Tom Donner préféra ne pas vérifier le verso.

— Vous n'avez pas vraiment envie de le savoir, n'est-ce pas ? répondit l'homme.

C'était une question et un avertissement tout à la fois.

— En effet, dit Donner avec un signe de tête, saisissant le message.

Il ne connaissait pas les rapports entre la loi sur l'espionnage et les droits que lui donnait le premier amendement, mais puisqu'il ne savait pas si cette photo était classifiée ou non, il n'avait pas besoin de s'en préoccuper.

— C'est un sous-marin nucléaire soviétique lanceur d'engins, et là, c'est Jack Ryan sur la passerelle. Vous noterez qu'il porte un uniforme de la marine américaine. Il s'agissait d'une opération de la CIA, conduite en coopération avec la marine. (L'homme tendit une loupe à Donner pour s'assurer qu'il identifiait tout ce qu'il fallait.) On a fait croire aux Soviétiques que ce bâtiment a explosé et qu'il a coulé quelque part entre la Floride et les Bermudes.

— Où est-il, à présent? demanda Donner.

— Ils l'ont envoyé par le fond il y a un an, au large de Porto Rico, expliqua le fonctionnaire de la CIA.

— Pourquoi à cet endroit?

— Ce sont les fosses les plus profondes de l'Atlantique près du territoire américain. Personne ne le découvrira jamais et personne ne cherchera dans le coin sans qu'on le sache.

— Oui, je m'en souviens, maintenant! s'exclama Donner. Les Russes avaient lancé de grandes manœuvres et on avait râlé comme des putois, et ils ont perdu un sous-marin...

— Deux. (Une autre photo sortit du dossier.) Vous voyez les dommages à l'avant, ici? *Octobre Rouge* a éperonné et coulé un autre bâtiment soviétique au large des Carolines. Il y est toujours. La marine n'a pas réussi à le remonter, mais avec des robots elle a récupéré des tas de choses très intéressantes. Elle a fait passer ça pour une tentative de sauvetage du premier, qui aurait soi-disant coulé après un accident de réacteur. Les Russes n'ont jamais su ce qui était arrivé au second Alfa.

— Et il n'y a jamais eu de fuites?

C'était une chose plutôt étonnante, pour quelqu'un comme lui qui avait passé des années à soutirer des renseignements à différents services gouvernementaux.

— Ryan sait comment étouffer ces choses. (Une autre photo.) C'est un sac mortuaire. A l'intérieur, il y a un sous-marinier russe. Ryan l'a tué — d'un coup de revolver. C'est comme ça qu'il a eu sa première Etoile du renseignement. D'après moi, il a dû penser que nous ne pourrions pas l'accuser de... bon, vous voyez ce que je veux dire, n'est-ce pas?

— De meurtre?

— Non. (Le membre de la CIA ne voulait pas aller si loin.) L'histoire officielle, c'est qu'il y a vraiment eu une fusillade et que d'autres personnes ont été blessées aussi. C'est ce qu'indiquent les documents du dossier, mais...

— ... On est obligé de se poser la question, c'est ça ? (Donner examina de nouveau les photos.) Peuvent-elles avoir été trafiquées ?

— C'est toujours possible de trafiquer un cliché, oui, admit son interlocuteur. Mais pas celles-là. On voit ici l'amiral Dan Foster, il était chef des opérations navales, à l'époque. Lui, c'est Bartolomeo Mancuso. Il commandait l'USS *Dallas*. On l'a transféré sur l'*Octobre Rouge* pour faciliter sa défection. Il est encore en service actif aujourd'hui, au fait. Il est amiral, désormais, et il commande l'ensemble de la flotte sous-marine du Pacifique. Et celui-là, c'est le capitaine soviétique Marko Alexandrovitch Ramius. C'était le commandant d'*Octobre Rouge*. Tous ces gens sont toujours vivants. Ramius vit à Jacksonville, Floride. Il travaille à la base navale, à Mayport, sous le nom de Mark Ramsey. Un contrat de consultant. Le truc habituel. Gros salaire du gouvernement, mais Dieu sait qu'il l'a mérité.

Donner nota les détails et reconnut en effet l'un des visages. Foutrement sûr que c'était pas trafiqué ! Il y avait des règles, dans ce genre d'affaires aussi. Si quelqu'un ment à un journaliste, ce n'est pas si diffi-cile que ça de s'arranger pour que les gens qu'il faut découvrent qui a violé la loi. Pis encore, cette per-sonne devient une « cible », et dans leur genre les médias sont encore plus cruels que n'importe quel procureur du secrétariat à la Justice. Le système pénal, lui au moins, repose sur une garantie des droits de l'individu.

— OK, dit Donner.

Le premier jeu de photos retourna dans le dossier. Une autre chemise apparut, dont l'homme sortit un nouveau cliché.

— Vous reconnaissez ce gars ? demanda-t-il.

— C'est... Attendez une minute... Gera-quelque chose. Il était le...

— Nikolaï Gerasimov. Le directeur de l'ex-KGB.

— Mort dans un accident d'avion, il y a...

Une autre photo. Le personnage avait vieilli, il avait les cheveux qui grisonnaient, mais il paraissait nettement plus prospère, aussi.

— Celle-là a été prise à Winchester, Virginie, il y a deux ans. Ryan s'est rendu à Moscou, sous la couverture de conseiller technique pour les discussions START. Il a organisé la défection de Gerasimov. Personne ne sait exactement comme ça s'est passé. Sa femme et sa fille se sont échappées avec lui. Cette opération a été menée directement par le bureau du juge Moore. Ryan a beaucoup travaillé de cette façon. Il n'a jamais vraiment fait partie du système. Ecoutez, pour être honnête avec le gars, c'est vrai que c'est un foutu bon espion, d'accord ? Il était censé travailler directement pour Jim Greer, à la DI, et pas à la DO. Une couverture à l'intérieur d'une couverture. A ce que je sais, Ryan n'a jamais commis la moindre erreur opérationnelle et ça, c'est un record, d'une certaine façon. Peu d'autres que lui peuvent s'enorgueillir de la même chose. Mais c'est aussi parce que c'est un salopard impitoyable. Efficace, mais sans pitié. Il court-circuite la bureaucratie quand il veut — et si vous vous mettez en travers de sa route, eh bien, ce cadavre de Russe dans l'*Octobre Rouge* et l'équipage entier d'un Alfa au fond de la mer, au large des Carolines... permettent à ses opérations de rester secrètes. Pour celle-là, je ne suis pas sûr. Rien dans le dossier, mais il a beaucoup de trous. Par exemple, il ne dit pas comment la femme et la fille se sont tirées. Je n'ai que des rumeurs, là, et plutôt maigres, encore.

— Bon sang, si j'avais eu tout ça il y a quelques heures ! s'exclama Donner.

— Il vous a roulé, hein ?

Cette question-là venait d'Ed Kealty, par le haut-parleur du téléphone.

— Je connais le problème, dit le fonctionnaire de la CIA. Ryan est un embobineur-né. Vraiment. La CIA, c'est sa seconde peau. Depuis des années. Le Congrès l'adore. Parce qu'il donne l'impression d'être le type le plus franc après Lincoln. Sauf qu'il a du sang sur les mains.

L'homme se nommait Paul Webb, et il occupait un poste important à la Direction du renseignement, mais pas assez, cependant, pour empêcher que l'ensemble de son service ne passât à la trappe dans les prochaines compressions de personnel. Webb estimait qu'il aurait dû être directeur adjoint du renseignement, à présent. Et ç'aurait été le cas, en effet, si ce Ryan n'avait pas eu tant d'influence sur James Greer. Sa carrière s'était arrêtée au premier niveau de la CIA, et voilà qu'aujourd'hui on voulait lui enlever ça aussi! Bon, il lui restait sa retraite, et ça, personne ne la lui prendrait — sauf, bien sûr, si l'on découvrait qu'il avait sorti ces dossiers de Langley. Là, il aurait vraiment de graves problèmes... ou peut-être pas. Après tout, les médias protégeaient très bien leurs informateurs, et puis son temps de service plaidait en sa faveur, et il ne digérait pas l'idée d'être tout simplement balayé par une compression de personnel! A une autre époque, même s'il refusait de l'admettre, sa colère aurait pu le pousser à prendre contact avec... Non, pas avec eux, tout de même. Pas avec l'ennemi. Mais les médias n'étaient pas un ennemi, n'est-ce pas? Il décida que non, même s'il avait pensé exactement le contraire pendant toute sa carrière.

— Il vous a roulé, Tom, répéta Kealty, à l'autre bout du fil. Bienvenue au club. Même moi, je ne sais pas tout ce dont il est capable. Paul, parlez-lui un peu de la Colombie.

— Je n'ai rien réussi à trouver là-dessus, admit Webb. Mais bon, y a aussi des dossiers *spéciaux*, ceux avec une date tamponnée dessus. 2050 pour les plus près de nous. Ceux-là, personne n'y a accès.

— Comment est-ce possible? demanda Donner d'une voix pressante. J'ai déjà entendu ça, mais je n'ai jamais réussi à en avoir confirmation...

— Comment réussit-on à ne pas archiver ces trucs-là? Ça passe par le Congrès, dans la partie non écrite du processus de contrôle. L'Agence vient voir le comité *ad hoc*, lui dit qu'elle a un « petit problème », et demande un « traitement spécial », et si le Congrès est d'accord, le dossier en question file directement dans un coffre — merde, pour ce que j'en sais, peut-être qu'on déchiquette tout pour en faire du compost ! Mais je peux quand même vous donner quelques faits vérifiables, conclut Webb.

— Je vous écoute, répondit Donner, dont le magnétophone tournait toujours.

— Comment croyez-vous que le gouvernement colombien a réussi à démanteler le cartel de Medellin ? demanda Webb.

— Ben, y a eu une sorte de règlement de comptes entre factions, deux bombes ont explosé et...

— C'étaient des bombes de la CIA. Je ne sais pas exactement comment, mais nous sommes à l'origine de cette guerre intestine. Ce que je sais, en revanche, c'est que Ryan était là-bas. Son mentor, à Langley, c'était James Greer. Un vrai père pour lui. Mais lorsque James est mort, Ryan n'a pas assisté à ses funérailles ; il n'était ni chez lui ni en mission pour la CIA — il rentrait juste d'une conférence de l'OTAN en Belgique. Et puis il a disparu, comme bien des fois... Et peu de temps après, le conseiller du président à la sécurité nationale, Jim Cutter, se fait écraser *accidentellement* par un autobus, à Washington. Il avait traversé sans regarder... C'est du moins ce qu'a indiqué le FBI, mais le type qui s'est occupé de l'enquête, c'est... Dan Murray, et il fait quoi, aujourd'hui, Dan Murray ? Il est directeur du FBI. Il se trouve que Ryan et lui se fréquentent depuis plus de dix ans. Murray était chargé des missions « spéciales », à la fois pour Emil Jacobs et pour Bill Shaw. Lorsque le Bureau voulait que quelque chose se passe en douceur, on appelait Murray. Avant ça, il était attaché juridique à Londres — un poste d'espion, nombreux contacts dans les milieux du renseignement, là-bas ; Murray, c'est la face cachée du FBI, grande envergure et gros carnet d'adresses. Et c'est lui qui a choisi Pat Martin pour conseiller Ryan sur les nominations à la Cour suprême. Est-ce que le tableau devient plus clair, là ?

— Attendez une minute. Je *connais* Dan Murray. C'est un foutu salopard, mais c'est un flic honnête, et...

— Il était en Colombie avec Ryan, ou si vous préfé-rez, il a disparu exactement au même moment. OK, souvenez-vous, je n'ai pas le dossier de cette opéra-tion. Je ne peux rien prouver de tout ça. Mais y a qu'à regarder la succession des événements. Le directeur Jacobs et les autres sont tués ; tout de suite après, nous avons ces bombes en Colombie, et un paquet de types du cartel se retrouvent à faire la causette au bon Dieu — mais beaucoup d'innocents y laissent aussi leur peau. C'est le problème, avec les bombes. Vous vous souvenez de la crise qu'a piquée Bob Fowler avec ça ? Qu'est-ce qui s'passe, alors ? Ryan s'évanouit dans la nature. Et Murray aussi. J'imagine qu'ils filent là-bas pour arrêter l'opération avant qu'elle ne soit totalement hors de contrôle. Et puis Cutter meurt à un moment très opportun. Cutter n'avait pas les couilles pour ce genre de boulot et certaines per-sonnes avaient probablement peur qu'il craque. Mais Ryan les avait, les couilles — et il les a toujours. Bon, vous tuez le directeur du FBI et vous faites chier un réseau de trafiquants, je ne peux pas dire que je le désapprouve. Ces connards de Medellin ont fait un pas de trop, et pendant une année électorale, en plus, et Ryan était à l'endroit qu'il fallait pour jouer un peu à la baballe, et donc quelqu'un lui a offert son permis de chasse, et peut-être que les choses ont légèrement dérapé, ça arrive, alors il est allé sur place pour mettre un terme à tout ça. Et avec succès, insista Webb. En fait, toute l'opération a été un succès. Le cartel est tombé en morceaux.

— Un autre a pris sa place, objecta Donner.

Webb acquiesça avec un sourire entendu.

— C'est exact. Mais celui-là n'a tué aucun fonction-naire américain, n'est-ce pas ? Quelqu'un lui a expli-qué les règles du jeu. Une fois encore, je ne dis pas que ce qu'a fait Ryan est mal, sauf pour une petite chose.

— Laquelle ? demanda Donner.

— Lorsqu'on déploie des forces militaires dans un pays étranger et qu'on tue des gens, on appelle ça un acte de guerre. Mais, là encore, Ryan est passé entre les gouttes. Ce garçon a fait quelques beaux coups. Jim Greer l'a parfaitement formé. On lâche Ryan dans une fosse à merde et il sent la rose quand il en ressort.

— Bon, c'est quoi, votre problème avec lui ?

— Ah, vous posez enfin la question ? dit Webb. Jack Ryan a probablement été le meilleur directeur du renseignement que nous ayons eu depuis trente ans, le meilleur depuis Allen Dulles, et peut-être même depuis Bill Donovan. *Octobre Rouge*, c'était fort. Faire sortir d'URSS le directeur du KGB, c'était encore plus fort. Ce truc en Colombie, bon, ces gars-là ont tiré la queue du tigre en oubliant que ledit tigre avait de grosses griffes. Alors, d'accord, admit Webb, Ryan est un maître espion. Mais il a besoin de quelqu'un pour lui expliquer ce qu'est la loi, Tom.

— Un type comme lui ne devrait pas être élu. Jamais, cracha Kealty, à quelques kilomètres de là, qui avait du mal à ne pas intervenir.

Son assistant faillit lui arracher le téléphone des mains, tant ils étaient proches de réussir à faire passer leur message. Heureusement, Webb reprit :

— Il a fait un excellent boulot à l'Agence. Il a même été un bon conseiller pour Roger Durling, mais ça n'a rien à voir avec le fait de devenir président des Etats-Unis. Oui, il vous a roulé, monsieur Donner. Peut-être qu'il a aussi roulé Durling — sans doute pas, mais qui peut l'affirmer ? Le problème, c'est que ce gars, aujourd'hui, est en train de reconstruire la totalité de notre foutu gouvernement, et il le fait à son image, au cas où vous n'auriez pas remarqué. Il ne nomme autour de lui que des gens avec qui il a travaillé et certains pendant longtemps, ou bien ses plus proches associés les choisissent pour lui. Murray à la tête du FBI. Vous voulez vraiment voir Dan Murray diriger la plus puissante agence des Etats-Unis ? Vous voulez que ce soit ces deux types-là qui élisent les juges de la Cour suprême ? Où va-t-il nous entraîner ? (Webb fit une pause, puis soupira.) Je déteste ce que je fais là. C'est l'un des nôtres, à Langley, mais il n'est pas censé être président, OK ? J'ai une obligation envers mon pays, et mon pays, c'est pas Jack Ryan. (Webb rangea les photos dans les dossiers, puis ajouta :) Faut que je me grouille de rentrer. Si quelqu'un découvre ce que j'ai fait... Souvenez-vous de ce qui est arrivé à Jim Cutter.

— Merci, lui dit Donner.

Maintenant, il avait quelques décisions à prendre. Il était trois heures et quart à sa montre, il fallait donc les prendre vite. Sur cette planète, il existait quelque chose d'encore plus furieux qu'une femme trompée — un journaliste découvrant qu'on l'a mené en bateau.

Ils étaient en train de mourir, tous les neuf. Cela prendrait entre cinq et huit jours, mais ils étaient fichus — et ils le savaient. Ils considéraient les caméras au-dessus de leur tête, et leurs expressions étaient sans illusion. Leur exécution allait être encore plus cruelle que celle à laquelle les tribunaux les avaient condamnés, ou du moins le pensaient-ils. Ce groupe promettait d'être plus dangereux que le premier, car il était mieux informé sur le développement de la maladie. Du coup, on l'avait plus solidement attaché. Sous l'œil de Moudi, les médecins militaires entrèrent dans la salle pour leur faire de nouvelles prises de sang, nécessaires pour confirmer et mesurer leur degré d'infection. Ils étaient venus avec un moyen très simple d'empêcher leurs « patients » de se débattre — un mouvement brusque du bras au mauvais moment, et le médecin risquait de se piquer lui-même. Ainsi, tandis que l'un des deux plaçait l'aiguille, le second tenait un couteau sur la gorge du sujet. Même si ces criminels se savaient condamnés, ils étaient lâches et n'avaient nulle envie de hâter leur mort. Il s'agissait là d'une technique médicale peu conventionnelle, mais personne dans cet immeuble ne pratiquait une véritable médecine, de toute façon. Moudi observa encore un peu les opérations, puis il quitta la salle de contrôle.

Ils s'étaient montrés trop pessimistes sur la quantité de virus qui leur serait nécessaire. Dans les bacs de culture, Ebola avait consommé les reins et le sang des singes avec une avidité dont les résultats effrayèrent le directeur lui-même. Cela se passait au niveau moléculaire, mais ça faisait penser à des fourmis se précipitant sur un fruit — elles semblaient arriver de nulle part, elles le recouvraient et il devenait tout noir d'un seul coup. Même chose avec Ebola : il y en avait littéralement des milliards qui « dévoraient » les cellules. A la façon dont il avait changé de couleur, on n'avait pas besoin d'être un grand savant pour deviner que le contenu des bacs était une abomination. La simple vue de cette espèce de « soupe » monstrueuse glaçait Moudi. Ils en avaient des litres et des litres, désormais, et ils continuaient à en fabriquer grâce à un approvisionnement de la banque du sang de Téhéran.

Le directeur était en train de comparer deux échantillons au microscope électronique. En approchant, Moudi vit les dates des étiquettes. L'un venait de sœur Jean-Baptiste, l'autre d'un « patient » du second groupe.

— Ils sont identiques, Moudi, indiqua le directeur en se retournant à l'arrivée de son assistant.

Ce n'était pas aussi évident que ce que l'on aurait pu penser. Les virus n'étaient pas très bien armés pour se reproduire correctement. La chaîne ARN n'avait pas de « fonction d'édition » assurant que chaque nouvelle génération serait identique à la précédente. Et c'était là une sérieuse faiblesse d'adaptation d'Ebola et de beaucoup d'autres organismes similaires. Voilà pourquoi, tôt ou tard, les épidémies d'Ebola s'arrêtaient d'elles-mêmes. Le virus, mal adapté à un hôte humain, perdait de sa virulence. Mais c'était *cela*, aussi, qui en faisait l'arme biologique suprême. Il tuerait. Il se répandrait. Puis il s'éteindrait avant de trop se développer. Le nombre de victimes dépendrait de sa distribution initiale. Il était en même temps terriblement mortel et auto-limité.

— Nous avons donc au moins trois générations de stabilité, observa Moudi.

16

— Et par extrapolation, probablement de sept à neuf, répondit le directeur.

Moudi, lui, aurait plutôt dit de neuf à onze. Mais il préférait autant que son chef eût raison.

Sur une table, contre le mur du fond, se trouvaient vingt bombes à raser de taille économique, semblables à celle utilisée pour infecter le groupe numéro un. Il s'agissait d'un produit européen de grande consommation. La maison mère, en fait, était américaine, une idée qui plaisait beaucoup à tous les gens associés à ce projet. Par mesure de précaution, on les avait achetées une par une dans douze villes différentes de cinq pays comme l'indiquaient les numéros de lot, inscrits à l'encre sur leur fond en creux. Ici, dans la Ferme aux Singes, on les avait vidées et démontées soigneusement pour leur apporter certaines modifications. Chacune contiendrait un demi-litre de la « soupe » diluée, plus un gaz neutre servant de propulseur (de l'azote, qui n'entraînerait aucune réaction chimique et ne risquait pas de s'enflammer), ainsi qu'une infime quantité de réfrigérant. Une autre partie de l'équipe avait déjà testé le système de « livraison ». Pendant les neuf premières heures, Ebola ne subirait aucune dégradation. Ensuite, avec la disparition du réfrigérant, les virus commenceraient à mourir, suivant une fonction linéaire, ainsi que l'avaient montré leurs expériences. A neuf heures + huit, moins de dix pour cent seraient détruits — mais ceux-là, estimait Moudi, étaient de toute façon les plus faibles, qui n'auraient probablement infecté personne. A neuf heures + seize, on atteindrait les quinze pour cent de perte. Ensuite, cinq pour cent de plus toutes les huit heures — pour une raison inconnue, les chiffres semblaient correspondre à chaque fois à un tiers de journée. Et donc...

C'était assez simple. Les voyageurs partaient de Téhéran. Temps de vol pour Londres, sept heures. Pour Paris, trente minutes de moins. Pour Francfort, encore moins. Dans les trois villes en question, les correspondances étaient faciles. Les bagages ne seraient pas contrôlés par la douane, puisque les voyageurs étaient simplement en transit ; personne, donc, ne remarquerait que les bombes de crème à raser étaient d'un froid inhabituel, A la disparition du réfrigérant, les passagers seraient confortablement installés dans leurs sièges de première classe, tandis que leurs avions grimperaient vers leur altitude de croisière, vers leur ville de destination, et là encore le système aérien international était parfait. Depuis l'Europe, il y avait des vols directs pour New York, Washington, Boston, Philadelphie, Chicago, San Francisco, Los Angeles, Atlanta, Dallas, Orlando, et des vols réguliers avec correspondance pour Las Vegas et Atlantic City — en fait, toutes les grandes villes de convention des Etats-Unis. Tous les voyageurs seraient en première classe, le moyen le plus rapide de récupérer ses bagages et de franchir la douane. Ils auraient des réservations dans de bons hôtels et leurs billets de retour. Entre le moment zéro et la « livraison », il s'écoulerait moins de vingt-quatre heures, si bien que quatre-vingts pour cent d'Ebola seraient toujours actifs. Ensuite, ce n'était plus qu'une question de hasard, entre les mains d'Allah — *Non !* Moudi secoua la tête. Il n'était pas comme son directeur. Il n'imputerait pas cet acte à la Volonté de son Dieu. Cette horreur était peut-être nécessaire pour son pays, mais il ne profanerait pas ses croyances religieuses en disant une chose pareille, ni même en le pensant.

Sœur Jean-Baptiste, dont le corps torturé était depuis longtemps incinéré, n'avait pas laissé d'enfants derrière elle, comme une femme l'aurait dû, mais seulement une maladie, et d'une telle malignité qu'Allah lui-même en était sûrement offensé. Mais elle avait légué autre chose, aussi. Jadis, Moudi haïssait tous les Occidentaux, car c'étaient des infidèles. A l'école, il avait étudié les croisades, et la façon dont ces soi-disant soldats du prophète Jésus avaient massacré les musulmans, exactement comme Hitler, plus tard, avec les juifs. Et il avait compris que tous les Occidentaux et les chrétiens étaient des êtres inférieurs, et il lui avait été facile de les haïr, et de les rejeter comme

18

des choses inutiles dans un monde de vertu et de religion. Et puis, il avait connu cette femme. L'Ouest et la chrétienté, c'était quoi? Ces criminels du XIᵉ siècle ou cette sœur vertueuse qui avait renoncé à tout pour servir les malades et enseigner sa foi? Toujours humble, toujours respectueuse. Elle n'avait jamais rompu ses vœux de pauvreté, de chasteté et d'obéissance — il en était sûr —, et ses croyances étaient sans doute erronées, mais pas à ce point-là. Il avait appris d'elle la même chose que ce que le Prophète lui avait enseigné. Il n'y avait qu'un Dieu. Il n'y avait qu'un Livre. Et elle avait servi les deux avec un cœur pur, même si elle se trompait.

Et pas seulement sœur Jean-Baptiste..., se rappelat-il soudain, *sœur Marie-Madeleine aussi*. Elle, on l'avait assassinée — et pourquoi? Fidèle à sa foi, à ses vœux, à son amie. Le saint Coran n'avait absolument rien à objecter à tout cela.

Ç'aurait été tellement plus facile pour lui s'il avait seulement travaillé avec des Africains! Le Coran détestait leurs croyances religieuses, car la plupart d'entre eux étaient de vrais païens, en actes sinon en paroles... Il aurait pu les mépriser et ne pas se soucier des chrétiens — mais voilà, il avait croisé la route des sœurs Jean-Baptiste et Marie-Madeleine. Pourquoi? Oui, pour quelle raison?

Hélas, il était désormais trop tard pour se poser de telles questions. Le passé était le passé. Moudi gagna un coin de la salle et se servit un café. Il n'avait pas dormi depuis plus de vingt-quatre heures et avec la fatigue venaient les doutes... Il espérait que le breuvage les chasserait, et qu'ensuite le sommeil l'emporterait, et avec lui, le repos et — peut-être — la paix.

— Vous plaisantez, sans doute! répondit Arnie d'un ton hargneux au téléphone.

Tom Donner avait l'air vraiment désolé.

— C'est peut-être les détecteurs de métaux, quand on est partis. La cassette est endommagée. Le son et l'image sont normaux, mais il y a un bruit de fond sur la piste audio. Impossible à diffuser. L'heure entière est foutue.

— Alors? demanda van Damm d'une voix pressante.

— Alors, on a un problème, Arnie. L'émission est prévue pour vingt et une heures.

— Bon, que puis-je faire pour vous?

— Ryan serait-il d'accord pour être interviewé en direct? L'échange serait meilleur, de cette façon, proposa le journaliste.

Le secrétaire général du président faillit ajouter quelque chose de déplaisant. Si ç'avait été une semaine de contrôle des taux d'écoute — au cours de laquelle les chaînes font évidemment tout leur possible pour gonfler leur audience et augmenter ainsi leurs contrats publicitaires —, il aurait pu accuser Donner d'avoir magouillé tout ça. Non, c'était une limite qu'il ne pouvait pas franchir, même pas lui. Trop dangereux. Il préféra rester silencieux, obligeant Donner à faire le pas suivant.

— Écoutez, Arnie, ce sera le même programme. C'est pas si souvent que nous donnons au président une chance de répéter son rôle, non? Et il était bon, ce matin. John est de mon avis.

— Vous ne pouvez pas faire un nouvel enregistrement? demanda van Damm.

— Arnie, je prends le micro dans quarante minutes et je suis bloqué ici jusqu'à dix-neuf heures trente. Ça me laisse trente minutes pour foncer à la Maison-Blanche, m'installer et faire l'interview, puis repartir avec la bande et tout ça avant vingt et une heures. Vous me prêtez un de vos hélicos? Voilà ce que je vous propose. J'expliquerai qu'on s'est plantés, et que le président a eu la gentillesse d'accepter de passer en direct. Si c'est pas un déculottage de la chaîne, ça, qu'est-ce que c'est?

Arnold van Damm était sur le qui-vive, à présent. La bonne nouvelle, c'était que Jack ne s'était pas mal débrouillé, en effet. Ce n'était pas parfait, mais plutôt bien, surtout question sincérité. Même sur les sujets à controverse, il avait donné l'impression qu'il croyait à ce qu'il disait. Ryan acceptait d'être dirigé et il apprenait vite. Il aurait pu être plus détendu, mais ça allait. Ryan n'était *pas* un politicien — il l'avait répété deux ou trois fois — si bien que ce n'était pas mal non plus de paraître un peu nerveux. Des groupes témoins, dans sept villes différentes, disaient qu'ils aimaient Jack parce qu'il était *comme eux*. Ryan ne savait pas qu'Arnie et son équipe politique avaient monté ce coup-là. Ce petit programme était aussi secret qu'une opération de la CIA, mais Arnie se disait, pour se justifier, que c'était un bon moyen d'avoir une meilleure idée de la réalité; grâce à ça, il aidait son président à mieux gérer son image et à gouverner plus efficacement — et aucun président n'avait jamais été au courant de tout ce qui se faisait en son nom, de toute façon. Donc, oui, Ryan avait vraiment une stature présidentielle — pas à la façon habituelle, mais à *sa* façon à lui, et cela était bien aussi, tous les groupes témoins étaient d'accord là-dessus. Passer en direct, oui, ça pouvait vraiment être pas mal, et ça inciterait beaucoup plus de monde à le regarder, et Arnie voulait que le public apprît à mieux connaître Jack Ryan.

— D'accord, Tom, c'est un oui provisoire. Mais je suis vraiment obligé de le lui demander.

— Dépêchez-vous, s'il vous plaît, insista Donner. Si on annule, on aura très peu de temps pour réorganiser le programme entier de la soirée, et je risque d'avoir chaud au cul, d'accord?

— Je vous rappelle dans cinq minutes, promit van Damm.

Il coupa la communication et se précipita hors de la pièce, sans même raccrocher.

— Je file chez le patron, annonça-t-il aux agents du Service secret de garde dans le couloir est-ouest.

A sa précipitation, ils comprirent qu'ils avaient intérêt à s'écarter vite fait.

— Oui? dit Ryan.

Il voyait rarement cette porte s'ouvrir sans avertissement.

— Faut qu'on refasse l'interview, annonça Arnie, essoufflé.

Jack eut un mouvement de surprise.

— Pourquoi? J'avais oublié de fermer ma braguette?

— Non, Mary vérifie toujours. Leur cassette a merdé, paraît-il, et on n'a pas le temps pour un nouvel enregistrement. Donner demande donc si vous acceptez de passer en direct à vingt et une heures. Mêmes questions et tout — non, non... (Arnie pensait à toute vitesse.) Et si vous faisiez ça avec votre femme?

— Cathy n'aimera pas ça. Pourquoi?

— Vraiment, elle aura juste à rester assise à côté de vous et à sourire. Ça plaira aux gens. Jack, elle doit jouer son rôle de First Lady de temps en temps. Ce coup-là, ce sera facile. On pourrait même faire venir les gosses vers la fin...

— Non. Mes gosses restent en dehors de tout ça, point final. Cathy et moi on est d'accord là-dessus.

— Mais...

— Non, Arnie. Ni maintenant, ni demain, ni plus tard, c'est non, dit Ryan d'une voix aussi définitive qu'une sentence de mort.

Van Damm savait qu'il ne pouvait pas toujours convaincre Ryan du premier coup. Bon, ça prendrait du temps, mais il reviendrait à la charge, à l'occasion. Vous ne pouvez pas prétendre être comme tout le monde si vous ne laissez pas les gens voir vos gosses, etc., etc. Mais ce n'était pas le moment d'insister là-dessus.

— Vous demanderez à Cathy?

Ryan soupira et acquiesça d'un signe de tête.

— OK.

— Alors, d'accord, je vais annoncer à Donner qu'elle sera peut-être là, mais que nous n'en sommes pas encore sûrs, vu ses obligations médicales. Ça lui donnera à réfléchir. Ça diminuera aussi un peu la pression sur vous. C'est ça, le principal boulot de la First Lady, n'oubliez pas.

— Vous lui expliquerez ça vous-même, Arnie? Rappelez-vous qu'elle est chirurgienne. Elle manie très bien le couteau.

Van Damm éclata de rire.

— Je vais vous dire ce qu'elle est. C'est une sacrée bonne femme, aussi solide que n'importe lequel d'entre nous. Demandez-le-lui gentiment, lui conseilla-t-il.

— Ouais.

Juste avant le dîner, pensa Jack.

— Bon, il est d'accord, annonça Arnie. Mais il veut proposer à sa femme de se joindre à lui.

— Pourquoi?

— Pourquoi pas? demanda Arnie. De toute façon, c'est pas sûr. Elle n'est pas encore rentrée du boulot.

Ce qui arracha un sourire aux deux journalistes.

— OK, Arnie, merci, je vous en dois une, dit Donner avant de couper la communication.

— Tu sais que tu viens de mentir au président des Etats-Unis? observa John Plumber d'un air pensif.

Plumber était plus ancien que Donner dans le métier. Il n'était pas de la génération d'Edward R. Murrow — mais presque. Pas loin de soixante-dix ans. Il était adolescent à l'époque de la Seconde Guerre mondiale, mais plus tard il était parti en Corée comme jeune reporter et avait été correspondant étranger à Londres, Paris, Bonn et enfin Moscou. Plumber avait été expulsé de Moscou — bien que plutôt à gauche, il n'avait jamais considéré l'Union soviétique avec beaucoup de sympathie. Mais il avait grandi avec Murrow, cette figure immortelle de CBS, et, en fermant les yeux, il entendait encore sa voix grave empreinte d'autorité. C'était peut-être parce que Ed avait débuté à la radio, où la voix était l'étalon-or de la profession. Mais avant tout, les gens écoutaient Ed Murrow à cause de sa conception de l'honneur, se souvenait Plumber. Il était aussi dur que la plupart des « journalistes d'investigation » d'aujourd'hui, mais on savait qu'Ed Murrow était honnête. Et qu'il respectait les règles. Plumber était de ceux qui croyaient à l'éthique de sa profession — et, entre autres, qu'il ne fallait *jamais* mentir. On pouvait tordre et déformer la vérité pour tirer des informations de quelqu'un — ça, c'était différent —, mais on n'avait *jamais* le droit de dire quelque chose de délibérément et de définitivement faux. Cette histoire inquiétait John Plumber. Ed Murrow n'aurait jamais fait un truc pareil. Jamais de la vie!

— John, il nous a roulés.

— C'est ce que tu crois.

— Les tuyaux que j'ai eus — eh bien, qu'est-ce que t'en penses?

Avec l'ensemble de l'équipe de rédaction de la chaîne, ils venaient de passer deux heures frénétiques à dénicher des détails si minimes et si futiles que, même mis bout à bout, ils comptaient pour rien. Mais ils avaient fait leur boulot jusqu'au bout, et ça, c'était quelque chose.

— Je ne suis pas sûr, Tom. (Plumber se frotta les yeux.) Ryan perd parfois un peu pied? Oui. Mais fait-il de son mieux pour y arriver? Absolument. Est-il honnête? Je crois que oui. En tout cas aussi honnête que ces gens-là peuvent l'être, rectifia-t-il de lui-même.

— Dans ce cas, nous allons lui donner l'occasion de le prouver, n'est-ce pas?

Plumber ne répondit pas. Des visions d'indices d'écoute et peut-être même d'Emmy [1] dansaient dans les yeux de son jeune collègue. De toute façon, Donner était le journaliste, et lui le commentateur, et Tom avait le soutien de la direction de New York qui ne comptait plus aujourd'hui que des gars du genre de Donner, des hommes d'affaires plus que des journalistes, qui considéraient les indices d'écoute comme le saint Graal. Et après tout, Ryan aimait les hommes d'affaires, n'est-ce pas?

— Je suppose, grommela-t-il finalement.

L'hélicoptère se posa sur son emplacement habituel de la pelouse sud. Le chef d'équipage ouvrit la porte

1. L'équivalent des Oscars pour les professionnels de la télévision américaine (*N.d.T.*).

et sauta au sol, puis, avec un sourire, il aida la First Lady à descendre. Son détachement de protection la suivit et ils empruntèrent l'allée en pente douce qui remontait jusqu'à l'entrée sud, puis rejoignirent l'ascenseur, où Roy Altman appuya pour elle sur le bouton, puisque la First Lady n'était pas autorisée à le faire toute seule.

— SURGEON dans l'ascenseur, en route pour les appartements, rapporta l'agent Raman depuis le rez-de-chaussée.

— Bien reçu, répondit Andrea Price à l'étage.

Elle avait déjà demandé à du personnel de la TSU, la Division technique de sécurité, de contrôler les détecteurs de métaux que l'équipe de NBC avait dû franchir en quittant la Maison-Blanche. Le chef de la TSU expliqua qu'ils avaient parfois des petits problèmes, et qu'en effet les cassettes Beta grand format que les chaînes utilisaient pouvaient être endommagées — mais il ne pensait pas que ç'avait été le cas ici. Peut-être une brève surtension? avait-elle suggéré. Aucune chance, avait-il répondu en lui rappelant d'un air malicieux que même les ondes de la Maison-Blanche étaient surveillées par le Service secret. Andrea se demanda si elle devait en parler avec van Damm, mais ça n'aurait servi à rien. Au diable les journalistes, de toute façon! C'étaient tous des emmerdeurs.

— 'Soir, Andrea, dit Cathy en la croisant en coup de vent.

— Hello, docteur Ryan. Le dîner va être servi.

— Merci, répondit SURGEON en se dirigeant vers la chambre.

Elle s'arrêta en entrant, découvrant la robe et les bijoux sur son valet. Sourcils froncés, elle envoya balader ses chaussures et enfila des vêtements simples, tout en se demandant, comme toujours, si une caméra dissimulée quelque part enregistrait l'événement.

Le cuisinier de la Maison-Blanche, George Butler, était évidemment bien meilleur qu'elle. Il avait même amélioré sa célèbre salade d'épinards en ajoutant une pincée de romarin à ce plat qu'elle avait pourtant perfectionné au fil des années. Elle pensait parfois qu'elle aurait pu faire une carrière dans la cuisine si elle n'avait pas choisi la médecine. Mais le chef Butler ne lui avait pas dit qu'elle avait un don pour ça, sans doute de peur de paraître condescendant. Il avait noté les préférences de la First Family et il avait découvert en prime que nourrir une fillette était un grand plaisir, surtout quand celle-ci venait chercher un petit casse-croûte, accompagnée de son imposant garde du corps. Il leur servait du lait et des cookies au moins deux fois par semaine. SANDBOX était devenue la chouchou de tout le monde.

— Maman! s'écria Katie Ryan lorsqu'elle franchit la porte de la salle à manger.

— Salut, ma chérie.

SANDBOX eut droit aux premiers bisous; POTUS aux seconds. Les deux aînés résistèrent, comme d'habitude.

— Jack, pourquoi a-t-on sorti mes vêtements et mes bijoux?

— On passe à la télé, ce soir, répondit SWORDSMAN avec circonspection.

— Et pourquoi donc?

— L'enregistrement de ce matin est fichu, et ils veulent recommencer en direct à vingt et une heures, et si tu es d'accord, je souhaite que tu sois là aussi.

— Pour répondre quoi?

— Aux questions auxquelles tu peux t'attendre, j'imagine.

— Je fais comment? J'arrive avec un plateau de biscuits?

— C'est George, le cuisinier d'ici, qui fait les meilleurs biscuits! s'exclama SANDBOX.

Les deux autres enfants éclatèrent de rire. D'une certaine façon, cela fit retomber la tension.

— Tu n'es pas obligée d'accepter, si tu n'as pas envie, mais Arnie pense que ce serait une bonne idée.

— Super, observa Cathy.

Elle inclina la tête et considéra son mari. Elle se demandait parfois où étaient les fils de la marionnette, les fils qu'Arnie tirait pour faire se mouvoir Jack.

Bondarenko travaillait tard — ou tôt, tout dépendait du point de vue. Cela faisait vingt heures qu'il était à son bureau, et depuis sa promotion au poste de général, il savait que la vie était bien meilleure quand on était colonel... A l'époque, il sortait faire un jogging, et il réussissait même à dormir avec sa femme, la plupart du temps. Mais bon, il avait voulu grimper dans la hiérarchie. Il avait toujours eu de l'ambition. Dans le cas contraire, que serait allé faire un officier du corps des transmissions avec les Spetznaz dans les montagnes afghanes ? On l'avait remarqué pour ses capacités, mais son grade de colonel avait failli causer sa perte, quand il avait été l'adjoint fidèle d'un autre colonel qui s'était révélé être un espion — une histoire qu'il n'avait pas encore digérée. Misha Filitov, un espion de l'Ouest ? Cela avait ébranlé sa foi en beaucoup de choses... Et puis son pays s'était effondré. L'Union soviétique qui l'avait élevé, qui lui avait donné son uniforme, qui l'avait formé, était morte par une froide nuit de décembre, et avait été remplacée par un Etat qu'il servait finalement avec plus de plaisir, car c'était plus facile d'aimer la Sainte Russie qu'un immense empire polyglotte. Un peu comme si tous les enfants adoptifs s'en étaient allés et qu'il ne restât que les véritables enfants à la maison : du coup, la famille était plus heureuse.

Mais plus pauvre, aussi. Pourquoi n'avait-il pas compris ça plus tôt ? L'armée de son pays avait été la plus grosse et la plus impressionnante du monde, du moins l'avait-il pensé à une certaine époque, avec ses énormes quantités d'hommes et de matériels et sa belle victoire contre l'envahisseur allemand, au cours de la guerre la plus brutale de l'histoire. Mais cette armée était morte en Afghanistan, ou du moins avait-elle perdu là-bas son âme et sa confiance en elle-même, comme les Américains au Vietnam. Mais l'Amérique s'était redressée, et son propre pays n'avait pas encore commencé.

Tant d'argent gaspillé pour des républiques qui les avaient abandonnés, alors que l'Union soviétique, elle, les avait soutenues pendant des générations! Oui, ces ingrates l'avaient quittée, aujourd'hui, emportant avec elles beaucoup de richesses; certaines s'étaient même jetées dans les bras d'autres pays; et celles-là, il craignait de les voir revenir en ennemies.

Golovko avait raison. Pour avoir une chance d'éliminer ce danger, il fallait agir vite. Mais comment? Affronter une poignée de bandits tchétchènes s'était déjà révélé suffisamment difficile!

Bondarenko était le responsable des opérations militaires, désormais. D'ici cinq ans, il serait général en chef, il en était sûr. C'était le meilleur officier de sa tranche d'âge, et ses prouesses sur le terrain lui avaient valu l'attention des sphères dirigeantes — facteur déterminant pour l'avancement, à cet échelon. Et voilà qu'il parviendrait à ce poste juste à temps pour perdre la dernière grande bataille de la Russie. Ou peut-être pas. En cinq ans, si on lui donnait des fonds et si on lui laissait les mains libres pour mener les réformes nécessaires, il pouvait tout aussi bien faire de l'armée russe une puissance militaire inégalée. Il prendrait modèle sur les Américains sans la moindre honte; après tout, ceux-ci ne s'étaient pas gênés pour employer la tactique soviétique lors de la guerre du Golfe. Mais pour cela, il avait besoin de quelques années d'une paix relative. Si ses forces se retrouvaient piégées dans des conflits tout le long de sa frontière méridionale, il n'aurait ni le temps nécessaire, ni les fonds pour sauver son armée.

Que faire, alors? En tant que chef des opérations, il était censé le savoir. C'était son boulot. Sauf qu'il n'en savait rien du tout. Le Turkménistan venait en premier. S'il ne donnait pas un coup d'arrêt à ça dès maintenant, ils étaient perdus. A gauche de son bureau, un tableau indiquait les brigades et les divisions disponibles, et leur niveau de préparation. A droite, une carte. Et les deux n'allaient pas bien ensemble...

— Vos cheveux sont si beaux ! s'exclama Mary Abbot.

— C'est que je n'ai pas eu d'intervention, aujourd'hui. Le bonnet chirurgical ne les arrange pas.

— Vous avez la même coiffure depuis combien de temps ?

— Depuis mon mariage.

— Vous n'avez jamais changé ? s'étonna Mme Abbot.

Cathy se contenta de secouer la tête. Elle trouvait qu'elle ressemblait un peu à Susannah York. Ou, au moins, elle avait aimé le look de l'actrice qu'elle avait vue dans un film, à l'époque où elle allait encore au lycée. Et, après tout, Jack avait toujours gardé la même coupe, n'est-ce pas ? Sauf quand il n'avait pas le temps de se faire donner un coup de ciseaux — ce dont l'équipe de la Maison-Blanche se chargeait désormais, tous les quinze jours. Ces gens s'occupaient de son mari beaucoup mieux qu'elle. Cela venait sans doute de ce qu'ils intervenaient sans poser de questions, contrairement à elle. C'était un système autrement plus efficace, pensa-t-elle.

Elle était plus nerveuse qu'elle ne le laissait voir. Pire encore que lorsqu'elle avait donné son premier cours à la faculté de médecine, ou même que lors de sa première opération, où, juste avant, elle avait dû fermer les yeux et implorer ses mains de ne pas trembler... Elles lui avaient obéi et elles lui obéissaient toujours. *OK*, pensa-t-elle, *c'est ça, la réponse.* Elle était chirurgienne, et une chirurgienne doit conserver le contrôle d'elle-même en toute circonstance.

— Je pense que ça ira, dit Mme Abbot.

— Merci. Ça vous plaît de travailler avec Jack ?

— Il *déteste* le maquillage comme la plupart des hommes, répondit-elle avec un sourire complice.

— Je vais vous dire un secret : moi aussi.

— Je ne vous en mettrai pas beaucoup, répliqua immédiatement Mary. Votre peau est parfaite comme ça.

— Merci, dit Cathy avec un petit rire.

— Puis-je vous faire une suggestion ?

— Bien sûr.

— Laissez donc vos cheveux pousser de quelques centimètres. Ça irait mieux avec la forme de votre visage.

— J'ai essayé. Mais avec le bonnet chirurgical, c'est une vraie catastrophe.

— On peut vous fabriquer des bonnets plus larges. On fait de notre mieux pour prendre soin des First Ladies.

Cathy se demanda pourquoi elle n'y avait pas pensé toute seule. Ce serait certainement moins cher que de se rendre au travail en hélico !

— Par ici, lui dit Mme Abbot, une fois terminée la séance de maquillage, en précédant FLOTUS jusqu'au Bureau Ovale.

Curieusement, Cathy n'était venue que deux fois ici. *Etrange*, pensa-t-elle soudain. Leur chambre n'était qu'à une cinquantaine de mètres de l'endroit où travaillait son mari, après tout. Le bureau lui parut vraiment démodé, mais la pièce elle-même était immense et claire, comparée à son cagibi, à Hopkins, même avec les projecteurs et les caméras de télévision. Sur la cheminée, en face du bureau, se trouvait ce que le Service secret avait surnommé « la plante la plus photographiée du monde ». Les meubles étaient trop solennels pour être confortables et le tapis avec le sceau présidentiel était carrément moche, estimat-elle. Mais ce n'était pas un bureau normal pour un individu normal.

— Salut, ma chérie. (Ryan l'embrassa et fit les présentations :) Voici Tom Donner et John Plumber.

— Bonsoir, dit Cathy en souriant. J'avais l'habitude de vous regarder en préparant le dîner.

— Et plus maintenant ? répliqua Plumber en lui souriant à son tour.

— On n'a pas la télé dans la salle à manger, là-haut, et on ne me laisse plus faire la cuisine.

— Votre mari vous aidait ? s'enquit Donner.

— Jack aux fourneaux ? Eh bien, il se débrouille avec un barbecue, mais la cuisine c'est mon territoire.

Elle s'assit et les regarda bien en face. Ce n'était pas

facile. Les projecteurs étaient déjà allumés. Elle essaya de les sonder. Plumber avait l'air sympa. Donner dissimulait quelque chose. Cette pensée la fit cligner des yeux, et son visage prit son expression de médecin. Elle eut le soudain désir de prévenir Jack, mais elle n'avait pas le...

— Une minute, annonça le réalisateur.

Andrea Price, comme toujours, était là, debout à la porte du secrétariat. Jeff Raman aussi. C'était un drôle de type, lui aussi, se dit Cathy, mais le problème, à la Maison-Blanche, c'était que tout le monde vous traitait comme si vous étiez Jules César en personne. Très difficile d'être simplement amical avec eux. Comme s'il y avait toujours quelque chose qui s'y opposait. Ni Jack ni elle n'avaient jamais eu de serviteurs. Des employés, oui, mais pas de serviteurs. Elle était populaire, à Hopkins, chez ses infirmières et ses techniciens, parce qu'elle les traitait en professionnels, et elle essayait de se conduire de la même façon ici, mais pour une raison ou pour une autre, ça ne marchait pas et cela la mettait mal à l'aise.

— Quinze secondes.

— Qu'est-ce qu'on s'amuse, hein ? lui murmura Jack.

Pourquoi ne t'es-tu pas contenté de rester chez Merrill Lynch ? faillit lui dire Cathy. Il serait vice-président, là-bas, maintenant — mais non. Il n'aurait pas été heureux. Jack ne pouvait pas s'empêcher de faire son travail, exactement comme elle qui *devait* soigner les yeux des gens. Pour ça, ils étaient pareils.

— Bonsoir, dit Donner à la caméra, derrière les Ryan. Nous nous trouvons au Bureau Ovale pour un entretien avec le président Jack Ryan et la First Lady. Comme je l'ai expliqué à *NBC Nightly News*, un incident technique a endommagé l'enregistrement que nous avions réalisé ici plus tôt dans la matinée. Le président a eu la gentillesse de nous permettre de revenir et de discuter en direct avec lui. (Il tourna la tête.) Et nous vous en sommes reconnaissants, monsieur.

— Ravi de vous revoir, Tom, répondit Ryan, très à l'aise.

Il réussissait de mieux en mieux à dissimuler ce qu'il pensait.

— Et Mme Ryan nous a rejoints...

— S'il vous plaît, l'interrompit Cathy, avec un de ces sourires dont elle avait le secret. C'est « Dr Ryan ». J'ai travaillé assez dur pour ça.

— Oui, m'dame, dit Donner, avec une expression qui fit penser à Cathy à un grave accident de la circulation sur Monument Street à l'heure du déjeuner... Vous êtes « docteurs » tous les deux, n'est-ce pas ?

— Oui, monsieur Donner. Jack en histoire et moi en ophtalmologie.

— Et en tant que chirurgienne des yeux, vous venez d'être lauréate du Lasker Public Service Award, observa Donner.

— Eh bien, je travaille dans la recherche médicale depuis plus de quinze ans. A Johns Hopkins, nous sommes tous cliniciens et chercheurs à la fois. J'ai une équipe merveilleuse et, sincèrement, le Lasker Prize est plutôt un hommage à toutes ces personnes. Il y a quinze ans, le professeur Bernard Katz m'a encouragée à réfléchir à l'utilisation du laser dans le traitement de certaines maladies des yeux. J'ai trouvé ça intéressant et depuis, j'ai toujours travaillé dans ce domaine, en plus de ma pratique chirurgicale normale.

— Est-ce vrai que vous gagnez plus d'argent que votre mari ? demanda Donner avec un large sourire pour les caméras.

— Oui, confirma-t-elle avec un petit rire.

— J'ai toujours dit que Cathy était le cerveau de notre équipe, intervint Jack, en tapotant la main de sa femme. Elle est trop modeste pour avouer qu'elle est tout simplement la meilleure au monde dans ce qu'elle fait.

— Ça vous plaît d'être la First Lady ?

— Suis-je vraiment obligée de répondre ? (Un sourire charmeur. Puis elle redevint sérieuse.) La façon dont nous nous sommes retrouvés ici... Personne ne souhaiterait une chose pareille, mais j'imagine que c'est comme à l'hôpital. Parfois, un blessé grave nous arrive, et ce patient n'a pas choisi d'être blessé et nous tentons de faire de notre mieux pour le soigner. Jack n'a jamais eu pour habitude de fuir devant les problèmes.

Le temps était venu d'entrer dans le vif du sujet.

— Et *vous*, monsieur le président, vous aimez votre travail ?

— Eh bien, les heures sont très longues. Même si j'ai déjà passé beaucoup de temps au service de l'Etat, jamais je n'aurais imaginé la difficulté de cette tâche. Mais j'ai la chance d'avoir une équipe vraiment efficace et le gouvernement compte des milliers d'employés dévoués qui s'occupent des affaires publiques. Ça aide pas mal.

— Comment voyez-vous votre mission ? intervint John Plumber.

— J'ai fait serment de « préserver, protéger et défendre » la Constitution des Etats-Unis, répondit Ryan. Pour le moment, nous nous employons à remettre sur pied le gouvernement. Le Sénat est déjà en place, et nos différents Etats continuent à organiser leurs élections, si bien que nous aurons bientôt aussi une nouvelle Chambre des représentants. J'ai désigné les principaux membres de mon cabinet — pour la Santé et l'Education, les secrétaires adjoints font toujours un bon boulot.

— Nous avons discuté ce matin des événements du golfe Persique. Comment voyez-vous les problèmes, là-bas ?

C'était Plumber, de nouveau. Ryan se comportait bien, il était beaucoup plus détendu que la première fois. Plumber nota aussi le regard de son épouse. Cette femme était vraiment intelligente.

— Les Etats-Unis ne souhaitent qu'une chose dans cette région : la paix et la stabilité. Nous sommes tout à fait disposés à établir des relations d'amitié avec la République islamique unie. Il y a eu trop de conflits là-bas et partout ailleurs dans le monde. J'aimerais penser que nous avons tourné la page. Nous avons fait la paix — une véritable paix avec les Russes, après des années et des années de tensions. Je souhaite que nous construisions quelque chose de nouveau sur ces bases. Sans doute le monde ne sera-t-il jamais totalement en paix, mais ce n'est pas une raison pour ne pas essayer. John, nous avons beaucoup avancé ces vingt dernières années. Nous avons encore beaucoup de travail devant nous, mais nous pouvons désormais bâtir sur du solide.

— Nous reprendrons après cette pause de publicité, expliqua Donner aux caméras.

Il constata que Ryan était plutôt satisfait de lui. Excellent.

On leur apporta des verres d'eau, en attendant la fin des deux spots.

— Vous détestez vraiment tout ça, n'est-ce pas ? demanda Donner à Cathy.

— Du moment que je peux continuer mon boulot, je suis capable de m'accommoder d'à peu près tout, mais c'est vrai que je m'inquiète pour nos enfants. Quand ça sera terminé, il faudra qu'ils redeviennent des gosses « normaux » et nous ne les avions pas élevés pour vivre dans ce tohu-bohu.

Personne ne prononça un autre mot avant la fin de la pause.

— De retour au Bureau Ovale, où nous nous trouvons en direct avec le président et la First Lady, annonça Donner quelques secondes plus tard. Monsieur le président, si vous nous parliez des changements que vous êtes en train d'effectuer ?

— L'essentiel de mon boulot, ce n'est pas de « changer », Tom, mais de « restaurer ». Et en cours de route, nous tenterons en effet de faire un certain nombre de petites choses. J'ai choisi les membres de mon nouveau cabinet dans l'esprit d'augmenter l'efficacité du gouvernement. Comme vous le savez, je suis au service de mon pays depuis un bon moment, et le manque d'efficacité, je connais. Les citoyens paient beaucoup d'impôts et ils doivent être sûrs que leur argent est dépensé avec sagesse — et utilement. J'ai donc demandé aux responsables de mon cabinet de voir si dans chacun des ministères on ne pouvait pas accomplir le même travail, mais en dépensant moins.

— Beaucoup de présidents ont dit ça.

— Je m'engage à le faire, répondit Ryan gravement.

— Mais votre premier acte politique majeur a été de vous attaquer au système fiscal, observa Donner.

— Pas « attaquer », Tom. « Modifier ». George Winston a mon entier soutien. Notre Code des impôts actuel est totalement injuste — et de bien des façons. Personne n'y comprend plus rien, pour commencer. Ça signifie qu'on doit payer des professionnels pour s'y retrouver, et les Américains acceptent mal l'idée de dépenser de l'argent pour qu'on leur explique simplement comment la loi leur prend davantage d'argent — et spécialement lorsque c'est leur gouvernement qui rédige les lois. Pourquoi faire des lois que le peuple est incapable de déchiffrer ? Pourquoi des lois si compliquées ?

— Mais, en même temps, le but de votre administration est de rendre le système fiscal « régressif », et non pas « progressif ».

— Nous avons déjà parlé de ça, répondit le président. (Donner vit qu'il venait de marquer un point. C'était l'une des faiblesses les plus évidentes de Ryan : il détestait se répéter. Non, décidément, il n'était pas un politicien ! Chez eux, c'était le contraire.) Faire payer les mêmes impôts à tout le monde est ce qu'il y a de plus juste. Et le faire d'une façon que tout le monde puisse comprendre permettra en réalité à nos concitoyens d'économiser de l'argent. Avec les changements que nous proposons, nous parviendrons à un équilibre fiscal. Plus d'avantages particuliers pour personne.

— Mais les taux d'imposition des riches vont chuter vertigineusement.

— C'est vrai, mais nous éliminerons du même coup toutes les possibilités d'évasions fiscales que leurs lobbyistes ont réussi à introduire dans nos lois. En fin de compte, ils paieront la même chose et même probablement un peu plus qu'aujourd'hui. Le secrétaire Winston a étudié ça très soigneusement et je partage son point de vue.

— Monsieur, c'est difficile d'imaginer comment une réduction de trente pour cent les fera payer plus ! On est au niveau du doctorat ès mathématiques, là.

— Demandez à votre comptable. (Ryan eut un sourire.) Ou jetez un œil à votre propre déclaration de revenus, si vous y comprenez quelque chose. Vous savez, Tom, j'ai été comptable moi-même. J'ai décroché mon diplôme avant d'entrer dans les Marines — et pourtant je suis incapable de m'y retrouver dans tout ça ! Le gouvernement ne sert pas l'intérêt public en faisant des choses que le peuple ne comprend pas. Ça a été trop souvent le cas. Je vais essayer d'y mettre un peu d'ordre.

Bingo. A la gauche de Donner, John Plumber esquissa une grimace. Le réalisateur, qui contrôlait les diverses caméras, s'assura que cette mimique n'était pas passée à l'antenne. En revanche, il cadra sur le sourire carnassier de Donner.

— Je suis heureux que vous pensiez ainsi, monsieur le président, car justement le peuple américain aimerait savoir un certain nombre de choses sur les opérations de renseignements menées par le gouvernement. Pendant toute votre carrière, vous avez surtout travaillé pour la CIA.

— C'est exact. Mais comme je vous l'ai dit ce matin, Tom, aucun président n'a jamais parlé des opérations de renseignements. Et il y a de bonnes raisons à cela.

Ryan était toujours calme. Il n'avait pas deviné quelle porte venait de s'entrouvrir.

— Mais, monsieur le président, vous avez été impliqué personnellement dans de nombreuses opérations de ce genre qui n'ont pas été pour rien dans la fin de la guerre froide. Par exemple, la disparition du sous-marin soviétique *Octobre Rouge*. Vous avez participé à cette affaire, n'est-ce pas ?

Le réalisateur, informé par avance de cette question, avait dirigé une caméra sur le visage de Ryan. Le président écarquilla les yeux. Il n'était vraiment pas doué pour contrôler ses émotions.

— Tom, je...

36

— Nos téléspectateurs seront ravis de savoir que vous avez joué un rôle décisif dans un des plus gros coups du renseignement de tous les temps. Vous avez réussi à capturer intact un sous-marin soviétique lance-missiles balistiques, n'est-ce pas?

— Je ne commenterai pas cette histoire.

Son maquillage ne dissimula pas sa soudaine pâleur. Cathy se tourna pour observer son mari. Elle avait senti sa main devenir brusquement glacée, dans la sienne.

— Et ensuite, moins de deux ans plus tard, vous avez organisé le passage à l'Ouest du chef du KGB russe, n'est-ce pas?

Jack réussit finalement à maîtriser son expression, mais sa voix resta crispée.

— Tom, je vous arrête. Ce sont là des spéculations sans fondement.

— Monsieur le président, cette personne, Nikolaï Gerasimov, ancien responsable du KGB, vit maintenant avec sa famille en Virginie. Le commandant du sous-marin s'est installé en Floride. Ce ne sont pas des «spéculations» (Donner sourit) et vous le savez. Monsieur, je ne comprends pas votre réticence. Vous avez joué un rôle majeur dans ce retour à la paix mondiale dont vous parliez il y a quelques minutes.

— Tom, je serai très clair là-dessus. Je ne discuterai jamais d'opérations de renseignements en public. Point final.

— Mais le peuple américain a le droit de savoir quelle sorte d'homme est assis derrière ce bureau.

Ces mêmes paroles avaient été prononcées onze heures plus tôt par John Plumber, qui détesta s'entendre citer en de telles circonstances. Hélas, il ne pouvait pas s'en prendre en direct à son propre collègue.

— Tom, j'ai servi mon pays de mon mieux pendant des années, mais de même que vous n'avez pas le droit de révéler vos sources, de même nos agences de renseignements ne peuvent pas dire tout ce qu'elles font, car des gens risquent leur peau.

— Vous connaissez bien la question, monsieur le président, puisque vous avez déjà tué, vous aussi.

— Oui, c'est vrai, mais bon nombre de nos présidents ont été soldats et...

— Attendez une minute, intervint soudain Cathy, en jetant un regard furieux à Donner. Je veux préciser quelque chose. Jack a rejoint la CIA peu de temps après une attaque terroriste contre notre famille. S'il n'avait pas agi comme il l'a fait à ce moment-là, aucun de nous ne serait vivant aujourd'hui. J'étais enceinte de Little Jack, à l'époque, et ils ont essayé de nous assassiner, Sally et moi, à Annapolis, et...

— Excusez-moi, madame Ryan, mais nous devons rendre l'antenne un instant.

— Arrêtez ça, Tom! Et tout de suite, lui dit Ryan sèchement, quand les lumières rouges des caméras s'éteignirent. Lorsqu'on parle des opérations de terrain, des gens peuvent mourir. Vous êtes capable de comprendre ça?

— Monsieur le président, le peuple a le droit de savoir, et mon travail, c'est de rapporter les faits. Ai-je menti sur quelque chose?

— Je ne peux même pas répondre à cette question-là, et vous le savez très bien, grogna Ryan, d'une voix rageuse.

Calme-toi, Jack, calme-toi, s'ordonna-t-il à lui-même. *Un président ne doit pas se mettre en colère, et sûrement pas en direct à la télé!* Bon sang, Marko ne coopérerait jamais avec les... Ou peut-être que oui? C'était un Lituanien, et peut-être qu'il serait ravi de devenir un héros national. Mais Jack pensait être capable de l'en dissuader. Avec Gerasimov, en revanche, c'était une autre affaire. Ryan l'avait déshonoré, menacé de mort et dépouillé de tout son pouvoir. Gerasimov menait aujourd'hui une vie beaucoup plus confortable que celle qu'il aurait eue en Union soviétique, mais c'était le genre d'individu à aimer davantage la puissance que le confort. Il s'était battu pour accéder à la présidence, et il se serait senti très à l'aise dans ce bureau! Mais la plupart du temps ceux qui aspiraient au pouvoir étaient ceux qui en abusaient — une autre différence entre Jack et lui. Gerasimov parlerait. Sûr et certain. Et ils savaient où le trouver.

Bon, je fais quoi, maintenant? se demanda Ryan.

— Nous sommes de retour dans le Bureau Ovale avec le président et Mme Ryan, entonna Tom Donner pour ceux qui l'auraient oublié.

— Monsieur le président, vous êtes un spécialiste de la sécurité nationale et des affaires étrangères, reprit John Plumber, sans laisser le temps à son collègue d'ouvrir la bouche. Mais notre pays affronte aussi d'autres problèmes. Vous devez maintenant rétablir la Cour suprême. Comment vous proposez-vous de le faire?

— J'ai demandé au secrétariat à la Justice de me faire parvenir une liste des meilleurs juges des cours d'appel fédérales. En ce moment même, je suis en train de l'étudier, et j'espère présenter mes nominations devant le Sénat d'ici deux semaines.

— Normalement, l'Association du barreau américain assiste le gouvernement en donnant son avis sur ces juges, mais il semblerait que ce ne soit pas le cas cette fois-ci. Puis-je vous demander pourquoi, monsieur?

— Tom, l'ABA a déjà donné un avis favorable sur ces juges, qui, depuis, ont tous siégé dans des cours d'appel pendant un minimum de dix ans.

— Cette liste a été mise au point par des procureurs? intervint Donner.

— Par des professionnels expérimentés du secrétariat à la Justice. Le responsable de ce groupe de travail, c'est Patrick Martin, qui vient de prendre la tête de la Division de la police criminelle. Il a été assisté par d'autres fonctionnaires, le chef de la Division des droits civiques, par exemple.

— Tous des représentants du ministère public, je vois. Qui vous a suggéré de faire appel à M. Martin?

— C'est vrai que je ne connais pas très bien le secrétariat à la Justice. C'est M. Murray, le directeur par intérim du FBI, qui m'a recommandé Patrick Martin. Il a été très efficace dans l'enquête sur le crash du Capitole et je lui ai donc demandé de s'occuper de ça pour moi.

— M. Murray et vous, vous êtes des amis de longue date, n'est-ce pas?

— Oui, c'est vrai, répondit Ryan avec un signe de tête.

— M. Murray était avec vous au cours d'une importante opération de renseignements, n'est-ce pas?

— Je vous demande pardon? dit Jack.

— L'intervention de la CIA en Colombie, quand vous avez démantelé le cartel de Medellín.

— Tom, je vous le répète pour la dernière fois : je ne discuterai d'aucune opération de renseignements, vraie ou fausse — jamais. Est-ce enfin clair?

— Celle-ci s'est soldée par la mort de l'amiral James Cutter. Monsieur le président, poursuivit Donner, avec une expression sincèrement peinée, on entend beaucoup d'histoires en ce moment sur votre carrière à la CIA. Elles ne tarderont pas à être étalées au grand jour, et je souhaite vraiment vous offrir la possibilité de vous expliquer. Vous n'avez pas été élu au poste que vous occupez en ce moment et vous n'avez jamais été interrogé comme le sont généralement les candidats à la présidence. Le peuple américain souhaite connaître mieux l'homme qui est assis à ce bureau, monsieur.

— Tom, le renseignement est un monde secret. Il doit l'être. Notre gouvernement fait beaucoup de choses. Toutes ne peuvent pas être portées sur la place publique. Tout le monde a des secrets. Chaque téléspectateur, ce soir, a les siens. Vous en avez aussi. Dans le cas du gouvernement, garder ces secrets est d'une importance vitale pour la sécurité de notre pays, mais aussi, bien sûr, pour la sécurité de ceux qui font ce travail pour la nation. Jadis, les médias respectaient cette règle, spécialement en temps de guerre. Je souhaite que ce soit aussi votre cas.

— Mais n'y a-t-il pas un moment, monsieur le président, où le secret va à l'encontre de nos intérêts nationaux?

— C'est pourquoi une loi autorise le Congrès à contrôler les opérations de renseignements. Si ce genre de décisions ne relevait que de l'exécutif, alors, oui, vous auriez raison de vous inquiéter. Mais ça ne se passe pas ainsi. Le Congrès examine ce que nous faisons. J'ai moi-même souvent rendu compte au Congrès de beaucoup de mes actions.

— Y a-t-il eu une opération secrète en Colombie ? Y avez-vous participé ? Daniel Murray vous a-t-il accompagné là-bas après la mort du directeur du FBI de l'époque, Emil Jacobs ?

— Je ne peux rien vous dire là-dessus, ni sur aucune des autres affaires que vous avez évoquées.

Il y eut une nouvelle pause de publicité.

— *Pourquoi faites-vous ça ?*

A la surprise de tous, la question venait de Cathy.

— Madame Ryan...

— Dr Ryan, dit-elle froidement.

— Excusez-moi. Docteur Ryan, ces allégations doivent être éclaircies.

— Nous avons déjà connu ça. Une fois, des gens ont essayé de briser notre mariage... Et ce n'étaient que des mensonges, là aussi... Et...

— Cathy..., dit Jack calmement.

Elle se tourna vers lui.

— Je connais cet épisode-là, Jack, tu te souviens ? lui murmura-t-elle.

— Non, tu ne le connais pas. Pas vraiment.

— C'est bien ça, le problème, remarqua Donner. On doit enquêter sur ces affaires. Le peuple veut savoir. Le peuple a le *droit* de savoir.

S'il y avait eu une justice en ce monde, songea Ryan, il se serait levé, il aurait rendu son micro à Donner et lui aurait demandé de vider les lieux, mais ce n'était pas possible, et donc il était là, lui le soi-disant puissant, piégé par les circonstances, comme un criminel dans une salle d'interrogatoire. Les lumières des caméras se rallumèrent.

— Monsieur le président, je sais que c'est un sujet difficile pour vous.

— Tom, OK, je dirai ceci : quand j'étais à la CIA, j'ai dû parfois servir mon pays en utilisant des moyens dont je n'ai pas le droit de parler, mais à aucun moment je n'ai violé la loi et les moindres détails de mes activités ont été rapportés aux membres du Congrès. Mais laissez-moi vous expliquer pourquoi j'ai rejoint la CIA.

« Je ne voulais pas. J'étais professeur. J'enseignais l'histoire à la Naval Academy. J'adorais ce travail et j'ai même écrit deux livres, et j'aimais bien ça aussi. Et puis un groupe de terroristes s'en est pris à ma famille et à moi. On a tenté deux fois de nous assassiner. Vous vous en souvenez. Les médias ne parlaient que de ça, à l'époque. C'est alors que j'ai décidé que ma place était à l'Agence. Pour quelle raison ? Pour protéger les autres contre le même genre de dangers. Je n'ai jamais beaucoup aimé tout ça, mais c'est la tâche que j'ai jugé devoir faire. Aujourd'hui, je suis ici, et vous savez quoi ? Je n'aime pas tellement ça non plus. Je n'apprécie pas la pression continuelle que je subis. Je n'apprécie pas ces énormes responsabilités. Personne ne devrait avoir autant de pouvoir. Mais je suis là, j'ai prêté serment d'agir de mon mieux et c'est ce que je fais.

— Mais, monsieur le président, vous êtes le premier occupant de ce bureau à n'avoir jamais été un véritable personnage politique. De nombreuses personnes sont gênées que vous sembliez vous appuyer sur des collaborateurs qui n'ont jamais eu, eux non plus, d'importantes fonctions publiques. Le danger, selon certains, c'est que nous nous retrouvions avec un petit groupe de gens qui manquent totalement d'expérience politique et qui, cependant, façonnent le futur de notre pays. Que répondez-vous à cette inquiétude ?

— C'est la première fois que j'entends parler de cette « inquiétude », Tom.

— Monsieur, on vous a critiqué aussi parce que vous passiez beaucoup trop de temps dans ce bureau et pas assez parmi vos concitoyens. Cela ne risque-t-il pas d'être un problème ?

— Hélas, j'ai vraiment beaucoup de travail, et c'est ici que je dois le faire. Quant à l'équipe que j'ai réunie, par qui commencer ? (A ses côtés, Cathy bouillonnait. Maintenant c'était la main de sa femme qui lui paraissait brûlante, dans la sienne.) Le secrétaire d'Etat, Scott Adler, fonctionnaire des Affaires étrangères, fils d'un survivant de l'Holocauste. C'est mon ami depuis des années. Le meilleur pour diriger le Département d'Etat. Au Trésor, George Winston. Un self-mademan. Il a contribué à sauver notre économie lors du conflit avec le Japon ; il est respecté par la communauté financière, et c'est une grosse tête. A la Défense, Tony Bretano est un excellent ingénieur et un homme d'affaires qui a réussi ; il a déjà lancé des réformes au Pentagone. Au FBI, Dan Murray, un policier de carrière, et un bon. Vous savez comment je fais mes choix, Tom ? Je prends des pros, des gens qui connaissent leur boulot parce qu'ils le font depuis longtemps, et pas des politiciens qui savent juste en discuter. Si vous estimez que ce n'est pas bien, alors tant pis, je suis désolé, mais j'ai travaillé longtemps pour le gouvernement et je fais plus confiance aux professionnels que je connais qu'aux politiciens que j'ai croisés ici ou là. Au fait, dites-moi la différence qu'il y a avec un politicien qui choisit ses copains — ou, pis, ceux qui l'ont aidé à financer sa campagne ?

— En général les gens appelés à de hautes fonctions ont une expérience bien plus vaste, n'est-ce pas ? répondit Donner. Voilà la différence.

— Je ne crois pas, et pourtant j'ai travaillé des années sous les ordres de ce genre de personnes. En revanche, je connais les capacités de ceux que j'ai nommés. En outre, un président a le droit, avec l'accord des représentants élus du peuple, de choisir ses collaborateurs.

— Mais devant une tâche d'une telle ampleur, comment pensez-vous être efficace sans une direction politique expérimentée ? Nous sommes dans une ville politique, ici.

— C'est peut-être bien là, le problème, répliqua Ryan. Peut-être que cet activisme politique finit par nous entraver au lieu de nous aider ! Tom, je n'ai pas sollicité ce poste, d'accord ? Mon idée, lorsque Roger m'a demandé d'être son vice-président, c'était d'aller jusqu'à la fin de son mandat, puis de quitter le gouvernement pour de bon. Je voulais retourner à l'enseignement. Et puis cet horrible événement s'est produit, et je me suis retrouvé ici. Je n'ai jamais voulu être un politicien et je ne le suis toujours pas aujourd'hui. Suis-je le meilleur pour ce boulot ? Probablement pas. Mais par la force des choses, c'est moi le président des Etats-Unis, j'ai une tâche à accomplir et je m'y emploierai de mon mieux.

— Et ce sera notre dernier mot. Merci, monsieur le président.

A l'instant même où les lumières des caméras s'éteignirent, Jack ôta son micro cravate et se leva. Les deux journalistes n'ajoutèrent pas un mot. Cathy leur jeta un regard furieux.

— Pourquoi avez-vous fait ça ? s'exclama-t-elle.

— Je vous prie de m'excuser ? dit Donner.

— Pourquoi les gens comme vous nous attaquent-ils toujours ? Qu'avons-nous fait pour mériter ça ? Mon mari est l'homme le plus honorable que je connaisse.

— Nous nous sommes contentés de poser des questions...

— Tu parles ! Avec votre façon de les poser, et les sujets que vous choisissez, vous donnez les réponses avant même qu'on ait pu ouvrir la bouche !

Aucun des deux ne répondit. Les Ryan quittèrent le Bureau Ovale sans un mot. Puis Arnie entra.

— OK, observa-t-il. Dites-moi qui a monté ce coup ?

— Ils l'ont vidé comme un poisson, pensa Holbrook à voix haute.

Ils avaient bien mérité un peu de repos et ils s'étaient écroulés devant la télé. C'était toujours une bonne chose de mieux connaître son ennemi.

— Ce gars me fout la trouille, répondit Ernie Brown. Au moins, avec les politiciens, on est sûr que ce sont des escrocs. Mais ce type, doux Jésus, il essaie de... On pourrait parler d'Etat policier, ici, Peter.

Et c'était vraiment une pensée effrayante pour le Mountain Man. Il avait toujours estimé que les politiciens étaient les pires horreurs de la Création, et il comprenait soudain qu'il y avait encore pire. Ces gens-là jouaient le jeu parce qu'ils aimaient le pouvoir. Ryan, lui, pensait qu'il avait *raison*.

— Bon sang! souffla-t-il. La Cour suprême qu'il veut nommer...

— Ils l'ont fait passer pour un dingue, Ernie.

— Pas du tout. T'as pas compris? Ils jouaient tous ni plus ni moins que leur petit jeu habituel.

33

REBONDISSEMENTS

Tous les grands journaux firent leur une sur l'entretien avec le président. Les plus malins publièrent même des photographies de la maison de Marko Ramius — qui était absent — et de celle de la famille Gerasimov — qui, lui, était là; des centaines de curieux furent chassés par un vigile qu'ils ne se privèrent pas de photographier.

Tom Donner arriva au travail très tôt, ce matin-là; l'ampleur des réactions à leur direct le surprenait vraiment. Plumber pénétra dans son bureau cinq minutes plus tard, le *New York Times* à la main.

— Et alors, qui a roulé qui, Tom?

— Qu'est-ce que tu...

— C'est minable, observa Plumber avec aigreur. Quand tu es parti, je suppose que les gens de Kealty ont papoté avec ravissement autour d'un café. Mais finalement t'as piégé tout le monde, n'est-ce pas? Si jamais on découvre que la bande n'était pas...

— Impossible, dit Donner. Et cette énorme couverture médiatique augmente l'intérêt de notre interview.

— L'intérêt pour qui? lâcha Plumber en lui tournant le dos.

C'était très tôt, pour lui aussi, et en franchissant la

porte il pensa que, contrairement à Donner, Ed Morrow n'aurait jamais utilisé de laque.

Le Dr Gus Lorenz termina rapidement la réunion du matin avec son équipe. Le printemps était précoce à Atlanta. Les arbres et les buissons bourgeonnaient déjà, et l'air embaumerait bientôt de toutes ces fleurs qui faisaient la célébrité de cette ville méridionale. Beaucoup de pollen, aussi, pensa Gus, et ses sinus seraient bouchés, mais c'était le prix à payer pour vivre dans cette cité à la fois active et magnifique. Il enfila sa blouse de labo et se hâta vers son service au Centre de contrôle des maladies infectieuses. Le CDC était l'un des fleurons de la recherche médicale américaine et même mondiale. Pour cette raison, il attirait l'élite de la profession. Certains restaient. D'autres partaient ensuite enseigner dans les diverses facultés de médecine du pays, mais tous étaient marqués à jamais du sceau du CDC — exactement comme on pouvait être fier d'avoir servi dans les Marines; et la comparaison se tenait, car les professionnels du CDC étaient les premiers à être envoyés dans les régions à risques, les premiers à se battre contre les maladies — et cette particularité engendrait un *esprit de corps* qui expliquait pourquoi la plupart d'entre eux continuaient à travailler ici, en dépit d'un traitement peu attrayant.

— 'Jour, Melissa, lança Lorenz à son assistante de laboratoire.

Titulaire d'une maîtrise, la jeune femme terminait son doctorat en biologie moléculaire à l'Emory University voisine; elle bénéficierait ensuite d'une importante promotion.

— Bonjour, docteur. Notre ami est de retour, ajouta-t-elle.

— Oh?

Les spécimens étaient déjà placés sous le microscope. Lorenz s'assit, évitant comme toujours la précipitation. Il vérifia avec les documents que ce prélèvement correspondait bien au dossier déposé sur son bureau : 98-3-063A. Parfait. Il n'eut plus ensuite qu'à faire un zoom sur l'échantillon... et elle était bien là, en effet, la Houlette du Berger.

— Vous avez raison, dit-il. Vous avez installé l'autre ?

— Oui, docteur.

L'écran de l'ordinateur se sépara en deux parties verticales, et un spécimen de 1976 apparut à côté du premier. Ils n'étaient pas parfaitement identiques. La courbe, en bas du brin d'ARN, ne semblait jamais être la même, exactement comme les flocons de neige possèdent des différences de motifs presque infinies, mais cela n'avait guère d'importance. C'étaient les boucles protéiniques à l'extrémité supérieure qui comptaient, et celles-là étaient...

— Souche Mayinga, dit-il d'une voix neutre.

— Je suis de votre avis, répondit Melissa, derrière lui. (Elle se pencha et pianota sur le clavier pour afficher le -063B.) Ceux-là ont été un peu plus difficiles à isoler, mais...

— Oui, ils sont pareils, là aussi. C'est l'enfant ?

— Une petite fille, oui.

Ils parlaient tous les deux d'un ton détaché. Quand l'horreur est trop forte, les mécanismes de défense entrent en action, et les échantillons ne sont plus alors que de simples images électroniques, sans rapport avec les êtres humains infectés.

— OK, j'ai quelques coups de fil à passer.

Pour des raisons évidentes, aucun des deux groupes ne connaissait l'existence de l'autre. Badrayn s'occupait des vingt premiers, et Movie Star des neuf autres. Tous, cependant, recevaient la même préparation. L'Iran était un Etat-nation, avec les ressources correspondantes. Le Bureau des passeports de son ministère des Affaires étrangères et l'atelier de gravure du ministère des Finances étaient capables de contrefaire les passeports de n'importe quel pays du monde et tous les timbres d'entrée et de sortie nécessaires. Si ce genre de documents pouvait être fabriqué

47

illégalement en bien d'autres endroits, ceux-là étaient d'une telle qualité « professionnelle » qu'il était impossible de déceler leur origine.

Paradoxalement, la plus importante des deux missions était la moins dangereuse — enfin, cela dépendait pour qui... Leur tâche était simple, expliqua Badrayn à ses hommes. Entrer. Livrer. Sortir. Il insista sur le fait qu'ils étaient en parfaite sécurité, aussi longtemps qu'ils suivraient les procédures qu'il allait leur décrire. Ils n'auraient pas besoin d'avoir de contact avec l'ennemi, ce qui augmentait encore la fiabilité de l'opération. Badrayn laissait à chacun le choix de sa couverture et les paramètres de l'opération étaient tels que ce n'était pas grave s'ils étaient deux à utiliser la même. Mais leurs histoires devaient être plausibles, ça oui, c'était essentiel, et il demandait donc à chacun d'opter pour un domaine professionnel dans lequel il avait quelques connaissances. Ils possédaient presque tous un diplôme universitaire, et les autres étaient capables de parler de commerce, de machines-outils ou d'un autre sujet mieux que les fonctionnaires des douanes qui les interrogeraient pour la forme.

L'autre équipe, confiée à Movie Star, n'avait aucun problème de conscience. Vu leur jeune âge, ils ne connaissaient pas grand-chose de la vie, et donc encore moins de la mort. Ils étaient motivés par la passion, par une tradition du sacrifice, et par leurs haines et leurs démons personnels, et tout cela brouillait leur jugement — à la grande satisfaction de leurs maîtres qui s'étaient toujours senti le droit d'utiliser à leur profit les haines et les passions des hommes.

Ce nouveau briefing fut plus précis. On travailla sur des photographies, des cartes et des dessins, et le petit groupe se rapprocha pour mieux examiner les détails. Aucun d'eux ne fit la moindre remarque sur la cible. La vie et la mort, c'était si simple pour ceux qui ne connaissaient pas les réponses ultimes, ou qui pensaient les connaître, même si ce n'était pas le cas, et ça valait mieux pour tout le monde, vraiment. Movie Star avait perdu ce genre d'illusions. Pour lui, tout cela relevait de la politique, pas de la religion — et on ne mesurait pas sa destinée à l'aune de la politique. Du moins quand on avait une autre solution. Il les dévisagea. C'étaient les meilleurs pour cette mission, oh oui !

Movie Star, lui, se sentait plutôt dans la peau d'un meurtrier, mais il avait déjà connu ça — par personne interposée. Intervenir lui-même était plus risqué, et cette mission-là promettait en effet d'être sa plus dangereuse depuis des années.

Ils se voyaient comme la pierre dans la fronde d'Allah. Mais ils ne pensaient pas que ces pierres-là étaient, par nature, faites pour être... jetées. Ou peut-être pas. Peut-être qu'ils auraient de la chance, et dans cette éventualité, Movie Star leur communiqua toutes les données nécessaires pour leur repli. Le moment idéal, ce serait l'après-midi, un peu avant le retour du travail des banlieusards, et le mieux serait d'utiliser les autoroutes encombrées pour semer leurs poursuivants. Lui-même serait sur le terrain, leur promit-il, pour faciliter leur fuite — mais il se garda bien d'ajouter : *Si on en arrive là.*

— OK, Arnie, qu'est-ce qui se passe ? demanda Ryan.

Par bonheur, Cathy n'avait aucune opération prévue pour aujourd'hui. Elle n'avait pratiquement pas décoléré de la nuit et son état mental ne lui aurait pas permis de faire normalement son travail. Jack ne se sentait pas beaucoup mieux, mais ça n'aurait pas été juste de s'en prendre à son collaborateur.

— C'est certainement une fuite à la CIA, ou peut-être au Congrès, quelqu'un qui connaît certaines de vos petites histoires.

— Pour la Colombie, seuls Fellows et Trent sont au courant. Et ils savent aussi que Murray n'était pas là-bas — enfin, pas exactement. Le reste de l'opération est bien verrouillé.

— Qu'est-ce qui s'est passé en réalité ?

Arnie aussi mourait d'envie d'être au courant, à

présent. Le président lui expliqua avec un geste vague :

— Il y avait deux opérations, SHOWBOAT et RECIPRO-CITY. Pour la première, on a envoyé des troupes en Colombie. On repérait les avions qui transportaient de la drogue. Ensuite l'Air Force les abattait — bon, certains ont été juste interceptés, leurs équipages ont été arrêtés et traités correctement. Y a eu d'autres péripéties, et puis Emil Jacobs a été tué, et on a mis en place RECIPROCITY. On a été obligés de bombarder certaines zones. Mais les choses ont dérapé. Des civils ont été tués, et tout est parti en couille [1].

— De quoi étiez-vous au courant ?

— Je n'ai rien su jusqu'à ce que le jeu soit bien avancé. Jim Greer était mourant, à ce moment-là, et je faisais son boulot à sa place — essentiellement pour l'OTAN. J'ai été tenu à l'écart de l'affaire colombienne même bien après le début des bombardements. J'étais en Belgique à cette époque. J'ai vu ça à la télé, vous imaginez ? Cutter dirigeait l'opération. Il a entubé le juge Moore et Bob Ritter pour qu'ils la lancent, et ensuite il a essayé de l'arrêter. C'est à ce moment-là que ça a commencé à devenir délirant. Il a tenté de perdre les soldats dans la jungle — son idée, c'était qu'ils disparaîtraient, tout simplement. Je l'ai découvert. Je suis allé fouiner dans le coffre où il conservait ses dossiers personnels. Alors j'ai filé en Colombie avec l'équipe de secours et nous avons récupéré la plupart des nôtres. Ça n'a pas été très drôle. Il y a eu un certain nombre de fusillades et j'étais moi-même derrière une des mitraillettes de l'hélico. Un membre de l'équipage, un sergent nommé Buck Zimmer, a été tué au cours de l'ultime sauvetage, et depuis, je m'occupe de sa famille. Liz Elliot a appris ce truc-là et a essayé de l'utiliser contre moi un peu plus tard.

— Mais ce n'est pas tout, n'est-ce pas ? dit Arnie tranquillement.

— Oh, non. Je devais rendre compte des opéra-

---

1. Voir *Danger immédiat*, Albin Michel, 1990 (*N.d.T.*).

tions devant la Commission d'enquête parlementaire, mais je ne voulais pas voir le gouvernement partir en morceaux. Alors j'en ai discuté avec Trent et Fellows, puis je suis allé chez le président. Nous en avons parlé un moment, puis j'ai quitté son bureau, et Sam et Al sont restés avec lui. Je ne sais pas exactement sur quoi ils se sont mis d'accord, mais...

— ... Mais il s'est planté aux élections. Il s'est débarrassé de son chef de campagne et sa course à la Maison-Blanche a été merdique sur toute la ligne. Doux Jésus, Jack, qu'est-ce que vous avez magouillé tous les quatre ? demanda Arnie d'une voix pressante.

Il avait pâli. Dire que depuis tout ce temps il pensait avoir mené une brillante campagne victorieuse pour le compte de Bob Fowler, et que, grâce à lui, il avait dégommé un président sortant populaire ! Ainsi, il y avait eu un arrangement... Et il n'en avait jamais rien su.

Ryan ferma les yeux. Ce n'était vraiment pas facile, pour lui, de revivre cette horrible nuit.

— J'ai mis un terme à une opération qui, d'un point de vue technique, était légale, mais sur le fil du rasoir. Je l'ai conclue discrètement. Les Colombiens n'en ont jamais rien su. J'ai pensé que j'avais empêché chez nous un autre Watergate — et un grave incident international. Sam et Al ont tout réglé, les dossiers resteront bouclés encore longtemps après notre mort. La personne qui est à l'origine de cette fuite a entendu des rumeurs, pas plus, et s'est livrée à quelques bonnes extrapolations. Moi, qu'est-ce que j'ai fait ? Je pense avoir obéi aux lois du mieux que j'ai pu — non, Arnie, à aucun moment je ne les ai violées. Ça n'a pas été de la tarte, mais j'y suis arrivé.

Il rouvrit les yeux.

— Pourquoi ne pas vous être contenté de faire votre rapport au Congrès ? Et de..., demanda Arnie.

— Vous vous souvenez de cette époque ? le coupa le président. Y avait d'autres problèmes, OK ? L'Europe de l'Est commençait à se fissurer, l'Union soviétique existait encore, mais elle chancelait, il se passait des choses vraiment très importantes, et si notre gouvernement s'était effondré à ce moment-là, merde, ç'aurait pu être une pagaille d'une ampleur encore jamais vue ! Si elle avait été embarquée dans un scandale intérieur, l'Amérique n'aurait peut-être pas pu aider l'Europe à retrouver son équilibre. Et c'est moi qui ai dû prendre la décision et agir, *immédiatement,* figurez-vous, ou bien ces soldats auraient été tués. Essayez d'imaginer dans quel piège j'étais !

« Arnie, je n'avais personne à qui demander conseil. L'amiral Greer venait de mourir. Moore et Ritter étaient mouillés et le président encore plus — et jusqu'aux yeux ! A l'époque, j'ai même pensé que c'était lui qui tirait les ficelles par l'intermédiaire de Cutter — mais ce n'était pas le cas. C'est ce connard de politicien incompétent qui l'a embarqué là-dedans. Je ne savais plus vers qui me retourner, alors je suis allé voir le FBI. Je ne pouvais faire confiance à personne, à part Dan Murray et Bill Shaw, et un de nos gars à Langley pour l'aspect opérationnel. Bill — vous saviez qu'il était docteur en droit ? — m'a expliqué le côté juridique de l'affaire, et Murray m'a épaulé pour l'opération de sauvetage. Puis ils ont lancé une enquête sur Cutter. Nom de code, ODYSSEY, je crois, et ils s'apprêtaient à le faire inculper pour conspiration, quand Cutter s'est suicidé. Un agent du FBI se trouvait à une cinquantaine de mètres derrière lui quand il s'est jeté sous cet autobus. Vous l'avez déjà rencontré : c'est Patrick O'Day. Personne n'a jamais violé la loi, sauf Cutter. Les opérations elles-mêmes étaient constitutionnelles, du moins c'est ce que Shaw m'a dit.

— Mais politiquement...

— Ouais, je ne suis pas ignorant à ce point. Et maintenant, je suis là, Arnie. J'ai respecté la loi. J'ai servi les intérêts de mon pays du mieux possible en fonction des circonstances, et vous voyez tout le bien que ça m'a fait.

— Bon sang ! Comment a-t-on pu cacher ça à Bob Fowler, hein ?

— C'est une idée de Sam et d'Al. Ils estimaient que ça aurait empoisonné sa présidence. En outre, je ne sais vraiment pas ce qu'ils ont bien pu raconter au président. Je n'ai jamais voulu le savoir et je ne l'ai jamais découvert. Même si j'ai quelques idées sur la question.

— Jack, ça ne m'arrive pas souvent de ne pas savoir quoi dire..., avoua van Damm.

— Dites-le quand même, ordonna le président.

— Ce truc va sortir, maintenant. Les médias en ont suffisamment, désormais, pour rassembler certaines pièces du puzzle, et ça va obliger le Congrès à ouvrir une enquête. Et pour le reste?

— Pour le reste, tout est vrai, répondit Ryan. Oui, nous avons mis la main sur *Octobre Rouge*, oui, c'est moi qui ai sorti Gerasimov d'URSS. C'était mon idée, mon opération, j'ai failli y laisser la peau, mais j'ai réussi. Dans le cas contraire, Gerasimov était prêt à renverser Andreï Narmonov par la force — et le pacte de Varsovie serait peut-être encore debout, aujourd'hui, et ce cauchemar ne serait toujours pas terminé. Alors, on a mouillé ce salopard, et il n'a pas eu d'autre choix que d'embarquer dans un avion. Il ne nous l'a pas pardonné, malgré tout ce que nous avons fait pour l'installer convenablement ici, mais d'après ce que j'ai compris, sa femme et sa fille adorent l'Amérique.

— Vous avez tué quelqu'un? demanda Arnie.

— A Moscou, non. Dans le sous-marin, oui, un type qui essayait de le couler. Il avait descendu un officier russe, et il en avait salement blessé deux autres, mais j'ai réussi à l'avoir — et ça m'a valu des cauchemars pendant des années.

Dans une autre réalité, pensa van Damm, son président aurait été un héros. Mais la réalité et la politique avaient peu de points communs. Il nota que Ryan n'évoquait même pas la frappe nucléaire qu'avait failli lancer Bob Fowler. Van Damm était à la Maison-Blanche à ce moment-là, et il savait que trois jours plus tard J. Robert Fowler avait presque pété les plombs en comprenant qu'on lui avait permis d'éviter un meurtre de masse digne de Hitler... Ryan avait servi son pays avec courage et ce plus d'une fois, mais rien de ce qu'il avait fait ne résisterait à un examen public approfondi. Son intelligence, son amour de sa patrie et sa bravoure se résumaient à une série d'événements que n'importe qui pouvait déformer et rendre méconnaissables et scandaleux. Et Ed Kealty était très fort à ce jeu.

— Comment allons-nous contrôler tout ça? demanda le président.

— Y a autre chose que je dois savoir?

— Les dossiers sur *Octobre Rouge* et sur Gerasimov sont à Langley. L'affaire colombienne, eh bien, vous n'avez pas besoin d'en connaître davantage. Légalement, je ne suis même pas sûr d'avoir le droit d'ouvrir tout ça. D'un autre côté, si vous voulez déstabiliser la Russie, ce truc sera parfait.

Octobre Rouge! pensa Golovko. Il contempla le plafond de son bureau, puis s'exclama à haute voix :

— Ivan Emmetovitch, salaud de petit malin!

Il y avait une discrète admiration, dans cette injure. Il avait sous-estimé Ryan dès leur première rencontre, et même après tous les contacts, directs et indirects, qui avaient suivi, il devait admettre qu'il ne l'avait jamais jugé à sa juste valeur. Ainsi, il avait coincé Gerasimov! Et ce faisant, il avait peut-être sauvé la Russie — mais un pays était censé être sauvé *de l'intérieur,* pas de l'extérieur! On devait garder certains secrets, car ils protégeaient tout autant les deux camps, et celui-là en était un. Il embarrasserait leurs deux pays. Pour les Russes, il s'agissait de la perte d'un bien national de grande valeur à la suite d'une haute trahison — pis encore, leurs agences de renseignements n'avaient rien découvert, ce qui était incroyable, à la réflexion, mais les couvertures étaient parfaites — et la disparition de deux sous-marins de poursuite au cours de la même opération avait vraiment donné envie à la marine soviétique d'oublier toute l'affaire — si bien qu'elle s'était contentée de ces explications, sans chercher à en savoir davantage.

Serguaï Nikolaïevitch connaissait mieux la seconde

histoire que la première. Ryan avait empêché un coup d'Etat. Golovko supposa qu'il aurait pu tout aussi bien le mettre au courant de ce qui se passait, et laisser l'Union soviétique se débrouiller avec ça — mais non. Les services de renseignements tournent toujours tout à leur avantage, et Ryan aurait été fou de ne pas en faire autant. Gerasimov avait sans doute craché le morceau et leur avait raconté tout ce qu'il savait. Ames, pour commencer, avait été identifié de cette façon, il en était sûr, alors qu'Ames était une vraie mine d'or pour le KGB.

Quand je pense que j'ai toujours considéré qu'Ivan Emmetovitch n'était qu'un amateur doué! se dit Golovko, avec une certaine admiration professionnelle pour son ancien adversaire.

La Russie risquait bientôt d'avoir besoin d'aide. Mais comment en demander désormais à quelqu'un qui — ça ne tarderait pas à se savoir — avait joué avec la politique intérieure de son pays comme un montreur de marionnettes ?

Golovko jura de nouveau, sans la moindre aménité, cette fois.

Tout le monde a le droit d'emprunter les cours d'eau, et donc la marine des Etats-Unis ne put pas faire grand-chose, sinon empêcher le bateau de location de trop s'approcher du quai 18.

Un second arriva bientôt, puis plusieurs autres, jusqu'au moment où onze caméras, au total, furent braquées sur le bassin de radoub couvert, désormais vide depuis le démantèlement de la plupart des sous-marins américains lanceurs de missiles ; il ne dissimulait plus non plus un *autre* bâtiment qui avait séjourné là un moment, un bâtiment soviétique, celui-là — c'était du moins ce que prétendait l'histoire.

On pouvait accéder par Internet aux dossiers des personnels de la marine, et certains, à la recherche des anciens membres d'équipage de l'USS *Dallas,* ne s'en privaient pas. Un appel matinal au COMSUBPAC concernant l'époque où il commandait le *Dallas* ne franchit pas son officier chargé de la communication qui savait comment éviter de commenter les affaires sensibles. Aujourd'hui, il aurait plus que sa part de travail. Et d'autres aussi.

— Bonjour, Ron Jones, à l'appareil.

— Tom Donner, de NBC News.

— Parfait, répondit Jones, prudemment. Moi, je regarde CNN.

— Eh bien, peut-être que vous aurez envie de suivre notre émission, ce soir. J'aimerais vous parler de...

— J'ai lu le *Times*, ce matin. Il arrive ici. Pas de commentaire, ajouta-t-il.

— Mais...

— Mais, oui, j'ai été sous-marinier, et vous savez comment on nous appelle ? Le Service Silencieux. En plus, c'était y a longtemps. J'ai monté ma propre affaire, aujourd'hui. Marié, des enfants, la totale, vous voyez ?

— Vous étiez chef sonar à bord de l'USS *Dallas* quand...

— Monsieur Donner, lorsque j'ai quitté la marine, je me suis engagé à respecter ce qu'on appelle le devoir de réserve. Je ne parlerai donc pas de ce que nous avons fait, d'accord ?

C'était son premier contact avec un journaliste et c'était exactement ce à quoi il s'attendait, d'après ce qu'on lui avait raconté.

— Alors, vous n'avez qu'à nous dire que ça n'est jamais arrivé...

— Qu'est-ce qui n'est jamais arrivé ? demanda Jones.

— La disparition d'un sous-marin russe nommé *Octobre Rouge*.

— Vous savez la chose la plus dingue que j'aie jamais entendue quand j'étais chef sonar ?

— Non, c'est quoi ?

— Elvis Presley.

56

Il raccrocha.

Et il appela immédiatement Pearl Harbor.

Au lever du jour, les camions des télévisions traversèrent Winchester, Virginie, un peu comme les armées ennemies pendant la guerre de Sécession qui avaient pris et repris la ville plus de quarante fois.

En fait, il n'était pas propriétaire de la maison. Et on ne pouvait même pas dire non plus que la CIA l'était. Les papiers étaient au nom d'une société fictive, elle-même dépendant d'une fondation dont on ne connaissait pas les directeurs. Mais, en Amérique, la possession de biens immobiliers est du domaine public, ainsi que toutes les sociétés et les fondations, et les journalistes avaient donc déniché ces informations en moins de quarante-huit heures, en dépit des étiquettes sur les dossiers qui demandaient aux greffiers du tribunal de comté de faire appel à toute leur incompétence créative lorsqu'on leur demandait copie de ces papiers.

Les journalistes qui débarquèrent avaient vu des photos et des vidéos de Nikolaï Gerasimov ; ils montèrent des objectifs à longue focale sur des trépieds et les dirigèrent vers les fenêtres de sa maison, à quatre cents mètres de distance, au-delà de quelques chevaux au pâturage qui donneraient une jolie touche à leur reportage : LA CIA TRAITE LE CHEF DES SERVICES SECRETS RUSSES COMME UN VISITEUR ROYAL.

Les deux vigiles, devant le domicile de Gerasimov, devenaient fous. Ils appelèrent Langley pour demander des instructions, mais les services de communication de la CIA — un paradoxe en soi — ne savaient rien et s'en tinrent donc à une position simple : il s'agissait d'une propriété privée (les avocats de la CIA étaient en train de vérifier si c'était exact d'un point de vue légal) et, donc, les journalistes ne pouvaient pas entrer.

Ça faisait des années que Gerasimov n'avait pas eu l'occasion de vraiment rigoler. Bien sûr, ils avaient eu de bons moments, à l'occasion, mais il n'aurait jamais imaginé une situation si étrange. Il s'était toujours considéré comme un expert de l'Amérique. Il avait dirigé un grand nombre d'opérations d'espionnage contre l'« ennemi principal » comme on surnommait jadis les Etats-Unis dans cette URSS qui n'existait plus et qu'il avait servie de son mieux, mais il était forcé d'admettre qu'il fallait vivre ici pendant longtemps pour se rendre compte à quel point cette nation était incompréhensible, à quel point rien n'y avait de sens. Tout pouvait arriver, et plus c'était dingue, plus ça avait de chances d'être vrai. Et il en avait une nouvelle preuve aujourd'hui.

Pauvre Ryan, pensa-t-il en sirotant son café debout près de la fenêtre. Dans son pays — qui, pour lui, serait toujours l'Union soviétique — une telle chose aurait été impossible. Quelques miliciens et un regard noir auraient suffi à disperser les curieux, et dans le cas contraire, on serait passé à d'autres méthodes. Mais pas en Amérique, où les médias étaient libres comme les loups des forêts sibériennes. Cette comparaison-là l'amusa aussi : en Amérique, les loups étaient une espèce protégée.

— Peut-être qu'ils finiront par s'en aller, dit Maria, apparaissant à son côté.

— Je ne crois pas.

— Alors, il faudra qu'on reste enfermés ici jusqu'à leur départ, reprit sa femme, terrifiée par la tournure des événements.

— Non, Maria, murmura-t-il en secouant la tête.

— Mais s'ils nous expulsent ?

— Ils ne peuvent pas. On ne fait pas ça aux transfuges. C'est une règle, expliqua-t-il. On n'a jamais renvoyé ni Philby, ni Burgess, ni MacLean, ces alcooliques dégénérés. Oh, non, on les a couvés, on leur a fourni leurs drogues et on les a laissés se vautrer dans leurs perversions, parce que c'est la règle.

Il termina son café et retourna à la cuisine pour ranger la tasse et la soucoupe dans le lave-vaisselle, qu'il considéra avec une grimace. Son appartement à Moscou et sa datcha dans les monts Lénine — sans doute débaptisés depuis son départ — n'étaient pas équipés de ce genre de machines. Il avait des domestiques pour ça. Plus maintenant. En Amérique, ces objets étaient un symbole de pouvoir et le confort avait valeur de statut social.

Des domestiques... Il en aurait eu autant qu'il voulait. Statut, domestiques, pouvoir... L'Union soviétique aurait pu rester une grande nation, respectée et admirée à travers le monde. Il serait devenu secrétaire général du Parti communiste. Il aurait mené les réformes nécessaires pour éliminer la corruption et relancer l'économie. Il se serait probablement rapproché de l'Ouest, et il aurait signé la paix, mais ç'aurait été une paix d'égal à égal, pas un effondrement total. Il n'avait jamais été un idéologue, après tout, même si ce pauvre vieux Alexandrov avait pensé le contraire, vu qu'il avait toujours été un homme d'appareil — mais bon, pouvait-on faire autrement dans un régime de parti unique ? Et tout spécialement quand on savait que le destin vous avait choisi pour accéder au pouvoir suprême ?

Mais voilà. Le destin l'avait trahi en la personne de John Patrick Ryan, au cours d'une nuit moscovite glaciale et neigeuse. Aujourd'hui, il avait confort et sécurité. Sa fille serait bientôt mariée à ce que les Américains appelaient « le vieil argent », d'autres pays la noblesse et lui les fainéants et les bons à rien — ceux grâce auxquels le Parti communiste avait fait triompher la révolution. Sa femme était heureuse avec ses articles ménagers et son petit cercle d'amis. Quant à lui, sa colère ne s'était jamais apaisée.

Ryan lui avait volé son destin, il l'avait dépouillé de la jouissance du pouvoir et de la responsabilité d'avoir à assurer le développement d'une grande nation — et puis l'Américain avait accédé à ce pouvoir suprême, chez lui, et à présent cet idiot ne savait pas quoi en faire ! Le vrai déshonneur, c'était d'avoir été vaincu par un type comme ça. Gerasimov alla jusqu'au cellier qui donnait sur l'arrière de la maison, enfila une veste en cuir et sortit. Il alluma une cigarette et remonta l'allée pour rejoindre les journalistes, à quatre cents mètres de là. En marchant, il réfléchissait à ce qu'il allait leur dire et à la meilleure façon de formuler sa gratitude envers le président

Ryan. Il n'avait jamais cessé d'étudier l'Amérique et ce qu'il connaissait du mode de fonctionnement des médias lui serait très utile, à présent, pensa-t-il.

— Je vous réveille, pacha? demanda Jones.

Il était près de quatre heures du matin à Pearl Harbor.

— Pas vraiment. Vous savez, mon officier chargé des relations publiques est une femme, et elle est enceinte. Et j'espère qu'elle ne va pas accoucher prématurément à cause de toutes ces conneries.

Le contre-amiral (vice-amiral, désormais) Mancuso était à son bureau, et son téléphone, sur ses instructions, ne sonnait pas sans une bonne raison. L'appel d'un vieux camarade en était une.

— Je viens de recevoir un coup de fil de NBC, qui cherchait des infos sur un petit boulot que nous avons fait dans l'Atlantique.

— Z'avez répondu quoi?

— Qu'est-ce que vous croyez, pacha? Que dalle. (Et ce n'était pas seulement une question d'honneur — l'entreprise de Jones travaillait presque exclusivement avec la marine américaine.) Mais...

— Ouais. Mais... quelqu'un parlera. Y a toujours quelqu'un qui parle.

— Ils en savent déjà trop. Le *Today Show* présente un reportage en direct de Norfolk, quai 18. Vous devinez ce qu'ils racontent.

C'était encore trop tôt pour les infos matinales de NBC, mais Mancuso mit CNN sur la télé de son bureau. C'était le sport, pour l'instant, mais le flash de quatre heures n'allait pas tarder.

— Ensuite, ils pourraient bien nous interroger sur un autre de nos boulots, celui avec un nageur.

— Ligne non protégée, monsieur Jones, le prévint le COMSUBPAC.

— Je n'ai pas dit où, pacha. C'est seulement un truc auquel vous allez devoir réfléchir.

— Ouais, acquiesça Mancuso.

— Vous pouvez peut-être m'expliquer quelque chose?

— Oui, Ron?

— C'est quoi, le problème? Je veux dire, c'est sûr, je resterai bouche cousue, et vous aussi, mais quelqu'un crachera le morceau, sûr et certain. L'histoire est trop belle. Mais bon, c'est quoi, le problème, Bart? On a fait ce qu'il fallait, ou pas?

— Je pense que oui, répondit le vice-amiral. Je suppose simplement que les gens adorent les belles histoires...

— Vous savez, j'espère que Ryan sera candidat. Je voterai pour lui. Plutôt super, de mettre le grappin sur le chef du KGB et...

— Ron!

— Pacha, je répète seulement ce qu'ils disent à la télé, d'accord? Personnellement, je ne sais rien de tout ça.

Le logo de *Breaking News* s'inscrivit sur l'écran de la télévision de Mancuso.

— Oui, Nikolaï Gerasimov, c'est moi, annonça le visage sur les écrans, à travers le monde.

Vingt journalistes au moins étaient agglutinés de l'autre côté du muret. Le plus difficile était d'entendre les questions qu'ils hurlaient.

— Est-ce vrai que vous étiez...

— Etes-vous...

— Etiez-vous...

— Silence, s'il vous plaît! (Il leva la main. Il leur fallut au moins quinze secondes pour se taire.) C'est exact, à une époque, j'ai été directeur du KGB. Votre président Ryan m'a... persuadé passer à l'Ouest, et depuis je vis en Amérique avec famille.

Gerasimov avait décidé que s'exprimer dans un mauvais anglais ajouterait à sa crédibilité médiatique.

— Comment a-t-il réussi à vous faire partir? cria quelqu'un.

— Vous comprendre que monde du renseignement est, comment dites-vous... brutal. M. Ryan sait jouer jeu. A ce moment-là, il y avait une lutte pour pouvoir à la tête de mon pays. La CIA s'est opposée à faction à moi et a choisi faction d'Andreï Ilitch Narmonov. Alors, il est venu à Moscou sous fausse identité d'un conseiller pour les discussions START. Il a prétendu qu'il voulait donner à moi des informations pour réunion, oui ? En fait, il a piégé moi avec accusation que j'allais, comment dites-vous, trahir ? Pas vrai, mais efficace, alors j'ai décidé venir en Amérique avec ma famille. Je viens par avion. Ma famille vient par sous-marin.

— Comment ? Par sous-marin ?

— Oui, c'était le *Dallas*. (Il s'interrompit un instant et les gratifia d'un sourire presque menaçant.) Pourquoi êtes-vous si durs avec président Ryan ? Il sert bien pays. C'est un maître espion, conclut Gerasimov avec une feinte admiration.

— Bon, l'histoire continue...

Bob Holtzman coupa le son de sa télévision et se tourna vers son rédacteur en chef.

— Désolé, Bob.

Celui-ci lui rendit le texte de son reportage. Il devait être publié sur trois jours. Holtzman avait fait un travail magistral de collecte de l'information, puis il avait pris le temps d'intégrer l'ensemble dans une peinture flatteuse de l'homme dont le bureau n'était qu'à cinq pâtés de maisons du sien. C'était un problème de « tendances », le mot préféré de Washington. Quelqu'un avait réussi à les modifier, voilà tout. Maintenant que l'histoire initiale était sortie, il était impossible, même à un journaliste expérimenté comme Holtzman, d'y changer quelque chose, et surtout si son propre journal ne le soutenait pas.

— Bob, dit le rédacteur en chef, l'air embarrassé, je n'ai pas la même vision que toi de tout ça. Et si ce type était vraiment un cowboy ? Je veux dire, OK, piquer un sous-marin à nos ennemis, c'est une chose, la guerre froide et tout ça, ça va, mais intervenir dans la politique intérieure soviétique — ça ne ressemble pas à un acte de guerre, ça ?

— C'était pas vraiment la question. Il essayait de sortir un agent, nom de code CARDINAL. Gerasimov et Alexandrov cherchaient à utiliser cette affaire d'espionnage pour faire tomber Narmonov et arrêter les réformes qu'il tentait d'engager [1].

— Bon, Ryan peut répéter ça tous les jours si ça lui chante. Mais ça donne un autre éclairage. Un « maître espion » ? Juste ce qu'il nous fallait pour conduire le pays, hein ?

— Ryan n'est pas comme ça, merde ! se récria Holtzman. C'est un type qui marque des buts et...

— Ouais, il est fort pour *marquer*, t'as raison. Il a tué au moins trois personnes. *Tué*, Bob ! Bon sang, comment Roger Durling a-t-il pu penser une seule seconde que c'était le type qu'il nous fallait comme vice-président ? Ed Kealty, c'est pas un cadeau, mais lui, au moins, il...

— Lui au moins, il sait nous manipuler, Ben. Il a pigeonné ce taré de NBC, et puis il nous a tous baisés en beauté avec cette histoire.

— Eh bien... (Ben Saddler manquait soudain d'arguments.) C'est basé sur des faits, n'est-ce pas ?

— Mais les « faits » et la « vérité », ce n'est pas exactement la même chose, Ben, et tu le sais, répliqua Holtzman.

— Il va falloir regarder tout ça de plus près. Ryan semble avoir joué de toutes les situations. Je veux qu'on enquête sur ce truc en Colombie. Tu t'en occupes ? T'as de bons contacts à la CIA, mais je dois t'avouer que je ne suis pas sûr de ton objectivité dans cette affaire.

— T'as pas le choix, Ben. Si tu veux rester dans la course, c'est *mon* enquête. Bien sûr, tu peux toujours recopier ce que raconte le *Times,* ajouta Holtzman, ce qui fit piquer un fard à son rédacteur en chef.

La vie dans les médias était parfois brutale, elle aussi.

— C'est ton enquête, Bob. D'accord. Alors débrouille-toi pour me faire un papier. Quelqu'un a

---

1. Voir *Le Cardinal du Kremlin,* Albin Michel (*N.d.T.*).

violé la loi. C'est Ryan qui a étouffé le truc, et puis le voilà qui resurgit, blanc comme neige. Je veux ce papier. (Saddler se leva.) Bon, j'ai un édito à écrire.

Daryaei avait du mal à y croire. Ça n'aurait pas pu arriver à un meilleur moment. Il était encore assez loin de son prochain objectif, et voilà que sa cible descendait toute seule au cœur de l'abîme... Il suffisait d'un petit coup de pouce pour l'y plonger encore plus profond.

— Et vous pensez que c'est sérieux ?
— On dirait, répondit Badrayn. Je peux faire quelques recherches rapides et revenir vous voir demain matin.
— Est-ce vraiment possible ? insista l'ayatollah.
— Vous vous souvenez de ce que je vous ai dit à propos des lions et des hyènes ? En Amérique, c'est un sport national. C'est pas une blague. C'est pas leur genre. Pourtant, laissez-moi m'en assurer. J'ai mes méthodes.
— Demain matin, alors.

34

WWW. TERROR. ORG

Le téléphone était son principal outil de travail. De retour dans son bureau, Badrayn alluma son portable, branché à un modem ultrarapide et à une ligne téléphonique par fibre optique qui était reliée à l'ambassade d'Iran — de la RIU, désormais — au Pakistan. De là, une autre ligne le mettait en communication avec Londres, où il pouvait se connecter au Web sans crainte d'être repéré : ce qui était jadis un exercice tout simple pour les flics leur était désormais pratiquement impossible. Aujourd'hui, grâce à Internet, des millions de personnes pouvaient accéder à presque toutes les connaissances de l'humanité et c'était encore plus rapide et plus pratique que de se rendre à la bibliothèque municipale. Badrayn commença par consulter les sites des grands journaux, du *Times* de Los Angeles au *Times* de Londres, en passant par la presse de Washington et de New York. Les principaux quotidiens racontaient à peu près tous la même histoire — c'était tout de même plus succinct sur le Web que dans les éditions imprimées —, encore que leurs éditoriaux différaient. Les articles restaient vagues sur les dates, et il ne devait pas oublier que la répétition des faits, d'un journal à l'autre, ne garantissait pas leur exactitude — mais ils avaient l'air véridiques, pourtant. Il savait que Ryan avait été officier de renseignements ; il savait aussi que les Britanniques, les Russes et les Israéliens le respectaient, et leur estime s'expliquait certainement par les opérations qu'il avait menées. Tout cela le mettait un peu mal à l'aise, ce qui aurait sans doute surpris son maître : Ryan était peut-être un adversaire plus redoutable que ne l'imaginait Daryaei. Il savait quelles actions décisives entreprendre dans les pires circonstances, et il ne fallait jamais sous-estimer ce genre d'individu.

Mais maintenant qu'il était président, il n'était plus dans son élément, et c'était évident à voir la couverture de presse. En changeant de *home page*, Badrayn tomba sur un édito très récent qui réclamait une enquête du Congrès sur les activités de Ryan à la CIA. Le gouvernement colombien exigeait en termes peu diplomatiques une explication sur toutes ces allégations — ce qui ne manquerait pas de déclencher une nouvelle tempête. Comment Ryan répondrait-il à ces accusations ? Tout était possible, estima Badrayn. Mais cet homme était imprévisible, aussi. Et cela le troublait. Il imprima les articles et les éditoriaux les plus importants pour une utilisation ultérieure, puis il s'attaqua à son vrai travail.

Il existait une *home page* pour les conventions et les grands salons professionnels américains. Sans doute pour les agences de voyages, pensa-t-il. Il n'avait plus qu'à choisir les manifestations ville par ville. Il trouva sans mal les adresses de ces centres, en général d'énormes bâtiments. Tous possédaient aussi un site particulier qui vantait leurs capacités d'accueil et fournissait les plans des lieux, les itinéraires, les numéros de téléphone et de fax. Il nota tout cela et il en eut bientôt vingt-quatre, c'est-à-dire plus qu'il ne lui en fallait. Bien sûr, il ne pouvait pas envoyer un de ses « voyageurs » à une présentation de sous-vêtements féminins, par exemple. Encore que... Il gloussa. Salons du prêt-à-porter. Salons de l'automobile. Ceux-là, découvrit-il, traversaient l'Amérique un peu comme des cirques itinérants. Tant mieux.

Les cirques..., pensa-t-il soudain. Il se connecta sur une autre *home page* — mais non, c'était trop tôt dans la saison. Dommage, vraiment ! Surtout que les grands cirques voyageaient dans des trains spéciaux. Mauvais timing, mais il n'y pouvait rien. Il se contenterait donc des salons de l'auto.

Et de tous les autres.

Désormais, les membres du groupe numéro deux étaient condamnés, eux aussi, et le moment était venu de mettre fin à leurs souffrances. Inutile de risquer davantage la vie du personnel en continuant à « soigner » des gens promis à la mort tant par les tribunaux que par la science et donc, comme ceux du groupe numéro un, on les euthanasia avec des injections massives de Dilaudid. Moudi surveilla l'opération sur ses écrans. Le soulagement des médecins était visible, même à travers les masques de leurs encombrantes combinaisons. Tout fut réglé en quelques minutes, et les médecins militaires se félicitèrent d'avoir bien travaillé : aucun d'eux, en effet, n'avait été contaminé. C'était surtout parce qu'ils s'étaient montrés d'une terrible dureté avec leurs malades. Ce ne serait pas le cas dans les hôpitaux américains, et Moudi savait déjà que des confrères y laisseraient la vie — et cela l'attristait.

On commençait à charger les cadavres sur des chariots. Moudi se détourna de ses écrans. Il n'avait pas besoin de voir ça. Il regagna le laboratoire.

Des techniciens versaient la « soupe » dans des conteneurs appelés « ballons ». Ils en avaient beaucoup plus que nécessaire pour leur opération, mais il valait mieux en avoir trop que pas assez, et le directeur leur avait expliqué, sans la moindre gêne, qu'on en aurait peut-être besoin une autre fois, pour une nouvelle attaque. L'alliage spécial de ces « ballons » ne perdait pas ses propriétés quand il était soumis à un froid extrême ; chacun d'eux fut rempli aux trois quarts, puis scellé. On les aspergea alors avec un produit chimique caustique et on les transporta sur un chariot jusqu'à la chambre froide, au sous-sol de l'immeuble, où on les stocka dans de l'azote liquide. Ebola resterait là, à trop basse température pour mourir, totalement inerte, attendant sa prochaine exposition à la chaleur et à l'humidité pour se reproduire et tuer de nouveau... On conserva un des ballons au laboratoire, dans un conteneur cryogène plus petit, à peu près de la taille d'un bidon d'huile, avec un affichage LED qui indiquait sa température intérieure.

Moudi était soulagé de savoir que son travail serait bientôt terminé. Debout près de la porte, il observa le personnel qui, lui aussi, sans doute, devait se sentir mieux. Bientôt, en effet, on aurait rempli les vingt bombes de crème à raser. Ensuite, on décontaminerait soigneusement chaque centimètre carré de l'immeuble. Le directeur s'enfermerait de nouveau dans son bureau et son labo. Quant à lui... Bon, il ne pouvait pas réapparaître à l'OMS, n'est-ce pas ? Après tout, il était mort dans un accident d'avion au large des côtes libyennes. On lui procurerait une nouvelle identité et un passeport, et il pourrait alors retourner travailler quelque part dans le monde — en supposant que ce fût encore possible. A moins que par mesure de sécurité, on le... Mais non, même son patron n'était pas aussi impitoyable, n'est-ce pas ?

— Bonjour, je voudrais parler au Dr Ian Mac-Gregor.

— Qui est à l'appareil, s'il vous plaît ?

— C'est le Dr Lorenz, du CDC d'Atlanta.

— Un instant, docteur.

Gus dut attendre deux bonnes minutes ; il eut le temps d'allumer sa pipe et d'ouvrir une fenêtre.

— Dr MacGregor, répondit enfin une voix jeune.

— Gus Lorenz, à Atlanta.

— Oh, comment allez-vous, professeur ?

— Ce sont vos patients qui m'intéressent, répondit Lorenz.

Il aimait bien la voix de MacGregor qui, manifestement, n'hésitait pas à travailler tard.

— L'homme n'est pas bien du tout, j'en ai peur. Mais la fillette, en revanche, se rétablit correctement.

— Ah bon ? J'ai examiné vos échantillons. Tous les deux sont contaminés par Ebola, sous-souche Mayinga.

— Vous êtes sûr ? demanda MacGregor.

— Aucun doute, docteur. J'ai fait les tests moi-même.

— C'est bien ce que je craignais. J'ai envoyé aussi des échantillons à Paris, mais je n'ai pas encore leur réponse.

— J'ai besoin de quelques informations, dit Lorenz. Donnez-moi des détails sur vos patients.

— Y a un problème, là, docteur Lorenz, fut obligé de répondre MacGregor.

Il ne savait pas si sa ligne était sous écoute, mais dans un pays comme le Soudan, c'était une éventualité qu'il ne pouvait pas négliger. D'un autre côté, il était obligé de lui dire quelque chose. Il décida donc de communiquer prudemment les faits qu'il avait le droit de divulguer.

— Je vous ai vue à la télé, hier soir.

Le Dr Alexandre avait décidé de déjeuner avec Cathy pour cette raison. Il s'était pris d'affection pour elle. Qui aurait pensé qu'un chirurgien des yeux, spécialiste du laser, s'intéresserait à la virologie ? Et surtout, elle avait probablement besoin d'un soutien amical, aujourd'hui.

— C'est gentil..., répondit Caroline Ryan, en considérant sa salade au poulet.

Son garde du corps, constata Alexandre, paraissait malheureux et tendu.

— Vous avez été très bien.

— Ah, vous trouvez? (Elle le fixa et ajouta d'une voix calme :) Si j'avais pu lui arracher les yeux!

— Ça ne se voyait pas du tout, en tout cas. Vous avez bien soutenu votre mari. Vous vous êtes parfaitement débrouillée.

— C'est quoi, le problème, avec les journalistes? Je veux dire, pourquoi sont-ils...

— Docteur, quand un chien pisse sur une bouche d'incendie, il ne commet pas un acte de vandalisme. C'est juste un chien..., répondit Alex en souriant.

Roy Altman manqua de s'étrangler en avalant sa boisson de travers.

— Ni Jack ni moi n'avons voulu ça, vous savez? ajouta-t-elle, peu sensible à son humour.

Alexandre leva la main, comme pour se rendre.

— Hé, moi non plus je n'ai jamais voulu entrer dans l'armée! Ils m'ont appelé sous les drapeaux quand je suis sorti de la fac de médecine. J'ai eu la chance que ça ait bien tourné, j'ai été nommé colonel et tout ça. Et j'ai trouvé quelque chose d'intéressant pour m'occuper l'esprit et, en plus, ça m'a permis de régler mes factures, vous voyez?

— Moi, je ne suis pas payée pour subir ce genre de traitement! objecta Cathy.

Mais elle souriait de nouveau, maintenant.

— Et votre mari, lui, ne gagne pas assez, ajouta Alex.

— Il n'a jamais gagné assez. Parfois je me demande pourquoi il ne fait pas ce boulot gratis et ne leur renvoie pas leurs chèques juste pour leur prouver qu'il vaut plus que ce qu'ils lui donnent.

— Vous pensez qu'il aurait fait un bon docteur?

A cette question, les yeux de Cathy brillèrent.

— Je le lui ai déjà dit. Jack aurait été un excellent chirurgien, je crois. Ou, non, peut-être qu'il aurait travaillé dans votre branche. Il a toujours aimé fouiner et comprendre les choses.

— Et dire ce qu'il pense.

Elle faillit éclater de rire :

— Ah, ça, toujours !

— Vous savez quoi ? dit Alex. J'ai eu l'impression que c'était un brave type. Je ne l'ai jamais rencontré, mais j'ai aimé ce que j'ai vu. C'est sûr que ce n'est pas un politicien, mais ce n'est peut-être pas une mauvaise chose, parfois. Allez, remettez-vous, docteur ! Qu'est-ce qui peut vous arriver de pire ? Qu'il démissionne et retourne faire ce qu'il a envie — enseigner, d'après ce que j'ai compris. Vous, vous serez toujours une chirurgienne avec votre Lasker accroché au mur du salon...

— La pire chose qui puisse nous arriver de nouveau...

— M. Altman est là pour s'en occuper, n'est-ce pas ? (Alexandre se tourna vers le garde du corps.) J'imagine que vous êtes assez baraqué pour arrêter les balles ?

L'agent du Service secret ne répondit pas, mais le regard qu'il lui jeta en disait long. Oui, il n'aurait pas hésité à prendre une balle pour la personne qu'il protégeait.

— Vous ne pouvez pas en parler, c'est ça ? insista Alexandre.

— Bien sûr que si, monsieur, si vous me posez la question.

Depuis ce matin, Altman avait envie de dire ce qu'il avait sur le cœur. Lui aussi, il avait suivi l'interview à la télé, et comme cela se produisait assez souvent, les agents du détachement de protection en avaient discuté, et ils s'étaient demandé s'ils n'allaient pas s'arranger pour flanquer une raclée au journaliste en question... Après tout, le Service secret avait bien le droit de rêver, lui aussi.

— Docteur Ryan, nous aimons beaucoup votre famille, confessa Altman, et je ne dis pas ça simplement par politesse. Nous n'apprécions pas toujours ceux que nous protégeons. Mais nous vous aimons, tous les cinq.

— Hé, salut, Cathy ! lui lança le doyen James en passant.

70

— Salut, Dave.

Plusieurs de ses amis de l'université lui firent aussi de petits signes.

Elle n'était donc pas aussi seule qu'elle le pensait...

— Cathy, vous avez épousé James Bond, ou quoi? reprit Alex.

Dans un autre contexte, la question aurait pu lui déplaire, mais les yeux d'Alexandre pétillaient de malice.

— Je ne sais pas. J'ai appris certaines choses quand Durling a proposé à Jack d'être son vice-président, mais je ne peux pas...

Il leva la main.

— Je comprends. Moi aussi, je suis toujours soumis au devoir de réserve parce que je fais un tour à Fort Detrick de temps en temps.

— C'est pas comme au cinéma, dit-elle d'une voix blanche. On fait pas un truc comme ça, et ensuite, salut tout le monde! On embrasse la fille et on s'en va... Il avait des cauchemars et moi — eh bien, je le serrais dans mes bras pendant qu'il dormait, et en général ça le calmait. Mais quand il se réveillait, il prétendait qu'il ne s'était rien passé. Je connais certaines choses, mais pas tout. Lorsque nous sommes allés à Moscou l'année dernière, un Russe m'a expliqué qu'il avait collé un jour son revolver sur la tempe de Jack (Altman sursauta), mais il a dit ça comme si c'était une blague, et puis il a ajouté que son arme n'était pas chargée. Ensuite, nous avons dîné ensemble, comme de vieux amis, et j'ai rencontré sa femme, une pédiatre, vous imaginez? Elle est médecin, alors que son mari est le chef des espions russes et...

— Cela semble en effet un peu farfelu, admit le Dr Alexandre avec une expression amusée.

De l'autre côté de la table, Cathy éclata de rire.

— Tout ça est tellement dingue! conclut-elle.

— Vous voulez quelque chose d'encore plus dingue? On vient de nous signaler deux cas d'Ebola au Soudan.

Maintenant que l'humeur de Cathy Ryan avait changé, il pouvait évoquer ses propres problèmes.

— Un drôle d'endroit pour ce genre de virus, dit-elle. Ces gens arrivaient du Zaïre ?

— Gus Lorenz se renseigne. J'attends qu'il me rappelle, dit le professeur Alexandre.

— Seulement deux cas ? demanda Cathy en avalant une bouchée de salade.

— Oui, répondit-il avec un hochement de tête. Un adulte et une fillette. Je n'en sais pas plus pour l'instant. Gus fait les recherches d'anticorps aujourd'hui. Il doit avoir terminé, à l'heure qu'il est.

— Bon sang, c'est une vraie saleté, ce virus. Et vous ne connaissez toujours pas son hôte ?

— On le traque depuis vingt ans, confirma Alex. Et on n'a jamais trouvé un seul animal malade — enfin, son hôte ne serait pas malade, mais vous voyez ce que je veux dire.

— Un peu comme une affaire criminelle, hein ? intervint Altman. On cherche partout des preuves matérielles.

— Exact, répondit Alexandre. Sauf qu'il faut passer un pays entier au peigne fin. Et en plus on ne sait pas après quel genre de gibier on court.

Après le repas de midi — au menu, aujourd'hui : sandwiches au jambon et au fromage, un verre de lait et une pomme — tous les gosses faisaient la sieste. Une très bonne idée, estimaient les adultes. Mme Daggett était une excellente organisatrice, et les enfants connaissaient la routine. Quand on sortait les lits de la réserve, ils savaient où ils devaient s'allonger. Sandbox était à côté de Megan O'Day, avec laquelle elle avait l'air de très bien s'entendre. Avant la sieste, le plus compliqué c'était d'emmener tout le monde aux toilettes, chacun à son tour, pour éviter les « petits accidents » pendant leur sommeil. Mais cela ne prenait plus qu'un quart d'heure, désormais, car deux des agents de Don Russell participaient à l'opération. Lorsque tous les gosses étaient allongés dans leurs lits, avec leurs couvertures et leurs ours en peluche, on éteignait les lumières.

— SANDBOX dort, annonça Russell, en sortant prendre un peu l'air.

L'équipe mobile était dans sa planque habituelle de la maison d'en face. La Chevy Suburban était dissimulée dans le garage. Deux des trois agents étaient en faction, près de la fenêtre qui donnait sur la crèche. Ils jouaient aux cartes pour passer le temps. A Giant Steps, à peu près tous les quarts d'heure — mais pas d'une façon régulière, pour le cas où quelqu'un les aurait surveillés —, Russell, ou un autre membre du Service secret, faisait le tour du propriétaire. Des caméras surveillaient le trafic sur Ritchie Highway. Un des membres du détachement était posté de façon à couvrir les portes de la crèche. En ce moment, c'était Marcella Hilton. Cette jeune et jolie femme ne se séparait jamais de son sac à main, un sac spécial pour les agents féminins, avec une poche latérale d'où elle pouvait tirer rapidement son automatique Sig-Sauer 9 mm, et où elle conservait toujours deux chargeurs de rechange. Elle laissait pousser ses cheveux à la hippie — Russell avait dû lui expliquer ce qu'étaient les hippies — pour parfaire son « déguisement ».

N'empêche que Russell n'aimait pas cet endroit. Trop facile à attaquer. Trop proche de l'autoroute et de son trafic important. Et il y avait un parking d'université, un peu plus haut, avec une vue directe sur les lieux, un emplacement parfait pour d'éventuels méchants désireux de les espionner. Au moins, on avait viré les journalistes. Là-dessus, SURGEON avait été impitoyable. On leur demandait poliment, mais fermement, de se tenir à l'écart. Et ceux qui venaient quand même se retrouvaient face à Russell, qui n'avait un air de grand-père que pour les enfants de Giant Steps. Pour tous les autres, il avait simplement une sale gueule, avec ses lunettes noires et son allure à la Schwarzenegger.

Son sous-détachement de protection avait été réduit à six personnes. Trois ici et trois de l'autre côté de la route qui, ceux-là, avaient des armes d'épaules, des mitraillettes Uzi et un M-16 à lunette. N'importe où ailleurs, six personnes auraient été amplement suffisantes, mais pas ici, estimait-il. Hélas, avec un personnel de protection supplémentaire, cette crèche aurait ressemblé à un camp retranché, et le président Ryan avait assez d'emmerdes comme ça.

— Quelles nouvelles, Gus? fit Alexandre, de retour à son bureau, avant le début de ses visites de l'après-midi.

Un de ses patients atteints du sida filait un mauvais coton, et il se demandait quoi faire à son sujet.

— Identification confirmée. Ebola Mayinga, identique aux deux cas zaïrois. L'adulte ne s'en tirera pas, mais l'enfant semble se remettre correctement.

— Oh? Parfait. Et quelles sont les différences entre les deux cas?

— Je l'ignore, Alex, répondit Lorenz. J'ai peu d'informations sur ces deux patients, juste leurs prénoms, Saleh pour l'homme, Sohaila pour la gamine et puis leur âge...

— Des prénoms arabes, non?

Mais le Soudan était un pays islamique.

— Je crois, murmura Gus.

— Pourtant, ça nous aiderait de connaître ces différences, insista Alexandre.

— Je sais, mais Ian MacGregor n'en voit aucune. C'est le médecin qui s'en occupe. Il a l'air bon. Université d'Edimbourg. Et il n'a aucune idée non plus de la façon dont ils ont pu être contaminés. Ils se sont présentés à l'hôpital à peu près au même moment, et dans le même état et...

— Ils venaient d'où? l'interrompit Alexandre.

— Je lui ai demandé. Il m'a répondu qu'il n'avait pas le droit de me répondre.

— Ils sont arrivés comment?

— J'ai aussi posé la question. Il n'a pas pu me le dire non plus, mais d'après lui ça n'a pas de rapport avec ces deux cas.

La voix de Lorenz indiquait ce qu'il pensait de tout ça. Ils connaissaient tous les deux la situation politique locale, surtout en Afrique, et spécialement les problèmes avec le sida.

— Rien de nouveau au Zaïre ?

— Rien, confirma Gus. Cette épidémie-là est terminée. Un vrai casse-tête, Alex. La même souche apparaît à deux endroits situés à trois mille kilomètres de distance, deux cas à chaque fois, deux morts, un mourant et une apparente guérison... MacGregor a appliqué les procédures habituelles de confinement dans son hôpital, et il a l'air de connaître son boulot.

— OK, dit Alex. Qu'est-ce qu'on fait, maintenant ?

— Nous savons que la souche Mayinga continue à frapper. Au microscope électronique, les virus sont identiques. On est en train d'analyser les protéines et les séquences, mais mon petit doigt me dit que c'est couru d'avance.

— Merde, quel est l'hôte, Gus ? Si seulement on pouvait le découvrir !

— Merci pour cette observation, docteur, grommela Lorenz.

Gus était tout aussi contrarié — et enragé — que lui, et pour les mêmes raisons. Mais c'était une vieille histoire, pour eux. Bon, pensa-t-il, il a fallu quelques *milliers* d'années pour arriver à comprendre la malaria. Et ils n'affrontaient Ebola que depuis environ vingt-cinq ans. Le virus était là, probablement, depuis tout aussi longtemps que la malaria, il apparaissait et disparaissait exactement comme un tueur en série de polar. Mais Ebola n'avait pas de stratégie, et il ne pouvait même pas se déplacer de lui-même. Il était parfaitement adapté à quelque chose de très limité et de très restreint. Hélas, ils ne savaient pas quoi.

— Ça te donne envie de picoler, hein ?

— Oui, je pense qu'un bourbon bien tassé réussirait à le tuer aussi, Gus. Bon, mes patients m'attendent.

— Je te faxerai les données de l'analyse structurelle des échantillons, si tu veux. La bonne nouvelle, c'est que le virus semble plutôt bien contenu, répéta Lorenz.

— Oui. A bientôt, Gus.

Alexandre raccrocha. *Plutôt bien contenu? Ouais, c'est ce qu'on croyait...* Et puis il se mit à penser à autre chose. *Patient mâle, blanc, vingt-quatre ans, homo, tuberculose résistante déclarée sur le champ gauche. Comment le stabiliser?* Il prit le dossier de l'homme et quitta son bureau.

— Je ne suis donc pas le type qu'il faut pour proposer une liste de juges à la Cour suprême? demanda Patrick Martin.

— Ne vous en faites pas, répondit van Damm. Ça arrive à tout le monde de ne pas être « le type qu'il faut ».

— Sauf à vous, Arnie, nota le président avec un sourire.

— Tout le monde aussi peut se tromper, admit van Damm. J'aurais pu partir en même temps que Bob Fowler, mais Roger m'a dit qu'il avait besoin de moi pour continuer à faire tourner la boutique et...

— Ouais, le coupa Ryan avec un signe de tête. C'est comme ça que je me retrouve ici, moi aussi. Eh bien, monsieur Martin?

— Aucune loi n'a été violée dans aucune de ces affaires. (Il avait passé les trois heures précédentes à étudier les dossiers de la CIA et le résumé dicté par Jack concernant l'opération colombienne. A présent, l'une de ses secrétaires, Ellen Sumter, était au courant de certains détails plutôt confidentiels — mais, bon, c'était une secrétaire *présidentielle* et en plus elle le fournissait en cigarettes...) Du moins, pas par vous. Ritter et Moore peuvent être cités à comparaître pour avoir dissimulé au Congrès certaines de leurs activités secrètes, mais leur avocat dira que c'est le président en exercice de l'époque qui le leur a ordonné, et les directives des Opérations spéciales leur donnent des arguments de poids. Je pense que je pourrais les faire inculper, mais je n'ai aucune envie de m'occuper moi-même des poursuites. Ils essayaient de régler le problème de la drogue, et la plupart des jurés ne le leur reprocheront pas, d'autant que le cartel de Medellin a été démantelé en partie grâce à eux. Non, le vrai problème, dans cette histoire, ce sont les relations internationales. La Colombie va être furieuse, monsieur, et elle aura de très bonnes raisons pour ça. Il y a des lois et des traités internationaux là-dessus, mais je ne m'y connais pas assez en ce domaine pour vous donner un avis quelconque. Chez nous, la Constitution est la loi suprême du pays. Le président est le commandant en chef. Il décide ce qui est ou n'est pas dans l'intérêt de la sécurité de la nation. Ça fait partie de ses pouvoirs exécutifs. Il peut donc entreprendre toute action qu'il juge appropriée pour protéger ces intérêts — c'est ce que signifie « pouvoir *exécutif* ». Seul le Congrès peut lui refuser des fonds pour empêcher une opération, mais c'est à peu près tout. Même la résolution sur les pouvoirs exceptionnels en cas de guerre est rédigée de telle façon que le président peut agir avant que le Congrès n'essaie de l'arrêter. Comme vous le constatez, notre Constitution est assez souple sur les questions essentielles. Elle est faite pour des gens raisonnables qui travaillent de façon raisonnable. Les représentants élus sont censés savoir ce que souhaite le peuple et agir en conséquence et, là encore, dans des limites raisonnables.

— Et pour le reste ? demanda le secrétaire général de la Maison-Blanche.

— Les opérations de la CIA, vous voulez dire ? Aucune loi n'a été violée, là non plus, mais c'est aussi un problème politique. Si je peux donner un avis personnel — j'ai enquêté sur certaines affaires d'espionnage, comme vous le savez —, vous avez fait un superboulot, monsieur le président ! Mais les médias vont se défouler avec ça, ajouta-t-il immédiatement.

Pour Arnie, c'était un bon début : son troisième président n'avait pas à craindre de se retrouver en prison. Les affaires politiques passaient *après*. Une grande première, pour lui.

— Auditions publiques ou à huis clos ? demanda-t-il.

— Ça, ça relève de la politique intérieure. Le principal, ici, c'est l'aspect international. Vaudrait mieux en discuter avec le Département d'Etat. A propos, vous m'avez mis dans une position limite, d'un point de vue éthique. Si j'avais découvert que vous aviez violé la loi dans l'une ou l'autre de ces trois affaires, je n'aurais pas eu le droit d'en discuter avec vous. En l'occurrence, je suis couvert en prétendant que vous m'avez demandé mon opinion sur les possibles violations criminelles d'autres personnes — car, en tant que fonctionnaire fédéral, je suis obligé de répondre à votre question. Ça fait partie de mes fonctions officielles.

— Vous savez, observa Ryan avec mauvaise humeur, ça serait sympa si tous les gens qui m'entourent ne parlaient pas toujours comme des avocats ! J'ai de vrais problèmes à régler. Un nouvel Etat, au Moyen-Orient, qui ne nous aime pas, la marine chinoise qui s'excite pour des raisons que je ne comprends pas — et en plus, je n'ai toujours pas de Congrès...

— Ça, c'est vraiment emmerdant, murmura Arnie. Et ce n'était pas la première fois qu'il le disait.

— Je le vois bien. (Ryan indiqua d'un geste une pile de coupures de presse, sur son bureau. Il venait de découvrir que les médias lui faisaient l'honneur de lui envoyer leurs éditoriaux du lendemain avant publication. C'était gentil de leur part.) OK, la Cour suprême. J'ai étudié environ la moitié des dossiers. Ils sont tous très bien J'aurai fait mon choix la semaine prochaine.

— L'Association du barreau américain fait un boucan de tous les diables, dit Arnie.

— On s'en fout. Je ne peux pas faire preuve de faiblesse. J'ai appris ça hier soir. Que fabrique Kealty ? demanda ensuite le président.

— Il peut seulement vous saper le travail d'un point de vue politique, vous menacer d'un scandale et vous obliger à démissionner. (Arnie leva la main.) Attention, je ne dis pas que ça tient debout.

— Y a foutrement pas grand-chose qui tient debout, dans cette ville, Arnie, répondit Ryan. C'est pour ça que je m'accroche.

L'armée était, bien sûr, un élément essentiel pour la consolidation du nouveau pays. Les anciennes divisions de la Garde républicaine conserveraient leur identité. Quelques ajustements seulement seraient nécessaires au sein du corps des officiers. Les exécutions des semaines précédentes ne l'avaient pas entièrement purgé des éléments indésirables, mais dans l'intérêt des bonnes relations entre les deux ex-Etats, on se contenterait de procéder à de simples mises à la retraite. Les réunions où l'on décidait des départs étaient plus que directes : *Tu sors du rang et tu disparais, merci.* Difficile d'ignorer ce genre d'injonction. Les officiers qui devaient partir se soumettaient, heureux de s'en tirer vivants.

Les unités irakiennes en question avaient survécu à la guerre du Golfe — au moins une majorité de leurs hommes. Elles s'étaient vengées de la raclée infligée par les Américains en matant les mouvements de rébellions intérieurs. Elles avaient aussi récupéré leurs équipements grâce aux stocks qui leur restaient, et ceux-ci ne tarderaient pas à être augmentés.

Les convois arrivèrent d'Iran par la route d'Abadan, en franchissant sans problème les postes de contrôle frontaliers désormais démantelés. Ils faisaient route de nuit et en quasi-silence radio, mais cela ne comptait pas pour les satellites.

— Trois divisions et de l'artillerie lourde, diagnostiqua l'I-TAC, le Centre de renseignement et d'analyse des menaces de l'armée de terre, un immeuble sans fenêtres situé dans le Navy Yard de Washington. Le DIA — le Service du renseignement de la Défense — et la CIA parvinrent rapidement aux mêmes conclusions. On travaillait déjà à une nouvelle estimation de la répartition générale des forces pour cette nation en formation ; elle n'était pas encore terminée, mais les premiers calculs montraient que la RIU avait désormais une armée deux fois plus puissante que l'ensemble de toutes celles des Etats du Golfe. Et ce serait probablement pire lorsqu'on aurait pris tous les facteurs en compte.

— Je me demande où elles vont exactement, dit l'officier supérieur de garde, tandis qu'on rembobinait les bandes des enregistrements.

— Le sud de l'Irak a toujours été chiite, monsieur, lui rappela un adjudant, spécialiste de la région.

— Et c'est aussi l'endroit le plus proche de nos amis.

— Affirmatif.

Mahmoud Haji Daryaei préférait réfléchir à l'extérieur des mosquées. Aujourd'hui, c'était une des plus anciennes de l'ex-Irak, près de la plus vieille ville du monde, Our. Homme de Dieu et de foi, Daryaei connaissait aussi l'Histoire et les réalités politiques, qui, pour lui, formaient un tout et donnaient sa forme au monde. C'était facile, dans des moments de faiblesse ou d'enthousiasme (pour lui, c'était du pareil au même), de se dire que certaines choses étaient écrites de la main immortelle d'Allah, mais le Coran enseignait aussi les vertus de la circonspection, et il s'était rendu compte qu'il y parvenait plus facilement à l'extérieur d'un endroit saint, généralement dans un jardin — celui de cette mosquée, par exemple. La civilisation était née ici. Une civilisation païenne, d'accord, mais les choses devaient bien commencer quelque part, et ce n'était pas de la faute des premiers bâtisseurs de cette cité, cinq mille ans plus tôt, si Allah ne s'était pas encore véritablement révélé à eux. Les fidèles qui avaient édifié cette mosquée et aménagé son jardin avaient corrigé cette erreur.

Elle était en mauvais état. Il se baissa et ramassa un morceau de carreau tombé du mur. Il était bleu, de la couleur de l'ancienne ville, une teinte entre ciel et mer, et les artisans locaux avaient fabriqué les mêmes pendant cinquante siècles, pour les temples aux statues païennes, pour les palais des rois et pour les mosquées. On pouvait en arracher un au mur, ou creuser à dix mètres de profondeur pour en trouver un datant de trois mille ans —, tous les deux seraient absolument identiques. Aucun autre endroit au monde ne bénéficiait d'une telle continuité historique. Il se dégageait de tout cela une impression de paix, et spécialement dans la fraîcheur de cette nuit sans nuages, alors qu'il marchait ici tout seul et que même ses gardes du corps restaient hors de vue, respectant l'humeur de leur chef.

La lune descendante se balançait au-dessus de sa tête en compagnie d'innombrables étoiles. Vers l'ouest se trouvait l'ancienne Our, une grande cité qui était encore aujourd'hui un spectacle impressionnant, avec ses murs de brique imposants et sa haute ziggourat, élevée en hommage au faux dieu que les gens d'ici avaient adoré. Dans le temps, des caravanes franchissaient les portes fortifiées de la ville, et lui amenaient tout ce dont elle avait besoin — des céréales jusqu'aux esclaves. A l'époque, le pays alentour était verdoyant, et l'air bourdonnait des bavardages des marchands et des travailleurs. La légende de l'Eden trouvait sans doute sa source dans cette région, quelque part dans les vallées parallèles du Tigre et de l'Euphrate qui se déversaient dans le golfe Persique. Oui, si l'humanité n'était qu'un unique et immense arbre, alors ses plus vieilles racines étaient ici, pratiquement au cœur du pays qu'il venait de créer.

Les anciens avaient le sentiment d'être au centre du monde, eux aussi, il en était certain. Nous sommes ici, devaient-ils penser, et à l'extérieur, il y a... *les autres*, l'appellation universelle pour désigner tous ceux qui n'appartenaient pas à sa propre communauté. Et *les autres* étaient dangereux. Au début, c'étaient des nomades, pour qui l'idée même de ville était incompréhensible. Comment pouvait-on vivre en restant toujours au même endroit? L'herbe pour les chèvres et les moutons ne disparaissait-elle pas? Ils devaient penser aussi que cette étrange cité était un merveilleux endroit à piller. Du coup, elle s'était entourée de murailles défensives, ce qui avait encore accentué la différence entre *nous* et *eux*, entre civilisés et barbares.

Et c'était pareil aujourd'hui, Daryaei le savait, entre les croyants et les infidèles. Et même entre croyants.

Ce pays était le berceau de la foi, du moins en termes géographiques, car l'islam s'était développé vers l'est et vers l'ouest. Mais le véritable cœur de sa religion était situé dans la direction vers laquelle il avait toujours prié, vers La Mecque, qui conservait la Kaaba, la Pierre Noire, là où le Prophète avait enseigné.

La civilisation était née à Our, et elle s'était développée, lentement et par à-coups, sur les vagues du temps, et puis la ville avait grandi et elle s'était écroulée, à cause de ses faux dieux et parce qu'il lui manquait cette idée unificatrice dont avait besoin la civilisation.

La continuité de ces lieux lui apprenait beaucoup sur leurs populations. Il avait l'impression d'entendre encore leurs voix, et elles n'étaient pas différentes de la sienne. Dans le calme de la nuit, ces gens avaient contemplé le même ciel et s'étaient émerveillés de la beauté des mêmes étoiles. Ils étaient restés silencieux, exactement comme lui, et ils en avaient profité pour réfléchir aux Grandes Questions et pour leur trouver les meilleures réponses. Mais ils s'étaient trompés, et c'était pour cela que les murailles s'étaient écroulées, ainsi que toutes les civilisations de la région — sauf une.

Et donc, sa mission était de *restaurer*. De même que sa religion était la révélation finale, de même sa culture repartirait d'ici, de l'Eden des origines. Oui, c'était là qu'il construirait sa ville. La Mecque resterait une cité sainte, bénie et pure, on n'y ferait plus de commerce, on ne la polluerait plus. Il y avait toute la place nécessaire à cet endroit pour les bâtiments administratifs. Ce serait un nouveau départ sur les sites les plus anciens de l'humanité, et une grande nation s'y développerait.

Mais d'abord...

Daryaei regarda ses mains, vieilles et déformées, pleines de cicatrices, souvenir des tortures et des persécutions. Et même si c'étaient des outils imparfaits, comme lui-même était l'outil imparfait de Dieu, elles étaient encore capables de châtier et de guérir. Il ferait les deux. Il connaissait le Coran par cœur et pouvait en citer des versets en toute circonstance. Certains étaient contradictoires, il l'admettait, mais la Volonté d'Allah comptait davantage que ses paroles. Celles-ci dépendaient souvent du contexte. Ainsi, commettre un meurtre, c'était mal, et la loi coranique était très sévère à ce sujet. Mais tuer pour défendre la foi ne l'était pas. Parfois, la différence entre deux interprétations était obscure, et c'était pour cela qu'il fallait se laisser guider par Allah. Le Prophète souhaitait voir le croyant protégé par un « toit » spirituel, mais les hommes étaient faibles et certains devaient être dirigés avec davantage de rigueur... Peut-être les différences entre sunnites et chiites pourraient-elles être résolues dans la paix et dans l'amour. Il leur tendrait la main de l'amitié, et chaque parti considérerait avec respect les vues de l'autre. Oui, il souhaitait aller jusque-là dans sa quête — mais il fallait d'abord réunir les conditions appropriées. Au-delà de l'horizon islamique, il y avait *les autres*, et si la miséricorde de Dieu s'appliquait aussi à eux, ce ne serait pas le cas tant qu'ils insulteraient la foi. Pour ces gens, sa main distribuerait le châtiment. Il n'y avait aucun moyen de l'éviter.

Parce que en effet ils offensaient la foi, parce qu'ils la polluaient avec leur argent et leurs idées folles, parce qu'ils volaient leur pétrole, et même leurs enfants pour les élever dans la corruption... Ils allaient résister à ses efforts d'unification de l'islam. Ils prétexteraient des questions économiques ou politiques, conscients que l'unité de l'islam menacerait leur apostasie et leur pouvoir temporel. Oui, c'étaient eux, ses pires ennemis, parce qu'ils se faisaient passer pour des amis et qu'ils dissimulaient leurs intentions avec suffisamment d'efficacité pour en abuser certains.

Dans l'intérêt de l'unification de l'islam, ceux-là devaient être brisés.

Il n'avait pas le choix. Il était venu ici pour être seul et réfléchir, pour demander à son Dieu s'il y avait un autre moyen. Mais le morceau de carreau bleu lui avait parlé de tout ce qui avait été, du temps qui avait passé, et des civilisations qui n'avaient rien laissé derrière elles, sinon des ruines et des souvenirs confus.

Il avait, lui, les idées et la foi qui leur avaient manqué. Il s'agissait simplement de les mettre en pratique, en se laissant guider par cette Volonté qui avait placé les étoiles dans le ciel. Son Dieu avait déchaîné le déluge et la peste et le malheur pour instaurer la foi. Mahomet avait mené des guerres.

Et lui aussi, il le ferait, bien qu'à contrecœur.

35

CONCEPT OPÉRATIONNEL

L'entrée de l'armée iranienne en Irak fut une simple formalité. Les chars et le reste du matériel chenillé arrivèrent sur des remorques, tandis que les autres véhicules se déplaçaient par leurs propres moyens. Il y eut les problèmes habituels. Quelques unités se trompèrent d'itinéraire, ce qui embarrassa leurs officiers et déclencha les foudres de leurs supérieurs. Mais bientôt les trois divisions prirent leurs nouveaux quartiers et, partout, elles partagèrent leurs affectations avec une ancienne division irakienne du même type. Les réductions forcées de l'armée de Saddam résultant de la guerre du Golfe avaient libéré assez de place pour les nouveaux occupants dans les différentes bases. Dès l'arrivée des Iraniens, les deux groupes furent intégrés dans des unités de corps d'armée, et des exercices conjoints leur permirent de faire connaissance. Il y eut, ici aussi, les difficultés habituelles de langue et de culture, mais ils utilisaient pratiquement les mêmes armes et les mêmes principes tactiques ; et leurs officiers trouvèrent vite des terrains d'entente.

Les satellites, bien sûr, suivirent tout cela.

— Combien?

— Disons, trois formations de corps d'armée, répondit l'officier de debriefing à l'amiral Jackson. Une de deux divisions blindées, et deux avec des divisions blindées et mécanisées. Elles sont un peu justes en artillerie, mais elles ont tout le matériel roulant nécessaire. On a repéré un groupe de véhicules de contrôle et de commandement qui fonce dans le désert, sans doute pour des simulations de mouvement d'unités, dans le cadre d'un CPX.

Un CPX, ou exercice de poste de commandement, était un jeu de stratégie pour les professionnels.

— Autre chose? demanda Robby.

— Ils déblaient et nettoient au bulldozer les champs de tir d'artillerie, dans ce camp, à l'ouest d'Abou Sukayr, et un certain nombre d'avions sont arrivés sur la base aérienne de Nejef, dans le Nord, des MIG et des Sukhoi, mais si j'en crois notre surveillance infrarouge, leurs réacteurs sont éteints.

— Comment voyez-vous la situation? intervint Tony Bretano.

— Monsieur, on peut dire n'importe quoi, répondit le colonel. Cette nouvelle nation essaie de fusionner deux forces armées qui auront forcément beaucoup de choses à apprendre l'une de l'autre. Leurs formations de corps d'armée intégrés sont surprenantes. Ça leur posera des problèmes administratifs, mais ça peut se révéler aussi une bonne chose d'un point de vue psychologique et politique. De cette façon, ils agissent vraiment comme s'ils ne faisaient plus qu'un seul pays.

— Aucune menace? demanda encore le secrétaire à la Défense.

— Rien d'évident pour le moment.

— En combien de temps pourraient-ils atteindre la frontière de l'Arabie Saoudite? fit Jackson, pour s'assurer que son patron comprenait bien la situation.

— Une fois qu'ils auront leur plein de carburant et qu'ils seront correctement entraînés? Disons entre quarante-huit et soixante-douze heures. Nous, ça nous prendrait moitié moins de temps, mais nous sommes mieux entraînés.

— Composition des forces?

— Au total, pour les trois corps, six divisions lourdes, un peu plus de quinze cents chars de combat, dans les deux mille cinq cents véhicules d'infanterie, plus de six cents canons. D'un point de vue logistique, ils ont repris le vieux modèle soviétique, monsieur le secrétaire d'Etat.

— C'est-à-dire?

— Chacune de leurs divisions est responsable de son propre soutien logistique. Nous faisons ça aussi, sauf que nous, nous avons des formations séparées pour ne pas gêner nos forces de manœuvre.

— Des réservistes pour la plupart, ajouta Jackson à l'intention du secrétaire à la Défense. Le modèle soviétique, c'est une force de manœuvre mieux intégrée, mais seulement à court terme. Ils sont incapables de mener des opérations aussi longtemps et aussi loin que nous.

— L'amiral a raison, monsieur, poursuivit l'officier de debriefing. En 1990, quand les Irakiens ont envahi le Koweït, ils étaient à la limite de ce que leur permettait leur soutien logistique. Ils ont été obligés de s'arrêter pour se réapprovisionner. Après une pause d'environ vingt-quatre heures, ils étaient prêts à poursuivre leur avance. S'ils ne l'ont pas fait, c'est pour des raisons politiques.

— Je me suis toujours posé la question. Ils auraient pu s'emparer des champs pétroliers saoudiens?

— Très facilement, répondit le colonel. Saddam a dû y penser pas mal, les derniers mois, ajouta l'officier.

— Il y a donc tout de même une menace, ici?

Bretano posait des questions simples et prenait le temps d'écouter les réponses. Jackson apprécia. Le secrétaire à la Défense connaissait ses lacunes, et il n'avait pas honte d'apprendre.

— Oui, monsieur. Ces trois corps d'armée représentent une force de frappe potentielle d'une puissance à peu près égale à celle de Saddam Hussein. D'autres unités seraient impliquées dans l'opération, mais juste des forces d'occupation. Et leur poing est là, dit le colonel en tapotant la carte avec sa baguette.

— Mais pour le moment ils le gardent dans leur poche. Dans combien de temps ça changera?

— Il leur faudra au minimum quelques mois pour être efficaces, monsieur le secrétaire d'Etat. Ça dépendra surtout de leurs intentions politiques. L'intégration de l'organisation et des états-majors de leurs corps d'armée, c'est la vraie tâche qui les attend encore.

— Expliquez-moi ça, ordonna Bretano.

— Monsieur, j'imagine que vous pourriez comparer ça aux cadres d'une société. Tout le monde doit apprendre à connaître tout le monde, de façon à communiquer correctement et à penser dans le même sens.

— Ou, mieux, à une équipe de football, ajouta Robby. Vous ne pouvez pas rassembler simplement onze gars et attendre d'eux qu'ils jouent comme il faut. Il faut qu'ils apprennent les mêmes tactiques. Chacun doit savoir de quoi les autres sont capables.

Le secrétaire à la Défense acquiesça d'un signe de tête.

— Ce n'est donc pas du matériel dont nous avons à nous inquiéter. Mais des gens.

— Exact, monsieur, répondit le colonel. Je peux vous apprendre à conduire un char en quelques minutes, mais il faudra un moment pour que je vous admette dans ma brigade.

— Dans ce cas-là, ça doit vous plaire de changer de secrétaire à la Défense de temps en temps, observa Bretano avec un petit sourire ironique.

— En général, ils pigent assez vite.

— Bon, qu'est-ce qu'on dit au président?

Les marines chinoise et taiwanaise gardaient leurs distances, comme si on avait tracé entre elles une ligne invisible, du nord au sud, à travers le détroit de Formose. Les Taiwanais se contentaient de suivre les Chinois, s'interposant entre eux et leur île; des règles tacites existaient et, jusqu'à présent, aucune n'avait été violée.

C'était pratique pour le commandant de l'USS *Pasadena*, dont le sonar et les équipements de poursuite essayaient de garder l'œil sur les deux camps, mais il espérait ne pas se retrouver en plein milieu si jamais ils engageaient les hostilités. Ç'aurait été trop bête d'être tué par erreur.

— Torpille à l'eau ! Relèvement deux-sept-quatre ! annonça soudain le compartiment sonar.

Immédiatement, des têtes se tournèrent, et chacun dressa l'oreille.

— Du calme, ordonna le commandant d'une voix tranquille. Sonar, de Central, des détails ! ajouta-t-il.

Ce qui contredisait son apparente sérénité.

— Même relèvement que le contact Sierra Quatre-Deux, un sous-marin de classe Luda II, mon commandant. C'est probablement lui qui l'a lancée.

— Quatre-Deux est dans le relèvement deux-sept-quatre, distance trente mille yards, intervint immédiatement un officier marinier qui suivait la poursuite.

— On dirait une de leurs nouvelles torpilles à auto-directeur, monsieur, six pales tournant à grande vitesse. Le relèvement passe du nord vers le sud, on définit bien son profil.

— Parfait, répondit le commandant, toujours placide.

— Elle est peut-être dirigée contre Sierra Quinze, monsieur. (Ce contact-là était un sous-marin de la vieille classe Ming, la copie chinoise d'une ancienne classe Romeo soviétique, un tas de ferraille dont le design datait des années 50. Moins d'une heure plus tôt, on l'avait entendu faire ronfler ses moteurs pour recharger ses batteries.) Il est à deux-six-un, à peu près à la même distance, dit l'officier responsable de la poursuite.

Le maître principal, à sa gauche, acquiesça d'un signe de tête.

Le commandant ferma les yeux et respira à fond. Il avait entendu des histoires sur le bon vieux temps de la guerre froide, lorsque des gens comme Bart Mancuso filaient vers le nord et croisaient au fond de la mer de Barents et, parfois, se retrouvaient au beau milieu d'un exercice de tir réel de la marine soviétique — peut-être même qu'elle les prenait pour des cibles parmi d'autres. Bonne occasion de se rendre compte de la qualité réelle des armes soviétiques..., plaisantaient-ils aujourd'hui, à l'aise dans leurs bureaux. Il comprenait à présent ce qu'ils avaient dû *vraiment* ressentir, à l'époque. Heureusement, ses toilettes personnelles n'étaient qu'à quelques mètres, au cas où...

— Nouvelle détection, bruit mécanique, relèvement deux-six-un, on dirait un brouilleur, probablement lâché par le contact Sierra Quinze, annonça ensuite le sonar. Relèvement de la torpille au deux-six-sept, vitesse estimée quatre-quatre nœuds, relèvement défilant nord-sud. Attendez — une autre torpille, relèvement deux-cinq-cinq !

— Pas de contact sur ce relèvement, c'est peut-être un lancement par hélico, dit le maître principal.

— Même signature acoustique, mon commandant. Un autre poisson autoguidé, qui se dirige au nord, avec peut-être pour objectif le même Sierra Quinze.

— Le pauvre est pris en tenaille, dit le second.

— Il fait nuit, là-haut, n'est-ce pas ? dit soudain le commandant.

C'était facile, quelquefois, de perdre le contact avec la réalité de la surface.

— C'est sûr, mon commandant, répondit le second.

— Ils ont fait des exercices de nuit avec leurs hélicos, cette semaine ?

— Non, monsieur. D'après nos services de renseignements, ils n'aiment pas voler dans l'obscurité !

— On dirait bien que ça vient de changer. Voyons un peu... Sortez le mât de mesures de soutien électroniques.

— Sortez le mât ESM, à vos ordres, mon commandant.

Un marin tira sur la manette appropriée, et l'antenne à capteurs électroniques de l'épaisseur d'un roseau monta en chuintant, propulsée par la force hydraulique. Le *Pasadena* croisait à immersion périscopique, avec sa longue « queue » sonar derrière lui. Il se tenait à peu près sur ce que le commandant espérait être la frontière entre les deux flottes ennemies. C'était l'endroit le plus sûr — jusqu'au moment où ils se mettraient à canarder.

— Je l'ai, mon commandant. Un émetteur sur bande-Ku au relèvement deux-cinq-quatre, appareil aérien, fréquences d'émission et d'impulsion identiques à celles de ces nouveaux appareils français. Waouh, beaucoup de radars, monsieur. Ça va prendre un moment pour les classer.

— Ils ont des hélicos français Dauphin sur certaines de leurs frégates, mon commandant, observa le second.

— Et maintenant, ils font des exercices nocturnes avec, grommela le commandant.

C'était inattendu, en effet. Les hélicoptères étaient chers, et se poser de nuit sur un bateau était toujours délicat. Cet entraînement de la marine chinoise répondait certainement à des intentions bien précises.

A la façon des soldats qui marchaient jadis derrière leurs drapeaux, sur le champ de bataille, les hauts fonctionnaires washingtoniens suivent les leaders d'opinion ou les idéologies — mais plus on est haut dans la hiérarchie et plus le terrain est glissant...

Un petit bureaucrate peut continuer à travailler tout en ignorant l'identité du secrétaire en exercice de son département. Mais dès qu'on monte l'échelle, on s'approche de la prise de décisions et des responsabilités politiques. Une fois arrivé à de telles positions, on doit effectivement agir ou demander à d'autres de faire, au moins de temps en temps, des choses qui ne correspondent pas toujours aux ordres écrits de ses supérieurs. Et celui qui fréquente régulièrement le dernier étage commence à être confondu avec ses occupants, quels qu'ils soient, et c'est en fin de compte le meilleur chemin pour pénétrer dans le bureau présidentiel, dans l'aile ouest. L'accès au sommet est synonyme de pouvoir et de prestige et là, vous avez droit à une photo signée par le président, qui indique votre importance à vos visiteurs. Mais s'il arrive quelque chose à la personne à côté de vous sur le cliché, alors celle-ci et sa signature peuvent se transformer en handicap. Le risque ultime est de passer de l'état d'initié, toujours bienvenu à cet étage, à celui de personne « extérieure » qu'on n'évite pas systématiquement, mais qui est forcée de mériter chacune de ses visites...

Le moyen de défense le plus évident, bien sûr, c'est un *réseau de relations,* un cercle d'amis et d'associés, pas forcément très proches, mais couvrant l'ensemble du spectre politique. Il faut être connu par un nombre suffisant d'autres « initiés » pour disposer, quoi qu'il arrive, d'une espèce de filet de sécurité. De cette façon, on reste dans le « réseau », on conserve ses entrées, et on en fait bénéficier ceux qui en ont besoin. En ce sens, rien n'a changé depuis la cour des pharaons, dans l'ancienne cité de Thèbes, où connaître un noble ayant accès au pharaon donnait un pouvoir qui se traduisait à la fois par de l'argent et par le plaisir de monnayer sa soumission contre de menus avantages.

Mais à Washington, comme à Thèbes, être trop proche du mauvais chef signifiait que l'on courait le risque de ternir sa réputation, surtout lorsque le pharaon ne jouait pas le jeu du système.

Et c'était le cas du président Ryan. Ils avaient l'impression qu'un étranger avait usurpé le trône, pas forcément un méchant homme, mais quelqu'un de différent qui ne rassemblait pas l'establishment autour de lui. Ils avaient patiemment attendu qu'il vînt vers eux, comme tous les autres présidents avant lui, pour bénéficier de leur sagesse et de leurs conseils, et pour qu'en échange de leurs bons et loyaux services, il leur distribue prébendes et sinécures, comme à tous les courtisans, depuis des siècles.

Mais l'ancien système avait été sinon détruit, du

moins ignoré, ce qui avait mis tout ce petit monde en émoi. Pas un cocktail où l'on ne discutât du nouveau président entre Perrier et petits fours, évoquant ses nouvelles théories avec un sourire condescendant, certain qu'il finirait par comprendre. Mais beaucoup de temps s'était déjà écoulé depuis cette affreuse nuit et rien ne se produisait. Les principaux lobbyistes tentaient d'avoir des rendez-vous avec le président, et on leur répondait qu'il était extrêmement pris et n'avait pas le temps.

Quoi ? Pas le temps *pour eux* ?

Pis encore, le Sénat, du moins une grande partie de celui-ci, suivait l'exemple du président. Beaucoup de ses membres se montraient désormais très cassants avec eux. On racontait qu'un nouveau sénateur de l'Indiana avait un minuteur de cuisine sur son bureau, qu'il le réglait sur cinq minutes pour les lobbyistes et refusait même de recevoir ceux qui venaient pour lui parler de cette *absurde* idée de remanier le Code des impôts. Il avait même annoncé au responsable d'un puissant cabinet juridique de Washington qu'il n'écouterait *plus jamais* de tels individus. En d'autres circonstances, ç'aurait été amusant. Certains élus arrivent à Washington sur leur cheval blanc, et finissent par comprendre que les chevaux, c'est démodé. Surtout que dans la plupart des cas la pureté d'intention n'est là que pour épater la galerie.

Mais pas cette fois. L'histoire du minuteur avait fait son chemin. D'abord rapportée dans les journaux locaux de Washington D. C., elle avait été reprise dans un quotidien d'Indianapolis, puis diffusée par deux agences de presse nationales. Ce sénateur avait tenu un discours vigoureux à ses collègues, et en avait convaincu certains. Pas beaucoup, mais assez pourtant pour que l'affaire inquiète. Et assez aussi pour se voir confier la direction d'un puissant sous-comité, une tribune merveilleuse pour quelqu'un comme lui, d'autant qu'il avait le sens de l'effet et que son style plaisait aux journalistes qui ne pouvaient s'empêcher de le citer... Et même ceux qui appartenaient au « grand réseau » adoraient se faire l'écho de ce genre de « nouveautés » — un mot dont la plupart d'entre eux avaient d'ailleurs oublié le sens.

Dans les cocktails, on disait que ce n'était qu'une lubie, comme le Houla-Hoop, rigolote peut-être, mais qui serait vite oubliée. De temps en temps, cependant, quelqu'un se montrait soucieux. Son sourire tolérant se figeait et il se demandait si, effectivement, quelque chose de vraiment « nouveau » n'était pas en train de se passer...

Dans les dîners à Georgetown, on avait du mal à cacher son anxiété : tous ces gens avaient des crédits à rembourser, des enfants à élever, un statut à défendre. Ils n'avaient aucune envie de retourner d'où ils venaient.

C'était tout simplement scandaleux. Comment ces nouveaux sénateurs pouvaient-ils espérer savoir quoi faire sans les lobbyistes du réseau pour les guider ? Ne représentaient-ils pas le peuple, eux aussi ? N'étaient-ils pas payés pour ça ? N'informaient-ils pas les représentants élus — mais non, c'était pire, ces gens-là n'avaient même pas été *élus,* ils avaient été nommés par des gouverneurs qui, souhaitant être réélus eux-mêmes, s'étaient inclinés devant les discours télévisés passionnés mais totalement irréalistes du président Ryan ! On avait parfois l'impression d'assister à la naissance d'une nouvelle religion.

Beaucoup se demandaient avec inquiétude quelles lois ces sénateurs néophytes allaient voter... car ils allaient voter des *lois,* oui, ils en avaient le pouvoir — sinon la sagesse. Ils pouvaient effectivement en faire passer certaines sans être « aidés ». C'était une idée tellement différente que c'en était effrayant.

Les campagnes pour la Chambre allaient commencer à travers tout le pays, des élections qui permettraient de reconstituer la Maison du Peuple, comme on se plaisait à la nommer, ou encore le Disneyland des lobbyistes : quatre cent trente-cinq faiseurs de lois et leurs équipes rassemblés sur dix petits hectares... Les données du scrutin, d'abord publiées dans les journaux locaux, étaient maintenant reprises par les médias nationaux avec stupeur et incrédulité. De parfaits inconnus se présentaient pour la première fois de leur vie ; des hommes d'affaires, des leaders de diverses communautés qui n'avaient jamais joué le jeu du système, des avocats, des pasteurs et quelques médecins. Certains pouvaient même l'emporter, avec de grands discours populistes sur le soutien au président et la « renaissance de l'Amérique » — une expression très à la mode, ces derniers temps... Mais l'Amérique n'était pas morte, se disaient les membres du réseau. La preuve : ils étaient toujours là, n'est-ce pas ?

Et ce Ryan était responsable de tout ça. Il n'avait jamais été l'un des leurs. Il avait même répété qu'il n'aimait pas être président.

Quoi ? Il n'aimait pas ça ?

Comment pouvait-on ne pas aimer le pouvoir de faire tant de choses, de distribuer tant de faveurs, d'être courtisé et flatté comme un roi de l'ancien temps ?

Il n'aimait pas ça ?

Dans ce cas, il n'était pas de leur monde, n'est-ce pas ?

Mais ils savaient comment régler ce petit problème. Quelqu'un avait déjà commencé. Des fuites. Et pas simplement de l'intérieur. Ces gens-là n'avaient pas grande importance. Il y avait mieux. Il y avait les grosses pointures, et là, les entrées comptaient encore, car le réseau avait plusieurs voix, et beaucoup d'oreilles pour les écouter. Ce ne serait pas une conspiration en soi. Cela se produirait... naturellement — autant du moins que c'était possible dans cette ville.

En fait, ça avait déjà commencé.

Badrayn se remit à son ordinateur. Dans cette mission, il le savait, le temps était essentiel. Avant tout, il fallait réduire les déplacements au minimum. Le problème, ici, c'était que l'Iran était toujours hors la loi, avec très peu de possibilités de voyages aériens.

Les vols depuis Téhéran dont les horaires convenaient étaient terriblement réduits :

94

L'avion de KLM pour Amsterdam décollait à une heure du matin et arrivait en Hollande à six heures dix, avec une escale.

Le vol direct 601 de la Lufthansa partait à deux heures cinquante-cinq et se posait à Francfort à cinq heures cinquante.

Le 774 direct d'Austrian Airlines décollait à trois heures quarante du matin et était à Vienne à six heures.

Le 165 d'Air France partait à cinq heures vingt-cinq et atterrissait à Charles-de-Gaulle à neuf heures.

Le 102 de la British Airways décollait à six heures et arrivait à Heathrow à douze heures quarante-cinq après une escale.

Le 516 d'Aeroflot quittait l'Iran à trois heures du matin pour Moscou, qu'il atteignait à sept heures dix.

Un seul vol direct pour Rome, aucun pour Athènes, et pas un seul non plus sans escale pour Beyrouth !

Il aurait pu faire passer ses hommes par Dubaï — curieusement, Emirates Airlines exploitait une ligne entre Téhéran et son propre aéroport international, exactement comme la compagnie nationale koweïtienne, mais il estima que ce n'était pas une bonne idée.

Il n'avait donc qu'un petit nombre de lignes à sa disposition, et toutes surveillées par les services secrets étrangers. Si ces gens-là étaient compétents, et il présumait qu'ils l'étaient, ils auraient des agents à bord de ces avions ; ou ils auraient soigneusement expliqué au personnel navigant *qui* il fallait surveiller et comment communiquer ces informations pendant le trajet. Ce n'était donc pas seulement une question d'horaire.

Ses hommes étaient bons ; la plupart étaient instruits, et ils savaient comment s'habiller de façon correcte, comment soutenir une conversation... ou en esquiver une poliment. Sur les vols internationaux, le mieux était de faire semblant de dormir. Mais une seule erreur, et les conséquences risquaient d'être graves. Il le leur avait dit, et tous l'avaient écouté attentivement.

Badrayn n'avait jamais été chargé d'une telle mission, et c'était pour lui un formidable pari. Juste quelques vols vraiment utilisables, et encore, celui pour Moscou ne lui plaisait guère. Les « villes-portes » qu'étaient Londres, Francfort, Paris, Vienne et Amsterdam feraient l'affaire — un seul vol par jour. La bonne nouvelle, c'était que toutes les cinq offraient ensuite un vaste éventail de correspondances pour les Etats-Unis. Donc, un groupe prendrait le 601 pour Francfort et, de là, certains transiteraient par Bruxelles (Sabena pour New York-JFK) et Paris (Air France pour Washington-Dulles ; Delta pour Atlanta ; American Airlines pour Orlando ; United pour Chicago), avec des correspondances dont les horaires convenaient, tandis que les autres embarqueraient sur Lufthansa à destination de Los Angeles. L'équipe qui voyagerait sur British Airways avait le plus de choix. Un autre groupe embarquerait sur le vol 3 de Concorde pour New York. La seule difficulté était de franchir sans encombre la première partie du trajet. Après cela, l'immense toile d'araignée du réseau aérien leur permettrait de se disperser.

Et cependant, vingt personnes, cela signifiait vingt erreurs possibles... La sécurité d'une opération était toujours problématique. Il avait passé la moitié de son existence à ruser avec les Israéliens, et qu'il fût toujours vivant était la preuve de son succès — ou, du moins, d'un échec partiel, ce qui était une formule plus honnête. Les épreuves qu'il avait affrontées avaient failli le rendre fou plus d'une fois... Bon. Il avait au moins réglé la question du voyage. Demain, il leur expliquerait tout ça. Il vérifia sa montre. Demain n'était plus très loin.

Tous les initiés n'étaient pas d'accord entre eux. Chaque groupe avait ses cyniques et ses rebelles, certains bons, d'autres mauvais, quand ils n'étaient pas carrément des parias. Et il fallait compter aussi sur la colère. Les membres du réseau contrecarrés par leurs collègues dans une de leurs tentatives prenaient les choses avec philosophie — ils leur rendraient la mon-

naie de leur pièce plus tard, tout en restant amis —,
mais pas toujours. C'était surtout vrai des journalistes, qui étaient à la fois *dans* le réseau et *en dehors*.
Dans, car ils avaient effectivement des relations et des
amitiés parmi les gens qui avaient passé presque
toute leur vie au gouvernement et leur communiquaient informations, analyses et ragots. Mais en
dehors aussi, car les initiés ne leur faisaient pas vraiment confiance. Les médias pouvaient être utilisés,
trompés et flattés. Mais les croire ? Surtout pas !

Certains journalistes avaient même des principes.

— Arnie, faut qu'on parle.

— On devrait, en effet, acquiesça van Damm,
reconnaissant la voix de l'homme qui l'appelait sur sa
ligne directe.

— Ce soir ?

— D'accord. Où ?

— Chez moi ?

Le secrétaire général de la présidence réfléchit
quelques secondes, puis répondit :

— Pourquoi pas ?

La délégation arriva juste à temps pour les prières
du soir. Les salutations furent cordiales et sans cérémonie des deux côtés, puis les trois hommes pénétrèrent dans la mosquée et accomplirent les rituels.
En temps normal, ils se seraient sentis purifiés par
leurs dévotions en ressortant dans le jardin. Mais pas
aujourd'hui. Seule l'habitude de dissimuler leurs
émotions leur permettait de ne pas manifester ouvertement de tension, mais aucun d'eux n'était dupe.

— Merci de nous recevoir, commença le prince Ali
ben Cheikh, préférant ne pas ajouter qu'il avait
attendu suffisamment longtemps.

— Je suis heureux de le faire dans la paix, répondit
Daryaei. C'est bien que nous ayons pu prier ensemble.
(Il les conduisit jusqu'à une table dressée par son service de sécurité, où du café était servi, un café fort et
amer comme on l'aimait au Moyen-Orient.) Dieu
bénisse cette réunion, mes amis. En quoi puis-je vous
être utile ?

— Nous sommes ici pour discuter des récents événements, observa le prince royal après avoir siroté
une gorgée de café.

Il regarda Daryaei droit dans les yeux. Son collègue, Mohammed Adman Sabah, le ministre koweïtien des Affaires étrangères, était resté silencieux
jusqu'à présent.

— Que voulez-vous savoir ? s'enquit Daryaei.

— Vos intentions, répliqua Ali franchement.

Le chef spirituel de la République islamique unie
soupira.

— Nous avons beaucoup de travail en perspective.
Toutes ces années de guerre et de souffrances, toutes
ces vies gaspillées, toutes ces destructions... Cette
mosquée (il indiqua d'un geste les réparations évidentes dont elle avait besoin) en est un bon symbole,
vous ne pensez pas ?

— Il y a eu beaucoup de raisons de se lamenter, en
effet, l'approuva Ali.

— Mes intentions ? poursuivit Daryaei. Restaurer.
Ce malheureux peuple a connu trop d'épreuves. Trop
de sacrifices — et pour quelles raisons ? Pour les
ambitions terrestres d'un impie. Les cris de protestation contre ces injustices sont montés jusqu'à Allah et
Allah y a répondu. Et bientôt nous serons peut-être
un peuple prospère et religieux.

— Cela prendra des années, observa le Koweïtien.

— C'est sûr, admit Daryaei. Mais maintenant que
l'embargo est levé, nous avons assez de ressources
pour y parvenir, et la volonté de réussir. Nous prendrons un nouveau départ, ici.

— Dans la paix, ajouta Ali.

— Dans la paix, certainement, acquiesça Daryaei
avec sérieux.

— Nous pourrions peut-être vous aider ? Après
tout, la charité est l'un des piliers de notre foi, fit
observer Sabah.

Hochement de tête bienveillant.

— Nous vous sommes reconnaissants de votre gentillesse, Mohammed Adman. Il est bon que nous
soyons guidés par notre foi plutôt que par ces

influences temporelles qui, hélas, ont ravagé cette région ces dernières années, mais pour le moment, comme vous pouvez le voir, la tâche est si vaste que nous commençons à peine à déterminer ce que nous avons à faire et dans quel ordre. Peut-être pourrons-nous reparler de cela dans un certain temps ?

Ce n'était pas tout à fait un refus catégorique de son aide, mais ça y ressemblait. La RIU ne voulait pas de rapports avec l'extérieur. Exactement ce que craignait le prince Ali.

— A la prochaine réunion de l'OPEP, proposa Ali, nous discuterons du réaménagement des quotas de production, pour que vous puissiez bénéficier plus équitablement des revenus pétroliers.

— Ça nous serait utile, en effet, convint Daryaei. Nous ne demandons pas grand-chose. Un ajustement mineur.

— Nous sommes donc d'accord là-dessus ? demanda Sabah.

— Certainement. C'est une simple question technique que nous pouvons déléguer à nos fonctionnaires respectifs.

Les deux visiteurs hochèrent la tête, conscients que la rediscussion des quotas de production était le problème qui soulevait toujours le plus de rancœurs. Si chaque pays exportait trop, les prix mondiaux s'effondraient et tout le monde en souffrait. D'un autre côté, si la production était trop limitée, les prix grimpaient, et cela causait des dommages aux économies des Etats qui étaient leurs clients, et, du coup, ceux-ci réduiraient leur demande et donc les bénéfices. L'équilibre qui convenait — difficile à trouver, comme dans tous les domaines de l'économie — était chaque année le sujet de missions diplomatiques de haut niveau, dont chacune entraînait de graves discordes au sein de l'organisation des pays producteurs, principalement musulmans. Or, les choses s'étaient réglées trop facilement, aujourd'hui.

— Y a-t-il un message que vous souhaitez transmettre à nos gouvernements ? demanda alors Sabah.

— Nous ne désirons que la paix, pour pouvoir

mener notre tâche à bien, la fusion de nos deux sociétés, selon la Volonté d'Allah. Vous n'avez rien à craindre de nous.

— Alors, qu'est-ce que vous en pensez?

Un autre cycle d'entraînement venait de se terminer. Quelques officiers supérieurs israéliens — dont au moins un des responsables de l'espionnage — étaient là. Le colonel Sean Magruder appartenait à la cavalerie, mais chaque officier avait besoin des informations du renseignement et il n'hésitait jamais à se servir à toutes les sources qu'il trouvait.

— Je crois que les Saoudiens sont très nerveux, et tous leurs voisins aussi.

— Et vous? demanda Magruder.

Il avait adopté sans s'en rendre compte les manières directes habituelles à ce pays, surtout chez les militaires.

Avi ben Jacob, toujours officier en titre de l'armée — il en portait même l'uniforme, aujourd'hui —, était le directeur adjoint du Mossad. Il se demanda jusqu'où il pouvait aller, mais vu sa position, c'était à lui d'en décider.

— Nous n'apprécions guère l'évolution de la situation.

— D'un point de vue historique, fit remarquer le colonel Magruder, Israël a toujours entretenu des rapports avec l'Iran, et ce, même après la chute du shah. Ça remonte à l'Empire perse. Je crois que votre fête de Pourim date de cette période. L'aviation israélienne a mené des missions pour les Iraniens pendant la guerre Iran-Irak et...

— Nous avions un grand nombre de juifs en Iran à l'époque, l'interrompit Jacob, et nous avons fait ça pour leur permettre de quitter le pays.

— Et cette sale affaire d'échange d'otages contre des armes dans laquelle Reagan s'est fait piéger, c'est probablement une idée de votre agence, ajouta Magruder, histoire de montrer que lui aussi il connaissait le jeu.

100

— Vous êtes bien informé.

— C'est mon travail, du moins pour une part. Monsieur, je ne porte aucun jugement de valeur, ici. Faire sortir vos compatriotes d'Iran, à l'époque, c'était « le boulot », comme nous disons chez nous, et tous les pays sont confrontés à ça. Je vous demande simplement ce que vous pensez de la RIU.

— Nous estimons que Daryaei est l'homme le plus dangereux de la planète.

Magruder se souvint de la réunion secrète à laquelle il avait participé plus tôt dans la journée à propos des mouvements de troupes iraniens en Irak, puis il murmura :

— Je suis d'accord avec vous.

Il en était venu à aimer les Israéliens. Ça n'avait pas toujours été le cas. Pendant des années, l'armée des Etats-Unis avait même cordialement détesté l'Etat juif, et toutes ses agences, surtout à cause de l'arrogance dont faisaient preuve les officiers supérieurs de cette petite nation. Mais les Forces de défense israéliennes avaient appris l'humilité au Liban, et aussi le respect des armes américaines qu'elles avaient vues à l'œuvre pendant la guerre du Golfe.

L'installation du Buffalo Cav dans le désert du Néguev avait contribué à ce changement. La tragédie vécue par l'Amérique au Vietnam avait anéanti un autre genre d'arrogance, et engendré un nouveau professionnalisme. Sous la direction de Marion Diggs, son premier commandant, le 10e de cavalerie des Etats-Unis reconstitué avait distribué quelques sévères leçons aux visiteurs ; Magruder poursuivait cette tradition et les soldats de la cavalerie israélienne apprenaient, exactement comme les Américains l'avaient fait plus tôt, à Fort Irwin. Après des protestations où l'on en était presque venu aux mains, le bon sens avait repris le dessus. Même Benny Eitan, le commandant de la 7e brigade blindée israélienne, avait fait des progrès après les premières corrections qu'il avait reçues, et, en partant, il avait remercié les Américains de leurs leçons — en leur promettant de leur botter les fesses l'année suivante. Un modèle mathématique complexe de l'ordinateur central de la Star Wars Room locale indiquait que l'armée israélienne s'était améliorée de quarante pour cent en quelques années ; et aujourd'hui qu'ils avaient quelque raison de se montrer arrogants de nouveau, les officiers israéliens faisaient preuve d'une humilité désarmante et d'un formidable désir de continuer à apprendre — preuve d'un vrai professionnalisme.

Et voilà qu'un des responsables de leur service d'espionnage ne disait plus que ses forces étaient capables de résister à tout ce que le monde islamique lancerait contre son pays...

Magruder estima qu'il devait en informer Washington.

Une fois « perdu » en Méditerranée, le jet d'affaires ne pouvait plus sortir d'Iran. L'avoir utilisé pour évacuer les généraux irakiens au Soudan avait été une erreur, quoique nécessaire, mais l'appareil servait désormais aux déplacements personnels de Daryaei, et il lui était très utile, car son temps était compté et sa nouvelle nation très vaste. Moins de deux heures après avoir quitté ses visiteurs sunnites, il était de retour à Téhéran.

— Alors ?

Badrayn étala ses documents sur son bureau et lui indiqua les villes, les itinéraires et les horaires. De simples questions techniques. Daryaei jeta un rapide coup d'œil aux plans ; ils semblaient très compliqués, mais cela ne l'inquiéta pas outre mesure. Il releva les yeux dans l'attente d'explications.

— Le problème principal, ce sont les horaires, dit Badrayn. Nous voulons que chaque voyageur parvienne à destination trente heures au maximum après son départ. Celui-là, par exemple, quitte Téhéran à six heures du matin, et arrive à New York à deux heures, heure de Téhéran. Durée totale : vingt heures. Le salon auquel il assistera — au Jacob Javits Center, à New York — sera encore ouvert après vingt-deux heures. Celui-là s'envole à deux heures cinquante-cinq du matin, et arrive à Los Angeles vingt-trois heures plus tard — au début de l'après-midi, heure locale. Son salon reste ouvert toute la journée. C'est notre destination la plus éloignée, et son « paquet » sera encore efficace à plus de quatre-vingt-cinq pour cent.

— Et la sécurité ?

— Ils ont été soigneusement briefés. J'ai choisi des gens intelligents et instruits. Ils ont juste à se montrer aimables pendant le voyage. Ensuite, il leur faudra un peu de prudence. Vingt en même temps, c'est difficile, mais c'étaient vos ordres.

— Et l'autre groupe ? demanda Daryaei.

— Ils partent deux jours plus tard, selon des modalités similaires. Cette mission-là est beaucoup plus dangereuse.

— J'en ai conscience. On peut compter sur eux ?

— Oui, répondit Badrayn avec un signe de tête. (Il connaissait le vrai sens de cette question : étaient-ils suffisamment fous ?) En réalité, c'est le risque politique qui m'inquiète.

— Comment ça ?

— Dans la pire des hypothèses, les documents d'embarquement de nos hommes mettront la police sur la piste d'un faux commanditaire. Et, bien sûr, nous avons pris les mesures de sécurité habituelles. Non, je parle du contexte politique américain. Lorsqu'un malheur arrive à un de leurs politiciens, cela crée généralement un courant de sympathie à son égard, qui peut entraîner un soutien politique accru.

— Vraiment ? Ça ne l'affaiblit pas ?

C'était plutôt dur à avaler, pour Daryaei.

— Dans notre contexte, oui, mais pas forcément dans le leur.

Daryaei considéra cette hypothèse et la compara silencieusement avec d'autres analyses qu'il avait demandées et étudiées.

— J'ai rencontré Ryan, dit-il. Il n'est pas solide. Il a du mal à régler ses problèmes politiques. Il n'a toujours pas de véritable gouvernement derrière lui. Avec ces deux missions, nous le briserons, ou du moins nous l'occuperons assez longtemps pour atteindre notre prochain objectif. Lorsque celui-ci sera accompli, l'Amérique n'aura plus d'importance.

— Il vaudrait mieux ne mener que la première, insista Badrayn.

— Nous devons frapper ce peuple. Si ce que vous dites de leur gouvernement est exact, nous leur ferons plus de mal qu'ils n'en ont jamais connu. Nous ébranlerons son chef, sa confiance en lui et celle que son pays a placée en lui.

Badrayn devait faire attention à sa réponse. C'était un saint homme avec une sainte mission. Il n'était pas entièrement accessible à la raison. Il pensa soudain qu'il devait y avoir *autre chose* dont Daryaei ne l'avait pas informé.

— Le mieux serait simplement de tuer Ryan si nous le pouvions, risqua-t-il. Une attaque contre des enfants va les rendre furieux. Les Américains sont très sentimentaux en ce qui concerne leurs gosses.

Daryaei ne releva pas. Il demanda :

— La seconde mission n'est lancée que lorsqu'on sait que la première est un succès ?

— Exact.

— Alors, c'est suffisant, murmura-t-il, s'intéressant de nouveau à l'organisation des voyages, et laissant Badrayn à ses pensées.

Il y a un troisième élément, se répéta-t-il. *Il doit y en avoir un.*

— Il assure que ses intentions sont pacifiques.

— Hitler aussi le prétendait, Ali, rappela le président à son ami.

Il vérifia sa montre. Il était minuit passé, en Arabie Saoudite. Ali était rentré chez lui et, bien sûr, il s'était entretenu avec son gouvernement avant d'appeler Washington.

— Vous êtes au courant, pour les mouvements de troupes ? ajouta Ryan.

— Oui, les vôtres nous ont renseignés plus tôt dans

la journée. Il leur faudra un moment avant de nous menacer vraiment. De telles choses prennent du temps.

— C'est vrai, c'est aussi ce qu'on m'a dit. (Ryan poursuivit après un silence :) OK, que propose le royaume ?

— Nous surveillerons tout ça de près. Notre armée s'entraîne. Nous avons votre promesse de soutien. Nous sommes inquiets, mais pas tant que ça.

— Nous pourrions programmer des manœuvres conjointes, proposa Jack.

— Ça risque simplement d'envenimer les choses, répondit le prince.

L'absence totale de conviction dans sa voix n'était pas accidentelle. Il avait sans doute proposé cette idée pendant la réunion de son gouvernement et reçu une réponse négative.

— Bon, j'imagine que vous avez eu une rude journée. Dites-moi, de quoi a l'air Daryaei aujourd'hui ? Je ne l'ai plus revu depuis que vous me l'avez présenté.

— Il semble en bonne santé. Il paraît fatigué, cependant, mais il a été plutôt occupé, ces temps-ci.

— Je comprends ça ! Ali ?

Le président s'interrompit brusquement, se souvenant qu'il n'était pas un spécialiste des échanges diplomatiques. Mais il poursuivit quand même :

— Et moi, à quel point dois-je m'inquiéter ?

— Que disent les vôtres ?

— Certains m'ont tenu à peu près le même discours que vous, mais pas tous. Restons en contact, mon ami.

— Je comprends, monsieur le président. Au revoir, pour le moment.

Une conclusion peu satisfaisante pour une communication téléphonique qui ne l'était guère plus. Ryan raccrocha et jeta un coup d'œil à son bureau désert. Ali ne lui avait pas dit ce qu'il pensait vraiment, car la position de ses supérieurs était différente de la sienne. Jack avait connu ça souvent, et les mêmes règles s'appliquaient toujours en la matière. Ali se devait d'être loyal envers son gouvernement —

bon sang, il était presque entièrement composé de membres de sa famille ! — mais il s'était quand même permis un petit écart de langage, et il était trop malin pour le faire involontairement. Ç'aurait sans doute été plus facile auparavant, lorsque Ryan n'était pas président et que les deux hommes communiquaient sans se soucier de politique à chaque phrase. A présent, Jack *était* l'Amérique pour le reste de la planète et les hauts fonctionnaires ne pouvaient lui parler que de cette façon, au lieu de se souvenir qu'il était aussi un être humain qui avait besoin d'explorer différentes voies avant de prendre des décisions... Le rencontrer face à face aurait sans doute été préférable à un échange téléphonique.

Mais même les présidents étaient limités par le temps et l'espace.

36

VOYAGEURS

Le vol 534 KLM commença son roulage à une heure dix. L'appareil était bondé — à cette heure-ci, les passagers fatigués se dirigèrent d'un pas mal assuré vers leurs sièges, s'y laissèrent tomber lourdement, s'y attachèrent et acceptèrent des oreillers et des couvertures. Les habitués attendirent le choc sourd de la remontée du train d'atterrissage avant de pousser leur siège le plus loin possible, puis ils fermèrent les yeux dans l'espoir d'un voyage tranquille et d'un vrai sommeil.

Cinq des hommes de Badrayn étaient à bord, deux en première et trois en classe affaires. Leurs bagages étaient dans la soute et ils avaient glissé leur sac sous le siège devant eux. Ils étaient très nerveux, et un verre les aurait calmés — interdit religieux ou pas —, mais on ne servirait pas d'alcool tant que l'appareil ne serait pas sorti de l'espace aérien de la République islamique unie. Ils se plièrent au règlement, car ils avaient été correctement briefés. Ils s'étaient présentés à l'aéroport comme des voyageurs ordinaires, et leurs bagages à main avaient été passés aux rayons X par des personnels de sécurité tout aussi consciencieux que leurs homologues occidentaux — encore plus, même, car les vols étaient relativement peu nombreux, et la paranoïa locale plutôt développée. Pour chacun d'eux, l'écran de la machine avait montré un nécessaire de rasage, des documents, des livres et divers autres articles.

Ils étaient instruits ; presque tous avaient même fréquenté l'université américaine de Beyrouth, certains pour décrocher une licence, d'autres simplement... pour apprendre à connaître leur ennemi. Ils étaient habillés très correctement — ils avaient desserré leur cravate, maintenant — et avaient rangé leurs manteaux dans les minuscules penderies de l'avion. Moins de quarante minutes après le décollage, ils dormaient par intermittence, comme les autres passagers.

— Bon, qu'est-ce que vous en pensez ? demanda Arnie van Damm.

Holtzman agita son verre en faisant tourner ses glaçons.

— En d'autres circonstances, j'aurais appelé ça une conspiration, mais on n'en est pas là. Pour un type qui prétend qu'il veut juste « reconstruire » le pays, c'est sûr que Jack fait beaucoup de choses nouvelles et folles.

— « Folles » est un terme un peu exagéré, Bob.

— Pas pour eux. Tout le monde dit : « Ce n'est pas l'un des nôtres » et réagit violemment à ses initiatives. Même vous, vous devez admettre que ses théories fiscales sortent de l'ordinaire, mais c'est vrai que tout ça n'est qu'un prétexte. Le scénario est toujours le même. Deux ou trois fuites et le tour est joué !

Arnie acquiesça. C'était comme la propreté des villes. Si quelqu'un mettait toutes ses ordures dans une poubelle, alors les rues restaient impeccables, et les éboueurs faisaient leur boulot en quelques secondes. En revanche, si cette même personne jetait ses détritus par la fenêtre de sa voiture, alors on passait des heures à tout ramasser. L'autre camp, en ce moment, balançait ses ordures à tout vent, si bien que le président perdait son temps, déjà limité, en brouilles au lieu de s'atteler à son vrai travail. La comparaison était audacieuse mais appropriée. L'action politique consistait souvent moins à œuvrer pour la collectivité qu'à répandre n'importe où des saloperies que d'autres étaient obligés de nettoyer.

— Qui est responsable de la fuite ?

Le journaliste haussa les épaules.

— Difficile à dire. Quelqu'un de la CIA, probablement une des victimes des compressions de personnel. Vous devez tout de même admettre que développer l'activité « espionnage » de l'Agence, ça fait un peu Néandertal. Ils réduisent de combien la Direction du renseignement ?

— Plus qu'assez pour compenser le nouveau personnel de terrain. L'idée, c'est de faire des économies, de recueillir de meilleures informations, d'être globalement plus efficace, tout ça, quoi... Mais je ne dis pas au président comment gérer le renseignement, ajouta van Damm. Là-dessus, c'est lui, l'expert.

— Je le sais. Mon enquête est presque bouclée. J'allais vous appeler pour une interview avec lui quand cette affaire a éclaté.

— Oh ? Et quel...

— Quel est mon angle d'attaque ? Disons que c'est un type contradictoire. A certains égards, il est brillant. Mais à d'autres ? Le traiter de jeune naïf, c'est charitable.

— Continuez.

— J'aime le personnage, admit Holtzman. C'est sûr qu'il est honnête, extrêmement honnête, même. Vous voulez savoir ce qui m'emmerde ? (Il s'interrompit pour boire une gorgée de bourbon, hésita un instant, puis poursuivit avec une colère non feinte.) Quelqu'un, au *Post*, a divulgué mon reportage, probablement à Ed Kealty. Et celui-ci a craché le morceau à Donner et à Plumber.

— Vous voulez dire qu'ils ont utilisé votre reportage pour le coincer ?

— Et pas qu'un peu !

Van Damm manqua d'éclater de rire.

— Bienvenue à Washington, Bob ! s'écria-t-il.

— Vous savez, certains d'entre nous ont encore des principes déontologiques, répliqua le journaliste, l'air embarrassé. C'était un bon papier. J'ai remué ciel et terre pour enquêter. J'avais ma propre source à la CIA — en fait, j'en ai plusieurs, mais j'en avais trouvé une nouvelle pour l'occasion, quelqu'un qui connaissait vraiment bien son sujet. J'ai pris ce qu'il a voulu me donner et j'ai vérifié tout ce que j'ai pu, j'ai raconté ce que je *savais* et ce que je *pensais*, en expliquant à chaque fois la différence. Le portrait de Ryan était plutôt sympa. OK, il lui arrive de court-circuiter le système, mais il n'a jamais violé la loi, pour ce que j'en sais. En cas de crise majeure, c'est un type à qui on peut faire confiance. Mais un salopard m'a piqué *mon* article, *mes* informations, et il a déconné avec, et j'aime pas ça, Arnie. Moi aussi, j'ai la confiance du public, en tout cas mes reportages. (Il reposa son verre.) Bon, je sais ce que vous pensez de moi et de mes...

— Non, vous ne le savez pas, l'interrompit van Damm.

— Mais vous avez toujours...

— Je suis le secrétaire général de la Maison-Blanche, Bob. Je dois être loyal envers mon patron, et donc jouer dans mon camp, mais si vous vous imaginez que je ne respecte pas la presse, alors vous êtes moins malin que je ne croyais. Nous ne sommes pas toujours amis, elle et moi. Parfois nous sommes même ennemis, mais nous avons besoin de vous, exactement comme vous avez besoin de nous. Pour l'amour du ciel, si je n'avais pas de respect pour vous, vous croyez que je vous aurais amené une bouteille ?

Pirouette élégante... ou paroles sincères ? se demanda Holtzman. Difficile à savoir, car Arnie était un joueur trop doué. Le mieux était de finir son verre — ce qu'il fit.

— D'accord, Arnie, je l'admets.

— Vous êtes trop bon. (Van Damm sourit et remplit de nouveau les verres.) Si vous m'expliquiez pourquoi vous m'avez appelé ?

— C'est embarrassant à dire... Voilà, je ne veux pas participer au lynchage d'un innocent.

— Pourtant, vous l'avez déjà fait, objecta Arnie.

— Peut-être, mais c'étaient des politiciens, et ils y seraient passés d'une façon ou d'une autre. Ryan ne le mérite pas.

— Mais ça vous emmerde de perdre votre article et le Pulitzer qui...

— J'en ai déjà deux, lui rappela Holtzman.

Vrai, et dans le cas contraire, son rédacteur en chef lui aurait retiré cette enquête — les mœurs au sein du *Washington Post* n'étaient pas moins brutales que dans le reste de la ville.

— Et alors ?

— Alors, j'ai besoin d'infos sur la Colombie. J'ai besoin qu'on me parle de Jimmy Cutter et de la façon dont il est mort.

— Doux Jésus, Bob, vous n'imaginez pas ce qu'a vécu notre ambassadeur là-bas, aujourd'hui ! On ne peut pas raconter cette histoire. On ne peut tout simplement pas.

— Elle sortira forcément. La question est de savoir *qui* le fera, et c'est ça qui déterminera la façon dont elle sera présentée. Arnie, j'en sais assez pour écrire quelque chose, d'accord ?

Comme cela arrivait souvent à Washington, chacun était piégé par les circonstances. Holtzman avait un article à écrire. Ce papier lui permettrait peut-être de publier son enquête et, qui sait, de remporter un autre Pulitzer — et aussi de faire comprendre à la personne qui avait transmis ses infos à Ed Kealty qu'il fallait quitter le *Post* avant qu'il ne découvre son nom et ne détruise sa carrière avec quelques rumeurs bien placées. Arnie, lui, était coincé par son devoir vis-à-vis de son président, et le seul moyen de le défendre, ici, c'était de violer la loi et de trahir la confiance du président en question. Il pensa soudain qu'il devait y avoir des façons plus faciles de gagner sa vie. Il aurait pu faire lanterner Holtzman, mais ç'aurait été de la comédie et ils étaient tous les deux au-delà de ça.

— Pas de notes, pas de magnéto.

— Confidentiel. Un « haut fonctionnaire », même pas un « haut fonctionnaire du gouvernement », accepta Bob.

— Et je vous trouve des gens qui confirmeront.

— Ils savent tout ?

— Encore plus que moi. Je viens juste de découvrir l'essentiel de cette affaire !

Le journaliste eut l'air étonné.

— Parfait, dit-il. Mêmes règles pour eux. Qui connaît réellement cette histoire ?

— Même le président ne sait pas tout. Je ne suis d'ailleurs pas sûr que quelqu'un soit au courant de l'ensemble des choses.

Holtzman but une autre gorgée de bourbon. La dernière. Comme un chirurgien en salle d'opération, il ne croyait pas au mélange d'alcool et de travail.

Le KLM 534 se posa à Istanbul à deux heures cinquante-cinq du matin, après trois heures et quart d'un vol de plus de deux mille kilomètres. Les passagers étaient à moitié endormis ; le personnel navigant les avait réveillés une demi-heure plus tôt et leur avait demandé en plusieurs langues de redresser leur siège. L'atterrissage se passa en douceur, et quelques-uns soulevèrent le rideau de plastique de leur hublot pour vérifier qu'ils étaient bien de retour sur la terre ferme. Ceux qui étaient arrivés se levèrent et sortirent d'un pas mal assuré dans la nuit turque. Les autres repoussèrent leur siège pour un autre petit somme pendant les quarante-cinq minutes d'escale avant le redécollage de l'avion à trois heures quarante pour la seconde partie du voyage.

Le 601 de la Lufthansa était un Airbus 310 biréacteur, à peu près de la même taille et de la même capacité que le Boeing de KLM. Celui-là, aussi, emportait cinq voyageurs de Badrayn, et il commença son roulage à deux heures cinquante-cinq pour un vol direct jusqu'à Francfort.

— C'est une sacrée histoire, Arnie.
— Ouais. Jusqu'à ce week-end, je ne connaissais pas le plus important.
— Vous êtes sûr de tout ça ? insista Holtzman.
— Toutes les pièces du puzzle s'emboîtent. (Il haussa les épaules.) Je ne dis pas que ça m'a plu d'apprendre tout ça. En plus, je pense qu'on aurait quand même gagné les élections, mais, bon, il a préféré renoncer.
— Fowler est au courant ?
— Je ne le lui ai pas dit. Peut-être que je devrais.
— Y a une autre histoire qui n'a jamais été divulguée. Quand Fowler a failli utiliser l'arme atomique contre l'Iran, c'est Ryan, n'est-ce pas, qui a empêché ça ? (Holtzman considéra son verre et décida de s'offrir une autre gorgée.) Comment ?
— Il a carrément coupé la parole au président sur la ligne rouge pour parler directement avec Narmonov et il a réussi à le persuader de calmer le jeu. Fowler a piqué sa crise et a ordonné au Service secret de l'arrêter, mais le temps qu'ils arrivent au Pentagone, les choses s'étaient arrangées. Ça avait marché, Dieu merci.

Holtzman eut besoin d'une ou deux minutes pour digérer cette nouvelle information — mais là encore ça collait avec le peu qu'il en savait. Fowler avait démissionné deux jours plus tard, conscient qu'en donnant l'ordre de lancer un missile nucléaire sur une ville innocente, il avait perdu tout droit à gouverner ce pays. Et Ryan avait été assez bouleversé par cette histoire, lui aussi, pour quitter immédiatement ses fonctions, jusqu'au jour où Roger Durling l'avait récupéré.

— Mais pourquoi, après tout ça, Fowler a-t-il quand même recommandé Ryan à Roger Durling ? Il ne pouvait plus le voir en peinture et...

— Quelles que soient ses fautes, et elles sont nombreuses, Bob Fowler était un politicien honnête, voilà pourquoi. Il n'aimait pas Ryan, en effet, question d'affinités peut-être, je ne sais pas, mais Ryan l'a sauvé et il a dit à Roger... voyons quoi, déjà? Ah oui, que Ryan était « un homme utile dans la tourmente ». Oui, c'est ça, se souvint Arnie.

— Dommage que Ryan ne connaisse rien à la politique, dit Bob.

— Il apprend vite. Il risque de vous étonner.

— Il va tout chambouler, si on le laisse faire. J'ai du mal à... je veux dire, j'aime beaucoup la personnalité de ce type, mais sa politique...

— Chaque fois que je crois avoir compris sa logique, il prend une autre direction, et je dois alors me souvenir qu'il n'a aucune idée préconçue sur rien, avoua van Damm. Il fait juste son boulot. Je lui donne des dossiers à étudier, et il agit en fonction d'eux. Il sait écouter les gens, et il pose les bonnes questions, mais il prend ses décisions tout seul, comme s'il savait la différence entre le bien et le mal...

— Un néophyte complet, observa Holtzman tranquillement. Mais...

— Ouais, *mais*..., acquiesça le secrétaire général de la Maison-Blanche. Mais on le prend pour un stratège qui cache son jeu, et ses ennemis jouent cette carte à fond. Ils ont tout faux.

— Donc, le secret de ce gars-là, c'est qu'il est imprévisible... Le salopard! conclut Bob. Il déteste son boulot, en plus, n'est-ce pas?

— La plupart du temps. Mais vous auriez dû le voir quand il a fait son discours dans le Midwest. Il a tout pigé, à ce moment-là. Tous ces gens qui lui montraient leur amour — et c'était réciproque —, ça lui a foutu les jetons! Imprévisible, vous dites? Exact.

— Où est l'angle d'attaque, alors? grommela Holtzman.

— Bob, j'essaie juste de contrôler les médias, vous vous souvenez? Je ne sais absolument pas comment vous allez raconter tout ça. Mais j'espère que vous vous en tiendrez aux faits...

— Tous les politiciens devraient être comme Ryan. Mais ce n'est pas le cas, dit Holtzman.

— Celui-là est honnête, répliqua Arnie.

— Et comment vais-je expliquer ça à mes lecteurs ? Qui le croira ?

— C'est bien le problème, n'est-ce pas ? s'exclama Arnie. J'ai fait de la politique toute ma vie et je pensais tout connaître. Merde, et c'est vrai, je connais tout ! J'ai la réputation d'être le meilleur de la profession — et puis voilà que ce rustre fait son apparition au Bureau Ovale et qu'il annonce que l'empereur est nu. Et il a raison, en plus, mais personne ne sait comment réagir, à part protester du contraire. Le système n'est pas prêt pour ça. Le système ne s'intéresse qu'à lui-même.

— Et il détruira quiconque le contredira, ajouta Holtzman.

— Oui, du moins il essaiera, acquiesça Arnie.

— Que fait-on, alors ?

— C'est vous qui avez dit que vous ne vouliez pas participer au lynchage d'un innocent, vous vous souvenez ?

Ce fut ensuite le tour du vol 774 d'Austrian Airlines. Les bombes de crème à raser furent remplies à peine quarante minutes avant le départ. La proximité de la Ferme aux Singes et de l'aéroport facilitait les choses, ainsi que l'heure de la journée, et voir des gens franchir en courant les cent derniers mètres jusqu'à la porte d'embarquement n'était exceptionnel dans aucune partie du monde. La « soupe » était maintenue au fond de la bombe par une valve plastique invisible aux rayons X. L'azote était au milieu, dans un conteneur isolé et séparé. Le processus était propre et sûr ; par mesure de sécurité supplémentaire — parfaitement inutile —, les bombes avaient été aspergées de désinfectant, puis essuyées, histoire de tranquilliser les voyageurs. Elles étaient froides, mais pas au point de mettre la mission en danger. En s'évaporant, l'azote liquide passerait dans l'atmosphère ambiante à travers une valve pressurisée et se mélangerait simplement à l'air. Bien que l'azote soit un élément important des explosifs, il est inerte et sans odeur. Comme il n'aurait aucune réaction chimique non plus avec la « soupe », la valve de contrôle de pression était prévue pour garder une quantité précise du gaz une fois réchauffé, qui ferait office de propulseur, le moment venu.

Les médecins militaires chargés du remplissage étaient vêtus de leurs combinaisons de protection — ils avaient refusé de travailler sans elles, et les y obliger n'aurait servi qu'à les rendre plus nerveux et négligents, si bien que le directeur les avait laissés faire. Il restait encore dix bombes à préparer — deux séries de cinq. On aurait pu les fabriquer toutes en même temps, Moudi le savait, mais on n'avait voulu prendre aucun risque inutile.

Daryaei ne dormit pas cette nuit-là, ce qui était très inhabituel chez lui. Avec l'âge, il avait de moins en moins besoin de sommeil, mais il n'avait jamais eu d'insomnie.

Etait-il allé trop vite ? C'était un vieil homme dans un pays où beaucoup étaient morts jeunes. Il se souvenait des maladies qui frappaient dans son enfance, et plus tard il en avait appris les causes scientifiques, principalement l'eau polluée et les mauvaises conditions sanitaires, car en dépit de son long passé de civilisation et de puissance, l'Iran était resté longtemps une nation arriérée. Le pétrole et les immenses richesses qu'il avait générées l'avaient ressuscité. Mohammad Reza Pahlavi avait commencé à développer son royaume, mais il avait commis l'erreur d'aller trop vite et de se faire trop d'ennemis. Pendant l'âge sombre de l'Iran, comme toujours, le pouvoir laïc avait été récupéré par le clergé islamique, et en libérant la paysannerie, le shah s'était mis à dos les guides spirituels vers lesquels se tournaient les gens du peuple à la recherche d'un peu d'ordre dans leurs existences rendues chaotiques par les changements. Le shah avait pourtant presque réussi, mais... pas tout à fait, et ce *pas tout à fait* avait pesé sur lui comme une malédiction.

Aller trop vite était une grave erreur, les jeunes l'apprenaient et les vieux le savaient, mais les hommes promis à une haute destinée ne pouvaient pas se permettre de ne pas avancer assez vite, assez loin, assez vigoureusement. Daryaei croyait deviner ce que le shah avait pensé, à l'époque. Car aujourd'hui, oui, son pays partait de nouveau à la dérive. Même isolé comme il l'était, le saint homme s'en rendait compte. C'était visible à de subtiles différences dans les vêtements, spécialement chez les femmes. C'était si minime que les vrais croyants ne pouvaient pas s'en prendre à elles, d'autant qu'eux-mêmes étaient moins dévots. Certes, le peuple croyait toujours en l'islam, certes, il croyait toujours en lui, mais, disait-il, le saint Coran n'était pas *aussi* strict que ça, et puis leur nation était riche et, pour devenir encore plus riche, il fallait faire des affaires... Comment pourrait-elle être le champion de la foi, d'ailleurs, si elle ne s'enrichissait pas ? Les meilleurs et les plus brillants de la jeune génération partaient à l'étranger pour étudier, car leur pays n'avait aucune université du niveau de celles de l'Ouest impie. La plupart rentraient avec des connaissances utiles à leur patrie ; mais ils ramenaient aussi d'autres choses, invisibles celles-là, des doutes et des questions, et des souvenirs d'une vie facile, où les plaisirs de la chair tentaient les faibles — et tous les êtres humains étaient faibles. Daryaei se demanda si Khomeyni et lui-même n'avaient pas simplement *retardé* ce que le shah avait commencé. Les gens revenus à l'islam par réaction contre Pahlavi étaient attirés de nouveau par les promesses de liberté qu'il leur avait faites. Ne comprenaient-ils donc pas ? Ils pouvaient jouir de tous les signes extérieurs du pouvoir, et des bienfaits de ce que l'on baptisait du nom de civilisation, et ce en restant croyants et en conservant un ancrage spirituel sans lequel tout cela n'avait aucun sens.

Mais pour y parvenir, son pays devait être plus fort ; impossible de se contenter du *pas tout à fait* du shah. Daryaei devait prouver qu'il avait raison depuis le début et qu'une foi intransigeante était la *véritable* base du pouvoir.

L'assassinat du chef irakien, puis le malheur qui s'était abattu sur l'Amérique, c'étaient des signes, n'est-ce pas? Il avait soigneusement analysé tout cela. A présent, l'Irak et l'Iran ne faisaient plus qu'un, après une quête qui avait duré des décennies; et pratiquement au même instant, l'Amérique était frappée, mutilée! Pour savoir ce qui se passait, outre Badrayn, il avait ses spécialistes de l'Amérique qui étudiaient les rouages du gouvernement de ce pays. Il connaissait Ryan; il l'avait rencontré une fois dans une importante réunion, il avait vu ses yeux et entendu ses paroles effrontées mais creuses, et il avait pris la mesure de l'homme qui serait sans doute son principal adversaire. Il savait que Ryan n'avait pas de suppléant et que c'était donc le moment rêvé pour agir — et agir maintenant, sous peine de subir la malédiction du *pas tout à fait*.

Non, il ne laisserait pas dans l'Histoire le même souvenir que Mohammad Pahlavi. Il ne convoitait pas les signes extérieurs du pouvoir, mais le pouvoir en tant que tel. Avant de mourir, il serait le chef de l'ensemble de l'Islam. Dans un mois, il posséderait le pétrole du golfe Persique et les clés de La Mecque — l'autorité laïque et spirituelle. De là, son influence s'étendrait dans toutes les directions. En quelques années seulement, son pays deviendrait une superpuissance, et il laisserait à ses successeurs un héritage digne de celui d'Alexandre le Grand, mais avec le rempart supplémentaire des paroles de Dieu. Pour atteindre ce but, pour unifier l'Islam et obéir à la Volonté d'Allah, il ferait ce qu'il fallait et si cela signifiait agir vite, alors il agirait vite.

Suis-je trop pressé? se demanda Daryaei pour la dernière fois. Non, il avançait résolument, avec habileté et avec audace. Voilà ce que dirait l'Histoire.

— Voler la nuit est une si grosse affaire? demanda Jack.

— Oui. Pour eux, en tout cas, répondit Robby. (Il

117

appréciait cette façon d'informer le président, tard le soir, dans le Bureau Ovale, autour d'un verre.) Ils ont toujours été plus économes de leurs équipements que de leurs hommes. Les hélicoptères — des appareils français. Nos gardes-côtes ont les mêmes — coûtent cher, et nous n'en avons pas vu souvent dans leurs exercices nocturnes. L'opération qu'ils ont lancée est très orientée vers la guerre anti-sous-marine. Ils s'entraînent peut-être à lutter contre tous ces sous-marins hollandais achetés l'année dernière par la République de Chine. Nous voyons aussi beaucoup de manœuvres combinées avec leur force aérienne.

— Conclusion? fit Ryan.

— Ils font tout ça pour une bonne raison. (Le directeur des opérations du Pentagone referma son dossier.) Monsieur, nous...

— Robby, l'interrompit Ryan en le regardant par-dessus les nouvelles lunettes de lecture que Cathy venait de lui donner, si vous ne m'appelez pas « Jack » quand nous sommes seuls, je vous rétrograde et vous redevenez enseigne de vaisseau de deuxième classe par décret présidentiel.

— Nous ne sommes pas seuls, protesta l'amiral Jackson, avec un signe de tête en direction de l'agent Price.

— Andrea ne compte pas — oh, merde, je veux dire..., ajouta précipitamment Ryan en rougissant.

— Il a raison, amiral, je ne compte pas, intervint Andrea, en se retenant difficilement de rire. Monsieur le président, ça fait des semaines et des semaines que j'attends que vous disiez une horreur pareille.

Jack baissa les yeux et secoua la tête.

— C'est pas une façon de vivre, grommela-t-il. Maintenant, mes amis m'appellent « monsieur » et je manque de respect à une femme.

— *Jack*, vous êtes mon commandant en chef, fit remarquer Robby, avec un sourire amusé devant la gêne de son ami, et moi je ne suis qu'un pauvre petit marin.

Une chose après l'autre, pensa Ryan.

— Agent Price? dit-il.

— Oui, monsieur le président.

— Servez-vous un verre et asseyez-vous.

— Monsieur, je suis en service et le règlement...

— Alors servez-vous un verre léger, mais c'est un ordre de votre président.

Elle hésita, puis décida que POTUS essayait de leur faire comprendre quelque chose. Elle se versa donc un bon doigt de whisky avec de la glace et de l'Evian. Puis elle s'assit à côté du J-3. La femme de l'amiral, Sissy, était à l'étage avec la famille Ryan.

— Votre président a besoin de se détendre, dit Jack, et j'y arrive plus facilement si je ne laisse pas les femmes debout et si mon ami m'appelle par mon prénom de temps en temps. Sommes-nous d'accord là-dessus tous les trois ?

— A vos ordres, monsieur le président, répondit Robby. (Il souriait toujours, mais il comprenait la logique de cette exigence et l'importance qu'elle avait pour Ryan.) OK, Jack, tout va bien, on est détendus, et on apprécie. (Se tournant vers Andrea, il ajouta :) Vous êtes là pour me descendre si je me conduis mal, n'est-ce pas ?

— Une balle dans la tête, confirma-t-elle.

— Personnellement, je préfère les missiles. C'est plus sûr, dit Robby.

— Vous vous êtes pourtant pas trop mal débrouillé au fusil, une nuit. En tout cas, c'est ce que m'a dit le Boss. A propos, je vous remercie.

— Pardon ?

— De lui avoir sauvé la vie. Nous prenons vraiment plaisir à nous occuper de lui, même s'il est trop familier avec le petit personnel.

Jack se resservit à boire, tandis qu'Andrea et Jackson discutaient sur l'autre canapé. *Extraordinaire*, songea-t-il. Pour la première fois, il y avait une véritable atmosphère amicale dans le Bureau Ovale. Deux personnes pouvaient faire de l'humour à son sujet, devant lui, comme s'il était un être humain et non plus le POTUS.

— J'aime beaucoup ça, dit-il en les observant. Robby, cette femme en a bavé plus que nous, et elle a entendu toutes sortes de choses. Elle est diplômée, elle est intelligente, mais je suis censé la traiter comme une andouille.

— Je suis juste un bagarreur avec un genou pourri, dit l'amiral.

— Et moi, je ne sais toujours pas ce que je suis censé être. Andrea ?

— Oui, monsieur le président ?

Jack savait qu'il ne réussirait jamais à la convaincre de l'appeler par son prénom.

— Pour la Chine, qu'est-ce que vous pensez ?

— Que je ne suis pas une spécialiste, mais puisque vous me posez la question, je ne sais pas.

— Personne n'en sait beaucoup plus que vous, observa Robby avec un grognement. (Il poursuivit à l'intention du président :) Tous nos sous-marins sont sur zone. Mancuso désire les positionner sur la ligne nord-sud qui sépare les deux flottes ennemies. J'ai donné mon accord là-dessus, et le secrétaire d'Etat aussi.

— Comment se comporte Bretano ?

— Il a conscience de ses lacunes, Jack. Il nous écoute dans le domaine opérationnel, pose de bonnes questions et sait être attentif. Il souhaite commencer à se déplacer sur le terrain la semaine prochaine, fouiner un peu et voir nos gamins au travail. Ses qualités de gestionnaire sont extra, mais il y va à la hache. J'ai vu ses plans pour réduire la bureaucratie. Waouh !

— Ça vous pose des problèmes ? demanda Jack.

— Pas du tout. Y a cinquante ans qu'on aurait dû régler ça. Bretano adore les ingénieurs et les gens qui font des choses, et il en est venu à haïr les bureaucrates. C'est le genre de gars que j'aime.

— Revenons à la Chine, dit Ryan.

— OK. Nos avions du renseignement électronique continuent à travailler depuis la base de Kadena. On observe un entraînement de routine, mais on n'a aucune idée des intentions des communistes chinois. La CIA ne nous dit pas grand-chose de plus. Les infos des Transmissions sont quelconques. Le Département d'Etat signale que leur gouvernement répond : « Où est le problème ? » — et c'est tout. La marine de Taiwan est assez puissante pour faire face à la menace, s'il y en a une. Dans le cas contraire, ils seront envahis. Mais ça n'arrivera pas. Ils sont enthousiastes et zélés, et ils ont lancé leurs propres manœuvres. Beaucoup de bruit et de fureur, dont je ne peux rien tirer.

— Le golfe Persique ?

— Eh bien, nos gens en Israël nous disent qu'ils surveillent la situation, mais d'après moi ils n'ont pas beaucoup d'informations. Leurs sources étaient probablement certains des collaborateurs des généraux qui se sont tirés au Soudan. J'ai un fax de Sean Magruder...

— Qui est-ce ? demanda Ryan.

— Un colonel de l'armée de terre, patron du 10e de cavalerie, au Néguev. Je l'ai rencontré l'année dernière. C'est quelqu'un que nous écoutons. « L'homme le plus dangereux de la planète », voilà ce que dit de Daryaei notre bon ami Avi ben Jacob. Magruder a estimé que ça valait le coup de nous le faire savoir.

— Et ?

— Et, donc, nous devons en effet garder un œil làdessus. Daryaei a des ambitions impériales. Les Saoudiens se trompent. On devrait positionner des forces là-bas, peut-être pas beaucoup, mais quelques-unes, pour montrer à l'autre camp que nous sommes toujours en piste.

— J'en ai parlé à Ali, dit Jack. Son gouvernement veut calmer le jeu.

— C'est une erreur, observa Jackson.

— Je suis d'accord, dit POTUS avec un hochement de tête. On va s'occuper de ça.

— Quel est l'état de l'armée saoudienne ? demanda l'agent Price.

— Pas aussi bon qu'il faudrait. Après la guerre du Golfe, c'était la mode de s'engager dans leur Garde nationale, et ils ont acheté du matériel comme des Mercedes chez un grossiste. Pendant un moment, ils se sont amusés à jouer aux soldats, puis ils ont découvert qu'il fallait entretenir tout ça. Ils ont engagé des gens pour le faire à leur place. Un peu comme les écuyers et les chevaliers de l'ancien temps. Du coup, aujourd'hui, ils manquent d'entraînement. Oh, bien sûr, ils se baladent avec leurs chars, et ils tirent des obus à tout va, mais ils n'entraînent pas leurs unités. Ils ont une tradition de cavaliers se battant contre d'autres cavaliers. Un contre un, comme au ciné. Mais la guerre, ce n'est pas ça. La guerre, c'est une équipe solide qui fonctionne ensemble. Leur culture et leur histoire sont à l'opposé de ce modèle, et ils n'ont jamais eu l'occasion de l'apprendre. Bref, ils ne sont pas aussi bons qu'ils le croient. Si la RIU réussit à fusionner ses deux armées, et qu'elle fonce vers le sud, les Saoudiens seront balayés par une puissance de feu et des effectifs supérieurs, c'est absolument sûr.

— Que fait-on, alors ? demanda Ryan.

— Pour commencer, on envoie des troupes là-bas et on fait venir un certain nombre des leurs au Centre national d'entraînement pour un stage intensif sur le terrain réel. J'en ai parlé avec le général Marion Diggs. Je voudrais qu'il invite un bataillon lourd saoudien et que l'OpFor le fasse bosser dur dans le sable pendant quelques semaines pour qu'ils pigent le message. C'est comme ça que nos hommes ont appris. Idem pour les Israéliens. Et c'est comme ça que les Saoudiens seront forcés d'apprendre, et ça sera toujours mieux que dans une vraie guerre. Diggs est d'accord. Un truc à grande échelle. Laissez-nous deux ou trois ans, peut-être moins si nous réussissons à monter un centre d'entraînement convenable en Arabie Saoudite, et nous redonnerons assez vite forme à leur armée — sauf en ce qui concerne la politique, ajouta-t-il.

Potus acquiesça d'un signe de tête.

— Oui, mais ça va rendre les Israéliens nerveux, et les Saoudiens eux-mêmes se sont toujours méfiés d'une armée trop puissante, pour des raisons intérieures.

— Vous pourrez leur raconter l'histoire des trois petits cochons. C'est pas leur culture, d'accord, mais le grand méchant loup vient juste de s'installer dans

122

la maison d'à côté, et ils ont plutôt intérêt à s'en pré-occuper avant qu'il commence à cogner à leur porte.

— Je comprends, Robby. Je vais demander à Adler et à Vasco d'y réfléchir.

Il consulta sa montre. Encore une journée de quinze heures de travail. Il aurait aimé prendre un autre verre, mais comme c'était parti, il aurait de la chance s'il pouvait dormir six heures, et il ne voulait pas se réveiller avec une migraine d'enfer. Il posa son verre et fit signe aux deux autres de le suivre.

— SWORDSMAN se dirige vers la Résidence, annonça Andrea dans son micro.

Une minute plus tard, ils étaient dans l'ascenseur.

— Vaudrait mieux pas qu'ils voient que vous avez picolé, fit remarquer Jack à son principal agent.

— Qu'est-ce qu'on va bien pouvoir faire de vous ? demanda-t-elle en levant les yeux au ciel, juste quand les portes s'ouvrirent.

Jack sortit le premier et laissa les deux autres der-rière lui, tandis qu'il se débarrassait de sa veste. Il détestait être obligé d'en porter une tout le temps.

— Eh bien, maintenant, vous savez, dit Robby à l'agent du Service secret.

Elle se retourna et le regarda droit dans les yeux.

— Ouais, murmura-t-elle.

En réalité elle savait depuis déjà un moment, mais elle en apprenait tous les jours davantage sur SWORDS-MAN.

— Prenez bien soin de lui, Price. Lorsqu'il s'échap-pera d'ici, je veux retrouver mon ami.

Grâce aux caprices des vents, le vol de la Lufthansa arriva le premier au terminal international de Franc-fort. Les voyageurs se dispersèrent dans le hall à la recherche de leur porte d'embarquement sur les écrans vidéo. Les escales duraient entre une et trois heures, et les bagages étaient automatiquement trans-férés d'un avion à l'autre. Les points de contrôle des douanes n'inquiétaient pas les hommes de Badrayn, car ils ne resteraient en Europe que le temps de l'escale. Ils évitèrent soigneusement de se regarder, même lorsque trois d'entre eux entrèrent dans un café pour boire un déca. Deux allèrent aux toilettes, puis ils vérifièrent la tête qu'ils avaient dans le miroir. Ils s'étaient rasés avant de partir, mais l'un d'eux, au système pileux particulièrement développé, constata que ses mâchoires s'assombrissaient déjà. Peut-être qu'il devrait se raser de nouveau ? *Ah, ah, mauvaise idée,* se dit-il, en souriant à son reflet. Il ramassa son sac et se dirigea vers la salle d'attente de première classe avant son départ pour Dallas-Fort Worth.

— Dure journée, demain ? demanda Jack, une fois tout le monde parti, hormis l'escouade de gardes qui patrouillaient, comme d'habitude, à l'extérieur de leurs appartements.

— Ouais. J'ai une grosse tournée des malades avec Bernie, et plusieurs interventions le lendemain, répondit Cathy aussi fatiguée que son mari en enfilant sa chemise de nuit. J'ai déjeuné avec Pierre Alexandre, le nouveau professeur associé qui travaille avec Ralph Forster. Ancien militaire. Plutôt futé.

— Maladies infectieuses ? dit Jack qui se souvenait plus ou moins de l'avoir rencontré dans une réunion quelconque. Sida et tout ça ?

— Exact.

— Quelles saletés ! murmura Jack en se couchant.

— Ils viennent juste de passer entre les balles. Y a eu une mini-épidémie d'Ebola au Zaïre, fit Cathy en s'allongeant à côté de lui. Deux morts. Puis deux autres cas au Soudan, mais ça ne devrait pas être trop grave.

— Ce truc-là est aussi affreux qu'on le dit ? fit-il en éteignant la lumière.

— Une mortalité de quatre-vingts pour cent. Vraiment terrible. (Elle se pelotonna contre lui.) Mais basta, avec ça. Sissy dit qu'elle a un concert au Kennedy Center, dans quinze jours. La *Cinquième* de Beethoven, sous la direction de Fritz Bayerlein, tu te rends compte ? Tu crois qu'on pourrait avoir des places ?

— Il me semble que je connais le responsable des lieux. Je verrai ce que je peux faire.

Un baiser. Une journée se terminait.

— A demain, Jeff.

L'agent Price partit à droite pour récupérer sa voiture et Raman à gauche pour retrouver la sienne.

Ce genre de boulot pouvait finir par vous rendre dingue, se dit Aref Raman. Les automatismes, trop d'heures de travail, la surveillance, l'attente et l'inactivité — et en même temps, être toujours prêt à tout.

Hum... Pourquoi s'en plaindrait-il ? C'était l'histoire de sa vie, après tout. Il se dirigea vers la porte nord, et quand les grilles de sécurité s'ouvrirent, il s'éloigna vers le nord-ouest. Les rues étaient désertes et il roula vite.

Il pénétra dans son appartement, débrancha le système d'alarme, ramassa son courrier. Une facture, et des publicités lui vantant les mérites de choses dont il n'avait nul besoin. Il accrocha son manteau, se débarrassa de son pistolet, puis passa à la cuisine. La lumière de son répondeur clignotait.

Il avait un message.

— Monsieur Sloan, lui dit une voix familière, même s'il ne l'avait entendue qu'une seule fois. C'est M. Alahad. Votre tapis vient d'arriver et on peut vous le livrer.

37

DÉCHARGEMENTS

L'Amérique dormait lorsqu'ils embarquèrent à Amsterdam, Londres, Vienne et Paris. Cette fois, ils étaient tous dans des avions différents, et leurs horaires avaient été calculés pour éviter qu'un inspecteur des douanes ne découvrît la même marque de crème à raser en ouvrant deux de leurs nécessaires de rasage et se posât des questions sur cette coïncidence — même si l'hypothèse était invraisemblable.

Non, le vrai risque avait été de placer tant d'hommes sur les mêmes vols au départ de Téhéran, mais on leur avait soigneusement expliqué comment se comporter. L'attention de la police allemande, toujours vigilante, aurait pu être attirée, par exemple, par plusieurs Moyen-Orientaux qui se seraient regroupés après être descendus du même avion. Mais les aéroports étaient généralement des endroits anonymes pleins de gens un peu perdus, fatigués et désorientés, et tous les voyageurs solitaires se ressemblaient.

Le premier d'entre eux à embarquer sur un vol transatlantique prit un 747 de Singapore Airlines à Schiphol, l'aéroport international d'Amsterdam. Le SQ 26 décolla à huit heures et demie du matin pour un voyage d'un peu moins de huit heures. L'Iranien était installé près d'un hublot, en première classe. Il garda son siège baissé car il arriverait à destination au milieu de la nuit et il préférait essayer de dormir plutôt que de regarder un film — comme la plupart des autres passagers du nez de l'avion.

Au même moment, d'autres voyageurs étaient en route pour Boston, Philadelphie, Washington-Dulles, Atlanta, Orlando, Dallas-Fort Worth, Chicago, San Francisco, Miami et Los Angeles, les dix principales « villes-portes » des Etats-Unis. Dix autres cités organisaient aussi des salons — Baltimore, Pittsburgh, Saint Louis, Nashville, Atlantic City, Las Vegas, Seattle, Phoenix, Houston et La Nouvelle-Orléans — et chacune était à peu de distance d'avion (ou de voiture pour deux d'entre elles) de la « ville-porte » la plus proche.

Le voyageur du SQ26 pensa à tout cela en s'endormant. Sa bombe de crème à raser, soigneusement emballée, était dans son sac, sous le siège devant lui, et il veilla à ne pas lui donner de coup de pied par inadvertance.

C'était presque midi, à Téhéran. Movie Star surveil-

lait l'entraînement de son groupe. C'était une formalité, en réalité, surtout destinée à leur soutenir le
moral. Ils avaient déjà appris le maniement des armes
dans la vallée de la Bekaa ; ils n'utiliseraient pas les
mêmes en Amérique, mais ça n'avait guère d'importance. Un revolver était un revolver et une cible une
cible, et ils étaient spécialistes des deux. Ils savaient
conduire et ils avaient passé des heures à revoir les
schémas et les maquettes de leur mission. Ils arriveraient en fin d'après-midi, au moment où les parents
venaient chercher leurs enfants pour les ramener à la
maison, et où les gardes du corps étaient fatigués par
une longue journée à surveiller des gosses turbulents.
Movie Star avait repéré sept des voitures « régulières » des familles inscrites à Giant Steps ; certaines
étaient des marques courantes que l'on pouvait louer
facilement. Leurs adversaires seraient aussi entraînés
et expérimentés que possible — mais ce n'étaient pas
des surhommes. Il y avait même des femmes parmi
eux, et malgré sa connaissance du monde occidental,
Movie Star avait du mal à considérer les femmes,
armées ou pas, comme un ennemi sérieux. Mais son
avantage tactique majeur, c'était que son équipe utiliserait sa force meurtrière à la façon des kamikazes.
Avec une attaque au milieu d'une vingtaine d'enfants,
plus le personnel de la crèche et sans doute quelques
parents, le Service secret aurait certainement... des
problèmes. Le début de leur mission était donc le plus
facile. La difficulté serait de se replier, ensuite — s'ils
en arrivaient là. Movie Star avait dû dire à son équipe
qu'elle s'échapperait, et qu'il y avait un plan pour cela.
Mais en fait, ça n'avait pas d'importance, et dans leur
for intérieur ils en étaient tous conscients.

Ils avaient accepté de se sacrifier pour le *jihad* —
sinon, ils n'auraient jamais rejoint le Hezbollah. En
réalité, l'islam n'était qu'une façade. Un spécialiste de
leur religion aurait blêmi en apprenant leur mission,
mais de nombreux adeptes de l'islam lisaient les Ecri-
tures d'une façon peu orthodoxe. Ils ne se demandaient pas comment Allah aurait jugé leurs actes, et
Movie Star, lui, n'y pensait carrément pas. Pour lui,

c'était un travail, une déclaration politique, un défi professionnel, une mission parmi d'autres. C'était peut-être aussi un pas de plus vers un but plus vaste, dont la réalisation lui apporterait une vie confortable, et, pourquoi pas, une stabilité et un pouvoir personnels — mais au fond de lui, il ne croyait plus à grand-chose. Au début, oui, il estimait qu'Israël pouvait être détruit et les juifs balayés de la face du monde, mais il avait oublié depuis longtemps ces utopies de sa jeunesse.

La journée de l'inspecteur Patrick O'Day commença à cinq heures trente. Son radio-réveil le tira du lit. Tout était calme. La plupart des gens n'étaient pas encore levés. Aucun trafic dans les rues. Même les oiseaux dormaient encore. Il sortit ramasser ses journaux, s'abandonna un instant au silence qui l'entourait et se demanda pourquoi le monde n'était pas toujours ainsi. Vers l'est, à travers les arbres, on apercevait les premières lueurs de l'aube, alors même que quelques étoiles brillaient encore au-dessus de sa tête. Pas la moindre lumière dans les maisons qui l'entouraient. Bon sang, il était donc le seul à devoir partir au travail à des heures si affreuses ?

Il s'accorda dix minutes pour parcourir les éditions du matin du *Post* et du *Sun*. Il s'intéressa spécialement aux affaires criminelles. En tant qu'inspecteur volant, dépendant directement du bureau du directeur, il ne savait jamais, d'un jour sur l'autre, à quel moment il pouvait être envoyé sur une affaire, et cela l'obligeait souvent à faire appel à une baby-sitter, au point qu'il pensait parfois à engager une bonne d'enfants à plein temps. Il pouvait se le permettre, car les sommes versées par l'assurance pour la mort de sa femme dans l'accident d'avion lui avaient donné une indépendance financière ; la situation pouvait paraître choquante, mais ils lui avaient proposé cet argent et, sur les conseils de son avocat, il l'avait accepté. Mais une bonne d'enfants ? Non ! Ce serait une femme, et Megan finirait par la considérer comme sa mère... Au lieu de ça, il travaillait, et sacrifiait toute vie personnelle pour pouvoir assumer à la fois le rôle du père et de la mère. Peut-être d'ailleurs que Megan ne se rendait pas compte de la différence... Peut-être que les enfants, tout attachés qu'ils soient à leur mère, qui leur dispensait soins et amour, pouvaient éprouver la même chose pour leur père, le cas échéant... Lorsque d'autres gosses l'interrogeaient sur sa maman, Megan leur répondait qu'elle était montée très tôt au paradis — et elle leur montrait son papa. Ils étaient si proches, tous les deux, et cela semblait si naturel à Megan, que O'Day en avait parfois les larmes aux yeux. L'inspecteur était soulagé de n'avoir pas eu à s'occuper de rapt d'enfants depuis des années. Si ça lui arrivait maintenant... Il but une gorgée de café et chassa cette pensée. Quand il était jeune, il avait eu six affaires de ce genre. Mais les enlèvements pour de l'argent étaient devenus un crime très rare ; on perdait toujours à ce jeu-là, car le FBI était sans pitié pour leurs auteurs et s'abattait sur eux telle la colère de Dieu. Et cependant, il ne comprenait qu'aujourd'hui le caractère abominable de ce genre de forfaits. Il fallait être parent soi-même pour saisir l'horreur de tels actes. Et à ce moment-là, votre sang se glaçait. Il se souvenait de son premier chef de brigade, Dominic DiNapoli, pleurant comme un gosse le jour où il avait ramené une petite victime d'enlèvement — toujours vivante — à ses parents. Ouais. Le coupable ne sortirait du pénitencier fédéral d'Atlanta que les pieds devant.

Il était temps de réveiller Megan. Elle était pelotonnée dans son pyjama-grenouillère, le bleu avec Casper le Gentil Fantôme. Il commençait à être trop petit. Elle grandissait si vite ! Il lui chatouilla le nez et elle ouvrit les yeux.

— Papa !

Elle s'assit dans son lit, puis se mit debout pour l'embrasser. Il se demanda comment les gosses faisaient pour se réveiller avec le sourire, au contraire des adultes... Et la journée commença pour de bon.

Ils passèrent à la salle de bains et il nota avec plaisir que ses couches n'étaient pas mouillées. Il commença à se raser, une opération qui avait toujours fasciné sa fille. Quand il eut terminé, il se pencha vers elle, elle toucha son visage et dit :

— C'est bien, papa.

Ce matin, petit déjeuner avec des flocons d'avoine, une banane et un verre de jus de pomme ; elle regarda un moment Disney Channel sur la télé de la cuisine, tandis que Pat O'Day revenait à ses journaux. Ensuite, elle amena son verre et son bol dans le lave-vaisselle, une tâche très sérieuse qu'elle apprenait à maîtriser. Le plus difficile pour elle, c'était de placer correctement le bol sur le support ; c'était même encore plus dur que de mettre ses chaussures toute seule, avec leurs fermetures Velcro. D'après Mme Daggett, Megan était une petite fille particulièrement douée pour son âge, et Pat en était très fier — mais, à ce moment-là, il ne pouvait pas s'empêcher de penser à sa femme. Il voyait le visage de Deborah dans celui de sa fille, mais il était assez objectif pour se demander s'il ne prenait pas ses désirs pour la réalité. Bon, elle semblait au moins avoir l'intelligence de sa maman.

Ensuite, le trajet en pick-up se déroula normalement. Le soleil était levé, à présent. A cette heure-ci, le trafic était encore fluide. Megan, attachée dans son siège, observait les autres voitures avec émerveillement comme d'habitude.

A l'arrivée, il y avait l'agent posté au 7-Eleven, bien sûr, plus l'équipe avancée à Giant Steps. Parfait, personne n'enlèverait jamais *sa* petite fille. Sur le terrain, loin des bureaux, la rivalité entre le FBI et le Service secret s'évanouissait, hormis les deux ou trois blagues rituelles. Pat était heureux de les trouver là, et eux, ça ne les dérangeait pas de voir s'approcher cet homme armé. Il entra avec Megan qui fila immédiatement dans les bras de Mme Daggett, puis alla ranger sa couverture dans son casier, et sa journée de jeux et d'apprentissage commença.

— Salut, Pat, lui lança l'agent de service à la porte pour l'accueillir.

— 'Jour, Norm.

— Tes horaires ont l'air aussi dégueulasses que les miens, grommela l'agent spécial Jeffers.

Il travaillait parfois par roulement dans le détachement de protection de SANDBOX. Ce matin, il faisait partie de l'équipe avancée.

— Comment va ta femme ? demanda Pat.

— Encore six semaines, et on va être obligés de chercher un endroit comme celui-là. Elle est aussi super qu'elle en a l'air ?

— Mme Daggett, tu veux dire ? Demande au président, plaisanta O'Day. Il a envoyé tous ses gosses ici.

— J'imagine que ce n'est sans doute pas un mauvais plan, alors, admit l'agent du Service secret. Où en est l'affaire Kealty ?

— Y a un menteur, au Département d'Etat. C'est ce que pensent les gars de l'OPR (Il haussa les épaules.) Mais on ne sait pas qui. Le détecteur n'a rien donné. Et de votre côté, vous avez découvert quelque chose ?

— Tu sais, c'est marrant. Il renvoie souvent les types de son détachement de protection. Il leur dit qu'il ne veut pas les mettre dans une situation où ils auraient à...

— Pigé. (Pat hocha la tête.) Et ils jouent le jeu ?

— Sont bien obligés. Il rencontre beaucoup de gens, mais on ne sait pas toujours qui, et on n'a pas le droit de chercher à découvrir ce qu'il magouille contre SWORDSMAN.

O'Day regarda autour de lui, pour vérifier qu'il n'y avait pas de problèmes. Par pur automatisme.

— On aime bien Ryan, ajouta Norm. On pense qu'il va y arriver. Kealty ne raconte que des conneries. Hé, j'ai appartenu à son détachement de protection, quand il était vice-président, tu te rends compte ? Je faisais le pied de grue devant cette foutue porte pendant qu'il s'envoyait en l'air de l'autre côté. C'est le boulot, conclut-il avec aigreur.

Les deux agents échangèrent un regard. Cette histoire pour initiés ne circulait qu'au sein de la communauté fédérale chargée du respect de la loi. Le Service secret était payé pour protéger telle ou telle personne, et pour se taire, mais on n'était pas obligé d'aimer ses « clients ».

— T'as raison, dit O'Day. Tout est OK, ici ?

— Russell voudrait trois agents de plus, mais je ne crois pas qu'il les aura. Merde, on en a déjà trois bons là-dedans, et trois autres à l'extérieur...

— Ouais, de l'autre côté de la rue. Il connaît son boulot, ce gars-là.

— Le grand-père, c'est le meilleur, expliqua Norm. Il a entraîné la moitié des membres du Service, et tu devrais le voir tirer. Des deux mains.

— Tout le monde me raconte ça, dit O'Day en souriant. Faudra que je l'invite à un petit concours, un jour.

Jeffers lui rendit son sourire.

— C'est ce que m'a dit Andrea. Elle nous a... euh... transmis ton dossier...

— Quoi ?

— Hé, Pat, c'est le boulot. On vérifie tout le monde. On a un client, ici, tous les jours, tu piges ? En plus, elle voulait connaître tes scores au stand de tir. Paraît que t'es plutôt bon, mais crois-moi, mon vieux, si tu veux te frotter à Russell, t'as intérêt à amener du pognon, t'entends ?

O'Day adorait ce genre de paris, et il n'en avait encore jamais perdu un seul.

Jeffers leva la main. Il vérifia son écouteur, puis sa montre.

— Ils viennent de partir, dit-il. SANDBOX est en route. Notre gamine et la tienne s'entendent comme larrons en foire.

— Elle a l'air vraiment gentille, c'est vrai.

— Les trois jeunes Ryan sont adorables. Pas toujours faciles, mais c'est comme ça, les gosses. SHADOW ne sera pas de tout repos quand elle commencera à fréquenter vraiment des garçons.

— Je refuse d'entendre ce genre de choses ! s'exclama O'Day.

Jeffers rit de bon cœur.

— Ouais. J'espère avoir un petit mec, moi. Avec les filles, on a toujours la trouille qu'elles tombent sur quelqu'un qui nous ressemble quand on avait dix-sept ans!

— Basta! Faut que je file courser les criminels, dit Pat O'Day en administrant une claque sur l'épaule de son collègue.

— T'inquiète, elle sera toujours là à ton retour, Pat.

Comme les autres fois, O'Day s'offrit un café au 7-Eleven de l'autre côté de Ritchie Highway. Il devait admettre que les types du Service secret connaissaient leur boulot.

L'un était décédé, et l'autre allait rentrer chez elle, et à peu près en même temps. Première victime d'Ebola, pour MacGregor. Beaucoup de ses patients étaient morts — crises cardiaques, traumatismes, cancer, ou juste la vieillesse. La plupart du temps, les médecins n'étaient pas là, c'étaient les infirmières qui les accompagnaient jusqu'au bout. Mais il était resté au chevet de celui-là. Le corps de Saleh s'était défendu au maximum, mais sa force avait seulement prolongé le combat et la souffrance, comme un soldat dans une bataille sans espoir. Et, finalement, il avait cédé, et il s'était délabré et avait attendu la mort. On avait ôté les goutte-à-goutte, et on avait veillé à jeter les aiguilles dans le conteneur de plastique rouge prévu à cet effet. Tout ce qui avait été en contact avec le patient serait brûlé. Ce n'était pas exceptionnel. Les victimes du sida et de certaines hépatites étaient traitées de la même façon, comme des vecteurs potentiels de contamination mortelle. Tout comme avec Ebola, brûler les cadavres était préférable — et cette fois, en plus, le gouvernement avait insisté.

Il avait donc perdu une bataille. Mais MacGregor se sentait soulagé, même s'il en avait un peu honte. Il ôta sa surblouse de protection et se lava avec un soin extrême, puis il rendit visite à Sohaila. Elle était encore faible, mais elle quittait l'hôpital pour finir de se rétablir chez elle. Ses examens les plus récents montraient que son sang charriait une grande quantité d'anticorps. D'une façon ou d'une autre, son système immunitaire avait vaincu l'ennemi. On pouvait de nouveau la serrer dans ses bras. Dans un autre pays, on l'aurait gardée encore un peu pour d'autres examens, et on lui aurait fait des prises de sang supplémentaires pour des analyses complètes en laboratoire, mais, là encore, le fonctionnaire soudanais avait été catégorique : on ne ferait rien de tout cela, et elle devait quitter l'hôpital dès que son état le permettrait. MacGregor avait essayé de gagner du temps, mais il était certain désormais qu'elle n'aurait aucune complication. Il la souleva et la plaça lui-même sur la chaise roulante.

— Quand tu te sentiras mieux, tu reviendras me voir ? lui demanda-t-il, avec un gentil sourire.

Elle hocha la tête. Une enfant brillante. Son anglais était bon.

— Docteur ? demanda son père.

Ce devait être un ancien militaire, pensa le jeune homme. Il était tellement raide ! Ce qu'il allait dire se lisait sur son visage, avant même qu'il n'ouvrît la bouche.

— Je n'ai pas fait grand-chose, dit MacGregor. Votre fille était robuste, c'est ça qui l'a sauvée.

— Tout de même, je n'oublierai pas ma dette envers vous, assura l'homme en lui serrant la main avec fermeté.

— Elle sera encore fatiguée pendant une quinzaine de jours. Laissez-la manger ce qu'elle veut ; et, surtout, qu'elle dorme le plus possible.

— Nous ferons comme vous dites, promit le père de Sohaila.

— Vous avez mon téléphone ici, et chez moi, si vous avez le moindre problème.

— Et vous, si vous avez une quelconque difficulté, avec le gouvernement par exemple, prévenez-moi.

L'extrême gratitude de l'homme était évidente. MacGregor avait désormais une sorte de protecteur... En les raccompagnant jusqu'à la porte, il décida que ça ne pouvait pas lui faire de mal. Puis il retourna à son bureau.

— Ainsi, dit le fonctionnaire, à l'autre bout du fil,

après avoir écouté son rapport, tout est rentré dans l'ordre ?

— C'est exact.

— Les membres de votre équipe ont été contrôlés ?

— Oui, et nous referons les examens demain pour plus de sûreté. Les deux chambres des patients seront désinfectées aujourd'hui. On est en train d'incinérer toutes les affaires contaminées.

— Le cadavre ?

— On l'a mis dans un sac et on va le brûler, selon vos ordres.

— Excellent. Docteur MacGregor, vous avez bien travaillé, et je vous en remercie. Nous pouvons donc désormais oublier ce malheureux incident.

— Mais comment Ebola est-il arrivé dans ce pays ? voulut savoir MacGregor, sur un ton plaintif, car il ne pouvait se permettre autre chose.

Le fonctionnaire n'en savait rien et il répondit avec assurance :

— Cela ne nous concerne pas, ni vous ni moi. Personne n'en parlera. J'en suis certain.

— Puisque vous le dites.

Ils échangèrent encore quelques mots, puis MacGregor raccrocha et considéra le mur, devant lui. Il décida d'envoyer un autre fax au CDC. Que le gouvernement le veuille ou non, il devait leur annoncer que cette mini-épidémie était terminée. Il se sentait soulagé, et il était ravi de revenir à une pratique « normale » de la médecine, et à des maladies qu'il était capable de guérir vraiment.

Le Koweït se révéla plus « ouvert » que l'Arabie Saoudite en leur communiquant le détail de leur réunion, peut-être parce que ce gouvernement était une affaire de famille et que leur « établissement » était au coin d'une rue particulièrement dangereuse...

Adler tendit le document au président qui le parcourut en diagonale.

— En gros, ça veut dire : « On est perdus », murmura Ryan.

— Exact, répondit le secrétaire d'Etat.

— Ou bien Sabah, leur ministre des Affaires étrangères, a abrégé les formules de politesse, ou ce qu'il a entendu lui a foutu la trouille. Je parie pour cette seconde hypothèse, décida Bert Vasco.

— Ben ? fit Jack.

— On pourrait avoir un problème, ici, répondit Goodley en secouant la tête.

— « On pourrait ? » répéta Vasco. On a déjà dépassé ça !

— OK, Bert, c'est vous notre superpronostiqueur pour le golfe Persique, observa le président. Vos prévisions ?

— Là-bas, ils ont une culture de la négociation. Il y a des rituels très élaborés pour les réunions importantes. « Salut, comment allez-vous ? » peut leur prendre une heure. L'absence de circonlocutions, ici, est un message. C'est exactement ce que vous avez dit, monsieur le président : « On est perdus. »

— Mais pourquoi les Saoudiens sont-ils plus discrets là-dessus ? demanda Ryan.

— Vous m'avez pourtant dit que le prince Ali vous avait donné une autre impression ? fit Vasco.

— Exact, répondit Ryan avec un signe de tête. Poursuivez.

— L'Arabie Saoudite est un peu schizo. Ils nous aiment bien et ils ont confiance en nous comme partenaires stratégiques, mais, en même temps, ils nous détestent et se méfient de notre culture. Ce n'est pas aussi simple, bien sûr, mais disons qu'ils ont peur que des contacts trop poussés avec l'Occident n'aient des conséquences néfastes sur leur société. Ils sont très conservateurs d'un point de vue social. Souvenez-vous quand notre armée était là-bas en 91 : ils ont exigé que nos aumôniers militaires retirent leurs insignes religieux de leurs uniformes, et lorsqu'ils ont vu des femmes conduire et porter des armes, ça les a rendus carrément fous. Donc, d'un côté, ils dépendent de nous pour leur sécurité, mais, de l'autre, ils redoutent que notre protection ne sème la pagaille chez eux. Comme toujours, ça se résume à un problème de religion. Ils préféreraient sans doute passer un marché avec Daryaei plutôt que d'être obligés de nous demander de venir garder leur frontière, et donc la majorité de leur gouvernement va explorer cette piste, en sachant que nous viendrons de toute façon s'ils en ont besoin. Avec le Koweït, c'est différent. Si on leur propose des manœuvres chez eux, ils accepteront immédiatement, même si les Saoudiens s'y opposent. La bonne nouvelle, c'est que Daryaei en est conscient et que ça le retarde. S'il déplace ses divisions vers le sud...

— L'Agence nous avertira, dit Goodley avec assurance. Nous savons ce que nous cherchons, et leurs matériels ne sont pas assez sophistiqués pour le dissimuler.

— Si nous envoyons des troupes au Koweït maintenant, ça sera perçu comme un acte agressif, les prévint Adler. On devrait peut-être rencontrer Daryaei d'abord et le sonder un peu.

— Et comme ça, il comprendra qu'on est coincés, ajouta Vasco.

— Oh, on ne fera pas ce genre d'erreur, fit Adler, et je crois qu'il sait très bien que le statut des pays du Golfe est essentiel pour nous. Pas de signaux ambigus, cette fois.

L'ambassadeur April Glaspie avait été accusée de double langage vis-à-vis de Saddam Hussein au cours de l'été 90 — mais elle contestait la version de Saddam, et de toute façon cet homme n'avait jamais été crédible. Un problème linguistique, peut-être? Plus vraisemblablement, il n'avait entendu que ce qu'il avait bien voulu entendre, une habitude commune aux chefs d'Etat et aux enfants.

— Vous pouvez organiser ça rapidement? demanda le président.

— Oui, assura le secrétaire d'Etat.

— Alors, allez-y, ordonna Ryan. Le plus vite possible. (Il se tourna vers Goodley.) Ben? J'en ai déjà discuté avec Robby Jackson. Organisez avec lui un plan de déploiement rapide des forces de sécurité. Assez important pour montrer que la question nous préoccupe, mais pas suffisamment pour les provoquer. Appelez les Koweïtiens et assurez-les que nous sommes là s'ils ont besoin de nous et que nous pouvons tout à fait nous déployer chez eux s'ils nous le demandent. Qui sera sur le pont, pour ça ?

— La 24e division mécanisée, Fort Stewart, Géorgie. J'ai vérifié, répondit Goodley avec une certaine fierté. Leur 2e brigade est en état d'alerte, à présent. Y a aussi une brigade de la 82e, à Fort Bragg. Avec l'équipement stationné au Koweït, on peut rassembler tout ça et être sur place en moins de quarante-huit heures. J'ai demandé d'augmenter l'état d'alerte des navires prépositionnés, à Diego Garcia. Nous pouvons faire tout ça tranquillement.

— Bon travail, Ben. Appelez le secrétaire à la Défense et prévenez-le que je veux que ça soit fait... sans bousculade.

— Je dirai à Daryaei que nous tendons une main amicale à la République islamique unie, intervint Adler. Et aussi que nous sommes concernés par la paix et la stabilité de la région et que cela implique le respect de l'intégrité territoriale. Je me demande ce qu'il répondra...

Tout le monde se tourna vers Bert Vasco, qui commençait à maudire son nouveau statut de génie à demeure.

— Il a sans doute voulu simplement mettre un peu la pression sur ses voisins, répondit-il. Mais pas sur nous.

— C'est votre première déclaration évasive, observa Ryan.

— Je manque d'informations, répondit Vasco. Mais je ne pense pas en effet qu'il ait envie d'un conflit avec nous. C'est arrivé une fois, et tout le monde a vu ce qui s'est passé. Exact, il ne nous aime pas. Exact, il n'aime pas non plus les Saoudiens, ni personne d'autre, en fait. Mais il ne veut pas nous défier. Peut-être qu'il serait capable de les vaincre tous. Ça, c'est une analyse militaire, et je ne suis qu'un simple FSO. Mais il ne le pourra pas si nous sommes là, et il le sait. Donc, pression politique sur le

Koweït et l'Arabie Saoudite, c'est sûr. Au-delà de tout ça, je ne vois rien d'inquiétant.

— Et pourtant..., ajouta le président.

— Oui, monsieur, *et pourtant*..., acquiesça Vasco.

— Est-ce que je me repose trop sur vous, Bert ? demanda Ryan.

— Ça va, monsieur le président. Au moins, vous m'écoutez. Mais ça ne nous ferait pas de mal d'avoir une SNIE sur les capacités de la RIU et ses intentions. J'aurais besoin des informations de la communauté du renseignement.

— Goodley, dit Jack, j'ordonne cette SNIE. Bert est dans l'équipe, avec accès total, sur mes ordres. On a un problème potentiel, là, messieurs, mais ce n'est pas encore trop grave, d'accord ? (Ses interlocuteurs acquiescèrent d'un signe de tête.) Bon, merci, messieurs. Gardons un œil sur tout ça.

Le vol 26 de Singapore Airlines atterrit cinq minutes plus tard et s'immobilisa à dix heures vingt-cinq. Les passagers de première classe, qui avaient déjà profité de sièges plus larges et plus confortables, bénéficièrent aussi d'un accès plus rapide à cette procédure d'entrée compliquée que l'Amérique impose à ses visiteurs. Le voyageur récupéra ses bagages au tapis roulant, et avec son sac en bandoulière, il se plaça dans une file d'attente, sa carte d'entrée à la main, sur laquelle il avait noté qu'il n'avait rien à déclarer.

Ils n'auraient pas vraiment apprécié la vérité, de toute façon.

— Bonjour, lui dit l'inspecteur des douanes en examinant sa carte.

Puis il feuilleta son passeport. Il était déjà ancien, avec ses pages couvertes de tampons d'entrée et de sortie de divers pays. Il trouva une page vierge pour en apposer un nouveau et demanda :

— Raison de votre visite en Amérique ?

— Le travail, expliqua le voyageur. Je viens pour le Salon de l'auto au Javits Center.

— OK, dit l'inspecteur, qui avait à peine écouté sa réponse.

Il joua du tampon et indiqua une autre file au nouveau venu. Là, ses bagages furent passés aux rayons X. On lui demanda de nouveau s'il avait quelque chose à déclarer.

— Non.

Les réponses les plus courtes étaient les meilleures. Un autre inspecteur jeta un coup d'œil à son écran pendant que ses bagages avançaient dans l'appareil et ne vit rien d'intéressant. On lui fit signe qu'il pouvait y aller, il récupéra ses affaires et se dirigea vers la station de taxis.

Il prit sa place dans une autre queue et, moins de cinq minutes plus tard, il embarquait dans une voiture. Sa principale inquiétude, se faire coincer à la douane, était désormais derrière lui. Le taxi dans lequel il était monté ne pouvait pas être piégé : quand ç'avait été son tour, il avait fait semblant de chercher quelque chose dans son sac et il avait laissé une femme passer devant lui et prendre la voiture qui arrivait. A présent, il contemplait le paysage urbain qui défilait devant lui — et en réalité, il s'assurait simplement qu'il n'était pas suivi. Le trafic de la mi-journée était si dense que cela ne semblait guère possible. La seule mauvaise nouvelle, c'était que le Javits Center était assez loin de son hôtel et qu'il devrait trouver un autre taxi pour s'y rendre. Mais bon, il n'y pouvait rien.

Une demi-heure plus tard, il montait au cinquième dans l'ascenseur de l'hôtel, avec un groom qui l'aidait à porter ses bagages. Il lui tendit deux dollars de pourboire. On l'avait briefé aussi à ce sujet : une somme modeste était l'idéal pour ne pas risquer qu'on se souvînt de vous parce que vous aviez donné trop, ou rien du tout. Le chasseur empocha l'argent avec une gratitude « normale ». Une fois dans sa chambre, il sortit ses costumes et ses chemises de ses valises, et quelques autres affaires de son sac. Il ne toucha pas à son nécessaire de rasage, et préféra se servir de ce qu'il trouva dans la salle de bains, offert par l'hôtel, pour éliminer sa barbe naissante, après une douche. En dépit de sa tension nerveuse, il était étonné de se sentir en aussi bonne forme. Il était sur la brèche depuis... combien de temps? Vingt-deux heures? Quelque chose comme ça. Mais il avait beaucoup dormi et il n'avait jamais eu peur de l'avion. Il commanda un repas léger, et quand il eut terminé, il s'habilla, passa son sac en bandoulière et descendit prendre un taxi pour le Javits Center. *Un Salon de l'auto!* Il avait toujours aimé les voitures.

Les dix-neuf autres étaient encore dans leurs avions. Certains venaient juste d'atterrir à Boston et à New York, et un à Dulles; ils allaient bientôt franchir la douane et tester ainsi leurs capacités — et leur chance — à affronter le Grand Satan. Satan, après tout, avait d'immenses pouvoirs et il était digne de respect. Il pouvait connaître les pensées d'un homme, presque aussi efficacement qu'Allah, en le regardant dans les yeux.

— Il vous faudra apprendre à lire les gens comme à livre ouvert, leur expliqua Clark.

C'était une bonne classe. Au contraire de beaucoup d'élèves, ceux-là voulaient *vraiment* apprendre. Ça lui rappelait l'époque de ses propres études à la Ferme, au pire moment de la guerre froide, quand tout le monde espérait devenir James Bond, en dépit de ce que leur disaient leurs instructeurs. La plupart de ses camarades de l'époque sortaient tout juste de la fac; ils avaient une solide culture livresque mais ne connaissaient pas grand-chose à la vie réelle. Ils avaient vite appris, mais pas tous, et rater un examen sur le terrain pouvait être pire qu'une mauvaise note sur un livret — mais, en général, c'était tout de même moins grave que ce que racontaient les films. Ces élèves-là comprenaient simplement qu'il était temps pour eux de changer de carrière. Clark attendait beaucoup plus de ses nouveaux étudiants. Peut-être qu'ils n'arrivaient pas de Dartmouth ou de Brown avec des diplômes d'histoire, mais ils avaient un

certain bagage culturel et ils avaient surtout beaucoup appris dans les rues des grandes villes.

— Est-ce qu'ils vont nous mentir — nos agents, je
veux dire ?

— Stone, vous venez de Pittsburgh, n'est-ce pas ?

— Oui, monsieur.

— Et vous avez bossé dans la rue avec des informateurs. Ils vous ont déjà menti ?

— Parfois, admit Stone.

— Alors, vous avez votre réponse. Ils vous raconteront des craques sur leur importance et les dangers
qu'ils courent, et sur tout le reste. Ça dépendra de leur
état d'esprit. Faudra les observer et évaluer leur
humeur. Stone, vous saviez quand vos informateurs
vous menaient en bateau ?

— Presque toujours, oui.

— Et comment le deviniez-vous ?

— Chaque fois qu'ils en rajoutaient ou que ça ne
collait pas...

— Vous voyez, les gars, observa leur instructeur
avec un large sourire, vous êtes si malins que je me
demande parfois ce que je fais là. L'essentiel, c'est de
connaître les gens. A l'Agence, vous croiserez des
types qui pensent tout savoir et tout voir grâce aux
satellites. Mais ce n'est pas exactement le cas : on
réussit à tromper les satellites, et c'est même plus
facile que ce qu'admettent les spécialistes. Les êtres
humains ont leurs failles, eux aussi, des problèmes
d'ego, surtout, et rien ne remplacera jamais le fait de
les regarder dans les yeux. Mais comprenez que
même les mensonges des agents sur le terrain vous
révéleront une part de la vérité...

Chavez apparut à la porte du fond et agita à son
intention un formulaire de message téléphonique ;
Clark s'interrompit et confia sa classe à son assistant.

— Qu'est-ce qui s'passe, Ding ? demanda John.

— Mary Pat veut nous voir à Washington illico
presto. Une SNIE.

— J'imagine que ça concerne la République islamique unie.

— Ils veulent qu'on soit là pour dîner, observa Chavez. Tu veux que je conduise ?

142

Il y avait quatre navires prépositionnés à Diego Garcia, des bâtiments relativement neufs, qui servaient de parkings flottants pour du matériel militaire : un tiers de tanks, d'artillerie mobile et de transports de troupes blindés ; le reste était moins impressionnant : des « véhicules trains » chargés de tout ce dont une armée en campagne avait besoin, depuis les munitions jusqu'aux rations d'eau. Les navires étaient peints en gris, la couleur de la marine, mais des bandes colorées sur leurs cheminées indiquaient leur appartenance à la Flotte de réserve de la défense nationale, dont la maintenance était assurée par des membres de la marine marchande. Leur tâche n'était pas très compliquée : plusieurs fois par an, ils devaient allumer leurs énormes moteurs diesel et naviguer dans les environs quelques heures, histoire de s'assurer que tout allait bien. Ce soir-là, un nouveau message augmenta leur niveau d'alerte.

Les personnels des chambres des machines lancèrent les moteurs. On contrôla les quantités de carburant en fonction des cahiers des charges, et l'on fit les diverses vérifications d'avant-appareillage. Démarrer les moteurs n'avait rien d'anormal, mais le faire pour les quatre navires en même temps l'était, et les détecteurs infrarouges des satellites repérèrent cette poussée thermique, et ce d'autant plus aisément que c'était la nuit.

Sergueï Golovko fut prévenu une trentaine de minutes plus tard et, comme tous les responsables du renseignement à travers le monde, il réunit une équipe de spécialistes pour en discuter.

— Où se trouve leur porte-avions le plus proche ? demanda-t-il d'abord.

Les Américains adoraient balader ces monstres sur tous les océans de la planète.

— Il a quitté Diego Garcia hier et il se dirige vers l'est.

— Dans la direction opposée au golfe Persique ?

— Exact. Des manœuvres avec l'Australie. Nom de

code : SOUTHERN CUP. Rien ne nous laisse penser que l'opération a été annulée.

— Alors pourquoi leurs transporteurs appareillent-ils ?

L'analyste eut un geste vague :

— C'est peut-être un simple exercice, mais les troubles dans le Golfe font penser à autre chose.

— Rien de nouveau à Washington ? demanda Golovko.

— Notre ami Ryan continue son rafting dans les rapides de la politique, rapporta le chef de la section de la politique américaine. Avec difficulté.

— Il survivra ?

— Notre ambassadeur croit que oui, et notre *rezident* aussi, mais ni l'un ni l'autre n'estiment qu'il a les commandes bien en main. Désordre classique. L'Amérique a toujours été fière de la passation en douceur du pouvoir gouvernemental, mais ses lois n'avaient pas prévu les événements qu'ils viennent de vivre. Ryan ne peut pas agir d'une manière décisive contre son ennemi politique.

— Kealty est coupable d'atteinte à la sûreté de l'Etat, observa Golovko.

En Russie, ce genre de crime avait toujours été sévèrement puni. Cette simple phrase suffisait même à refroidir la température d'une pièce.

— Pas d'après leurs lois, mais mes spécialistes juridiques me disent que le problème est si confus qu'il n'y aura pas de vainqueur, et que, dans ce cas, Ryan restera aux commandes à cause de sa position : il est arrivé là le premier.

Golovko hocha la tête, avec une expression mauvaise. L'histoire d'*Octobre Rouge* et l'affaire Gerasimov n'auraient jamais dû venir à la connaissance du public. Son gouvernement et lui-même étaient au courant à propos du chef du KGB, mais ils n'avaient que des soupçons concernant le sous-marin. Dans ce dernier cas, la sécurité américaine avait été parfaite — c'était donc la carte que Ryan avait jouée pour convaincre Kolya de déserter. Fatal ! Tout cela prenait un sens, avec le recul. Un joli coup, oui. Sauf pour une chose : le secret était désormais éventé aussi en

Russie, et il lui était à présent interdit de contacter Ryan directement, tant qu'on n'aurait pas déterminé toutes les retombées diplomatiques de l'affaire. L'Amérique faisait quelque chose. Il ne savait pas encore quoi, mais au lieu d'appeler Ryan à la Maison-Blanche pour lui poser la question, et, peut-être, s'entendre dire la vérité, il devait maintenant attendre les réponses de ses officiers sur le terrain. Le problème venait, entre autres, de l'habitude de Ryan — prise à la CIA — de travailler avec un petit nombre de gens au lieu de se servir de l'ensemble de sa bureaucratie comme d'un orchestre symphonique. Son instinct lui disait que Ryan se serait montré coopératif, il avait déjà fait confiance à d'anciens ennemis lorsque c'était dans leur intérêt commun, mais le traître Kealty — qui d'autre que lui aurait pu cracher le morceau à la presse américaine ? — avait réussi à coincer tout le monde dans une impasse politique.

Jadis, la politique avait été au centre de la vie de Golovko. Membre du Parti depuis l'âge de dix-huit ans, il s'était plongé dans les œuvres de Marx et de Lénine avec toute la ferveur d'un étudiant en théologie ; et si son attitude avait évolué au fil du temps, leurs théories, logiques et folles à la fois, avaient façonné sa vie d'adulte, jusqu'au jour où elles s'étaient évaporées. Mais elles lui avaient au moins procuré une profession dans laquelle il excellait. L'important aujourd'hui, c'était que la guerre froide était terminée, et avec elle la confrontation mortelle entre les Etats-Unis et son pays. A présent, ils pouvaient vraiment affirmer leurs intérêts communs et coopérer de temps en temps. Cela s'était déjà produit. Ivan Emmetovitch Ryan lui avait demandé son aide dans le conflit entre l'Amérique et le Japon, et, ensemble, les deux pays avaient atteint un objectif vital — toujours secret. Bon sang, pensa Golovko, pourquoi le traître Kealty n'avait-il pas plutôt révélé ça ? Mais non, et voilà maintenant qu'ils étaient embarrassés tous les deux et que les médias russes, libres depuis peu, pouvaient s'en donner à cœur joie avec cette histoire autant que ceux de l'Amérique, alors que lui-même pendant ce temps ne pouvait plus passer un malheureux coup de fil!

Ces bateaux appareillaient pour une bonne raison. Ryan était en train de faire quelque chose, ou songeait à le faire, et lui-même, incapable de lui poser directement la question, était obligé de recommencer à jouer à l'espion... Mais, bon, il n'avait pas le choix.

— Créez un groupe d'étude spécial pour le golfe Persique. Rassemblez au plus vite tout ce que nous avons là-dessus. L'Amérique va être obligée de réagir d'une façon ou d'une autre à cette nouvelle situation. Il faut déterminer, *primo,* ce qui arrive exactement, *secundo,* ce que l'Amérique sait et, *tertio,* ce qu'elle va faire. Mettez le général Bondarenko dans le coup. Il vient de passer un certain temps avec l'armée US.

— Tout de suite, camarade président! répondit son principal adjoint.

Et il resta silencieux jusqu'à la fin de la réunion.

Cela, au moins, n'avait pas changé!

Les conditions étaient excellentes. Ni trop chaud ni trop froid. Le Javits Center était près du fleuve, qui augmentait l'humidité locale — et ça aussi c'était bon. A l'intérieur, il n'aurait pas à se soucier des ultra-violets qui auraient pu détruire les virus. Il n'avait pas vraiment besoin de réfléchir au reste : son patron lui avait tout expliqué en détail et il allait faire exactement ce qu'il lui avait dit. Ensuite, eh bien, c'était entre les mains d'Allah, n'est-ce pas?

Il descendit du taxi et pénétra dans le Centre.

Il n'avait jamais vu un immeuble de cette taille, et il se sentit un peu désorienté après avoir reçu son badge de visiteur et son programme, où il trouva un plan des lieux. Un index permettait de repérer l'emplacement des divers stands d'exposition. Avec un petit sourire, il décida qu'il avait quelques heures devant lui pour accomplir sa mission et qu'il pouvait en profiter pour regarder un peu les voitures, comme tout le monde.

Elles brillaient comme des joyaux, et certaines avaient même été placées sur des plateaux tournants pour les visiteurs trop paresseux pour se déplacer.

Avec de grands gestes, des femmes en tenues légères essayaient de convaincre le public de s'approcher, comme pour l'inviter à des relations sexuelles avec les véhicules — encore que certaines de ces créatures auraient pu être plus intéressantes, pensa-t-il en observant leurs beaux visages avec un amusement secret. Les Américains fabriquaient des millions de voitures, dans des formes et des coloris innombrables. Quel gaspillage! C'était quoi, une automobile, après tout, sinon un moyen de se déplacer d'un endroit à un autre?

Ce spectacle était pourtant une expérience agréable. Il lui faisait penser à un bazar de son pays, sauf que rien, ici, ne lui rappelait ce qu'il connaissait : aucune petite allée bordée d'échoppes minuscules dont les propriétaires adoraient marchander! Non, l'Amérique, c'était autre chose. En ces lieux, des femmes se prostituaient pour vendre des produits à des prix qu'on ne pouvait pas discuter. Cela dit, il n'avait rien contre cette utilisation des femmes. Il était célibataire, et il avait des désirs comme tout un chacun, mais l'avouer ç'aurait été défier le puritanisme de sa culture. A aucun moment il ne détourna les yeux de ces créatures, mais il n'était pas mécontent non plus qu'aucune d'entre elles n'appartînt à son monde.

Que de marques et de modèles! Cadillac avait un stand immense dans la section General Motors. Ford en avait un autre; il se promena ensuite chez Chrysler, puis passa chez les constructeurs étrangers. Il constata que le public évitait les Japonais, sans doute à cause de la guerre récente entre ce pays et l'Amérique — même si au-dessus de beaucoup de ces stands des banderoles annonçaient en lettres de trois mètres : Fabriqué en Amérique par des Américains! au rare public qui semblait s'en soucier. Du coup, il s'intéressa beaucoup moins aux voitures asiatiques.

Non, décida-t-il, *pas ici*.

Il nota que les Européens profitaient des malheurs du Japon. Mercedes, tout spécialement, attirait la foule et surtout une nouvelle version de leur voiture de sport la plus chère, peinte d'un noir laqué très foncé qui reflétait les lumières comme le ciel clair du désert. Au passage, le voyageur acceptait les brochures que lui offraient les représentants. Il les rangeait dans son sac pour ressembler aux autres visiteurs. Il acheta un hot dog, se moquant bien de savoir s'il y avait ou non du porc à l'intérieur. L'Amérique n'était pas un pays islamique, après tout, et il n'avait pas à se soucier ici de ce genre de questions. Il resta un bon moment à examiner les 4x4 tout-terrain, se demandant s'ils résisteraient aux routes difficiles du Liban et d'Iran. Sans doute que oui. L'un d'eux était construit sur un modèle militaire qu'il connaissait, et s'il avait pu choisir, il se serait offert celui-là, massif et puissant. Il récupéra toute la publicité qui le concernait et il prit le temps de la lire. Il aurait bien voulu posséder une telle merveille. Il vérifia sa montre. C'était le début de la soirée. De plus en plus de visiteurs arrivaient, après leur travail. Parfait.

Tout en marchant, il repéra le système d'air conditionné. Ç'aurait été beaucoup mieux de placer sa bombe aérosol dans le circuit lui-même, mais on lui avait expliqué qu'une épidémie de la maladie du légionnaire, des années auparavant, à Philadelphie, avait obligé les Américains à s'intéresser à la propreté de ces systèmes ; ils traitaient désormais au chlore l'eau de condensation qui humidifiait l'air remis en circulation, et ce produit chimique aurait tué le virus. Tout en faisant semblant de lire une brochure en quadrichromie, il repéra les grosses bouches d'aération cylindriques. L'air froid sortait par là, et se déplaçait au niveau du sol, invisible. Une fois réchauffé par la foule, l'air remontait et retournait dans le système pour y être refroidi et désinfecté de nouveau. Il devait donc choisir un endroit où la circulation de l'air serait son alliée, pas son ennemie, et il réfléchit à la question, tout en restant là, comme un client éventuel. Puis il reprit sa promenade, passant sous certaines des bouches d'aération et sentant l'air froid lui caresser la peau, et il chercha un bon emplacement pour abandonner son petit cadeau. La durée de vaporisation serait d'environ quinze secondes. Il y aurait un léger sifflement — qui se perdrait sans doute dans le vacarme de l'immeuble bondé — et un bref nuage, visible quelques secondes, dont les particules minuscules se fondraient immédiatement dans l'atmosphère ambiante et se disperseraient au hasard pendant au moins une demi-heure ou peut-être plus. Il voulait exposer le maximum de personnes en fonction de ces divers paramètres, et, tout en continuant à réfléchir, il poursuivit sa visite.

Même si ce Salon de l'auto était immense, il n'occupait pas la totalité du Javits Center, et c'était pour lui un avantage supplémentaire. Tous les stands étaient construits en préfabriqué, comme les bureaux d'une entreprise, et derrière eux, des pans de tissu dissimulaient les parties vides du bâtiment. Celles-ci étaient facilement accessibles, constata le voyageur. Aucune barrière nulle part. Il suffisait de passer derrière un stand. Des gens s'y étaient d'ailleurs retrouvés pour y tenir des réunions informelles, mais les lieux étaient surveillés aussi par quelques membres du personnel de maintenance. Ces gens-là présentaient un problème, car il ne voulait pas risquer de voir ramasser trop tôt sa bombe aérosol. Ils faisaient forcément des rondes régulières. La manifestation serait ouverte encore plusieurs heures. Il cherchait un emplacement parfait, même si on lui avait expliqué qu'il n'avait pas trop à s'inquiéter à ce sujet. Il prit ce conseil à cœur. L'important, c'était de ne pas se faire repérer. Oui, c'était cela, l'essentiel de sa mission.

L'entrée est ici..., pensa-t-il. Les gens arrivaient et repartaient par le même endroit. A la porte principale, une rangée de bouches d'aération jouait le rôle d'une espèce de barrière thermique, et la plupart des retours étaient situés au centre du hall. La circulation de l'air était donc prévue pour aller de la périphérie vers le centre... et tout le monde devait passer au même endroit pour entrer et sortir... Comment profiter au mieux de cette situation ? Il y avait des toilettes, de ce côté-ci, et elles étaient régulièrement fréquentées — mais non, c'était trop dangereux ; quelqu'un pouvait ramasser la bombe aérosol, et la jeter dans une poubelle. Il repartit dans l'autre direction et dépassa les stands General Motors, puis ceux de Mercedes et de BMW; la circulation d'air passait par là pour rejoindre les bouches de retour; les trois stands étaient pleins de monde et une partie de l'air redescendait vers l'entrée/sortie principale. Les bannières vertes dissimulaient le mur, mais il y avait une zone dégagée pratiquement invisible au-dessous d'elles. *Voilà l'endroit idéal.* Il s'éloigna en vérifiant sa montre et les heures d'ouverture dans le programme. Puis il rangea son document dans son sac et, de l'autre main, il ouvrit la fermeture Eclair de son nécessaire de rasage. Il vérifia que personne ne le suivait. Mais non, personne ne savait qu'il était là, et il n'allait pas se faire repérer en tirant une rafale d'AK-47 ou en lançant une grenade! Il regrettait de n'avoir pas connu plus tôt ce genre de terrorisme-là. Il aurait adoré abandonner un paquet comme celui-ci dans un théâtre de Jérusalem! Mais il aurait le temps, plus tard, de le faire — peut-être, une fois que leur principal ennemi serait paralysé. Il observa les visages des gens qui l'entouraient, ces Américains qui les haïssaient tant, lui et son peuple. Ils avançaient en traînant les pieds, comme du bétail, sans but.

C'était le moment.

Il se glissa derrière un stand, il sortit sa bombe à raser de son sac et la posa sur le sol de béton. Il appuya sur le minuteur et, immédiatement, retourna dans le grand hall, tourna à gauche et sortit du bâtiment.

Cinq minutes plus tard, il était dans un taxi et il n'était pas encore arrivé à son hôtel que le ressort du minuteur ouvrit la valve de la bombe aérosol, et que celle-ci relâcha son contenu dans l'atmosphère pendant une quinzaine de secondes.

Personne n'entendit le sifflement dans la cacophonie du salon et personne ne vit le nuage de vapeur qui se dispersa très vite.

A Atlanta, c'était le Salon maritime de printemps.

Une moitié des visiteurs pensait vraiment acheter un bateau, cette année ou plus tard. Les autres venaient simplement là pour rêver.

Qu'ils rêvent, pensa le voyageur, en quittant les lieux.

A Orlando, Salon du camping-car. Ce fut très facile. Un voyageur regarda sous un Winnebago, comme pour en examiner le châssis, il y glissa sa bombe aérosol et s'en alla.

Au McCormick Center de Chicago, Salon de l'équipement ménager. Un hall immense plein de mobilier et d'électroménager, et bondé de femmes qui auraient bien voulu se les offrir.

A Houston, c'était l'une des plus importantes foires hippiques des Etats-Unis. La plupart des chevaux étaient arabes, nota le voyageur avec surprise. Il murmura une prière dans l'espoir que ces nobles créatures, qu'Allah aimait tant, ne seraient pas atteintes par la maladie.

A Phoenix, Salon de l'équipement de golf, un sport dont le voyageur ne connaissait rien. Mais il avait récupéré plusieurs kilos de documents pour les lire dans l'avion qui le ramènerait dans l'autre hémisphère. Il s'était procuré un sac de golf vide avec une doublure de plastique, dans lequel il avait dissimulé la bombe aérosol après avoir lancé le minuteur.

A San Francisco, le Salon de l'informatique était la manifestation la plus fréquentée des Etats-Unis de cette journée. Plus de vingt mille personnes se pressaient dans le Moscone Convention Center. Il y avait même tant de monde que le voyageur craignit de ne pas être à l'extérieur, dans le jardin, lorsque la bombe aérosol commencerait à diffuser son contenu mortel. Mais il y parvint, et regagna son hôtel à pied, à quatre pâtés de maisons de là, une fois sa mission accomplie.

Le magasin de tapis fermait ses portes quand Aref Raman arriva. M. Alahad tira les verrous et éteignit les lumières derrière lui.

— Que dois-je faire ? demanda Raman.

— Rien sans ordres, mais nous voulons savoir si vous êtes capable de mener à bien votre mission.

— N'est-ce pas évident ? répondit Raman avec une certaine irritation. Pourquoi pensez-vous que...

— J'ai mes instructions..., répondit doucement Alahad.

— Oui, j'en suis capable. Je suis prêt, assura Raman, plus calmement.

La décision avait été prise des années et des années auparavant, mais ça lui faisait du bien d'affirmer la chose à voix haute à quelqu'un d'autre, ici et maintenant.

— On vous préviendra le moment venu. C'est pour bientôt.

— La situation politique...

— Nous la connaissons, et nous avons confiance en votre dévotion. Allez en paix, Aref. De grandes choses se préparent. Je ne sais pas ce que c'est, je sais simplement qu'elles sont en route, et qu'au moment voulu votre action sera l'aboutissement du saint *jihad*. Mahmoud Haji vous envoie ses salutations et ses prières.

— Merci...

Raman baissa la tête à cette bénédiction lointaine mais puissante. Cela faisait longtemps qu'il n'avait pas entendu la voix de cet homme autrement qu'à la télévision — et il avait été obligé de l'éteindre, pour éviter que son entourage ne remarquât ses réactions.

— Ça a été dur pour vous, dit Alahad.

— Oui.

— Ce sera bientôt terminé, mon jeune ami. Accompagnez-moi dans l'arrière-boutique. Vous avez le temps ?

— Oui.

— Alors, c'est le moment de la prière.

38

PÉRIODE DE GRÂCE

— Je ne suis pas un spécialiste de la zone, protesta Clark.

Il s'était déjà rendu en Iran, pourtant.

Mais Ed Foley ne voulut rien savoir.

— Vous êtes allé sur le terrain, John. C'est bien vous qui racontez partout que rien ne vaut des mains sales et un bon nez ?

— Il a justement développé cette théorie devant les nouveaux, à la Ferme, cet après-midi, intervint Ding avec un petit air ironique. Bon, aujourd'hui, c'était sur la façon dont on pouvait connaître les gens en regardant leurs yeux, mais ça revient au même. Bon œil, bon nez, tout ça c'est pareil.

Lui, il ne connaissait pas l'Iran, et ils n'y enverraient pas monsieur C. tout seul, n'est-ce pas ?

— Vous en êtes, John, dit Mary Pat Foley. Le secrétaire Adler va sans doute y faire bientôt un saut. Ding et vous, vous l'accompagnez comme SPO. Gardez-le vivant et reniflez un peu autour de vous, mais pas d'opération clandestine. Vous me donnerez le sentiment de la rue. C'est tout, juste une reconnaissance rapide.

En général, on se contentait des reportages de CNN, pour ça, mais Mary Pat voulait voir des officiers expérimentés prendre le pouls du pays, et c'était un ordre.

Il y avait une malédiction à être un bon officier ins-

153

tructeur : les gens que vous formiez étaient souvent promus, et ils se souvenaient de leurs leçons — et pis encore, de ceux qui les leur avaient apprises. Clark se rappelait les deux Foley quand ils suivaient ses cours, à la Ferme. Depuis le début, c'était elle, le cow-boy — enfin, la cow-girl — du couple, avec un flair exceptionnel, une parfaite maîtrise de la langue russe, et cette espèce de don pour deviner la pensée des gens que l'on rencontrait plus souvent chez les psychiatres... Mais elle manquait aussi de prudence, et se fiait un peu trop, pour sa protection, à son air de jolie blonde évaporée. Ed n'avait pas sa fougue, mais il savait comme personne analyser une situation et anticiper sur le long terme. Aucun des deux n'était parfait. Ensemble, ils faisaient des prodiges, et John était fier de les avoir formés.

Enfin, la plupart du temps.

— OK, nous avons des contacts, là-bas ? demandat-il.

— Rien de bien utile. Adler souhaite voir Daryaei de ses propres yeux et lui rappeler un peu les règles du jeu. Vous serez logés à l'ambassade de France. Le voyage restera secret. Un VC-20 jusqu'à Paris, et à partir de là un avion français. Un aller-retour rapide, leur expliqua Mary Pat. Mais je veux que vous vous promeniez une heure ou deux en ville, juste pour vous faire une idée des choses — le prix du pain, la façon dont les gens s'habillent, tout ça, quoi. Vous connaissez le boulot.

— Et comme nous aurons des passeports diplomatiques, personne ne se risquera à nous embêter, ajouta John avec ironie. Oui, j'ai déjà entendu cette chanson une fois. De même que tous ceux qui se trouvaient dans notre ambassade de Téhéran en 1979, vous vous souvenez ?

— Adler est secrétaire d'Etat, lui rappela Ed.

— Je pense qu'ils le savent.

Il préféra ne pas ajouter : *Et ils savent aussi qu'il est juif.*

Un vol jusqu'à Barstow, Californie — l'exercice

154

commençait toujours de cette façon. Les autobus et les camions allaient jusqu'aux avions, et les troupes rejoignaient le NTC par la seule route qui y menait. Depuis leur hélicoptère au sol, le général Diggs et le colonel Hamm regardaient les soldats se mettre en rang. Ce groupe-là appartenait à la Garde nationale de Caroline du Nord, une brigade renforcée. Ce n'était pas si souvent que la Garde nationale venait à Fort Irwin, et celle-là était plutôt spéciale. Parce que cet Etat avait la chance d'être représenté par les séna- teurs les plus anciens du pays — enfin, jusqu'à récem- ment en tout cas —, les troupes de la Garde nationale de Caroline avaient bénéficié des meilleurs équipe- ments, si bien qu'elles avaient été désignées comme brigade de complément d'une des divisions blindées de l'armée régulière. C'était sûr qu'ils se pavanaient comme de vrais militaires ; leurs officiers travaillaient depuis un an en prévision de ces manœuvres. Ils s'étaient même arrangés pour trouver du carburant supplémentaire qui leur avait permis de s'entraîner quelques semaines de plus. A présent, ils faisaient s'aligner leurs hommes, avant leur embarquement dans les véhicules ; à quatre cents mètres de là, Diggs et Hamm les voyaient parler à leurs troupes à travers le vacarme d'un appareil qui atterrissait.

— Ils ont l'air fiers, patron, observa Hamm.

Ils entendirent un cri lointain — une compagnie de tankistes hurlait à son capitaine qu'elle était prête à botter quelques culs. Il y avait même une équipe de journalistes qui immortalisait l'événement pour la télévision locale.

— Ils le sont, répondit le général. Les soldats doivent l'être, colonel.

— Il leur manque juste une chose, monsieur.

— Quoi, Al ?

— *Bêêêêêê...*, chantonna le colonel Hamm par-des- sus son cigare. Les agneaux pour l'abattoir.

Les deux officiers échangèrent un regard. La pre- mière mission de l'OpFor était de les débarrasser de cette fierté. Le Blackhorse Cav n'avait jamais perdu un seul engagement simulé et Hamm n'avait pas prévu de commencer ce mois-ci. Deux bataillons de chars Abrams, un de Bradley, un autre d'artillerie, une compagnie de cavalerie et un bataillon de soutien de combat contre ses trois escadrons de l'OpFor... Cela semblait à peine équitable. Pour les visiteurs.

Ils avaient presque terminé. Le plus difficile avait été de mélanger l'Amfo. Ils avaient trouvé dans un livre les proportions correctes d'engrais (un composé chimique essentiellement à base d'ammoniac) et de diesel. Les deux hommes adorèrent l'idée que les plantes se nourrissaient avec un explosif mortel. La poudre des obus d'artillerie était, elle aussi, fabriquée à partir d'ammoniac et un jour, dans l'Allemagne d'avant la Première Guerre mondiale, une usine d'engrais avait explosé et rasé le village d'à côté. L'addition de diesel augmentait l'énergie chimique, mais surtout servait d'agent mouillant, l'idéal pour propager l'onde de choc interne dans la masse explosive et accélérer la détonation. Ils utilisèrent une grande cuve pour le mélange et une rame de canoë pour remuer la masse et lui donner la consistance qu'il fallait. Le résultat, c'était une grosse boule de barbotine qui ressemblait à de la boue et formait des espèces de blocs, qu'ils sortirent à la main.

Dans le tambour de la toupie à béton, c'était sale, ça puait et c'était dangereux. Ils le remplissaient à tour de rôle. L'ouverture, faite pour du ciment semi-liquide, n'avait qu'un mètre de diamètre. Holbrook avait installé un ventilateur électrique pour injecter de l'air frais à l'intérieur, parce que les émanations du mélange d'Amfo étaient désagréables et sans doute toxiques — elles leur donnaient mal à la tête, ce qui était un avertissement suffisant. Ils avaient travaillé là-dessus plus d'une semaine, mais désormais le tambour était rempli comme ils le souhaitaient, à peu près aux trois quarts. Les couches n'étaient pas égales, et ils versèrent avec des seaux un mélange plus liquide pour combler les espaces vides. Si l'on avait pu voir le contenu de la toupie à travers l'acier, on

156

aurait découvert une espèce de « diagramme camembert » dont la partie vide, en forme de V, était tournée vers l'extérieur.

— Je crois que ça va comme ça, Peter, dit Ernie Brown. On en a encore environ cinq cents kilos, mais...

— Plus de place, acquiesça Holbrook, en s'extrayant du tambour.

Il descendit de l'échelle, puis les deux hommes sortirent de la grange, et s'installèrent sur des chaises de jardin, à l'extérieur, pour prendre un peu l'air.

— Merde ! Je suis content que ce truc-là soit fini ! s'exclama Holbrook.

— Tu l'as dit !

Brown se frotta le visage et prit une profonde inspiration. Il avait un affreux mal de tête. Ils restèrent là un bon moment, pour nettoyer leurs poumons de ces saletés d'émanations.

— Bon, en tout cas, c'est bien d'avoir fabriqué toutes ces balles, ajouta Ernie.

Ils en avaient deux bidons pleins, et même si c'était probablement trop, ça leur plaisait.

Le Quai d'Orsay accepta avec une remarquable rapidité de coopérer à cette rencontre ; la France avait des intérêts diplomatiques dans tous les pays du Golfe, et aussi toutes sortes d'accords commerciaux, des chars d'assaut aux médicaments. L'armée française, qui avait participé à la guerre du Golfe, s'était battue contre du matériel fabriqué chez elle — mais les situations de ce genre n'étaient pas inhabituelles. La France annonça son accord par téléphone à neuf heures du matin à l'ambassadeur américain, et celui-ci passa un télex à Foggy Bottom moins de cinq minutes plus tard, d'où il fut relayé au secrétaire Adler qui dormait toujours.

Faire quitter discrètement la capitale au secrétaire d'Etat n'a jamais été très facile. La presse notait sans mal les absences des membres du cabinet. Il fallut donc raconter une histoire : Adler partait discuter de différents problèmes avec les alliés européens.

— Oui? dit Clark en décrochant le téléphone dans sa chambre, au Marriott proche de Langley.

— C'est pour aujourd'hui, lui dit son interlocuteur.

Il cligna des yeux et secoua la tête.

— OK. Super. J'suis prêt.

Puis il se retourna et se rendormit. Au moins, il ne serait pas obligé de se taper un briefing pour cette mission. Garder un œil sur Adler, s'offrir une petite promenade et rentrer à la maison. Il n'avait pas beaucoup de souci à se faire pour la sécurité du secrétaire d'Etat. Si des Iraniens — il n'était pas encore habitué à dire les *RIUniens* — s'en prenaient à eux, deux hommes avec des pistolets n'avaient pas vraiment les moyens de résister, ils rendraient simplement leurs armes et ce serait à la sécurité iranienne d'éloigner les assaillants.

— On est en route? murmura Chavez depuis l'autre lit.

— Ouaip.

— *Bueno.*

Daryaei regarda la pendule, sur son bureau, enleva huit, neuf, dix et onze heures, et se demanda si quelque chose avait mal tourné. Le doute était la malédiction des gens dans sa position : on décidait et on agissait, et ensuite on s'inquiétait, malgré tout le travail de planification et de réflexion... Il n'y avait pas de route directe vers le succès. On était toujours obligé de prendre des risques.

Mais non, tout s'était bien passé. Il avait reçu l'ambassadeur français, un infidèle très agréable qui parlait un iranien parfait. Un homme stylé, courtois, et révérencieux. Il avait formulé cette requête de seconde main comme un père arrangeant un mariage pour une alliance entre deux familles, avec un sourire plein d'espoir qui traduisait aussi les souhaits de son propre gouvernement. Les Américains ne lui auraient pas demandé de faire cette démarche s'ils avaient eu la moindre idée de l'existence des hommes de Badrayn et de leurs missions. Ils envoyaient leur propre ministre des Affaires étrangères dans ce qu'ils devaient considérer comme un pays ennemi — et un juif, avec ça ! *Contact amical, échange de vues amical, offre amicale de relations amicales*, avait dit le Français, donnant le ton de la réunion, et espérant certainement que, si celle-ci se passait bien, on se souviendrait de la France comme du pays qui avait favorisé une nouvelle amitié — et que si elle échouait, on n'oublierait pas que la France avait vraiment essayé d'être un intermédiaire honnête.

Maudits soient les Français, de toute façon, pensa-t-il. *Si leur chef de guerre Charles Martel n'avait pas arrêté Abd al-Rahman à Poitiers en 732, alors le monde entier aurait pu être...* Mais même Allah ne pouvait changer l'Histoire. Al-Rahman avait perdu cette bataille parce que ses hommes étaient devenus avides, et avaient oublié la pureté de la foi. En contact avec les richesses de l'Ouest, ils avaient cessé de se battre et s'étaient livrés au pillage. Ils avaient laissé aux forces de Martel la possibilité de se reformer et de contre-attaquer. Oui, c'était ça, la leçon à retenir. On avait toujours le temps de piller : il fallait d'abord emporter la bataille. Détruisez les forces de l'ennemi, et *ensuite* prenez ce que vous voulez.

Daryaei quitta son bureau et passa dans la pièce voisine. Là, sur le mur, il y avait une carte de son nouvel Etat et de ses voisins, et un siège confortable où s'asseoir pour l'examiner... et faire l'erreur habituelle quand on étudiait une carte : les distances étaient réduites, et tout semblait très proche. Assez pour s'en emparer...

Tout irait bien, désormais. Ces pays étaient à portée de main.

C'était plus facile de repartir que d'arriver. Comme la plupart des nations occidentales, l'Amérique s'inquiétait davantage de ce que ses visiteurs pouvaient faire entrer sur son sol que de ce qu'ils emportaient — et elle avait bien raison, pensa le premier voyageur, tandis qu'on contrôlait son passeport à

JFK. Il était sept heures du matin, et le vol 1 d'Air France, sur Concorde, allait le rapprocher de chez lui. Il avait une grosse collection de brochures sur les automobiles, et une histoire solide si quelqu'un l'interrogeait à leur sujet. Mais personne ne lui posa la moindre question. Il s'en allait et c'était bon. Son passeport fut tamponné comme il convenait. L'agent des douanes ne lui demanda même pas pourquoi il n'était resté que vingt-quatre heures aux Etats-Unis. Les hommes d'affaires étaient comme ça. En outre, il était très tôt et il ne se passerait rien d'important dans les dix ou douze prochaines heures.

Dans la salle d'attente de première classe d'Air France, on servait du café, mais il n'en voulut pas. Il avait presque fini, et c'était maintenant que ses mains tremblaient ! Etonnant, comme tout cela avait été facile ! Quand il leur avait décrit cette opération, Badrayn leur avait dit que ce serait très simple, mais il ne l'avait pas cru, habitué qu'il était à affronter les services de sécurité israéliens, leurs soldats et leurs fusils. Toute la tension qu'il avait ressentie — comme s'il avait été attaché très serré avec une corde — était en train de retomber, à présent. Il n'avait pas trouvé le sommeil, à l'hôtel, la nuit précédente, mais il se rattraperait dans l'avion et il dormirait pendant tout le voyage. Une fois à Téhéran, il regarderait Badrayn avec un petit sourire et lui demanderait une autre mission du même genre. En passant devant le buffet, il se servit un verre de champagne. Ça le fit éternuer, et c'était contraire à sa religion, mais c'était la façon occidentale de fêter quelque chose, et il avait en effet un événement à célébrer. Son vol fut annoncé vingt minutes plus tard et il embarqua avec les autres. Son seul souci, désormais, c'était le décalage horaire. L'avion décollait à huit heures pile et arrivait à Paris à dix-sept heures quarante-cinq. Directement du petit déjeuner au dîner sans passer par le repas de midi. Le miracle des transports modernes.

Ils ne se rendirent pas ensemble à Andrews — Adler

dans sa voiture officielle, Clark et Chavez dans l'auto personnelle de ce dernier —, et tandis que l'on faisait signe au secrétaire d'Etat de passer, les deux agents de la CIA furent obligés de montrer leurs cartes, ce qui leur valut au moins un salut réglementaire de la part du militaire de l'Air Force.

— T'aimes vraiment pas ce pays, hein? demanda Chavez.

— Domingo, le jour où t'enlevais les petites roues de ton vélo, j'étais déjà à Téhéran avec une couverture si mince qu'on pouvait lire à travers une police d'assurance-vie, et je criais « Mort à l'Amérique! » au milieu des barbus et je regardais des gamins fous armés de flingues balader nos ressortissants avec des bandeaux sur les yeux... Pendant un moment, j'ai cru qu'on allait les aligner contre un mur et les descendre. Je connaissais le responsable américain de la CIA. Merde, je l'ai vu au milieu des autres. Ils l'avaient chopé aussi et il a passé un sale quart d'heure.

Il était là, à une quinzaine de mètres de lui, et il ne pouvait rien pour lui — il s'en souvenait encore.

— Qu'est-ce que tu faisais là-bas?

— *Primo*, une reconnaissance rapide pour l'Agence. *Secundo*, une participation à la mission de sauvetage qui est partie en couilles à Desert One. A l'époque, on a pensé qu'on avait joué de malchance, mais cette opération m'a vraiment foutu la trouille. C'est probablement mieux qu'elle ait échoué, conclut John. Au moins, on les a tous récupérés vivants à la fin.

— Donc, t'aimes pas le coin à cause de ces mauvais souvenirs.

— En fait, non. (Clark haussa les épaules.) C'est surtout que j'ai jamais réussi à comprendre ces gens. Les Saoudiens, oui. Eux, je les aime beaucoup. Une fois que t'as gratté la croûte, c'est l'amitié pour la vie. Certaines de leurs règles sont un peu bizarroïdes pour nous, mais à part ça, c'est bon. Un peu comme dans les vieux films, tu sais, le sens de l'honneur, l'hospitalité, etc., etc. En tout cas, j'ai eu plein de bonnes expériences dans ce pays. Et pas une seule de l'autre côté du Golfe.

Ding gara sa voiture. Alors qu'ils sortaient leurs bagages, une femme sergent s'approcha.

— On va à Paris, sergent, dit Clark, en ressortant sa carte.

— Vous voulez bien me suivre, messieurs ?

Elle leur indiqua d'un geste le terminal des VIP. On avait fermé l'immeuble en rez-de-chaussée à tous les autres visiteurs. Scott Adler, installé sur un canapé, étudiait des documents.

— Monsieur le secrétaire d'Etat ?

Adler leva les yeux.

— Laissez-moi deviner. Vous, c'est Clark, et vous, Chavez.

— Vous pourriez faire carrière dans le renseignement, murmura John en souriant.

Les trois hommes échangèrent des poignées de main.

— Bonjour, monsieur, dit Chavez.

— Si j'en crois Foley, je suis en sécurité avec vous, répondit Adler en refermant son dossier.

— Il exagère, grommela Clark en prenant un Danish.

Il se demanda s'il était nerveux. Ed et Mary Pat avaient raison. C'était une opération de routine, juste un aller-retour. Salut, comment ça va, allez vous faire foutre, à bientôt... Et il s'était retrouvé dans des endroits plus dangereux que Téhéran, dans les années 79-80 — pas souvent, mais quand même. Il se renfrogna, tout en mâchonnant son biscuit. Quelque chose avait réveillé cette vieille sensation qui lui donnait la chair de poule et le prévenait qu'il fallait réfléchir sérieusement à la situation.

— Il a dit aussi que vous étiez dans l'équipe de la SNIE et que je devais vous écouter, ajouta Adler.

Clark constata que lui, au moins, il paraissait calme.

— Les Foley et moi, ça remonte à longtemps, expliqua John.

— Vous êtes déjà allé là-bas ?

— Oui, monsieur le secrétaire d'Etat.

Suivirent deux minutes d'explication de la part de

Clark, qui lui valurent un hochement de tête pensif d'Adler.

— Moi aussi, j'y étais. Parmi les gens que les Canadiens ont réussi à évacuer en douce. Je venais juste d'arriver la semaine d'avant. J'étais en ville, à la recherche d'un appartement, quand ils ont pris l'ambassade d'assaut. J'ai raté la fête, conclut le secrétaire d'Etat. Dieu merci.

— Donc vous connaissez le pays ?

— Pas vraiment. (Adler secoua la tête.) Quelques mots de leur langue. J'étais là-bas pour me familiariser avec l'endroit, mais c'est tombé à l'eau, et on m'a envoyé ailleurs. J'aimerais bien quand même que vous me racontiez un peu.

— Je ferai de mon mieux, monsieur, lui promit Clark.

Un jeune capitaine vint les prévenir que leur avion était prêt. Un sergent prit les affaires d'Adler. Les deux officiers de la CIA portèrent eux-mêmes leurs bagages. En plus de leurs vêtements de rechange, ils avaient des appareils photo et leurs armes de poing — John préférait son Smith & Wesson, et Ding aimait bien son Beretta calibre 40.

Bob Holtzman réfléchissait, seul dans son bureau dont les murs de verre lui offraient un minimum d'intimité acoustique.

Quelqu'un était allé voir Tom Donner et John Plumber. C'était certainement Kealty. L'image qu'il avait de Kealty était l'exact contraire de celle de Ryan. Ses idées politiques étaient plutôt bonnes, estimait-il, progressistes et sensées. C'était l'homme qui était un salopard, simplement. En d'autres temps, on aurait fermé les yeux sur son donjuanisme, mais plus aujourd'hui, et la carrière politique de Kealty était d'ailleurs à cheval sur ces deux époques. A Washington, il y avait des tas de femmes attirées par le pouvoir comme les abeilles sur le miel — ou comme les mouches sur autre chose —, et on se servait d'elles. La plupart en repartaient plus tristes et plus sages.

Les politiciens étaient si charmeurs par nature que la plupart de ces nénettes s'en allaient le sourire aux lèvres, sans vraiment comprendre à quel point on s'était servi d'elles. Mais certaines étaient blessées — et Kealty en avait abîmé plusieurs. L'une d'elles s'était même suicidée. Sa femme, Libby Holtzman, avait travaillé sur cette histoire, mais on avait profité du conflit avec le Japon pour enterrer l'affaire, et entre-temps les médias avaient décidé que c'était de l'histoire ancienne et Kealty avait été réhabilité. Même les associations de femmes avaient passé l'éponge, considérant que ses « écarts de conduite » méritaient l'indulgence, compte tenu de ses prises de position politiques. Tout cela avait choqué Holtzman. On devait s'en tenir à certains principes, n'est-ce pas ?

Mais c'était Washington, ici.

Kealty était allé voir Donner et Plumber, et il devait l'avoir fait entre l'interview enregistrée du matin et le direct du soir. Et cela signifiait que...

— Oh, merde ! s'exclama Holtzman, lorsqu'il comprit.

Ça, c'était un article ! Mieux encore, son rédacteur en chef allait adorer. Donner avait dit en direct à la télévision que la bande audio enregistrée le matin était endommagée. *C'était forcément un mensonge.* Un journaliste mentant en direct à son public ! Il n'y avait pas beaucoup de règles dans le journalisme, et la plupart étaient assez vagues pour être contournées. Mais pas celle-là. La presse et la télé ne s'entendaient guère, elles se disputaient âprement les faveurs du public, c'était la pire des deux qui gagnait. *La pire ?* se demanda Holtzman. Evidemment. La télé était tape-à-l'œil, point final, et peut-être qu'une image valait mille mots, mais pas quand on la choisissait pour se divertir plus que pour s'informer. La télé, c'était la fille sur qui on se retournait dans la rue. La presse, c'était celle avec laquelle on faisait des enfants.

Mais comment prouver le mensonge de Donner ?

Qu'est-ce qui serait le plus agréable ? Faire mordre la poussière à cette espèce de paon, avec ses costumes toujours impeccables et ses cheveux laqués ? Ou jeter un voile mortuaire sur les infos télé, et augmenter d'autant l'audience de la presse écrite ? Il pourrait présenter tout cela en se parant du drapeau sacré de l'Intégrité du Journalisme. Briser des carrières, ça faisait partie de son travail. Il n'avait encore jamais enfoncé un collègue, mais il éprouvait à l'avance une grande joie à l'idée de virer celui-là de leur profession.

Mais Plumber ? Holtzman le connaissait et le respectait. Plumber avait débuté à la télévision à une époque différente, quand ce média essayait de gagner en respectabilité et engageait des journalistes sur la base de leur réputation professionnelle et pas sur leur look. Plumber devait être au courant. Et sans doute qu'il n'aimait pas ça.

Ryan ne pouvait pas ne pas recevoir l'ambassadeur de Colombie. Il découvrit que c'était un diplomate de carrière issu de l'aristocratie, et qu'il était tiré à quatre épingles pour rencontrer le chef de l'Etat américain. Leur poignée de main fut vigoureuse et cordiale. On échangea les plaisanteries habituelles devant le photographe de la Maison-Blanche, puis on se mit au travail.

— Monsieur le président, commença-t-il sur un ton officiel, mon gouvernement m'a chargé de me renseigner auprès de vous sur certaines allégations de vos médias.

Jack hocha la tête avec gravité :

— Que voulez-vous savoir ?

— Selon eux, il y a quelques années, le gouvernement des États-Unis aurait envahi mon pays. Nous avons trouvé cette déclaration troublante, sans parler de la violation des lois internationales et des traités régissant les relations entre nos deux démocraties.

— Je comprends vos sentiments, dit Ryan. Si j'étais dans votre position, je réagirais de la même façon. Permettez-moi de vous affirmer aujourd'hui que mon administration n'acceptera plus jamais de mener ce type d'actions en aucune circonstance. Là-dessus, monsieur, vous avez ma parole personnelle, et je compte sur vous pour la transmettre à votre gouvernement.

Ryan décida de lui servir lui-même une tasse de café. Il avait appris que ce genre de petits gestes étaient souvent très payants dans les échanges diplomatiques, pour des raisons qu'il comprenait mal, mais qu'il acceptait volontiers lorsque cela pouvait lui être utile. Et une fois de plus, cela marcha. La tension retomba.

— Merci, dit l'ambassadeur, en levant sa tasse.

— Je crois même que c'est du café colombien, ajouta le président.

— Hélas, ce n'est pas notre produit d'exportation le plus célèbre.

— Je ne vous en veux pas pour cela, dit Jack à son visiteur.

— Oh?

— Monsieur l'ambassadeur, je suis pleinement conscient que votre pays a payé un lourd tribut aux mauvaises habitudes américaines. Quand j'étais à la CIA, j'ai eu toutes sortes d'informations sur le commerce de la drogue et ses conséquences sur votre région. Je n'ai eu absolument aucune responsabilité dans une quelconque activité illégale de nos services dans votre pays, mais c'est vrai que j'ai eu connaissance de beaucoup de dossiers. Je suis au courant pour les policiers assassinés — mon père était officier de police, comme vous le savez —, et pour les juges et les journalistes. Je sais que la Colombie a dû travailler plus dur et plus longtemps que les autres pays de votre continent pour avoir un véritable gouvernement démocratique. Et j'ajouterai une dernière chose, monsieur : j'ai honte de certaines des déclarations qui ont été faites dans cette ville concernant votre nation. Le problème de la drogue n'a pas ses racines en Colombie, pas plus qu'au Pérou ou en Equateur. Le problème de la drogue commence ici, et vous en êtes tout autant victimes que nous — sinon plus. C'est l'argent américain qui empoisonne votre pays. Ce n'est pas vous qui nous faites du mal, c'est nous qui vous en faisons.

Ochoa s'était attendu à beaucoup de choses de cette réunion, mais pas à *ça*. En reposant sa tasse, il constata soudain qu'ils étaient seuls dans le bureau. Les gardes du corps s'étaient retirés. Il n'y avait même aucun secrétaire pour prendre des notes. C'était inhabituel. Plus encore, Ryan venait d'admettre que ces histoires étaient vraies — du moins en partie.

— Monsieur le président, répondit-il dans un anglais appris en Colombie, et perfectionné à Princeton, nous avons rarement eu l'occasion d'entendre de telles paroles de la part des autorités américaines.

— Eh bien, vous les entendez aujourd'hui, monsieur l'ambassadeur. (Leurs yeux se croisèrent.) Je ne critiquerai jamais la Colombie, à moins que vous ne le méritiez, et sur la base de ce que je sais, ce n'est pas le cas. Réduire le marché de la drogue signifie avant tout s'attaquer à la demande, et ce sera là une priorité de mon administration. Nous sommes en train de préparer une législation qui permettra de punir les consommateurs et pas seulement les dealers. Lorsque le Congrès sera reconstitué, je me battrai pour faire voter cette série de lois. Je souhaite aussi constituer un groupe de travail informel, composé de membres de mon gouvernement et du vôtre, pour envisager comment nous pourrions vous aider plus efficacement à régler ce problème, mais dans le respect total de votre souveraineté nationale. L'Amérique n'a pas toujours été un bon voisin. Je ne peux pas changer le passé, mais je peux faire de mon mieux pour modifier le futur. Dites-moi, votre président accepterait-il de venir en discuter avec moi ?

Je veux rattraper le coup pour toutes ces folies.

— J'imagine qu'il verrait cela d'un œil favorable, en tenant compte de son emploi du temps et de ses autres obligations, bien sûr.

Ce qui signifiait : *Tu parles qu'il voudrait !*

— Je comprends, monsieur, et je sais depuis peu à quel point c'est parfois difficile de tout concilier. Peut-être que votre président pourra-t-il me donner quelques conseils ? ajouta Jack avec un sourire.

— Moins que vous ne croyez.

L'ambassadeur Ochoa se demandait comment il allait rendre compte de cette réunion à son gouvernement. A l'évidence, Ryan venait de mettre sur la table la base d'un marché. Il offrait quelque chose qui serait considéré en Amérique du Sud comme une forme d'excuse pour des faits qui ne seraient jamais admis ouvertement et dont la complète révélation ferait du mal à toutes les parties. Et cependant, il n'agissait pas pour des raisons politiques, n'est-ce pas ?

N'est-ce pas ?

— Avec la nouvelle législation que vous envisagez, monsieur le président, que cherchez-vous à accomplir ?

— Nous étudions la question, en ce moment. La plupart des gens, je crois, consomment de la drogue par plaisir, et non parce qu'ils sont véritablement intoxiqués. Je pense que nous devrions essayer de faire en sorte que l'usage de drogue ne soit plus un amusement, c'est-à-dire qu'il entraîne une forme ou une autre de punition à tous les niveaux. Nous n'avons pas assez de place dans nos prisons pour tous les consommateurs de drogue d'Amérique, mais en revanche nous avons des tas de rues qui auraient besoin d'un bon nettoyage. Ceux qui font ça par plaisir pourraient être condamnés à trente jours de prison ou à balayer les rues et à ramasser les ordures dans un quartier défavorisé, habillés de vêtements distinctifs, bien sûr. Voilà qui ôterait une bonne part de rigolade à la chose. Vous êtes catholique, je crois ?

— Oui, tout comme vous.

— Alors vous connaissez le concept de honte, dit Ryan avec un grand sourire. On apprend ça au catéchisme, n'est-ce pas ? C'est un début. On en est là pour le moment. Il nous faut encore étudier les aspects administratifs de la chose. La justice examine aussi quelques questions constitutionnelles, mais ça a l'air moins compliqué que ce que j'imaginais. Je veux que ces lois soient votées d'ici la fin de l'année. J'ai trois gosses, et la question de la drogue m'effraie donc aussi à un niveau personnel. Ce n'est pas une réponse parfaite au problème, je sais. Les gens vraiment intoxiqués ont besoin avant tout d'un soutien médical, et nous étudions en ce moment un grand nombre de programmes locaux et fédéraux pour voir ce qui pourrait les aider — mais bon sang, si je réussissais à éliminer la consommation plaisir, ça ferait baisser la demande et donc l'offre de moitié, et ce serait déjà pas si mal.

— Nous suivrons ce processus avec un grand intérêt, promit l'ambassadeur Ochoa.

Réduire de moitié les revenus des trafiquants diminuerait d'autant leurs capacités à acheter des protections, et permettrait au gouvernement de mener honnêtement cette lutte, car le poids financier du trafic de drogue était un véritable cancer politique dans le pays.

— Je regrette les circonstances qui sont à l'origine de cette rencontre, mais je suis ravi que nous ayons eu la possibilité de discuter de ces problèmes. Merci, monsieur l'ambassadeur, d'avoir été franc avec moi. Je veux que vous vous souveniez que je serai toujours disponible pour tout échange de vues. Et surtout, je veux que vous et votre gouvernement sachiez que j'ai un grand respect pour la loi et que celle-ci ne s'arrête pas à nos frontières. Quoi qu'il soit arrivé dans le passé, je vous propose de prendre un nouveau départ, et mes paroles seront suivies par des actes.

Ils se levèrent. Ryan lui serra la main de nouveau et le raccompagna. Suivirent quelques minutes aux portes de la Roseraie, devant un certain nombre de caméras de télévision. Le service de presse de la Maison-Blanche allait publier une déclaration sur la rencontre amicale entre les deux hommes. Et les images seraient diffusées aux actualités pour bien montrer que ce n'était pas un mensonge.

Ryan retourna dans l'aile ouest. Arnie l'attendait dans le hall. On savait — même si personne n'acceptait de l'admettre — que le Bureau Ovale était truffé d'électronique comme un flipper, ou plus précisément comme un studio d'enregistrement.

— Vous apprenez, vous apprenez vraiment, observa le secrétaire général de la présidence.

— Là, c'était facile, Arnie. On baise ces gens depuis trop longtemps. Je n'ai eu qu'à dire la vérité. Je veux que cette législation soit votée rapidement. Quand l'avant-projet sera-t-il terminé ?

— Dans deux semaines. Mais ça va barder, le prévint van Damm.

— Je m'en fiche, répondit le président. Tentons enfin quelque chose qui ait des chances de marcher au lieu de passer notre temps à claquer du fric pour épater la galerie. On a essayé de descendre les avions et de coincer les trafiquants. On a essayé le meurtre. On a essayé l'interdiction. On a épuisé toutes les autres possibilités et ça n'a servi à rien parce qu'il y a trop d'argent en jeu pour que les gens s'arrêtent. Alors, attaquons-nous à la source du problème. C'est là d'où vient l'argent.

— Je vous disais simplement que ça serait difficile.

— Vous connaissez une chose utile qui ne l'est pas ? répliqua Ryan en s'éloignant.

Au lieu de prendre la porte directe qui ouvrait sur le couloir, il passa par le secrétariat.

— Ellen ? fit-il en indiquant le Bureau Ovale.

— Suis-je en train de vous corrompre ? demanda Mme Sumter, en lui tendant son paquet, tandis que ses collègues dissimulaient mal un sourire.

— Cathy pourrait voir les choses ainsi, mais on n'a pas besoin de le lui dire, n'est-ce pas ?

Une fois dans son sanctuaire, le président des Etats-Unis alluma une cigarette light, célébrant par une dépendance le début d'un combat contre une autre dépendance — et aussi la neutralisation d'un tremblement de terre diplomatique...

Curieusement, les derniers voyageurs quittèrent l'Amérique de l'aéroport international de Minneapolis-Saint Paul sur des vols Northwest et KLM. Badrayn devrait patienter encore quelques heures. Par précaution, aucun d'entre eux n'avait de numéro de téléphone pour prévenir du succès ou de l'échec de l'opération — ou fournir en cas d'arrestation une

piste le reliant à la RIU. Badrayn avait préféré placer
d'autres hommes à lui dans tous les aéroports européens où les membres du commando se poseraient.
Quand ceux-ci seraient visuellement reconnus, cette
équipe passerait des coups de fil depuis des cabines
publiques, et avec des cartes téléphoniques anonymes.

Le retour des voyageurs à Téhéran lancerait le
signal de l'opération suivante. Assis dans son bureau,
Badrayn n'avait rien d'autre à faire qu'à surveiller la
pendule et à s'inquiéter. Il s'était branché sur le Net
avec son portable et il avait fait le tour des sites
d'informations, où il n'avait encore rien observé
d'intéressant. Il ne serait certain de rien tant qu'il
n'aurait pas les rapports de ses hommes. En réalité, il
lui faudrait attendre trois ou quatre jours de plus,
voire cinq, et puis il noterait peut-être un début
d'embouteillage dans les e-mails du CDC.

Alors seulement, il saurait.

39

FAIRE FACE

Le vol au-dessus de l'Atlantique fut agréable. Le
VC-20B ressemblait davantage à un petit avion de
ligne qu'à un jet d'affaires, et les membres de l'équipage de l'Air Force, que Clark estima avoir dépassé de
peu l'âge de passer le permis de conduire, se montrèrent très efficaces. L'appareil entama sa descente
dans les ténèbres de la nuit européenne, puis se posa
sur un terrain d'aviation militaire à l'ouest de Paris.

Il n'y eut aucune cérémonie pour leur arrivée, mais
Adler était ministre, et on devait l'accueillir, mission
secrète ou pas. Un haut fonctionnaire — un civil —
s'avança jusqu'à l'avion dès que ses réacteurs se
turent. Adler le reconnut tandis qu'on faisait descendre les escaliers.

— Claude!

— Scott. Félicitations pour ta promotion, cher ami.

Par égard pour les coutumes américaines, ils ne s'embrassèrent pas.

Clark et Chavez vérifièrent qu'il n'y avait pas de danger, mais ils ne virent que des militaires français, ou peut-être des policiers — impossible à dire, avec la distance —, qui formaient un cercle assez large autour d'eux, leurs mitraillettes bien en évidence. Les Européens aimaient faire étalage de leurs armes. Ça avait sans doute un effet dissuasif, pensa John, mais ça paraissait parfois un peu excessif. Adler et son ami embarquèrent dans un véhicule officiel, et Clark et Chavez les suivirent dans une seconde voiture.

— Votre avion ne sera prêt que dans quelques dizaines de minutes, leur expliqua un colonel de l'armée de l'air française. Peut-être voudriez-vous faire un brin de toilette, en attendant?

— *Merci, mon capitaine* [1], répondit Ding.

Décidément, songea-t-il, les Français s'y entendaient pour choyer leurs hôtes.

— Merci de nous avoir organisé ce voyage, dit Adler à son ami.

Ils s'étaient retrouvés FSO ensemble, une fois à Moscou et une fois à Pretoria. Tous les deux s'étaient spécialisés dans les postes sensibles.

— Ce n'est rien, Scott.

Ce n'était pas le cas, mais les diplomates parlent comme des diplomates, même quand ils n'y sont pas obligés... Claude l'avait aidé, jadis, d'une façon typiquement française, à affronter un divorce difficile et il s'était comporté comme s'il conduisait des négociations entre Etats. C'était presque devenu un sujet de plaisanterie entre eux.

— Notre ambassadeur dit que Daryaei se montrera réceptif à toute démarche constructive.

— Si je savais ce qu'il entend par là, grommela le secrétaire d'Etat à son collègue.

1. En français dans le texte.

172

Ils arrivèrent au club des officiers de la base, et quelques minutes plus tard ils se retrouvaient dans une salle à manger privée; on leur servit une carafe de beaujolais.

— Qu'est-ce que tu penses de tout ça, Claude? questionna Scott. Que veut Daryaei, au juste?

Son ami haussa les épaules en remplissant leurs verres. Ils portèrent un toast; le vin était excellent, même par rapport aux normes des services diplomatiques français. Puis on parla boutique.

— Nous ne sommes sûrs de rien. Nous nous posons des questions sur la mort du Premier ministre turkmène.

— Mais pas sur celle de...

— Je crois que personne n'a le moindre doute à ce propos, Scott, mais c'est une vieille histoire, n'est-ce pas?

— Pas exactement. (Une autre gorgée de beaujolais.) Claude, toi qui es le meilleur spécialiste du vin que je connaisse, à quoi pense-t-il, d'après toi?

— Probablement à beaucoup de choses. A ses ennuis intérieurs — vous, les Américains, vous ne leur accordez pas l'importance que vous devriez. Il y a de l'agitation dans le pays; et même si les choses se sont un peu calmées depuis qu'il a conquis l'Irak, les problèmes sont toujours là. Nous croyons qu'il doit consolider sa position avant d'entreprendre quoi que ce soit. Et peut-être qu'il échouera. Nous avons de l'espoir, Scott. Nous sommes convaincus que les aspects les plus barbares du régime vont s'estomper avec le temps, et même assez vite, qui sait... C'est obligé : on n'est plus au Moyen Age, même dans cette partie du monde.

Adler réfléchit un instant, puis il hocha la tête d'un air pensif :

— J'espère que tu as raison. Ce gars m'a toujours fichu la trouille.

— Tous les hommes sont mortels. Il a soixante-douze ans, et son emploi du temps est très chargé. Mais c'est vrai qu'on doit le surveiller. S'il fait quelque chose, alors nous agirons, ensemble, comme ça s'est

173

déjà produit. Nous en avons discuté aussi avec les Saoudiens. Ils sont soucieux, mais pas trop. Pareil pour nous. Nous vous conseillons de considérer la situation sans idées préconçues.

Claude pouvait avoir raison, songea Adler. Daryaei était vieux, en effet, et asseoir son autorité sur un nouveau pays n'était pas une partie de plaisir. En outre, le meilleur moyen d'abattre un régime hostile, si l'on avait assez de patience pour cela, était de se montrer gentil avec les connards qui tenaient les rênes du pouvoir. Un brin d'échanges commerciaux, quelques journalistes, une pincée de CNN, et deux ou trois films grand public — ce genre de choses faisaient parfois des merveilles. *Si l'on avait assez de patience.* Et si l'on avait le temps. Les universités américaines étaient pleines d'ados iraniens. Ce serait peut-être encore le moyen le plus efficace, pour les Etats-Unis, d'influencer la RIU.

— J'écouterai ce qu'il a à nous dire. Nous n'avons pas envie de nous faire de nouveaux ennemis, Claude. Je pense que tu le sais.

Clark et Chavez s'étaient contentés de Perrier ; il devait être moins cher ici, d'après eux, mais sans doute pas le citron.

— Alors, comment ça va à Washington ? leur demanda un Français, simplement pour tuer le temps, ou du moins le semblait-il.

— C'est très bizarre. Vous n'imaginez pas à quel point le pays est calme. Peut-être que ça aide, d'avoir perdu une bonne partie du gouvernement, répondit John, essayant de se défiler.

— Et ces histoires sur les « aventures » de votre président ?

— Ça me fait penser à un scénario hollywoodien, répliqua Ding, avec le visage même de l'honnêteté.

— Voler un sous-marin russe ? A lui tout seul ? Bon sang ! intervint Clark avec un grand sourire. Je me demande qui a bien pu inventer ça !

— Mais le chef de l'espionnage soviétique ? objecta leur hôte. C'est bien lui, et on l'a vu à la télé.

— Ouais, bon, je parie qu'on lui a refilé un sacré paquet de dollars pour se réfugier chez nous.

— Il veut sans doute écrire un livre et en gagner encore davantage. (Chavez éclata de rire.) Et le salopard, il va y arriver, en plus ! Hé, *mon ami* [1], nous ne sommes que des abeilles ouvrières, vous savez.

Le Français n'eut pas l'air très convaincu. Clark le regarda dans les yeux et chacun d'eux sut à quoi s'en tenir sur l'autre. L'homme appartenait à la DGSE et il reconnaissait les agents de la CIA quand il en voyait.

— Faites attention au nectar que vous trouverez là-bas, jeune homme, ajouta-t-il. Il sera peut-être trop doux.

Ça ressemblait au début d'une partie de cartes. Leur hôte était en train de battre. Une seule manche, sans doute, et amicale, mais il fallait la jouer.

— Que voulez-vous dire ? demanda Chavez.

— La personne que vous allez rencontrer est dangereuse. Le genre de gars qui voit ce que nous ne voyons pas.

— Vous avez travaillé là-bas ? intervint John.

— J'ai visité le pays, oui.

— Et ? insista Chavez.

— Et je n'ai jamais compris ces gens.

— Ouais, murmura Clark. Je suis d'accord avec ça.

— Votre président est un homme intéressant, reprit le Français.

C'était pure curiosité, une chose touchante, en fait, chez un agent de renseignements.

John le fixa de nouveau, et décida de le remercier pour sa mise en garde — entre professionnels.

— Ouais, c'est exact. C'est un des nôtres, assura Clark.

— Et ces amusantes histoires ?

— Je ne sais pas.

Réponse accompagnée d'un sourire. *Bien sûr qu'elles sont vraies. Vous croyez que les journalistes sont assez futés pour inventer des choses pareilles ?*

Tous les deux pensaient la même chose, et tous les

1. En français dans le texte.

deux le savaient, mais aucun ne pouvait l'exprimer à haute voix : *Dommage qu'on ne puisse pas manger ensemble un soir et se raconter quelques jolis petits trucs.*

— Au retour, je vous offrirai un verre, dit le Français.

— Avec plaisir.

Ding se contenta de suivre l'échange et de les observer. Il avait toujours des leçons à apprendre de ce vieux salopard qui n'avait pas perdu la main.

— Sympa de s'être fait un pote, lui dit Chavez cinq minutes plus tard, tandis qu'ils se dirigeaient vers l'avion français.

— Mieux qu'un pote. Un pro. Il faut écouter des gens comme lui, Domingo.

Personne n'avait jamais prétendu qu'il était facile de gouverner, même pour ceux qui invoquaient le nom de Dieu pour presque tout. Le pire, pour Daryaei, qui dirigeait maintenant l'Iran depuis près de vingt ans, c'était tous ces petits problèmes administratifs sans intérêt qui atterrissaient sur son bureau et dévoraient son temps. Il n'avait jamais compris que c'était presque entièrement de sa faute. Il avait le sentiment d'exercer son autorité avec équité, mais on estimait en fait qu'il était très dur. La moindre violation des lois était punie de peine de mort, et même une erreur minime de la part d'un employé de bureau pouvait mettre fin à une carrière — le degré d'indulgence dépendait de l'importance de l'erreur, bien sûr. Un bureaucrate qui disait non à toute requête, en faisant valoir que la loi était claire sur le sujet en question, même si elle ne l'était pas, avait rarement des problèmes. Quiconque étendait le pouvoir du gouvernement aux activités quotidiennes les plus élémentaires augmentait par la même occasion l'autorité de Daryaei. De telles décisions étaient faciles à prendre.

Mais la vie réelle n'était pas aussi simple. Concernant les questions pratiques, par exemple, la façon dont le pays réglait les affaires dans tous les domaines, de la vente des melons à l'usage du klaxon autour des mosquées, demandait un certain degré de discernement, parce que le saint Coran n'avait pas prévu toutes les situations et que les lois civiles n'étaient pas basées sur lui. Si bien que libéraliser la moindre chose était un acte majeur, car tout assouplissement d'une loi pouvait être considéré comme une erreur théologique — et cela, dans un pays où l'apostasie était un crime capital. Et donc les bureaucrates à l'échelon le plus subalterne, qui de temps en temps étaient bien obligés d'accepter une requête, avaient tendance à hésiter et à transmettre l'affaire à l'échelon supérieur, ce qui donnait à un autre fonctionnaire plus haut placé la possibilité de la rejeter — ça lui était facile, puisqu'il avait passé sa carrière à le faire —, mais avec davantage d'autorité et de responsabilité, et beaucoup plus à perdre pour le cas où quelqu'un d'encore plus important dans la hiérarchie aurait été en désaccord avec une de ses décisions. Cela signifiait que de telles demandes grimpaient tous les échelons de la pyramide. Entre Daryaei et sa bureaucratie, il y avait un conseil de chefs religieux (lui-même en avait été membre sous Khomeyni), un Parlement en titre et des fonctionnaires expérimentés, mais au grand désarroi du maître de la nouvelle RIU, les habitudes perduraient, et il se retrouvait à devoir donner son avis sur des questions aussi vitales que les heures d'ouverture des marchés, le prix de l'essence, et le programme d'enseignement secondaire pour les filles. La hargne avec laquelle il traitait ces problèmes augmentait simplement l'obséquiosité de ses subordonnés, lorsqu'ils devaient présenter le pour et le contre, et cela ajoutait encore à l'absurde de la situation. Gagner les faveurs de Daryaei était devenu le principal jeu politique de la capitale, et inévitablement celui-ci se retrouvait coincé par une multitude de détails alors qu'il avait besoin de tout son temps pour régler les choses essentielles. Curieusement, il n'avait jamais compris pourquoi les gens étaient incapables de prendre certaines initiatives, alors même qu'il en exécutait certains pour avoir osé le faire.

Et ce soir, donc, il rencontrait des chefs religieux à Bagdad. Il s'agissait de décider quelle mosquée serait remise en état la première. On savait que comme lieu de prière, Mahmoud Haji avait sa préférence, qu'il en appréciait une autre pour sa beauté architecturale et une troisième pour son importance historique, tandis que la population de la ville en aimait une quatrième — ce serait peut-être une bonne idée, d'un point de vue politique, de retaper d'abord celle-là, le meilleur moyen d'assurer la stabilité du pays ? Vint ensuite le problème des femmes au volant (le régime irakien avait été trop libéral à ce sujet !); c'était une affaire choquante; mais n'était-ce pas difficile d'abroger un droit déjà bien établi ? Et que faire avec les femmes qui n'avaient pas d'homme (les veuves, par exemple) pour les conduire, et qui n'avaient pas non plus assez d'argent pour en engager un ? Le gouvernement devait-il les prendre en charge ? Certaines — les médecins, par exemple, ou les professeurs — étaient importantes pour la société locale. D'un autre côté, puisque désormais l'Iran et l'Irak ne faisaient plus qu'un, la loi devait être identique pour tous. Fallait-il donc offrir ce droit aux Iraniennes, ou le retirer aux Irakiennes ? C'était pour ce genre de questions, en effet cruciales, qu'il avait dû venir ce soir à Bagdad.

Assis dans son appareil privé, Daryaei consulta de nouveau le programme de la réunion et il eut envie de hurler, mais sa patience naturelle l'emporta. Il était là à feuilleter tous ces dossiers alors qu'il avait quelque chose de bien plus important à préparer — sa rencontre du lendemain matin avec le ministre juif américain des Affaires étrangères ! Son expression effraya même son équipage. Il ne s'en rendit pas compte, et dans le cas contraire, il n'aurait pas compris pourquoi ils réagissaient ainsi.

Pourquoi tous ces gens ne prennent-ils jamais d'initiatives ? se demanda-t-il de nouveau.

L'avion était un Falcon Dassault 900B, vieux d'une dizaine d'années. Les deux membres d'équipage étaient des officiers supérieurs de l'armée de l'air française et les deux hôtesses étaient aussi charmantes que possible. Clark se dit que l'une d'elles, au moins, appartenait à la DGSE. Peut-être même les deux. Il aimait les Français, et en particulier leurs services de renseignements. Des alliés parfois difficiles, d'accord, mais des espions efficaces. Aujourd'hui, heureusement, l'avion était bruyant et on aurait eu du mal à y installer des micros. Voilà peut-être pourquoi les « hôtesses » se succédaient tous les quarts d'heure pour leur demander s'ils avaient besoin d'elles...

— On a quelque chose de spécial à savoir pour cette mission ? s'enquit Jack, après avoir décliné poliment la dernière de ces offres.

— Pas vraiment, répondit Adler. Nous voulons simplement nous faire une idée de l'homme, voir ce qu'il manigance. Mon ami Claude, à Paris, m'explique que ce n'est pas aussi terrible que ça en a l'air, et son raisonnement se défend. Je vais délivrer le message habituel.

— « Attention à bien vous tenir » ? dit Chavez avec un sourire.

Le secrétaire d'Etat lui rendit son sourire.

— Ce sera dit d'une façon plus diplomatique, mais oui, c'est ça. Quelle est votre formation, monsieur Chavez ?

— Je viens de terminer ma maîtrise, répondit le jeune espion avec fierté. Je coiffe mon épitoge en juin.

— Où ça ?

— George Mason University. Avec le professeur Alpher.

Cela éveilla l'intérêt d'Adler.

— Vraiment ? Elle a déjà travaillé pour moi. C'était quoi, le sujet de votre mémoire ?

— Je l'ai intitulé : « Un exemple de politique erronée : manœuvres diplomatiques en Europe à la fin du siècle dernier ».

— Les Allemands et les Brits ?

— Principalement, acquiesça Ding. Et surtout dans l'escalade maritime.

— Votre conclusion ?

— Les gens ne savaient pas faire la différence entre les buts « tactiques » et « stratégiques ». Les types qui auraient dû penser « futur » pensaient plutôt « ici et maintenant ». Et parce qu'ils confondaient politique et diplomatie, ils se sont retrouvés avec une guerre qui a détruit l'ensemble de l'ordre européen et l'a remplacé par un simple tissu cicatriciel.

La voix de Ding changeait quand il discutait de son travail universitaire, remarqua Clark. C'était marrant.

— Et vous êtes SPO ? demanda le secrétaire d'Etat avec une certaine incrédulité.

Réapparition du vrai sourire latino.

— L'habitude. Désolé de ne pas ramper comme je le devrais, m'sieur.

— Pourquoi Ed Foley vous a-t-il refilés à moi, vous deux ?

— C'est de ma faute, répondit Clark. Ils veulent qu'on se balade un peu dans le coin et qu'on se fasse une idée de la situation.

— Comment ça, de votre faute ? s'étonna Adler.

— J'ai été leur officier instructeur, expliqua John.

Cela changea du tout au tout la tournure de la conversation.

— C'est vous qui avez sauvé Koga ! C'est vous qui...

— Oui, on y était, confirma Chavez. (Le secrétaire d'Etat était forcément au courant.) On s'est bien marrés.

Adler estima qu'il aurait dû être vexé d'être flanqué de deux barbouzes, et la remarque du plus jeune qui prétendait « ne pas savoir ramper » n'arrangeait pas les choses. Mais pourtant, une maîtrise à George Mason !

— C'est vous, aussi, qui avez envoyé ce rapport sur Goto que Brett Hanson a négligé ? Vous avez fait un excellent boulot, là.

Adler s'était demandé pourquoi ces deux-là faisaient partie de l'équipe SNIE sur la RIU. Maintenant, il comprenait.

— Mais personne ne nous a écoutés, remarqua Chavez.

Ç'aurait pu être un facteur décisif dans la guerre

avec le Japon — et un moment vraiment horrible, pour tous les deux, dans ce pays. Mais il avait compris aussi, à cette occasion, que la diplomatie et la capacité des gouvernants à gérer les affaires publiques n'avaient pas beaucoup changé depuis 1905.

— Faites-moi savoir ce que donnera votre petite balade, d'accord?

— Promis. J'imagine que vous avez besoin d'être au parfum, observa John, en levant un sourcil.

Adler se retourna et fit un signe à la jolie brunette qui, Clark l'aurait parié, était une espionne. Elle était bigrement charmante, mais un peu trop maladroite pour être une hôtesse de l'air à plein temps.

— Oui, monsieur le ministre?

— Quand arrivons-nous?

— Dans quatre heures, monsieur.

— OK, alors pourrons-nous avoir un jeu de cartes et une bouteille de vin?

Elle s'empressa d'aller les chercher.

— Nous ne pouvons pas boire en service, monsieur, lui rappela Chavez.

— Vous n'êtes pas en service jusqu'à ce que nous atterrissions, répondit Adler. Et j'aime jouer aux cartes avant d'aller à ce genre de réunion. C'est bon pour les nerfs. Vous êtes prêts, messieurs, pour une petite partie amicale?

Tout le monde savait où se situait la « frontière ». On n'avait échangé aucun communiqué officiel à ce sujet, du moins pas entre Pékin et Taipei, mais on était au courant — les gens en uniforme ont tendance à se montrer pragmatiques et observateurs. L'aviation de la Chine populaire, la RPC, ne venait jamais à moins de dix milles nautiques — quinze kilomètres — d'une certaine ligne nord-sud, et celle de la République de Chine, la RDC, consciente de la chose, restait à la même distance de ce petit bout invisible de longitude. De chaque côté, chacun pouvait faire ce qu'il voulait, se montrer aussi agressif qu'il le souhai-

181

tait, déployer autant de matériel qu'il pouvait. Mais on n'approchait pas de la ligne, et c'était dans l'intérêt de la stabilité globale de la zone. Car s'amuser avec de vraies armes est tout aussi dangereux pour les Etats que pour les enfants — et encore, ces derniers sont plus aisément disciplinables, alors que les Etats sont trop grands pour ça.

A présent, les Américains avaient quatre sous-marins dans le détroit de Formose. Ils étaient placés sous cette fameuse frontière invisible, l'endroit le plus sûr, pour l'instant. Trois autres navires étaient arrivés aussi à l'extrémité nord du détroit, un croiseur, l'USS *Port Royal*, et deux escorteurs, le *The Sullivans* et le *Chandler*. Tous les trois étaient des bâtiments SAM, équipés au total de deux cent cinquante missiles SM2-MR. D'ordinaire, leur tâche était de protéger « leur » porte-avions contre les attaques aériennes, mais celui-ci se trouvait à Pearl Harbor, où l'on remplaçait ses moteurs. Le *Port Royal* et le *The Sullivans* (il avait reçu le nom de marins de la même famille tués sur un navire en 1942), étaient des bâtiments Aegis, dotés de puissants radars SPY ; ils surveillaient l'activité aérienne sur zone, tandis que les sous-marins se chargeaient du reste. Le *Chandler* avait une équipe ELINT spéciale pour suivre les transmissions radio. Comme des flics effectuant leur ronde, ils étaient moins là pour intervenir dans les affaires des autres que pour faire savoir que tant que les représentants de la loi seraient dans le coin, les choses ne dégénéreraient pas. C'était l'idée, en tout cas. Et si quelqu'un protestait contre la présence des bâtiments américains, on lui rappellerait que la circulation maritime était libre et qu'ils ne dérangeaient personne, n'est-ce pas ?

Ils ne pouvaient pas savoir qu'ils ne faisaient que suivre, en fait, le plan de *quelqu'un d'autre*. Et ce qui arriva ensuite laissa pratiquement perplexe tout le monde.

C'était l'aube dans le ciel, mais pas encore à la surface de l'océan, lorsqu'une formation de quatre chasseurs de la RPC arrivée du continent fila vers l'est, puis, cinq minutes plus tard, une seconde de quatre autres appareils. Tous furent contrôlés avec soin par les navires américains, à la limite de portée de leurs écrans radar. Comme d'habitude, des numéros de piste leur furent assignés et le système informatique surveilla correctement leur progression à la satisfaction des officiers et de leurs hommes du CIC — le PC de combat — du *Port Royal*.

Sauf qu'ils n'avaient pas l'air de vouloir virer. Alors un lieutenant décrocha un téléphone et appuya sur un bouton.

— Oui ? répondit une voix endormie.

— Commandant, de PC de combat, on a une formation de la RPC, probablement des chasseurs, qui ne va pas tarder à franchir la ligne, relèvement deux-un-zéro, altitude quinze mille pieds, cap zéro-neuf-zéro, vitesse cinq cents nœuds. Et y en a une deuxième de quatre autres appareils quelques minutes derrière.

Le commandant, à moitié habillé, fit son apparition au PC deux minutes plus tard, trop tard pour voir les chasseurs de la RPC violer la règle du jeu, mais pas pour entendre un officier marinier annoncer :

— Nouvelles détections radar. Quatre chasseurs ou plus à l'ouest.

Pour des questions pratiques, on avait entré dans l'ordinateur des symboles « ennemis » pour les chasseurs venus du continent, et « amis » pour les forces taiwanaises. (Quelques appareils américains apparaissaient aussi, de temps en temps, sur les écrans. Leur mission était de rassembler des renseignements électroniques, mais ils se trouvaient de toute façon largement à l'abri.) Maintenant, on avait deux formations immédiatement convergentes de quatre appareils chacune, séparées d'environ trente nautiques, mais avec une vitesse de rapprochement de plus de mille nœuds. Le radar suivait aussi six vols commerciaux, tous du côté est de la ligne, qui contournaient les zones d'exercices prévues.

— Raid Six évolue, annonça ensuite un marin.

C'était le premier vol de la RPC qui avait décollé du

continent. Le commandant constata que son vecteur de vitesse s'orientait au sud, tandis que la formation venue de Taiwan se dirigeait sur lui.

— Radars en fonction, signala le responsable de la console ESM, les mesures de soutien électroniques. Accrochage radar de la RDC sur Raid Six, en mode poursuite, semble-t-il.

— C'est peut-être pour ça qu'ils ont tourné, dit le commandant.

— Ou alors ils se sont perdus? se demanda l'officier CIC.

— Il fait toujours sombre. Il se peut qu'ils soient simplement allés trop loin, en effet...

Ils ne connaissaient pas le dispositif de navigation des chasseurs de la Chine communiste; et de toute façon piloter un monoplace, de nuit, au-dessus de l'océan, n'avait rien de facile.

— D'autres radars aéroportés, vers l'est, sans doute Raid Sept, dit le responsable ESM.

Il s'agissait de la seconde formation venue du continent.

— Activité électronique de Raid Six? demanda l'officier CIC.

— Négatif, commandant.

Ces chasseurs continuaient leur virage et ils se dirigeaient maintenant vers l'ouest, pour rejoindre la ligne, poursuivis par les F-16 de la RDC. Tout se modifia soudain.

— Raid Sept tourne, cap zéro-neuf-sept.

— Ça les rapproche des F-16... et ils les accrochent au radar..., observa le lieutenant, avec un soupçon d'inquiétude dans la voix. Raid Sept accroche les F-16, radars en mode poursuite.

Les F-16 de la RDC virèrent à leur tour. Ils avaient un sacré boulot ces temps-ci. Les chasseurs les plus modernes fournis par les Américains, et leurs pilotes d'élite, ne représentaient qu'un tiers de l'aviation de la RDC et ils devaient surveiller les exercices aériens de leurs cousins du continent, et y répondre. Laissant Raid Six s'éloigner, ils étaient forcément plus intéressés par la formation suivante qui, elle, continuait vers l'est; la vitesse de rapprochement était toujours de plus de mille nœuds et les deux camps avaient à présent allumé leurs radars de désignation d'objectif, pour les missiles, et les avaient dirigés sur l'ennemi. Selon les normes internationales, il s'agissait d'un acte inamical qu'il valait mieux éviter, l'équivalent aérien d'une personne vous visant avec son revolver.

— Hé! s'exclama l'officier marinier, à la console ESM. Commandant, Raid Sept vient de faire passer ses radars en mode poursuite.

Au lieu de se contenter de chercher des cibles, les systèmes de bord opéraient maintenant de façon à guider les missiles air-air. Ce qui était « inamical » quelques secondes plus tôt était désormais franchement hostile.

La formation de F-16 se sépara en deux sections qui se mirent à manœuvrer indépendamment. Les chasseurs de la RPC les imitèrent. La première formation de quatre appareils, Raid Six, avait désormais refranchi la ligne et se dirigeait vers l'ouest, sur un cap direct; elle rentrait, semblait-il, vers son terrain d'aviation.

— Oh, je pense que j'ai compris ce qui se passe ici, commandant, regardez comment le...

Un spot vraiment minuscule apparut sur l'écran radar, s'éloignant de l'un des F-16 de la RDC...

— Et merde! s'exclama un marin. On a un tir de missile...

— Deux, répondit son chef.

Deux missiles AIM-120 de fabrication américaine poursuivaient à présent deux cibles différentes.

— Ils ont cru que c'était une attaque. Oh, doux Jésus! souffla le commandant. Passez-moi immédiatement le CINCPAC!

Ce fut rapide. L'un des chasseurs communistes disparut instantanément de l'écran. Alerté, le second appareil réussit à esquiver l'autre missile avec une manœuvre désespérée.

Puis il tourna. Au sud, les deux autres chasseurs de la RPC de la formation initiale manœuvrèrent eux aussi et Raid Six vira rapidement vers le nord, allumant ses radars. Dix secondes plus tard, six autres missiles poursuivaient des cibles.

— On a une bataille aérienne sur les bras! cria le chef de quart.

Le commandant décrocha le téléphone :

— Passerelle, de PC, branle-bas de combat! Branle-bas de combat!

Puis il attrapa son micro TPS et prévint les commandants des deux autres navires, chacun à dix nautiques de distance, à l'est et à l'ouest de son propre croiseur, tandis que le klaxon de combat résonnait sur le USS *Port Royal*.

— Je l'ai, répondit le *The Sullivans*.

— Moi aussi, intervint le *Chandler* qui se trouvait plus près des côtes de Taiwan, mais recevait l'image radar des navires Aegis par liaison de données.

— Un objectif détruit!

Un autre chasseur communiste fut touché et plongea vers l'océan toujours sombre. Cinq secondes plus tard, un F-16 explosa. Plusieurs membres d'équipage rejoignirent le CIC pour prendre leurs postes de combat.

— Commandant, le Raid Six essayait juste de simuler une...

— Ouais, je vois ça, mais c'est une catastrophe, maintenant.

Et puis un des missiles décrocha de son objectif. Ils étaient si petits que le radar Aegis avait du mal à les suivre, mais un technicien augmenta la puissance du système, balançant six millions de watts d'énergie électromagnétique sur la zone « d'exercice », et l'image radar devint plus claire.

— Merde! grommela un premier maître, en indiquant l'écran tactique principal. Commandant, regardez ça!

C'était évident. Quelqu'un avait tiré un missile à autodirecteur infrarouges et la cible la plus chaude des environs était un Airbus 310 d'Air China, avec deux énormes turbofans CF6 General Electric qui devaient être comme un soleil pour son minuscule œil rouge.

— Premier maître Albertson, prévenez-le! cria le commandant.

— Air China Six-Six-Six, ici un navire de guerre de la marine américaine, un missile se dirige vers vous, arrivant du nord-ouest, je répète, manœuvrez immédiatement, un missile vous a pris en chasse, arrivant du nord-ouest!

— Quoi? Quoi?

L'Airbus commença à changer de route, virant à gauche et en descente. Mais ça n'avait plus d'importance, désormais.

Le vecteur de vitesse du missile inscrit sur l'écran resta fixé sur sa cible. On pouvait encore espérer qu'il brûlerait tout son carburant et qu'il serait trop court, mais il filait à mach 3, alors que l'Airbus d'Air China ralentissait, en début d'approche de son aéroport de destination. Et lorsque le pilote abaissa son nez, il simplifia la tâche du missile.

— C'est un gros appareil, dit le commandant.

— Seulement deux réacteurs, commandant, répondit l'officier armement.

— Il est touché! s'exclama un radariste.

— Descends, mon gars, descends... Oh, merde! souffla le commandant.

Sur l'écran, la banane [1] du 310 tripla de volume et afficha le code de détresse.

— Il annonce Mayday, commandant, dit un radio. Air China Six-Six-Six annonce Mayday... un réacteur et une aile endommagés... peut-être un feu à bord.

— Seulement à quinze nautiques de l'aéroport, indiqua un officier marinier. Il a un cap pour une approche directe sur Taipei.

— Commandant, complets aux postes de combat! Situation d'étanchéité numéro un prise dans tout le bord, annonça l'homme de quart du CIC.

— Parfait, répondit celui-ci en fixant les trois écrans radar.

Il constata que l'engagement aérien s'était terminé aussi vite qu'il avait commencé. Trois chasseurs

1. Le symbole électronique d'un appareil (N.d.T.).

détruits, un autre vraisemblablement endommagé. Les deux camps se retiraient pour panser leurs blessures et essayer de comprendre ce qui avait bien pu se passer. Un autre groupe de chasseurs taiwanais avait décollé et se mettait en formation au large de leurs côtes.

— Commandant! (C'était le responsable de la console ESM.) On dirait que tous les radars de tous les navires viennent juste de s'allumer en même temps. Des sources partout, on est en train de les classer.

Mais le commandant savait bien que c'était inutile. Ce qui comptait, à présent, c'était l'Airbus 310 qui décélérait et descendait sur l'écran.

— Les opérations CINCPAC, commandant, lui indiqua d'un signe le chef radio.

— Ici le *Port Royal*, dit le commandant, en prenant le combiné de liaison radio satellite, qui ressemblait à celui d'un téléphone normal. On vient d'avoir une petite bataille aérienne, ici, et un missile a échappé à tout contrôle. Il semble qu'il ait touché un avion de ligne de la RDC venant de Hong-Kong et se dirigeant vers Taipei. L'appareil est toujours en l'air, mais il a de sérieux problèmes. Deux MIG communistes et un F-16 de la RDC ont été détruits, et il y a peut-être un autre F-16 endommagé.

— Qui a commencé? demanda l'officier de permanence.

— Nous pensons que ce sont les pilotes de la RDC qui ont tiré le premier missile. C'était sans doute une erreur. (Il expliqua la situation pendant quelques secondes.) Je vous transmets nos données radar aussi vite que possible.

— Parfait. Merci, commandant. Je vais prévenir le patron. Tenez-nous au courant, s'il vous plaît.

Le commandant coupa la communication, et se tourna vers l'homme de quart du CIC.

— Préparez pour Pearl une copie des données radar de la bataille.

— A vos ordres, commandant.

Le vol 666 d'Air China se dirigeait toujours vers la

côte, mais la poursuite radar indiquait que l'appareil zigzaguait autour de sa trajectoire directe vers Taipei, avec des mouvements en lacet. L'équipe ELINT du *Chandler* écoutait à présent ses liaisons radio. L'anglais est la langue internationale de l'aviation, et le commandant de bord de l'avion endommagé parlait rapidement et clairement, demandait la mise en place des procédures de secours, tandis qu'il luttait, avec son copilote, pour contrôler l'Airbus. Eux seuls connaissaient la gravité du problème. Tous les autres assistaient à la chose en spectateurs, priant pour que l'avion restât en un seul morceau pendant les quinze prochaines minutes.

Ces informations furent transmises rapidement. Le réseau de communications passait par le bureau de l'amiral David Seaton, sur la colline surplombant Pearl Harbor. L'officier de permanence appuya sur d'autres boutons de son téléphone pour prévenir Seaton, le commandant en chef des opérations, qui lui ordonna immédiatement d'envoyer à Washington un message de niveau critique, puis de mettre en état d'alerte les sept bâtiments de guerre américains présents sur cette zone — surtout les sous-marins. Un autre message partit à l'intention des Américains qui « observaient » les manœuvres dans les divers postes de commandement militaire de la République de Chine — mais celui-là mettrait un certain temps à être transmis. Il n'y avait toujours pas d'ambassade américaine à Taipei, et donc ni attachés ni personnel de la CIA pour se précipiter à l'aéroport et vérifier si l'avion se posait correctement ou pas. L'amiral n'avait plus qu'à attendre, maintenant, et essayer de prévoir les questions qui ne tarderaient pas à arriver de Washington et auxquelles il était encore incapable de répondre.

— Que se passe-t-il, Ben ? demanda le président en prenant la communication.

— Un problème au large de Taiwan, monsieur le président. Et ça pourrait être grave.

Le conseiller à la Sécurité nationale lui expliqua ce qu'il savait de l'affaire — c'est-à-dire pas grand-chose.

— OK, tenez-moi au courant.

Au moment de se lever, Ryan regarda son bureau.

— Et merde! s'exclama-t-il. Génial, le pouvoir présidentiel!

A présent, il était informé presque en temps réel de choses pour lesquelles il ne pouvait rien faire! Y avait-il des Américains dans cet Airbus? Que signifiait tout ça? Que se passait-il exactement?

Ç'aurait pu être pire, pensa Daryaei en embarquant dans son avion privé après avoir passé moins de quatre heures à Bagdad, où il avait réglé les problèmes encore plus vite qu'à l'accoutumée. Il n'était pas mécontent de la peur qu'il avait inspirée à quelques personnes pour l'avoir dérangé avec des questions aussi triviales. Il se dirigea vers son siège avec une expression d'autant plus renfrognée que son estomac le faisait souffrir. Trente secondes plus tard, on avait remonté les escaliers et lancé les turbopropulseurs.

— Où avez-vous appris à jouer? demanda Adler.

— Dans la marine, monsieur le secrétaire, répondit Clark, en ramassant le pot.

Plus de dix dollars. Mais ce n'était pas l'argent qui comptait. C'était une question d'honneur. Réussir à bluffer un secrétaire d'Etat!

— Je pensais que les marins étaient des joueurs minables.

— C'est ce qu'on raconte..., murmura Clark en empilant les pièces de vingt-cinq cents.

— Surveillez ses mains, conseilla Chavez.

— C'est exactement ce que je fais. (A la jeune femme, qui vint leur servir un autre verre de vin, il demanda :) On en a encore pour combien de temps?

— Moins d'une heure.

Chavez vérifia ses cartes. Une paire de cinq. Bon

début. Il lança vingt-cinq cents au centre de la table pour suivre Adler.

L'Airbus 310 de fabrication européenne avait perdu son réacteur droit au moment de l'impact. Le missile à autodirecteur infrarouge était arrivé par l'arrière droit et avait explosé sur le côté du gros turbofan GE, et des fragments de métal avaient éventré les éléments d'aile extérieurs. D'autres avaient pénétré dans un réservoir — heureusement presque vide — qui commençait à cracher du kérosène enflammé. Mais il y avait bien pire. Le feu *derrière* l'avion ne mettait personne en danger, et le réservoir troué n'explosa pas, comme ç'aurait certainement été le cas s'il avait été touché dix minutes plus tôt. Non, les véritables mauvaises nouvelles, c'étaient les dégâts occasionnés aux commandes mobiles de l'appareil.

A l'avant, le pilote et son copilote avaient autant d'expérience que leurs collègues de n'importe quelle compagnie internationale. L'Airbus était capable de voler pas trop mal, Dieu merci, avec un seul réacteur, et justement le turbofan gauche était intact, et à présent il tournait à pleine puissance, tandis que le copilote coupait tous les instruments du côté droit de l'appareil et commandait manuellement les systèmes très élaborés de suppression d'incendie. Quelques secondes plus tard, les alarmes anti-incendie s'éteignirent et il recommença à respirer.

— Gouvernail de profondeur endommagé, annonça alors le pilote, qui, jouant sur le manche, découvrit que l'Airbus ne répondait pas comme il l'aurait dû.

Mais les deux hommes n'étaient pas les seuls à gérer le problème. En fait, l'Airbus volait grâce à un programme informatique, un « superviseur » très complexe qui récupérait directement les données de la cellule et des mouvements de conduite de l'équipage, les analysait et, ensuite, manœuvrait les commandes mobiles. Les informaticiens n'avaient pas prévu, dans la conception de l'avion, les dommages causés par une bataille aérienne... Le programme nota la perte d'un réacteur et décida qu'il s'agissait d'une explosion, puisque c'était ce qu'on lui avait appris. Les ordinateurs de bord évaluèrent les dégâts de l'appareil, vérifièrent ce qui fonctionnait encore et comment, puis ils adaptèrent l'Airbus à cette nouvelle situation.

— Vingt nautiques, annonça le copilote, tandis que l'Airbus se plaçait sur son vecteur d'approche directe.

Le pilote ajusta ses commandes des gaz et les ordinateurs — il y en avait sept, sur ce modèle — estimèrent que c'était parfait et diminuèrent la puissance du réacteur restant. L'avion, qui avait brûlé la majeure partie de son carburant, était léger, et ils avaient donc toute la puissance nécessaire. Leur altitude était assez basse pour que la dépressurisation ne posât pas de problème non plus. Ils pouvaient manœuvrer. Les deux hommes décidèrent qu'ils allaient peut-être réussir à s'en sortir. Un chasseur « ami » passa à côté d'eux pour vérifier leurs dommages, et son pilote essaya de les contacter sur la fréquence de garde ; pour toute réponse, on lui ordonna de s'éloigner, dans un mandarin furieux.

Le pilote du chasseur vit le revêtement extérieur qui se détachait de l'Airbus et voulut le lui faire savoir, mais il essuya une nouvelle rebuffade. Il plaça son F-5E sur l'arrière et continua ses observations, tout en restant en contact avec sa base.

— Dix nautiques.

La vitesse était en dessous des deux cents nœuds, à présent, et ils tentèrent d'abaisser les volets et les becs, mais ceux du côté droit ne répondirent pas correctement et les ordinateurs, le notant, ne descendirent pas non plus ceux de gauche. La vitesse d'atterrissage allait être trop rapide. Les deux hommes jurèrent, mais ils devraient faire avec.

— Train d'atterrissage, ordonna le pilote.

Son collègue donna un coup sec aux manettes du train, et les roues descendirent et se verrouillèrent en position basse — ce qui arracha un soupir de soulagement aux deux hommes. Ils ne pouvaient pas savoir que leurs pneus côté droit étaient abîmés.

Ils apercevaient l'aéroport, à présent, et les lumières clignotantes des multiples véhicules de secours, tandis qu'ils franchissaient les clôtures extérieures. La vitesse d'approche normale était d'environ cent trente-cinq nœuds. Ils arrivaient à cent quatre-vingt-quinze nœuds. Le pilote, conscient qu'il avait besoin de chaque mètre de terrain, se posa à moins de deux cents mètres après l'entrée de piste.

L'Airbus toucha le sol avec violence, et commença à rouler — mais les pneus droits endommagés tinrent bon à peu près trois secondes, puis ils se dégonflèrent, et la seconde suivante les jantes métalliques creusaient un sillon dans le béton de la piste. L'équipage et les ordinateurs s'efforcèrent de maintenir l'appareil en ligne droite, mais sans succès. Le 310 fut déporté vers la droite. Le train d'atterrissage gauche se brisa net, une détonation qui ressembla à un coup de canon, et l'avion tomba sur le ventre. Pendant une seconde, il sembla qu'il allait faire un soleil dans l'herbe du bord de piste, mais le bout d'une aile toucha le sol et l'Airbus commença à tourner. Son fuselage se brisa en trois morceaux inégaux. Il y eut une explosion de flammes lorsque l'aile gauche se détacha — par bonheur, l'avant du fuselage resta intact, ainsi que l'arrière, mais la partie du milieu s'immobilisa dans le carburant qui brûlait, et malgré tous leurs efforts, les pompiers n'y changèrent rien. On déterminerait plus tard que les cent vingt-sept victimes étaient mortes asphyxiées très vite. Cent quatre personnes, dont les membres de l'équipage, furent évacuées avec des blessures plus ou moins graves. Les images télévisées de la catastrophe furent diffusées dans l'heure qui suivit, et les bulletins d'information du monde entier annoncèrent un incident international à grande échelle.

Clark eut un léger frisson lorsque l'avion se posa. Ce qu'il voyait par son hublot lui parut familier, mais c'était sans doute le fruit de son imagination et, en outre, tous les aéroports internationaux se ressemblent, la nuit. Les aviateurs français suivirent la direction indiquée et roulèrent jusqu'au terminal de l'aviation militaire derrière un Gulfstream d'affaires qui avait atterri une minute avant eux.

— Eh bien, nous y sommes, murmura Ding avec un bâillement.

Il avait deux montres à son poignet, une pour l'heure locale, une pour celle de Washington, et il les consulta pour essayer de décider quelle heure son corps pensait qu'il était. Puis il regarda à l'extérieur avec la curiosité d'un touriste, et ressentit la déception habituelle. Il aurait pu tout aussi bien se trouver à Denver, pour ce qu'il voyait.

— Excusez-moi, annonça la petite hôtesse brune. On nous demande de rester dans l'avion, pendant qu'ils s'occupent de l'appareil arrivé juste avant nous.

Qu'importent quelques minutes de plus ou de moins, pensa le secrétaire d'Etat, aussi fatigué que ses compagnons.

— Eteignez les lumières, voulez-vous ? demanda Clark, avec un signe à son partenaire.

— Pourquoi vous...

Clark interrompit d'un geste le secrétaire d'Etat. L'hôtesse s'exécuta. Ding comprit immédiatement et sortit son appareil photo.

— Qu'est-ce qu'il y a ? murmura Adler plus calmement, tandis que l'avion était plongé dans l'obscurité.

— Le Gulfstream d'affaires juste devant nous..., répondit John. Il va à un terminal protégé. Essayons de découvrir qui il balade, OK ?

Les espions devaient faire leur boulot, Adler le savait. Il n'y voyait pas d'inconvénient. Les diplomates rassemblaient des informations, eux aussi, et savoir qui avait accès à ces transports officiels coûteux pouvait en effet leur apprendre qui comptait vraiment au sein du nouveau gouvernement de la RIU. Quelques secondes plus tard, alors que l'on plaçait des cales aux roues de leur propre appareil, un défilé de voitures s'approcha du Gulfstream, à une cinquantaine de mètres devant eux.

— C'est quelqu'un d'important, souffla Ding.

— T'as quoi, là-dedans?

— 1200 ASA, monsieur C., répondit Chavez, en réglant son téléobjectif.

Il avait l'avion tout entier dans son viseur. Il ne pouvait pas zoomer davantage. Il commença à faire des photos lorsque les escaliers descendirent.

— Oh, dit Adler le premier. Eh bien, ce n'est pas une grande surprise.

— C'est Daryaei, n'est-ce pas? demanda Clark.

— Oui, c'est notre ami, confirma le secrétaire d'Etat.

Entendant cela, Chavez fit dix clichés rapides où l'on voyait l'homme sortant de l'avion, accueilli par quelques collègues qui l'embrassèrent comme s'ils retrouvaient un oncle perdu de vue depuis longtemps, puis le guidèrent jusqu'à sa voiture. Les véhicules démarrèrent aussitôt. Chavez fit une dernière photo, puis rangea son matériel. Ils patientèrent encore cinq minutes avant d'être autorisés à débarquer.

— Ai-je besoin de savoir l'heure? demanda Adler en se dirigeant vers la porte.

— Sans doute que non, décida Clark. Je pense que nous pourrons nous reposer un peu avant la réunion.

L'ambassadeur français les attendait au bas des escaliers, avec un garde chargé de la sécurité, et dix autres fonctionnaires du pays. Ils rejoindraient l'ambassade de France dans deux voitures, avec deux véhicules iraniens en tête et deux autres en queue de leur cortège semi-officiel. Adler monta dans la première avec l'ambassadeur, Clark et Chavez dans la seconde. Un homme était assis à côté du chauffeur. Certainement deux espions.

— Bienvenue à Téhéran, mes amis, dit le passager.

— *Merci* [1], dit Ding, en bâillant.

— Désolés de vous avoir obligés à vous lever si tôt, ajouta Clark.

Celui-là était certainement le chef de station de l'espionnage français. Le type avec lequel Ding et lui avaient sympathisé à Paris avait dû l'appeler pour le

---

1. En français dans le texte.

prévenir qu'ils n'étaient sans doute pas de simples agents de sécurité du Département d'Etat.

Le Français confirma ses soupçons :

— Ce n'est pas la première fois que vous venez ici, m'a-t-on dit.

— Et vous, vous êtes là depuis combien de temps ? demanda John.

— Deux ans. La voiture est sûre, ajouta-t-il, signifiant par là qu'on n'y avait *probablement* posé aucun micro.

Dans l'autre véhicule, l'ambassadeur annonça à Adler :

— Nous avons un message pour vous de Washington. (Il lui rapporta alors ce qu'on lui avait dit de l'incident de l'Airbus à Taipei, puis il ajouta :) Vous allez être très occupé à votre retour chez vous, j'en ai peur.

— Oh, doux Jésus ! s'exclama le secrétaire d'Etat. Juste ce dont nous avions besoin ! On a déjà des réactions ?

— Aucune à ma connaissance. Mais ça devrait changer dans les prochaines heures. Nous rencontrons l'ayatollah Daryaei demain matin à dix heures trente ; vous avez donc le temps de dormir un peu. Votre vol pour Paris décollera juste après le repas de midi. Nous vous fournirons toute l'assistance dont vous avez besoin.

— Merci, monsieur l'ambassadeur, répondit Adler, trop fatigué pour ajouter autre chose.

— Vous avez une idée de ce qui est arrivé ? demanda Chavez dans la seconde voiture.

— Nous ne savons que ce que votre gouvernement nous a demandé de vous transmettre. Manifestement, il y a eu un bref combat aérien au-dessus du détroit de Formose, et un missile a touché une cible imprévue.

— Des victimes ? intervint Clark.

— On n'en sait rien pour l'instant, répondit le chef de station de la DGSE.

— Pas facile de descendre un avion de ligne sans tuer personne..., grommela Ding avant de fermer les

196

yeux, se réjouissant à l'avance du bon lit qui l'attendait à l'ambassade.

Les mêmes informations furent transmises à Daryaei exactement au même moment. Il surprit les autres religieux en prenant la nouvelle sans la moindre réaction visible. Mahmoud Haji avait décidé depuis longtemps que ceux qui ne savaient rien n'avaient pas grand pouvoir d'intervention.

L'hospitalité française fut à la hauteur, même transplantée en un lieu qui aurait pu difficilement être plus différent de la Ville lumière. Une fois dans l'enceinte diplomatique, trois soldats en uniforme se chargèrent des bagages des Américains, tandis qu'un autre homme, vêtu d'une sorte de livrée, les conduisait à leurs appartements. Les lits étaient préparés et il y avait de l'eau glacée sur leurs tables de nuit. Chavez vérifia de nouveau ses deux montres, grogna, et se laissa tomber sur son lit. Clark eut du mal à trouver le sommeil. La dernière fois qu'il avait approché d'une ambassade, dans cette ville...

Qu'y a-t-il ? se demanda-t-il. Qu'est-ce qui le tracassait autant ?

L'amiral Jackson se chargea du briefing, complété par l'enregistrement vidéo des radars.

— Ça, c'est ce que nous a transmis le *Port Royal*. Nous avons aussi la cassette de *The Sullivans*. Pas de grande différence. Nous n'en étudierons qu'une, expliqua-t-il à ses interlocuteurs rassemblés dans la salle de crise.

Il commença à déplacer sa baguette en bois sur le large écran télé.

— Là, c'est une formation de quatre chasseurs, sans doute des Jianjiji Hongzhaji-7 — que nous nommons B-7 pour des raisons évidentes. Biréacteurs et biplaces, performances et capacités semblables à celles de nos vieux F-4 Phantom. Elle a décollé du continent et elle est allée un peu trop loin. Il y a là un no man's land qu'aucun des deux camps n'avait jamais violé jusqu'à aujourd'hui. Voici une autre formation, probablement composée des mêmes appareils et...

— Vous n'en êtes pas sûr? s'étonna Ben Goodley.

— Nous les avons identifiés à partir de leur avionique, leurs émissions radar. Un radar ne permet pas de connaître le type d'un appareil, expliqua Robby. Nous le déduisons de leurs performances ou des signatures électroniques de leurs équipements, OK? Donc le groupe leader arrive de l'est et franchit la ligne invisible ici. (La baguette se déplaça.) Là, on a une formation de quatre F-16 taiwanais parfaitement repérable par tout le monde. Elle voit que le groupe leader de la RPC va trop loin et se dirige sur lui, et celui-ci retourne vers l'ouest. Tout de suite après... voilà, maintenant, la seconde formation chinoise allume ses radars, mais au lieu de s'en servir pour traquer les quatre premiers B-7, elle accroche les F-16.

— Qu'est-ce que vous voulez dire, Rob? demanda le président.

— En gros, je pense que le groupe leader simulait une attaque à l'aube contre le continent, et que le second était censé s'y opposer. Ça ressemble à un exercice d'entraînement tout à fait habituel. Mais les « défenseurs » n'ont pas accroché les avions qu'il fallait, et quand ils ont fait passer leurs radars en mode d'attaque, l'un des pilotes taiwanais a dû penser qu'il était en danger, et il a lancé un missile. Puis son ailier l'a imité. Vlan! Là, on voit un B-7 qui se prend un Slammer, mais l'autre y échappe — une foutue chance — et riposte. Et puis tout le monde se met à tirer. Ce F-16 en évite un, mais va droit sur un autre — vous voyez, là, le pilote s'éjecte, on pense qu'il s'en est sorti. Et puis ces deux avions-là tirent quatre missiles, dont l'un acquiert l'avion de ligne. Ça a dû être juste juste tout le temps. On a vérifié la portée — deux miles de plus que ce dont nous pensions ce missile capable. Le temps qu'il atteigne sa cible et explose, tous les chasseurs ont fait demi-tour, ceux de la RPC sans doute parce qu'ils sont limite en carburant et ceux de la RDC parce qu'ils sont « Winchester » — qu'ils n'ont plus de missiles. L'un dans l'autre, ça a été un engagement parfaitement bâclé par les deux camps.

— Vous voulez dire que ça a été une gaffe ? intervint Tony Bretano.

— Ça y ressemble en effet, sauf pour une chose...

— Pourquoi utiliser de vrais missiles pour un exercice ? murmura Ryan.

— Vous n'êtes pas loin, monsieur le président. Les pilotes de la RDC, c'est sûr, choisissent des blancs parce qu'ils considèrent l'ensemble de l'exercice de la RPC comme une menace...

— *Des blancs ?* répéta Bretano.

— Pardonnez-moi, monsieur le secrétaire. Les missiles blancs sont des munitions de guerre. Les missiles d'exercice sont généralement peints en bleu. Pourquoi, donc, les types de la RPC avaient-ils des autodirecteurs infrarouges ? Dans ce genre de manœuvres, nous n'en emportons jamais, parce qu'une fois lancés on ne peut plus les arrêter — ils sont totalement indépendants, on les appelle *fire-and-forget* — « tire-et-oublie ». Autre chose. Tous ceux qui ont été envoyés contre les F-16 sont à autodirecteur radar. Mais celui-là, celui qui a descendu l'avion de ligne, semble être le seul à autodirecteur infrarouge. Et ça, ça sent mauvais.

— Un acte délibéré ? demanda Jack doucement.

— C'est une possibilité, monsieur le président. Toute l'affaire ressemble à un plantage, un cas classique. Deux pilotes de chasse se mettent à flipper pour un truc, on a illico du grabuge, y a des morts, et on ne sera jamais capables de prouver le contraire, mais si on considère ces deux avions, je pense... qu'ils voulaient se faire l'Airbus depuis le début — à moins qu'ils l'aient confondu avec un chasseur de la RDC, et je ne suis pas preneur, là...

— Pourquoi ?

— Parce que pendant tout ce temps sa route était

totalement différente de celle des autres, répondit l'amiral Jackson. Pourquoi éviter des gens qui vous arrivent droit dessus et s'attaquer à quelqu'un qui s'éloigne de vous ? Monsieur le secrétaire d'Etat, je suis pilote de chasse, moi aussi. Ça ne tient pas debout, cette histoire. Si je me retrouve dans une situation de combat, j'identifie d'abord les menaces, et ensuite je tire entre les deux yeux.

— Combien de morts ? demanda Jack d'une voix sombre.

— D'après les derniers rapports, plus d'une centaine, répondit Ben Goodley. Il y a des survivants, mais on n'a pas encore de chiffres précis. Et il y avait certainement quelques Américains à bord. Beaucoup de relations d'affaires entre Hong-Kong et Taiwan.

— Options ? dit Jack.

— Avant de faire quoi que ce soit, monsieur le président, il faut savoir si on a des victimes américaines. Nous n'avons qu'un seul porte-avions dans le coin : l'*Eisenhower*, en route pour l'Australie avec son groupe de bataille pour les manœuvres SOUTHERN CUP. Mais on peut parier que cette histoire ne va pas arranger les choses entre Pékin et Taipei.

— Nous devrons publier un communiqué de presse, dit Arnie au président.

— Voyons d'abord si nous avons perdu des compatriotes, répondit Ryan. Si oui... Que faisons-nous alors ? Nous exigeons une explication ?

— Ils prétendront que c'était une erreur, répéta Jackson. Ils pourront même accuser les Taiwanais d'avoir tiré les premiers, et nier toute responsabilité.

— Mais vous n'y croyez pas, Robby ?

— Non, Jack — pardon, monsieur le président. Je veux revoir les enregistrements avec quelques personnes pour m'épauler. Peut-être que je me trompe... mais je ne pense pas. Tous les pilotes de chasse se ressemblent. La seule raison pour laquelle on descend un gars qui s'éloigne au lieu de celui qui s'approche, c'est qu'on l'a voulu.

— On déplace l'*Eisenhower* et son groupe vers le nord ? suggéra Bretano.

— Transmettez-moi les plans d'urgence pour ça, dit le président.

— Ça laisse l'océan Indien sans protection, monsieur, fit remarquer Jackson. Le *Carl Vinson* ne va pas tarder à arriver à Norfolk. Le *John Stennis* et l'*Enterprise* sont toujours en réparation à Pearl, et nous n'avons effectivement plus aucun porte-avions à déployer dans le Pacifique. Nous nous retrouvons tout nus dans cette moitié du monde, et il nous faudra un mois au minimum pour en déplacer un de l'Atlantique.

Ryan se tourna vers Ed Foley.

— La situation pourrait devenir explosive ?

— Taiwan va certainement l'avoir mauvaise. Des missiles ont été tirés et des gens sont morts. Un avion de sa compagnie nationale a été détruit, observa le DCI. Oui, c'est possible que ça dégénère.

— Leurs intentions ? demanda Goodley au DCI.

— Si l'amiral Jackson est dans le vrai — et je partage votre opinion, au fait, ajouta Foley à l'intention de Robby, qui acquiesça d'un signe de tête —, alors nous avons quelque chose sur le feu, mais je ne sais absolument pas quoi. Ce serait mieux pour tout le monde s'il s'agissait vraiment d'un accident. Je ne peux pas dire que ça me plaise beaucoup de faire quitter l'océan Indien à notre porte-avions, avec la situation actuelle dans le golfe Persique.

— Que peut-il arriver de pire entre la RPC et Taiwan ? demanda Bretano, gêné d'être obligé de poser ce genre de question.

Il estima soudain qu'il était encore trop nouveau à ce poste pour servir le président avec l'efficacité nécessaire.

— Monsieur le secrétaire d'Etat, répondit Robby, la Chine communiste possède des missiles nucléaires, assez pour réduire Formose en cendres, mais nous avons des raisons de penser que la République de Chine en a aussi et que...

— En gros, une vingtaine, précisa Foley. Et ses F-16 atteignent Pékin quand ils veulent. Ils ne pourront pas détruire la Chine, mais vingt frappes thermonucléaires feraient reculer son économie d'au moins dix ans, peut-être du double. La RPC n'en a pas envie. Elle n'est pas folle, amiral. Donc, restons dans le domaine des armes conventionnelles, d'accord ?

— Très bien, monsieur. La Chine communiste n'a pas la capacité d'envahir Taiwan. Elle manque du matériel amphibie nécessaire au transport d'un grand nombre de troupes pour le lancement d'un assaut. Donc que se passe-t-il si la situation dégénère ? Le scénario le plus probable, c'est une méchante bataille aérienne et maritime, mais qui ne réglera rien, car aucun des deux camps ne viendra à bout de l'autre... Cela signifie aussi une guerre sur l'une des routes commerciales les plus importantes de la planète, avec toutes sortes de conséquences diplomatiques désagréables pour chacun des adversaires. Je ne vois pas pour quelle raison quelqu'un se lancerait là-dedans exprès. C'est tout simplement trop destructeur pour être un choix politique... du moins d'après moi, conclut l'amiral en haussant les épaules.

Ça n'avait pas de sens. Mais une attaque délibérée contre un avion de ligne non plus.

— Et comme nous avons d'importantes relations commerciales avec ces deux pays, remarqua le président, nous devons éviter ce genre de catastrophe, n'est-ce pas ? J'ai bien peur que nous ne soyons obligés de déplacer ce porte-avions, Robby. Essayons de réfléchir aux options, et de comprendre ce que la RPC est en train de magouiller.

Clark se réveilla le premier, assez déprimé. Mais il n'avait pas le droit de l'être, vu les circonstances. Dix minutes plus tard, il était rasé, habillé et il quittait la chambre. Chavez était toujours au lit. Ding ne parlait pas le français, de toute façon.

— Petite promenade matinale ? lui dit le gars qui était revenu avec eux en voiture de l'aéroport.

— Un moment, oui, admit John. Et vous êtes qui ?

— Marcel Lefèvre.

— Chef de la station ? demanda John carrément.

202

— En réalité, je suis l'attaché commercial, répondit le Français, ce qui signifiait : *oui*. Ça vous dérange, si je vous accompagne ?

— Pas du tout, dit Clark, ce qui surprit son interlocuteur. Je voulais juste faire un tour. Y a des marchés, dans le coin ?

— Oui. Je vous montrerai.

Dix minutes plus tard, ils se trouvaient dans une rue commerçante. Deux Iraniens les suivaient comme leur ombre à une quinzaine de mètres derrière eux.

Les bruits, autour de lui, réveillèrent tous ses souvenirs. Le farsi de Clark n'était pas extraordinaire, d'autant que cela faisait plus de quinze ans qu'il ne l'avait pas pratiqué, mais il se rendit compte soudain qu'il le comprenait encore, et il fut bientôt capable de saisir des bribes de mots tandis qu'il passait entre les boutiques, des deux côtés de la rue, avec son compagnon.

— Où en sont les prix de la nourriture ? lui demanda-t-il.

— Assez élevés, répondit Lefèvre. Surtout à cause des approvisionnements qu'ils ont fournis à l'Irak. Un certain nombre de gens rouspètent à cause de ça.

Il manquait quelque chose, constata John, après avoir observé un moment ce qui l'entourait. Les étals de nourriture s'étendaient à peu près sur un demi-pâté de maisons ; ils se retrouvèrent ensuite dans une autre zone — celle de l'or, un commerce toujours populaire dans cette partie du monde. Des gens achetaient et d'autres vendaient. Mais on était loin de cet enthousiasme dont il se souvenait.

— Quelque chose pour votre femme ? demanda Lefèvre.

Avec un sourire peu convaincant, Clark s'arrêta pour examiner un collier.

— D'où êtes-vous ? s'enquit le marchand, en anglais.

— Des Etats-Unis, répondit Clark, dans la même langue.

L'homme avait immédiatement deviné sa nationalité, sans doute grâce à ses vêtements, et il en avait profité pour s'exprimer en anglais.

203

— On ne voit pas beaucoup d'Américains, ici.

— C'est dommage, dit Clark. Quand j'étais jeune, j'ai pas mal voyagé dans cette région.

Le collier était plutôt joli. Il vérifia l'étiquette et fit un calcul mental rapide. Un prix raisonnable.

— Peut-être que ça changera un jour, reprit le marchand.

— Il y a de grandes différences entre nos deux pays, observa John tristement.

Oui, il pouvait se permettre de l'acheter. Et selon son habitude, il avait beaucoup de liquide sur lui. Ce qui était bien avec l'argent américain, c'était qu'on l'acceptait à peu près partout.

— Les choses évoluent, fit encore remarquer le marchand.

— C'est déjà fait, acquiesça John. (Il examina un collier un peu plus cher. On pouvait toucher les pièces, ici, sans problème : les pays islamiques avaient un bon moyen de décourager les voleurs.) Je ne vois pas beaucoup de sourires, ici, alors que c'est une rue marchande...

— Y a deux hommes qui vous suivent.

— Vraiment ? Pourtant je ne viole pas la loi, n'est-ce pas ? demanda Clark avec une inquiétude feinte.

— Bien sûr que non, répondit l'homme — mais il était nerveux.

— Je prends celui-là, annonça John, en tendant le bijou à son interlocuteur.

— Vous payez comment ?

— Dollars américains, ça vous va ?

— Oui. Neuf cents dollars.

Il eut du mal à dissimuler sa surprise. Même chez un grossiste new-yorkais, ce genre de collier aurait valu trois fois plus cher, et s'il n'était pas prêt à dépenser trois mille dollars, le marchandage était inséparable du plaisir d'acheter dans cette partie du monde. Il s'était dit qu'il aurait pu faire descendre le gars jusqu'à quinze cents dollars peut-être, et encore, il aurait eu du mal ! Avait-il vraiment bien entendu ?

— Neuf cents ?

L'autre indiqua son cœur du doigt, en un geste mélodramatique.

— Huit cents, pas un dollar de moins — vous voulez me ruiner ou quoi ? ajouta-t-il d'une voix plus forte.

— Vous êtes dur en affaires ! répliqua Clark, adoptant une position défensive pour les deux espions iraniens qui s'étaient rapprochés.

— Et vous, vous êtes un incroyant ! Vous vous attendez à ce que je fasse preuve de charité ? C'est un très beau collier et j'espère que vous l'offrirez à votre honorable épouse, et non à une femme débauchée !

Clark estima qu'il avait suffisamment mis cet homme dans une situation dangereuse. Il sortit son portefeuille, compta les billets et les lui tendit.

— Vous m'en avez trop donné, je ne suis pas un voleur ! protesta le marchand en lui rendant une coupure de cent.

Sept cents dollars pour ça ? pensa Clark, stupéfait.

— Excusez-moi, murmura-t-il, je ne voulais pas être insultant, dit John en empochant le bijou.

— On n'est pas des barbares, ajouta le vendeur doucement.

Une seconde plus tard, il lui tourna brusquement le dos. Clark et Lefèvre descendirent la rue, et prirent à droite. Ils marchaient vite, forçant leurs poursuivants à presser le pas.

— C'est quoi, ce bordel ? demanda l'officier de la CIA, qui n'avait pas du tout prévu ce genre de situation.

— L'enthousiasme pour le régime a quelque peu diminué, oui. Ce que vous avez vu est très représentatif de la situation. Vous travaillez à l'Agence depuis combien de temps ?

— Assez longtemps pour détester être surpris comme ça. Je crois que votre mot, c'est *merde*, non ? Ce type va avoir des ennuis ?

— Ça m'étonnerait, murmura Lefèvre. Mais il a sans doute perdu de l'argent dans cette transaction. Un geste intéressant, n'est-ce pas ?

— Rentrons. J'ai un secrétaire d'Etat à réveiller.

Ils étaient de retour à l'ambassade un quart d'heure plus tard. John alla directement à sa chambre.

— Quel temps fait-il, monsieur C. ? demanda Chavez. (Clark farfouilla dans sa poche et lui envoya quelque chose à travers la pièce. Domingo le rattrapa.) C'est lourd, dit-il.

— D'après toi, combien je l'ai payé, Ding ?

— On dirait que c'est du vingt et un carats. Pour moi, ça doit faire dans les deux mille, deux mille cinq cents dollars.

— Sept cents dollars, tu le croirais ?

— Le vendeur est de ta famille, John ? demanda Chavez en éclatant de rire. (Puis il redevint sérieux :) Je pensais qu'ils ne nous aimaient pas, ici ?

— Les choses changent, répondit John Clark doucement, citant son marchand.

— C'est si terrible que ça ? demanda Cathy.

— Cent quatre survivants, dont certains sont dans un sale état, quatre-vingt-dix morts, plus une trentaine de disparus — ce qui signifie simplement qu'ils sont morts mais qu'on n'a toujours pas identifié leurs cadavres. (Jack lisait la dépêche que venait de lui apporter l'agent Raman, à la porte de leur chambre à coucher.) Seize Américains parmi les survivants. Cinq morts. Neuf inconnus, présumés morts. (Il secoua la tête.) Doux Jésus, il y avait quarante citoyens de la République populaire de Chine à bord !

— Comment est-ce possible ? demanda Cathy. S'ils ne s'entendent pas, pourquoi...

— ... font-ils tant d'affaires ensemble ? Ils en font, et c'est un fait, chérie. Ils crachent et ils grondent comme des chats de gouttière quand ils se voient, mais ils ont aussi besoin les uns des autres.

— Quelle va être notre réaction ? murmura la First Lady.

— Je ne sais pas encore. Nous attendons demain matin pour le communiqué de presse, quand nous aurons davantage d'informations. Comment vais-je trouver le sommeil, avec tout ça, hein ? Nous avons quatorze morts américains de l'autre côté du monde. J'étais censé les protéger, non? Je ne suis pas payé pour laisser assassiner nos concitoyens.

— Des gens meurent tous les jours, Jack, fit remarquer Cathy.

— Pas à cause d'un missile air-air.

Cela commença par un échange de poignées de main. Un fonctionnaire du ministère des Affaires étrangères vint à leur rencontre devant le bâtiment. L'ambassadeur français fit les présentations, et tout le monde pénétra dans l'immeuble, l'idéal pour éviter les caméras de télé — même si on n'en voyait aucune dans la rue. Clark et Chavez jouèrent le jeu. Ils restèrent près du secrétaire d'Etat, mais pas trop, et regardèrent autour d'eux d'un air nerveux. C'était ce qu'on attendait de gardes du corps, non?

Le secrétaire Adler suivit le fonctionnaire et tout le monde emboîta le pas aux deux hommes. L'ambassadeur français s'arrêta dans l'antichambre avec les autres, tandis qu'Adler et son guide pénétraient dans le bureau plutôt modeste du chef spirituel de la RIU.

— Je vous accueille dans la paix, dit Daryaei en se levant de son fauteuil pour venir vers son invité. Allah bénit cette réunion.

Il s'adressa à lui par l'intermédiaire d'un interprète, une pratique normale pour ce genre de réunions. Cela permettait des échanges plus précis — et si quelque chose se passait mal, on pourrait toujours prétendre que c'était l'interprète qui s'était trompé, et cela offrait une échappatoire pratique aux deux parties.

— Je vous remercie de me recevoir si vite, répondit Adler en s'asseyant.

— Vous venez de loin. Vous avez fait bon voyage? s'enquit Daryaei aimablement.

— Un voyage sans problème, répondit Adler.

Il faisait des efforts pour éviter de bâiller et de laisser voir sa fatigue. Trois tasses d'un café européen très fort l'avaient aidé, même si son estomac était un peu retourné. Dans des réunions importantes, les diplomates étaient censés se comporter comme des chirurgiens en salle d'opération, et il était suffisamment entraîné pour ne pas manifester ses émotions, même si son estomac lui jouait des tours.

— Je regrette que nous ne puissions pas vous faire visiter notre ville. Il y a tant de beauté et tant d'histoire, ici.

Les deux hommes attendirent la fin de la traduction. L'interprète était un homme d'une trentaine d'années, l'air grave. Il semblait avoir peur de Daryaei, se dit Adler. Probablement un fonctionnaire du gouvernement ; son costume aurait eu besoin d'un petit coup de fer à repasser. L'ayatollah, lui, était en robe — marquant ainsi sa fonction religieuse. Mahmoud Haji était sérieux, lui aussi, mais pas hostile — et, c'était bizarre, mais il semblait n'éprouver aucune curiosité à son égard.

— Peut-être lors de mon prochain voyage, dit Adler.

Un hochement de tête amical.

— Oui.

Daryaei avait répondu en anglais, ce qui rappela à Adler que l'homme comprenait sa langue.

— Il n'y a pas eu de contacts directs entre nos deux pays depuis longtemps, et certainement pas à ce niveau, dit l'Américain.

— C'est exact, mais nous apprécions ce genre de rencontres. En quoi puis-je vous être utile, monsieur le secrétaire d'Etat ?

— Si vous n'y voyez pas d'inconvénient, j'aimerais discuter de la stabilité de cette région.

— La stabilité ? répéta Daryaei d'un air innocent. Que voulez-vous dire ?

— La République islamique unie est désormais le pays le plus important de cette zone, et cela inquiète un certain nombre de personnes.

— Je dirais que nous avons plutôt amélioré sa stabilité. N'est-ce pas le régime irakien qui exerçait une influence déstabilisante ? N'est-ce pas l'Irak qui a déclenché deux guerres ? Nous, nous n'avons rien fait de tel.

— C'est exact, acquiesça Adler.

— L'islam est une religion de paix et de fraternité, poursuivit Daryaei, s'exprimant comme le professeur qu'il avait été pendant de longues années.

— C'est vrai aussi, mais dans le monde des hommes les lois de la religion ne sont pas toujours respectées par ceux qui se prétendent dévots, fit remarquer l'Américain.

— Les autres nations n'acceptent pas les lois de Dieu comme nous, nous le faisons. Ce n'est que dans la reconnaissance de celles-ci que les hommes peuvent espérer trouver la paix et la justice. Cela signifie qu'il ne faut pas simplement prononcer les paroles, il faut les vivre.

Merci pour la leçon de catéchisme, pensa Adler, tout en adressant à son interlocuteur un hochement de tête respectueux. *Pourquoi, alors, soutiens-tu encore le Hezbollah, hein?*

— L'Amérique souhaite la paix dans cette région, dit Adler. Et dans le monde entier.

— C'est effectivement le vœu d'Allah, qui nous a été transmis par le Prophète.

Adler constata qu'il jouait bien son rôle. Des années auparavant, le président Jimmy Carter avait envoyé un émissaire rendre visite au patron de cet homme, l'ayatollah Khomeyni, dans son exil français. Le shah avait de graves problèmes politiques, à l'époque, et les Américains avaient sondé l'opposition, histoire de se couvrir. L'émissaire, de retour au pays, avait dit au président que Khomeyni était « un saint ». Carter avait pris la chose pour argent comptant, et il avait lâché Mohammad Reza Pahlavi, permettant au « saint » de prendre sa place.

L'administration suivante avait voulu traiter avec le même Khomeyni, mais elle n'y avait gagné qu'un beau scandale; résultat : elle s'était ridiculisée aux yeux du monde.

Adler était décidé à ne pas refaire ce genre d'erreurs. Il poursuivit :

— Le respect des frontières internationales est aussi un des principes de mon pays. L'intégrité territoriale, c'est la condition *sine qua non* de la stabilité régionale et mondiale.

— Monsieur le secrétaire d'Etat, tous les hommes sont frères, c'est la Volonté d'Allah. Des frères peuvent parfois se quereller, mais Dieu déteste la guerre. Cependant, je suis un peu troublé par vos remarques. Vous semblez suggérer que nous avons des intentions agressives vis-à-vis de nos voisins. Pourquoi dites-vous une chose pareille ?

— Excusez-moi, mais je pense que vous m'avez mal compris. Je n'ai rien prétendu de tel. Je suis simplement venu pour discuter de nos intérêts communs.

— La santé économique de votre pays et de ses alliés dépend de cette région. Nous n'y changerons rien. Vous avez besoin de notre pétrole, et nous de l'argent de ce pétrole. Nous avons une culture commerciale. Vous le savez. Mais notre culture, c'est aussi l'islam, et je constate avec une grande tristesse que l'Occident ne semble pas tenir compte de la substance de notre foi. Nous ne sommes pas des barbares, en dépit de ce que racontent vos amis juifs. En fait, nous n'avons même aucune querelle religieuse avec les juifs. Leur patriarche, Abraham, est originaire de cette région. Ils ont été les premiers à reconnaître le vrai Dieu, et il n'y a donc aucune raison pour que la paix ne règne pas entre nous.

— Cela me fait plaisir de vous entendre parler ainsi. Mais comment parvenir à cette paix ? demanda Adler.

— Il faut du temps et des discussions. Ce serait peut-être mieux que nous ayons des contacts directs avec eux. Après tout, eux aussi sont des commerçants et des gens de la foi.

Adler se demanda ce qu'il voulait dire par là. Des contacts directs avec Israël ? Etait-ce une offre sincère, ou un moyen d'amadouer le gouvernement américain ?

— Et vos voisins islamiques ?

— Nous partageons la foi. Nous partageons le pétrole. Et la culture. Nous sommes déjà unis de bien des façons.

210

Dans l'antichambre, Clark, Chavez et l'ambassadeur attendaient tranquillement, et le personnel prenait grand soin de les ignorer. Chavez trouvait le cadre vieillot et miteux, comme si l'immeuble avait à peine changé depuis le départ du précédent gouvernement — il y avait déjà longtemps, se rappela-t-il. En outre, on sentait ici une véritable tension dans l'air. N'importe quel fonctionnaire américain les aurait observés avec curiosité. Mais pas les six personnes présentes dans cette pièce. Pourquoi ?

Clark, lui, s'attendait à cet accueil. Ça ne l'étonnait pas d'être ignoré. Ding et lui étaient ici en tant que personnel de sécurité — ils n'étaient donc que des meubles, ils n'avaient pas le moindre intérêt. Les gens, dans ce bureau, étaient des subalternes ; on leur faisait confiance, et ils étaient fidèles à leur chef parce qu'ils y étaient obligés. Grâce à lui, ils avaient une parcelle de pouvoir, que ces visiteurs ne menaçaient pas — si bien que les Iraniens ne s'occupaient pas d'eux. Seuls les gardes les surveillaient, parce qu'ils étaient entraînés à voir un danger potentiel en tout le monde.

Pour l'ambassadeur français, ce n'était qu'un exercice de diplomatie de plus, des conversations aux mots choisis avec soin, permettant de révéler peu de chose et d'en découvrir beaucoup chez son interlocuteur. Il devinait ce qui était en train de se dire des deux côtés, dans ce bureau. Mais c'étaient les plans de Daryaei qui l'intéressaient. Fascinant personnage que ce Daryaei ! Un homme de Dieu qui avait certainement commandité le meurtre du président irakien. Un homme de paix et de justice qui dirigeait son peuple d'une main de fer. Un homme miséricordieux qui, manifestement, terrifiait son équipe. Il suffisait de regarder autour de soi pour le voir. Un Richelieu moyen-oriental ? Il faudrait qu'il en parle à son ministre, plus tard dans la journée. Quant à cet Adler, il avait une bonne réputation de diplomate de carrière, mais serait-il à la hauteur de cette tâche ?

— Pourquoi devrions-nous aborder cette question ?

Pourquoi aurais-je des ambitions territoriales? demanda Daryaei, d'une voix douce, mais sans cacher son irritation. Mon peuple n'a qu'un désir — la paix. Cette région a connu trop de déchirements. Toute ma vie j'ai étudié et enseigné la foi, et voilà que finalement, alors que mes derniers jours approchent, nous avons la paix.

— Nous n'avons pas d'autre désir non plus, sinon, peut-être, le rétablissement de nos liens d'amitié.

— Nous y reviendrons. Je remercie votre pays de ne pas s'être opposé à la levée des sanctions économiques contre l'ancien Irak. Peut-être est-ce un commencement. En même temps, nous préférerions que l'Amérique n'intervienne pas dans les affaires internes de nos voisins.

— Nous nous sommes engagés à faire respecter l'intégrité d'Israël, fit remarquer Adler.

— A strictement parler, Israël n'est pas un voisin, répondit Daryaei. Mais si Israël peut vivre en paix, alors nous le pouvons aussi.

Adler se dit que ce gars-là était fort. Il ne révélait pas grand-chose et se contentait de tout nier en bloc. Aucune déclaration politique, hormis les habituelles protestations de paix. N'importe quel chef d'Etat en était capable, même s'il n'y en avait guère qui invoquaient autant Dieu. La paix. La paix. La paix.

Mais Adler ne le croyait pas un instant sur la question d'Israël. S'il avait des intentions pacifiques, il l'aurait dit à Jérusalem d'abord, pour les mettre de son côté avant de discuter avec Washington. Israël avait été l'intermédiaire anonyme dans le désastre « armes contre otages », et il avait été pigeonné, lui aussi.

— J'espère que ce sera une base sur laquelle nous bâtirons quelque chose, dit le secrétaire d'Etat.

— Si votre pays traite le mien avec respect, alors nous pourrons parler et envisager une amélioration de nos relations.

— Je le dirai à mon président.

— Votre nation, elle aussi, a connu beaucoup de malheurs, récemment. Je souhaite à Ryan d'avoir la force de soigner vos blessures.

— Merci.

Les deux hommes se levèrent et se serrèrent la main de nouveau, puis Daryaei raccompagna Adler.

Clark remarqua comment les fonctionnaires se dressèrent d'un bond. Daryaei conduisit Adler jusqu'à la sortie de l'antichambre, prit de nouveau sa main et laissa son invité s'éloigner avec les siens.

Deux minutes plus tard, ils étaient en route vers l'aéroport.

— Je me demande comment ça s'est passé, fit John à la cantonade.

Les autres se posaient la même question, mais personne ne répondit. Au bout d'une vingtaine de minutes, grâce à leur escorte officielle, les Américains étaient de retour à Mahrabad International, et ils roulèrent jusqu'à la zone militaire de l'aéroport, où les attendait l'avion français.

Il y eut une petite cérémonie pour le départ. L'ambassadeur français discuta un long moment avec Adler, et pendant tout ce temps il lui serra la main pour lui dire au revoir. Vu l'importance de la sécurité de la RIU, Clark et Chavez se contentèrent de jeter un coup d'œil aux environs, comme ils étaient censés le faire, après tout. Ils virent six chasseurs, autour desquels travaillaient des personnels d'entretien. Les mécaniciens entraient et sortaient d'un vaste hangar qui datait sans doute de l'époque du shah. Ding s'approcha pour regarder à l'intérieur, et personne ne protesta. Il y avait un autre avion, dedans, à demi démonté, semblait-il. Un réacteur était posé sur un chariot et une équipe travaillait dessus.

— Des cages à poules, t'imagines ça? demanda Chavez.

— Qu'est-ce que tu racontes? demanda Clark, qui surveillait de l'autre côté.

— Regarde toi-même, monsieur C.

John se retourna. Des rangées de cages grillagées, de la taille de celles avec lesquelles on transportait la volaille, étaient en effet entassées au fond du hangar.

Il y en avait des centaines. Bizarre pour une base aérienne, pensa-t-il.

A l'autre bout de l'aéroport, Movie Star regarda le dernier membre de son équipe embarquer sur un vol pour Vienne. A un moment, il observa la base militaire, plus loin, et il aperçut les avions privés. Autour de l'un d'eux, il remarqua des voitures et une certaine agitation. Sans doute une mission du gouvernement, pensa-t-il. L'appareil d'Austrian Airlines commença son roulage à l'heure prévue. Movie Star s'éloigna pour prendre son propre vol.

40

PRÉLIMINAIRES

A leur réveil, les Américains apprirent ce que leur président savait déjà. Onze de leurs concitoyens étaient morts et trois autres étaient portés disparus dans un accident d'avion à l'autre bout de la planète. Une équipe de la télévision locale était arrivée sur les lieux au moment même de la catastrophe grâce à un informateur de l'aéroport. Sa vidéo ne montrait guère plus qu'une boule de feu montant vers le ciel, dans le lointain, puis des images plus rapprochées qui auraient pu avoir été prises n'importe où dans le monde. Dix camions de pompiers déversaient de la neige carbonique et de l'eau sur une épave en flammes, mais c'était trop tard. Partout des ambulances. Certains survivants erraient sans but sur la piste, choqués et désorientés. D'autres, le visage noirci, s'effondraient dans les bras des sauveteurs.

Le gouvernement de la République de Chine publia immédiatement un communiqué cinglant sur la piraterie aérienne, et réclama une réunion d'urgence du

Conseil de sécurité des Nations unies. Pékin rendit publique sa propre déclaration quelques minutes plus tard; les communistes chinois expliquaient que leur aviation avait été attaquée au cours d'un exercice d'entraînement et qu'elle avait été obligée de riposter. Pékin niait toute implication dans la catastrophe de l'Airbus d'Air China, et en rejetait la responsabilité sur sa « province rebelle ».

— Bon, du nouveau ? demanda Ryan à l'amiral Jackson, à sept heures et demie du matin.

— On a étudié les enregistrements pendant près de deux heures. J'ai fait venir des pilotes de chasse avec qui j'ai déjà travaillé et deux types de l'Air Force, et on a discuté un bon moment. *Primo*, les cocos...

— On n'a pas le droit de les appeler comme ça, Robby, observa le président.

— Vieille habitude, excusez-moi, patron. Ces *messieurs* de la République populaire de Chine, si vous préférez — bon, ils étaient au courant qu'on avait des navires dans le coin... La signature électronique des bâtiments Aegis a la taille du mont Saint Helens, OK ? Et leurs capacités ne sont pas exactement un secret. Ils sont en service depuis près de vingt ans ! Donc les Chinois savaient qu'on les surveillait, et qu'on verrait tout ce qui se passait. Gardez ça à l'esprit, s'il vous plaît. *Secundo*, on a une équipe ELINT sur le *Chandler* qui écoute les échanges radio. On a traduit les transmissions des pilotes de chasse de la RPC. Je cite — ça, c'est trente secondes après le début de l'engagement — « Je l'ai, je l'ai, je tire ! » Ça correspond exactement au lancement du missile contre l'Airbus. *Tertio*, tous les pilotes à qui j'en ai parlé m'ont répondu ce que je vous ai déjà dit hier : pourquoi viser un avion de ligne à la limite de portée de ton missile quand t'as des chasseurs juste devant toi ? Jack, ce truc-là sent vraiment mauvais.

« Hélas, on n'a aucun moyen de prouver que la transmission vocale vient du gars qui a lancé le missile sur l'Airbus, mais je crois, et tous mes copains aussi, que c'était délibéré. Ils ont descendu cet Airbus *exprès*, conclut le directeur des opérations du Pentagone.

— Amiral, demanda Arnie van Damm, vous pourriez soutenir ça devant un tribunal ?

— Monsieur, je ne suis pas avocat. Je suis pilote de chasse. Je n'ai pas besoin de prouver quoi que ce soit pour gagner ma vie, mais je vous le répète : je suis sûr à cent pour cent que c'est un coup monté.

— Je ne peux pas raconter ça devant les caméras..., intervint Jack en regardant sa montre. (Il passait au maquillage dans quelques minutes.) S'ils ont fait ça volontairement...

— Pas « si », Jack, d'accord ?

— Bon sang, Robby, j'ai compris ! répliqua Ryan sèchement. (Il s'interrompit un instant et prit une profonde inspiration.) Il m'est impossible d'accuser un Etat souverain d'un acte de guerre sans en avoir la preuve absolue, voilà ce que je veux dire. Maintenant, bon, d'accord, ils ont fait ça exprès et ils savaient qu'on le découvrirait. Dans ce cas, ça signifie quoi ?

Son équipe chargée de la sécurité nationale avait eu une longue nuit. Ce fut Goodley qui se jeta à l'eau :

— Difficile à dire, monsieur le président.

— Ils s'apprêtent à envahir Taiwan, c'est ça ? demanda Ryan.

— Impossible ! répondit Jackson, coupant court à la colère qui montait chez son commandant en chef. Ils n'en ont pas les moyens. Aucune activité inhabituelle de leur infanterie dans cette zone, à part ces mouvements dans le nord-ouest du pays qui ont tant ennuyé les Russes. Donc, d'un strict point de vue militaire, la réponse est non.

— Et une attaque aéroportée ? intervint Ed Foley.

Robby secoua la tête.

— Non, ils n'ont pas non plus la capacité aérienne nécessaire pour assurer le transport de leurs troupes, mais s'ils essayaient, la RDC a ce qu'il faut en matière de DCA pour se payer une belle chasse aux canards. Ils pourraient déclencher une bataille aéronavale, comme je vous l'ai dit la nuit dernière, mais ça leur coûterait des navires et des avions — et dans quel but? demanda le J-3.

— Ils auraient donc descendu un Airbus juste pour voir nos réactions? murmura POTUS. Ça n'a pas de sens non plus.

— Ils ont peut-être voulu vous tester, *vous*, monsieur le président, dit doucement Foley.

— D'accord, répondit Ryan. Nous pensons que c'est un acte délibéré, mais nous n'en avons pas la preuve, et de toute façon nous n'avons pas non plus la moindre idée de la raison pour laquelle ils auraient fait ça. Comment parler d'« acte délibéré », alors? (Ses interlocuteurs acquiescèrent d'un signe de tête.) Parfait. Maintenant, d'ici un quart d'heure, je descends à la salle de presse et je fais cette déclaration... Ensuite les journalistes me poseront des questions et les seules réponses que je pourrai leur apporter seront des mensonges...

— Excellent résumé de la situation, monsieur le président, confirma van Damm.

— Génial, non? ironisa Jack. Et en plus Pékin va savoir, ou au moins soupçonner, que je raconte des histoires.

— C'est possible, mais pas certain, observa Ed Foley.

— Je ne suis pas un bon menteur, les prévint le président.

— Alors vous avez intérêt à apprendre, lui conseilla son secrétaire général. Et rapidos.

Dans le vol Téhéran-Paris, personne ne prononça un mot. Adler s'installa dans un siège confortable, à l'arrière de l'appareil, il sortit un bloc de papier et se mit à retranscrire de mémoire l'essentiel de sa conversation avec Daryaei, puis il ajouta un certain nombre d'observations personnelles, depuis l'apparence physique de son interlocuteur jusqu'au désordre de son bureau. Ensuite, il relut ses notes pendant une heure et commença à rédiger des analyses. L'escale parisienne dura moins d'une heure. Le secrétaire d'État passa un moment avec Claude et son équipe but un verre. Puis ils redécollèrent dans le VC-20B de l'Air Force.

— Comment ça s'est passé ? demanda finalement John.

Adler dut faire un effort pour se rappeler que Clark appartenait à l'équipe du SNIE, et qu'il n'était pas simplement un SPO armé. Il lui répondit par une autre question :

— Votre petite promenade a donné quoi ?

L'officier de la CIA sortit un collier en or de sa poche et le tendit au secrétaire d'Etat.

— C'est une demande en mariage ? dit Adler avec un petit rire.

— Non, m'sieur, fit Clark avec un geste en direction de Chavez, c'est lui qui est fiancé.

— ... et nous avons la confirmation que onze Américains sont morts et trois autres portés disparus. Quatre de nos compatriotes sont gravement blessés et ils sont soignés en ce moment dans des hôpitaux locaux. Voilà qui conclut ma déclaration, dit Jack Ryan.

— *Monsieur le président !* s'écrièrent trente voix en même temps.

— L'un après l'autre, s'il vous plaît, dit Jack en pointant son doigt sur une femme du premier rang.

— Pékin prétend que c'est Taiwan qui a engagé les hostilités, dit-elle. Est-ce exact ?

— Nous examinons la question, mais ça prendra du temps pour découvrir ce qui s'est passé exactement, et tant que nous n'aurons aucune certitude, je ne pense pas que ce soit une bonne chose de tirer des conclusions de tout ça.

— Mais les deux camps ont utilisé des missiles, n'est-ce pas ? insista la journaliste.

— Cela semble le cas, en effet.

— On devrait savoir alors qui a abattu l'Airbus ?

— Comme je viens de vous le dire, nous n'avons pas fini d'analyser les données en notre possession. (*Ce n'était pas un mensonge, ça, n'est-ce pas ?*) Oui ? dit-il en indiquant un autre interlocuteur du doigt.

— Monsieur le président, nous venons de perdre un certain nombre de nos concitoyens. Qu'allez-vous faire pour que cela ne se reproduise plus?

A cette question-là, il pouvait au moins répondre honnêtement.

— Nous examinons différentes solutions. Je ne peux rien vous dire de plus, sinon que nous demandons aux deux Chine de prendre un peu de recul et de réfléchir à ce qu'elles ont fait. La perte de vies innocentes n'est de l'intérêt d'aucune nation. Leurs exercices militaires durent depuis un certain temps, là-bas, et les tensions qui en résultent ne sont pas bonnes pour la stabilité régionale.

— Vous demandez donc aux deux pays de suspendre ces manœuvres, c'est ça?

— Nous allons leur suggérer d'y réfléchir, oui.

— Monsieur le président, intervint John Plumber, c'est votre première crise de politique étrangère et...

Ryan considéra le journaliste et il eut envie de lui faire remarquer qu'il était responsable, *lui*, de sa première crise intérieure, mais il ne pouvait pas se mettre les médias à dos, n'est-ce pas?

— Monsieur Plumber, avant de faire quoi que ce soit, il faut connaître les faits. Nous nous y employons de notre mieux. J'ai rencontré mon équipe responsable de la sécurité nationale, ce matin et...

— Mais pas le secrétaire d'Etat Adler, remarqua Plumber. (Il était assez bon journaliste pour avoir vérifié la ronde des véhicules officiels sur West Executive Drive...) Pourquoi n'était-il pas là?

— Il viendra dans la journée, répondit Ryan, éludant la question.

— Mais où est-il, en ce moment? insista Plumber.

Ryan secoua la tête.

— Pouvons-nous nous limiter à un seul sujet? Il est encore un peu tôt, ce matin, et comme vous l'avez remarqué vous-même, j'ai vraiment un problème à régler, monsieur Plumber.

— Mais il s'agit de votre principal conseiller en politique étrangère, monsieur. Où est-il, en ce moment?

— Ensuite? dit le président sèchement.

Barry, de CNN, lui posa alors la question qu'il méritait :

— Monsieur le président, vous venez de parler de « deux Chine ». Cela indique-t-il un changement de notre politique en ce domaine, et si oui, est-ce que...

Il était un peu plus de huit heures du soir, à Pékin, et tout se passait pour le mieux.

Il voyait ça à la télévision. Etrange, vraiment, qu'un président américain manquât autant de charisme et d'habileté ! Zhang Han San alluma une cigarette. Il était ravi. Il avait réussi son coup. Monter cet « exercice » avait été dangereux, et surtout les dernières sorties aériennes, mais les aviateurs de la République de Chine avaient été assez aimables pour tirer les premiers, exactement comme il l'avait espéré, et maintenant il y avait une crise politique qu'il pouvait contrôler avec précision, et arrêter quand il voulait en rappelant simplement ses forces. Il avait obligé l'Amérique à réagir — plutôt d'ailleurs par l'inaction. Et à présent, quelqu'un allait prendre la suite et provoquer le nouveau président. Il ne savait pas ce que Daryaei avait derrière la tête. Une tentative d'assassinat, peut-être ? Ou autre chose ? Tout ce qu'il avait à faire, c'était de rester sur ses gardes, comme en ce moment, et de rafler la mise au moment où l'occasion se présenterait. L'Amérique n'aurait pas toujours de la chance. Pas avec ce jeune fou à la Maison-Blanche.

— Barry, un de ces deux pays a choisi de s'appeler « République populaire de Chine » et l'autre « République de Chine ». Il faut bien que je leur donne un nom aussi, n'est-ce pas ? demanda Ryan avec humeur.

Oh, merde, je me suis encore planté, ou quoi ?

— Oui, monsieur le président, mais...

— ... Mais nous venons sans doute de perdre quatorze citoyens américains, et je ne crois pas que ce soit le moment de se lancer dans la sémantique.

Tiens, prends ça !

— Qu'allez-vous faire, alors ? demanda une voix féminine.

— D'abord, essayer de comprendre ce qui s'est passé. Ensuite, nous pourrons commencer à réfléchir à une réponse appropriée.

— Mais *pourquoi* est-ce si long?

— Parce que c'est tout bonnement impossible de savoir tout ce qui se passe dans le monde à chaque minute.

— Est-ce la raison pour laquelle votre administration est en train d'augmenter radicalement la taille de la CIA?

— Comme je vous l'ai déjà expliqué, nous ne discutons jamais des problèmes du renseignement.

— Monsieur le président, des rapports ont été publiés qui disent que...

— Des rapports disent que des ovnis atterrissent régulièrement dans notre pays, rétorqua Ryan. Vous croyez à ça aussi?

La salle se tut un moment. Ce n'était pas tous les jours que l'on voyait un président perdre son calme. Ils adoraient ça.

— Mesdames et messieurs, je regrette de ne pouvoir vous satisfaire en répondant à toutes vos questions. En fait, je m'en pose moi-même un certain nombre, mais il faut du temps pour trouver les réponses correctes. Je dois attendre certaines informations, et vous aussi, dit Ryan, s'efforçant de remettre la conférence de presse sur les rails.

— Monsieur le président, un homme qui ressemble vraiment à l'ancien directeur du KGB soviétique est passé en direct à la télévision et...

Le journaliste se tut en voyant le visage de Ryan s'empourprer sous son maquillage. Il s'attendait à une autre explosion, mais elle ne vint pas.

Le président serrait si fort son pupitre que les jointures de ses doigts avaient blanchi. Il prit une profonde inspiration.

— Je vous en prie, terminez, Sam.

— ... Et ce monsieur prétend qu'il est bien celui que l'on pense. Désormais, cette affaire est sur la place publique et je crois donc que ma question est légitime.

— Je ne l'ai pas encore entendue, Sam...

— Est-ce vraiment lui ?

— Vous n'avez pas besoin de moi pour vous le dire.

— Monsieur le président, cet... événement a une grande signification internationale. A un certain niveau, les opérations de renseignements, si confidentielles soient-elles, ont un impact considérable sur nos relations avec l'étranger. Aujourd'hui, le peuple américain veut savoir de quoi il retourne.

— Sam, je le répète pour la dernière fois : jamais je ne parlerai de questions touchant au renseignement. Je suis avec vous ce matin pour informer nos citoyens sur un incident tragique et pour l'instant toujours inexpliqué, au cours duquel plus d'une centaine de personnes, dont quatorze citoyens américains, ont perdu la vie. Mon gouvernement fera de son mieux pour découvrir ce qui s'est passé et décidera ensuite de la ligne d'action qui convient.

— Parfait, monsieur le président. Avons-nous une politique pour une seule Chine, ou une politique pour *deux* Chine ?

— Pour nous, rien n'a changé.

— Mais ce serait possible, après cet « incident » ?

— Je ne spéculerai pas sur un sujet aussi grave. Et maintenant, avec votre permission, je vais retourner au travail.

— Merci, monsieur le président, entendit-il alors qu'il se dirigeait vers la porte.

Juste au coin du couloir, il y avait un petit placard discret dissimulant un râtelier d'armes. POTUS le referma d'un coup sec. A l'intérieur, les Uzi cliquetèrent.

Et merde ! jura-t-il en parcourant la cinquantaine de mètres qui le séparaient de son bureau.

— Monsieur le président, je...

Ryan se retourna vivement. C'était Robby avec une mallette qui semblait déplacée dans la main d'un aviateur.

— Je vous dois des excuses, dit Jack, sans laisser à Robby le temps de finir sa phrase. Désolé de m'être mis en rogne.

L'amiral Jackson tapota le bras de son ami.

— La prochaine fois qu'on fera une partie de golf, ce sera un dollar le trou, et si vous sentez que vous pétez les plombs, prenez-vous-en à moi, pas à eux, d'accord ? Contrôlez votre mauvais caractère, mon vieux. Un chef ne doit se foutre en rogne devant ses troupes que pour le spectacle — on appelle ça « technique de commandement ». Jamais pour de bon. S'en prendre à son équipe, c'est autre chose. L'équipe, c'est moi. Gueulez après moi.

— Oui, je sais...

— Jack ?

— Oui, Robby ?

— Vous vous débrouillez bien. Essayez simplement de conserver votre sang-froid.

— J'suis pas censé laisser des gens tuer des Américains, Robby. Ce n'est pas pour ça que je suis à ce poste, ajouta-t-il en serrant les poings de nouveau.

— Y a toujours des merdes, Jack. Si vous croyez que vous pouvez toutes les arrêter, vous vous racontez des histoires. Vous n'êtes pas Dieu, Jack, juste un sacré brave mec faisant un sacré bon boulot. Dès qu'on a du nouveau, on vous prévient.

— Quand les choses se seront un peu calmées, que diriez-vous d'une autre leçon de golf ?

— C'est vous qui commandez, monsieur le président.

Les deux amis se serrèrent la main, puis Ryan fila vers son bureau. Au passage, il appela :

— Madame Sumter !

Peut-être qu'une cigarette l'aiderait.

— Qu'est-ce que ça donne, monsieur le secrétaire ? demanda Chavez.

La télécopie de trois pages reçue par liaison satellite protégée les informait de toutes les déclarations du président.

— Je n'en sais trop rien, admit Adler. Chavez, ce mémoire que vous avez écrit ?

— Oui, quoi, monsieur ?

— Vous auriez dû attendre un peu pour le rédiger... Parce que, maintenant, vous savez ce qui se passe dans les hautes sphères. C'est comme les gosses qui s'amusent à esquiver les balles, sauf que les nôtres ne sont pas en caoutchouc...

Le secrétaire d'Etat rangea ses notes dans sa mallette et fit un signe au sergent de l'Air Force censé s'occuper d'eux. Il n'était pas aussi mignon que la Française de l'autre avion.

— Oui, monsieur?

— Claude a laissé quelque chose pour nous?

— Deux bouteilles de vin de Loire, répondit le NCO avec un petit sourire.

— Vous voulez bien en ouvrir une et nous apporter des verres?

— On refait une partie? dit John Clark.

— Non, dit Adler. Je crois que je vais boire une goutte et puis j'essaierai de dormir. On dirait bien que je vais me payer bientôt un autre voyage.

— Pékin, dit John.

— Ouais, peu de chance que ce soit Philadelphie, grommela Adler au moment où la bouteille et les verres arrivèrent.

Une demi-heure plus tard, les trois hommes allongèrent leurs sièges. Le sergent ferma les rideaux des hublots.

Cette fois, Clark trouva le sommeil, mais pas Chavez. Il y avait du vrai dans la remarque d'Adler. Sa thèse reprochait durement aux hommes d'Etat du tournant du siècle de n'avoir pas vu plus loin que le bout de leur nez. Maintenant, il en savait un peu plus, en effet. C'était difficile de faire la différence entre une question tactique immédiate et un véritable problème stratégique quand on essayait de passer entre les balles, et les livres d'histoire ne pouvaient pas vraiment transmettre l'humeur, *la sensibilité* de l'époque qu'ils étaient censés décrire. Pas totalement, en tout cas. Ils donnaient aussi une idée partielle de ses acteurs. Le secrétaire Adler, qui ronflait déjà dans son siège de cuir, était un diplomate de carrière, et il avait gagné la confiance et le respect du président, quelqu'un que lui-même admirait beaucoup. Il n'était ni idiot ni vénal. C'était simplement un homme, et les hommes faisaient des erreurs. Un jour, un historien écrirait quelque chose sur leur voyage d'aujourd'hui, mais saurait-il comment il s'était réellement passé, et pourrait-il le commenter en toute connaissance de cause?

L'Iran avait eu la folle envie de s'envoyer en l'air avec l'Irak, et voilà qu'on avait un nouveau pays — et juste au moment où l'Amérique essayait de gérer cette information, il se passait un autre truc ailleurs. Peut-être un événement mineur dans l'ordre des choses — mais on n'en est jamais sûr avant que tout soit terminé. C'est le problème. Au cours des siècles, les hommes d'Etat se sont toujours plantés, parce qu'ils ont eu du mal à prendre un peu de recul. C'est pour ça qu'on les paie, d'accord, mais ce n'est pas de la tarte, n'est-ce pas? Il se rappela soudain une idée qu'il avait eue pendant un autre long voyage : les relations internationales se résument trop souvent à l'histoire d'un pays qui essaie d'en baiser un autre. Ce souvenir le fit sourire, même si ce n'était pas drôle. Et surtout quand il y avait des victimes et que Clark et lui se retrouvaient en première ligne. Des événements se produisaient au Moyen-Orient et en Chine à plus de six mille kilomètres de là. Avaient-ils un rapport? Et si oui, qu'est-ce que ça signifiait?

— Pas sa meilleure intervention, dit Plumber, en buvant une gorgée de thé glacé.

— Douze heures, et même un peu moins, pour gérer un truc qui vient de se passer à l'autre bout du monde, John, suggéra Holtzman.

Ils s'étaient donné rendez-vous dans un restaurant typique de Washington, pseudo-français, avec de jolis petits glands dessinés sur les menus qui proposaient des plats très chers d'une qualité médiocre. Mais leurs repas passeraient en notes de frais.

— Il devrait se comporter avec plus de sérieux, observa encore Plumber.

— Tu te plains parce qu'il n'est pas capable de mentir correctement ?

— C'est pourtant un des trucs qu'un président doit faire...

— Mais seulement quand on le prend la main dans le sac et...

Holtzman n'eut pas besoin de finir sa phrase.

— Personne n'a jamais prétendu que c'était un boulot facile, Bob. Où est Adler, d'après toi ?

— C'était une bonne question, ce matin, reconnut le journaliste du *Post*, en levant son verre. J'ai quelqu'un qui cherche.

— Nous aussi. Ryan n'avait qu'à répondre qu'il se préparait pour sa rencontre avec l'ambassadeur de la RPC. Ça aurait gentiment noyé le poisson.

— Mais ç'aurait été un mensonge.

— Disons alors : le mensonge qu'il fallait. Bob, c'est ça, le jeu. Le gouvernement essaie de garder certaines choses secrètes et nous, nous tentons de les découvrir. Mais Ryan aime un peu trop ce genre de cachotteries.

— Et lorsqu'on le met sur la sellette à cause de ça, on suit quel programme ?

— Que veux-tu dire ?

— Allez, John. Les fuites viennent d'Ed Kealty. Pas besoin d'être un génie pour piger ça ! Tout le monde est au parfum, dit Bob en grignotant sa salade du bout des dents.

— Tout ça est exact, n'est-ce pas ?

— Oui, admit Holtzman. Et y a pas mal d'autres choses, aussi.

— Ah bon ? J'avais oublié que t'étais sur un reportage !

Il n'ajouta pas qu'il était désolé de l'avoir doublé, pour la bonne raison qu'il ne l'était pas.

— Ouais, des tas de trucs que j'ai pas le droit de raconter.

— Vraiment ? dit John Plumber, la curiosité soudain aiguisée.

— Vraiment, assura Bob.

— Comme quoi, par exemple ?

— Comme des trucs que j'ai pas le droit de raconter, répéta Holtzman. Mais pas pour longtemps. John, je travaille sur cette histoire depuis des années. Je connais l'officier de la CIA qui a fait sortir la femme et la fille de Gerasimov. On a passé un marché. Dans deux ans, il m'explique comment il a fait. Quant à l'histoire du sous-marin, elle est véridique aussi, et...

— Je sais. J'ai vu une photo de Ryan sur le bâtiment. Mais je ne comprends pas pourquoi il n'en a jamais parlé à personne.

— Il ne viole pas les lois, murmura Holtzman. On ne lui a jamais expliqué qu'on pouvait parfois se le per...

— Faudrait qu'il passe plus de temps avec Arnie, le coupa Plumber.

— C'est vrai qu'Ed Kealty n'a pas besoin de prendre des leçons, lui, conclut Bob.

— Kealty sait comment on joue le jeu.

— Oui, John, et même peut-être un peu trop bien. Tu sais, y a un petit mystère que je n'ai jamais totalement élucidé, avoua Holtzman.

— C'est ?

— Dans ce jeu, nous sommes spectateurs, arbitres ou joueurs ?

— Bob, notre travail, c'est de rapporter la vérité à nos lecteurs — enfin, à nos téléspectateurs, dans mon cas.

— Ouais, mais *quelle* vérité ? grommela Holtzman.

— Un président en colère et troublé...

Jack s'empara de la télécommande et coupa la parole au journaliste de CNN qui l'avait coincé sur la question chinoise.

— En colère, oui, grommela-t-il. Troublé, non...

— Troublé, aussi, le reprit van Damm. Vous vous êtes planté sur cette histoire chinoise, et sur l'endroit où se trouve Adler... Où est-il, au fait ?

Le président regarda sa montre.

— Il devrait se poser à Andrews dans une heure et

demie. Il survole sans doute le Canada, en ce moment. Il revient ici directement, et puis il repart en Chine. Qu'est-ce qu'ils magouillent, ceux-là ? murmura Jack en se laissant aller contre son dossier. Il faut vraiment augmenter nos capacités de renseignement. Un président ne peut pas rester coincé dans ce bureau sans savoir ce qui se passe dehors... Je suis dans l'incapacité de prendre des décisions si je n'ai pas d'informations — et pour l'instant, nous n'avons que des conjectures, hormis ce que Robby nous a dit. Des données brutes qui n'ont aucun sens parce qu'elles ne correspondent à rien.

— Il faut que vous appreniez à être patient, monsieur le président. Même si ce n'est pas le cas de la presse, vous, vous devez être capable de concentrer toute votre attention sur ce que vous faites au moment où vous le faites. Les premières élections à la Chambre ont lieu la semaine prochaine. Nous allons organiser vos déplacements et vos discours. Si vous voulez vous retrouver avec les gens qui vous plaisent au Congrès, alors il faudra mouiller votre chemise et raconter ce qu'il convient. J'ai demandé à Callie de vous écrire deux discours.

— Sur quoi ?

— La politique fiscale, l'amélioration de la gestion, l'intégrité — tous vos thèmes favoris. Vous aurez un premier jet demain matin. C'est le moment de recommencer à vous frotter un peu aux Américains. Laissez-les vous aimer et vous les aimerez davantage. (Le secrétaire général se vit gratifier d'un regard désabusé.) Je vous l'ai déjà dit, vous ne pouvez pas vous enfermer ici. En plus, les communications, dans l'avion, marchent très bien.

— Ça me fera du bien de changer de décor, admit POTUS.

— Vous savez ce qui serait vraiment parfait, maintenant ?

— Non. Quoi ?

— Une catastrophe naturelle. Ça vous donnerait l'occasion de vous balader, de rencontrer des gens, de les consoler, de leur promettre un soutien fédéral et...

— Merde! s'exclama Ryan si fort qu'on l'entendit du secrétariat, malgré la porte de dix centimètres.

— Faut aussi travailler votre sens de l'humour, Jack, soupira Arnie. Mettez votre sale caractère dans une boîte et fermez-la à clé. C'était une blague, là. Je suis de votre côté, vous vous souviendrez?

Là-dessus, Arnie retourna à son bureau et Jack Ryan se retrouva seul.

Nouvelle leçon présidentielle. Il se demanda quand ça cesserait. Tôt ou tard, il allait devoir agir en président, n'est-ce pas? Mais il n'y était pas encore vraiment parvenu. Il faisait de son mieux, mais ce n'était pas assez. Pour l'instant. Ou peut-être qu'il ne saurait jamais? *Une chose à la fois*, pensa-t-il. C'était ce que les pères expliquaient à leurs enfants, mais ils oubliaient de leur dire que certaines personnes ne pouvaient pas se permettre ce luxe. Quatorze Américains venaient de mourir sur une île à treize mille kilomètres d'ici, ils avaient sans doute été tués intentionnellement — dans un but qu'il avait du mal à saisir —, et il devait oublier ça pour le moment et faire tout autre chose, se promener en avion et rencontrer les gens qu'il était censé protéger et défendre, alors même qu'il essayait encore de comprendre comment il avait échoué pour quatorze d'entre eux. Les exigences de ce boulot? Oublier ces morts et s'occuper de questions totalement différentes. Seul un psychopathe était capable de réussir ce genre de figure imposée, n'est-ce pas? Mais non. Des tas d'autres professionnels avaient les mêmes problèmes — les médecins, les soldats, les flics. Bienvenue au club, Jack.

Movie Star contemplait l'océan. Vers le nord, un iceberg se découpait sur la surface gris-bleu de l'eau, étincelant dans le soleil. C'était la première fois qu'il voyait un tel spectacle. Pour quelqu'un comme lui qui venait du Moyen-Orient, l'océan était étrange et, à part sa couleur, il ressemblait beaucoup à un désert inhospitalier.

Il appréciait les sourires des hôtesses, mais il n'était

pas dupe : le monde entier les haïssait, lui et les siens. Même ses employeurs préféraient garder leurs distances. Une fois encore, il se trouvait tout seul dans un avion — ses hommes, par groupes de trois, avaient pris d'autres vols —, et il allait débarquer avec eux dans un pays où ils n'étaient pas les bienvenus, pour le compte d'un pays où ils ne l'étaient guère plus...

Il y gagnerait quoi, exactement, à réussir sa mission ? Les officiers du renseignement US chercheraient à l'identifier et à le coincer, mais les Israéliens essayaient depuis des années et il était toujours vivant. Pourquoi faisait-il ça ? se demanda-t-il une fois de plus. Mais c'était un peu tard. S'il annulait cette opération, il n'aurait plus aucun endroit où se réfugier. Il était censé se battre au nom d'Allah, n'est-ce pas ? Le jihad. La Guerre sainte. Un qualificatif religieux pour une action de guerre, pour la protection de la Foi — sauf qu'il ne croyait plus à tout ça, désormais, et qu'il était vaguement effrayé de n'avoir ni patrie, ni foyer... et donc, aucune foi ? En avait-il jamais eu ? Il fut bien obligé de reconnaître que c'était le cas, puisqu'il se posait la question. Lui et les siens, du moins ceux qui avaient réussi à survivre, étaient devenus des espèces de robots. Des machines obéissantes qu'on jetait quand on n'en avait plus besoin.

Peut-être que les commanditaires de cette mission seraient vainqueurs, et qu'il en tirerait quelque récompense ? Il essaya de s'en persuader, même si rien, dans ses expériences passées, ne lui permettait de l'espérer. Et s'il avait perdu sa foi en Dieu, pourquoi resterait-il fidèle à une profession que même ses employeurs considéraient avec répugnance ?

Des enfants ? Il n'en avait pas, car il n'avait jamais été marié. Les femmes qu'il avait fréquentées étaient des débauchées, et sa religion lui avait appris à les mépriser, même lorsqu'il tirait du plaisir de leur corps — et si elles avaient des gosses, eux aussi seraient maudits...

Était-il possible de passer sa vie à la poursuite d'une idée et de comprendre tout d'un coup, en regardant le paysage le plus inhospitalier du monde, par le hublot d'un avion, qu'on se sentait là plus à l'aise que partout ailleurs ?

Il avait déjà eu ce genre de pensées, auparavant. C'était normal : plus la tâche était difficile, plus on doutait de soi. Mais, à chaque fois, il avait réussi à oublier ses inquiétudes et à faire son travail. Pourtant, le monde avait changé. Et s'il avait tué pour rien, devait-il recommencer ? À quoi tout cela menait-il ?

Bon, il fallait bien croire en quelque chose. Il regarda sa montre. Encore quatre heures. Il avait une mission. Autant s'y raccrocher.

Ils arrivèrent en voiture et non en hélicoptère. Les hélicos étaient trop visibles. De cette façon, ils espéraient que personne ne les repérerait. Et pour plus de discrétion encore, les véhicules passèrent par l'entrée de l'aile ouest. Encadrés par le Service secret, Adler, Clark et Chavez pénétrèrent à la Maison-Blanche par l'itinéraire que Jack avait emprunté la première nuit, et, en effet, ils n'attirèrent pas l'attention des médias, cette fois. Il y avait déjà beaucoup de monde dans le Bureau Ovale — Goodley, les deux Foley, et Arnie, bien entendu.

— Ça va, avec le décalage horaire, Scott ? demanda d'abord Jack, en l'accueillant à la porte.

— Si c'est mardi, ça doit être Washington, répondit le secrétaire d'Etat.

— Ce n'est pas mardi, observa Goodley, ne saisissant pas la blague.

— Alors, c'est que le décalage est salement méchant, conclut Adler, en s'asseyant et en sortant ses notes.

Un steward de la marine apparut avec du café, le carburant du Tout-Washington. Les trois voyageurs en acceptèrent une tasse.

— Daryaei ? demanda Ryan.

— Il a l'air en bonne santé. Un peu fatigué, peut-être. Son bureau est assez encombré. Il parle doucement, mais il n'a jamais été du genre à élever la voix en public, d'après ce que je sais. Curieusement, il s'est posé à l'aéroport de Téhéran presque en même temps que nous.

— Oh ? murmura Ed Foley, en levant les yeux de ses notes.

— Oui, dans un avion d'affaires, un Gulfstream, expliqua Clark. Ding a fait quelques photos.

— Alors, il se balade ? C'est compréhensible, j'imagine, observa POTUS.

Etrangement, Ryan comprenait les problèmes de Daryaei. Ils n'étaient pas très différents des siens, même si les méthodes iraniennes étaient à cent lieues des leurs.

— Son équipe a peur de lui, ajouta Chavez sous le coup d'une impulsion. Comme dans un vieux film nazi de la Seconde Guerre mondiale. Les types, dans le bureau contigu au sien, étaient à cran. Si quelqu'un, tout d'un coup, avait crié *Hou !*, ils auraient sauté au plafond.

— Je suis d'accord avec ça, reprit Adler, qui ne se formalisa pas de l'interruption. Avec moi, il a été très vieux jeu, calme, des platitudes, et tout ça. Le fait est qu'il n'a rien dit de vraiment significatif — c'est peut-être bon signe, ou peut-être pas. Il est d'accord pour garder le contact avec nous. Il dit qu'il veut que tout le monde vive en paix. Il a même manifesté une certaine bonne volonté à l'égard d'Israël. Il a passé une grosse partie de la réunion à me démontrer à quel point lui-même et sa religion étaient attachés aux valeurs de paix. Il a insisté sur l'importance du pétrole pour toutes les parties concernées. Il a nié avoir des ambitions territoriales. Aucune surprise dans tout ça.

— OK, dit le président. Quoi d'autre ?

— Il semble très confiant, très sûr de lui. Il est content de se trouver là où il est.

— Il peut ! s'exclama Ed Foley.

— Je suis d'accord, répondit Adler avec un hochement de tête. Si je devais le décrire d'un seul mot, je dirais : il est serein.

— Lorsque je l'ai rencontré, il y a quelques années, se souvint Jack, il était agressif, hostile, il cherchait la bagarre.

— C'est fini, tout ça, aujourd'hui, répondit le secrétaire d'Etat. Comme je viens de le dire, il est serein. Mais M. Clark a trouvé quelque chose.

— Ça a fait sonner le détecteur de métal, dit John en sortant le collier en or de sa poche et en le tendant au président.

— Ah, vous avez fait un peu de shopping? dit Ryan.

— Eh bien, tout le monde voulait que je me promène, n'est-ce pas? leur rappela-t-il. Et pour sentir la température de ces coins-là, le meilleur endroit, c'est encore le bazar.

Clark raconta alors l'anecdote avec le marchand, tandis que Potus examinait l'objet.

— S'il vous a vendu ce truc-là sept cents dollars, j'espère que vous me donnerez son adresse, dit Ryan. Un incident isolé, John?

— Le chef des renseignements français en poste là-bas m'accompagnait. Pour lui, ce gars-là était assez représentatif de la situation.

— Et donc Daryaei n'a peut-être pas autant de raisons que ça d'être serein, suggéra Adler.

— Les gens comme lui ne savent pas toujours ce que les paysans pensent, dit Arnie.

— C'est ce qui a perdu le shah, lui rappela Ed Foley. Et Daryaei est un des responsables de sa chute. Je ne crois pas qu'il ait oublié cette leçon-là. Et nous savons qu'il ne fait pas de cadeau à ceux qui ne marchent pas droit.

— Lefèvre — c'est le nom de mon espion français — m'a dit deux fois que nous nous trompions sur les sentiments de la rue. Peut-être qu'il essayait de me mener en bateau, poursuivit Clark, mais je ne crois pas.

— Ce peuple est rebelle. Il l'a toujours été, intervint Ben Goodley.

— Mais nous ne savons pas jusqu'à quel point, reprit Adler. En gros, je pense que nous avons là un homme qui veut paraître serein pour une raison ou une autre. Il vient de vivre deux mois merveilleux : il a vaincu son ennemi de toujours. Mais il a aussi certains problèmes internes dont il nous faut évaluer l'importance. Il fait des allers et retours en Irak — nous l'avons vu de nos propres yeux. Il paraît fatigué. Ses collaborateurs sont nerveux. Je dirais qu'il n'est pas au bout de ses peines... D'accord, il m'a juré qu'il voulait la paix. J'ai presque mordu à l'hameçon. Je pense surtout qu'il a besoin de temps pour consolider sa position. Clark dit que les prix des denrées alimentaires sont élevés. C'est un pays riche et Daryaei peut très bien réussir à calmer le jeu en s'appuyant sur son succès politique, et transformer tout ça en succès économique. Donner du pain à son peuple ne fera pas de mal... Pour le moment, en tout cas, sa priorité c'est la situation intérieure. Et je pense donc, conclut le secrétaire d'Etat, qu'il faut saisir l'occasion.

— Lui tendre la main de l'amitié ? demanda Arnie.

— Oui. Et il vaut mieux que nos contacts restent discrets et informels pour le moment. Je vais choisir un responsable pour ces entretiens. Et nous verrons bien ce que ça donnera.

Le président acquiesça d'un signe de tête.

— Ça me paraît correct, Scott. A présent, je crois qu'on devrait vous expédier en Chine en vitesse.

— Je pars quand ? demanda Adler, avec un air de chien battu.

— Vous aurez un plus gros avion cette fois-ci, lui promit le président.

41

HYÈNES

Movie Star sentit le train d'atterrissage principal de son avion toucher la piste du Dulles International Airport ; cela ne calma pas totalement ses doutes, mais lui annonça au moins que le moment était venu de les mettre de côté. Il vivait dans un monde réel : pour l'instant, c'était la routine de la douane.

— Vous revenez nous voir si vite? lui demanda l'officier de l'immigration, en vérifiant la dernière entrée inscrite sur son passeport.

— *Ja, doch*[1], répondit Movie Star, reprenant son identité allemande. Peut-être que je pourrai bientôt avoir un appartement ici.

— Les prix, à Washington, sont plutôt salés, lui répondit l'homme en apposant un nouveau tampon. Je vous souhaite un agréable séjour, monsieur.

— Merci.

En fait, il n'avait rien à craindre. Il ne transportait rien d'illégal, à part le contenu de sa tête, et il savait que les services de renseignements américains n'avaient pas l'habitude de lutter contre le terrorisme sur leur propre sol; mais ce voyage-là était différent, même s'il était le seul à le savoir, pensa-t-il en avançant parmi la foule qui quittait le terminal. Personne pour l'accueillir. Ils avaient un rendez-vous auquel il serait le dernier à arriver — il était plus important, pour cette mission, que les autres membres de l'équipe. Cette fois encore, il loua une voiture et il fila vers Washington en jetant de temps en temps un coup d'œil à son rétroviseur; à un moment, il prit volontairement une mauvaise sortie et vérifia si on le suivait lorsqu'il tourna pour repartir dans la bonne direction. La voie était libre. S'ils le surveillaient, de toute façon, il n'avait pas la moindre chance de s'en tirer. Il savait comment ça marchait : plusieurs voitures, et même un ou deux hélicos, mais c'était un tel investissement en temps et en matériel qu'une opération de ce genre n'était lancée que s'ils savaient déjà presque tout, et cela aurait signifié que la CIA avait réussi à pénétrer son groupe. Les Israéliens étaient capables de ces choses-là, du moins tous les terroristes le redoutaient-ils. Le Mossad n'avait jamais hésité à verser le sang des Arabes, et si cette agence l'avait découvert, il serait déjà mort depuis longtemps.

Mais d'un autre côté, c'était plutôt drôle, car cette

1. Oui, oui (*N.d.T.*).

mission n'aurait jamais été possible sans les Israéliens. Il existait des groupes islamistes aux Etats-Unis, mais ils avaient toutes les caractéristiques de l'amateurisme. Ils étaient ouvertement religieux. Leurs lieux de réunion étaient archiconnus. Ils se montraient partout et étaient facilement repérables... Et ensuite, quand ils se faisaient prendre, ils se demandaient pourquoi ! *Des imbéciles !* pensait Movie Star. Mais, en même temps, ils servaient ses desseins. Visibles comme ils l'étaient, ils attiraient l'attention et occupaient le FBI. Les services de renseignements avaient beau être puissants, c'étaient aussi des institutions humaines et les êtres humains, dans tous les pays du monde, fournissaient un jour ou l'autre la corde pour se pendre.

Israël lui avait enseigné tout ça, à sa manière. Car le Mossad avait entraîné les services spéciaux du shah, la Savak, dont tous les membres n'avaient pas été exécutés quand le nouveau régime islamique avait pris le pouvoir. Des gens comme Movie Star avaient appris leur métier grâce à eux. Plus la mission était importante, plus il fallait prendre de précautions pour ne pas se faire repérer et se fondre dans le décor. Dans un pays laïque, éviter de se montrer religieux. Dans une nation qui se méfiait des gens du Moyen-Orient, dire qu'on vient d'ailleurs ou, mieux encore, à l'occasion, montrer qu'on adhère à ses valeurs : oui, j'arrive de là-bas, mais je suis chrétien (ou kurde, ou arménien...), et ils ont affreusement persécuté ma famille ; voilà pourquoi j'ai émigré en Amérique, le pays de la liberté. Si vous suiviez ces règles simples, vous aviez en effet toutes vos chances, parce que l'Amérique était accueillante. Ce pays recevait les étrangers avec une ouverture d'esprit qui rappelait à Movie Star les lois de l'hospitalité de sa propre culture.

A présent, il était de nouveau dans le camp de son ennemi, et ses doutes s'évanouirent. Un sentiment d'exaltation s'empara de lui. Il était le meilleur, il le savait. Les Israéliens, qui l'avaient entraîné par personne interposée, n'avaient jamais réussi à l'approcher, et donc les Américains n'avaient aucune chance.

236

Dans chacun de ses groupes de trois, il avait placé quelqu'un comme lui, pas aussi expérimenté, mais presque. Capable de louer une voiture et de conduire sans problème. De se montrer aimable avec tout le monde. S'il était arrêté par un policier, il saurait se confondre en excuses, puis demander son chemin, toujours poliment car les gens se souvenaient davantage de l'hostilité que de la gentillesse. Il expliquerait qu'il était médecin ou ingénieur, ou une autre profession respectable du même genre. C'était facile, quand on était prudent.

Movie Star arriva à sa première destination, un hôtel de catégorie moyenne dans la banlieue d'Annapolis, où il s'inscrivit sous son faux nom, Dieter Kolb. Les Américains étaient vraiment dingues. Même leurs policiers pensaient que tous les musulmans étaient arabes, et oubliaient que l'Iran était un pays aryen — cette identité ethnique que Hitler revendiquait pour son peuple ! Une fois dans sa chambre il regarda sa montre. Si tout se passait selon ses plans, ils se retrouveraient dans deux heures. Pour plus de sûreté, il téléphona aux compagnies aériennes — aucun de leurs avions n'avait de retard. Evidemment, ses hommes pouvaient avoir un problème de douane ou d'embouteillage, mais il avait tenu compte de ces éventualités. Rien n'avait été laissé au hasard.

Ils avaient déjà repris la route pour la prochaine étape, à Atlantic City, New Jersey, où se trouvait un immense palais des expositions. Leurs nouveaux modèles et leurs véhicules « concept » étaient enveloppés de bâches ; ils transportaient la plupart d'entre eux sur des remorques normales, mais quelques-uns voyageaient à l'intérieur des camions, comme les voitures de course. Un des représentants parcourait les commentaires des visiteurs du Jarvits Center. Il se frotta les yeux. Il avait un sacré mal de tête et le nez qui coulait. Il espérait qu'il ne couvait pas quelque chose... Il se sentait aussi tout patraque. Voilà ce que c'était que de passer la journée sous les conduits de l'air conditionné...

Le télégramme des Américains n'était pas vraiment une surprise. Le secrétaire d'Etat sollicitait une consultation officielle avec son gouvernement pour discuter de « sujets d'intérêt mutuel ». Zhang savait qu'il n'avait aucun moyen de l'éviter, et que le mieux était donc de recevoir Adler d'une façon amicale, de lui répondre par des protestations d'innocence et de lui demander le plus poliment possible si la langue de son président avait fourché lors de sa conférence de presse, ou si la politique chinoise menée depuis longtemps par les Etats-Unis avait effectivement changé. Il estima que cela suffirait pour occuper Adler quelques heures. A tous les coups, l'Américain lui proposerait de servir d'intermédiaire avec Taipei, et de faire la navette entre les deux capitales, dans l'espoir de calmer le jeu.

Pour le moment, les manœuvres continuaient, mais avec un respect plus scrupuleux du no man's land séparant les forces en présence. La situation était encore sous pression, mais elle n'était plus explosive, disons. La République populaire de Chine, comme son ambassadeur l'avait déjà expliqué à Washington, n'avait rien à se reprocher : elle n'avait pas ouvert le feu la première et n'avait jamais eu l'intention de déclencher les hostilités. Le problème venait de la « province rebelle » ; et si l'Amérique avait bien voulu se rendre à l'évidence — à savoir qu'il n'y avait qu'une seule Chine —, la question serait réglée, et rapidement.

Hélas, l'Amérique menait depuis longtemps une politique qui n'avait de sens pour aucun des deux pays concernés ; elle voulait être l'amie à la fois de Pékin et de Taipei ; elle traitait Taiwan comme la plus petite des deux nations, ce qu'elle était, mais refusait d'en tirer la conclusion logique ; au lieu de quoi, elle disait que, certes, il n'y avait qu'une seule Chine, mais que cette seule Chine n'avait pas le droit d'imposer sa loi à l'« autre » Chine, qui, si l'on en croyait la politique américaine officielle... n'existait pas. Voilà bien la logique de l'Amérique! Zhang se ferait un plaisir de l'expliquer au secrétaire d'Etat Adler.

La République populaire de Chine serait ravie d'accueillir le secrétaire d'Etat Adler dans l'intérêt de la paix et de la stabilité régionale...

— Que c'est gentil à elle! grommela Ryan, qui se trouvait toujours dans son bureau à vingt et une heures et se demandait ce que ses enfants regardaient — sans lui — à la télé.

Il rendit le message à Scott Adler.

— Vous êtes sûr qu'ils ont fait ça exprès? demanda le secrétaire d'Etat à l'amiral Jackson.

— J'peux plus repasser ces enregistrements. A force, on a usé les bandes...

— Vous savez, les gens peuvent parfois se planter, tout simplement.

— Monsieur, pas ce coup-ci, assura Robby. Et ils entraînent leur flotte depuis un sacré bout de temps. Ils doivent avoir épuisé toutes leurs réserves, à présent. Ils ne sont pas aussi bons que nous sur les questions de maintenance. En plus, ils consomment énormément de carburant. On ne les a jamais vus rester aussi longtemps en mer. Pourquoi font-ils durer les choses de cette façon? J'ai l'impression que la destruction de cet avion est un prétexte pour pouvoir tout arrêter, rentrer chez eux et dire qu'ils ont fait ce qu'ils voulaient.

— L'orgueil national, suggéra Adler. On sauve la face.

— Depuis, ils ont tout de même réduit un peu leurs opérations. Ils ne s'approchent plus de la ligne de no man's land. Les Taiwanais sont en alerte maximum. Ouais, c'est peut-être ça, acquiesça le J-3. On ne s'en prend pas à un ennemi en rogne. On le laisse d'abord se calmer.

— Mais vous disiez qu'une véritable attaque était impossible, Rob, intervint Ryan.

— Jack, vu qu'on ne connaît rien de leurs intentions, je suis obligé de me baser sur leur potentiel militaire. Ils pourraient vraiment lancer un engagement majeur dans le détroit, et ils en sortiraient probablement vainqueurs s'ils le faisaient. Peut-être que cela mettrait une pression politique suffisante sur Taiwan pour l'obliger à une concession essentielle ? Ils ont tué des gens, rappela Jackson à ses deux interlocuteurs. C'est sûr qu'ils n'ont pas la même conception que nous de la vie humaine, mais quand on fait des victimes, on franchit une frontière invisible — et ils savent très bien ce que nous en pensons.

— Envoyons notre porte-avions, dit Adler.

— Pourquoi, Scott ?

— Monsieur le président, ça me donne une excellente carte à abattre. Ça leur montre que nous prenons cette histoire très au sérieux. Comme l'amiral Jackson vient de le rappeler, pour nous, les pertes en vies humaines, c'est extrêmement grave, et ils seront obligés de se faire à l'idée que nous ne tolérons pas que cette histoire continue.

— Et s'ils augmentent la pression ? Si un autre « accident » se produit, dans lequel nous risquerions d'être impliqués ? insista Ryan.

— Monsieur le président, on parle d'opérations militaires, là, et c'est mon boulot, intervint Jackson. Stationnons l'*Eisenhower* sur la côte est de l'île. A cet endroit, ils n'ont aucun moyen de s'en prendre à lui par « accident », car pour cela ils devraient franchir trois lignes de défense, les forces armées de la RDC, le pays lui-même et notre groupe de bataille. Je peux aussi positionner un Aegis à l'extrémité du détroit pour avoir une couverture radar de l'ensemble de la zone. A condition, bien sûr, que vous nous autorisiez à déplacer l'*Eisenhower*. Avantage pour Taiwan : quatre escadrilles de chasseurs et une surveillance aérienne radar. Ils devraient se sentir plus tranquilles.

— Et ça me permettrait d'avoir de meilleures cartes en main si je faisais la navette entre les deux camps, ajouta le secrétaire d'Etat.

— Sauf que ça laisse l'océan Indien sans protection. Il y a longtemps que ça ne s'était plus produit. Robby revenait sans cesse à ce problème, constatèrent Ryan et Adler.

— On n'a rien d'autre là-bas ? demanda Ryan, qui pensa soudain qu'il aurait dû s'en préoccuper plus tôt.

— Un croiseur, l'*Anzio*, deux destroyers, plus deux frégates protégeant un groupe de ravitaillement à la mer basé à Diego Garcia. Nous avons toujours gardé Diego avec notre marine de guerre parce que nous y maintenons nos navires prépositionnés. Il y a aussi un sous-marin de classe 688 sur zone. C'est suffisant pour faire le poids, mais pas pour une intervention. Monsieur Adler, vous comprenez ce que signifie un porte-avions.

— Ça impressionne, répondit le secrétaire d'Etat avec un signe de tête. C'est pourquoi je pense que nous devrions l'envoyer au large de la Chine.

— Il n'a pas tort, Robby, dit Ryan. Où se trouve l'*Eisenhower*, en ce moment ?

— Entre l'Australie et Sumatra. Il ne devrait pas être loin du détroit de la Sonde. L'exercice SOUTHERN CUP est censé simuler une attaque de l'Inde sur la côte nord-ouest de l'Australie. Si nous le déplaçons maintenant, il peut être à Taiwan dans quatre jours.

— Faites-le, Robby, et aussi vite que possible, dit Ryan.

— A vos ordres, monsieur le président, dit Jackson, dont le visage exprimait toujours des doutes. (Il décrocha le téléphone et appela le NMCC, le Centre national de commandement militaire.) Ici l'amiral Jackson, avec des ordres de l'autorité nationale de commandement. Plan GREYHOUND BLUE [1]. Accusez réception, colonel. (Il écouta un instant son interlocuteur et acquiesça d'un signe de tête.) Très bien, merci, colonel. (Puis, se tournant vers le président :) OK, l'*Eisenhower* vire au nord dans dix minutes et fonce vers Taiwan.

— Ça va aussi vite ? dit Adler, impressionné.

— Le miracle des communications modernes. L'amiral Dubro a déjà ses ordres d'alerte. Mais ça ne restera pas secret. Le groupe de bataille va passer par plusieurs détroits et on le remarquera, prévint Jackson.

— Un communiqué de presse ne ferait pas de mal, dit Adler.

1. « Lévrier Bleu » *(N.d.T.).*

— Bon, la voilà votre carte à jouer avec Pékin et Taiwan, dit le président.

Le vrai problème, il le savait, c'était le carburant. Il faudrait déplacer aussi un groupe naval de ravitaillement pour remplir les soutes des navires d'escorte non nucléaires de l'*Eisenhower*.

— Nous révélons aussi ce que nous savons de la destruction de l'avion de ligne ? ajouta le président.

Adler secoua la tête.

— Non, sûrement pas. Ce sera beaucoup plus déstabilisant pour eux s'ils pensent que nous ne savons pas.

— Ah bon ? s'étonna le président.

— Parce que c'est moi, alors, qui déciderai *quand* nous le « saurons », patron, et à ce moment-là, j'aurai une autre carte à abattre — et du coup, ce sera une carte majeure. (A l'intention de Robby, Adler précisa :) Amiral, ne surestimons pas les informations de notre ennemi. Les diplomates dans mon genre ne sont pas très calés sur les aspects techniques de votre boulot. Et c'est valable pour eux aussi. Ils n'ont aucune idée de l'ensemble de nos possibilités.

— Ils ont des espions pour les tenir au courant, objecta Jackson.

— Parce que vous croyez qu'on les écoute toujours ? On fait ça, nous ?

Le J-3 cligna des yeux à cette leçon, et l'enregistra pour un usage futur.

Cela se passa dans un grand centre commercial, une invention américaine qui semblait conçue spécialement pour les opérations clandestines, avec ses multiples entrées, sa foule, et son anonymat presque parfait. Leur premier rendez-vous n'était pas une réunion à proprement parler : rien de plus qu'un contact visuel, et jamais à moins de dix mètres. Chaque groupe effectua un comptage des autres, confirma sa présence et vérifia que personne n'était suivi. Ensuite, ils retournèrent dans leurs hôtels respectifs. Le vrai rendez-vous était pour le lendemain. Movie Star était satisfait. Cette opération audacieuse l'excitait beaucoup. Rien à voir avec la mission relativement simple qui consistait à faire entrer en Israël un fou acceptant de jouer à la bombe humaine — *un martyr héroïque*, se reprit-il. Ici, la beauté de la chose venait de ce que si l'ennemi repérait une de ses équipes, il lancerait tous ses chiens...

Assez de doutes ! pensa Movie Star. C'était merveilleux d'être prêt à frapper au cœur même de la tanière du lion — et c'était la raison pour laquelle il continuait dans le terrorisme.

— Qu'est-ce que tu as décidé, alors ? demanda Cathy dans l'obscurité.

— Scott part pour la Chine demain matin, répondit Jack allongé à côté d'elle.

Le président des Etats-Unis était peut-être l'homme le plus puissant de la planète, mais à la fin de chacune de ses journées, il était épuisé par l'exercice de ce pouvoir. Même quand il travaillait à Langley, avec un trajet en voiture aller et retour tous les jours, il n'était pas aussi fatigué.

— Pour leur dire quoi ?

— Il va essayer de calmer le jeu, de dédramatiser les choses.

— Tu es sûr qu'ils ont délibérément descendu ce... ?

— Oui. Robby en est certain. Un peu comme toi avec un diagnostic, répondit son mari en considérant le plafond.

— Et on va *négocier* avec eux ? s'étonna Surgeon.

— On est obligés.

— Mais...

— Chérie, quelquefois — bon sang, la plupart du temps ! — quand un Etat commet un meurtre, il réussit à s'en tirer. Moi, je suis censé penser à « la situation globale », « aux problèmes généraux » et tout ça.

— C'est horrible, murmura Cathy.

— Oui, tu as raison. Le jeu qu'on est forcés de jouer a ses propres règles. Si on se plante, il y a davantage de gens qui souffrent. On ne traite pas un Etat comme un vulgaire criminel. Des milliers d'Américains sont là-bas, des hommes d'affaires et tout ça. Si je vais trop loin, ils peuvent avoir des problèmes, et ce sera l'escalade, et les choses empireront, expliqua POTUS.

— Qu'y a-t-il de pire que de tuer des gens ? protesta sa chirurgienne de femme.

Jack resta silencieux. Il avait finalement accepté le fait qu'il n'avait pas toutes les réponses pour les journalistes, lors de ses conférences de presse, voire même pour des membres de son équipe. Et voilà qu'il ne savait pas quoi dire à sa femme qui lui posait une question pourtant simple et logique ! L'homme le plus puissant de la Terre ? Pardi.

Une autre journée se terminait au 1600 Pennsylvania Avenue.

Même les professionnels peuvent parfois manquer de vigilance, et surtout si l'adversaire fait preuve d'un minimum de créativité. Le Service national de reconnaissance travaillait dur pour surveiller deux endroits du globe à la fois. Chaque passage des satellites sur le Moyen-Orient, et désormais sur le détroit de Formose, donnait une grande quantité de clichés téléchargés, des milliers d'images que les spécialistes de l'interprétation photographique devaient examiner une à une dans leur nouvel immeuble près de Dulles Airport. Encore une de ces tâches impossibles à confier aux ordinateurs. L'état de préparation de l'armée de la RIU était devenu la priorité numéro un pour le gouvernement américain et devait entrer dans la prochaine estimation spéciale du renseignement national selon les ordres de la Maison-Blanche. Cela signifiait que toute l'attention de l'équipe était focalisée là-dessus et que pour le reste on employait d'autres collaborateurs qui faisaient des heures supplémentaires. Ceux-là étudiaient les photos de la Chine. On avait différents moyens de voir si la RPC se préparait à lancer une véritable opération militaire. Les troupes de l'Armée populaire de libération sortiraient en manœuvres et entretiendraient leurs matériels, ou elles chargeraient leurs tanks sur des trains, et les zones de stationnement seraient différentes. Les chasseurs auraient des armes accrochées sous leurs ailes. Les photos satellite étaient capables de révéler ce genre de choses. Les observateurs localisèrent avec davantage de soin les emplacements de la flotte, en mer, ce qui était bien plus difficile vu que les bateaux changeaient de place. L'Amérique avait trois satellites chargés des photographies, et chacun passait deux fois par jour au-dessus des zones à risques, avec des horaires prévus pour éviter au maximum les « temps morts ». Du coup, les techniciens étaient contents, car ils étaient alimentés régulièrement en données qui leur permettaient de confirmer leurs estimations.

Mais ils ne pouvaient pas tout voir ni regarder partout, et parmi les endroits qu'ils ne surveillaient pas, il y avait Bombay, le quartier général de la marine indienne pour la région ouest. Les orbites des satellites KH-11 américains étaient définies avec précision, ainsi que leurs programmes horaires. Juste après le passage du dernier — de construction récente — et alors que le suivant était encore de l'autre côté de la planète, il y avait une fenêtre de quatre heures qui se terminait avec le survol du plus ancien — et du moins fiable — des trois. Par chance pour les Indiens, elle coïncidait avec une marée haute.

Deux porte-avions, dont on venait de terminer les réparations, et leurs escortes, larguèrent les amarres et prirent la mer. Si jamais on les repérait, ils partaient effectuer des manœuvres en mer d'Arabie.

Et merde! A son réveil, le représentant en matériel de golf Cobra se sentait légèrement fiévreux. Il lui fallut quelques secondes pour s'orienter. Nouveau motel, nouvelle ville, autre type d'interrupteurs. Il chercha à tâtons le bon bouton, mit ses lunettes en clignant des yeux pour ne pas être ébloui par la lumière, et aperçut son sac. Ouais. Le nécessaire de rasage. Il l'emporta avec lui dans la salle de bains, ôta le papier de protection du verre à dents, et avala deux cachets d'aspirine. Il n'aurait pas dû boire toutes ces bières, la veille au soir, pensa-t-il, mais il avait fait une assez bonne affaire avec deux golfeurs professionnels, et la bière était toujours un lubrifiant utile dans les tractations avec ces gens-là. Ça s'arrangerait dans la matinée. Il regagna son lit, espérant que l'aspirine ferait son effet, car il devait être sur le parcours à huit heures et demie pour une démonstration.

STORM TRACK ET PALM BOWL étaient connectés en réseau par fibre optique — l'idéal pour partager les informations. La RIU avait lancé un nouvel entraînement dans l'ancien Irak, et cette fois ce n'était pas un CPX, un exercice de poste de commandement. Ils avaient, sur le terrain, trois corps d'artillerie d'unités intégrées irakiennes et iraniennes. La radiogoniométrie permettait de les situer : ils étaient loin des frontières de l'Arabie Saoudite et du Koweït, si bien que leurs activités ne paraissaient pas spécialement dangereuses, mais le personnel ELINT les écoutait avec beaucoup d'attention pour se faire une idée de l'aptitude des chefs qui déplaçaient leurs tanks et leurs véhicules d'infanterie de combat dans les vastes plaines arides du sud-est de Bagdad.

A environ trois cents kilomètres au nord-ouest du Koweït, à un endroit situé à moins de dix kilomètres au sud de la « berme », une sorte de dune artificielle marquant la frontière entre l'Arabie Saoudite et la RIU, un semi-remorque s'arrêta. Des hommes en descendirent et préparèrent le lancement de leur drone Predator. « Drone » était un terme obsolète, en fait. Le mini-avion était un UAV, un véhicule aérien automatique, de couleur gris-bleu, un espion à hélice. Il leur fallut une vingtaine de minutes pour monter ses ailes, vérifier son électronique et démarrer son moteur. Le bourdonnement désagréable de l'appareil s'éloigna rapidement tandis qu'il montait à son altitude d'opération en filant vers le nord.

Fruit de trente ans de recherches, Predator était un engin furtif, très difficile à détecter au radar en raison de sa petite taille, de l'utilisation, dans sa masse, d'un matériau d'absorption radar et de sa lenteur. Lorsque les radars modernes contrôlés par ordinateur le repéraient, ils le traitaient comme un oiseau et l'effaçaient de l'écran de l'opérateur. La marine utilisait la même peinture anti-infrarouges. Sa couleur était laide et tout ce qui la touchait s'y collait — les techniciens devaient enlever sans arrêt le sable de leur bébé —, mais elle se fondait parfaitement dans le ciel, ce qui compensait ces inconvénients. Simplement équipé d'une caméra de télévision, Predator monta en flèche jusqu'à dix mille pieds et fonça plein nord sous le contrôle d'une autre équipe de STORM TRACK — un moyen parfait pour garder un œil sur les exercices de la RIU. Techniquement, il s'agissait d'une violation de la souveraineté du nouveau pays, mais l'UAV emportait un kilo d'explosif dans son ventre. Personne ne saurait ce que c'était si l'appareil retombait au sol au mauvais endroit...

Son antenne directionnelle renvoyait les images vers l'Arabie Saoudite. La liaison de données par fibre optique transféra les signaux à PALM BOWL. Là, une femme, lieutenant de l'US Air Force, alluma l'écran, et on découvrit un paysage pratiquement sans aucun trait distinctif, tandis que ses opérateurs guidaient Predator vers sa destination.

— Ça va être intéressant de voir s'ils savent ce qu'ils font, dit-elle au commandant Sabah.

— Et encore mieux s'ils ne le savent pas, répondit l'officier koweïtien d'un air pensif.

Les autres membres de sa famille élargie étaient de plus en plus inquiets. L'armée de son pays serait bientôt en état d'alerte maximale. Comme les Saoudiens, les citoyens koweïtiens s'étaient dotés du meilleur équipement que leur nation petite mais riche pouvait s'offrir, et ils avaient délégué, eux aussi, la maintenance de leurs chars ; mais, au contraire de leurs cousins saoudiens, ils avaient connu le mauvais côté d'une guerre de conquête. Beaucoup y avaient perdu des parents et, dans cette partie du monde, on n'avait pas la mémoire courte. C'est pour cette raison qu'ils s'entraînaient avec acharnement. Ils n'étaient pas encore au niveau de leurs instructeurs américains, ni des Israéliens qui les soutenaient avec un certain mépris, Sabah le savait. Ses compatriotes avaient commencé par apprendre à tirer. Ils démolissaient au moins à chaque fois un tube par tank, et utilisaient de vrais obus. Maintenant qu'ils touchaient à peu près leurs cibles, ils devaient savoir se battre tout en manœuvrant. Ils n'en étaient pas encore vraiment capables, mais cela viendrait. Avec la crise actuelle, ils avaient accru leur entraînement, et en ce moment même ils désertaient banques, firmes pétrolières et sociétés commerciales pour grimper dans leurs véhicules de combat. Une équipe de conseillers américains allait les mener sur le terrain, une fois encore, pour contrôler leurs performances. Le commandant Sabah avait conscience que ses compatriotes, dont beaucoup étaient ses parents, n'étaient pas prêts, et cela l'attristait, mais il était aussi fier d'eux, parce qu'ils faisaient vraiment de leur mieux.

« Swordsman est réveillé », entendit Price dans son écouteur. Elle buvait un café dans les cuisines avec les responsables de ses sous-détachements de protection.

— Roy ? fit-elle.

— Journée de routine, répondit l'agent spécial Altman. Surgeon a trois interventions chirurgicales dans la matinée et, l'après-midi, une conférence pour des médecins espagnols. Université de Barcelone, huit hommes et deux femmes. Nous avons vérifié leur identité avec la police espagnole. Ils sont tous OK. Aucune menace particulière contre elle. Ça ressemble à un jour normal au bureau.

— Mike ? demanda alors Andrea à l'agent spécial Michael Brennan, chargé de la sécurité de Little Jack.

— Shortstop a une interrogation écrite de biologie, aujourd'hui, puis un entraînement de base-ball. Rien d'extraordinaire.

— Wendy ?

L'agent Gwendolyn Merritt était responsable de Sally Ryan.

— Interro de chimie pour SHADOW. Elle s'intéresse de plus en plus à Kenny. Garçon sympa. Mais il aurait besoin de passer chez le coiffeur et d'acheter une nouvelle cravate.

— On a vérifié la famille de ce Kenny ?

On lui avait déjà donné les détails, mais elle ne pouvait pas se souvenir de tout.

— Ses parents sont avocats tous les deux. Des fiscalistes.

— SHADOW devrait avoir meilleur goût, fit remarquer Brennan, au grand amusement de tout le monde. (C'était le petit rigolo de l'équipe.) Il y a une menace potentielle, ici, Wendy.

— Hein ? Laquelle ?

— Si POTUS fait passer les nouvelles lois sur les impôts, ils sont dans la merde.

— Don ? fit Andrea.

— La routine. Aujourd'hui, apprentissage du gribouillis, répondit Don Russell. Mais l'organisation me déplaît toujours, Andrea. J'ai besoin de davantage de personnel. Un agent à l'intérieur, et deux pour contrôler le côté sud de la crèche. Nous sommes trop exposés. La défense en profondeur laisse à désirer.

— SURGEON refuse qu'on protège trop l'endroit. Vous êtes trois à l'intérieur, et de l'autre côté de la route tu as trois autres agents de soutien rapproché et un agent de surveillance, lui rappela Price.

— Andrea, il m'en faut trois de plus. Nous sommes trop exposés, répéta Russell, d'une voix aussi raisonnable et professionnelle que d'habitude. Le président et sa famille doivent nous écouter sur ces questions-là.

— Et si je venais jeter un œil demain après-midi ? proposa Price. Si je suis d'accord avec toi, j'en parlerai au Patron.

— Parfait, répondit Russell avec un hochement de tête.

— D'autres problèmes avec Mme Walker ?

— Sheila a essayé de faire signer une pétition aux autres parents pour qu'on vire SANDBOX. Mais plus de la moitié des clients de Mme Daggett aiment bien les

Ryan, et donc son histoire est vite tombée à l'eau. Tu sais quel est mon principal problème ? ajouta-t-il avec un sourire. Des fois, quand je me retourne, les gosses ont bougé, et je ne sais plus lequel est SANDBOX ! Les filles n'ont que deux sortes de coupes de cheveux et la moitié des parents pensent qu'Oshkosh est la seule marque de vêtements digne de leur progéniture.

— Don, si le bébé présidentiel porte ce genre de fringues, c'est forcément à la mode ! observa Wendy Merritt.

— Au fait, Don, j'ai oublié de te dire que Pat O'Day voudrait bien avoir une petite compète avec toi, ajouta Price.

— Le type du FBI ? (Les yeux de Russell s'allumèrent.) Où ? Quand ? Dis-lui d'apporter du pognon, Andrea.

Russell n'avait jamais perdu un match de ce genre depuis sept ans. Et encore, cette fois-là, il avait une grippe carabinée.

— Tout est réglé ? dit Andrea en conclusion.

— Comment se débrouille le Patron ? demanda Altman.

— Ils le font bosser beaucoup. Ils prennent sur son temps de sommeil.

— Tu veux que j'en parle à SURGEON ? proposa Roy. Elle garde l'œil sur lui.

— Eh bien, je...

— Je saurai quoi dire, Andrea. « Bon Dieu, docteur Ryan, z'êtes sûre que le Patron va bien ? Il a l'air crevé, ce matin... »

Les quatre agents échangèrent un regard. La gestion de la vie du président était leur problème le plus délicat. Pourquoi ne pas se faire une alliée de SURGEON, en effet ?

— C'est d'accord, Roy, répondit Price.

— Les fils de pute ! grommela le colonel Hamm à l'intérieur de son véhicule de commandement.

— Ils vous ont bien eu, n'est-ce pas ? demanda doucement le général Diggs. Moi aussi je me suis fait avoir, Al. Ils n'avaient dit à personne qu'ils étaient entraînés à l'IVIS. Bon, je l'ai découvert au cours de la nuit.

— Sympas, ces gars-là.

— Les surprises marchent dans les deux sens, colonel, lui rappela Diggs.

— Bon sang, comment ont-ils pu trouver le financement pour ce truc ?

— Grâce à la baguette magique de leurs sénateurs, je suppose.

Les unités qui venaient s'entraîner n'amenaient pas leurs propres équipements à Fort Irwin, pour la simple raison que le transport aurait coûté trop cher. Elles se servaient du matériel extrêmement performant stationné en permanence à la base, et équipé de l'IVIS, le système d'intervention inter-véhicules, qui transmettait les données du champ de bataille à un ordinateur à bord des chars et des Bradley. Le 11ᵉ Cav l'avait installé six mois plus tôt dans ses propres véhicules, mais pas, bien sûr, dans ses fausses unités soviétiques. En apparence, c'était un simple système d'échange de données — il pouvait même commander une pièce de rechange en cas de casse —, mais il offrait surtout à un équipage une excellente vision d'ensemble du champ de bataille et permettait de comprendre en quelques secondes des informations de reconnaissance très pointues. Ainsi, les renseignements sur un engagement en cours n'étaient plus réservés à un commandant d'unité épuisé et distrait. A présent, les sergents connaissaient les mêmes choses que leur colonel et, dans un conflit, l'information était essentielle. Les tankistes de la Garde nationale de Caroline savaient parfaitement utiliser ce système. Les troupes du Blackhorse aussi — sauf que les véhicules pseudo-soviétiques de l'Op-For ne l'avaient pas.

— Colonel, à présent nous savons à quel point cette technologie est efficace, puisqu'elle vous a battu.

L'engagement simulé avait été sanglant. Hamm et ses officiers des opérations avaient imaginé une embuscade diabolique, mais les guerriers du week-end l'avaient déjouée et s'étaient lancés dans une bataille de mouvement au cours de laquelle ils avaient réussi à coincer l'OpFor. Une contre-attaque audacieuse d'un des commandants de son escadron avait failli le sauver et avait éliminé la moitié de la Force bleue, mais cela n'avait pas suffi. Le premier exercice de la nuit avait vu la victoire des gentils, et les gardes nationaux la célébraient en hurlant comme s'ils se croyaient à un match de basket-ball.

— Je ferai mieux le prochain coup, promit Hamm.

— L'humilité est salutaire pour l'âme, murmura Marion Diggs qui contemplait avec plaisir le lever du soleil.

— Et la mort est néfaste pour le corps, monsieur, répliqua Hamm.

— *Bêê! Bêê! Bêê*..., grommela Diggs avec un grand sourire tout en se dirigeant vers son Hummer.

Al Hamm lui-même avait besoin d'une leçon, parfois.

Ils prirent leur temps. Movie Star s'occupa de la location des véhicules. Il avait suffisamment de fausses pièces d'identité pour s'en procurer quatre — trois voitures à quatre portes et une camionnette. Les trois automobiles étaient identiques à celles de parents qui fréquentaient la crèche. La camionnette serait pour leur fuite — une éventualité qu'il jugeait désormais vraisemblable, car ses hommes étaient plus malins qu'il ne l'avait pensé. Quand ils étaient passés devant leur objectif dans leurs voitures de location, par exemple, ils n'avaient pas tourné la tête pour repérer les lieux, préférant faire appel à leur vision périphérique. Ils avaient déjà une connaissance parfaite de la zone grâce à la maquette qu'il avait réalisée à partir des photographies de leur chef. En longeant le site ils en eurent un meilleur aperçu, cette fois en grandeur réelle et en trois dimensions, qui concrétisa leur représentation mentale, et augmenta d'autant leur confiance en eux. Ensuite, ils filèrent vers l'ouest, prirent l'autoroute 50 et rentrèrent à leur ferme isolée dans le sud du comté Anne Arundel.

Les voisins croyaient que le propriétaire de l'endroit était un juif né en Syrie; il vivait aux Etats-Unis depuis onze ans. En réalité, c'était un agent dormant. Au cours de ces dernières années, il avait discrètement acheté des armes et des munitions, qui toutes étaient légales à l'époque; depuis, des lois plus restrictives avaient été votées pour certains modèles — mais, le cas échéant, il aurait pu les contourner. Dans la poche de son manteau, il avait des billets d'avion et un passeport à un autre nom.

C'était ici qu'ils emmèneraient l'enfant. Six d'entre eux quitteraient le pays immédiatement, sur des vols différents, et les trois qui restaient se rendraient, avec la voiture personnelle du propriétaire, à un second refuge où ils attendraient les développements de l'affaire. L'Amérique était vaste, et possédait une infinité de routes et de chemins. Les téléphones cellulaires étaient difficiles à repérer. Leurs poursuivants passeraient vraiment un sale moment, pensa Movie Star. Il savait quoi faire, si leur opération allait jusque-là. L'équipe avec l'enfant aurait un téléphone, et lui en aurait deux, un pour passer de brefs appels au gouvernement américain et l'autre pour contacter ses hommes. Ils demanderaient beaucoup, contre la vie de cette gosse, assez pour plonger le pays dans le chaos. Peut-être qu'ils finiraient par la relâcher. Il n'en était pas sûr, mais, oui, il supposait que c'était possible.

42

PRÉDATEUR ET PROIE

La CIA avait son propre service photo, évidemment. La bobine prise en Iran par l'officier de terrain Domingo Chavez fut étiquetée, puis développée sur un équipement standard comme dans n'importe quel laboratoire civil. Mais ensuite, les choses changèrent. Le film de 1200 ASA avait du grain et il n'était pas question de donner des images de mauvaise qualité aux gens du sixième étage. Les employés du labo étaient au courant des prochaines compressions de personnel et le meilleur moyen de ne pas se faire virer, dans ce boulot comme dans n'importe quel autre, c'était de se rendre indispensable. Alors ils utilisèrent un système d'amélioration par ordinateur. Cela prit seulement trois minutes par photo : désormais, les clichés de Ding auraient pu passer pour ceux d'un professionnel réalisés avec un Hasselblad dans des conditions de studio. Moins d'une heure après l'arrivée du film, le technicien sortit plusieurs jeux de photos sur papier glacé de huit sur dix, qui identifiaient d'une façon certaine le passager de l'avion, l'ayatollah Mahmoud Haji Daryaei, et donnaient de son appareil une image si parfaite que son constructeur aurait pu l'utiliser dans ses brochures professionnelles. Le film, lui, fut rangé dans une enveloppe et envoyé aux archives protégées ; les photos elles-mêmes furent stockées sous forme numérisée sur une disquette et leur identité précise — date, heure, localisation, photographe et sujets — fut entrée aussi dans un fichier informatique pour de futures recherches. C'était la procédure habituelle. Le technicien ne se souciait plus depuis longtemps de ce qu'il développait, même si ça lui arrivait de voir, à l'occasion, des personnalités dans des positions qu'on n'aurait pas pu montrer à la télé... Mais avec ce gars-là, ça ne risquait pas. D'après ce qu'il avait entendu dire de Daryaei, l'homme ne devait s'intéresser ni aux filles ni aux garçons, et son expression renfrognée semblait le confirmer. Bon sang, en revanche, il avait bon goût, question avions, un G-IV, aurait-on dit. Tiens, c'était curieux, ce n'était pas une immatriculation suisse, là, sur la queue ?

Là-haut, plusieurs personnes examineraient les photos, dont un médecin. Certaines maladies laissaient des traces visibles, et l'Agence gardait *aussi* un œil sur la santé des dirigeants étrangers.

— Le secrétaire d'Etat Adler s'envole pour Pékin ce matin, leur annonça Ryan.

Arnie lui avait expliqué que même si ces nouvelles étaient mauvaises, c'était *bien*, pour lui, d'un point de vue politique, d'être vu à la télévision dans une posture présidentielle — et cela, avait conclu son secrétaire général, lui permettrait de travailler plus efficacement. Comme le cabinet du dentiste de son enfance, Jack en était venu à détester l'espèce de moiteur de cette salle de presse. Les murs étaient humides, plusieurs fenêtres étaient cassées, et cet endroit de l'aile ouest de la Maison-Blanche était à peu près aussi bien tenu que les vestiaires d'un lycée, mais les téléspectateurs n'en verraient rien à l'écran, heureusement. Alors même qu'il n'était qu'à quelques mètres de son bureau, personne ne se souciait vraiment d'y mettre un peu d'ordre. Les journalistes étaient de tels cochons, proclamait son équipe, que de toute façon ç'aurait été inutile.

— Monsieur le président, a-t-on du nouveau sur cet accident d'avion?

— Le décompte des victimes est terminé. On a récupéré les boîtes noires et...

— Aurons-nous accès à leurs informations?

— Nous l'avons demandé, et le gouvernement de la République de Chine nous a promis son entière collaboration. Il n'y est pas obligé, car l'avion est immatriculé chez lui et fabriqué en Europe. Mais il veut bien nous aider et nous lui en sommes reconnaissants. J'ajouterai qu'aucun des survivants américains n'est en danger de mort, même si certains sont gravement blessés.

— Qui a abattu cet appareil? demanda un autre journaliste.

— Nous étudions toujours les données et...

— Monsieur le président, notre marine a deux navires de classe Aegis dans cette zone. Vous devez avoir une idée assez précise de ce qui s'est passé.

Ce gars-là a dû réviser à la maison avant de venir..., pensa Jack.

— Je ne peux vraiment pas vous en dire davantage là-dessus. Le secrétaire d'Etat Adler discutera de cet incident avec les parties concernées. Nous voulons nous assurer avant tout qu'il n'y aura pas d'autres morts.

— Monsieur le président, vous en connaissez certainement plus que ça. Nous avons perdu quatorze Américains dans cette histoire. Notre peuple est en droit de savoir pourquoi.

Le pire, c'était que ce type avait raison. Le pire aussi, c'était que Ryan devait éluder la question.

— Nous ne savons pas encore exactement ce qui s'est passé, je vous assure, et je ne peux pas faire de déclaration définitive avant d'en être certain.

Disons que c'était vrai, d'un strict point de vue philosophique. Il savait qui avait tiré, mais pas *pourquoi*. Adler avait eu raison, la veille au soir, de vouloir garder cette information secrète.

— M. Adler est rentré de voyage, hier. Pourquoi ne nous dit-on rien là-dessus ?

C'était Plumber, de nouveau, qui reprenait sa question de la veille. *Je crois que je vais finir par étrangler Arnie. Marre qu'il me mette tout le temps en première ligne.*

— John, le secrétaire d'Etat a engagé des consultations importantes. C'est tout ce que j'ai à déclarer à ce sujet.

— Il était au Moyen-Orient, n'est-ce pas ?

— Question suivante ?

— Monsieur, le Pentagone vient d'annoncer que le porte-avions *Eisenhower* se dirigeait vers la mer de Chine méridionale. Est-ce sur votre ordre ?

— Oui. Nous estimons que la situation mérite toute notre attention. Nous avons des intérêts vitaux dans cette région. Je précise que nous n'avons pas à prendre parti dans cette querelle, mais que nous devons veiller à nos intérêts.

— Le déplacement de ce porte-avions va-t-il arranger les choses ou, au contraire, les envenimer ?

— Vous comprenez bien que nous ne cherchons pas à jeter de l'huile sur le feu. Au contraire, nous essayons de calmer le jeu. C'est de l'intérêt des deux parties de faire un pas en arrière et de réfléchir à ce qui est arrivé. Il y a eu des victimes, leur rappela le président. Certaines étaient américaines. Cette affaire nous concerne donc directement. La raison d'être de notre gouvernement et de notre armée est de veiller aux intérêts de notre nation et de protéger la vie de nos concitoyens. Les forces navales qui se dirigent vers cette région observeront ce qui se passe et mèneront des opérations d'entraînement de routine. C'est tout.

Zhang Han San regarda sa montre de nouveau et estima que c'était là une bonne façon de terminer sa journée de travail — voir le président américain tomber dans son piège. La Chine avait donc rempli ses engagements vis-à-vis de ce barbare de Daryaei. Il n'y avait pratiquement plus de présence navale américaine dans l'océan Indien. Leur secrétaire aux Affaires étrangères quitterait Washington dans environ deux heures. Dix-huit heures de vol jusqu'à Pékin. Alors il échangerait avec lui les platitudes habituelles. Il verrait quelles concessions il pourrait arracher à l'Amérique et à sa marionnette taiwanaise. Sans doute des choses intéressantes, avec les ennuis que les Etats-Unis allaient avoir à affronter ailleurs...

Adler était dans son bureau. Ses bagages se trouvaient déjà dans la voiture officielle qui l'emmènerait à la Maison-Blanche prendre un hélico jusqu'à Andrews après une poignée de main présidentielle et une brève déclaration aussi insipide que du porridge. Mais ce départ théâtral passerait bien à la télé, donnerait de l'importance à sa mission — et froisserait son costume. Heureusement, l'Air Force avait une planche à repasser dans l'avion.

— Que savons-nous exactement ? lui demanda le sous-secrétaire Rutledge.

— Le missile a été tiré par un chasseur de la RPC. Les enregistrements radar de notre marine le prouvent. Mais on ignore pourquoi, même si l'amiral Jackson assure que ce n'est pas un accident.

— Comment c'était, à Téhéran? s'enquit un autre de ses collaborateurs.

— Ambigu. Je rédigerai un rapport pendant mon voyage, et je vous le faxerai, promit Adler qui, pressé par les événements, n'avait pas encore trouvé le temps de réfléchir à sa rencontre avec Daryaei.

— Nous en avons besoin, si nous voulons jouer notre rôle dans la SNIE, fit remarquer Rutledge.

Il lui fallait absolument ce document. Avec ça, Ed Kealty prouverait que Ryan recommençait ses coups tordus, jouait de nouveau les espions, et avait même réussi à embobiner Scott Adler. Il était là, le moyen de démolir la légitimité politique de Ryan. Il manœuvrait habilement, sans aucun doute grâce aux conseils d'Arnie van Damm, mais sa gaffe de la veille sur la politique chinoise avait fait jaser. Comme beaucoup de gens au Département d'Etat, Rutledge aurait aimé voir Taiwan disparaître. Cela aurait permis à l'Amérique de poursuivre ses relations normales avec la nouvelle superpuissance mondiale.

— Une chose à la fois, Cliff.

On revint donc à la question chinoise, et d'un commun accord on décida de s'occuper plus tard du problème de la RIU.

— La Maison-Blanche a modifié sa politique chinoise? demanda Rutledge.

— Non, répondit Adler en secouant la tête. Non, le président essayait simplement d'expliquer les choses — et oui, bon, il n'aurait pas dû parler de « Chine » à propos de la République de Chine, mais peut-être que ça a secoué un peu Pékin, ce qui est loin de me déplaire. Il faut qu'ils apprennent à ne plus tuer d'Américains. On a franchi la ligne rouge, là. Et je vais leur faire comprendre que nous prenons les choses très au sérieux.

— Il y a parfois des accidents, dit quelqu'un.

— Notre marine assure que ce n'était pas un accident.

— Allons, monsieur le secrétaire d'Etat, grommela

Rutledge, pourquoi auraient-ils fait ça intentionnellement, voyons !

— C'est notre boulot de le découvrir. L'amiral Jackson a été convaincant. Quand un flic, dans la rue, se
retrouve avec un voleur armé devant lui, pourquoi
descendrait-il la vieille dame à l'autre bout du trot-
toir ?

— Un accident, à l'évidence, insista Rutledge.

— Cliff, il y a accident et accident. Celui-ci a tué
des Américains et nous sommes censés prendre la
chose au sérieux, au cas où quelqu'un l'oublierait
dans cette pièce.

Ils n'étaient pas habitués à ce genre de répri-
mandes. Qu'est-ce qui se passait avec Adler ? La mission du Département d'Etat était de maintenir la paix,
de prévenir un conflit qui pourrait tuer des milliers de
gens. Les accidents étaient des accidents, point final.
C'était malheureux, mais ça arrivait, comme le cancer
ou les crises cardiaques. Le Département d'Etat était
supposé voir plus loin que ça, non ?

— Merci, monsieur le président.

Ryan quitta l'estrade. Une fois de plus, il avait survécu aux projectiles des médias. Il consulta sa
montre. Merde. Il avait encore raté le départ des
enfants pour l'école, et il n'avait pas non plus dit au
revoir à Cathy. Il se demanda où, dans la Constitution, il était écrit qu'un président n'était pas un être
humain.

De retour dans son bureau, il jeta un coup d'œil à
son programme imprimé de la journée. Adler était
attendu dans un peu plus d'une heure, avant son
départ pour la Chine. Winston à dix heures pour examiner les détails de sa réforme fiscale aux Finances,
de l'autre côté de la rue. Arnie et Callie à onze pour
ses discours de la semaine prochaine. Déjeuner avec
Tony Bretano. Réunion en début d'après-midi avec...
Quoi ? Les Mighty Ducks d'Anaheim ? Ryan secoua la
tête. Oh ! Ils avaient emporté la Stanley Cup, et ce
serait l'occasion d'une photo. Il faudrait qu'il parle un

peu avec Arnie de ce genre de conneries politiciennes. Hum... C'est Foley qui aurait dû les rencontrer, se dit Jack en souriant, vu qu'il était fan de hockey...

— T'arrives tard, dit Don Russell, quand Pat O'Day déposa Megan.

L'inspecteur du FBI entra sans répondre, s'occupa du manteau et de la couverture de Megan, puis revint voir son collègue.

— Pendant la nuit, une coupure de courant a reprogrammé pour moi mon radio-réveil, expliqua-t-il.

— Grosse journée de prévue?

Pat fit non de la tête.

— Je reste au bureau. Je règle certains trucs. Tu sais comment ça marche.

Russell aussi devait en passer par là. Ça consistait essentiellement à imprimer et à classer des rapports, un travail de secrétariat qui, pour les affaires importantes, incombait parfois à des agents armés et sous serment.

— J'ai entendu dire que t'avais envie d'une petite compète, fit Russell.

— On raconte que t'es plutôt fortiche.

— Oh, c'est vrai, je pense, déclara l'agent du Service secret.

— Ouais, moi aussi j'essaie de mettre mes tirs dans le mille, dit Pat O'Day.

— T'aimes le SigSauer?

L'agent du FBI secoua la tête :

— Smith 1076.

— Le 10 mm?

— Ça fait un trou plus gros, remarqua O'Day.

— Le 9 mm m'a toujours suffi, annonça Russell. (Ils éclatèrent de rire.) On fixe la mise?

— Faut qu'elle soit grosse, dit O'Day.

— L'affaire Samuel Adams? suggéra Russell.

— C'est honorable, mon cher, acquiesça l'inspecteur.

— On fait ça à Beltsville? (C'était l'école du Service

secret.) Le champ de tir en plein air. A l'intérieur, c'est toujours trop artificiel.

— Combat standard ? demanda O'Day.

— D'ac'. J'ai plus tiré sur une cible depuis des années. Je ne m'attends pas à ce qu'un de mes petits protégés soit attaqué par un gros rond noir.

— Demain ? proposa l'inspecteur du FBI, estimant que ce serait une bonne occupation pour un samedi.

— C'est un peu rapide. Mais je peux vérifier. Je le saurai cet après-midi.

— Ça roule, Don. Et que le meilleur gagne.

Ils se serrèrent la main.

— Le meilleur gagne toujours, Pat.

Ils le savaient tous les deux. Et aussi que l'un des deux perdrait. Et que ce serait une belle bagarre et qu'ensuite la bière serait bonne, quel que fût le vainqueur.

Ils avaient des semi-automatiques. Un bon mécanicien aurait pu les modifier, mais leur agent dormant n'en était pas un. En réalité, Movie Star et ses hommes s'en fichaient. Ils étaient tireurs d'élite et ils savaient bien qu'à moins d'avoir des bras de gorille, une arme automatique n'était parfaite que pour les trois premières balles — parce que, dès la quatrième, elle se relevait brusquement et on se retrouvait en train de faire des trous dans le ciel, pendant que la cible ripostait. Ils n'avaient plus ni le temps ni la place pour s'entraîner une dernière fois, mais ce type de fusil leur était familier, une copie chinoise de l'AK-47 soviétique avec des cartouches à douille courte de 7,62 mm. Chaque chargeur en comptait vingt et ils l'avaient doublé, puis ils l'avaient inséré et sorti pour s'assurer que tout fonctionnait correctement. Ensuite, ils étudièrent une dernière fois leur objectif. Chacun connaissait sa position et sa tâche. Et, bien sûr, les dangers qu'il courait, mais personne ne s'attarda là-dessus. Ni sur la nature de la mission, d'ailleurs. Ils avaient perdu leur humanité au cours de toutes ces années d'activité dans les milieux terroristes, et même si c'était la première véritable opération pour la plupart d'entre eux, ils ne pensaient qu'à faire leurs preuves. Tout le reste était secondaire.

— Ils vont mettre un tas de choses sur le tapis, dit Adler.

— Vous croyez? demanda Jack.

— Vous pariez? Clause de la nation la plus favorisée, problèmes de copyright, et tout ce que vous voulez.

Le président fit une grimace. Cela semblait obscène de placer la protection des CD de Michael Jackson sur le même plan que le meurtre délibéré de tant d'innocents, mais...

— Oui, Jack. Ils n'ont tout simplement pas les mêmes conceptions que nous.

— Vous lisez dans mes pensées?

— Je suis diplomate, vous vous souvenez? Vous pensez que j'écoute seulement ce que les gens disent tout haut? Bon sang, on ne réussirait jamais la moindre négociation, de cette façon. C'est comme une longue partie de poker avec de petites mises : ennuyeux et tendu en même temps.

— Je pensais aux victimes...

— Moi aussi, j'y ai pensé, répondit le secrétaire d'Etat en hochant la tête. Je ne pourrai pas m'appesantir là-dessus — c'est un signe de faiblesse, dans leur contexte —, mais je ne les oublierai pas non plus.

Jack tiqua.

— Pourquoi devons-nous toujours respecter leur culture, Scott? Et pourquoi eux ne respectent-ils jamais la nôtre? voulut savoir POTUS.

— On a toujours eu cette optique, au Département d'Etat.

— Ça ne répond pas à ma question, fit remarquer Jack.

— Trop insister sur la vie de nos concitoyens, monsieur le président, c'est se mettre en position d'otage. Dans ce cas-là, la partie adverse sait qu'elle peut se servir des nôtres pour faire pression sur nous. Ça lui donne un avantage.

— Seulement si on la laisse faire. Les Chinois ont besoin de nous autant que nous avons besoin d'eux — et davantage, même, vu l'excédent commercial en leur faveur. Tuer des gens, c'est jouer le tout pour le tout. Nous en sommes capables, nous aussi. Je me suis toujours demandé ce qui nous retenait.

Le secrétaire d'Etat ajusta ses lunettes.

— Monsieur, je suis assez d'accord avec ça, mais il faudrait y réfléchir très soigneusement, et on n'a vraiment pas le temps pour l'instant. Là, vous parlez d'un changement de stratégie de la politique américaine. On ne peut pas décider un truc pareil à la légère.

— Quand vous reviendrez, on passera un week-end ensemble, vous, moi et quelques autres, et on verra ce qu'on peut faire. Je n'aime pas notre façon de gérer cette histoire, d'un point de vue moral, parce que ça nous rend un peu trop prévisibles.

— Comment ça ?

— Jouer avec des règles établies, c'est bien, tant que tout le monde respecte les mêmes, mais si on accepte des règles définies, et pas notre adversaire, on se fait avoir, dit Ryan. En revanche, si quelqu'un les viole et qu'ensuite nous l'imitons, pas forcément de la même manière, d'ailleurs, alors il y réfléchira à deux fois avant de recommencer. Soyons prévisibles pour nos amis, oui, mais ce que votre ennemi a besoin de prévoir, c'est que s'il déconne avec vous, il le paiera. Comment il le paiera, ça on peut lui laisser le deviner, en revanche.

— Intéressant, monsieur le président. Un bon sujet de réflexion pour un week-end à Camp David. (Les deux hommes se turent lorsque l'hélicoptère se posa.) Voilà mon taxi, dit Adler. Votre déclaration est prête ?

— Ouais, et elle est à peu près aussi théâtrale qu'un bulletin météo un jour de grand soleil.

— C'est comme ça qu'on joue le jeu, Jack, remarqua Adler.

Il pensa alors que Ryan devait entendre souvent cette chanson, en ce moment.

— Je ne connais pas un seul jeu dont on ne change pas les règles de temps à autre, répliqua Potus, d'une voix mauvaise.

Une quinzaine de minutes plus tard, Ryan regarda l'appareil décoller. Il avait serré la main d'Adler pour les caméras, fait sa brève déclaration pour les caméras, et il avait pris un air sérieux, mais optimiste, pour les caméras. Peut-être que C-SPAN avait retransmis la chose en direct, mais pas les autres chaînes. S'il y avait peu de nouvelles intéressantes aujourd'hui — et c'était assez souvent le cas le vendredi, à Washington —, ça ferait une minute et demie dans un ou deux journaux du soir. Mais sans doute que non. Le vendredi, les journalistes résumaient les événements de la semaine, reconnaissaient les talents de l'un ou de l'autre, et terminaient par un sujet sans intérêt.

— Monsieur le président !

Jack se tourna et aperçut Trader, son secrétaire aux Finances, qui venait d'arriver.

— Salut, George.

— Ce tunnel entre ici et mon immeuble...

— Oui, eh bien ?

— J'y ai jeté un coup d'œil, ce matin. C'est vraiment crade. Ça ne vous dérange pas si on le nettoie un peu ?

— George, c'est le boulot du Service secret, ça. Et il est sous vos ordres, vous vous souvenez ?

— Ouais, je sais, mais comme ce tunnel va jusqu'à chez vous, je pensais qu'il fallait quand même que je vous pose la question. OK, je vais m'en occuper. Ça pourrait être sympa, en cas de pluie.

— Où en est la réforme fiscale ? demanda Ryan tout en se dirigeant vers la porte.

Un agent l'ouvrit pour lui. Cela le mettait toujours mal à l'aise. Un homme devait pouvoir faire certaines choses lui-même.

— Les modèles informatiques seront prêts la semaine prochaine. Je veux vraiment que ça soit nickel, cette fois — pas d'augmentations, une fiscalité plus compréhensible pour les petites gens, plus juste pour les riches. Et mes gars se remuent pour faire des économies dans l'administration. Jack, je me suis un peu planté, là.

— Comment ça ? dit Jack alors qu'ils approchaient du Bureau Ovale.

— Je croyais que j'étais le seul type à jeter de l'argent par les fenêtres pour travailler sur le Code des impôts. Mais tout le monde fait ça. Une véritable industrie. Ça va mettre pas mal de gens au chômage...

— Et c'est censé me réjouir ?

— Ils retrouveront tous un travail honnête... sauf peut-être les avocats. Et nous allons permettre à nos contribuables d'économiser des millions de dollars en leur fournissant un formulaire d'imposition que tout le monde comprendra.

Ryan demanda à sa secrétaire d'appeler Arnie. Il allait avoir besoin d'un petit briefing sur les retombées politiques de la réforme de George.

— Oui, amiral ?

— Vous vouliez un rapport sur l'*Eisenhower* et son groupe, dit Jackson, en se tournant vers l'énorme carte murale et en consultant une feuille de papier. Voilà leur position, et ils filent à bonne vitesse. (Son récepteur d'appels bourdonna dans sa poche. Il le sortit et lut le numéro. Il fronça les sourcils.) Monsieur, vous permettez ?

— Allez-y, répondit Bretano. (Jackson décrocha le téléphone à l'autre bout de la pièce et composa cinq chiffres.) Ici le J-3. Oh ? Où sont-ils ? Alors trouvez-les, n'est-ce pas, commandant ? Parfait. (Il raccrocha.) C'était le Centre national de commandement militaire, expliqua-t-il. Notre service responsable des satellites espions indique que des navires indiens manquent à l'appel — leurs deux porte-avions, plus exactement.

— Qu'est-ce que ça signifie, amiral ?

Robby retourna à la carte et passa sa main sur la large tache bleue, à l'ouest du sous-continent indien.

— Vingt-six heures depuis notre dernière vérification. Disons trois heures pour appareiller et s'aligner... Vingt nœuds à l'heure multipliés par vingt-trois, ça fait six cent soixante nautiques... Ils sont à peu près à mi-chemin entre leur port d'attache et la

Corne de l'Afrique. (Il se retourna.) Monsieur le secrétaire d'Etat, deux porte-avions, neuf bâtiments d'escorte et un groupe UNREP — le ravitaillement en mer — ne sont plus à leur place habituelle. L'UNREP signifie qu'ils ont sans doute décidé de rester en mer un moment. Nous n'avons eu aucune information du renseignement pour nous prévenir.

Comme d'habitude, faillit-il ajouter.

— Où sont-ils exactement?

— C'est le problème. Nous ne savons pas. On a quelques Orion P-3 stationnés à Diego Garcia. On est en train d'en faire décoller deux pour se lancer à leur recherche. On peut mettre aussi quelques satellites sur le coup. Il faut informer le Département d'Etat. Peut-être que l'ambassade aura une piste.

— C'est pas idiot. Je préviens le président. On doit s'inquiéter, selon vous?

— Peut-être qu'ils appareillent après avoir terminé leurs réparations, tout simplement? N'oubliez pas qu'il y a quelque temps, on leur a secoué les puces assez durement [1].

— Sauf qu'à cette minute, les deux seuls porte-avions de l'océan Indien appartiennent à quelqu'un d'autre, non?

— En effet, monsieur.

Et notre bâtiment le plus proche fonce dans la direction opposée..., pensa Robby. Mais le secrétaire à la Défense avait commencé à piger, au moins.

Adler voyageait dans un ancien Air Force One, une précédente version, mais solide, du vénérable 707-320B. Son équipe comptait huit personnes, dont s'occupaient cinq stewards de l'Air Force. Il regarda sa montre, calcula la durée du voyage — une escale était prévue à la base de l'Air Force d'Elmendorf, en Alaska — et décida de dormir pendant la dernière étape. Dommage, pensa-t-il, que le gouvernement n'offrît pas des kilomètres gratuits à ceux de ses fonctionnaires qui se déplaçaient le plus. Il aurait pu

1. Cf. *Dette d'honneur, op. cit. (N.d.T.).*

prendre l'avion à l'œil jusqu'à la fin de ses jours. Il sortit ses notes sur sa mission à Téhéran et les parcourut de nouveau. Il ferma les yeux et, revoyant chaque épisode de sa visite depuis son arrivée à Mahrabad jusqu'à son départ, il essaya de se souvenir de détails qui lui auraient échappé. De temps en temps, il rouvrait les yeux, feuilletait ses notes, et ajoutait un commentaire en marge. Avec un peu de chance, il pourrait faire dactylographier tout ça ici et l'envoyer à Washington, à l'équipe SNIE, par une ligne de fax protégée.

— Ding, vous avez peut-être une autre carrière devant vous, observa Mary Pat, tout en examinant ses photos à la loupe. (Une certaine déception fut soudain sensible dans sa voix :) Il a l'air en bonne santé.

— Vous supposez que c'est bon pour la longévité d'être un vrai fils de pute ? demanda Clark.

— Ce serait plutôt une bonne nouvelle pour vous, ça, monsieur C., rigola Chavez.

— Quand je pense qu'il faudra peut-être que je te supporte pendant les trente prochaines années !

— Mais t'auras de beaux petits-enfants, *jefe* [1]. Et bilingues, en plus.

— On se remet au travail, d'ac', les gars ? suggéra Mme Foley — vendredi après-midi ou pas.

Ce n'est jamais très drôle d'être malade dans un avion. Il se demanda ce qu'il avait bien pu manger. Ou peut-être qu'il avait chopé une saleté à San Francisco, au Salon de l'informatique, avec cette cohue ? Voyageur aguerri, il ne se séparait jamais de sa trousse de première urgence. Il trouva du Tylénol à côté de son rasoir. Il avala deux comprimés avec un verre de vin et décida que le mieux était d'essayer de dormir. Avec un peu de chance, il irait mieux en arrivant à Newark. Bon sang, il n'avait aucune envie de se

1. Chef *(N.d.T.)*.

retrouver chez lui dans cet état! Il abaissa le dossier de son siège au maximum, éteignit la lampe et ferma les yeux.

C'était l'heure.

Les voitures de location quittèrent la ferme. Les conducteurs connaissaient leur itinéraire par cœur. Il n'y avait aucune carte, ni la moindre note manuscrite dans leurs véhicules — juste des photos de leur cible. Si l'idée de kidnapper une gamine mettait certains d'entre eux mal à l'aise, ils n'en montraient rien. Leurs armes étaient chargées et dissimulées sur le plancher, sous une couverture ou un vêtement. Tous étaient en costume-cravate, et si jamais une voiture de police les dépassait, les flics ne verraient que des hommes d'affaires dans de belles voitures. L'équipe de Movie Star trouvait ça plutôt amusant. Leur chef attachait beaucoup d'importance à la tenue — probablement parce qu'il était vaniteux, pensaient-ils.

L'agent Price regarda arriver les Mighty Ducks sans aucun plaisir. Elle avait déjà assisté à ce genre de chose. Dès qu'ils entraient ici, ce lieu métamorphosait les hommes les plus puissants en gamins. Ce qui, pour elle et ses collègues, faisait juste partie du décor, les tableaux et le reste, était pour les autres les symboles du pouvoir suprême. Ils franchirent les détecteurs de métal sous le regard vigilant des membres de la division en uniforme du Service secret des Etats-Unis. Ils auraient droit à une rapide visite des lieux, tandis que Potus achevait sa réunion de travail avec le secrétaire à la Défense. Les joueurs, chargés de cadeaux pour le président — les crosses et les palets habituels et des pulls en jersey avec son nom dessus (en fait, ils en avaient pour toute la famille) —, parcoururent lentement le couloir de l'entrée est, en examinant les décorations sur les murs blancs qui les entouraient; ce qui n'était qu'un simple lieu de travail pour Andrea représentait tout autre chose pour eux

268

— un endroit chargé de quelque chose de très spécial. *Intéressant dualisme*, pensa-t-elle, en s'approchant de Jeff Raman.

— Je file à la crèche vérifier les dispositions prises pour SANDBOX, lui annonça-t-elle.

— C'est vrai que Don est un peu nerveux à ce sujet, paraît-il. Des trucs particuliers, ici ?

— Non, répondit Andrea en secouant la tête, sauf que Callie Weston arrivera plus tard. Ils ont changé l'heure du rendez-vous. A part ça, la routine.

— Parfait, fit Raman.

— C'est Price, annonça-t-elle alors dans son micro. Mettez-moi en transit pour rejoindre SANDBOX.

— Bien reçu, répondit quelqu'un au poste de commande.

Le chef du détachement récupéra sa Ford Crown Victoria. Le véhicule avait l'air des plus ordinaires, mais ce n'était pas le cas. Sous le capot se trouvait le plus gros moteur fabriqué par Ford. Deux téléphones cellulaires et deux radios protégées. En cas de crevaison, des disques d'acier à l'intérieur des pneus permettaient à la voiture de continuer à rouler. Comme tous les membres du détachement de protection, elle avait suivi le cours de conduite spécial du Service à Beltsville — un entraînement que tout le monde adorait. Et dans son sac se trouvaient son SigSauer automatique 9 mm, ainsi que deux chargeurs de réserve, en plus de son rouge à lèvres et de ses cartes de crédit.

Andrea Price était une jeune femme à l'apparence assez quelconque. Pas aussi belle que Helen D'Agustino... Elle soupira, à ce souvenir. Elles avaient été proches, toutes les deux. Daga l'avait aidée à supporter son divorce et lui avait organisé quelques rendez-vous. Fidèle amie, bon agent — morte avec tous les autres, cette nuit-là, au Capitole. Daga — personne, dans le Service, ne l'avait jamais appelée Helen — avait des traits méditerranéens et sensuels qui lui assuraient un beau déguisement. Rien d'une femme flic. Assistante, secrétaire, voire maîtresse du président, peut-être, ça oui... Andrea était plus ordinaire ; elle avait donc adopté les lunettes noires de tous les agents du détachement. Elle était directe — peut-être un peu trop passionnée ? On avait dit ça d'elle, au début, lorsque les femmes étaient encore nouvelles au Service secret. Mais le système s'était habitué. Aujourd'hui, elle ne faisait qu'un (e) avec les autres gars, elle riait de leurs blagues et en racontait même quelques-unes. Son accession au poste de commandement, cette nuit-là avec SWORDSMAN, quand elle avait mis sa famille en sécurité — elle la devait à Ryan, elle le savait. Il avait pris cette décision parce qu'il avait apprécié ses méthodes. Sans lui, elle ne serait jamais devenue si vite responsable du détachement. Oui, elle avait de la jugeote. Oui, elle connaissait très bien le personnel. Oui, elle aimait sincèrement son travail. Mais elle était encore jeune pour de telles responsabilités — et c'était une femme, en plus. POTUS ne semblait pas s'en soucier, cependant. Il ne l'avait pas sélectionnée parce qu'elle était du sexe féminin et que ça améliorerait son image vis-à-vis des électeurs. Il lui avait simplement offert ce poste parce qu'elle avait fait son boulot à un moment difficile. C'était bien, et ça faisait de SWORDSMAN quelqu'un de spécial. Il lui posait même des questions. Et ça, c'était du jamais vu.

Elle n'avait plus de mari. Elle n'avait pas d'enfants et n'en aurait sans doute jamais. Mais elle n'était pas non plus de celles qui cherchaient à échapper à leur condition de femme en ne pensant qu'à leur carrière. Son travail était important — elle ne connaissait pas une tâche plus vitale pour son pays — et c'était parfait parce que, du coup, elle avait rarement le temps de songer à ce qui lui manquait... un homme avec qui partager son lit et une petite voix pour lui dire « maman ». Pourtant, lorsqu'elle se retrouvait seule au volant, comme aujourd'hui sur New York Avenue, elle ne pouvait s'empêcher d'y réfléchir.

L'inspecteur O'Day était déjà sur l'autoroute 50. Il aimait le vendredi. Il avait fait son devoir pour la semaine. Sa cravate et sa veste de costume étaient posées sur le siège, à côté de lui, et il était revenu à son blouson d'aviateur en cuir et à sa casquette John Deere, sans laquelle il n'aurait pas envisagé un instant de jouer au golf. Ce week-end, il avait une tonne de bricoles à faire chez lui. Megan l'aiderait. Il n'avait jamais exactement compris comment elle était capable de faire certaines choses. L'instinct ? Ou alors, c'était peut-être un moyen de répondre à la dévotion de son père. En tout cas, ils étaient inséparables, tous les deux.

Russell supposait que c'était son côté grand-père. Tous ces petits gosses ! Ils jouaient dehors, en ce moment, chacun dans son parka, et une bonne moitié d'entre eux avec le capuchon sur la tête, parce que les enfants aimaient ça, pour une raison ou une autre. Le jeu, c'était du sérieux, ici. SANDBOX était dans le bac à sable avec la gamine de O'Day qui lui ressemblait comme deux gouttes d'eau, et un petit garçon — Walker, le fils si sympa de l'emmerdeuse au break Volvo. L'agent Hilton était dehors, elle aussi, et surveillait les environs. Curieusement, ils se sentaient tous plus tranquilles quand les gamins étaient là. La cour de récréation se trouvait au nord de la crèche ; le groupe de soutien, de l'autre côté de la route, avait une vue directe sur elle. Le troisième membre de leur équipe était à l'intérieur, au téléphone. En général, elle travaillait dans une pièce du fond avec les écrans de télé. Les enfants l'appelaient Mlle Anne.

Trop insuffisant..., se répéta Russell, alors même que, sous ses yeux, les gosses s'amusaient bien. Dans le pire des cas, quelqu'un pouvait simplement arriver par Ritchie Highway et arroser les lieux à la mitraillette... Mais c'était peine perdue de tenter de convaincre les Ryan de ne plus mettre Katie ici. Bien sûr, ils voulaient que leur fillette ait une vie normale, mais...

Mais tout ça était complètement dingue, n'est-ce pas ? Toute la vie professionnelle de Russell était basée sur l'idée que des gens haïssaient le président et sa famille. Certains étaient de vrais dingues. Mais d'autres pas. Il avait étudié leur psychologie, car apprendre à connaître ses ennemis permettait au Service secret de savoir un peu mieux qui surveiller. Ça ne signifiait pas qu'il les comprenait. C'étaient des *gosses*, ici. Même les salopards de la Mafia, il le savait, ne s'attaquaient pas aux enfants. Il enviait parfois le FBI qui avait autorité pour traquer les kidnappeurs. Sauver un gosse et coincer le responsable, dans ce genre d'affaires, ce devait être super, même si c'était sans doute difficile de le capturer vivant au lieu de l'envoyer se faire réciter ses droits par Dieu en personne... Cette pensée lui arracha un sourire. Parce que la suite, peut-être, était encore mieux : les kidnappeurs d'enfants passaient vraiment un mauvais quart d'heure en prison. Même les criminels les plus endurcis ne supportaient pas ces types-là.

— Russell, de poste de commandement, entendit-il dans son écouteur.

— Russell.

— Price vient chez toi, comme tu l'as demandé, lui annonça l'agent spécial Norm Jeffers, depuis la maison particulière de l'autre côté de la route. Elle dit qu'elle sera là dans une quarantaine de minutes.

— D'ac'. Merci.

— Je vois que le fils Walker poursuit ses études d'ingénieur, ajouta Norm.

— Ouais, peut-être qu'il va se mettre à construire des ponts, ensuite.

L'enfant était en train de bâtir le second étage de son château de sable, à la grande admiration de Katie Ryan et de Megan O'Day.

— Monsieur le président, dit le capitaine de l'équipe, j'espère que vous apprécierez ce petit cadeau.

Ryan éclata de rire et enfila le T-shirt. Toute l'équipe se rassembla autour de lui pour les caméras.

— Le directeur de la CIA est un grand fan de hockey, dit Jack. Et son gamin est plutôt bon. Il jouait avec les juniors, en Russie.

— Alors, il a peut-être appris quelque chose, dit Bob Albertsen, un malabar de la défense. Il va dans quelle fac?

— Je ne sais pas laquelle ses parents ont choisie. Ils m'ont dit qu'Eddie voulait devenir ingénieur.

Jack appréciait de pouvoir parler de temps en temps de choses normales avec des personnes normales.

— Dites-leur d'envoyer leur gamin à Rensselaer, alors. C'est une bonne fac technique, du côté d'Albany.

— Pourquoi là?

— Ces satanés jeunots emportent le championnat universitaire tous les ans. Donnez-moi son nom et je lui ferai passer des infos. Et à son père aussi, si c'est OK, monsieur le président.

— D'accord, promit Ryan.

Pat O'Day arriva juste au moment où les gamins rentraient pour se rendre à la salle de bains. Un grand moment dans la vie de la crèche. Il gara son pick-up juste après seize heures. Il regarda les agents du Service secret modifier leurs postes de surveillance. Russell réapparut à la porte principale, son emplacement habituel quand les enfants étaient à l'intérieur de Giant Steps.

— Alors, notre match est pour demain?

— Trop juste, répondit Russell en secouant la tête. Dans deux semaines, à quatorze heures. Ça te laisse une chance supplémentaire de t'entraîner un peu.

— Pas à toi? demanda O'Day, en entrant.

Il aperçut Megan qui pénétrait dans la salle de bains des filles. Elle, elle ne l'avait pas vu. Parfait. Il s'accroupit à côté de la porte pour lui faire la surprise quand elle sortirait.

Movie Star, lui aussi, surveillait la crèche depuis le parking de l'université. Les premières feuilles des arbres le gênaient un peu, mais il voyait encore assez.

Tout avait l'air normal, et désormais l'opération était entre les mains d'Allah, pensa-t-il, utilisant malgré lui cette expression pour une action impie. Juste à cet instant, la voiture numéro un descendit la rue, au nord de Giant Steps. Elle allait tourner et revenir dans l'autre sens.

La voiture numéro deux était une Town Car Lincoln blanche, identique à celle d'une famille qui fréquentait la crèche — un couple de médecins, mais les terroristes n'en savaient rien, bien sûr. Derrière elle, il y avait une Chrysler rouge, dont l'original appartenait à la femme d'un comptable, qui attendait un autre enfant. Movie Star les vit se garer sur le parking, en face l'une de l'autre, aussi près de la route que possible.

Price n'allait pas tarder. Tout en notant l'arrivée de deux véhicules de parents, Russell repensa aux arguments qu'il ferait valoir pour essayer de convaincre le chef du détachement. Il ne voyait que la silhouette des conducteurs, à l'intérieur des voitures, à cause des reflets du soleil de la fin d'après-midi sur les pare-brise. Elles étaient en avance, mais c'était vendredi...

... Les numéros d'immatriculation...?

... Il plissa légèrement les yeux, tandis qu'il secouait la tête et se demandait pourquoi il n'avait pas...

Mais quelqu'un d'autre y avait pensé. Jeffers souleva ses jumelles. Vérifier les voitures qui s'arrêtaient sur le parking faisait partie de sa mission. Il ne s'était jamais demandé s'il avait une mémoire photographique : se souvenir des choses lui était aussi naturel que le fait de respirer.

— Attends, attends, y a un truc qui cloche, là. C'est pas nos... (Il leva le micro de sa radio.) Russell, c'est pas nos voitures!

Presque à temps.

Les deux conducteurs ouvrirent leurs portières sans se presser et en sortant ils récupérèrent leurs armes posées par terre, à côté d'eux. Quatre hommes, armés eux aussi, descendirent de l'arrière des deux voitures.

La main droite de Russell se posa immédiatement sur son pistolet automatique, tandis que sa gauche rapprochait de ses lèvres le micro fixé à son col.

— *Des armes!*

A l'intérieur du bâtiment, l'inspecteur O'Day entendit quelque chose, qu'il ne comprit pas, et comme il tournait le dos à l'agent Marcella Hilton, il ne la vit pas abandonner brusquement un enfant qui lui posait une question, et plonger sa main dans son sac pour récupérer son revolver.

C'était le plus simple des codes. Un instant plus tard, Russell l'entendit répété dans son écouteur par Norm Jeffers, depuis leur poste de commandement. La main du Noir s'écrasa sur un autre bouton qui le mit instantanément en liaison radio avec Washington :

— Sandstorm Sandstorm Sandstorm [1] !

Comme la plupart des policiers de carrière, l'agent spécial Don Russell n'avait jamais fait feu sous l'emprise de la colère. Ses années d'entraînement lui avaient inculqué des réflexes parfaits. Dès qu'il vit le guidon relativement élevé d'un fusil automatique qui ressemblait à un AK-47, ses deux mains se rejoignirent sur la poignée de son SigSauer, tandis qu'il mettait un genou à terre pour être moins visible et mieux contrôler son arme. L'homme à l'AK-47 allait tirer le premier, mais il serait trop haut, pensa Russell. Trois balles passèrent au-dessus de sa tête, en effet, et se plantèrent dans le chambranle de la porte, avec un staccato d'arme automatique. Son cran de mire recouvert de tritium s'aligna sur le visage de son adversaire. Il appuya sur la détente et, à quinze mètres de distance, lui plaça une balle dans l'œil gauche.

A l'intérieur de l'immeuble, O'Day comprit qu'il se

1. « Tempête de sable » *(N.d.T.)*.

passait quelque chose d'anormal, juste au moment où Megan émergeait de la salle de bains en bataillant avec les bretelles de sa salopette Oshkosh. A cet instant, l'agent que les enfants appelaient Mlle Anne sortit de la pièce du fond, en tenant son pistolet des deux mains.

— Doux Jésus..., murmura l'inspecteur du FBI lorsque la jeune femme lui bondit dessus, le renversa aux pieds de sa fille en lui hurlant :

— O'Day, planque-toi !

L'agent s'assomma à moitié contre le mur.

De l'autre côté de la route, deux agents jaillirent de la maison, avec leurs Uzi, tandis que Jeffers restait à l'intérieur pour s'occuper des transmissions. Après avoir passé le code d'urgence au quartier général, il lança l'alerte à la caserne J de la police d'Etat du Maryland, sur Rowe Boulevard, à Annapolis. La fonction de Jeffers était d'abord de s'assurer que le message était passé, puis de soutenir les deux autres membres de son équipe, qui traversaient déjà la pelouse en courant...

... Mais ils n'avaient aucune chance. A une cinquantaine de mètres, les assaillants de la voiture numéro un les abattirent tous les deux. Jeffers les vit s'écrouler alors qu'il prévenait la police d'Etat. Il n'eut même pas le temps de ressentir quelque chose pour eux.

Dès qu'on accusa réception de son message, il s'empara de son M-16, ôta la sécurité, et fonça vers la porte.

Russell changea son angle de tir. Un autre attaquant commit l'erreur de se redresser pour mieux se positionner. Deux balles très rapprochées lui firent exploser la tête comme un melon. Russell ne pensait pas, n'avait aucun sentiment, ne faisait rien d'autre que de tirer sur des cibles aussi vite qu'il les identifiait... Les balles de l'ennemi passaient toujours au-dessus de lui. Puis il entendit un cri. C'était Marcella

Hilton. Quelque chose de lourd tomba sur son dos et il s'écroula. Mon Dieu! Le corps de Marcella lui bloquait les jambes et, alors qu'il roulait sur lui-même pour se dégager, il vit quatre hommes arriver vers lui, mais sans ligne de tir directe sur la position qu'il tenait. Sa balle suivante atteignit en plein cœur un des assaillants. Les choses se passaient comme il l'avait toujours rêvé : son arme agissait toute seule. Sa vision périphérique lui montra un mouvement sur sa gauche. Le groupe de soutien... Non, c'était une voiture qui venait droit sur eux à travers la cour de récréation! Pas la Suburban. Il visa un autre tireur, mais celui-là s'écroula, touché trois fois par Anne Pemberton, depuis l'embrasure de la porte, derrière lui. Il n'en restait plus que deux. Anne tomba en avant à son tour, touchée à la poitrine, et Russell comprit qu'il était seul, désormais, tout seul.

Il n'y avait plus que lui entre SANDBOX et ces fils de putes!

Il roula sur lui-même pour éviter un projectile qui vint s'écraser par terre à sa gauche, et tira de nouveau tout en se déplaçant, deux balles qui se perdirent. Son SigSauer était vide. Il remit immédiatement un autre chargeur, mais cela lui prit quelques secondes et il sentit une balle le frapper au bas du dos — comme s'il recevait un formidable coup de pied au cul. Son pouce lâcha la culasse mobile, et une seconde balle l'atteignit à l'épaule gauche et se fraya un chemin dans son abdomen, déchirant tout sur son passage, avant de ressortir par sa cuisse gauche. Il tira une autre fois, mais il ne pouvait plus tenir son arme assez haut... Il atteignit encore l'un de ses derniers adversaires au genou. Puis il s'écroula.

O'Day se relevait au moment où deux inconnus franchirent la porte, des AK-47 à la main. Les enfants restèrent un moment silencieux, l'air hébété. Puis ils se mirent à hurler. La jambe d'un des deux hommes était couverte de sang et il serrait les dents, de douleur et de rage.

À l'extérieur, les trois terroristes de la voiture numéro un considéraient le carnage. Quatre des leurs étaient morts, mais ils avaient éliminé le groupe de soutien et...

... Le premier d'entre eux, qui venait de sortir par la portière arrière droite, s'écroula. Les deux autres pivotèrent et se retrouvèrent face à Noir, en chemise blanche, armé d'un fusil gris.

— Va te faire enculer et crève!

Norman Jeffers ne se souviendrait pas d'avoir hurlé cette imprécation au moment où il se tournait vers sa cible suivante et lui mettait trois balles dans la tête. Le troisième assaillant, qui avait tué les deux collègues de Norman, s'abrita derrière le capot de sa voiture, mais celle-ci était toute seule en plein milieu de la cour de récréation.

— Montre-toi, lève les mains en l'air et dis « Bonjour, Charlie », ordonna l'agent en respirant bruyamment.

... Et son adversaire se redressa, en effet, et pointa son arme sur lui, mais pas assez vite. Norman vit son crâne exploser dans un nuage sanglant.

— Norm! hurla Paula Michaels.

L'agent de surveillance en poste, l'après-midi, dans le 7-Eleven en face de la crèche, se précipita vers lui, son pistolet à la main.

Jeffers se laissa tomber sur un genou derrière la voiture dont il venait de tuer les occupants. Paula le rejoignit.

— Tu les as comptés? demanda-t-elle dans un souffle.

— Y en a un qui a réussi à entrer.

— Deux, j'en ai vu deux! Y en a un qui est touché à la jambe. Oh, mon Dieu, Don, Anne, Marcella...

— Arrête ça. On a des gosses, là-dedans, Paula. Merde!

Voilà, pensa Movie Star, finalement ça ne marcherait pas... *Merde!* jura-t-il entre ses dents. Il les avait prévenus qu'il y avait *trois* agents dans la maison, de l'autre côté de la route! Pourquoi n'avaient-ils pas d'abord éliminé le troisième? Ils auraient déjà pu se tirer avec la gosse. Bon. Il ne s'était jamais vraiment attendu à la réussite de cette mission. Il l'avait dit à Badrayn, et il avait choisi ses hommes en fonction de cette éventualité. Il ne lui restait plus, maintenant, qu'à s'assurer... de quoi? Allaient-ils tuer la gamine? Ils avaient évoqué cette éventualité.

Mais ils pouvaient aussi mourir sans faire leur devoir...

Andrea Price était à une dizaine de kilomètres de sa destination lorsqu'elle entendit l'appel d'urgence sur sa radio. Deux secondes plus tard, elle fonçait au milieu du trafic, pied au plancher, gyrophare allumé, sirène hurlante. Elle tourna vers le nord sur Ritchie Highway, vit les voitures qui bloquaient la route, les dépassa sur la bande médiane et arriva sur place quelques secondes avant le premier véhicule radio vert et noir de la police d'Etat du Maryland.

— Price, c'est vous?
— C'est qui? répondit-elle dans un souffle.
— Norm Jeffers. Je crois qu'on a deux méchants à l'intérieur. On a perdu cinq agents. Michaels est avec moi. Je l'envoie par-derrière.
— Je suis là dans une seconde.
— Attention à vous, Andrea, l'avertit Jeffers.

O'Day secoua la tête. Il souffrait toujours du choc contre le mur. Sa fille était à côté de lui, protégée par son corps des deux... terroristes?... qui, à présent, tenaient la pièce sous la menace de leurs armes. Les gamins continuaient à hurler. Mme Daggett avança lentement; elle s'était placée entre eux et « ses » enfants et elle avait levé les mains instinctivement. Tous les gosses s'étaient recroquevillés sur eux-mêmes. Ils appelaient leur mère et mouillaient leurs couches.

A St. Mary, le message « Sandstorm » reçu par liaison radio fut comme un coup de tonnerre pour les sous-détachements de protection de Shadow et de Shortstop. Les agents postés à l'extérieur des salles de classe des deux jeunes Ryan s'y précipitèrent, l'arme au poing, et firent sortir leurs « clients » dans le couloir. Ils ne répondirent pas à leurs questions, tandis qu'ils mettaient en branle le plan prévu pour ce genre d'éventualité. Les deux gosses furent embarqués dans la même Chevy Suburban qui fonça jusqu'à un immeuble de service de l'autre côté du terrain de sport. Au même moment, à Washington, un hélicoptère des Marines décollait pour les évacuer par les airs. La seconde Suburban prit position sur le terrain à cent cinquante mètres du bâtiment. On ordonna à la classe qui y faisait sa gymnastique de quitter le terrain, et les agents se placèrent derrière leur véhicule au blindage de Kevlar, avec leurs armes lourdes, et surveillèrent les environs à la recherche de cibles.

— Docteur !

Cathy Ryan leva les yeux. Altman ne l'avait jamais appelée ainsi. Il n'avait jamais sorti non plus son revolver en sa présence, sachant qu'elle n'aimait pas les armes à feu. Instinctivement, son visage prit la blancheur de sa blouse de laboratoire.

— C'est Jack, ou...

— Non, c'est Katie. C'est tout ce que je sais, docteur. Venez avec moi immédiatement, s'il vous plaît.

— Non ! Je ne veux pas que ça recommence ! Je ne veux pas !

— Dites-moi ce que vous savez, Jeff, dit Ryan en se mordant les lèvres.

— Deux terroristes ont réussi à pénétrer dans l'immeuble. Don Russell est mort, ainsi que quatre autres de nos agents, monsieur, mais on contrôle la situation, OK ? Laissez-nous faire notre boulot, ajouta l'agent Raman, en posant sa main sur le bras du président dans un geste de réconfort.

— Pourquoi mes enfants, Jeff? Si des gens deviennent dingues, c'est à moi qu'ils devraient s'attaquer, non? Pourquoi s'en prendre à des enfants, dites-moi...

— C'est un acte odieux, monsieur le président, aux yeux des hommes et aux yeux de Dieu, répondit Raman.

Trois agents pénétrèrent dans le Bureau Ovale. Raman se demanda ce qu'il allait faire maintenant.

Merde! Pourquoi lui avait-il répondu ça?

Ils parlaient une langue que Pat O'Day ne connaissait pas. Il resta assis par terre avec sa fille serrée dans ses bras, sur ses genoux, et il essaya d'avoir l'air aussi désemparé qu'elle. Bon Dieu, ça faisait des années qu'il s'entraînait pour une telle éventualité — mais il n'avait jamais imaginé qu'il serait *à l'intérieur,* sur le lieu du crime au moment même où il se déroulait! Quand on était de l'autre côté, c'était plus simple, on savait quoi faire.

Maintenant, il comprenait ce qui se passait. S'il restait quelques membres du Service secret... et ce devait être le cas. Quelqu'un avait tiré trois ou quatre fois avec un M-16. O'Day connaissait le bruit particulier de cette arme. Pas d'autre assaillant que ces deux-là. OK, les siens étaient à l'extérieur. Ils allaient d'abord établir un périmètre de surveillance pour s'assurer que plus personne n'entrerait ni ne sortirait. Ensuite ils appelleraient des renforts. Qui? Le Service secret avait probablement son propre groupe SWAT [1], mais l'équipe de sauvetage des otages du FBI arriverait aussi avec ses hélicos... Et, comme à point nommé, il en entendit un au-dessus du bâtiment.

— Ici Trooper 3, nous tournons sur zone, annonça une voix à la radio. Qui dirige les opérations, en bas?

1. *Special Weapons and Tactics,* l'équivalent du GIGN *(N.d.T.).*

— Ici l'agent spécial Price, Service secret des Etats-Unis. Vous restez combien de temps avec nous, Trooper ? répondit Andrea par la radio de la police d'Etat.

— Une heure et demie de carburant. Ensuite, un autre appareil nous relèvera. On surveille le terrain, en ce moment, agent Price. Je vois quelqu'un à l'ouest, on dirait une femme, derrière un arbre mort. Elle est des nôtres ?

— Michaels, c'est Price, dit Andrea sur son système radio personnel. Fais un signe de la main à l'hélico.

— Elle vient d'agiter la main, annonça immédiatement le pilote de Trooper 3.

— OK, c'est quelqu'un à nous. Elle couvre nos arrières.

— Parfait. Aucun mouvement autour de l'immeuble. Personne dans un rayon de cent mètres. Nous continuons la surveillance, jusqu'à ce que vous ayez besoin d'autre chose.

— Merci. Terminé.

Le VH-60 des Marines se posa sur le terrain de sport. On embarqua sans ménagements Sally et Little Jack, puis le colonel Goodman redécolla immédiatement et partit vers le Potomac, à l'est, sur lequel ne se trouvait aucun bateau suspect. Les gardes-côtes venaient de le lui indiquer un instant plus tôt. Il monta assez haut, puis vira vers le nord, au-dessus de l'eau. Sur sa gauche, il devina la forme d'un hélicoptère de la police qui effectuait des cercles dans le ciel, à quelques kilomètres d'Annapolis. Il ne fallait pas être très malin pour deviner ce que c'était. Il ne se retourna pas pour voir comment se comportaient les deux gosses. Il avait un appareil à piloter. C'était sa mission. Il savait que les autres feraient la leur.

Ils regardaient par les fenêtres, à présent. Ils étaient très prudents. Le blessé s'appuyait contre le mur. Il avait dû être touché à la rotule, pensa O'Day. Parfait. L'autre observait les environs. Ce n'était pas difficile de deviner ce qu'il voyait. Des sirènes annonçaient l'arrivée de voitures de police. Bon, ils avaient probablement délimité le périmètre de sécurité, maintenant. Mme Daggett et ses trois employées avaient rassemblé les enfants dans un coin de la pièce. Les deux hommes échangèrent quelques mots. Super, ils n'avaient pas l'air de maîtriser spécialement la situation, estima l'inspecteur du FBI. Il y en avait toujours un qui surveillait la pièce, le fusil pointé, mais ils n'avaient pas...

A cet instant, l'un d'eux sortit une photo de la poche de sa chemise. Il dit quelque chose à son compagnon, puis il abaissa les stores. *Merde!* pensa O'Day. Les tireurs avec leurs fusils à lunettes ne voyaient plus à l'intérieur, désormais. Ces deux-là étaient donc assez malins pour savoir qu'on pouvait leur tirer dessus.

L'homme à la photo s'avança vers les enfants. Il en indiqua un du doigt :

— Celle-là.

Curieusement, ils ne semblèrent prendre conscience de la présence de Pat O'Day qu'à ce moment-là. Le blessé au genou cligna des yeux et pointa son AK vers lui. L'inspecteur leva les mains en l'air.

— Y a eu assez de morts, mon ami, dit-il.

Il n'avait pas besoin de se forcer beaucoup pour faire trembler sa voix. Il comprit soudain que c'était une erreur de tenir Megan ainsi dans ses bras. *Ce connard aurait pu lui tirer dessus pour me flinguer, moi...*, pensa-t-il, et son estomac se retourna à cette idée. Lentement, très prudemment, il la souleva, la fit descendre de ses genoux et la posa par terre à sa gauche.

— Non!

C'était la voix de Marlene Daggett.

— Amène-la-moi! ordonna l'homme.

Obéis, obéis... pensa O'Day. *Ne résiste que quand ça comptera vraiment. Ça ne changera rien pour l'instant, si tu fais ce qu'ils demandent.*

Mais elle ne pouvait pas entendre ses pensées.

— Amène-la-moi! répéta le terroriste.

— NON!

L'homme lui tira une balle en pleine poitrine à bout portant.

— Qu'est-ce que c'était? demanda Andrea Price sèchement.

Des ambulances remontaient Ritchie Highway. Leurs sirènes intermittentes faisaient un bruit différent de celles de la police, plus monotones. Plus loin, sur la gauche d'Andrea, des policiers essayaient de détourner le trafic pour dégager la route. Leurs mains caressaient leurs holsters — manifestement, ils auraient préféré être sur place avec leurs collègues.

Ceux d'entre eux qui étaient les plus proches de la crèche entendirent de nouveaux hurlements d'enfants terrorisés. Le pire, c'était de ne pas savoir pourquoi les gosses criaient.

Un blouson de cuir, ça remontait quand on était assis comme ça. Si quelqu'un s'était trouvé derrière lui, il aurait immédiatement vu le holster au creux de ses reins. O'Day n'avait encore jamais assisté à un meurtre, même s'il avait enquêté sur bon nombre d'entre eux. Une femme qui travaillait avec des enfants... L'expression de son visage, sachant qu'elle était en train de mourir!

Il n'avait plus le choix, désormais. Il aurait aimé promettre à Mme Daggett que ses meurtriers ne quitteraient pas cette pièce vivants.

Aucun des enfants n'avait encore été blessé — c'était un miracle. Tous les tirs avaient été assez hauts, et il réalisa soudain que si Anne ne l'avait pas jeté à terre, il serait peut-être mort à côté de sa fille, à l'heure qu'il était. Il y avait des trous dans les murs, des balles qui étaient passées à un endroit où il s'était trouvé quelques secondes plus tôt. Ses mains tremblaient, mais elles savaient ce qu'elles devaient faire, maintenant. Elles avaient une tâche à accomplir, oh oui, et ne comprenaient pas pourquoi son cerveau ne leur en avait pas encore donné l'ordre.

Mais ses mains devaient se montrer patientes. C'était l'esprit qui décidait.

L'un des deux hommes attrapa Katie Ryan en lui tordant le bras. Elle se mit à pleurer. Il aurait tout aussi bien pu s'emparer de Megan, elles se ressemblaient tellement, toutes les deux...

Il sembla lire dans l'esprit de l'inspecteur du FBI, car il regarda de nouveau la photo, puis se tourna vers lui.

— Qui es-tu? lui demanda-t-il.

— Comment? répondit nerveusement O'Day.

Essaie d'avoir l'air idiot et terrorisé...

— A qui est cet enfant? demanda le terroriste en indiquant Megan.

— C'est la mienne. Et je ne sais pas à qui est celle-là, mentit l'inspecteur.

— C'est celle que nous voulons, c'est la fille du président, oui?

— Merde, comment je le saurais? C'est ma femme qui vient chercher Megan, en général, pas moi. Faites ce que vous avez à faire et partez, d'accord?

Une voix de femme leur parvint soudain de l'extérieur.

— Vous, là-dedans! C'est le Service secret des Etats-Unis. Nous vous demandons de sortir. Nous ne tirerons pas. Vous ne pouvez aller nulle part. Sortez à un endroit où nous vous verrons. Vous aurez la vie sauve.

— C'est un bon conseil, dit Pat O'Day. Personne ne s'échappera d'ici, vous savez?

— Cette gosse, c'est la fille de votre président! Ils n'oseront pas me tirer dessus! proclama l'homme.

O'Day acquiesça d'un signe de tête, notant qu'il parlait un bon anglais.

— Et les autres enfants, mec? fit-il. Si c'est celle-là qui compte pour vous, eh bien, vous voyez, pourquoi ne pas nous laisser partir, hein?

Ce salaud avait raison, pensa O'Day. Le Service secret ne lui tirerait pas dessus, parce qu'il n'était pas tout seul. Et ces types étaient assez malins pour se tenir toujours au moins à un mètre cinquante l'un de l'autre. Ce qui signifiait qu'il faudrait se déplacer pour les descendre.

Mais ce qui l'effrayait le plus, c'était la facilité avec laquelle ils avaient assassiné Marlene Daggett... Ils s'en foutaient, en fait. Impossible de prévoir les réactions de ce genre de criminels. On pouvait leur parler pour essayer de les calmer ou de les distraire, mais à part ça, il n'y avait qu'une seule façon de s'occuper d'eux...

— On leur donne les enfants, ils nous donnent une voiture, d'accord ?

— Hé, ça marche pour moi, fit O'Day dans un souffle. J'veux juste rentrer à la maison avec ma fille, ce soir, vous savez ?

— Oui, vous avez l'air de prendre soin de votre petite. Asseyez-vous là.

— Pas d'problème...

Il ramena ses mains sur sa poitrine, sur la fermeture Eclair de son blouson. De cette façon, son cuir dissimulait son revolver.

— Attention ! cria de nouveau la voix féminine, à l'extérieur. Nous voulons parlementer.

Cathy Ryan rejoignit ses enfants dans l'hélicoptère. Les agents avaient des mines lugubres. Sally et Jack se remettaient du choc initial et maintenant ils sanglotaient en quêtant du regard le soutien de leur mère. Le Black Hawk remonta immédiatement dans le ciel et fila vers Washington, suivi par un second appareil de protection. Cathy constata que le pilote n'empruntait pas l'itinéraire habituel ; il fonçait plein est, loin de l'endroit où se trouvait Katie. Elle s'évanouit dans les bras de ses gosses.

— O'Day est à l'intérieur, lui dit Jeffers.

— Vous êtes sûr, Norm ?

— C'est son pick-up, là. Et je l'ai vu entrer juste avant leur attaque.

— Et merde ! jura Andrea Price. C'est sans doute le coup de feu qu'on a entendu.

— Ouais, dit Jeffers avec un hochement de tête sinistre.

286

Le président se trouvait dans la salle de crise, l'endroit idéal pour suivre les événements.

— Jack? (C'était Robby Jackson. Ryan se leva. Ils étaient amis depuis assez longtemps pour pouvoir échanger une étreinte en de telles circonstances.) On s'est déjà retrouvés dans ce genre de situation, mon vieux. Et on s'en est sortis, à l'époque, vous vous souvenez?

— On a les numéros d'immatriculation des voitures sur le parking. Trois véhicules de location. On vérifie tout ça, dit Raman, suspendu au téléphone. On devrait pouvoir identifier ces gars-là.

O'Day pensa qu'ils devaient être vraiment cons pour s'imaginer qu'ils avaient la moindre chance de s'échapper d'ici... Et s'ils n'y croyaient pas, alors ils n'avaient rien à perdre... En plus, ils semblaient n'avoir aucun problème de conscience pour tuer... Pat se rappela que ça s'était déjà produit. En Israël. Il ne se souvenait ni de l'endroit ni de la date, mais deux terroristes avaient pris en otages un groupe de gosses et ils les avaient flingués jusqu'à ce que les commandos aient pu les...

Il avait appris à affronter n'importe quelle situation, ou du moins le pensait-il, et il l'aurait encore affirmé vingt minutes plus tôt — sauf que là, il avait son propre enfant à côté de lui...

Le tueur qui n'était pas blessé tenait toujours Katie Ryan par le bras; elle pleurnichait, maintenant, épuisée par ses hurlements. Dans son autre main, il avait son AK. S'il avait eu un pistolet, il aurait pu lui poser son canon sur la tempe, sauf que l'AK était trop long pour ça.

Toujours très lentement, l'inspecteur O'Day ouvrit la fermeture Eclair de son blouson.

Ils recommencèrent à discuter. Le blessé avait l'air de souffrir. D'abord bloquée par la montée d'adrénaline, la douleur était revenue, maintenant que la situation s'était plus ou moins calmée. Il dit quelque chose à son compagnon, que Pat O'Day ne comprit pas. L'autre lui répondit en montrant la porte d'un geste ; il semblait s'exprimer tout à la fois avec passion et frustration. L'horreur viendrait quand ils se seraient décidés. Ils pouvaient tout aussi bien tuer les gosses. Les autres, là dehors, prendraient sans doute l'immeuble d'assaut s'ils entendaient des coups de feu. Ils seraient peut-être assez rapides pour sauver quelques-uns de ces enfants, mais...

O'Day les surnomma Blessé et Indemne. Ils étaient excités mais indécis, ils voulaient vivre, mais ils commençaient à comprendre qu'ils ne pourraient pas...

— Hé, euh, les gars..., dit-il, en levant les bras pour éviter qu'ils ne remarquent sa fermeture Eclair ouverte. J'peux dire quelque chose ?

— Quoi ? demanda Blessé, tandis qu'Indemne se contentait de les observer.

— Tous ces gosses que vous avez là, ça fait un peu trop à surveiller, pas vrai ? demanda-t-il avec un hochement de tête exagéré pour mieux faire passer son idée. Et si je faisais sortir ma fille et quelques autres ? Peut-être que ça vous faciliterait les choses ?

Du coup, ils recommencèrent à discuter. O'Day eut l'impression qu'Indemne appréciait cette proposition.

— Attention ! C'est le Service secret qui vous parle ! reprit la voix à l'extérieur.

Ce devait être Andrea, pensa O'Day.

Indemne considérait la porte. Mais pour la franchir, il devrait passer devant Blessé.

— Hé, allez, libérez certains d'entre nous, vous voulez ? plaida O'Day. Peut-être que je pourrai les convaincre de vous procurer une voiture...

Indemne braqua son fusil sur lui.

— Lève-toi ! ordonna-t-il.

— OK, OK, on se calme, d'accord ?

O'Day se redressa lentement, en gardant ses mains éloignées de son corps.

Verraient-ils son holster s'il se retournait ? Le Service secret l'avait remarqué à sa première visite, et s'il se plantait ce coup-ci, Megan... Il ne se tournerait pas. Point final.

— Tu leur demandes de nous donner une voiture, ou je tue celle-là, et tous les autres !

— Vous me laissez emmener ma fille avec moi, d'accord ?

— Non ! grogna Blessé.

Indemne lui dit quelques mots dans leur langue, son arme toujours dirigée vers le sol, alors que celle de l'autre était pointée vers la poitrine de Pat O'Day.

— Hé, les gars, qu'est-ce que vous avez à perdre ? insista O'Day.

Il eut l'impression qu'Indemne répétait la même chose à son compagnon. Puis l'homme tira le bras de Katie Ryan d'un coup sec. Elle recommença à hurler, tandis qu'il se déplaçait dans la pièce, la poussant devant lui. Ce faisant, il dissimula le champ de vision de Blessé. O'Day attendait ça depuis vingt minutes.

De sa main droite, il attrapa son revolver dans son dos, sous son blouson de cuir, et tomba sur un genou. A la seconde même où Indemne lui laissait une ouverture sur sa cible, le Smith 1076 cracha deux balles, et Blessé mourut. Sous l'effet de la surprise, Indemne écarquilla les yeux, tandis que les enfants recommençaient à hurler.

— Lâche-la, lui cria O'Day.

La première réaction d'Indemne fut de serrer encore plus fort le bras de Katie Ryan. En même temps, il déplaça son fusil, comme s'il s'agissait d'un pistolet, mais l'AK était trop lourd pour être utilisé de cette façon. O'Day aurait voulu le capturer vivant, mais il comprit que ce n'était pas possible. De nouveau, son index droit appuya deux fois sur la détente. Son adversaire s'écroula en dessinant une ombre rouge sur le mur blanc de Giant Steps.

L'inspecteur Patrick O'Day bondit vers eux et éloigna à coups de pied les deux armes de ses victimes. Il considéra les deux cadavres, surpris d'avoir réussi. Il eut l'impression que son cœur recommençait à battre. Puis il s'agenouilla à côté de Katie Ryan.

— Ça va, ma chérie ? (Elle ne répondit pas. Elle se tenait le bras et sanglotait, mais il n'y avait pas de sang sur elle.) Viens, ajouta-t-il gentiment, en soulevant cette fillette qui, désormais, serait toujours un peu la sienne.

Puis il attrapa Megan et se dirigea vers la porte.

— Ils sortent! Ils sortent! cria quelqu'un.

— Ne tirez pas! ordonna Andrea dans son haut-parleur.

Les fusils restèrent braqués sur l'entrée, mais les mains qui les tenaient se détendirent.

— Mon Dieu! s'exclama Jeffers, qui se leva et courut pour rejoindre O'Day sur le seuil.

— Les deux types sont morts et Mme Daggett aussi, lui annonça l'inspecteur du FBI. Tout va bien, Norm. Tout va bien...

— Laisse-moi t'aider...

— Non! hurla Katie Ryan.

Jeffers dut s'écarter. Pat considéra les vêtements tachés de sang des cadavres des trois agents du Service secret. Au moins dix douilles autour du corps de Don Russell, et un chargeur vide. Plus loin, quatre autres terroristes gisaient sur le sol. En s'avançant, il vit que deux d'entre eux avaient été touchés en pleine tête. Il s'arrêta à côté de son pick-up. Il avait les jambes en coton, à présent. Il posa les deux fillettes par terre et s'assit sur son pare-chocs. Un agent féminin arriva. Pat ôta son Smith & Wesson de sa ceinture et le lui tendit sans vraiment y prêter attention.

— Vous êtes blessé?

C'était Andrea Price.

Il secoua la tête. Il lui fallut un moment pour trouver la force de parler de nouveau.

— J'pense que je risque de me mettre à trembler dans une minute.

Il observa les deux petites filles. Un policier prit Katie Ryan dans ses bras, mais Megan refusa de quitter son père. Il la serra contre lui et ils se mirent à pleurer tous les deux. Il entendit Price qui disait :

— Sandbox est saine et sauve!

Elle regarda autour d'elle. Les agents de soutien du Service n'étaient toujours pas là, et la plupart des membres du service d'ordre appartenaient à la police d'Etat du Maryland. Dix d'entre eux formèrent un cercle de protection autour de SANDBOX.

Jeffers rejoignit O'Day. Quand celui-ci releva la tête, il vit qu'on évacuait les autres enfants. Les médecins qui commençaient à arriver s'occupèrent d'eux en priorité.

— Tiens, prends ça, lui dit Norman, en lui tendant un mouchoir.

— Merci, Norm. (O'Day essuya ses yeux, se moucha et se leva.) Désolé, les gars.

— T'en fais pas. Pat, t'as été...

— J'aurais préféré choper le dernier vivant, mais j'ai pas pu... j'ai pas pu prendre le risque. (Il s'était remis debout. Il tenait Megan par la main.) Et merde ! souffla-t-il.

— On devrait s'en aller, dit Andrea. On parlera de tout ça dans un endroit un peu plus sympa.

— J'ai soif, murmura O'Day. (Il secoua de nouveau la tête.) Je me serais jamais attendu à un truc pareil, Andrea. Des gosses partout. C'était pas censé se passer comme ça, n'est-ce pas ?

— Venez, Pat. Vous vous êtes bien débrouillé.

— Attendez une minute.

L'inspecteur du FBI se frotta le visage, prit une profonde inspiration, et considéra le lieu du crime. *Doux Jésus, quel bordel !* Trois morts de ce côté-ci de la cour de récré. Jeffers avec son M-16, pensa-t-il. Pas mal. Mais il avait encore une chose à faire. Près de chacune des voitures de location, il y avait un cadavre avec une balle dans la tête. Un autre avait en plus une balle dans la poitrine. Il ne savait pas exactement qui avait descendu le quatrième. Une des filles, sans doute. Les examens balistiques le détermineraient. Il retourna vers l'entrée de la crèche, jusqu'à l'endroit où gisait l'agent spécial Donald Russell. Il se retourna et regarda le parking. Ce n'était pas la première fois qu'il se retrouvait sur les lieux d'un crime. Il avait appris à deviner comment les choses se passaient. Ici, Don n'avait eu aucun avertissement — une seconde, pas plus ; il avait tenu bon contre six tueurs armés, et il en avait descendu trois.

Il s'agenouilla à côté de lui. Il récupéra son Sig-Sauer, le donna à Price, puis il lui prit la main pendant un long moment.

— A la revoyure, champion, murmura O'Day, quand il la lâcha enfin.

Il était temps de partir.

43

RETRAITE

L'endroit le plus proche où pouvait se poser un hélicoptère des Marines, c'était la Naval Academy, l'Ecole navale, mais il fallait trouver des membres du Service secret pour voyager avec SANDBOX.

Andrea Price, en tant qu'agent le plus gradé présent sur place et chef du détachement de protection, devait rester à Giant Steps, si bien que le personnel du Service secret qui fonçait sur Annapolis dut rejoindre la police d'Etat à l'Ecole navale pour prendre Katie en charge. Du coup, la première équipe à arriver sur les lieux fut celle des agents du FBI du petit bureau d'Annapolis, qui dépendait de la division locale de Baltimore. Ils prirent leurs ordres de Price. Leurs tâches étaient simples, et ils n'allaient pas chômer.

O'Day traversa la route jusqu'à la maison où était situé le poste de commandement de Norm Jeffers. La propriétaire, une grand-mère, surmonta le choc et fit du café à tout le monde. On brancha un magnétophone et l'inspecteur du FBI se lança dans le récit des événements, un long monologue décousu — le meilleur moyen, en fait, de recueillir de nouvelles informations. Plus tard, on reverrait tout cela avec lui, pour des détails supplémentaires. A l'extérieur, les ambulanciers attendaient d'évacuer les corps, mais les photographes devaient d'abord enregistrer l'événement pour la postérité.

Depuis le parking, sur les hauteurs, Movie Star observait toujours la scène, au milieu d'une foule de plusieurs centaines de spectateurs — des élèves et des professeurs et des habitants du quartier. Finalement, il récupéra sa voiture et remonta Ritchie Highway vers le nord.

— Hé, je lui ai laissé une chance..., expliqua O'Day. Je lui ai dit de lâcher son arme. J'ai gueulé ça si fort que ça m'étonne que vous ne m'ayez pas entendu de l'extérieur, Price. Mais il a continué à déplacer son flingue et je n'étais pas d'humeur à prendre des risques.

Ses mains ne tremblaient plus, une fois passé le choc initial. Mais ça recommencerait.

— Vous avez une idée de qui c'était ? demanda Andrea, quand ils eurent revu l'ensemble de son récit.

— Je n'ai pas reconnu la langue qu'ils parlaient. Sûr que ce n'était ni de l'allemand ni du russe, mais à part ça, je ne sais pas. Elles se ressemblent toutes, quand on ne les connaît pas. Je n'ai pas compris le moindre mot. Leur anglais était bon, en revanche, mais avec un accent prononcé, sauf que, là encore, je ne peux pas vous dire de quel accent il s'agissait. Type physique : méditerranéen. Peut-être du Moyen-Orient ? Ou d'ailleurs... Absolument impitoyables, en tout cas. Aucune émotion, chez le type qui a descendu Mme Daggett... Enfin, pas exactement — disons qu'il était furax. Pas une seconde d'hésitation. *Boum*, elle était morte. Je n'ai rien pu faire. L'autre me tenait en joue, et c'est arrivé si vite...

— Pat. (Andrea lui prit la main.) Vous avez été super.

L'hélicoptère se posa sur son aire, au sud de l'entrée de la Maison-Blanche. Un cercle d'agents, l'arme au poing, l'entoura immédiatement. Ryan courut vers l'appareil, alors que le rotor tournait encore. Un Marine en combinaison de vol verte fit coulisser la porte et sauta à terre. Les agents descendirent avec Sandbox et la confièrent à son père.

Jack la prit dans ses bras comme le bébé qu'elle n'était plus depuis longtemps — mais qu'elle serait toujours pour lui — et il regagna le bâtiment, où le reste de sa famille l'attendait à couvert. Des caméras enregistrèrent l'événement, mais aucun journaliste ne fut autorisé à s'approcher à moins de cinquante mètres de POTUS. Les membres du détachement de protection étaient d'une humeur massacrante. C'était la première fois que les représentants des médias accrédités à la Maison-Blanche les voyaient si agressifs.

— Maman! cria Katie en gigotant dans les bras de son père.

La First Lady la serra contre elle, puis Sally et Little Jack rejoignirent leur mère, et Ryan se retrouva tout seul — mais pas pour longtemps.

— Ça va? lui demanda Arnie van Damm doucement.

— Oui, mieux maintenant, je pense. (Son visage était toujours livide, et il se sentait tout mou, mais, bon, il tenait encore debout.) Du nouveau?

— Ecoutez, si on s'en allait tous d'ici? On file à Camp David. Vous retrouverez un peu de calme, là-bas. La sécurité y est parfaite. L'endroit idéal pour se détendre.

Ryan réfléchit à cette proposition. Sa famille n'y était jamais allée, et lui-même ne s'y était rendu qu'à deux reprises — la dernière fois, lors d'une épouvantable journée de janvier, plusieurs années auparavant.

— Mais, Arnie, on n'a aucun vêtement ni...

— On s'en occupe, assura le secrétaire général de la Maison-Blanche.

— Alors, c'est d'accord, acquiesça Ryan d'un signe de tête. Organisez ça. Vite.

Tandis que Cathy emmenait les enfants à l'étage, Jack retourna rapidement à la salle de crise. L'ambiance était meilleure. Le choc et l'angoisse avaient cédé la place à une froide détermination.

— Bon, dit Ryan doucement. Que savons-nous?

— C'est vous, monsieur le président? demanda Dan Murray, depuis le haut-parleur du bureau.

— Racontez-moi tout ça, Dan, ordonna Swordsman.

— J'avais un gars à moi à l'intérieur. Vous le
connaissez. Pat O'Day, un inspecteur volant. Lui aussi
a mis sa fille — Megan, je crois — dans cette crèche.
Il a réussi à éliminer les deux terroristes. Le Service
secret a abattu les autres — neuf au total. On a perdu
cinq agents, plus Mme Daggett. Aucun enfant n'a été
blessé, grâce à Dieu. Price interroge Pat, en ce
moment. J'ai une dizaine d'hommes sur place pour
suivre l'enquête, et on attend aussi pas mal de collègues du Service secret.

— Qui supervise tout ça ?

— On dépend de deux juridictions, ici. Une attaque
contre votre personne ou contre un membre de votre
famille, c'est de la responsabilité de l'USSS. Mais le
terrorisme est notre domaine. Bon, je vais laisser travailler le Service secret, et nous lui apporterons toute
l'assistance possible, promit Murray. Pas de contesta-
tions à la con, là-dessus, je vous en donne ma parole.
Je viens d'appeler la Justice. Martin nomme un procureur pour coordonner l'enquête criminelle. Jack ?
ajouta le directeur du FBI.

— Oui, Dan ?

— Passez un moment en famille. Nous savons
comment gérer tout ça. D'accord, vous êtes le président, mais pendant un jour ou deux, contentez-vous
d'être un homme normal, OK ?

— C'est un bon conseil, Jack, intervint l'amiral
Jackson.

Tous ses amis lui disaient la même chose, pensa
Potus. Ils devaient avoir raison. Il se tourna vers
Raman.

— Jeff ? On se tire d'ici.

— Oui, monsieur le président, répondit l'agent
Raman, avant de quitter la pièce.

— Robby, et si vous veniez aussi avec Sissy ? ajouta
Potus. Un hélico vous attendra ici.

— Si vous voulez.

— Dan, dit le président. On part à Camp David.
Tenez-moi informé.

— Promis, répondit le directeur du FBI.

Ils apprirent la nouvelle sur leur autoradio. Brown et Holbrook roulaient vers le nord, sur l'autoroute 287, en direction de l'Interstate 90. Leur camion avançait à une allure d'escargot, malgré son énorme boîte de vitesses; il était mal équilibré, lent à accélérer et à freiner. Ils espéraient qu'ils rouleraient mieux sur l'Interstate. Mais, au moins, l'autoradio était bon.

— Merde! souffla Brown, en réglant la fréquence.

— Des gosses. (Holbrook secoua la tête.) Faudra qu'on soit sûrs qu'il n'y en aura pas aux environs, Ernie.

— Je pense que ça doit être possible, Peter, à condition qu'on arrive à emmener ce bahut jusque là-bas.

— Combien de temps, d'après toi?

— Cinq jours, répondit Ernie.

Badrayn estima que Daryaei prenait bien la nouvelle, spécialement la mort de l'ensemble du commando.

— Pardonnez-moi de vous le rappeler, dit-il, mais je vous avais prévenu que...

— Je sais. Je m'en souviens, reconnut Mahmoud Haji. La réussite de cette mission n'a jamais été vraiment nécessaire, du moment qu'on a respecté toutes les règles de sécurité, répondit le guide spirituel en fixant son interlocuteur.

— Ils possédaient tous de faux documents. Aucun d'eux n'avait de casier judiciaire nulle part dans le monde, pour autant que je sache. Aucun moyen de les relier à votre pays. Si certains avaient été pris vivants, il y aurait eu un risque, et je vous en avais averti, mais il semble qu'ils aient tous été éliminés.

L'ayatollah acquiesça d'un signe de tête et prononça leur épitaphe :

— Oui, c'étaient des fidèles.

Fidèles à quoi? pensa Badrayn. Même si les chefs

religieux n'étaient pas rares dans cette partie du monde, c'était emmerdant d'entendre ça. Maintenant, soi-disant, ils étaient au paradis tous les neuf. Il se demanda si Daryaei y croyait vraiment. Sans doute que oui. Il était probablement si sûr de lui qu'il estimait être la voix de Dieu... Daryaei avait soixante-douze ans, se rappela-t-il, une longue vie d'abnégation ; il s'était concentré sur une chose extérieure à lui-même et lancé dans un voyage qui avait commencé dans sa jeunesse avec un dessein lumineux et un but sacré. A présent, il était loin du début et très proche de la fin. Et aujourd'hui, le but était si clair que l'on pouvait oublier le dessein, n'est-ce pas ? C'était le piège dans lequel tombaient ces hommes-là.

Moi, au moins, je suis plus malin..., pensa Badrayn. *Pour moi, c'est juste un boulot, sans illusion et sans hypocrisie.*

— Et pour le reste ? demanda Daryaei, après avoir prié pour l'âme des membres du commando.

— Nous le saurons lundi, peut-être, et certainement d'ici vendredi, répondit Ali.

— La sécurité ?

— Parfaite.

Là-dessus, Badrayn était sûr de lui. Tous les voyageurs étaient revenus sains et saufs et avaient annoncé qu'ils avaient mené leur mission exactement selon ses ordres. Les indices matériels laissés derrière eux — de simples bombes aérosol — avaient déjà dû être ramassés et emportés à la décharge. Quand l'épidémie se déclencherait, personne ne saurait comment elle était arrivée dans le pays. Et donc, en effet, l'opération qui avait raté aujourd'hui n'était pas un échec en soi. Ce Ryan était peut-être soulagé par le sauvetage de sa fille, mais c'était désormais un homme affaibli, exactement comme l'Amérique était un pays affaibli, et Daryaei avait un plan... Un plan génial, pensa Badrayn, et l'avoir aidé à le mettre en pratique changerait définitivement son existence. Le terroriste international qu'il était appartenait désormais au passé. Il aurait un poste au sein du gouvernement de la nouvelle RIU — dans la sécurité ou le renseignement, sans doute, avec un bureau confortable et un salaire en conséquence, et il pourrait enfin vivre en paix. Daryaei avait ses rêves, et il réussirait peut-être à les réaliser. La concrétisation des siens était encore plus proche, et il n'avait plus rien à faire pour ça, désormais. Neuf hommes étaient morts dans ce but. Dommage pour eux. Etaient-ils au paradis pour leur sacrifice ? Peut-être Allah était-Il vraiment miséricordieux, assez en tout cas pour pardonner un acte commis en Son nom. Peut-être...

Mais, en réalité, ça n'avait guère d'importance, n'est-ce pas ?

Ils s'arrangèrent pour que leur départ parût normal. Les enfants s'étaient changés. On leur amènerait les bagages un peu plus tard. La sécurité ne semblait pas plus draconienne que d'habitude. C'était faux, bien sûr, car sur les toits de l'immeuble du Trésor, à l'est, et sur ceux de l'ancien immeuble de l'exécutif, à l'ouest, les membres du Service secret, en général invisibles, surveillaient les environs aux jumelles. Un tireur d'élite se tenait à côté de chacun d'eux. Huit agents contrôlaient la barrière sud, examinaient les gens qui la longeaient ou qui s'étaient juste rassemblés là en apprenant l'horrible nouvelle. La plupart, sans doute, étaient venus parce qu'ils se souciaient du président. Mais les agents ne constataient rien d'inhabituel.

Jack et sa famille bouclèrent leurs ceintures. Les moteurs gémirent au-dessus de leurs têtes. Avec eux se trouvaient l'agent Raman et un de ses collègues, ainsi que le chef de l'équipage des Marines. L'hélicoptère VH-3 vibra, puis monta rapidement dans le vent d'est ; il se dirigea vers le sud, puis vers le nord-ouest, en une trajectoire circulaire de façon à éviter un éventuel missile sol-air. De toute façon, Marine One était équipé de la version la plus récente du système de suppression infrarouge Black Hole, ce qui le rendait très difficile à abattre. Le pilote — cette fois encore le colonel Hank Goodman — savait tout cela et agissait en conséquence.

A l'arrière, tout était calme. Le couple présidentiel était plongé dans ses pensées. Les enfants regardaient à l'extérieur, car un vol en hélicoptère est toujours une sensation très forte. Même la petite Katie gigotait dans son siège pour observer le sol, et l'émerveillement du moment lui faisait oublier l'horreur de son après-midi. Les mains de Jack tremblaient un peu. Il ne savait pas si c'était de peur ou de colère. Dans la lumière dorée du coucher de soleil, Cathy semblait désespérée. Leur soirée n'aurait certainement rien de plaisant.

Pendant ce temps, une voiture du Service secret était allée chercher Cecilia Jackson à son domicile de Fort Myers. L'amiral et sa femme embarquèrent ensuite dans un VH-60 de réserve, qui emporta aussi quelques-unes de leurs affaires et les bagages plus conséquents de la famille Ryan. Aucune caméra ne filma le décollage.

Les « experts » de la télévision essayaient de trouver une signification aux événements de la journée et d'en tirer déjà des conclusions pour les infos du soir, alors même que les officiers fédéraux permettaient seulement aux ambulanciers d'évacuer les cadavres...

Les gyrophares des voitures de police rendaient plus dramatique encore le lieu de l'attentat, d'où les équipes de télévision se préparaient à émettre en direct. Sans le savoir, l'une d'elles s'était installée sur le parking, à l'endroit où Movie Star avait assisté à l'échec de son opération.

Le chef terroriste était préparé à cette éventualité, évidemment. Il avait pris Ritchie Highway en direction du nord — ça roulait plutôt bien, si l'on considérait que la police bloquait toujours la route à la hauteur de Giant Steps — et, à l'aéroport international de Baltimore-Washington, il avait largement eu le temps d'embarquer sur le vol 767 de British Airways pour Heathrow. Pas en première classe, cette fois-ci, car toutes les places de l'avion étaient en classe affaires. Il ne trouva pas ça drôle. Il avait espéré réussir cet enlèvement, en fait, même si, depuis le début, il envisageait cet échec. Pour lui-même, ce n'était pas une catastrophe, puisqu'il était toujours vivant et qu'il avait pu s'échapper. Il serait bientôt dans un autre pays et il disparaîtrait dans la nature, pendant que la police américaine essaierait encore d'établir s'il y avait d'autres responsables de ce complot criminel. Il décida de s'offrir quelques verres de vin, l'idéal pour s'endormir après une journée particulièrement stressante. La pensée que c'était contraire à sa religion lui arracha un sourire. Quels aspects de sa vie ne l'étaient pas ?

Le jour tomba vite. Au moment où ils commencèrent à tourner au-dessus de Camp David, le sol n'était déjà plus qu'une ombre mouvante ponctuée par les lumières immobiles des habitations privées et celles, en mouvement, des phares des automobiles. L'hélicoptère se posa en douceur. L'aire d'atterrissage carrée était peu éclairée. Le chef d'équipage fit coulisser la porte et Raman et son collègue sortirent les premiers. Le président détacha sa ceinture et se dirigea vers l'avant. Il s'arrêta un instant derrière le pilote et lui tapota l'épaule.

— Merci, colonel.

— Vous avez beaucoup d'amis, monsieur le président, répondit Goodman à son commandant en chef. Nous serons toujours là quand vous aurez besoin de nous.

Jack lui adressa un signe de tête, puis s'engagea sur l'échelle ; au-delà des lumières, il devina les silhouettes spectrales des Marines en tenue de camouflage.

Il se retourna et aida sa femme. Sally descendit avec Katie, et Little Jack arriva le dernier. Ryan se rendit compte avec stupeur que son fils était désormais presque aussi grand que Cathy. Il allait bientôt devoir lui trouver un autre surnom.

Cathy regarda nerveusement autour d'elle. Le capitaine s'en aperçut.

— Madame, nous avons soixante Marines ici, lui assura-t-il.

Il n'avait pas besoin d'ajouter pourquoi ils étaient là. Ni de préciser au président à quel point ils étaient sur le qui-vive.

Le capitaine Larry Overton les conduisit vers les HMMWV qui les emmèneraient jusqu'à la maison.

Les installations de Camp David paraissaient rustiques, et, en effet, elles n'étaient pas aussi luxueuses que la Maison-Blanche, mais on aurait pu les comparer à la retraite d'un millionnaire à Aspen — officiellement, d'ailleurs, la résidence présidentielle s'appelait « Aspen Cottage ». Confié à un détachement de la marine de surface de Thurmont (Maryland), et gardé par une petite compagnie de Marines triés sur le volet, l'endroit, à cent cinquante kilomètres de Washington, était isolé et parfaitement sûr. Des Marines les firent entrer dans le chalet présidentiel. A l'intérieur, des marins leur indiquèrent leurs chambres respectives. Tout autour s'élevaient douze autres bâtiments. Bien sûr, plus près vous étiez logé de celui du président, plus vous étiez important.

— Y a quoi pour dîner ? demanda Jack Jr.

— Presque tout ce que vous voulez, répondit un chef steward de la marine.

Jack se tourna vers Cathy, qui lui fit un signe de tête. Ce serait donc une soirée-tout-ce-que-tu-veux. Le président ôta sa veste de costume et sa cravate. Un steward s'empressa de l'en débarrasser.

— La nourriture est super, ici, monsieur le président, lui promit-il.

— C'est exact, monsieur, confirma le chef steward. Nous avons passé un marché avec des producteurs locaux. Tout est frais et vient directement de la ferme. Puis-je vous servir quelque chose à boire ? ajouta-t-il joyeusement.

— Ça me semble une bonne idée, chef. Cathy ?

— Du vin blanc ? proposa la First Lady, qui semblait un peu moins tendue.

— Nous avons une assez bonne cave, madame. Que diriez-vous d'un chardonnay château-saint-Michelle ? C'est un 1991. A peu près ce que le chardonnay peut donner de mieux.

— Vous êtes de la marine ? demanda Potus.

— Oui, monsieur. Je m'occupais des amiraux, mais j'ai eu de l'avancement, et si je peux me permettre, je connais vraiment mes vins.

Ryan leva deux doigts. Le chef hocha la tête et quitta la pièce.

— Tout ça est dingue, dit Cathy après son départ.

— N'enfonce pas le clou, lui murmura Jack.

Tandis que leurs parents attendaient l'apéritif, les deux grands optèrent pour une pizza, et Katie pour un hamburger et des frites. On entendit le bourdonnement d'un autre hélicoptère qui se posait sur l'aire d'atterrissage. Cathy avait raison, pensa Ryan. Tout ça était dingue.

Le chef réapparut avec deux bouteilles et un seau en argent. Un autre steward le suivait avec quatre verres.

— Chef, nous n'avons besoin que de deux verres, dit Ryan.

— Oui, monsieur le président, mais vos deux invités sont là. L'amiral Jackson et sa femme. Mme Jackson, aussi, aime bien le vin blanc, monsieur.

Il déboucha une bouteille et versa un doigt de vin à Surgeon, qui le goûta et acquiesça d'un mouvement de tête.

— Merveilleux bouquet, n'est-ce pas ? dit-il en remplissant son verre.

Il en prépara un autre pour le président et se retira.

— On m'a toujours dit qu'il y avait des gens comme ça, dans la marine, mais je ne voulais pas le croire.

— Oh, Jack...

Cathy se retourna. Leurs trois enfants étaient assis par terre et regardaient la télévision — même Sally, qui essayait de devenir une petite femme. Jack aperçut les phares d'un HMMWV à l'extérieur. Sissy et Robby allaient se changer avant de les rejoindre. Il se retourna et prit son épouse dans ses bras.

— Tout va bien, chérie.

Cathy secoua la tête.

— Non, Jack, ça n'ira jamais bien. Plus jamais. Roy me l'a dit. Nous aurons des gardes du corps pour le restant de nos jours. Partout où nous irons, nous aurons besoin d'être protégés. Pour toujours, répondit-elle en buvant une gorgée de son vin, plus résignée qu'en colère.

Les signes extérieurs du pouvoir étaient parfois séduisants. Un hélicoptère pour aller travailler. Des gens pour s'occuper de votre garde-robe et pour veiller sur les enfants. Un simple coup de fil et on vous servait à manger ce que vous vouliez...

Mais quel était le prix à payer pour ça? Oh, pas grand-chose. De temps en temps, quelqu'un essayait juste d'assassiner vos gosses. Et aucun moyen d'y échapper. C'était comme si on lui avait annoncé qu'elle avait un cancer. C'était horrible, mais il fallait faire avec. Inutile de pleurer. Et ça ne servait à rien non plus de s'en prendre à Jack — de toute façon ce n'était pas son genre. Et puis ce n'était pas de la faute de Jack, n'est-ce pas? Elle n'avait qu'à encaisser les coups. Comme ses patients...

Tant d'agents avaient été dépêchés sur cette affaire qu'ils ne savaient pas très bien quoi faire pour l'instant. Ils n'avaient pas encore assez d'informations pour se lancer sur des pistes, mais la situation évoluait vite. Les terroristes morts avaient été photographiés — sauf deux d'entre eux qui, abattus par le M-16 de Norm Jeffers, n'avaient plus de visage du tout —, et on avait pris leurs empreintes. On prélèverait ensuite des échantillons sanguins pour le cas où leurs caractéristiques génétiques se révéleraient utiles. C'était une possibilité, puisqu'on pouvait désormais établir l'identité de quelqu'un en comparant son ADN à celui de sa famille proche. Pour l'instant, ils se contenteraient des photos. En premier lieu, ils les transmettraient au Mossad. Tout le monde s'accordait à dire qu'il s'agissait de terroristes arabes, et, en ce domaine, les dossiers les plus complets se trouvaient chez les Israéliens. Avi ben Jacob promit immédiatement sa totale coopération à la CIA et au FBI.

Tous les cadavres furent transportés à Annapolis pour l'autopsie. La loi l'exigeait, même dans les cas où la cause du décès était aussi évidente qu'un tremblement de terre. On établirait l'état de santé de chaque individu avant sa mort et on vérifierait aussi s'il était sous l'influence d'une drogue quelconque.

On leur ôta leurs vêtements pour un examen minutieux dans le laboratoire du FBI de Washington. On retrouva d'abord le nom des marques pour connaître leur pays d'origine. Cela, comme leur éventuelle usure, permettrait de déterminer l'époque de l'achat, ce qui pouvait avoir son importance. Et surtout, les techniciens — forcés maintenant à faire des heures supplémentaires un vendredi après-midi — utiliseraient des morceaux de Scotch des plus ordinaires pour récolter différentes fibres, et tout particulièrement les pollens qui leur apporteraient différentes informations, puisque certaines plantes ne poussaient que dans des régions précises du monde. Il faudrait des semaines pour obtenir de tels résultats, bien sûr, mais pour une affaire de ce genre, les financements étaient illimités. Le FBI avait une longue liste d'experts scientifiques à consulter.

Les numéros d'immatriculation des véhicules avaient été relevés alors même que Pat O'Day était toujours retenu par les deux derniers terroristes, et des agents étaient déjà en train de visiter leurs agences de location et de vérifier les dossiers informatisés.

A la crèche, on interrogeait les survivantes. Elles confirmèrent pour l'essentiel les déclarations de Pat O'Day. Certains détails clochaient, mais c'était dans l'ordre des choses. Aucune ne connaissait la langue que parlaient les terroristes. On posa aussi des questions aux enfants, avec d'infinies précautions ; on demanda pour cela à leurs parents de les prendre sur leurs genoux. Deux familles étaient originaires du Moyen-Orient, et on espéra que leurs gosses auraient une idée du langage des deux hommes — mais en vain.

On avait récupéré toutes les armes des assaillants,

et leurs numéros de série avaient été vérifiés au moyen des bases de données informatiques. On avait pu facilement retrouver leur date de fabrication, et on savait quels distributeurs et quels magasins les avaient vendues. Mais la piste s'était arrêtée là. Les armes étaient anciennes, même si leur état actuel le démentait, ce qui fut établi par une inspection visuelle de leurs canons et de leurs mécanismes de culasse : ils étaient comme neufs. Cette importante information fut communiquée aux responsables de l'enquête avant même qu'on eût découvert le nom d'un quelconque acheteur.

— Merde, j'aimerais bien que Bill soit là, dit Murray qui, pour la première fois de sa carrière, ne se sentait pas à la hauteur de sa tâche.

Ses chefs de division étaient rassemblés autour de la table de conférence. On savait que cette enquête serait partagée entre la Division de la police criminelle et celle du contre-espionnage, avec le soutien, comme toujours, du labo. Les choses allaient si vite qu'aucun responsable du Service secret ne les avait encore rejoints.

— Vous avez des idées ? lança-t-il à la cantonade.

— Dan, le propriétaire de ces armes, était dans le pays depuis longtemps, répondit un membre du FCI, le contre-espionnage.

— Un agent dormant..., dit Murray avec un signe de tête.

— Pat n'a pas reconnu la langue qu'ils parlaient. Mais si ç'avait été une langue européenne, il s'en serait rendu compte. Ils venaient forcément du Moyen-Orient, dit un fonctionnaire de la Criminelle, ce qui ne lui vaudrait pas un prix Nobel. Pas d'Europe de l'Ouest, en tout cas. Mais je suppose qu'on doit penser aussi aux pays balkaniques.

Autour de la table, on acquiesça à contrecœur.

— Ces armes ont quel âge ? demanda le directeur du FBI.

— Onze ans. Bien avant leur interdiction, répondit

un gars de la Criminelle à la place du FCI. Et elles peuvent très bien ne jamais avoir été utilisées jusqu'à aujourd'hui, Dan.

— Quelqu'un a monté un réseau dont nous n'avons jamais entendu parler. Quelqu'un de vraiment patient. Quelle que soit cette personne, je pense que nous découvrirons qu'elle a une fausse identité à toute épreuve et qu'elle s'est déjà tirée du poulailler. Une opération clandestine classique, Dan, poursuivit le gars du FCI, qui exprima ce que tout le monde pensait. On a affaire à des pros, ici.

— Simple hypothèse, il me semble, objecta le directeur.

— Hé, quand est-ce que je me suis trompé pour la dernière fois, Dan? répliqua le directeur adjoint.

— Y a longtemps, c'est vrai. Continue.

— Même si nos amis du labo trouvent des trucs intéressants, on finira avec un dossier pas assez solide pour être présenté devant un tribunal, sauf si on a vraiment du pot et qu'on met la main ou sur l'acheteur ou sur d'autres responsables éventuels de l'opération...

— Dossiers des compagnies aériennes et passeports, intervint un membre de la Criminelle. On vérifie tout sur deux semaines pour commencer. On cherche des gens qui ont fait plusieurs voyages. Il a bien fallu reconnaître l'objectif. Certainement depuis que Ryan est président. C'est toujours un début.

Il ne précisa pas, bien sûr, que cela signifiait à peu près dix millions de dossiers à étudier. Mais les flics étaient habitués à ce genre de boulot.

— Bon Dieu, j'espère que tu te trompes avec ton agent dormant! dit Murray, après un moment de réflexion.

— Moi aussi, Dan, répondit le type du FCI. Hélas, je crois bien que non. Ça va prendre du temps pour trouver son domicile, interroger ses voisins, passer tous les documents au crible, et puis on tombera sur une couverture et faudra essayer d'avancer à partir de ça. Sans doute qu'il s'est déjà tiré, mais ce n'est pas le plus effrayant, n'est-ce pas? Ça fait au moins onze ans qu'il est chez nous! On l'a financé. On l'a entraîné. Et pendant tout ce temps, jusqu'à aujourd'hui, il a gardé foi en sa mission, si longtemps, et il était encore capable de tuer des gosses...

— Il n'est pas tout seul, conclut Murray d'un air lugubre.

— Je ne pense pas, en effet.

— Vous voulez bien me suivre, s'il vous plaît?

— Je vous ai déjà vu, mais...

— Jeff Raman, monsieur.

— Robby Jackson, répondit l'amiral en lui serrant la main.

— Je le sais, monsieur, dit l'agent en souriant.

Agréable petite balade nocturne — mais elle l'aurait été davantage sans la présence manifeste d'hommes en armes autour d'eux. L'air de la montagne était frais et pur, et un ciel étoilé brillait au-dessus de leurs têtes.

— Comment va-t-il? demanda Robby à l'agent.

— Dure journée. Beaucoup de gens bien sont morts, répondit Raman.

— Et aussi quelques méchants.

Jackson n'oublierait jamais qu'il avait été pilote de chasse : pour lui, donner la mort faisait partie du métier. Ils pénétrèrent dans le chalet présidentiel. On échangea des embrassades, et les deux femmes se mirent à discuter entre elles. Robby se servit un verre de vin et suivit Jack à l'extérieur.

— Comment ça va, Jack?

Par une sorte d'accord tacite, ici Jack n'était plus « monsieur le président ».

— Ça dépend des moments, admit Jack. Ça me fait venir d'autres souvenirs... Ces salopards ne peuvent pas simplement s'attaquer à moi — non, il faut qu'ils s'en prennent à des innocents. Quels lâches!

Jackson but une gorgée de vin. Il n'y avait pas grand-chose à dire là-dessus pour l'instant.

— Je n'étais jamais venu à Camp David, murmura Robby, juste pour briser le silence.

— La première fois, moi, je... Imaginez-vous qu'on a enterré un gars ici. Un colonel russe, qui travaillait pour nous dans leur ministère de la Défense. Un sacré soldat, trois ou quatre fois Héros de l'Union soviétique, je crois. On l'a inhumé dans son uniforme et avec toutes ses décorations. C'est moi qui ai lu les citations. A l'époque où on a sorti Gerasimov d'URSS.

— Le chef du KGB. Cette histoire est vraie, alors ?

— Ouaip, répondit Jack avec un hochement de tête. Et vous êtes au courant aussi pour la Colombie et pour le sous-marin. Mais comment la presse a-t-elle bien pu découvrir ça ?

Robby laissa échapper un petit rire.

— Bon Dieu ! Et moi qui pensais que ma carrière avait été mouvementée !

— Sauf que vous avez été volontaire, vous, observa Jack avec mauvaise humeur.

— Vous aussi, mon ami.

— Vous croyez ? (Jack disparut un instant à l'intérieur pour remplir de nouveau leurs verres. Il revint avec des lunettes de vision nocturne et observa les environs.) Je n'ai pas été volontaire pour voir ma famille gardée par une compagnie de Marines. Y en a trois, juste là, avec leurs gilets pare-balles, leurs casques et leurs fusils — et pour quelle raison ? Parce qu'il y a des gens, sur cette planète, qui veulent nous tuer. Et pourquoi ? Parce qu'ils...

— Je vais vous dire pourquoi, l'interrompit Robby. Parce que vous êtes meilleur qu'eux, Jack. Vous représentez des choses qui sont bonnes. Parce que vous avez des couilles et que vous ne partez pas en courant quand il faut assumer. Je sais qui vous êtes, Jack. Moi, je suis pilote de chasse parce que je l'ai choisi. Et vous, vous êtes là parce que vous l'avez choisi aussi. Personne n'a jamais prétendu que ce serait facile, hein ?

— Mais...

— Y a pas de « mais », monsieur le président. Y a des gens qui ne vous aiment pas. OK, parfait. Trouvez-les et puis demandez à ces Marines de s'en occuper. Vous êtes peut-être haï par ces gens-là, mais il y en a bien plus qui vous respectent et qui vous aiment, et je vous le dis, il n'y a pas une seule personne portant l'uniforme, dans ce pays, qui ne souhaite éliminer quiconque fera encore le con avec vous et votre famille.

SWORDSMAN réfléchit à tout cela, et ce faisant, il s'abandonna à l'une de ses faiblesses.

— Venez avec moi, dit-il soudain à son ami.

Il partit dans la direction du minuscule éclair de lumière qu'il venait d'apercevoir. Trente secondes plus tard, à l'angle d'un autre chalet, il tomba sur un cuisinier de la marine qui fumait une cigarette. Président ou pas, il n'avait aucune fierté particulière, ce soir.

— Hello ! dit-il.

— Mon Dieu ! laissa échapper le marin, tout en se mettant au garde-à-vous et en jetant sa cigarette dans l'herbe. Je veux dire, bonsoir, monsieur le président.

— Faux le premier coup, exact le second. Vous m'offrez une cigarette ? demanda POTUS — et sans la moindre honte, nota Robby.

— Pardi, monsieur, répondit le cuisinier en en prenant une dans son paquet et en lui donnant du feu.

— Mon gars, si la First Lady vous voit faire une chose pareille, elle ordonnera aux Marines de vous descendre, l'avertit Jackson.

— Amiral Jackson ! s'exclama Ryan. (Du coup, le jeune marin sursauta de nouveau.) Je pense que les Marines sont à *mon* service. (Il ajouta, à l'intention du cuisinier :) Où en est le dîner ?

— On vient de découper la pizza. C'est moi qui l'ai préparée. Ils devraient adorer, promit-il.

— Du calme, jeune homme. Et merci pour la cigarette.

— A votre service, monsieur.

Ryan lui serra la main et s'éloigna avec Robby.

— J'en avais besoin, admit-il en tirant une longue bouffée.

— Si j'avais un endroit comme ça, j'y viendrais aussi souvent que possible. C'est presque comme des vacances à la mer..., murmura Jackson.

— Mais c'est difficile de décrocher, hein ? Même quand on communie avec la mer et les étoiles, on ne lâche jamais totalement.

— C'est vrai, admit Robby. Ça permet de réfléchir un peu plus calmement, ça rend l'atmosphère un peu moins stressante, mais vous avez raison : on n'oublie jamais tout ça.

— Tony m'a dit qu'on avait perdu la trace d'une partie de la marine indienne.

— Deux porte-avions, avec leurs escortes et leurs ravitailleurs. On les cherche, en ce moment.

— Et s'il y avait un rapport ? demanda Ryan.

— Avec quoi ?

— Les Chinois nous causent des ennuis, les Indiens appareillent à nouveau, et voilà ce truc qui m'arrive... Je deviens parano, là ?

— Sans doute. Peut-être que les Indiens ont simplement repris la mer parce que leurs réparations sont terminées, et qu'ils veulent nous prouver qu'on ne leur a pas donné une leçon si terrible que ça. Le truc avec les Chinois, bon, ça s'est déjà produit, et ça ne dégénérera pas, surtout si Mike Dubro est là. Je connais Mike. Ses chasseurs sont en l'air et ils fouinent partout. L'attaque contre Katie ? C'est trop tôt pour le dire, et en plus c'est pas mon domaine... Vous avez Murray et les autres, pour ça. En tout cas, ils ont échoué, pas vrai ? Votre famille est ici, les gosses regardent la télé, et personne ne tentera plus rien avant longtemps...

Beaucoup de gens à travers le monde s'offraient une nuit blanche. A Tel-Aviv, il était quatre heures du matin passées. Avi ben Jacob avait convoqué ses meilleurs experts en terrorisme. Ensemble, ils étudiaient les photos transmises par Washington, et les comparaient avec leur fichier rassemblé au Liban et ailleurs, de longues années durant. Le problème, c'était que beaucoup de leurs clichés montraient des jeunes gens barbus — le meilleur déguisement du monde — et qu'ils n'étaient pas de très bonne qualité. Ceux des Américains ne l'étaient pas non plus, d'ailleurs.

— Quelque chose d'intéressant? demanda le directeur du Mossad.

Tous se tournèrent vers l'une de leurs spécialistes, Sarah Peled, une femme d'une quarantaine d'années. En son absence, on la surnommait « la Sorcière ». Elle avait un don tout particulier pour identifier des gens sur photo, et elle tombait juste pratiquement une fois sur deux, là où d'autres officiers de renseignements pourtant bien entraînés jetaient l'éponge.

— Celui-là. (Elle posa deux photos sur la table.) Je suis affirmative.

Ben Jacob les regarda toutes les deux et ne découvrit rien lui permettant de confirmer l'opinion de sa collaboratrice. Il lui avait souvent demandé quel était son truc. *Les yeux,* avait répondu Sarah à chaque fois. Et donc il examina de nouveau les deux clichés en se concentrant sur les yeux. Mais il ne vit que des yeux. Il retourna le document israélien. Les données imprimées indiquaient qu'on suspectait cet individu d'être un membre du Hezbollah — nom inconnu; âge : une vingtaine d'années sur cette photo, qui datait de six ans.

— Vous en avez retrouvé d'autres, Sarah?

— Non.

— Vous êtes vraiment certaine pour celui-là? demanda un membre du contre-espionnage.

A son tour, il regarda les deux clichés et, comme Avi, ne vit rien.

— A cent pour cent, Benny. J'ai dit que j'étais affirmative, non?

Sarah était souvent irritable, surtout à quatre heures du matin avec des gens qui ne lui faisaient pas confiance.

— On ira jusqu'où, dans cette affaire? demanda un autre collaborateur d'Avi ben Jacob.

— Ryan est un ami de notre pays, et c'est le président des Etats-Unis. Nous irons aussi loin que nous pourrons. Tous nos contacts, au Liban, en Syrie, en Irak et en Iran, partout.

Le général Bondarenko se passa la main dans les cheveux. Il avait ôté sa cravate depuis un bon moment. Sa montre lui disait que c'était samedi, mais il ne savait plus lequel.

— Une opération clandestine ? demanda-t-il.

— Et incompétente, dit le responsable du RVS avec mauvaise humeur. Mais Ivan Emmetovitch a eu de la chance, camarade général. Cette fois.

— Peut-être, murmura Gennadi Iosefovitch.

— Vous n'êtes pas d'accord ? fit Golovko.

— Les terroristes ont sous-estimé leurs adversaires. Je viens de passer un moment avec l'armée américaine, vous vous souvenez ? Son entraînement est le meilleur du monde, et celui de la garde présidentielle doit être de la même eau. Pourquoi sous-estime-t-on si souvent les Américains ? se demanda-t-il.

Bonne question, reconnut Sergueï Nikolaïevitch. D'un mouvement de tête, il lui fit signe de poursuivre.

— L'Amérique souffre souvent d'un manque de direction politique, reprit Bondarenko. Rien à voir avec l'incompétence. Vous savez à quoi ils ressemblent ? A un chien vicieux retenu par une courte laisse — et parce qu'il ne peut pas casser sa laisse, les gens se font des illusions, ils croient qu'ils n'ont rien à craindre de lui, mais dans le cercle où il peut bouger, il est invincible, et une laisse, camarade président, n'est pas éternelle. Vous connaissez ce Ryan.

— Je le connais bien, acquiesça Golovko.

— Et alors ? Ces histoires, dans leur presse, sont vraies ?

— Toutes.

— Je vais vous dire ce que je pense, Sergueï Nikolaïevitch. Personnellement, j'éviterais d'offenser un formidable adversaire, un chien vicieux même en laisse... Une attaque contre un enfant ? Contre sa fille ?

Le général secoua la tête.

C'était ça, comprit soudain Golovko. Ils étaient fatigués tous les deux, mais ils avaient eu un instant de

312

lucidité, là. Il avait passé trop de temps à lire les analyses politiques de Washington, de sa propre ambassade et des médias américains. Tous disaient qu'Ivan Emmetovitch était... C'était ça, la clé ?

— Vous pensez la même chose que moi, *da* ? demanda le général, en voyant le visage de son interlocuteur.

— Quelqu'un a fait un calcul..., murmura Golovko.

— Et il n'est pas bon. Je crois que nous nous devons de découvrir qui c'est. S'attaquer aux intérêts américains et chercher à affaiblir l'Amérique, camarade président, c'est attenter aussi à nos propres intérêts. Pourquoi la Chine fait-elle ça, hein ? Pourquoi force-t-elle l'Amérique à modifier ses dispositions navales ? Et ensuite, cet attentat ? Les forces américaines sont soumises à rude épreuve, et au même moment on frappe le président en personne. Ce n'est pas une coïncidence. Maintenant, on peut rester à l'écart et se contenter d'observer, ou bien...

— On ne peut rien faire. Et avec ces révélations dans la presse américaine...

— Camarade président, l'interrompit Bondarenko, pendant soixante-dix ans nous avons confondu la théorie politique et la réalité, et cela a presque détruit notre nation... Il y a des conditions objectives, ici, poursuivit-il. Je vois là tous les éléments d'une opération mûrement pensée, bien coordonnée, mais avec un défaut fatal — une fois encore on sous-estime le président américain. Vous n'êtes pas d'accord avec moi ?

Golovko réfléchit un instant. Bondarenko avait peut-être raison. Mais les Américains, qu'en pensaient-ils eux-mêmes ? C'était toujours bien plus difficile de voir quelque chose de l'intérieur que de l'extérieur. Une opération coordonnée ? *Retour à Ryan*, se dit-il.

— Si, si, j'ai fait cette erreur moi-même. Ryan a des ressources cachées. Tous les signes sont là, mais les gens ne les voient pas.

— Quand j'étais aux Etats-Unis, reprit Bondarenko, ce général Diggs m'a raconté l'attaque des terroristes contre la maison de Ryan. Il a pris les armes et il les a vaincus, avec courage et sans la moindre hésitation. Et c'est aussi un officier de renseignements très efficace. Son seul défaut, si on peut appeler ça ainsi, c'est qu'il n'aime pas la politique, et les politiciens prennent toujours ça pour une faiblesse. Peut-être que c'en est une, d'ailleurs. Mais si on a bien affaire ici à une agression contre l'Amérique, alors cette faiblesse politique importe beaucoup moins que toutes ses autres qualités.

— Et?

— Et il faut l'aider, conclut le général. Il vaut mieux être du côté du gagnant, et si on ne le soutient pas, alors on pourrait bien se retrouver dans l'autre camp. Personne n'attaquera l'Amérique directement. Nous n'aurons pas autant de chance, camarade président.

Il avait *presque* raison.

44

INCUBATION

Ryan se réveilla à l'aube et se demanda pourquoi. Le calme, certainement. Il essaya de percevoir les bruits de la circulation, ou autre chose. Rien. Il eut du mal à sortir du lit. Cathy avait décidé de prendre la gamine avec eux, et elle dormait là, dans son pyjama rose — on eût dit un ange. Il la regarda un moment en souriant, puis fila à la salle de bains. Il enfila les vêtements sport préparés pour lui dans le dressing-room, chaussa ses baskets, prit un pull-over, et il sortit.

L'air était frais et le ciel clair; il y avait des traces de givre sur les buis. Robby avait raison. C'était un endroit plutôt sympa où se réfugier. Ça mettait une distance entre lui et le reste, et il en avait besoin, en ce moment.

— Bonjour, monsieur.

C'était le capitaine Overton.

— Tranquille, comme boulot, n'est-ce pas ?

Le jeune officier hocha la tête.

— Nous nous occupons de la sécurité, et la marine cultive les pétunias. Une bonne division du travail, monsieur le président. Même les gens du Service secret peuvent dormir sur leurs deux oreilles, ici.

Ryan jeta un coup d'œil autour de lui et comprit pourquoi. Il y avait deux Marines armés à côté du bâtiment, et trois autres à moins de cinquante mètres. Et c'étaient seulement ceux qu'il pouvait voir.

— Vous prenez quelque chose, monsieur le président ?

— Du café, ce serait un bon début.

— Suivez-moi, monsieur.

— Garde-à-vous ! cria un marin quelques secondes plus tard lorsque Ryan pénétra dans la cuisine.

— Repos ! dit Ryan. Hé, c'est la retraite présidentielle, ici, pas un camp d'entraînement.

Il prit un siège à la table du personnel. Le café apparut comme par enchantement. Puis la magie continua :

— Bonjour, monsieur le président.

— Salut, Andrea. Quand êtes-vous arrivée ?

— Vers deux heures du matin, en hélico, expliqua-t-elle.

— Vous avez un peu dormi ?

— Environ quatre heures.

Ryan prit une gorgée de café. Le breuvage de la marine n'avait décidément pas changé.

— Alors ? fit-il.

— L'enquête est en route. L'équipe est réunie. Tout le monde a une chaise autour de la table.

Elle lui tendit une chemise, qu'il parcourut avant les journaux. La police d'État du Maryland et du comté d'Anne Arundel, le Service secret, le FBI, l'ATF, et toutes les agences de renseignements travaillaient là-dessus. On essayait d'identifier les terroristes, mais les deux dont on avait pu vérifier les papiers jusqu'à présent s'étaient révélés des *non-personnes*. Leurs documents étaient faux, probablement d'origine européenne. Grosse surprise, n'est-ce pas ? N'importe quel criminel européen compétent, et à plus forte raison une organisation terroriste, pouvait se procurer sans problème des passeports bidon.

— Et les agents que nous avons perdus ? demanda-t-il en la fixant.

Un soupir, un hochement d'épaules :

— Ils ont tous des familles.

— Il faut que je les rencontre... Ensemble, ou l'une après l'autre ?

— Comme vous voulez, monsieur, répondit Andrea.

— Non. Pensons d'abord à ce qui est le mieux pour eux. Ce sont *vos* hommes, Andrea. Occupez-vous de ça pour moi, d'accord ? Ils ont sauvé la vie de ma fille et je ferai le maximum pour eux, dit Potus d'un ton grave. Et je présume que ceux qu'ils laissent derrière eux seront correctement pris en charge, n'est-ce pas ? Vous me donnerez les détails sur tout ça — les assurances, les pensions et le reste, OK ? Je veux y jeter un œil.

— A vos ordres, monsieur.

— On a déjà découvert des choses importantes ?

— Non, pas vraiment. Tout ce qu'on peut dire des terroristes, c'est que leurs soins dentaires ne sont pas américains... Rien d'autre pour le moment.

Ryan feuilleta un instant les documents. L'une des conclusions préliminaires lui sauta aux yeux :

— Onze ans ?

— Oui, monsieur.

— Donc, c'est une opération majeure pour quelqu'un — pour un pays.

— Très probable.

— Qui d'autre aurait assez d'argent pour ça, hein ? lui demanda-t-il.

Andrea se souvint qu'il avait longtemps été dans le renseignement.

L'agent Raman entra et s'assit. Il avait entendu cette dernière observation. Il échangea un regard et un hochement de tête avec Andrea.

316

Le téléphone mural sonna. Le capitaine Overton alla décrocher.

— Oui? (Il écouta un instant, puis se tourna.) Monsieur le président, c'est Mme Foley, à la CIA.

Potus se leva pour prendre la communication.

— Oui, Mary Pat?

— Monsieur, nous venons de recevoir un appel de Moscou. Notre ami Golovko demande s'il peut nous aider. Je recommande de répondre oui.

— C'est d'accord. Autre chose?

— Avi ben Jacob souhaite vous parler, un peu plus tard. Sans témoin, précisa la DDO.

— Disons dans une heure. Laissez-moi me réveiller avant.

— D'accord, monsieur. Jack?

— Oui, MP.

— Dieu soit loué, pour Katie, dit-elle. (C'était une mère qui parlait à un père.) Si on peut trouver quelque chose, on le trouvera.

— Comment va-t-il? demanda Clark à Mme Foley.

— Il tiendra le coup, John.

Chavez passa sa main sur sa barbe naissante. Tous les trois, plus quelques autres agents, avaient consacré leur nuit à revoir tout ce que la CIA possédait sur les groupes terroristes.

— Faut faire quelque chose, les gars, grommela-t-il. C'est un acte de guerre, ça.

— Sauf qu'on ne sait pratiquement rien, bon sang! s'exclama la DDO.

— Dommage qu'il n'ait pas pu en attraper un vivant, observa Clark, ce qui étonna les deux autres.

— Il n'a pas vraiment eu l'occasion de passer les menottes à ces types, répondit Ding.

John Clark examina de nouveau les photos prises sur les lieux du crime; un coursier les leur avait apportées du FBI un peu après minuit. Comme il avait opéré au Moyen-Orient, on avait espéré qu'il reconnaîtrait peut-être un visage, mais ça n'avait pas été le cas.

— Quelqu'un a pris un sacré risque, là, ajouta-t-il.

— C'est un fait, acquiesça Mary Pat automatiquement.

Et ils se mirent tous les trois à réfléchir à cette remarque.

La question était surtout de savoir à quoi s'attendaient exactement ceux qui avaient lancé les dés. Les neuf terroristes avaient été considérés comme du matériel jetable, aussi sûrement destinés à mourir que les fanatiques du Hezbollah qui se baladaient dans les villes d'Israël « en vêtements de chez Du Pont » — c'était la blague préférée de la CIA, même si, en fait, leurs explosifs venaient plus certainement de chez Skoda, dans l'ex-Tchécoslovaquie. Avaient-ils vraiment cru qu'ils s'en sortiraient ? Ces fanatiques ne voyaient pas les choses d'une façon très réaliste, et c'était bien là le problème... Ou peut-être qu'ils ne s'étaient même pas posé la question.

Et puis, il y avait le mystère des commanditaires. Cette mission était différente des autres, en fait. En général, les terroristes revendiquaient leur action, si odieuse fût-elle. Et cette fois encore, à la CIA et partout ailleurs, on avait attendu un communiqué de presse pendant quinze heures. Mais rien n'était arrivé, et on savait à présent qu'il n'y en aurait pas. Cela signifiait que ces gens voulaient rester anonymes.

Une illusion, bien sûr. Car les terroristes n'imaginaient pas de quoi les différentes agences américaines étaient capables.

Les Etats-nations étaient censés être mieux renseignés. OK, super, ces salopards n'avaient laissé aucun indice permettant d'identifier leur origine — du moins pouvait-on le penser. Mais le FBI était plus que bon, tellement bon, même, que le Service secret lui avait laissé l'ensemble des expertises médicolégales. Ceux qui avaient lancé cette opération devaient donc s'attendre à être découverts, c'était vraisemblable. Et ça ne les avait nullement arrêtés. Si ce raisonnement tenait debout, alors...

— Cette opération ferait partie d'autre chose ? demanda Clark. Ça ne serait pas une action isolée ?

— Peut-être, murmura Mary Pat.

— Dans ce cas, il s'agit d'un gros truc, intervint Chavez. C'est peut-être pour ça que les Russes nous ont contactés.

— Ouais, si gros... si gros que même lorsque nous le découvrirons, ça n'aura plus d'importance.

— Quoi, par exemple, Mary Pat? questionna Clark.

— Un truc permanent, un truc qu'on ne pourra pas changer une fois que ça aura commencé, proposa Domingo.

Mary Pat Foley aurait aimé discuter de tout ça avec son mari, mais Ed était en réunion avec Murray, en ce moment même.

Souvent, les samedis de printemps sont des journées où l'on se débarrasse des corvées — sauf qu'aujourd'hui, dans plus de deux cents foyers du pays, on ne pouvait pas faire grand-chose. Pas de jardinage. Pas de lavage de voiture. Et les pots de peinture restèrent sur leurs étagères... La plupart des victimes de cette épidémie de grippe étaient des hommes. Une trentaine se trouvaient dans une chambre d'hôtel. Plusieurs essayèrent quand même de travailler et se rendirent à leur salon, dans les nouvelles villes où ils venaient d'arriver. Ils s'essuyaient le visage, ils se mouchaient, et attendaient les effets de l'aspirine ou du Tylénol. Mais la plupart, cependant, rentrèrent à leur hôtel pour se reposer — inutile de refiler la crève aux clients, n'est-ce pas? Pas un seul n'alla consulter un médecin. C'était la grippe habituelle de la fin de l'hiver et du printemps, et tout le monde l'attrapait tôt ou tard. Après tout, ils n'étaient pas si malades que ça, pas vrai?

La couverture médiatique de l'attentat de Giant Steps était prévisible de A à Z. Les correspondants des différentes chaînes commençaient avec des images prises d'une cinquantaine de mètres et racontaient tous la même chose, tout comme les

« experts » en terrorisme qui passaient tout de suite après eux à l'antenne. Une des chaînes évoqua même Abraham Lincoln pour la seule raison qu'il y avait peu d'autres nouvelles ce jour-là. Tout le monde montrait le Moyen-Orient du doigt, même si les agences qui menaient l'enquête s'étaient refusées jusque-là à tout commentaire, sinon pour annoncer l'intervention héroïque d'un agent du FBI et la bataille courageuse des gardes du corps du Service secret responsables de la petite Katie Ryan.

Badrayn était certain qu'il n'y avait eu qu'un petit grain de sable dans la machine, mais il n'en aurait la certitude que lorsque son homme serait rentré de Londres, via Bruxelles et Vienne, avec différents documents de voyage.

— Jack Ryan et sa famille sont partis pour la retraite présidentielle de Camp David, conclut le journaliste, pour se remettre du choc de cet horrible événement. C'est...

— « Retraite » ? demanda Daryaei.

— Ce mot a de nombreux sens en anglais. Avant tout, il signifie qu'on s'enfuit, répondit Badrayn, certain que c'était ce que voulait entendre son patron...

— S'il pense qu'il peut m'échapper, il se trompe, observa l'ayatollah, avec un cynisme amusé.

Badrayn ne manifesta aucune réaction. Ce ne fut pas très difficile car à ce moment-là il regardait la télévision, le dos tourné à son hôte. Mais au moins les choses étaient-elles plus claires, à présent. Mahmoud Haji avait un moyen de tuer cet homme, peut-être à l'instant même où il le voulait.

Le pouvait-il vraiment ? Bien sûr, et il avait déjà fait ça.

Le système IVIS avait compliqué la vie de l'OpFor, mais pas tant que ça, finalement. Le colonel Hamm et le Blackhorse avaient emporté cette nouvelle manche, mais cette victoire avait été très étroite alors qu'un an plus tôt elle aurait pris des proportions cosmiques. La guerre était essentiellement une question d'informations. C'était la leçon principale qu'on apprenait au NTC : trouvez l'ennemi, ne laissez pas l'ennemi vous trouver. Reconnaissance avant tout. L'IVIS, entre les mains d'un personnel à peu près compétent, transmettait si rapidement les données à tout le monde que les soldats fonçaient dans la bonne direction avant même d'en avoir reçu l'ordre. L'une des manœuvres de l'OpFor avait failli échouer, alors qu'elle était digne d'un Rommel au meilleur de sa forme, et en se repassant l'exercice en avance rapide sur l'écran géant de la Star Wars Room, Hamm constata qu'en effet ça avait vraiment été à deux doigts de rater. Si une des compagnies de chars de la Force bleue s'était déplacée cinq minutes plus tôt, ils auraient perdu cette partie aussi. Sûr que le NTC allait être moins efficace si les gentils se mettaient régulièrement à gagner...

— Joli mouvement, Hamm, admit le colonel de la Garde nationale de Caroline, en sortant un cigare de sa poche et en le lui tendant. Mais demain, on vous bottera le cul.

En temps normal, le colonel Hamm aurait répondu avec un sourire : « Tu paries, mon pote ! » Mais ce superfils de pute pouvait bien avoir raison — et cette idée lui pourrissait la vie. Le colonel du 11e régiment de cavalerie blindée allait maintenant devoir trouver un moyen de l'emporter sur l'IVIS. Il y avait réfléchi, et en avait discuté plusieurs fois autour de quelques bières avec son officier d'opérations, et ils étaient tombés d'accord sur le fait que ce ne serait pas facile, et qu'il faudrait des véhicules factices — Rommel l'avait déjà fait. Il sortit pour fumer son cigare. Il l'avait bien mérité. Le colonel de la Garde était là.

— Pour des gardes nationaux, vous êtes foutrement bons, admit-il.

Il n'avait encore jamais dit ça à quelqu'un. Mais à part une petite erreur de déploiement, la Force bleue avait été parfaite.

— Merci, colonel. Sacrée surprise avec l'IVIS, hein ?

— Vrai.

— Mes gars l'adorent. Ils font beaucoup de simulations pendant leur temps libre. Merde, je comprends pas comment vous nous avez eus, ce coup-ci.

— Vos forces de réserve étaient trop proches, lui expliqua Hamm. Vous pensiez savoir comment exploiter la situation. Au lieu de quoi je vous ai forcés à bouger et vous vous êtes retrouvés devant ma contre-attaque.

— J'essaierai de m'en souvenir. Vous avez entendu les nouvelles ?

— Ouais, c'est dégueulasse, dit Hamm.

— Des gosses. Je me demande si les types du Service secret auront des médailles.

— Sans doute. C'est pas la pire façon de mourir.

Et c'était tout. Ces cinq agents avaient laissé leur peau en faisant leur devoir. Ils s'étaient certainement plantés quelque part. Mais parfois, on n'avait pas le choix. Tous les soldats savaient ça.

— Vous êtes qui, les gars ? dit Hamm. Vous, colonel Eddington, vous ne... Bon sang, vous faites quoi dans la vie ?

Eddington avait dépassé la cinquantaine, ce qui était très exceptionnel pour un officier responsable d'une brigade, même dans la Garde nationale.

— J'enseigne l'histoire militaire à l'université de Caroline du Nord. Notre brigade, qui remonte à la révolution, attend ce moment depuis une bonne dizaine d'années, mon gars, et l'IVIS nous a donné notre chance. (C'était un homme grand et maigre, et quand il se retourna, il domina Hamm de toute sa hauteur.) Et on ne va pas la laisser passer, fils. Je connais la théorie. Ça fait plus de trente ans que je l'étudie... Bon, je sais, sans l'IVIS, vous nous auriez massacrés...

— Jolie technologie, non ?

— Grâce à elle, nous vous égalons presque, alors que vous êtes les meilleurs. Tout le monde sait ça, concéda Eddington.

C'était un beau geste de paix.

— Avec les horaires qu'on se tape ici, c'est plutôt dur d'aller boire une bière au club quand on a soif. Je peux vous en offrir une chez moi, monsieur ?

— Je vous suis, colonel Hamm.

— Z'êtes spécialiste de quelle période? demanda Hamm tandis qu'ils se dirigeaient vers sa voiture.

— J'ai fait une thèse sur la stratégie militaire de Nathan Bedford Forrest [1].

— Oh, moi, j'ai toujours admiré Buford [2].

— Il n'a eu que deux jours de gloire, mais quelles journées! concéda Eddington. Il aurait pu gagner la guerre pour Lincoln, à Gettysburg.

— Les carabines Spencer [3] ont donné à ses troupes un avantage technique, dit Hamm. On a trop tendance à l'oublier.

— Le choix du meilleur terrain ne lui a pas fait de mal non plus, et les Spencer l'ont aidé, c'est vrai, mais son plus beau fait d'armes a été de ne jamais oublier sa mission, répondit Eddington.

— Contrairement à Stuart... Toujours est-il que les confédérés ont passé un sale moment, dit Hamm en ouvrant la portière de sa voiture à son collègue.

Ils ne prépareraient le prochain exercice que dans plusieurs heures, et Hamm connaissait bien l'histoire militaire, surtout celle de la cavalerie. Le petit déjeuner allait être intéressant : de la bière, des œufs et la guerre de Sécession.

Ils tombèrent l'un sur l'autre sur le parking du 7-Eleven, qui, en ce moment, faisait des affaires en or avec son café et ses beignets.

— Salut, John, dit Holtzman, tout en considérant la crèche, de l'autre côté de la route.

— Bob, répondit Plumber d'un hochement de tête.

Ça grouillait partout de caméras et d'appareils photo qui enregistraient la scène pour la postérité.

— T'es levé tôt pour un samedi. Et surtout pour un

---

1. Célèbre général confédéré (*N.d.T.*).
2. Le commandant John Buford, l'un des vainqueurs de la bataille de Gettysburg contre les Confédérés (*N.d.T.*).
3. Des carabines modernes pour l'époque, qui se chargeaient par la culasse (*N.d.T.*).

type de la télé, nota le journaliste du *Post* avec un sourire amical. Qu'est-ce que tu dis de ça ?

— Vraiment affreux. (Plumber était plusieurs fois grand-père lui-même.) Y a eu un truc dans le genre en Israël, en 1975, il me semble ? A Ma'alot, non ?

Holtzman n'était pas sûr non plus.

— Je pense. J'ai demandé à quelqu'un de vérifier, au bureau.

— Les terroristes font de bons sujets, mais, grands dieux, qu'est-ce qu'on serait mieux sans eux !

Le lieu du crime avait été nettoyé et les corps évacués. Les autopsies devaient être terminées, à l'heure actuelle, estimaient les deux hommes. Mais tout le reste était encore là, ou presque. Leurs voitures, entre autres. Sous le regard des journalistes, les experts en balistique tendaient des fils pour étudier les tirs sur des mannequins récupérés dans un grand magasin local et ils s'efforçaient de reconstituer les événements dans le détail. Le grand Noir, avec le gilet du Service secret, c'était Norman Jeffers, l'un des héros du jour ; il expliquait comment il était arrivé de la maison de l'autre côté de la route. L'inspecteur Patrick O'Day se trouvait à l'intérieur. Certains agents jouaient le rôle des terroristes. Un homme était couché sur le sol, près de la porte d'entrée, et pointait autour de lui un revolver en plastique rouge. Dans les enquêtes criminelles, les répétitions générales venaient toujours *après* la pièce.

— Il se nommait Don Russell, c'est ça ? demanda Plumber.

— Un des plus vieux membres du Service secret, confirma Holtzman.

— Merde ! (Plumber secoua la tête.) Horace gardant le pont. On dirait un film. « Héroïque » n'est pas un mot que nous utilisons souvent, n'est-ce pas ?

— Non. On n'est plus censés croire à ce genre de truc. On est trop malins pour ça, évidemment. (Il termina son café et jeta le gobelet dans la poubelle.) T'imagines ? Donner sa vie pour protéger les gosses des autres ?

Certains reportages évoquèrent l'attentat en termes

de western. Un journaliste d'une télévision locale avait même osé « Règlement de comptes à Kiddy Corral », emportant par la même occasion la palme du mauvais goût. Sa station avait reçu plusieurs centaines d'appels de protestation. Plumber en avait été très irrité, lui aussi, car il estimait que son travail avait encore un sens.

— Des nouvelles de Ryan ? demanda-t-il.

— Juste un communiqué de presse. Callie Weston l'a rédigé et Arnie l'a distribué. Je ne peux pas lui en vouloir de mettre sa famille à l'abri. Il mérite une pause, John.

— Bob, il me semble me souvenir que...

— Oui, je sais. Je me suis fait avoir. Elizabeth Elliot m'a raconté une histoire sur Ryan quand il était chef adjoint de la CIA. (Holtzman se tourna et considéra son aîné.) Du pipeau sur toute la ligne. Je me suis excusé personnellement auprès de lui. Tu sais de quoi il s'agissait, en fait ?

— Non, admit Plumber.

— L'affaire colombienne. Il y était, d'accord. Des gens ont été tués. Dont un sergent de l'Air Force. Ryan s'occupe de sa famille. Il paie le collège aux gosses, sur ses propres deniers.

— T'as jamais publié ça, objecta le journaliste de télé.

— Non, en effet. Ces gens — bon, ce ne sont pas des personnalités, n'est-ce pas ? Et quand je l'ai découvert, c'étaient des nouvelles déjà anciennes. J'ai pensé que ça ne valait pas la peine de remettre la sauce.

Il s'agissait là d'une des clés de leur profession. C'étaient eux, en fait, qui décidaient de ce que le public pouvait connaître ou pas, et en choisissant d'écrire telle chose et non pas telle autre, ils contrôlaient les informations. Ils avaient donc le pouvoir de faire ou de défaire quelqu'un, parce que toutes les histoires n'étaient pas toujours suffisamment grosses dès le début pour être notées par le public — et surtout celles qui touchaient à la politique.

— Peut-être que t'as eu tort.

— Peut-être. (Holtzman haussa les épaules.) Mais je n'avais pas prévu que Ryan deviendrait président — pas plus que lui, sans doute. Là, il a fait quelque chose d'honorable — merde, encore plus qu'honorable ! John, il y a des trucs, dans l'affaire colombienne, qui ne pourront jamais être communiqués. Je pense que je sais tout là-dessus, à présent, mais je ne peux pas l'écrire. Ça choquerait le pays et ça ne ferait de bien à personne.

— Qu'est-ce qu'il a fait, Bob ?

— Il a empêché un incident international. Il a fait en sorte que le coupable soit puni d'une façon ou d'une autre...

— Jim Cutter ? demanda Plumber, qui se demandait toujours ce dont Ryan était vraiment capable.

— Non. Lui, il s'est vraiment suicidé. Tu sais, l'inspecteur du FBI qui était dans la crèche pendant l'attentat, Patrick O'Day ?

— Ouais, quoi ?

— Il filait Cutter. Il l'a vu se jeter sous l'autobus.

— T'en es sûr ?

— C'est comme si j'y avais été en personne. Ryan ne sait pas que je suis au courant. J'ai deux sources fiables et ça colle avec ce qu'on connaît des faits. Et si c'est pas la vérité, c'est le mensonge le mieux ficelé que j'aie jamais entendu. Tu sais qui on a aujourd'hui à la Maison-Blanche, John ?

— Qui ?

— Un homme honnête. Pas « relativement honnête ». Pas « quelqu'un qui ne s'est pas encore fait prendre ». Non : H-O-N-N-Ê-TE. Je ne crois pas que ce type ait fait une seule saloperie de toute sa vie.

— N'empêche que c'est un petit cochon perdu dans les bois, répondit Plumber, dont la conscience commençait à le travailler.

— Peut-être. Mais qui prétend que nous sommes des loups ? On est censés s'en prendre aux escrocs, mais on le fait depuis si longtemps et avec un tel talent qu'on a oublié qu'il y a quand même certaines personnes, au gouvernement, qui ne sont pas des fripouilles. Et donc on joue les uns contre les autres pour avoir nos informations — et en cours de route on devient nous-mêmes des salopards. Et qu'est-ce qu'on fait pour ça, John ?

— Je sais ce que tu veux, Bob. La réponse est non.

— A une époque de valeurs relatives, c'est sympa de tomber sur une certitude, monsieur Plumber. Même si elle est fausse, ajouta Holtzman.

Il eut la réaction qu'il attendait.

— Bob, t'es un bon. Un très bon, en fait, mais tu ne pourras pas me rouler, OK ?

Il avait dit ça avec le sourire, cependant. Holtzman le renvoyait à ces années dont il se souvenait avec tant de nostalgie.

— Et si je te prouve que j'ai raison ?

— Pourquoi n'écris-tu pas ton papier, alors ? voulut savoir Plumber.

Aucun vrai journaliste n'aurait pu s'en empêcher, il en était certain. Bob le reprit :

— Je ne l'ai pas publié. Je n'ai pas dit que je ne l'avais pas écrit.

— Ton rédacteur en chef va te virer pour...

— Et alors ? Y a pas des sujets que t'as pas traités, toi, alors que t'avais tout le matériel nécessaire ?

Plumber esquiva la question.

— Tu n'avais pas parlé de « preuves » ? fit-il.

— Exact. Mais je n'ai pas le droit de sortir cette histoire.

— Comment puis-je te croire ?

— Et moi, John ? Où s'arrête la responsabilité professionnelle et où commence la responsabilité publique ? Je n'ai pas publié ce reportage parce qu'une famille a perdu l'homme de la maison et que sa femme était enceinte. Le gouvernement ne peut pas reconnaître ce qui s'est passé et Jack Ryan s'est débrouillé pour arranger les choses. Il l'a fait avec son pognon personnel. Et pas pour que ça se cache. Qu'est-ce que j'étais censé faire, alors ? Exhiber cette famille ? Mais dans quel but, John ? Pour révéler des faits qui choqueraient le pays ? Non, ça aurait occasionné des souffrances à des gens qui en ont déjà trop connu. Ça risquait de mettre en danger l'éducation de ces gosses. Mais laisse-moi te dire quelque chose, John : toi, tu as blessé un homme innocent, et ton pote, avec son sourire Colgate, a menti au public pour ça. Or, nous sommes supposés veiller à ce genre de trucs.

— Pourquoi ne vends-tu pas la mèche, alors ?

Holtzman lui fit attendre sa réponse quelques secondes :

— Je préfère te laisser la possibilité d'arranger ça toi-même. Voilà pourquoi. Tu y étais, non ? Mais je dois avoir ta parole, John.

Pour Plumber, c'était une double insulte professionnelle. *Primo*, d'avoir été roulé par son jeune associé chez NBC, un gars de la nouvelle génération qui pensait que le journalisme se résumait à un brushing devant une caméra. *Secundo*, de s'être fait avoir aussi par Ed Kealty. S'attaquer à un innocent ? Il devait tirer ça au clair, sinon il aurait du mal à se regarder dans sa glace.

Il prit le petit magnéto que Holtzman tenait à la main et appuya sur la touche enregistrement.

— Ici John Plumber, c'est samedi, sept heures et demie du matin, et nous nous trouvons en face de la crèche Giant Steps. Robert Holtzman et moi nous allons quitter cet endroit ensemble. J'ai donné ma parole que l'enquête que nous allons mener restera entre nous. Cette cassette est la preuve de ma promesse. John Plumber, NBC News, conclut-il. (Il coupa l'enregistrement, puis le remit immédiatement :) Cependant, si Bob m'a mené en bateau, cette promesse tombe.

— C'est honnête, murmura Holtzman.

Il sortit la minuscule cassette de l'appareil et la fit disparaître dans sa poche.

Ce marché n'avait, bien sûr, aucune base légale. Mais c'était la parole d'un homme, et ils savaient tous les deux que ça comptait, même à leur époque. Tandis qu'ils se dirigeaient vers la voiture de Bob, Plumber lança au passage à son producteur :

— On est de retour dans une petite heure.

328

L'UAV Predator tournait dans le ciel à dix mille pieds d'altitude. Pour des raisons pratiques, les officiers de renseignements, à Storm Track et à Palm Bowl, avaient attribué les chiffres I, II et III aux trois corps d'armée de la RIU. En ce moment, l'UAV surveillait le 1er corps, constitué de la division blindée de l'ex-Garde républicaine irakienne reformée et d'une division équivalente de l'ex-armée iranienne — surnommée « les Immortels », en référence à la garde personnelle du roi Xerxès. Les régiments s'étaient déployés d'une façon conventionnelle — deux sur l'avant, un sur l'arrière — et ils formaient une espèce de triangle. Les deux divisions étaient côte à côte, avec un front étonnamment étroit, cependant, chacune ne couvrant que trente kilomètres, avec juste cinq kilomètres d'écart.

L'entraînement était dur. Tous les quelques kilomètres se trouvaient des cibles — des tanks en contreplaqué sur lesquels ils tiraient dès qu'ils étaient en vue. Le Predator ne pouvait pas indiquer si leur artillerie était efficace, même si la plupart des cibles étaient déjà détruites lorsque le premier échelon de combat les dépassa. La majeure partie du matériel était d'origine soviétique. Les chars de bataille T-72 et T-80 sortaient des usines géantes de Tcheliabinsk. Les véhicules d'infanterie étaient des BMP, véhicules blindés légers. Tactique soviétique, aussi. A voir les déplacements, c'était évident. Les sous-unités étaient très contrôlées. Les énormes formations avançaient avec une précision géométrique, comme des moissonneuses dans un champ de blé du Kansas.

— Bon Dieu, mais j'ai vu le film ! observa le major, à la station ELINT koweïtienne.

— Pardon ? demanda le commandant Sabah.

— Les Russes... enfin, les Soviétiques, ont fait des films là-dessus.

— Et que donne la comparaison ?

Sacrée bonne question, estima le sous-officier spécialiste du renseignement.

— Y a pas grande différence, monsieur. (Il indiqua

du doigt la moitié inférieure de son écran.) Vous voyez ça? Le commandant de la compagnie a aligné ses forces, à la distance et à l'intervalle qui conviennent. Juste avant, le Predator a survolé leur division de reconnaissance, et ça aussi ça sort tout droit du manuel. Vous avez étudié la tactique soviétique, commandant Sabah?

— Seulement celle utilisée par les Irakiens, reconnut l'officier koweïtien.

— Ben, c'est assez proche. Vous frappez fort et vite, en fonçant droit sur l'ennemi, sans lui laisser la possibilité de réagir. En même temps, vous contrôlez vos propres troupes. C'est juste une question de mathématiques, pour eux.

— Et leur niveau d'entraînement?

— Pas trop mauvais.

Holtzman se gara devant le 7-Eleven. Il coupa le moteur et fit signe à Plumber de descendre. A l'intérieur du magasin, ils virent la propriétaire, une femme de petite taille, et des enfants américano-asiatiques qui réapprovisionnaient les étagères en ce samedi matin.

— Bonjour, dit Carol Zimmer, reconnaissant Holtzman qui était déjà venu plusieurs fois acheter du pain et du lait — histoire de jeter un œil à l'établissement.

Elle ne savait pas qu'il était journaliste. Mais en voyant John Plumber, elle s'exclama :

— Hé, vous êtes de la télé!

— C'est exact, admit-il avec un sourire.

Le fils aîné — son badge indiquait qu'il s'appelait Laurence — s'approcha avec une expression autrement moins amicale.

— Je peux vous aider, monsieur? demanda-t-il d'une voix neutre, mais les yeux brillants et soupçonneux.

— Je voudrais vous parler, si je peux, demanda Plumber poliment.

— A quel propos, monsieur?

— Vous connaissez le président, n'est-ce pas?

— La machine à café est là-bas, monsieur. Et les beignets, ici, répondit simplement le jeune homme en lui tournant le dos.

— Attendez une minute! s'exclama Plumber.

Laurence se retourna.

— Et pourquoi donc? On a du travail. Excusez-moi.

— Larry, essaie d'être un peu gentil, intervint Carol Zimmer.

— Maman, je t'ai expliqué ce que ce type-là a fait, l'autre soir, tu te souviens?

Il considéra le journaliste. Ses yeux parlaient pour lui.

Cela faisait des années que Plumber ne s'était pas senti mortifié à ce point.

— Excusez-moi. S'il vous plaît, dit-il. Je veux simplement discuter avec vous. Je ne suis pas venu avec des caméras.

— Vous êtes à la fac de médecine, maintenant, Laurence? demanda Holtzman.

— Comment savez-vous ça? Bon sang, qui êtes-vous donc?

— Laurence! protesta sa mère.

— Attendez une minute, je vous en prie. (Plumber leva les mains.) Je souhaite seulement parler un moment avec vous. Pas de caméra, pas de magnéto. Juste entre vous et moi.

— Oh, je vous crois! Vous me donnez votre parole, c'est ça?

— Laurence!

— Maman, laisse-moi régler ça! répondit l'étudiant avec rudesse. (Il se radoucit immédiatement:) Excuse-moi, maman, mais tu ne sais pas ce qui se passe. (Puis, à l'intention de Plumber:) J'ai vu ce que vous avez fait. Personne n'a rien osé vous dire? Quand vous avez craché sur le président, vous avez aussi craché sur mon père, figurez-vous! Achetez ce qu'il vous faut, et fichez le camp, conclut-il en lui tournant de nouveau le dos.

— Je ne savais pas, protesta John Plumber. Si je me suis planté, pourquoi ne voulez-vous pas en parler avec moi ? Je vous promets, vous avez ma parole, que je ne ferai rien qui risquera de vous blesser, vous ou votre famille. Mais je vous en prie, si j'ai merdé, dites-le-moi.

— Pourquoi avez-vous fait du mal à M. Ryan ? demanda Carol Zimmer. C'est quelqu'un de bien. Il s'occupe de nous. Il...

— Maman, je t'en prie ! Ces gens-là s'en foutent !

Laurence revint. Il devait prendre ça en main. Sa mère était trop naïve, décidément.

— Laurence, je m'appelle Bob Holtzman. Je travaille pour le *Washington Post*. Je connais votre famille depuis plusieurs années. Je n'ai jamais raconté cette histoire parce que je ne voulais pas violer votre intimité. Je sais ce que le président Ryan fait encore pour vous. Je voudrais seulement que John Plumber entende ça de votre bouche. Cette information ne sera pas rendue publique.

— Pourquoi je vous croirais ? répliqua Laurence Zimmer. Vous êtes journalistes !

Cette remarque blessa Plumber. Physiquement. Sa profession était-elle tombée si bas ?

— Vous voulez devenir médecin, fit-il au jeune homme.

— Je suis en seconde année à Georgetown. J'ai un frère au MIT et une sœur qui vient de s'inscrire à l'UVA [1].

— C'est cher. Trop cher pour ce que vous gagnez ici. Je le sais. J'ai payé les études de mes enfants.

— Nous travaillons tous ici. Et je bosse le week-end.

— Vous voulez devenir médecin. Une profession honorable, dit Plumber. Et quand vous faites des erreurs, vous essayez d'en tirer un enseignement. Moi aussi, Laurence. Le président vous aide, n'est-ce pas ?

— Si je vous dis quelque chose de... confidentiel, ça signifie que vous ne pouvez pas en parler du tout ?

— Non, « confidentiel » n'a pas exactement ce sens-là. Mais si je vous jure que je n'utiliserai jamais

1. L'université de Virginie (*N.d.T.*).

vos déclarations — et il y a des témoins ici — et que je ne tiens pas ma promesse, alors vous pouvez foutre ma carrière en l'air. Dans ma profession, on peut se permettre beaucoup de choses, peut-être trop, concéda-t-il, mais on n'a pas le droit de mentir.

— Il était là quand mon père a été tué, répondit le jeune homme. Il a promis à papa qu'il s'occuperait de nous. Il l'a fait, et ouais, lui et ses amis à la CIA nous paient nos études.

— Ils ont eu quelques ennuis, ici, avec des voyous, ajouta Holtzman. Un type de mes connaissances, à Langley, est arrivé, et...

— Il n'aurait pas dû faire une chose pareille! dit Laurence. Monsieur Clàr... eh bien, il n'aurait pas dû... Le Dr Ryan — Mme Ryan, je veux dire — n'était pas au courant de tout ça, au début, mais quand elle l'a découvert... Une autre de mes sœurs entre à la fac, cet automne. En médecine, comme moi.

— Mais pourquoi...

La voix de Plumber se cassa.

— Parce que Ryan est comme ça, et que vous l'avez baisé.

— Laurence, voyons!

Plumber resta silencieux un moment. Puis il se tourna vers la femme qui se trouvait derrière son comptoir :

— Madame Zimmer, merci de votre patience. Rien de tout cela ne sera répété. Je vous en donne ma parole. (Puis, se tournant vers son fils, il ajouta :) Bonne chance, Laurence. Merci de m'avoir raconté tout ça. Je ne vous ennuierai plus.

Les deux journalistes sortirent et retournèrent directement à la Lexus de Bob Holtzman.

Pourquoi je vous croirais? Vous êtes journalistes! — une insulte d'étudiant, peut-être, mais qui faisait tout de même mal. Parce que c'était mérité, se dit Plumber.

— Quoi d'autre? demanda-t-il à son ami.

— Pour ce que j'en sais, ils n'ont jamais connu les circonstances du décès de Buck Zimmer. Juste qu'il est mort en faisant son devoir. Carol était enceinte de son dernier à ce moment-là. Et Elizabeth Elliot a essayé de nous convaincre que l'enfant était de Ryan. Elle m'a pigeonné.

— Ouais, moi aussi, murmura Plumber, après avoir respiré profondément.

— Bon, qu'est-ce que tu vas faire pour ça, John ?

— J'ai besoin de quelques détails supplémentaires.

— Celui qui est au MIT se nomme Peter. Informatique. La fille qui va à Charlottesville, je crois que son nom c'est Alisha. Je sais quand Carol a acheté cette affaire. Ryan fête Noël avec eux tous les ans. Et Cathy aussi. Je ne vois pas comment ils vont se débrouiller, cette année. Mais il y arrivera, gloussa Holtzman. Il est très fort pour les secrets !

— Et le type de la CIA qui...

— Je le connais. Pas de nom. Il a appris que des voyous emmerdaient Carol. Il a eu une... petite discussion avec eux. La police a un dossier là-dessus. Un garçon intéressant. Il a fait sortir d'URSS la femme et la fille de Gerasimov. Carol le considère comme un gros ours en peluche. C'est aussi lui qui a sauvé Koga, pendant la guerre. Un joueur sérieux.

— Donne-moi une journée. Une seule, dit Plumber.

— Ça me paraît honnête.

Jusqu'à Ritchie Highway, ils n'échangèrent plus un mot.

— Dr Ryan ? dit le capitaine Overton, dont la tête apparut dans l'entrebâillement de la porte.

Cathy et Jack se tournèrent en même temps.

— Qu'y a-t-il ? demanda-t-elle.

— Madame, c'est quelque chose que les enfants aimeraient peut-être voir, avec votre permission.

Deux minutes plus tard, toute la famille était à l'arrière d'un Hummer qui se dirigeait vers les bois. Le véhicule s'arrêta à deux cents mètres de la clôture. Ils firent quelques pas au milieu des arbres avec le capitaine et un caporal.

— Chuut ! souffla ce dernier en approchant ses jumelles des yeux de SANDBOX.

334

— Super! souffla Jack Junior.

— Elle n'a pas peur de nous? demanda Sally.

— Non. Personne ne les chasse, ici, et ils sont habitués aux véhicules, expliqua Overton. C'est Elvira.

Elle venait de mettre bas quelques minutes plus tôt. Elle s'était relevée, à présent, et elle léchait son petit.

— Bambi! s'exclama Katie Ryan, qui était une spécialiste des films de Walt Disney.

Quelques minutes plus tard, le faon chancelait sur ses pattes frêles.

— Katie? fit Overton.

— Oui, dit la fillette, sans cesser de regarder les animaux.

— C'est toi qui dois lui donner un nom. C'est la tradition, ici.

— Miss Marlene, répondit Sandbox, sans la moindre hésitation.

45

CONFIRMATION

Les kilomètres succédaient aux kilomètres. La route était ennuyeuse. Le paysage aussi. Brown et Holbrook savaient à présent pourquoi les Mountain Men étaient devenus des Mountain Men. Là-haut, au moins, il y avait des choses à voir. Ils auraient pu rouler plus vite, mais ils maîtrisaient mal ce mastodonte et ils dépassaient donc rarement les quatre-vingts à l'heure, ce qui leur valait des regards mauvais de tous les autres conducteurs, sur cette I-90.

Ils avaient travaillé vraiment dur, et ils étaient épuisés. Toutes ces semaines d'efforts pour remettre le camion en état, fabriquer les explosifs et les balles... Ils n'avaient pas beaucoup dormi, et rien de tel que la conduite sur une autoroute pour vous faire piquer du nez. Ils passèrent la nuit dans un motel de Sheridan, juste après la frontière du Wyoming. Cette première journée de conduite avait presque causé leur perte quand ils avaient dû négocier l'échangeur entre la I-90 et la I-94 à Billings. Ils s'étaient doutés que la toupie prendrait les virages à peu près aussi bien qu'un cochon sur de la glace, mais ç'avait été encore pire que prévu. Ce matin-là, ils dormirent largement après huit heures.

Beaucoup de routiers faisaient étape dans ce motel. Dans la salle à manger, des hommes et des femmes dévoraient de copieux petits déjeuners. Leurs conversations étaient sans surprise.

— Encore un coup de ces connards d'Arabes! grommela un routier qui arborait une bedaine proéminente et des biceps tatoués.

— Vous croyez? demanda Ernie Brown de l'autre bout du comptoir, dans l'espoir de se faire une idée de ce que pensaient ces gens dont il se sentait proche.

— Qui d'autre pourrait s'attaquer comme ça à des gosses? A part ces fils de pute! s'exclama le conducteur au-dessus de ses pancakes aux myrtilles.

— D'après la télé, les deux flics ont été super, dit un transporteur de lait. Cinq coups à la tête. Waouh!

— Et celui qui s'est fait descendre! (Le tatoué oublia un instant ses pancakes. Lui, il baladait du bétail dans son poids lourd.) Il a tenu tout seul, avec juste un pistolet! Et il en a zigouillé trois, peut-être quatre. Là, c'est un vrai flic qu'est mort. Il a bien mérité sa place au Walhalla. Sûr.

— Hé, c'étaient des feds, mec, dit Holbrook, en mastiquant un toast. C'est pas des héros. Que...

— Tu peux te mettre ça où j'pense, mon pote, répliqua le laitier sur un ton d'avertissement. J'veux pas entendre ces conneries, d'ac'? Y avait vingt ou trente gosses dans cette crèche.

Un autre routier intervint.

— Et ce Black qui a déboulé avec son M-16! Merde, comme quand j'étais avec la Cav! Ça m'gênerait pas d'payer une bière à c'type.

— Z'étiez dans la Cav? demanda le transporteur de bétail en se tournant vers lui.

— Ouais. Charlie, 1ʳᵉ division, répondit l'autre en pivotant pour lui montrer le gros badge de la First Air Cavalry Division sur son blouson de cuir.

— Delta. 2ᵉ division. (Il descendit de son tabouret et se dirigea vers l'homme pour lui serrer la main.) Mike Fallon.

— Tim Yeager.

Les deux Moutain Men n'étaient pas seulement venus là pour prendre leur petit déjeuner. Tous ces gens-là étaient des leurs — censés l'être, du moins. Des individualistes forcenés. *Des héros, les fédéraux ?* C'était quoi, ce bordel ?

— Les gars, quand on trouvera qui a financé ce boulot, j'espère que Ryan saura quoi faire, reprit Fallon.

— Un ex-Marine, murmura le transporteur de bétail. C'est pas un politicard, c'est l'un des nôtres. Enfin...

— T'as raison. Quelqu'un devra payer pour ça, et j'espère qu'on a le mec qu'il faut pour rafler la mise.

— On l'a. Sûr, acquiesça le laitier.

— Bon, dit Ernie Brown en se levant. Faut qu'on y aille. En route.

Les clients qui les entouraient leur jetèrent un bref coup d'œil et ce fut tout. Puis ils reprirent leur discussion à bâtons rompus.

— Si tu te sens pas mieux demain, tu fileras chez le toubib, déclara-t-elle.

— Oh, ça va s'arranger, répondit-il.

Mais cette protestation ressemblait davantage à un gémissement. Il se demanda si c'était la grippe de Hong-Kong ou une saloperie de ce genre. De toute façon, il ne connaissait pas la différence. Peu de gens la connaissaient, et même pas les docteurs — il le savait bien. Qu'est-ce qu'ils lui diraient, hein ? Du repos, boire beaucoup, de l'aspirine. Il le faisait déjà. Il avait l'impression qu'on l'avait enfermé dans un sac et battu à coups de batte de base-ball, et son voyage n'avait pas arrangé les choses. Il alla se coucher, espérant que sa femme ne se ferait pas trop de souci. Ça irait mieux demain. Ces trucs-là passaient. Il avait un bon lit et une télécommande. Tant qu'il restait immobile, il ne souffrait pas... enfin, pas trop. Ça pouvait pas être pire. Donc il s'en sortirait. C'était toujours comme ça.

Lorsqu'on accède à un certain niveau de responsabilité, le travail ne s'arrête plus jamais. On peut s'en aller, mais il vous rattrape et vous retrouve où que vous soyez, et le seul problème, alors, c'est de savoir combien ça coûte de l'amener jusqu'à vous. C'était le cas, aujourd'hui, pour Jack Ryan et Robby Jackson.

Pour Jack, il s'agissait des discours préparés par Callie Weston — car il s'envolait le lendemain pour le Tennessee, puis pour le Kansas, le Colorado et la Californie, avant de rentrer à Washington, où il arriverait à trois heures du matin pour ce qui serait la plus grande journée électorale de l'histoire des Etats-Unis. Un peu plus du tiers des sièges à la Chambre des représentants, laissés vacants grâce à Sato, seraient renouvelés; les autres le seraient au cours des deux semaines suivantes. A ce moment-là, il aurait un Congrès au complet avec lequel il pourrait peut-être — peut-être seulement — faire un vrai boulot. Des questions purement politiques l'attendaient. Ces prochains jours, il étudierait les plans de dégraissage de deux des plus puissantes administrations gouvernementales, la Défense et les Finances. Et le reste était en route aussi.

Comme il se trouvait avec le président, l'amiral Jackson recevait lui aussi toutes les informations dont il avait besoin, depuis le bureau du J-2, le chef du renseignement du Pentagone, pour son briefing quotidien sur la situation mondiale. Il lui fallut une heure rien que pour étudier les documents.

— Comment ça va, Robby? fit Jack.

POTUS ne demandait pas à un ami comment s'était passée sa semaine — il se renseignait sur la situation de la planète.

— Par quoi préférez-vous que je commence? fit le J-3.

— Ce que vous voulez.

— OK. Mike Dubro et le groupe de l'*Eisenhower* font toujours route au nord, vers la Chine, à bonne vitesse. Beau temps et mer calme — ils filent à environ vingt-cinq nœuds. Ça avance de quelques heures leur temps d'arrivée estimé. Les manœuvres se poursuivent dans le détroit de Formose, mais les deux camps ne s'éloignent plus de leurs côtes respectives, désormais. On dirait bien que l'échauffourée les a tous un peu calmés. Le secrétaire d'Etat Adler doit être chez eux, à l'heure actuelle, en train d'en discuter.

« Moyen-Orient. Là aussi on surveille les manœuvres de l'armée de la RIU. Six divisions lourdes, plus des groupes de transmissions et des avions tactiques. Nos gens, sur place, ont lancé des Predator et ils observent tout ça de très près.

— Qui leur a donné l'autorisation? s'enquit le président.

— C'est moi.

— Viol de l'espace aérien d'un pays souverain?

— Le J-2 et moi, nous gérons ce truc. Vous voulez que nous découvrions ce qu'ils fabriquent et quelles sont leurs capacités, n'est-ce pas?

— Oui, j'en ai besoin.

— Parfait. Dans ce cas, vous me dites ce que je dois faire, et vous me laissez me débrouiller, d'ac'? C'est un engin furtif. Il s'autodétruit si on en perd le contrôle, ou si les gars qui le dirigent n'aiment pas la façon dont les choses tournent, et il nous fournit d'excellentes données en temps réel impossibles à avoir avec les satellites, ni même avec les J-STARS, les systèmes radar de surveillance et d'attaque de cible. Surtout qu'on n'en a pas un seul là-bas, en ce moment. Une autre question, monsieur le président?

— Touché, amiral. Ça donne quoi?

— Ils ont l'air en meilleur état que ce que nos évaluations initiales le laissaient penser. Personne ne panique encore, mais ça commence à retenir notre attention.

— Et le Turkménistan?

— Ils essaient d'organiser des élections, mais c'est déjà une info ancienne, et c'est tout ce que nous savons d'un point de vue politique. La situation est calme, pour l'instant. Les satellites montrent une augmentation du trafic à la frontière — principalement des véhicules de marchandises, pensent les types du renseignement aérien, mais rien de plus.

— Quelqu'un observe les dispositions des troupes de l'Iran — oh! merde, de la RIU — dans ce coin-là?

— Je ne sais pas. Je peux vérifier. (Jackson le nota.) Sinon, nous avons retrouvé la marine indienne.

— Comment vous avez fait?

— Ils ne se cachaient pas. J'ai fait décoller deux Orion de Diego Garcia. Ils ont repéré nos amis à trois cents nautiques de distance — émissions électroniques. Ils se trouvent à environ quatre cents nautiques de leur port d'attache. Ce qui, d'ailleurs, les met directement entre Diego et l'entrée du golfe Persique. Notre attaché à la défense les voit demain pour leur demander ce qu'ils fabriquent. Ils ne lui diront probablement pas grand-chose.

— Dans ce cas, je pense que l'ambassadeur Williams devra y aller lui-même.

— Bonne idée. Voilà pour le résumé des nouvelles du jour, mais je peux vous donner des détails. (Robby rangea ses documents.) A quoi ressemblent vos discours?

— Ils parlent de bon sens, répondit le président.

— A Washington?

A son arrivée à Pékin, Adler comprit que les horaires avaient été mal calculés. Son avion s'était posé un samedi après-midi et les ministres importants avaient déjà quitté la ville, minimisant délibérément la signification de la bataille aérienne au-dessus du détroit. Une bonne occasion, pour lui, de récupérer du décalage horaire et d'être en forme pour sa réunion. Ce fut du moins ce qu'on lui expliqua.

— C'est un grand plaisir de vous avoir parmi

nous..., déclara le ministre des Affaires étrangères en serrant la main de l'Américain — lorsque Adler put enfin le rencontrer — et en le guidant jusqu'à son bureau. (Un autre homme les y attendait.) Vous connaissez Zhang Han San ?

— Non. Comment allez-vous, monsieur le ministre ? demanda Adler en lui serrant la main à son tour.

C'est donc à ça qu'il ressemble, pensa-t-il.

Tout le monde s'installa. Adler était seul avec les deux hauts fonctionnaires de la RPC et une interprète, une femme d'une trentaine d'années.

— Vous avez fait bon voyage ? demanda le ministre des Affaires étrangères.

— C'est toujours un plaisir de venir dans votre pays, mais j'aimerais vraiment que le trajet soit moins long, admit Adler.

— Les effets physiques de ces voyages sont souvent terribles, en effet, et la fatigue du corps affecte l'esprit. J'espère que vous avez eu le temps de vous reposer. C'est important, poursuivit son hôte, que des discussions de haut niveau ne soient pas perturbées par des facteurs extérieurs, spécialement en période de dissensions.

— Je suis en pleine forme, le rassura Adler. (Il avait beaucoup dormi, en effet. Simplement, il n'était pas sûr de l'heure qu'il était à l'endroit où son corps pensait se trouver.) Et les intérêts de la paix et de la stabilité nous obligent à faire parfois quelques sacrifices.

— C'est on ne peut plus vrai.

— Monsieur le ministre, les malheureux événements de la semaine dernière ont troublé mon pays, reprit le secrétaire d'Etat américain.

— Pourquoi ces bandits cherchent-ils à nous provoquer ? Nos forces font des manœuvres, c'est tout. Et ils ont abattu deux de nos avions ! Les pilotes sont morts. Ils avaient des familles. C'est très triste, mais vous avez noté, j'espère, que la République populaire de Chine n'a pas riposté.

— Oui, et nous vous en sommes reconnaissants.

— Les bandits ont tiré les premiers. Ça aussi, vous le savez.

— Cette question-là n'est pas très claire pour nous. C'est justement l'une des raisons de ma visite ici; je souhaite que la réalité des faits soit établie, répondit Adler.

— Ah...

Les avait-il surpris, là? se demanda le secrétaire d'Etat. C'était comme une partie de cartes, à la différence qu'on ne connaissait jamais la valeur de celles qu'on avait entre les mains. Il leur avait menti, et les deux autres le soupçonnaient, mais ils n'étaient sûrs de rien, et cela modifiait leur façon de jouer. S'ils pensaient qu'il savait, ils répondraient une chose; dans le cas contraire, leur réponse serait différente. Là, ils croyaient qu'il était au courant, mais ils n'avaient aucune certitude. Avantage pour l'Amérique. Adler avait eu le temps de réfléchir à sa stratégie pendant le voyage.

— Vous avez déclaré publiquement que le premier missile avait été tiré par l'autre camp. Vous êtes affirmatif, là-dessus? fit Adler.

— Absolument, assura le Chinois.

— Pardonnez-moi, mais si ce missile avait été lancé par un des pilotes que vous avez perdus? Comment le saurions-nous?

— Nos hommes avaient reçu des ordres stricts. Ne pas engager les hostilités, sauf en cas de légitime défense.

— Voilà qui est raisonnable et prudent. Mais au cœur d'une bataille... ou, sans aller jusqu'à parler de bataille, dans une situation tendue, on commet parfois des erreurs. Nous connaissons ce problème, nous aussi. Les pilotes de chasse sont impulsifs, surtout les jeunes qui font les fiérots.

— Ce n'est pas la même chose chez nos adversaires? répliqua le ministre des Affaires étrangères.

— Certainement, admit Adler. Et c'est bien la question, n'est-ce pas? Voilà pourquoi il est de notre responsabilité de nous assurer que de telles situations ne se reproduiront pas.

— Mais ces bandits passent leur temps à nous provoquer. Ils espèrent gagner votre approbation et nous sommes inquiets parce que c'est peut-être ce qui est arrivé.

— Je vous demande pardon ?

— Votre président Ryan a parlé de *deux* Chine. Il n'y a qu'*une seule* Chine, monsieur le secrétaire d'Etat. Nous pensions que cette question était réglée depuis longtemps.

— Il s'agit d'une erreur sémantique de la part du président, une nuance linguistique, si vous voulez, répondit Adler qui décida de ne pas tenir compte de cette dernière affirmation. Le président a beaucoup de qualités, mais il doit encore apprendre les subtilités de la langue diplomatique. Un journaliste stupide a sauté sur l'occasion. Rien de plus. Notre politique vis-à-vis de cette région n'avait pas changé.

Adler avait volontairement employé l'imparfait au lieu du présent. Il pensait parfois qu'il aurait gagné une fortune en vendant des polices d'assurance.

— Hélas, ce genre d'erreur peut parfois passer pour un fait, répliqua son interlocuteur.

— Je crois que je viens de clarifier notre position là-dessus. Souvenez-vous qu'il répondait à des questions sur un terrible... incident qui a fait des victimes américaines. En cherchant ses mots, il a choisi des termes qui ont une certaine signification dans notre langue, et une autre dans la vôtre.

Les choses sont beaucoup plus faciles que prévu, se dit Adler.

— Il y a eu aussi des victimes chinoises, protesta le ministre de la RPC.

Adler nota que Zhang écoutait, mais ne disait pas un mot. En Occident, cela en aurait fait un simple conseiller technique, présent à la réunion pour aider son ministre, par exemple sur un problème juridique. Mais Adler n'en était pas sûr, ici. C'était même très certainement le contraire. Si Zhang était vraiment ce que pensaient les Américains, alors pourquoi était-il là, bon sang ?

— Oui, répondit Adler, et pour peu de résultats et bien des chagrins... J'espère que vous comprenez que notre président prend cela très à cœur.

— En effet, et j'ai été négligent de ne pas vous avoir dit plus tôt que nous considérons avec horreur cet attentat contre sa fille. Je souhaite que vous transmettiez au président Ryan notre profonde sympathie après cet acte inhumain et notre grand plaisir de savoir que son enfant est saine et sauve.

— Je vous remercie en son nom, et je vous promets de lui rapporter ce message. (Le ministre venait de temporiser deux fois de suite. Adler avait une ouverture, là. Il se souvenait que ses interlocuteurs s'étaient toujours estimés plus intelligents et plus astucieux que tout le monde.) Mon président est un homme sentimental, admit-il. C'est un trait des Américains. De plus, il croit fermement à son devoir de protection envers ses concitoyens.

— Alors, il faut vous entretenir avec les rebelles de Taiwan. Nous pensons que ce sont eux qui ont détruit cet avion de ligne.

— Mais pourquoi l'auraient-ils fait ? demanda Adler, ignorant exprès le côté surprenant de ce discours.

Sa langue avait-elle fourché ? « S'entretenir » avec Taiwan ? C'était la RPC qui lui demandait une chose pareille ?

— Pour déclencher un incident, bien sûr. Pour jouer sur les sentiments personnels de votre président. Et dissimuler les vraies questions qui se posent entre la Chine populaire et notre province rebelle.

— Vous le pensez vraiment ?

— Oui, assura le ministre. Nous ne souhaitons pas la guerre. C'est un énorme gaspillage de vies humaines et de ressources, et nous avons chez nous des soucis plus importants. La question taiwanaise sera réglée en temps utile. Tant que l'Amérique n'intervient pas, ajouta-t-il.

— Je vous l'ai déjà dit, monsieur le ministre, nous n'avons pas changé de politique. Nous souhaitons simplement la restauration de la paix et de la stabilité, répondit Adler.

Le maintien du *statu quo* pour une durée indéterminée était essentiel, mais ce n'était décidément pas dans les plans de la République populaire de Chine.

— Alors, nous sommes d'accord, dit le Chinois.

— Donc, vous ne vous opposerez pas au déploiement de nos forces navales ?

Le ministre soupira.

— La navigation est libre. Nous n'avons pas d'ordres à donner aux Etats-Unis d'Amérique, pas plus que vous n'en avez à nous donner. Les mouvements de vos forces navales, pourtant, laissent penser que vous voulez peser sur les événements locaux et nous ferons là-dessus des commentaires pour la forme. Mais dans l'intérêt de la paix, poursuivit-il d'une voix à la fois patiente et lasse, nous ne protesterons pas, surtout si cela incite les bandits à cesser leurs folles provocations.

— Il nous serait utile de savoir si vos manœuvres navales doivent se terminer bientôt. Ce serait un geste de votre part, n'est-ce pas ?

— Les manœuvres de printemps vont continuer. Elles ne menacent personne, comme votre présence navale le déterminera clairement. Nous ne vous demandons pas de nous croire sur parole. Laissez nos actes parler pour nous. Ce serait bien aussi si notre province rebelle réduisait ses propres activités dans cette zone. Peut-être que vous pourriez en discuter avec elle ?

Discuter ? Deux fois ? Il ne s'était donc pas trompé.

— Si vous me le demandez, oui, je serai ravi d'apporter mon concours et celui de mon pays à la recherche de la paix.

— Nous apprécions les bons offices des Etats-Unis et nous espérons que vous serez un médiateur sincère, en cette occasion, compte tenu du fait que votre pays a, hélas, perdu des vies humaines dans ce tragique incident.

Adler étouffa un bâillement.

— Excusez-moi.

— Les voyages sont une malédiction, n'est-ce pas ?

C'était Zhang. Il prenait la parole pour la première fois.

— En effet, reconnut le secrétaire d'Etat. Permettez-moi de consulter mon gouvernement. Je pense qu'il accueillera favorablement votre requête.

— Parfait, observa le ministre des Affaires étrangères. Nous ne cherchons à créer aucun précédent, ici. J'espère que vous le comprenez, mais au vu de ces circonstances singulières, nous vous remercions de cette entremise.

— J'aurai une réponse pour vous dans la matinée, leur promit Adler en se levant. Pardonnez-moi d'avoir prolongé votre journée de travail.

— C'est notre devoir. A nous tous.

En s'en allant, Scott Adler se demanda ce que signifiait exactement cette bombe qu'ils lui avaient lâchée dans les jambes. Il ne savait pas très bien qui avait emporté la partie, et à la réflexion, il n'était même pas sûr de savoir quelle partie il avait jouée... Rien, en tout cas, ne s'était déroulé comme il s'y attendait. Il avait l'impression d'avoir gagné, et facilement. L'autre camp s'était montré bien plus accommodant que lui-même ne l'aurait été à leur place.

Certains surnommaient ça le « journalisme du carnet de chèques », mais ce n'était pas une pratique nouvelle et elle n'était pas non plus vraiment coûteuse. Tout bon journaliste avait des gens à appeler qui, contre une modeste rétribution, pouvaient effectuer certaines vérifications pour lui. Ce n'était pas illégal de demander une faveur à un ami — pas trop, du moins. Ces informations étaient rarement sensibles — et dans le cas présent, elles étaient publiques. Simplement, les administrations n'étaient pas toujours ouvertes le dimanche.

Un petit fonctionnaire du secrétariat d'Etat du Maryland se rendit à son bureau en voiture, utilisa son passe pour se garer à sa place de parking réservée, et entra dans le bâtiment. Dans les archives qui sentaient le renfermé, il sortit un dossier d'un tiroir, il le photocopia en moins d'une minute, et il le remit à sa place. Puis il rentra chez lui. Comme il rendait ce genre de service assez souvent, il avait un fax. Dix minutes plus tard, il avait transmis les documents demandés et jeté les photocopies dans la poubelle de sa cuisine. Pour cela, il allait recevoir cinq cents dollars. C'était mieux payé le week-end.

John Plumber lut les télécopies avant même la fin de la transmission. C'était exact : un certain Ryan, John P., avait fondé une société anonyme à l'époque indiquée par Holtzman. Le contrôle de cette société avait été transféré à Zimmer, Carol, quatre jours plus tard (il y avait un week-end au milieu). Cette entreprise possédait à présent un 7-Eleven dans le sud du Maryland. Les administrateurs comptaient les trois enfants Zimmer, et tous les actionnaires appartenaient à la même famille. Il reconnut la signature de Ryan sur les documents de cession. Les questions légales avaient été réglées par un important cabinet juridique de Washington, dont le nom ne lui était pas inconnu non plus.

Plumber avait d'autres documents en sa possession. Il connaissait le responsable du secrétariat du MIT, et il avait appris, la veille au soir, là encore par fax, que les frais d'études et de logement de Peter Zimmer étaient payés par une fondation privée. Les chèques venaient du même cabinet juridique de Washington. Il avait aussi un duplicata de son carnet universitaire. C'était exact que le gosse était en informatique, et qu'il allait passer sa licence au Media Lab du MIT. A part des notes médiocres en littérature pendant sa première année — même le MIT voulait des gens sachant lire et écrire, mais à l'évidence Peter Zimmer se moquait de la poésie —, le gosse avait des A partout.

Donc, tout ça était vrai.

Plumber se laissa aller contre le dossier de sa chaise pivotante et fit son examen de conscience. *Pourquoi je vous croirais ? Vous êtes des journalistes !* se répéta-t-il en lui-même.

Les membres de sa profession ne parlaient presque

jamais du vrai problème. Dans les années 60, un certain Sullivan avait attaqué le *New York Times* en diffamation et avait prouvé qu'un commentaire du quotidien le concernant n'était pas absolument exact. Mais le journal avait soutenu — et le tribunal l'avait suivi dans son argumentation — qu'en l'absence de véritable malveillance, cette erreur n'était pas une faute grave et que l'information du public primait sur la protection d'un seul individu. Techniquement, cela laissait la porte ouverte à d'autres procès, et en effet diverses actions furent intentées contre les médias, et parfois même gagnées. Mais rarement.

Cette décision du tribunal était bonne, pensait Plumber. Le premier amendement garantissait la liberté de la presse, parce qu'elle était un garant essentiel de la liberté — et, dans de nombreux cas, le seul. Les gens mentaient tout le temps. Surtout ceux qui étaient au gouvernement, mais les simples citoyens aussi, et c'était le travail des médias de rapporter les faits — la vérité — au public, pour lui permettre de faire ses propres choix.

Mais le permis de chasse que la Cour suprême avait accordé ce jour-là était piégé. Car les médias pouvaient aussi détruire les gens. Il y avait des recours possibles contre presque toutes les actions illégales, dans la société américaine, mais les journalistes bénéficiaient de protections semblables à celles des rois de l'ancien temps, et, en pratique, leur profession était au-dessus des lois. Et elle faisait tout pour le rester. Admettre une gaffe était un faux pas juridique, qui coûtait de l'argent. Mais cela diminuait aussi la confiance du public vis-à-vis des médias. Et donc ceux-ci n'admettaient jamais s'être trompés, sauf s'ils y étaient obligés ; et même dans ce cas-là, leurs rétractations n'avaient pas l'importance de leurs erreurs initiales — ce n'était jamais que l'effort minimum nécessaire défini par les avocats qui connaissaient exactement la taille des forteresses qu'ils défendaient. Bien sûr, il y avait des exceptions, mais tout le monde savait que ça n'allait pas plus loin.

Plumber avait vu sa profession changer. Elle était

désormais trop arrogante, et n'avait pas assez conscience que le public (au service duquel elle était) ne croyait plus en elle — et cela lui faisait mal. Il estimait, lui, être encore digne de cette confiance et être un professionnel de la lignée d'Ed Murrow. Et ça devait être ainsi. Mais ça ne l'était plus, parce qu'on ne pouvait pas mettre d'ordre dans ce métier de l'extérieur, et qu'il ne serait plus crédible tant qu'on n'en mettrait pas *de l'intérieur*.

Plumber pensa alors à sa propre situation. Il pouvait s'arrêter quand il voulait. La Columbia University lui avait souvent proposé un poste de professeur de journalisme, parce qu'il était une voix raisonnable, honnête, et crédible. Vieille, aussi. Peut-être la dernière dans son genre ?

Il décrocha son téléphone.

— Holtzman, répondit le journaliste, car c'était sa ligne professionnelle dans sa maison de Georgetown.

— C'est Plumber. J'ai fait quelques vérifications. Il semble que tu aies raison.

— OK. On fait quoi, maintenant, John ?

— Je m'en occupe. Mais je te laisse l'exclusivité de la publication.

— C'est généreux, John. Merci, répondit Bob.

— Je n'aime toujours pas beaucoup Ryan comme président, ajouta Plumber.

Holtzman estima que son ami était sur la défensive. C'était compréhensible : il ne devait pas donner l'impression de faire ça pour se faire bien voir.

— Tu sais que la question n'est pas là, fit Bob. Quand règles-tu ça ?

— Demain soir, en direct.

— Et si on se voyait pour essayer de réfléchir à certains trucs ? Le *Post* fera un malheur, avec ça. Tu signes l'enquête avec moi ?

— Demain soir, je serai au chômage, répondit Plumber avec un petit rire triste. OK, on peut essayer.

— Bon, et ça signifie quoi ? demanda Jack.

— Ils se fichent totalement de ce que nous fabriquons. On dirait même qu'ils sont contents de la présence de notre porte-avions! Ils souhaitent que je fasse la navette entre eux et Taipei.

— Ils ont demandé *ça* ?

Le président était stupéfait, car cela donnait une apparence de légitimité au gouvernement de la République de Chine. Un secrétaire d'Etat américain ne pouvait faire ce genre d'allers et retours qu'entre deux capitales de pays souverains. Des problèmes de moindre importance étaient laissés à des « émissaires » qui avaient le même pouvoir, mais pas le même statut.

— Ouais, et ça m'a plutôt surpris aussi, répondit Adler sur la ligne téléphonique protégée. Et puis nos chiens n'aboient pas. Juste une objection rapide contre votre gaffe sur « les deux Chine » à la conférence de presse. Ils sont vraiment dociles pour des gens qui viennent de tuer plus de cent passagers d'un avion de ligne...

— Leurs manœuvres navales ?

— Elles se poursuivent, mais ils nous ont pratiquement invités à venir observer à quel point c'étaient des opérations de routine.

L'amiral Jackson écoutait la conversation sur le haut-parleur.

— Monsieur le secrétaire d'Etat ? C'est Robby Jackson.

— Oui, amiral ?

— Ils ont déclenché une crise, on déplace notre porte-avions, et maintenant ils disent qu'ils veulent qu'on soit là, et je dois prendre ça pour argent comptant ?

— Exact. Ils ne savent pas que nous savons, du moins je ne crois pas — mais je ne suis pas sûr que ça compte pour l'instant.

— Y a quelque chose qui cloche..., répondit immédiatement le J-3. Un gros truc.

— Amiral, je pense que vous avez sans doute raison, là aussi.

— Vous faites quoi, maintenant, Scott ? demanda Ryan.

350

— Je pense me rendre à Taipei dans la matinée. Je ne peux pas l'éviter, n'est-ce pas?

— C'est d'accord. Tenez-moi au courant.

— Oui, monsieur le président, promit le secrétaire d'Etat, avant de raccrocher.

— Monsieur le président, je suis vraiment inquiet, là, dit Robby.

— Demain, je joue les hommes politiques, grimaça Ryan. Je décolle à... euh... (Il vérifia son emploi du temps.) Je quitte la Maison-Blanche à six heures et quart pour un discours à Nashville à huit heures et demie. J'ai besoin d'une évaluation sur tout ça, et en vitesse. Merde! Adler est à l'autre bout du monde, moi je suis sur la route, et Ben Goodley manque encore d'expérience... Je veux que vous soyez là, Robby. Si cette histoire a des ramifications au niveau opérationnel, c'est votre domaine. Avec les Foley. Et Arnie pour le côté politique. Le Département d'Etat doit régler ce problème avec la Chine...

Adler était assis dans son lit, dans les appartements de l'ambassade US réservés aux VIP. Il revoyait ses notes à la recherche d'un angle d'attaque. On croyait que les hauts fonctionnaires étaient des joueurs habiles, mais ce n'était pas aussi vrai que ce que pensait le grand public. Ils se trompaient. Ils gaffaient. Même s'ils adoraient passer pour des gens astucieux. *Les voyages sont une malédiction,* avait dit Zhang.

Ses seules paroles. Pourquoi à ce moment-là et pourquoi ces mots-là?

— Bedford Forrest, hein? grommela Diggs, en mangeant son hot-dog avec un plaisir visible.

— Le meilleur commandant de cavalerie que nous ayons jamais eu, dit Eddington.

— Vous me pardonnerez, professeur, si je ne partage pas votre enthousiasme pour ce gentleman, observa le général. C'est aussi le fils de pute qui a fondé le Ku Klux Klan.

— Je n'ai jamais dit que ce gars était un politicien intelligent, monsieur, répondit Eddington, et je ne défends pas le personnage, mais je ne connais pas de meilleur commandant de cavalerie que lui.

— Exact, admit Hamm.

— On a surestimé Stuart, reprit Eddington. Il était irascible, et il a surtout eu beaucoup de chance. Nathan, lui, savait prendre les décisions à la seconde où il fallait, mais il s'est aussi pas mal planté.

— Et Grierson? demanda Diggs.

— Son raid au cœur du territoire ennemi a été magnifique, mais souvenez-vous que ce n'est pas lui qui en a eu l'idée. En fait, je pense que c'est comme commandant du 10e qu'il a été le meilleur.

— Là, vous parlez comme un homme, Dr Eddington!

— Prêt et en avant! ajouta le colonel responsable des Gardes de Caroline.

— Vous connaissez même la devise de notre régiment? fit Diggs.

— Ce type était peut-être un historien sérieux, après tout, même s'il admirait ce tueur raciste de Forrest, pensa-t-il.

— Grierson a bâti ce régiment à partir de rien, avec des troupes d'analphabètes, reprit Eddington. Il a été obligé de former lui-même ses sous-officiers, et ensuite il s'est tapé toutes les missions merdiques dans le Sud-Ouest. J'écrirai sans doute un livre sur lui quand je prendrai ma retraite. C'est lui, le premier grand combattant du désert. Une fois qu'il tenait l'ennemi, il ne le lâchait plus.

Diggs leva sa cannette de bière en guise de salut.

— C'est ça, la cavalerie.

46

ÉPIDÉMIE

Ç'aurait été mieux de rentrer le lundi matin, mais il aurait fallu réveiller les enfants beaucoup trop tôt. Jack Jr et Sally avaient des contrôles à préparer, et il fallait trouver de nouveaux arrangements pour Katie. La vie à Camp David avait été si différente qu'ils avaient l'impression de revenir de vacances. Retrouver Washington leur fit un choc. Dès qu'ils virent la Maison-Blanche par les fenêtres de l'hélicoptère qui descendait, leurs expressions et leurs humeurs changèrent. Les mesures de sécurité avaient été renforcées. Le nombre des gardes leur rappela à quel point cet endroit et la vie qu'il impliquait leur étaient détestables. Ryan sortit le premier, salua le Marine au pied de l'échelle, puis considéra le bâtiment. Il eut l'impression de recevoir une gifle. Bienvenu dans la réalité! Une fois que sa famille fut en sécurité à l'intérieur, il gagna son bureau, dans l'aile ouest.

— Alors, quelles nouvelles? demanda-t-il à van Damm, qui n'avait pas vraiment profité de son week-end — mais au moins personne n'avait jamais essayé de le tuer, ni de tuer les siens.

— L'enquête n'a pas encore donné grand-chose. Murray dit qu'on doit être patient, que ça va venir. C'est un bon conseil, Jack. Faut faire avec, ajouta le secrétaire général de la présidence. Vous avez une rude journée, demain. Le pays est derrière vous. Il y a toujours un éclair de sympathie dans des moments comme...

— Arnie, je ne cours pas après les bulletins de vote, vous vous souvenez? OK, c'est sympa que les gens aient une meilleure image de moi maintenant que des terroristes se sont attaqués à ma fille, mais vous savez, je ne veux vraiment pas voir les choses sous cet angle, dit Jack qui sentait revenir la colère après quarante-huit heures de tranquillité. Si j'avais eu le moindre désir de conserver ce boulot, la semaine dernière m'en aurait guéri.

— Oui, mais...

— Mais, merde, Arnie ! Quand tout ça sera fini, ça m'aura apporté quoi d'être passé ici ? Une place dans les livres d'histoire ? Mais lorsqu'on les écrira, je serai mort et je n'aurai plus à me soucier de ce que les historiens pourront dire ! Je veux juste repartir d'ici vivant avec les miens. C'est tout. Si quelqu'un d'autre a envie du grand apparat de cette foutue prison, je le lui laisse volontiers. J'ai d'autres soucis. Parfait, ajouta POTUS d'un ton amer, je vais faire le boulot, prononcer les discours et essayer d'être utile, mais ça ne vaut pas plus que ça, Arnie. C'est sûr que ça ne vaut pas le fait que neuf terroristes tentent de tuer votre fille. On ne laisse qu'une seule chose derrière soi, sur cette planète — ses enfants.

— Vous avez passé deux jours difficiles et...

— Et les agents qui sont morts ? Et leurs familles ? J'ai eu presque quarante-huit heures de vacances super. Pas eux, merde. Je suis tellement pris par mon boulot que j'ai à peine eu le temps de penser à eux. Plus d'une centaine de personnes ont travaillé dur pour que j'oublie tout ça. Et je les ai laissés faire ! C'est important que je ne perde pas de temps sur ce genre de détails, c'est ça ? Je suis censé me concentrer sur quoi ? Le Devoir, l'Honneur, le Pays ? Sauf que quelqu'un qui peut y arriver en oubliant son humanité n'a pas sa place ici — et c'est ce que ce boulot est en train de faire de moi.

— Vous avez terminé, ou vous voulez que j'aille vous chercher une boîte de Kleenex ? (Pendant un instant, le président donna l'impression qu'il allait frapper van Damm. Mais celui-ci enfonça le clou :) Ces agents sont morts parce qu'ils ont choisi un boulot qu'ils estimaient important. Pareil pour les soldats. Qu'est-ce qui se passe avec vous, Ryan ? Merde, comment pensez-vous qu'un pays fonctionne ? Vous croyez que tout le monde est beau et gentil ? Vous n'avez pas toujours été aussi idiot. Vous avez été Marine, à une époque. Vous avez fait des trucs pour la CIA. Vous aviez des couilles à ce moment-là. Aujourd'hui, vous avez un boulot. On vous a pas

354

choisi, vous vous souvenez? Vous avez été *volontaire*, que vous le vouliez ou non. Vous saviez que ce genre de choses pouvait arriver. Et donc, maintenant, vous êtes là. Vous voulez vous tirer? Parfait. Tirez-vous. Mais ne me dites pas que tout ça n'a pas d'importance. Si des gens sont *morts* pour protéger votre famille, bordel, essayez un peu de me dire que ça ne compte pas!

Là-dessus, van Damm quitta la pièce en coup de vent, sans même prendre la peine de refermer la porte derrière lui.

Sur le moment, Ryan ne sut plus quoi faire. Il s'assit à son bureau. Il y vit les piles habituelles de documents, soigneusement rangées par des collaborateurs qui ne dormaient jamais. Là, c'était la Chine. Là, le Moyen-Orient. Ici, l'Inde. Là se trouvaient des informations sur les principaux indicateurs économiques. Ici, un rapport sur l'attentat terroriste. Une liste des agents qui en avaient été les victimes, avec le rappel des noms de leurs femmes et de leurs maris, de leurs parents et de leurs enfants, et, dans le cas de Don Russell, de ses petits-enfants. Il se souvenait de leurs visages, mais il devait reconnaître qu'il avait oublié certains de leurs noms. Ils étaient morts pour protéger sa fille, et il ne savait même plus comment ils s'appelaient! Pis, pour évacuer tout ça il s'était offert un moment de bien-être dans un confort encore plus artificiel qu'ici. Mais tout était là, devant lui, tout l'y attendait, et ça y resterait. Et il ne pouvait plus s'échapper, maintenant. Il se leva et se dirigea vers le bureau de son secrétaire général, en passant devant des agents du Service secret qui, en entendant leur dispute, avaient sans doute échangé un coup d'œil et s'étaient fait leur propre opinion — qu'ils lui dissimulaient soigneusement.

— Arnie?

— Oui, monsieur le président?

— Je suis désolé.

— D'accord, chérie, dit-il dans un gémissement.

Il irait chez le docteur demain matin. Il ne se sentait vraiment pas mieux. C'était même pire. Horribles maux de tête et ça, malgré deux Tylénol toutes les quatre heures. Si au moins il pouvait dormir, mais c'était impossible. C'était seulement quand il était épuisé qu'il somnolait un peu. Il devait faire de terribles efforts rien que pour aller jusqu'à la salle de bains. Sa femme avait raison. Il fallait qu'il voie un toubib. Il aurait dû être plus malin, et faire ça la veille. Aujourd'hui, il serait déjà guéri.

Ç'avait été facile pour Plumber, au moins d'un simple point de vue pratique. Les archives où l'on conservait les enregistrements avaient la taille d'une bonne bibliothèque publique et on y trouvait aisément ce qu'on cherchait. Les trois cassettes au format Beta étaient là, sur la cinquième étagère, dans leur boîte. Il les récupéra et les remplaça par des cassettes vierges. Il fut chez lui vingt minutes plus tard. Sur son magnétoscope personnel, il se repassa la première interview, par acquit de conscience, pour vérifier qu'elle était bonne. C'était le cas. Il avait intérêt à ranger ça dans un endroit sûr.

Ensuite, il rédigea ses trois minutes de commentaire pour l'émission du lendemain soir, une critique modérée de la présidence Ryan. Il y travailla une bonne heure, car à la différence de la grande majorité des journalistes de télé, il soignait le style, ce qui lui était facile, vu qu'il connaissait sa grammaire. Puis il l'imprima pour une dernière relecture, car il se corrigeait mieux sur papier que sur écran. Satisfait, il copia son texte sur une disquette, qu'on utiliserait, au studio, pour le chargement sur le téléprompteur. Puis il se lança dans un second commentaire de la même taille, qu'il imprima aussi. Il y passa encore plus de temps. Si ce devait être son chant du cygne professionnel, il fallait l'écrire proprement, et lui qui avait composé un certain nombre de nécrologies de personnes qu'il admirait ou pas, il souhaitait que la sienne fût parfaite. Content de son dernier jet, il en fit un tirage qu'il rangea dans sa mallette, avec les cassettes. Celui-là, il ne l'avait pas mis sur disquette.

— Commandant, je pense que c'est fini, dit le major.

Le film du Predator montrait les colonnes de chars qui rentraient vers leurs camps, leurs tourelles ouvertes et leurs servants visibles, dont la plupart fumaient. Les manœuvres s'étaient plutôt bien passées pour la récente armée de la RIU, et même maintenant qu'elles étaient terminées, ils rentraient en bon ordre.

Le commandant Sabah avait passé tant de temps penché sur l'épaule de cet homme à regarder l'écran qu'ils auraient vraiment pu se parler d'une façon moins informelle, pensa-t-il. Tout ce qu'il voyait là n'était que routine. Hélas. Il avait espéré que leur nouveau voisin aurait besoin de plus de temps pour intégrer ses deux armées, mais la normalisation des armements et des stratégies avait joué en sa faveur. Les messages radio enregistrés ici et à Storm Track laissaient entendre que les manœuvres étaient finies. La couverture vidéo de l'UAV le confirmait — et, dans ce domaine, une confirmation, c'était important.

— C'est marrant..., remarqua le major, à la grande surprise de Sabah.

— Quoi ? demanda le commandant.

— Excusez-moi, monsieur. (Le sous-officier se leva et alla chercher une carte dans une armoire en coin.) Il n'y a pas de route, à cet endroit. Regardez.

Il déplia sa carte, trouva les coordonnées qui correspondaient avec celles de son écran — le Predator avait son propre GPS, système de positionnement satellite à capacité globale, et il indiquait automatiquement à ses opérateurs où il était — et il lui montra la section sur le plan.

— Vous voyez ?

L'officier koweïtien étudia la carte, puis l'écran. Sur celui-ci, il y avait une route, maintenant. Mais la chose était facilement explicable. Une colonne d'une centaine de chars pouvait transformer n'importe quelle surface en autoroute, et c'était le cas ici.

Mais le major avait raison : il n'y en avait pas, auparavant. Les tanks avaient tracé leur propre route au cours de ces dernières heures.

— C'est un changement, commandant. Jusqu'à aujourd'hui, l'armée irakienne a toujours dépendu des voies de communication.

Sabah acquiesça d'un signe de tête. C'était si évident qu'il ne l'avait pas vu. Le désert était l'élément naturel de l'armée irakienne qui était censée avoir appris à s'y déplacer. Pourtant, pendant la guerre du Golfe, elle avait œuvré à sa propre destruction en restant toujours à proximité des voies de communication — ses officiers semblaient se perdre dès qu'ils s'aventuraient dans le désert. Ce n'était pas aussi curieux qu'il y paraissait, car le désert n'offrait aucun repère, comme la haute mer. Du coup ses mouvements étaient prévisibles, ce qui n'était jamais une bonne chose dans une guerre, et les forces alliées arrivaient sur elle par des directions auxquelles elle ne s'attendait pas.

Mais cela venait de changer.

— Vous supposez qu'ils ont un GPS, eux aussi? demanda le sous-officier.

— On ne pouvait pas espérer qu'ils allaient rester idiots pour l'éternité, n'est-ce pas? dit Sabah.

Le président Ryan embrassa sa femme. Ses enfants n'étaient pas encore levés. Ben Goodley l'attendait dans l'hélicoptère.

— Voici les notes d'Adler sur son voyage à Téhéran, lui dit son conseiller à la sécurité nationale en les lui tendant. Et aussi son compte rendu sur Pékin. Le groupe de travail se réunit à dix heures pour étudier cette question. Et l'équipe SNIE se retrouve un peu plus tard à Langley.

Jack le remercia, mit sa ceinture et se plongea dans la lecture de ses dossiers. Arnie et Callie montèrent et s'assirent à côté d'eux.

— Vous avez des idées là-dessus, monsieur le président? demanda Goodley.

— Ben, c'est vous qui êtes censé m'en donner, vous vous souvenez?

— Et si je vous disais que tout ça n'a pas beaucoup de sens?

— Ça, je le savais déjà. Vous êtes de permanence aux téléphones et aux fax, aujourd'hui. Scott devrait être arrivé à Taipei, à présent. Tout ce qu'il enverra, vous me le transmettez illico.

— Oui, monsieur.

L'hélicoptère décolla, mais Jack s'en rendit à peine compte, plongé qu'il était dans son travail. Price et Raman l'accompagnaient aussi. Il y aurait d'autres agents dans le 747, et beaucoup plus encore à Nashville. La présidence de John Patrick Ryan suivait son cours, que cela lui plût ou pas.

Ce pays pouvait être minuscule et sans importance, il pouvait être un paria au sein de la communauté internationale — il n'avait rien fait pour ça, pourtant, sinon peut-être prospérer. Il l'était à cause de son voisin de l'Ouest, plus vaste et moins riche — mais il possédait un gouvernement *élu*, et cela était censé compter au sein des nations, en particulier celles qui avaient elles-mêmes un régime démocratique. La République populaire de Chine avait imposé son existence par les armes — bon, la plupart des Etats l'avaient fait, se souvint Adler —, et avait massacré des millions de ses propres citoyens (personne ne savait combien, et personne d'ailleurs n'était pressé de le découvrir). Elle s'était lancée dans un programme révolutionnaire de développement (le Grand Bond en avant) qui s'était révélé encore plus désastreux que chez les « pays frères », puis s'était engagée dans une autre « réforme » intérieure (la Révolution culturelle), après la campagne des Cent Fleurs, dont le but réel avait été de dénicher les dissidents potentiels en vue de leur élimination ultérieure par les étudiants dont l'enthousiasme révolutionnaire avait failli détruire entièrement la culture chinoise, au nom du *Petit Livre rouge*. Puis étaient venues de nouvelles réformes, le passage supposé du marxisme à autre chose, et encore une révolution étudiante — celle-là *contre* le système politique en place —, stoppée net par un pouvoir arrogant, avec des chars et des mitrailleuses, sous l'œil des caméras du monde entier... Et, malgré tout, le reste de la planète était disposé à laisser la République populaire écraser ses cousins de Taiwan.

On appelait ça la *Realpolitik,* pensa Scott Adler. Quelque chose de similaire avait entraîné l'Holocauste, auquel son père avait survécu, avec en souvenir un numéro tatoué sur l'avant-bras. Officiellement, même son propre pays suivait la politique d'« une seule Chine » — mais avec une clause tacite : la RPC ne devait pas attaquer la RDC. Si elle le faisait, les Américains pouvaient réagir. Ou pas.

Adler était un diplomate de carrière, diplômé de Cornell et de la Fletcher School of Law and Diplomacy à la Tufts University. Il aimait son pays. Il avait déjà été l'instrument de sa politique, et désormais il était sa voix pour les affaires internationales. Mais, souvent, ce qu'il disait n'avait pas grand-chose à voir avec la vérité.

— Nous avons récupéré des fragments — en fait, des morceaux plutôt gros — du missile. Il vient de la RPC, sans contestation possible, lui expliqua le ministre de la Défense de la RDC. Nous laisserons vos techniciens les examiner pour confirmation.

— Merci. J'en discuterai avec mon gouvernement.

— Ainsi, intervint le ministre des Affaires étrangères, ils autorisent un vol direct entre Pékin et Taipei. Et ils déclinent toute responsabilité dans l'incident de l'Airbus. J'avoue que je ne vois aucune logique dans ce comportement.

— J'ai été très satisfait de les entendre dire qu'ils ne s'intéressaient qu'à la restauration de la stabilité régionale.

— Que c'est gentil de leur part, grommela le ministre de la Défense. Après l'avoir délibérément ébranlée !

— Cette histoire nous fait un grand tort économique, reprit son collègue. Les investisseurs étrangers sont redevenus nerveux, et la fuite de leurs capitaux nous cause des ennuis. Est-ce que ce n'était pas leur objectif, d'après vous ?

— Monsieur le ministre, si c'était le cas, pourquoi m'auraient-ils demandé de venir ici par un vol direct ?

— Un subterfuge, manifestement.

— Mais pour quelle raison, dans ce cas-là ? voulut savoir Adler.

Bon sang, ils étaient chinois, eux aussi ! Peut-être qu'ils étaient à même de comprendre ça ?

— Nous sommes en sûreté, ici. Nous le savons, même si certains investisseurs en doutent. Cependant, notre situation n'est pas extraordinaire. C'est un peu comme si nous vivions dans un château protégé par un fossé. De l'autre côté du fossé, il y a un lion qui nous dévorerait s'il en avait la possibilité. Il ne peut pas franchir le fossé et il le sait, mais il ne cesse d'essayer. J'espère que vous êtes capable de saisir notre inquiétude.

— Oui, monsieur, assura le secrétaire d'Etat américain. Si la RPC réduit le niveau de ses manœuvres, ferez-vous de même ?

Si eux non plus ne savaient pas ce que fabriquait la RPC, peut-être qu'ils pouvaient tout de même calmer un peu le jeu ?

— En principe, oui. De quelle façon exactement, ça c'est une question technique que je laisse à mon collègue. Mais nous ne serons pas déraisonnables.

Dire que tout ce voyage avait été organisé pour ces trois petites phrases ! Et maintenant Adler devait retourner à Pékin pour la transmettre.

Entremetteur, entremettez !

Hopkins avait sa propre crèche de jour, avec un personnel permanent et toujours quelques étudiants supplémentaires qui y faisaient des travaux pratiques pour leur diplôme en pédiatrie. Katie entra, regarda autour d'elle et apprécia l'environnement multicolore. Quatre agents la suivaient, tous des hommes, car aucune autre femme n'était disponible aujourd'hui. Il y avait aussi trois officiers de la police de Baltimore en civil qui leur montrèrent leurs badges prouvant leur identité. Et une nouvelle journée commença pour Surgeon et pour Sandbox. Katie avait apprécié le voyage en hélicoptère. Aujourd'hui, elle allait se faire quelques nouveaux amis, mais ce soir, sa mère le savait, elle demanderait où était Mlle Marlene. Comment parler de la mort à une enfant qui n'a pas encore trois ans?

La foule applaudit avec encore plus de chaleur que de coutume. Ryan le sentait. Il était là, parmi eux, moins de trois jours après une tentative d'assassinat contre sa fille, et il faisait son boulot, il se montrait fort et courageux et tout le baratin, pensa Potus. Il avait commencé par une prière pour les agents tombés en faisant leur devoir. Nashville était dans la Bible Belt [1], où l'on prenait ça très au sérieux. Le reste du discours était plutôt bon, se dit le président; il traitait de choses auxquelles il croyait. Bon sens. Honnêteté. Devoir. Simplement, prononcer des phrases écrites par quelqu'un d'autre lui donnait l'impression qu'elles sonnaient creux, et il avait du mal à empêcher son esprit de vagabonder.

— Je vous remercie. Dieu bénisse l'Amérique, conclut-il.

La foule se leva et l'acclama. L'orchestre recommença à jouer. Ryan s'éloigna de son podium blindé, serra la main aux diverses personnalités officielles, puis il quitta la scène en agitant le bras.

Arnie l'attendait derrière le rideau.

— Pour un imposteur, vous vous débrouillez plutôt bien.

L'arrivée d'Andrea ne laissa pas à Jack le temps de répliquer.

— Une communication Flash vous attend dans l'avion, monsieur. C'est de M. Adler.

— OK. Allons-y. Restez près de moi.

— Toujours, lui assura Andrea.

— Monsieur le président! cria un journaliste. (C'était le plus bruyant du petit groupe de reporters qui voyageait avec lui, ce matin. Il appartenait à l'équipe de NBC. Ryan pivota.) Allez-vous pousser le Congrès à modifier la loi sur le contrôle des armes?

1. Zone très religieuse du sud des Etats-Unis (N.d.T.).

362

— Et pour quoi faire?

— L'attentat contre votre fille était...

Ryan l'interrompit d'un signe de la main.

— D'après ce que j'ai compris, les armes qui ont servi à cet attentat étaient déjà illégales. Je ne vois pas comment une nouvelle loi pourrait empêcher ce genre de choses, hélas.

— Mais ceux qui se battent pour le contrôle des armes disent que...

— Je sais ce qu'ils disent. Et maintenant ils utilisent une attaque contre ma petite fille et la mort de cinq Américains formidables pour pousser leur propre programme politique... Qu'est-ce que vous pensez de ça? répondit le président en s'éloignant.

— C'est quoi, ton problème?

Il décrivit ses symptômes. Son médecin de famille était un vieil ami. Ils jouaient même au golf ensemble. Ce n'était pas difficile pour le représentant de Cobra, qui pouvait aussi lui offrir de temps en temps des clubs de démonstration pratiquement neufs, sans parler des autographes de Greg Norman.

— Bon, t'as de la fièvre. Trente-neuf quatre, c'est trop. Et ta tension artérielle est un peu trop basse. T'as mauvaise mine...

— Je sais, je me sens vraiment malade.

— Tu es malade, mais je ne m'en ferais pas, si j'étais toi. Tu as sans doute chopé la grippe dans un bar quelconque, et tous tes voyages en avion n'ont rien arrangé. Et ça fait des années que je te préviens d'y aller mollo sur l'alcool. T'as attrapé un virus qui passait. Ça a commencé vendredi, exact?

— Dans la nuit de jeudi, peut-être vendredi matin.

— Repos complet. Tu bois beaucoup — et pas de l'alcool, cette fois. Tu continues le Tylénol.

— Tu ne me donnes rien d'autre?

— Les antibiotiques ne servent à rien dans les infections virales, répondit le docteur en secouant la tête. Ton système immunitaire s'occupera de ça, surtout si tu le laisses tranquille. Mais puisque t'es là, on va te faire une prise de sang. Y a longtemps que tu aurais dû vérifier ton cholestérol. J'appelle mon infirmière. T'as quelqu'un pour te ramener chez toi?

— Ouais. Je voulais pas conduire.

— Parfait. Offre-toi quelques jours de congé. Cobra ne s'écroulera pas, sans toi, et les greens seront toujours là quand tu iras mieux.

— Merci, mon vieux.

Il se sentait déjà en meilleure forme. C'était toujours ainsi quand votre médecin vous assurait que vous n'étiez pas sur le point de mourir.

Goodley lui tendit le papier dès qu'il arriva. Peu d'immeubles de bureaux, même ceux du gouvernement, possédaient les moyens de communication du premier étage de l'Air Force One.

— Les nouvelles ne sont pas mauvaises du tout, ajouta Ben.

SWORDSMAN parcourut le document en diagonale, avant de s'asseoir pour relire plus lentement.

— OK, c'est parfait, il pense qu'il peut désamorcer la situation, nota Ryan. Mais il ne sait toujours pas de quelle foutue situation il s'agit.

— C'est mieux que rien, dit Goodley.

— Andrea? reprit le président. Dites à notre chauffeur qu'il est temps d'y aller. (Il regarda autour de lui.) Où est Arnie?

— Je vous appelle sur un cellulaire, expliqua Plumber.

— Super, répondit Arnie.

Les lignes de l'avion étaient protégées, mais il ne jugea pas utile de le lui préciser. C'était juste pour dire quelque chose. John Plumber ne faisait plus partie des gens auxquels il enverrait ses vœux de nouvel an. Hélas, le numéro de sa ligne directe était toujours sur le Rolodex de Plumber. Dommage, mais il ne pouvait rien faire pour ça. Il préviendrait sa secrétaire de ne plus lui passer ce gars, au moins quand il était en voyage.

— Je sais ce que vous pensez, dit Plumber.

— Parfait, John. Comme ça je n'aurai pas besoin de vous le dire.

— Regardez l'émission, ce soir. Je passe à la fin.

— Pourquoi ?

— Vous verrez vous-même, Arnie. A bientôt.

Le secrétaire général de la Maison-Blanche coupa son cellulaire en se demandant ce que Plumber avait voulu dire. Jadis, il avait confiance en cet homme. Et même en son collègue, bon sang ! Il décida de ne pas parler de cet appel au président. Il venait juste de prononcer un bon discours, avec de l'humour et tout, et il s'était bien débrouillé, malgré lui, parce que ce pauvre idiot croyait en beaucoup plus de choses qu'il n'imaginait. Inutile donc de lui rappeler maintenant l'épisode Plumber. Il enregistrerait l'émission pendant le vol pour la Californie, et si ça valait le coup, il la lui montrerait.

— Je ne savais pas qu'il y avait une épidémie de grippe, en ce moment, grommela-t-il en remettant sa chemise.

Le représentant en automobiles mit un certain temps à se rhabiller, car il avait mal partout.

— C'est simplement qu'elle ne fait pas tout le temps les gros titres, répondit le médecin, en examinant les données que son infirmière venait de noter. Et vous l'avez attrapée.

— Alors ?

— Alors, reposez-vous. N'allez pas au bureau. Pas la peine de contaminer toute votre société. Vous survivrez. Vous devriez vous sentir mieux à la fin de la semaine.

L'équipe SNIE était réunie à Langley. Une tonne de nouvelles informations était arrivée de la région du golfe Persique et elle était en train de les trier dans une salle de conférences du cinquième étage. La photo de Mahmoud Haji Daryaei prise par Chavez, tirée par le labo de la maison, était maintenant fixée au mur. Peut-être que quelqu'un allait s'amuser à lui lancer des fléchettes ? pensa Ding.

— Des crapauds à chenilles, ricana l'ancien fantassin en regardant l'enregistrement vidéo du Predator.

— Plutôt gros pour les tirer au fusil, Ding, remarqua Clark. Ces trucs-là m'ont toujours terrorisé.

— Les roquettes LAW [1] se les font en beauté, monsieur C.

— C'est quoi la portée des LAW, Domingo ?

— Quatre ou cinq cents mètres.

— Ces canons-là tirent à deux ou trois kilomètres, fit remarquer John. Pense à ça.

— Je ne suis pas un spécialiste du matériel, dit Bert Vasco. (Il fit un geste en direction de l'écran.) Ça signifie quoi, tout ça ?

La réponse lui vint d'un des analystes militaires de la CIA :

— Que l'armée de la RIU est en bien meilleure forme qu'on ne s'y attendait.

Un commandant de l'armée de terre qui venait du DIA, le Service du renseignement de la Défense, ne contesta pas le fait :

— Je suis très impressionné. C'était un exercice plutôt simple, côté manœuvres, mais ils l'ont mené avec une parfaite organisation. Personne ne s'est perdu et...

— Vous supposez qu'ils utilisent des GPS, à présent ? demanda l'analyste de la CIA.

— N'importe quel abonné au magazine *Yachting* peut s'en payer un, aujourd'hui. Ça valait moins de quatre cents dollars la dernière fois que j'ai regardé, répondit l'officier à son collègue civil. Donc, ça signifie qu'ils peuvent déplacer beaucoup mieux leurs forces. Et surtout que leur artillerie deviendra bien plus efficace. Si on sait où sont nos canons, où se trouve notre observateur de l'avant et quelle est la position de notre cible par rapport à lui, alors on a plus de chances de mettre dans le mille.

— Ça quadruple les performances ?

---

1. *Light Anti-Armour Weapon* : arme légère antiblindage (*N.d.T.*).

— Facile ! répondit le commandant. Ce vieillard, là, sur le mur, a maintenant un gros bâton à agiter en direction de ses voisins.

— Bert ? fit Clark.

Vasco se tortilla sur son fauteuil.

— Je commence à être inquiet. Tout ça va plus vite que ce que j'avais imaginé. Et si Daryaei n'avait pas d'autres soucis, je serais encore plus inquiet.

— Quels soucis ? fit Chavez.

— Il a un pays à construire, et il sait que s'il commence à agiter son sabre, nous réagirons. (Le FSO s'interrompit une seconde.) C'est sûr, en tout cas, qu'il veut faire savoir à ses voisins qui est le nouveau caïd du quartier. Mais est-il capable de faire quelque chose ?

— Militairement ? intervint l'analyste civil.

— Tout de suite, si on n'était pas là, répondit l'homme du DIA. Mais on est là.

— Demandez-vous un instant quel genre de gars on a ici, dit Kealty aux caméras. Cinq personnes sont mortes, des hommes et des femmes, et il ne voit pas pourquoi on aurait besoin d'une nouvelle loi sur le contrôle des armes ! Comment peut-on avoir le cœur aussi froid ? Eh bien, s'il se fiche de ces agents courageux, moi non. Combien d'Américains devront encore mourir avant qu'il ne comprenne la nécessité d'une telle législation ? Faudra-t-il qu'il perde *vraiment* quelqu'un de sa famille ? Désolé, poursuivit le politicien, mais je ne parviens pas à croire qu'il ait pu oser faire une telle remarque.

— Nous avons tous en mémoire les campagnes électorales pour le Congrès. Les candidats nous disaient : « Votez pour moi, parce que pour chaque dollar d'impôts prélevé, un dollar et vingt cents reviennent à ce district. » Vous rappelez-vous ces promesses ?

« Mais ils oubliaient de vous dire un certain nombre de choses. *Primo,* qui a jamais prétendu que vous dépendiez du gouvernement, d'un point de vue financier ? C'est le contraire : le gouvernement n'existe pas si vous ne lui donnez pas *votre* argent.

« *Secundo*, le déficit du gouvernement signifie que chaque district reçoit plus en subventions fédérales qu'il ne verse en impôts fédéraux, je veux dire en impôts fédéraux directs. Ceux-là même que vous pouvez voir.

« Donc ces candidats se vantaient de dépenser davantage d'argent qu'ils n'en avaient. Si votre voisin vous avoue qu'il tire des chèques sur votre compte personnel, vous ne pensez pas que vous allez prévenir la police ?

« Nous savons tous que le gouvernement prélève plus que ce qu'il ne donne. Mais il s'en cache bien. Le déficit du budget fédéral signifie que chaque fois que vous empruntez de l'argent, cela vous coûte plus cher que ça ne devrait. Et pourquoi donc ? Parce que le gouvernement emprunte lui-même tant d'argent que ça fait monter les taux d'intérêt.

« Et donc, mesdames et messieurs, chaque mensualité pour une maison ou pour une voiture, chaque paiement par carte de crédit est aussi un impôt. Et le gouvernement vous offre parfois un avantage fiscal sur les intérêts de vos emprunts. C'est gentil de sa part ! s'exclama Potus. Il vous l'offre sur des sommes que vous n'auriez pas dû payer, et ensuite il vous dit que vous récupérez davantage que ce que vous avez versé !

« Quelqu'un, ici, est assez crédule pour gober ça ? Mesdames et messieurs, je ne suis pas un politicien, et je ne suis pas ici aujourd'hui pour soutenir l'un ou l'autre de vos candidats aux sièges vacants de la Maison du Peuple. Je suis simplement là pour vous demander de penser un peu à tout cela. Vous aussi, vous avez des devoirs. Le gouvernement vous appartient, et non le contraire. Et lorsque vous irez voter, demain, je vous en prie, prenez le temps de réfléchir aux déclarations des candidats et aux idées qu'ils défendent. Demandez-vous si cela a un sens, puis faites le bon choix. Et si vous n'aimez aucun d'entre eux, allez voter quand même, passez par l'isoloir, et rentrez chez vous sans donner votre voix à personne, mais au moins manifestez-vous. Vous le devez à votre pays.

La fourgonnette d'un installateur de chauffage central et d'air conditionné s'arrêta dans la voie privée. Deux hommes en sortirent et grimpèrent les quelques marches de la véranda. L'un d'eux frappa à la porte.

— Oui? demanda une femme, à l'intérieur, l'air perplexe.

— FBI, madame Sminton. (Il lui montra sa carte.) Pouvons-nous entrer, s'il vous plaît?

— Et pourquoi? lui demanda la veuve de soixante-deux ans.

— Nous aimerions que vous nous aidiez pour quelque chose, si vous pouvez.

Ç'avait été plus long que prévu. Pour les fusils utilisés dans l'affaire SANDBOX, on était remonté jusqu'au fabricant, et ensuite on était redescendu jusqu'à un grossiste, puis un vendeur, et grâce à celui-ci on avait trouvé un nom et une adresse. Les agents du FBI et du Service secret avaient alors obtenu un mandat de perquisition et de saisie.

— Entrez, je vous prie.

— Merci. Madame Sminton, connaissez-vous votre voisin?

— M. Azir, vous voulez dire?

— Exact.

— Pas très bien. Je lui dis bonjour de loin, de temps en temps.

— Savez-vous s'il est chez lui en ce moment?

— Sa voiture n'est pas là, répondit-elle, après avoir jeté un coup d'œil.

Les agents étaient déjà au courant. Il possédait un break Oldsmobile bleu, avec des plaques du Maryland. Tous les policiers, dans un rayon de trois cents kilomètres, étaient à sa recherche.

— Vous vous souvenez de la dernière fois que vous l'avez vu?

— Vendredi, je crois.

— OK. (L'agent sortit une radio d'une poche de sa

salopette.) Vous pouvez y aller. L'oiseau a probablement — je répète : *probablement* — quitté son nid.

Sous les yeux de la veuve stupéfaite, un hélicoptère apparut presque immédiatement au-dessus de la maison voisine, à trois cents mètres de là. Des deux flancs de l'appareil jaillirent des cordes lisses, et des agents en armes s'y laissèrent glisser en araignée. Au même moment, quatre véhicules arrivèrent à toute allure des deux côtés de la route de campagne et s'immobilisèrent sur la vaste pelouse entourant l'habitation. En temps ordinaire, les choses seraient allées plus lentement ; on aurait mené une surveillance discrète pendant un certain temps. Mais pas cette fois. La porte d'entrée et la porte de derrière furent enfoncées et, trente secondes plus tard, une sirène se mit à hurler. M. Azir avait une alarme. Chez Mme Sminton, la radio de l'agent du FBI grésilla.

— Vide. La maison est vide. C'est Betz. Fouille complète. J'attends le labo.

A ces mots, deux autres fourgonnettes apparurent. Elles remontèrent le chemin privé, et l'une des premières tâches de leurs passagers fut de prélever des échantillons de gravier, de terre et d'herbe pour les comparer aux fragments récupérés dans les voitures de location, à Giant Steps.

— Madame Sminton, pouvons-nous nous asseoir, s'il vous plaît ? Nous aimerions vous poser quelques questions sur M. Azir.

— Alors ? demanda Murray en arrivant au centre de commandement du FBI.

— On ne l'a pas eu, répondit l'agent installé devant sa console.

— Et merde.

Mais Murray avait dit cela sans passion. Il ne s'était pas attendu à coincer ce gars, de toute façon. Mais il espérait au moins trouver là-bas des informations importantes. Le labo avait collecté à la crèche un grand nombre d'indices matériels. Les échantillons de gravier pouvaient correspondre à ceux de l'allée menant chez le suspect. L'herbe et la terre trouvées dans les ailes et les pare-chocs des véhicules de location prouveraient peut-être la relation entre l'attentat et la maison d'Azir. Des fibres de tapis — de la laine couleur bordeaux — collées aux chaussures des terroristes morts pouvaient venir de l'intérieur de l'habitation. En ce moment même, une équipe de dix agents essayait de découvrir qui était exactement ce « Mordecai Azir ». On pouvait parier sans crainte qu'il était à peu près aussi juif qu'Adolf Eichmann.

— Centre de commandement, ici Betz.

L'agent spécial Billy Betz était responsable de la division de Baltimore.

— Billy, ici Dan Murray. Qu'est-ce que vous avez trouvé ?

— Vous imaginez ça ? Une caisse à moitié pleine de munitions de 7,62, et tous les numéros correspondent, directeur. Dans le living-room, il y a un tapis de laine bordeaux. C'est l'endroit qu'on cherchait. Il manque quelques vêtements dans la penderie de la chambre principale. Je dirais qu'il n'y a personne ici depuis deux jours. La place est sûre. Pas piégée. Les gars du labo commencent leur boulot de routine.

Les experts légistes appartenaient au FBI, au Service secret et au Bureau des alcools, des tabacs et des armes, une agence turbulente dont l'équipe technique était néanmoins excellente. Ils allaient passer la maison au peigne fin des heures durant. Tout le monde portait des gants. Ils relèveraient les empreintes sur la moindre surface pour les comparer à celles des terroristes.

— Il y a quelques semaines, vous m'avez vu prêter serment de préserver, protéger et défendre la Constitution des Etats-Unis. C'est la seconde fois que je le fais. La première, j'étais un nouveau sous-lieutenant des Marines, après mon diplôme au Boston College. Ensuite, j'ai lu la Constitution pour m'assurer de ce que j'étais censé défendre.

« Mesdames et messieurs, nous entendons souvent

les politiciens dire qu'ils veulent que le gouvernement vous donne davantage de pouvoir de façon à vous permettre d'agir.

« Mais ce n'est pas ainsi que ça marche, ajouta Ryan avec vigueur. Thomas Jefferson a écrit que les gouvernements tirent leur juste pouvoir du consentement de leurs administrés. Vous devriez tous lire la Constitution. Elle n'a pas été rédigée pour vous ordonner ce que vous devez faire. Elle établit les relations entre les trois branches du gouvernement. Elle indique ce qu'il peut et ne peut pas faire. Il n'a pas le droit de s'attaquer à votre liberté d'expression, ni de vous dire comment prier. Il y a beaucoup de choses qu'il ne peut pas faire. Et surtout, il est incapable de vous donner davantage de pouvoir. C'est de vous qu'il tient le sien, car c'est le gouvernement du peuple.

« Demain, vous n'élirez pas des patrons, mais des employés qui seront à votre service. Des gardiens de vos droits. Nous ne vous disons pas quoi faire. C'est vous qui nous le dites.

« Mon boulot, c'est de ne vous prendre que l'argent nécessaire pour vous protéger et vous servir. Et je dois le faire le plus efficacement possible. C'est un devoir important que d'être au service du gouvernement, et une grande responsabilité, mais ce ne doit pas être une bénédiction. Ce sont vos serviteurs du gouvernement qui se sacrifient pour vous, et non le contraire.

« Vendredi dernier trois hommes et deux femmes formidables ont laissé leur vie au service de notre pays. Ils l'ont fait pour protéger ma petite fille, Katie. Mais il y avait d'autres enfants dans cette crèche, et ils les ont tous sauvés du même coup. Ces gens-là ne demandent rien d'autre que votre respect. Et ils le méritent, parce qu'ils font des choses dont nous pouvons difficilement nous charger nous-mêmes. C'est pourquoi nous les engageons. Et ils signent parce qu'ils savent que ce service est important, parce qu'ils se soucient de nous, parce qu'ils nous représentent. Vous et moi, nous savons bien que tous les employés du gouvernement ne sont pas comme ça. Ce n'est pas de leur faute. Pour avoir le meilleur des gens, il faut le leur demander.

« Mesdames et messieurs, voilà pourquoi votre devoir, demain, est si important : il vous faudra élire les personnes adéquates. La plupart d'entre vous êtes propriétaires de vos maisons, et il vous arrive de faire appel à des plombiers, des électriciens ou des charpentiers. Dans ce cas, vous essayez de trouver les meilleurs professionnels, parce que vous les payez pour ça, et vous voulez qu'ils fassent leur travail correctement. De même, lorsque votre enfant est malade, vous téléphonez au meilleur médecin, parce que rien n'est plus essentiel pour vous que la vie de votre fils ou de votre fille.

« L'Amérique aussi est votre enfant. Elle a besoin des gens qu'il faut pour prendre soin d'elle. Et il est de votre devoir de choisir les meilleurs, sans tenir compte de la couleur politique, de la race, du sexe, ni de quoi que ce soit d'autre — hormis la compétence et l'intégrité. Dieu vous a donné la liberté. La Constitution veille à ce que vous puissiez l'exercer. Si vous ne le faites pas avec toute votre intelligence, alors vous vous trahissez vous-mêmes.

« Merci d'être venu me voir pour ma première visite à Colorado Springs. Demain, engagez les gens qu'il faut.

— Avec une série de discours clairement destinés à emporter le vote conservateur, le président Ryan fait une tournée électorale dans le pays à la veille des élections à la Chambre ; mais, alors même que les agents fédéraux enquêtent sur l'affreuse attaque terroriste contre sa fille, le président rejette catégoriquement l'idée d'une amélioration des lois sur le contrôle des armes. Voici le reportage de Hank Robert, correspondant de NBC, qui a suivi ce jour le groupe présidentiel...

Tom Donner regarda la caméra bien en face jusqu'au moment où la lumière rouge s'éteignit.

— J'ai pourtant cru comprendre qu'il avait dit

quelques bonnes choses, aujourd'hui, fit observer Plumber tandis que le studio diffusait le témoignage de Robert.

— C'est marrant, parce que Callie écrivait des trucs pas mal pour Bob Fowler, avant, répliqua Donner en feuilletant son texte.

— T'as vraiment lu son discours ?

— John, allez, on n'a pas besoin de lire ce qu'il raconte. On sait ce qu'il va dire.

— Dix secondes..., annonça le producteur dans leurs écouteurs.

— Au fait, ton texte de fin est bon, John, ajouta Donner.

A « trois », son célèbre sourire télévisuel éclaira son visage.

— Une importante équipe d'experts enquête à présent sur l'attentat de vendredi contre la fille du président. Reportage de Karen Stabler, à Washington.

— J'étais sûr que tu l'apprécierais, répondit Plumber lorsque la lumière s'éteignit de nouveau.

Tant mieux, pensa-t-il. Il avait la conscience tranquille, désormais.

Le VC-25 décolla à l'heure prévue et se dirigea vers le nord pour éviter le mauvais temps sur le Nouveau-Mexique. Arnie van Damm était en haut, dans la salle des communications. Intégrée à son infrastructure, l'avion possédait une parabole satellite dont le système de visée perfectionné pouvait suivre à peu près n'importe quoi. Avec sa télécommande, le secrétaire général de la Maison-Blanche prit NBC par l'intermédiaire d'un satellite Hughes.

— Et pour terminer, le commentaire de notre correspondant spécial, John Plumber. (Donner se tourna avec amabilité vers son collègue.) John ?

— Merci, Tom. J'ai décidé de devenir journaliste il y a longtemps. Ça remonte à ma jeunesse. Je me souviens quand j'écoutais Ed Murrow à Londres, pendant le Blitz, Eric Sevareid dans la jungle de Birmanie, et tous les « pères fondateurs » de notre profession. J'ai grandi avec les images que faisaient naître en moi les déclarations d'hommes dont l'Amérique pouvait être sûre qu'ils lui disaient la vérité. J'ai décidé alors que découvrir cette vérité et la communiquer aux autres était la plus belle des aspirations.

« Nous ne sommes pas toujours parfaits, dans ce métier. Personne ne l'est, poursuivit Plumber.

A sa droite, Donner regardait le téléprompteur d'un air ahuri. Ce n'était pas le texte qui y défilait. Il se rendit compte alors que Plumber avait des pages imprimées devant lui, mais qu'il avait appris par cœur ce qu'il disait. Incroyable! Comme au bon vieux temps, apparemment.

— ... Je veux dire que je suis fier d'appartenir à cette profession. J'étais au micro quand Neil Armstrong a marché sur la Lune, et aussi en de plus tristes circonstances, pour les funérailles de John Kennedy, par exemple. Mais être un professionnel ne signifie pas simplement se trouver devant un micro ou une caméra. Cela veut dire aussi qu'il faut croire en quelque chose, se battre pour quelque chose.

« Il y a quelques semaines, nous avons interviewé le président Ryan deux fois dans la même journée. Le premier entretien, le matin, a été enregistré, et le second a été réalisé en direct. Nos questions ont été un peu différentes. Il y a une raison à cela. Entre la première interview et la seconde, nous avions rencontré quelqu'un. Je ne dirai pas ici qui c'était. Je le révélerai plus tard. Cette personne nous a communiqué des informations. C'étaient des renseignements confidentiels qui nous permettaient d'attaquer le président et qui nous ont paru un bon sujet, à l'époque. Ce n'était pas le cas, mais je ne le savais pas encore. Sur le moment, nous avons eu l'impression que nous ne lui avions pas posé les questions qu'il fallait, et nous avons voulu lui en poser d'autres, plus... intéressantes.

« Et pour cela, nous avons menti. Nous avons

menti à son secrétaire général, Arnie van Damm. Nous lui avons dit que l'enregistrement avait été endommagé. Du coup, nous avons menti aussi au président. Mais le pire, peut-être, c'est que nous vous avons menti à vous. J'ai les cassettes en ma possession. Elles sont en parfait état.

« Nous n'avons violé aucune loi. Le premier amendement nous permet d'agir à peu près comme nous voulons, et c'est parfait, parce que c'est vous, téléspectateurs, qui êtes les juges ultimes de ce que nous faisons et de ce que nous sommes. Mais il y a une chose que nous devons absolument éviter : trahir votre confiance.

« Je ne me fais pas ici l'avocat du président Ryan. Personnellement, je suis en désaccord avec beaucoup de ses positions politiques. S'il se présentait aux prochaines présidentielles, je pense que je voterais pour quelqu'un d'autre. Mais j'ai participé à ce mensonge, et je ne peux plus vivre avec ça. Quelles que soient ses fautes, John Patrick Ryan est un homme honorable et mes conceptions personnelles ne sont pas censées affecter mon travail.

« Je me suis trompé. Je dois des excuses au président, et je vous en dois aussi à vous tous. Ceci est sans doute la fin de ma carrière à la télévision. Si c'est le cas, je veux quitter cette profession comme j'y suis entré, en faisant de mon mieux pour dire la vérité.

« Bonne nuit de NBC News, conclut Plumber en inspirant profondément, sans cesser de regarder la caméra.

— Merde ! Qu'est-ce que ça signifie ?

Plumber se leva avant de répondre à son collègue.

— Si tu as besoin de poser la question, Tom, c'est que...

La sonnerie du téléphone, sur son bureau, l'interrompit — en réalité, c'était une lumière qui clignotait. Il décida de ne pas décrocher et se dirigea vers sa loge. Tom Donner devrait comprendre tout ça tout seul comme un grand.

A trois mille kilomètres de là, au-dessus du Rocky

Mountain National Park, Arnold van Damm coupa le magnétoscope, éjecta la cassette et descendit les escaliers en colimaçon pour l'amener au président, dans son compartiment, à l'avant de l'appareil. Il trouva Ryan en train de revoir son prochain discours, le dernier de la journée.

— Jack, je pense que ce truc va vous plaire, lui dit-il, avec un grand sourire.

Il faut bien qu'il y ait un commencement à tout. Cette fois, ce fut à Chicago. Elle avait vu son médecin samedi après-midi, et celui-ci lui avait tenu le discours habituel. Grippe. Aspirine. Beaucoup de liquides. Repos au lit. Mais là, en se regardant dans le miroir, elle vit des taches sur sa peau claire qui l'effrayèrent bien plus que tous ses autres symptômes. Elle appela son docteur et elle tomba sur son répondeur, mais ce qu'elle avait ne pouvait pas attendre. Elle prit donc sa voiture et se rendit au centre médical de la Chicago University, l'un des meilleurs des États-Unis. Elle patienta aux urgences pendant une quarantaine de minutes, et lorsqu'on appela son nom, elle se leva et se dirigea vers le bureau — mais elle s'écroula sur le sol carrelé avant même d'y arriver. Une minute plus tard, deux infirmiers l'allongeaient sur un brancard et l'emportaient vers la zone de soins, suivis par une jeune femme des admissions avec les documents la concernant.

L'interne qui l'examina finissait sa première année de troisième cycle. Il était de permanence aux urgences — et il aimait ça.

— Quel est le problème? demanda-t-il, tandis que les infirmières du service vérifiaient le pouls, la tension artérielle et la respiration de la malade.

— Voilà, dit la secrétaire, en lui tendant la feuille d'inscription que la patiente avait remplie à son entrée.

Le médecin la parcourut.

— Symptômes de grippe, on dirait. Mais...

— La tension artérielle est à... Attendez une

minute! (L'infirmière examina de nouveau les données.) Tension à 9/5? Cette femme a l'air trop normale pour ça.

Le médecin déboutonna le chemisier de la malade. Et il vit les pétéchies. Il se souvint immédiatement de certains passages de ses livres de cours. Il leva les mains.

— Tout le monde arrête tout! ordonna-t-il. On a peut-être un problème majeur, ici. On met des gants et des masques immédiatement.

— Température, 40°2, annonça une autre infirmière en s'éloignant brusquement de la patiente.

— C'est pas la grippe. Importante hémorragie interne. Et ça, ce sont des pétéchies. (Tout en parlant, l'interne attacha un masque sur son visage et changea de gants.) Demandez au Dr Quinn de venir.

Une infirmière fila au pas de course, tandis que le jeune homme parcourait de nouveau les documents d'admission. Elle avait peut-être vomi du sang. Selles noires. Pression sanguine très basse. Grosse fièvre. Saignements sous-cutanés. Mais on était à Chicago! protesta son esprit. Il prit une seringue.

— On reste à l'écart, d'accord? Personne ne s'approche de mes mains, ordonna-t-il, en piquant l'aiguille dans la veine et en prélevant quatre tubes de cinq centilitres de sang.

— Qu'est-ce qui se passe? demanda le Dr Joe Quinn, en arrivant presque aussitôt.

L'interne lui communiqua les symptômes et posa une question à son tour, tout en plaçant les tubes sur la table.

— T'en penses quoi, Joe?

— Si on était dans un autre pays...

— Ouais. Fièvre hémorragique. Mais c'est impossible.

— Quelqu'un lui a demandé où elle a été récemment? s'enquit le Dr Quinn.

— Non, répondit la femme des admissions.

— Voilà des poches de glace, dit l'infirmière en chef, en revenant les bras chargés.

On les lui plaça sous les aisselles, sur son cou et à

378

d'autres endroits de son corps pour faire descendre sa fièvre dangereusement élevée.

— On lui donne du Dilantin ? proposa Quinn.

— Elle n'a pas encore de convulsions. Et merde ! (Il coupa le soutien-gorge avec ses ciseaux chirurgicaux. Il y avait de plus en plus de pétéchies sur son torse.) Cette femme est dans un état grave. Infirmière, appelez le Dr Klein, aux maladies infectieuses. Il sera chez lui, à cette heure-ci. Dites-lui qu'on a besoin de lui immédiatement. Quant à elle, il faut faire tomber sa température, la réveiller, et découvrir où elle a bien pu aller, bon sang !

47

CAS INDEX

Mark Klein, professeur titulaire à la faculté de médecine, était habitué à des heures de travail régulières. Recevoir ce genre d'appel à près de neuf heures du soir était exceptionnel, mais il était médecin et quand on avait besoin de lui, il venait. Une vingtaine de minutes plus tard, en cette nuit de lundi, il se gara sur sa place de parking réservée. Il dépassa l'équipe de sécurité avec un hochement de tête, puis, après avoir enfilé une blouse chirurgicale, il pénétra dans le service des urgences et demanda à l'infirmière où était Quinn.

— Chambre d'isolement numéro deux, docteur.

Vingt secondes plus tard, il s'immobilisa en voyant l'avertissement sur la porte. *OK*, pensa-t-il, tout en mettant un masque et des gants. Puis il entra.

— Salut, Joe.

— Je ne voulais pas m'occuper de cette malade sans vous, professeur, dit Quinn doucement, en lui tendant son tableau.

Klein le parcourut rapidement, et se figea soudain.

Il recommença sa lecture depuis le début, en examinant de temps en temps la patiente pour comparer *de visu* avec ce qu'il lisait. Blanche, quarante et un ans, divorcée — ça c'était ses oignons —, habite à environ quatre kilomètres d'ici. Température au moment de l'admission : 40° 2. Pression sanguine salement basse. Des pétéchies ?

— Laissez-moi voir ça, dit Klein. (La patiente avait repris connaissance. Elle bougeait un peu la tête et émettait des petits bruits.) Température, maintenant ?

— Trente-neuf. Ça descend doucement, répondit le jeune interne, tandis que Klein soulevait le drap vert.

Elle était nue, à présent, et les taches étaient très visibles sur sa peau claire. Klein considéra son collègue.

— Où a-t-elle été ?

— On n'en sait rien encore, reconnut Quinn. On a regardé dans son sac. Il semble qu'elle soit cadre chez Sears. Un bureau dans la tour.

— Vous l'avez examinée ?

— Oui, professeur, répondirent d'une seule voix Quinn et l'interne.

— Des morsures d'animal ?

— Non. Aucune trace d'aiguille non plus. Rien d'inhabituel. Une femme normale.

— Il pourrait s'agir d'une fièvre hémorragique, dont le mode de transmission nous est encore inconnu. Je veux qu'on la monte à l'étage, en isolement total. Précautions absolues. Je veux que cette pièce soit désinfectée, ainsi que tout ce qu'elle a touché.

— Je pensais que ces virus se transmettaient seulement par les...

— Personne n'en sait trop rien, docteur, et les choses que je suis incapable de m'expliquer me fichent la trouille. Je suis allé en Afrique. J'ai vu la fièvre de Lhassa et la fièvre Q. Jamais Ebola. Mais ce qu'elle a ressemble foutrement à un de ces trucs, dit Klein, le premier à prononcer ces noms horribles.

— Mais comment...

— Quand on sait pas, on sait pas..., répondit le professeur Klein à l'interne. Et si vous ne connaissez pas les modes de transmission d'une maladie infectieuse, il faut envisager le pire. Et le pire, c'est par la voie aérienne, et c'est comme ça qu'on va traiter cette patiente pour le moment. On la déménage dans mon unité. Que tous ceux qui ont été en contact avec elle se nettoient très sérieusement. Comme pour un sida ou une hépatite, précautions maximales, insista-t-il de nouveau. Où sont les échantillons sanguins ?

— Ici, répondit l'interne en indiquant un conteneur de plastique rouge.

— Et maintenant ? murmura Quinn.

— On envoie un tube à Atlanta, mais je crois que je vais aussi y jeter un coup d'œil moi-même.

Klein avait un magnifique labo, où il travaillait chaque jour, principalement sur le sida, qui était sa passion.

— Puis-je vous accompagner ? demanda Quinn. Je finis mon service dans quelques minutes, de toute façon.

Généralement, le lundi était calme, aux urgences. C'était le week-end qui était mouvementé.

— Pardi.

— Je savais que Holtzman ferait ce que j'attendais de lui, dit Arnie.

Il buvait un verre pour fêter la nouvelle, tandis que l'avion entamait sa descente sur Sacramento.

— Comment ça ? demanda le président.

— Bob est un satané fils de pute, mais c'est un fils de pute honnête. Ça signifie aussi qu'il vous brûlera honnêtement sur le bûcher s'il pense que vous le méritez. N'oubliez jamais ça, lui conseilla le secrétaire général de la Maison-Blanche.

— Donner et Plumber ont menti, murmura Jack. Merde, alors !

— Tout le monde ment, Jack. Même vous. C'est simplement une question de contexte. Certains mensonges permettent de protéger la vérité. D'autres de la dissimuler. D'autres encore de la nier. Et dans certains cas, on ment parce que tout le monde s'en fout.

— Et là ?

— Là, c'est une combinaison de tout ça, monsieur le président. Ed Kealty voulait qu'ils vous coincent pour lui, et il les a pigeonnés. Mais je me suis payé ce traître — pour vous. Je parie que demain le *Post* révélera en première page que le fameux gars qui a roulé dans la farine les deux grands journalistes, c'est Kealty. La presse va se jeter sur lui comme une meute de loups.

Ceux qui voyageaient aujourd'hui avec le président étaient déjà en grande conversation à ce sujet à l'arrière de l'avion. Arnie avait veillé à la diffusion de la cassette de l'émission de NBC sur le système vidéo de leur cabine.

— Parce que, à cause de lui, ils passent pour des méchants, maintenant, dit Ryan.

— Z'avez pigé, patron, confirma van Damm en terminant son verre.

Il ne pouvait pas ajouter, bien sûr, que ceci ne se serait pas forcément produit sans l'attentat contre sa fille. Même les journalistes sont capables d'éprouver de la compassion, à l'occasion, et cet attentat pouvait très bien avoir été décisif, en effet, dans le changement d'attitude de Plumber. Mais c'était lui, Arnie van Damm, qui avait soigneusement organisé les fuites à l'intention de Bob Holtzman. Il décida d'envoyer un agent du Service secret lui chercher un bon cigare, à leur arrivée.

Il estimait qu'il le méritait.

L'horloge biologique d'Adler était désormais totalement désorganisée. La voiture s'arrêta. Un fonctionnaire subalterne lui ouvrit la portière et s'inclina sèchement. Le secrétaire d'Etat étouffa un bâillement tout en se dirigeant vers le bâtiment du ministère.

— Je suis heureux de vous revoir, lui dit le ministre des Affaires étrangères de la RPC, par l'intermédiaire de l'interprète.

Zhang Han San, présent encore cette fois-ci, lui souhaita, lui aussi, la bienvenue.

— Grâce à votre généreuse autorisation, ces vols directs m'ont certainement facilité les choses, et je vous en remercie, répondit le secrétaire d'Etat en s'asseyant.

— Vous comprenez, bien sûr, qu'il s'agit de circonstances exceptionnelles, fit observer le ministre des Affaires étrangères.

— Certainement.

— Quelles nouvelles nous apportez-vous de nos cousins rebelles ?

— Ils sont tout à fait d'accord pour limiter leurs activités militaires, exactement comme vous, afin de réduire les tensions dans cette région.

— Et leurs accusations insultantes ?

— Monsieur le ministre, cette question n'est pas venue sur le tapis. Je pense qu'ils sont aussi intéressés que vous par le retour de la paix.

— Que c'est gentil de leur part ! s'exclama Zhang. Ils ont ouvert les hostilités, abattu deux de nos chasseurs, endommagé un de leurs avions de ligne, tué une centaine de personnes — acte délibéré ou simple incompétence, qu'importe —, et maintenant ils disent qu'ils veulent cesser les provocations en même temps que nous ! J'espère que votre gouvernement apprécie la patience dont nous faisons preuve ici.

— Monsieur le ministre, tout le monde a intérêt à la paix, n'est-ce pas ? La Chine populaire a en effet été aimable de bien des façons, et le gouvernement de Taiwan souhaite vous rendre la pareille. Que demander de plus ?

— Très peu de chose, répondit le ministre des Affaires étrangères. Simplement, un dédommagement pour la mort de nos quatre aviateurs. Chacun d'eux avait une famille.

— Ce sont leurs chasseurs qui ont tiré les premiers, ajouta Zhang.

— C'est peut-être vrai, mais le problème de l'avion de ligne n'est pas réglé, dit Adler.

— Nous n'avons rien à voir avec ça, c'est un fait avéré, répliqua le ministre des Affaires étrangères.

Peu de choses étaient plus ennuyeuses que des

négociations entre Etats, mais il y avait de bonnes raisons à cela. Des mouvements soudains, voire des surprises, obligeaient un pays à prendre des décisions improvisées; or, de ce genre de pression inattendue naissait la colère, et celle-ci n'avait pas sa place dans des discussions et des décisions à un aussi haut niveau. Et du coup, les conversations importantes ne permettaient presque jamais de parvenir à des conclusions; elles étaient plutôt d'une nature « évolutive », elles donnaient à chaque camp le temps de réfléchir à sa position, et à celle de son interlocuteur, toujours avec grand soin, de façon à rédiger un communiqué final à peu près satisfaisant pour les deux parties.

Voilà pourquoi, ici, l'exigence de dédommagements était une violation de toutes les règles de négociations. Normalement, elle aurait dû être annoncée au cours de la première réunion, et Adler l'aurait communiquée à Taipei, en la présentant éventuellement comme sa propre idée, une fois que la République de Chine aurait accepté de tout faire pour réduire la tension militaire. Mais Taiwan avait déjà donné son accord, et à présent la RPC voulait que le secrétaire d'Etat transmette une demande de dédommagements au lieu d'une formule allant dans le sens de la détente... C'était une insulte à l'encontre du gouvernement taiwanais et c'en était une aussi, plus mesurée, vis-à-vis du gouvernement américain dont il s'était servi. Et ce d'autant plus qu'Adler et la RDC savaient *qui* avait détruit l'avion de ligne et *qui* avait donc montré un total mépris de la vie humaine — pour laquelle la RPC exigeait à présent réparation! Du coup, Adler se demanda de nouveau si la RPC savait qu'il avait la preuve de sa responsabilité. Dans ce cas, alors oui, c'était effectivement un jeu dont il avait encore à découvrir les règles!

— Je pense que ce serait nettement mieux si chaque camp couvrait lui-même ses pertes et ses besoins..., suggéra Adler.

— Je regrette, mais nous ne pouvons l'accepter. C'est une question de principe, voyez-vous. Au responsable de l'infraction de réparer ses torts.

— Mais si, par hasard — simple hypothèse, bien sûr —, on découvrait finalement que la RPC a abattu cet avion de ligne sans le vouloir ? Dans ce cas, votre demande de dédommagements pourrait sembler injuste.

— C'est impossible. Nous avons interrogé les pilotes qui ont survécu à l'accrochage aérien, et leurs rapports sont sans équivoque, intervint Zhang.

— Qu'exigez-vous exactement ? voulut savoir Adler.

— Deux cent mille dollars pour chacun de nos quatre aviateurs perdus. Cet argent ira à leur famille, bien entendu, promit Zhang.

— Je peux présenter cette requête à...

— Pardonnez-moi. Ce n'est pas une *requête*. C'est une exigence, le reprit le ministre des Affaires étrangères.

— Je vois. Je peux leur communiquer votre position, mais permettez-moi de vous déconseiller vivement de ne pas en faire la condition de votre promesse de réduire la tension militaire dans cette zone.

— C'est notre position, monsieur le secrétaire d'Etat.

Le regard du ministre des Affaires étrangères était parfaitement serein.

— ... Et que Dieu bénisse l'Amérique, conclut Ryan.

La foule se leva et l'acclama. L'orchestre se mit à jouer — Jack supposa qu'il y en aurait un à chacun de ses déplacements — et le président quitta l'estrade protégé par des agents du Service secret plutôt nerveux. *Génial !* pensa-t-il. Cette fois encore, personne ne s'était planqué quelque part derrière ces projecteurs aveuglants pour faire un carton sur lui ! Il étouffa un autre bâillement. Ça faisait plus de douze heures qu'il était sur le pont. Prononcer quatre discours ne semblait pas spécialement fatigant. Mais c'était le contraire : parler en public était épuisant.

— OK, lui dit Arnie, tandis que l'équipe présidentielle se rassemblait pour quitter la salle par l'arrière. Pour quelqu'un qui était prêt à tout laisser tomber hier, vous vous êtes vraiment bien débrouillé.

— Monsieur le président! hurla un journaliste.

— Répondez-lui, lui murmura Arnie à l'oreille.

— Oui? répondit Jack en s'avançant vers lui, au grand déplaisir de ses gardes du corps.

— Avez-vous entendu les déclarations de John Plumber, ce soir, sur NBC?

C'était un type d'ABC, et il n'allait pas laisser passer l'occasion de doubler une chaîne concurrente.

— Oui, fit Ryan d'un ton grave.

— Vous avez un commentaire à ce sujet?

— C'est un bel acte de courage moral de la part de M. Plumber. Il est le bienvenu à ma table.

— Savez-vous qui a...

— S'il vous plaît, laissez M. Plumber régler ça. C'est son sujet, et il saura certainement comment le raconter. Maintenant, si vous voulez bien m'excuser, j'ai un avion à prendre.

— Merci, monsieur le président, répondit le journaliste à Ryan, qui lui avait déjà tourné le dos.

— Parfait, lui murmura Arnie avec un sourire. La journée a été longue, mais bonne.

— Un peu, mon neveu, répondit Ryan en prenant une profonde inspiration.

— Oh, mon Dieu! s'exclama le professeur Klein.

Elle était bien là, sur son écran d'ordinateur. La Houlette du Berger, comme sortie tout droit du cahier photo d'un manuel de médecine. Comment ce virus avait-il pu se retrouver à Chicago, bon sang?

— C'est Ebola, dit le Dr Quinn, au-dessus de son épaule, avant d'ajouter immédiatement : Mais c'est impossible.

— Votre examen physique a été minutieux? insista Klein.

— Sans doute qu'il aurait pu être meilleur, mais bon... Pas de morsure, pas de marque d'aiguille. Mark, on est à Chicago, ici. J'avais du givre sur mon pare-brise, l'autre matin.

— Elle avait ses clés, dans son sac? demanda Klein.

— Oui, monsieur.

— Bon. Y a des policiers de garde aux urgences. Trouvez-en un et expliquez-lui qu'on a besoin d'une escorte pour aller jeter un coup d'œil à son appartement. Dites-lui que la vie de cette femme est en danger. Peut-être qu'elle a un animal de compagnie, une plante tropicale, ou quelque chose... On a le nom de son médecin traitant. Réveillez-le et faites-le venir ici tout de suite. Il doit nous communiquer tout ce qu'il sait d'elle.

— Traitement?

— On fait descendre sa température, on la réhydrate, on lui donne des anti-douleurs, mais en réalité on n'a rien pour soigner ça. Rousseau, à Paris, a essayé les interférons et divers autres trucs, mais sans succès pour l'instant. (Il regarda de nouveau l'écran, les sourcils froncés.) Comment a-t-elle bien pu attraper cette saleté? Allez trouver ce flic. Je vais passer un fax à Gus Lorenz, au CDC. (Il consulta sa montre.) Mon Dieu!

Les drones Predator étaient rentrés en Arabie Saoudite. Ils n'avaient pas été repérés. On avait considéré qu'il était trop risqué de les faire tourner en cercle au-dessus d'un point fixe, comme le campement d'une division par exemple. Le travail de surveillance aérienne était donc assuré de nouveau par des satellites, dont les photos étaient transmises au Service national de reconnaissance.

— Regarde ça, dit un membre de l'équipe de nuit à son collègue installé à côté de lui devant sa station de travail. C'est quoi, là?

Les tanks de la division des « Immortels » de la RIU étaient regroupés sur un vaste parking et garés en longues rangées régulières de façon à pouvoir être comptés — un char volé avec l'ensemble de ses munitions aurait présenté quelque danger s'il s'était promené dans la nature, et toutes les armées du monde prenaient très au sérieux la sécurité de ces camps-là. C'était aussi plus pratique pour le personnel de maintenance. A présent, des hommes s'agitaient autour des tanks et de divers véhicules de combat, pour l'entretien normal qui suivit les grandes manœuvres. Devant chacun des chars de la première rangée, il y avait deux lignes sombres, d'environ un mètre de large et dix mètres de long. L'homme, devant l'écran, était un ancien de l'Air Force et il connaissait mieux les avions que les véhicules de combat terrestre.

Son voisin n'eut besoin que d'un rapide coup d'œil.

— Des chenilles.

— Comment ?

— C'est un peu comme changer une roue. Ils ramènent les vieilles chenilles à l'atelier pour les réparer, remplacer les patins et tout ça, expliqua-t-il. C'est pas sorcier.

Les nouvelles étaient posées devant les anciennes ; celles-ci étaient alors détachées et reliées aux neuves, puis le char, dont le moteur tournait, avançait simplement de quelques mètres et le pignon de chaîne remettait les chenilles en place sur les roues. Il fallait plusieurs hommes pour effectuer ce travail pénible, mais un équipage bien entraîné pouvait y parvenir en une heure environ, dans des conditions idéales, comme ici.

— Je ne savais pas comment ils faisaient ça, dit l'ancien de l'Air Force.

— Ça permet d'éviter de soulever ces mastodontes.

— Ça dure combien, des chenilles ?

— Celles-là, à travers le désert ? Disons seize cents kilomètres, peut-être un peu moins.

Les deux canapés de la cabine avant de l'Air Force One se dépliaient et se transformaient en lits. Après avoir renvoyé son équipe, Ryan se déshabilla, accrocha ses vêtements et s'allongea. Des draps propres et tout — et il était suffisamment fatigué pour oublier qu'il était dans un avion. Le vol jusqu'à Washington durait quatre heures et demie ; à son arrivée, il retournerait dormir encore un moment à la Maison-Blanche. Et, à la différence des voyageurs « normaux » de ce genre de vols de nuit, il pourrait même travailler à peu près correctement le lendemain.

Dans la vaste cabine, à l'arrière, les journalistes essayaient de trouver le sommeil, eux aussi. Ils avaient décidé d'oublier un moment l'incroyable révélation de John Plumber. Ils n'avaient guère le choix, de toute façon ; une histoire de cette ampleur serait traitée au moins au niveau des rédacteurs en chef adjoints. Plusieurs journalistes de la presse écrite rêvaient déjà aux éditoriaux qui allaient paraître ; ceux de la télévision préféraient ne pas penser à l'effet de cette bombe sur leur crédibilité.

Les membres de l'équipe présidentielle étaient installés dans une cabine au milieu de l'avion. Ils étaient aux anges.

— Tu sais, dit Arnie à Callie Weston tout en buvant un verre, vu la façon dont les choses tournent, je crois qu'on a un très bon président.

— Il déteste ce boulot, dit Weston, un verre à la main, elle aussi.

Arnie van Damm ne releva pas.

— Super comme discours, Callie.

— Ça tient beaucoup à sa façon de les prononcer, dit-elle. A chaque fois, il est un peu raide et embarrassé au moment où il se lance, et puis le prof reprend le dessus et il entre vraiment dedans. Lui-même ne s'en rend pas compte, d'ailleurs.

— Franchement, ça démarre bien, non ? (Arnie se tut une seconde.) Il va y avoir une messe à la mémoire des agents qui ont été tués.

— Je pense déjà au discours, lui assura Weston. Qu'est-ce que tu fais, pour Kealty ?

— Je vais couler ce connard une fois pour toutes.

Badrayn s'était remis à son ordinateur, et il vérifiait les sites d'informations sur le Web. Toujours rien. Dans vingt-quatre heures, il pourrait commencer à s'inquiéter, encore que ce ne serait pas vraiment son problème si rien ne se passait, n'est-ce pas? Lui, il avait fait son boulot, et tout ce qu'il avait organisé s'était déroulé à la perfection.

Le cas index ouvrit les yeux, attirant aussitôt l'attention de tout le monde. Sa température était redescendue à trente-huit six, uniquement grâce aux poches de glace qui, à présent, entouraient son corps comme un poisson frais au marché. Sur son visage se lisait un mélange de douleur et d'épuisement. Elle ressemblait à quelqu'un atteint d'un sida avancé, une maladie que Klein ne connaissait que trop bien.

— Bonjour, je suis le Dr Klein, lui dit le professeur, derrière son masque. Vous nous avez fait un peu peur pendant une minute, mais à présent nous avons repris les choses en main.

— Ça fait très mal, murmura-t-elle.

— Je sais, répondit Klein. Nous allons nous occuper de ça, mais j'ai besoin de vous poser quelques questions. Vous pouvez m'aider un peu?

— Ou... ui.

— Vous avez voyagé, récemment?

— Que... voulez-vous...?

Chaque mot qu'elle prononçait semblait épuiser ses ultimes réserves d'énergie.

— Vous vous êtes rendue à l'étranger?

— Non. A Kansas City en avion... il y a dix jours, et c'est tout. Voyage... d'affaires, ajouta-t-elle.

— OK. Avez-vous eu un contact avec quelqu'un qui y est allé récemment?

— Non, souffla-t-elle en tentant de remuer la tête — de quelques millimètres, pas davantage.

— Pardonnez-moi, mais je dois être un peu indiscret. Avez-vous des relations sexuelles, en ce moment?

Cette demande sembla lui faire un choc.

— Le... sida? dit-elle dans un halètement, pensant que c'était la pire chose qu'elle pouvait attraper.

Klein secoua énergiquement la tête :

— Non. Pas du tout. Je vous en prie, ne vous inquiétez pas pour ça.

— Je suis... divorcée, murmura la patiente. Juste depuis quelques... mois. Pas encore de nouvel... homme dans ma vie.

— Eh bien, jolie comme vous êtes, ça va certainement changer bientôt, observa Klein, pour essayer de la faire sourire. Qu'est-ce que vous faites chez Sears ?

— Appareils électroménagers. Acheteuse. Un salon important... Au McCormick Center... Beaucoup de paperasses, les commandes, tout ça.

C'était une impasse. Klein l'interrogea encore un moment. En vain. Il se tourna et indiqua une infirmière d'un signe de la main.

— OK, on va s'occuper de ces douleurs, à présent, dit-il. (Il s'éloigna un peu pour ne pas gêner la jeune femme qui commençait le goutte-à-goutte de morphine.) Vous sentirez l'effet presque tout de suite, d'accord ? Je reviens très vite.

Quinn l'attendait dans le hall avec un officier de police en uniforme, une bande en damier autour de sa casquette.

— Docteur, c'est quoi, cette histoire ? demanda le flic.

— Notre patiente a quelque chose de très grave, et peut-être de très contagieux. J'ai besoin de visiter son appartement.

— Ce n'est pas vraiment légal, vous savez. Vous êtes censé voir un juge et obtenir un...

— Monsieur l'agent, le temps nous est compté. Nous avons ses clés. Nous pourrions simplement y aller tout seuls, mais je désire que vous soyez là pour témoigner éventuellement que nous n'avons rien fait de répréhensible là-bas. (Et en plus, s'il y avait une alarme, ils ne pouvaient pas se permettre de se faire arrêter.) Il n'y a pas de temps à perdre. Cette femme est gravement atteinte.

— D'accord. Ma voiture est dehors, répondit le policier avec un geste de la main.

Les deux médecins lui emboîtèrent le pas.

— Vous avez envoyé le fax à Atlanta ? demanda Quinn.

Klein secoua la tête.

— Jetons d'abord un coup d'œil chez elle.

Il décida de ne pas mettre de manteau. Il faisait froid, dehors, et la température ne pardonnerait pas aux virus dans l'éventualité improbable où il en aurait emporté sur sa blouse. Sa raison lui disait qu'il n'y avait pas de vrai danger ici. Il n'avait jamais été en présence d'Ebola d'un point de vue clinique, mais il connaissait à son sujet à peu près tout ce qu'un homme pouvait savoir. Hélas, il était normal de voir arriver des gens à l'hôpital avec des maladies dont ils étaient incapables d'expliquer comment ils les avaient attrapées. La plupart du temps, une enquête sérieuse permettait de le découvrir — mais pas toujours. Même pour le sida, un certain nombre de contaminations restaient un mystère. Mais très peu, et ça ne commençait pas ainsi avec un cas index. En sortant, le professeur frissonna. La température devait être légèrement inférieure à zéro, et un vent du nord soufflait du lac Michigan. Mais ce n'était pas pour cette raison qu'il tremblait.

Price ouvrit la porte de la cabine du nez de l'appareil. Le président, allongé sur le dos, ronflait bruyamment. Elle résista à la tentation de s'approcher discrètement et de lui mettre une couverture. Elle referma la porte avec un petit sourire.

— Peut-être qu'il y a tout de même une justice, Jeff, fit-elle observer à l'agent Raman.

— Ce truc du journaliste?

— Oui.

— J'parierais pas là-dessus, grommela Jeff.

Ils regardèrent autour d'eux. Finalement, tout le monde était endormi, même Arnie. L'équipage de l'Air Force faisait son boulot. L'avion présidentiel survolait l'Illinois. Un vol de nuit normal. Les deux agents se dirigèrent vers leurs sièges. Trois membres du détachement de protection jouaient aux cartes en silence. D'autres lisaient ou sommeillaient.

Un sergent féminin de l'Air Force descendit l'escalier en colimaçon, un dossier à la main.

— Communication FLASH pour le Patron, annonça-t-elle.

— C'est si urgent que ça? demanda Price. On se pose à Andrews dans environ une heure et demie.

— J'en sais rien, dit le sergent, je viens juste de recevoir ça par fax.

— OK, grommela Price en prenant les documents.

Elle alla trouver Ben Goodley. C'était son boulot, après tout, d'informer le président sur ce qu'il devait savoir des grands événements de la planète — ou, dans le cas présent, d'évaluer l'importance d'un message. Elle lui secoua l'épaule. Ben ouvrit un œil.

— Ouais?

— On réveille le Patron pour ça?

Le spécialiste du renseignement lut les télécopies en diagonale et secoua la tête.

— Ça peut attendre. Adler connaît son boulot, et on a un groupe de travail au Département d'Etat, là-dessus.

Et, sans rien ajouter, il lui tourna le dos pour essayer de se rendormir.

— Ne touchez à rien, dit Klein au policier. Il vaudrait mieux que vous restiez près de la porte, mais si vous voulez nous accompagner, surtout ne touchez à rien. Attendez un instant. (Il prit un masque chirurgical dans le sac-poubelle qu'il avait amené avec lui et le sortit de son emballage stérile.) Mettez ça, d'accord?

— Tout ce que vous voulez, doc.

Klein lui tendit ensuite les clés de l'appartement, et le policier ouvrit. Il y avait en effet une alarme, dont le tableau de bord se trouvait juste derrière la porte, mais elle n'était pas branchée. Les deux médecins mirent leur masque chacun à leur tour et enfilèrent des gants de caoutchouc. D'abord, ils allumèrent toutes les lumières.

— Qu'est-ce qu'on cherche? demanda Quinn.

Klein avait déjà commencé à fureter. Ni chat ni chien ne vinrent les accueillir. Pas de cage à oiseaux non plus — une part de lui-même avait espéré trouver un singe, mais bon, ils n'auraient pas cette chance. De toute façon, Ebola ne semblait pas tellement aimer les singes. Il les tuait aussi vite que les humains. *Des plantes, alors ?* pensa-t-il. Mais ç'aurait été surprenant que l'hôte d'Ebola soit autre chose qu'un animal, n'est-ce pas ? Beau scoop, si c'était le cas.

Il y avait des plantes, en effet, mais rien d'exotique. Debout au milieu du living-room, ils examinèrent soigneusement les lieux, en tournant lentement sur eux-mêmes, et en veillant à ne rien toucher de leurs mains gantées ni même à ne rien frôler avec leurs tenues hospitalières vertes.

— Je ne vois rien, indiqua Quinn.

— Moi non plus. La cuisine.

D'autres plantes, là, dont deux pots d'herbes aromatiques, semblait-il. Ne les reconnaissant pas, Klein décida de les emporter.

— Attendez. Voilà, dit Quinn en ouvrant un tiroir, où il trouva des sacs pour congélateur.

Le jeune médecin y plaça les plantes, puis referma soigneusement les sacs. Klein regarda dans le réfrigérateur. Rien d'inhabituel. Même chose pour le freezer. Il avait pensé à une nourriture exotique, mais non. Leur malade ne se nourrissait que de produits typiquement américains.

Rien de particulier dans la chambre à coucher. Pas de plantes, là, notèrent-ils.

— Un vêtement ? Un truc en cuir ? demanda Quinn. L'anthrax peut...

— Pas Ebola. Trop délicat. Nous connaissons l'organisme auquel nous avons affaire. Il ne peut pas survivre dans cet environnement. *Il ne peut pas*, tout simplement, insista le professeur.

Il leur manquait encore beaucoup de données sur cette saleté, mais le CDC avait établi, entre autres, les paramètres environnementaux — combien de temps survivait le virus dans un certain nombre de conditions données. A cette époque de l'année, Chicago était aussi mortelle pour lui qu'un haut fourneau. Orlando, peut-être, ou certains endroits du Sud. Mais Chicago ?

— On n'a rien, conclut le professeur, contrarié.

— Peut-être les plantes ?

— Vous avez une idée de la difficulté qu'on a à faire passer des plantes à la douane ?

— Je n'ai jamais essayé.

— Moi, oui. Une fois, j'ai voulu ramener des orchidées sauvages du Venezuela... (Il regarda de nouveau autour de lui.) Il n'y a rien, ici, Joe.

— Le pronostic est si mauvais que ça, pour elle ?

— Ouais. (Il frotta ses mains sur son pantalon. Elles transpiraient, maintenant, à l'intérieur de ses gants en caoutchouc.) Si on ne peut pas déterminer d'où il vient... Si on ne peut pas l'expliquer... (Perdu dans ses pensées, il considéra un instant son collègue, plus jeune et plus grand que lui.) Il faut que je rentre. Je veux jeter un nouveau coup d'œil à cette structure.

— Allô, dit Gus Lorenz.

Il regarda l'heure. Bon sang !

— Gus ? fit la voix. C'est Mark Klein, à Chicago.

— Quelque chose ne va pas ? demanda Lorenz, groggy.

La réponse le réveilla complètement.

— Je crois... Ou plutôt... non, Gus, je suis sûr que j'ai un cas d'Ebola ici.

— Comment peux-tu en être sûr ?

— J'ai le virus. J'ai fait une micrographie moi-même. C'est la Houlette du Berger. Pas d'erreur, Gus. J'aurais préféré me tromper.

— Où est-il allé ?

— C'est une femme. Et elle n'est allée nulle part. (Klein lui résuma l'affaire en moins d'une minute.) Je n'ai pas d'explication pour le moment.

Lorenz aurait pu objecter que c'était impossible, mais à ce niveau de compétence, les membres de la communauté médicale se connaissaient bien. Il savait que Mark Klein était professeur titulaire dans l'une des meilleures facultés de médecine du monde.

— Un seul cas ?

— Ça commence toujours avec un cas, Gus, rappela Klein à son ami, d'une voix sinistre.

A plus de quinze cents kilomètres de là, Lorenz sortit de son lit.

— OK. J'ai besoin d'un échantillon.

— J'ai un coursier qui file à O'Hare en ce moment même. Il prendra le premier avion. Je peux te passer immédiatement les micrographies par e-mail.

— Donne-moi quarante minutes pour arriver au bureau.

— Gus? Y a un truc, côté traitement, que je ne saurais pas? On a une patiente dans un état grave, ici, dit Klein.

Il espérait que, pour une fois, quelque chose aurait pu lui échapper, dans sa spécialité.

— J'ai peur que non, Mark. Rien de nouveau.

— Merde. OK, on fera ce qu'on pourra, ici. Appelle-moi de ton labo. Je suis au bureau.

Lorenz passa à la salle de bains et s'aspergea le visage, pour se prouver que ce n'était pas un rêve. Ou, plus exactement, un cauchemar.

Le premier vol au départ de Chicago pour Atlanta commença son roulage à six heures et quart du matin. Lorenz était déjà dans son bureau, au téléphone et devant son ordinateur, branché sur Internet.

— OK, je charge l'image, à présent, dit-il.

La micrographie apparut sur son écran, d'abord le haut, ligne par ligne, plus vite qu'une télécopie, et bien plus nette.

— Dis-moi que je me suis trompé, Gus, dit Klein, sans la moindre note d'espoir dans la voix.

— Tu n'es pas du genre à ça, Mark. (Il s'interrompit une seconde, tandis que l'image finissait de se former.) C'est notre ami.

— Où l'a-t-on trouvé récemment?

— Deux cas au Zaïre et deux autres au Soudan. C'est tout, pour autant que je sache. Ta patiente a-t-elle été...

— Non. Je n'ai réussi à identifier aucun facteur de risque chez elle, jusqu'à présent. Etant donné le temps d'incubation, elle l'a presque certainement attrapé *ici*, à Chicago. Et ce n'est pas possible, n'est-ce pas ?

— Le sexe ? demanda Lorenz.

— J'ai posé la question. Elle dit qu'elle n'a aucune relation en ce moment. Des cas ailleurs ?

— Non. Rien, nulle part. Mark, tu es sûr de tout ce que tu m'as raconté ?

Si insultante fût-elle, la question se devait d'être posée.

— Je préférerais me tromper. La micrographie que je viens de te transmettre, c'est ma troisième. Je voulais un virus bien isolé. Son sang en charrie des quantités. Attends une minute. (Gus entendit une conversation étouffée.) Elle vient de reprendre connaissance de nouveau. Elle dit qu'elle s'est fait arracher une dent il y a environ une semaine. Elle nous a donné le nom de son dentiste. On va le dénicher. Mais c'est tout ce qu'on a ici.

— D'accord. Je vais me préparer pour ton échantillon. Un seul cas, Mark. Pas la peine de trop s'exciter.

Raman fit un saut rapide chez lui avant l'aube. Les rues étaient pratiquement désertes à cette heure-ci, et c'était tant mieux car il n'était pas en état de conduire avec une grande prudence. En arrivant, il suivit la routine habituelle. Sur son répondeur, quelqu'un avait encore fait un faux numéro. C'était la voix de M. Alahad.

La douleur était si atroce qu'elle le tira du sommeil où l'épuisement l'avait plongé.

Les quelques mètres pour contourner le lit et aller jusqu'à la salle de bains lui parurent aussi difficiles qu'un marathon, mais il y parvint en chancelant. Il avait affreusement mal au ventre, ce qui l'étonna car il n'avait pratiquement rien mangé depuis deux jours, en dépit de l'insistance de sa femme. Il baissa son pantalon de pyjama aussi vite qu'il put et il s'assit sur les W.-C. juste à temps. Mais son estomac sembla

exploser au même moment, et l'ex-golfeur professionnel se plia en deux et vomit à ses pieds, sur le carre-
lage. Il se sentit honteux. Une chose pareille n'était
pas digne d'un adulte. Puis il découvrit ce qu'il y avait
par terre.

— Chérie? appela-t-il faiblement. Au secours!

48

HÉMORRAGIE

Un peu plus de six heures de sommeil, c'était mieux
que rien. Ce matin, Cathy se leva la première, et
l'homme de la First Family arriva dans la salle à manger sans s'être rasé, attiré par la bonne odeur du café.

— Quand on se sent aussi mal en point, on devrait
au moins pouvoir mettre ça sur le compte de la
gueule de bois! grommela le président.

Ses journaux étaient à leur place habituelle. Il y
avait un Post-it sur la première page du *Washington
Post*, un papier signé par Bob Holtzman et John
Plumber. *Bon, voilà au moins quelque chose pour
commencer la journée,* pensa-t-il.

— C'est vraiment débectant! s'exclama Sally Ryan,
qui avait déjà suivi ce que la télé racontait de cette
polémique. Quelles ordures!

Elle aurait dit volontiers : « Quels nœuds! », le
nouveau terme à la mode chez les jeunes filles de la
St. Mary's School, mais son père n'était pas prêt à
accepter le fait que *sa* Sally parlait désormais comme
une adulte, elle le savait.

— Oui, oui, répondit Jack.

L'article du *Post* était bien plus détaillé que ne pouvait l'être un reportage de deux minutes à la télé. Et il
donnait le nom d'Ed Kealty. Il avait eu un informateur à la CIA, semblait-il. Ce n'était pas une surprise,
n'empêche que c'était une violation de la loi. Et, selon

l'article, les renseignements de cette taupe n'étaient pas tous exacts et, pis encore, ils avaient servi à lancer une attaque politique délibérée contre le président par l'entremise des médias. Jack étouffa un ricanement. Comme si c'était nouveau ! Le *Post* insistait sur la violation flagrante de l'éthique journalistique. Le mea-culpa de Plumber était sincère, disait-il, avant d'ajouter que les responsables du service des informations de NBC s'étaient refusés à tout commentaire, en attendant leur propre enquête. Le *Post* avait récupéré les cassettes, et elles étaient en effet en parfait état.

Ryan nota que le *Washington Times* était tout aussi en colère, mais pas pour les mêmes raisons. Cette histoire allait déclencher une terrible guerre fratricide entre les journalistes de Washington, qui amuserait beaucoup les politiciens, expliquait ce journal.

Parfait, se dit Ryan, *comme ça je ne les aurai plus sur le dos pendant un certain temps.*

Puis il ouvrit la chemise en papier kraft, avec son liséré « Top secret ». Le document avait déjà quelques heures, constata-t-il.

— Les connards ! murmura POTUS.

— Ouais, ils se sont vraiment plantés, cette fois, répondit Cathy, qui lisait son journal de son côté.

— Je parlais de la Chine, répondit son mari.

Ce n'était pas encore une épidémie, parce que personne n'était au courant. Les médecins réagissaient avec étonnement aux appels qu'ils recevaient. Excités, sinon désespérés, les messages à leurs permanences téléphoniques avaient réveillé au moins une vingtaine d'entre eux à travers tout le pays. A chaque fois, les malades disaient qu'il y avait du sang dans leurs vomissements et dans leurs selles. Mais cela ne leur était arrivé qu'une seule fois, et divers ennuis médicaux pouvaient tout aussi bien l'expliquer. Les ulcères à l'estomac, par exemple, d'autant que beaucoup de coups de fil venaient d'hommes d'affaires chez qui le stress était indissociable de la chemise blanche et de la cravate. A la plupart, on conseilla de se rendre aux urgences de l'hôpital le plus proche où, dans presque tous les cas, le médecin traitant vint retrouver son (ou sa) patiente, ou y envoya un associé de confiance. Certains autres obtinrent un rendez-vous au cabinet, entre huit et neuf heures le lendemain matin ; ils passeraient ainsi les premiers et ne perturberaient pas trop le planning de la journée.

Gus Lorenz n'avait pas eu le courage de rester seul dans son bureau ; il avait demandé à quelques-uns des membres de son équipe de l'y rejoindre devant son ordinateur. A leur entrée, ceux-ci notèrent que sa pipe était allumée. Certains auraient pu se plaindre, puisque c'était contraire à la législation fédérale, mais ce qu'ils découvrirent sur l'écran leur ôta toute velléité de protestation.

— D'où vient-il, celui-là ? demanda l'épidémiologiste.

— Chicago.

— *Notre* Chicago ?

Pierre Alexandre arriva à son bureau du dixième étage du Ross Building un peu avant huit heures. Il commença sa journée en vérifiant les messages sur son fax. Les médecins traitants qui avaient des malades atteints du sida lui envoyaient régulièrement des informations par télécopie. Cela lui permettait de suivre un grand nombre de patients, tant pour conseiller des traitements que pour enrichir ses propres connaissances. Il n'en avait qu'un seul, ce matin, et c'était plutôt une bonne nouvelle. La FDA, l'organisme officiel de contrôle pharmaceutique, avait lancé une procédure accélérée d'essais cliniques sur un médicament récent du laboratoire Merck, et un ami à lui, en Pennsylvanie, lui indiquait qu'il avait obtenu des résultats intéressants avec cette molécule. Son téléphone sonna.

— Ici les urgences, monsieur. Vous pourriez descendre ? J'ai un patient, blanc, trente-sept ans. Fièvre très élevée, hémorragie interne. Je ne sais pas ce que c'est... Je veux dire, ajouta l'interne, que je sais à quoi ça ressemble, mais...

— Donnez-moi cinq minutes.

— Oui, monsieur, répondit-elle.

Le docteur Alexandre passa sa tenue de laboratoire amidonnée, la boutonna et se dirigea vers les urgences qui se trouvaient dans un immeuble indépendant, sur le campus tentaculaire de Hopkins. Même dans l'armée, il était vêtu de cette façon-là.

Ici, normalement, c'était la nuit qu'on travaillait le plus. L'interne était là, belle comme un cœur. Elle portait un masque chirurgical, nota-t-il. Qu'est-ce qui pouvait aller si mal, en ce début de journée de printemps ?

— Bonjour, docteur, lui dit-il avec son plus charmant accent créole. Quel est le problème ?

Elle lui tendit le dossier du malade et lui parla pendant qu'il le parcourait.

— Forte fièvre, désorientation, tension artérielle très basse, sans doute une hémorragie interne, du sang dans les selles et les vomissements. Des marques sur son visage. Et je ne sais pas trop quoi penser.

— Eh bien, allons voir ça.

Elle avait l'air d'un jeune docteur prometteur, pensa Alexandre avec plaisir. Elle avait conscience de ce qu'elle ne savait pas et elle l'avait appelé pour avoir son avis... Mais pourquoi lui et pas un toubib de médecine interne ? se demanda-t-il. Il mit un masque et des gants et franchit le rideau du service des contagieux.

— Bonjour, je suis le Dr Alexandre, dit-il au patient.

Le regard de l'homme était apathique. Mais ce furent surtout les marques sur ses joues qui stupéfièrent Alexandre. Il repensa immédiatement au visage de George Westphal, plus de dix ans plus tôt.

— Comment est-il arrivé ici ? demanda Alexandre.

— C'est son médecin personnel qui a dit à sa femme de nous l'amener.

— Il fait quoi, comme boulot, ce gars ? C'est un

photographe célèbre? Un diplomate? Il voyage pour son travail?

L'interne secoua la tête.

— Il vend des voitures. Il a un magasin sur Pulaski Highway.

Alexandre regarda autour de lui. Il y avait là un étudiant en médecine et deux infirmières, en plus de la jeune interne qui avait pris le patient en charge. Tous avaient des gants et des masques. Très bien. Elle n'était pas idiote — et maintenant, il savait pourquoi elle avait peur.

— Prise de sang?

— C'est fait, docteur. On termine le *cross-match* en ce moment, et les échantillons pour l'analyse sont déjà dans votre labo.

— Parfait, répondit le professeur avec un hochement de tête. Transférez-le tout de suite dans mon unité. J'ai besoin d'un conteneur pour les tubes. Faites attention avec les « piquants-coupants ».

Une infirmière partit immédiatement chercher ce qu'il demandait.

— Professeur, ça ressemble à... Je veux dire, ce n'est pas possible, mais...

— Ce n'est pas possible, admit-il, et pourtant ça y ressemble, vous avez raison. Ce sont des pétéchies, comme sorties tout droit de nos livres. Alors pour le moment on va le traiter comme si c'était ça, d'accord? (L'infirmière revint avec le conteneur demandé. Alexandre y rangea les échantillons de sang.) Pour le transférer dans mon service, tout le monde enfile des surblouses. On ne court pas vraiment de danger dans la mesure où l'on prend les précautions nécessaires. Sa femme est là?

— Oui, docteur. Dans la salle d'attente.

— Que quelqu'un l'emmène à mon bureau. Je dois lui demander un certain nombre de choses. Des questions? (Il n'y en avait pas.) Alors, allons-y.

Le Dr Alexandre fit disparaître dans la poche gauche de sa blouse la boîte en plastique avec les échantillons de sang, après avoir vérifié qu'elle était correctement fermée. Tout en se dirigeant vers l'ascenseur, il se répéta que non, ce n'était pas possible. Sans doute autre chose... Mais quoi ? La leucémie présentait quelques-uns de ces mêmes symptômes, et bien que ce fût un diagnostic affreux, c'était encore préférable à ce à quoi il pensait... Les portes s'ouvrirent, il se dirigea vers son laboratoire.

— 'Jour, Janet, dit-il en pénétrant dans la zone de haute sécurité.

— 'Jour, Alex, répondit Janet Clemenger, docteur en biologie moléculaire.

Il sortit la boîte en plastique de sa poche.

— J'ai besoin qu'on m'analyse ça en vitesse. Je veux dire, maintenant.

— Qu'est-ce qui se passe ? demanda-t-elle, peu habituée à arrêter tout ce qu'elle était en train de faire, et encore moins au début d'une journée de travail.

— On dirait une fièvre hémorragique. Traitez ça au niveau... quatre.

Elle écarquilla les yeux.

— Chez nous ?

Presque au même moment, d'autres professionnels posaient une question identique un peu partout en Amérique, mais aucun ne le savait encore.

— Ils nous montent le patient. Il faut que je parle avec sa femme.

Elle posa avec précaution le conteneur sur la table de travail, et demanda :

— Recherche d'anticorps habituelle ?

— Oui, et soyez prudente avec ça, Janet.

— Je le suis toujours, lui assura-t-elle.

Comme lui, en effet, elle travaillait beaucoup sur le sida.

Alexandre regagna alors son bureau pour téléphoner à Dave James.

— Vous en êtes vraiment certain ? lui demanda le doyen, deux minutes plus tard.

— Dave, c'est juste une hypothèse, pour l'instant, mais... j'ai déjà vu ça. C'est exactement comme pour George Westphal. Janet Clemenger s'en occupe en ce moment. Jusqu'à plus ample information, je pense qu'on doit prendre ce truc très au sérieux. Si les résultats du labo donnent ce que je crains, j'appellerai immédiatement Gus et nous lancerons une vraie alerte.

— Bon, Ralph rentre de Londres dans trois jours. Pour l'instant, c'est vous le maître à bord, Alex. Tenez-moi au courant.

— *Roger,* dit l'ex-militaire.

Il était temps, maintenant, d'aller discuter avec cette femme.

Aux urgences, on nettoyait le sol à l'endroit où s'était trouvé le lit du malade, sous la surveillance de l'infirmière responsable des lieux. Au-dessus du bâtiment, on entendit le vacarme caractéristique d'un hélicoptère Sikorsky. La First Lady arrivait.

Le coursier se présenta au CDC avec sa « boîte à chapeaux » qu'il remit à l'un des techniciens du laboratoire de Lorenz. Dès lors, tout alla très vite. La recherche d'anticorps était déjà prête sur les paillasses du labo. Avec d'extraordinaires précautions de manipulation, on laissa tomber une goutte de sang dans un tube de verre. Le liquide que celui-ci contenait changea presque immédiatement de couleur.

— C'est Ebola, docteur, annonça le laborantin.

Dans une autre salle, on préparait un échantillon sanguin pour l'étudier au microscope électronique. Lorenz s'y rendit; il se sentait plus fatigué qu'il ne l'aurait voulu, alors que la matinée ne faisait que commencer. L'appareil était allumé. Ce n'était plus qu'une question de réglage pour avoir une image sur l'écran.

— Vous avez l'embarras du choix, Gus. (C'était un médecin, et non un technicien du labo. Il fit le point. Cet échantillon sanguin était en effet plein de virus.) Ils viennent d'où, ceux-là ?

— De Chicago, répondit Lorenz.

— Bienvenue en Amérique, petit fils de pute, fit le toubib à son écran, tout en travaillant au grossissement maximum d'un virus.

Un examen plus précis leur permettrait ensuite de déterminer son sous-type. Mais ça leur prendrait un certain temps.

— Il n'est donc pas allé à l'étranger? demanda Alex.

— Non, lui assura-t-elle. Juste au Salon de l'équipement de golf. Comme tous les ans.

— M'dame, il me faut vous poser certaines questions qui risquent de vous choquer. Je vous en prie, essayez de comprendre que c'est pour aider votre mari. (Elle acquiesça d'un signe de tête.) Avez-vous des raisons de penser qu'il fréquentait d'autres femmes?

— Non.

— Je suis désolé d'avoir dû vous demander ça. Avez-vous des animaux exotiques?

— On n'a que deux retrievers Chesapeake Bay, répondit-elle, étonnée.

— Des singes? Des bêtes venant de l'étranger?

— Non. Rien de tel.

Tout ça ne mène à rien..., pensa Alex, qui ne vit pas ce qu'il pouvait encore lui demander.

Ils étaient censés avoir voyagé, pourtant.

— Vous connaissez quelqu'un, un membre de sa famille, un ami, qui va souvent à l'étranger?

— Non... Puis-je le voir, maintenant?

— Bien sûr, mais on doit d'abord l'installer dans sa chambre et commencer son traitement.

— Est-ce qu'il va... Je veux dire, il n'a jamais été malade, il fait du jogging, il ne fume pas et il ne boit pas tant que ça — on a toujours été prudents...

Elle commençait à craquer.

— Je ne veux pas vous mentir, dit-il. Votre mari est très gravement malade, mais votre médecin de famille l'a envoyé dans le meilleur hôpital du monde. J'y travaille depuis peu. J'ai été médecin militaire pendant vingt ans, et toujours dans le domaine des maladies infectieuses. Et donc vous êtes à l'endroit qu'il faut et je suis le docteur qu'il faut.

On devait parfois tenir ce genre de discours, même si c'étaient des mots qui sonnaient creux. La seule chose que l'on n'avait absolument pas le droit de faire, *jamais*, c'était d'ôter tout espoir à son interlocuteur. Le téléphone sonna.

— Alex, c'est Janet. La recherche d'anticorps est positive. Ebola. J'ai recommencé deux fois. J'ai emballé un tube pour le CDC et la microscopie démarre dans une quinzaine de minutes.

— Parfait. Je viens. (Il raccrocha.) Voilà, dit-il à la femme du patient. Permettez-moi de vous ramener dans la salle d'attente et de vous présenter les infirmières. Elles sont excellentes, dans mon unité.

Ce n'était pas le moment le plus amusant. En essayant de lui donner de l'espoir, il s'était probablement montré trop optimiste. Elle l'avait écouté, comme si c'était Dieu lui-même qui parlait par sa bouche — sauf que là, pour l'instant, Dieu n'avait aucune réponse. En plus, il allait être obligé de lui expliquer qu'on devait lui faire une prise de sang, à elle aussi, pour examen.

— Qu'est-ce que ça donne, Scott ? demanda Ryan à treize fuseaux horaires de distance.

— Bon, c'est sûr qu'ils cherchent à créer des emmerdes. Jack, ce gars-là, ce Zhang, c'est la deuxième fois que je le rencontre. Il ne parle pas beaucoup, mais c'est un plus gros poisson que ce que nous pensions. En fait, je crois qu'il est là pour garder un œil sur le ministre des Affaires étrangères. C'est lui, notre joueur, monsieur le président. Dites aux Foley d'ouvrir un dossier à son nom et d'y mettre un drapeau bien visible.

— Est-ce que Taipei va payer ? demanda Swordsman.

— Vous paieriez, vous ?

— J'aurais plutôt envie de leur dire de se faire foutre, mais je suis censé ne pas perdre mon sang-froid, vous vous souvenez ?

— Les Taiwanais écouteront cette exigence, et

ensuite ils me demanderont la position des Etats-Unis
d'Amérique. Je leur dis quoi ?

— Pour l'instant, notre priorité c'est le retour à la
paix et à la stabilité.

— Ça tiendra une heure, peut-être deux. Mais
après ? insista le secrétaire d'Etat.

— Vous connaissez cette région mieux que moi.
C'est quoi, le jeu, Scott ?

— Je n'en sais rien. Je pensais avoir compris, mais
non. D'abord, j'ai plus ou moins espéré que c'était un
accident. Puis je me suis dit qu'ils cherchaient juste à
énerver un peu Taipei. Erreur. Ils vont trop loin pour
ça. Troisième possibilité : ils vous mettent à l'épreuve.
Si c'est le cas, alors ils jouent un jeu très dur — trop
dur. Ils ne vous connaissent pas encore assez bien,
Jack. La mise est trop élevée pour la première partie
de la soirée. La vérité, c'est que je n'ai aucune idée de
ce qu'ils ont derrière la tête. Et que je ne peux pas
vous indiquer quelle carte jouer.

— Nous savons qu'ils ont soutenu le Japon. Zhang
était personnellement derrière ce connard de Yamata
et...

— Oui, j'ai gardé ça à l'esprit. Et ils doivent savoir
que nous le savons ; raison de plus pour ne pas trop
nous emmerder. Mais les mises sont très élevées, sur
la table, Jack, insista Adler. Et je n'en vois pas la raison.

— On dit à Taiwan qu'on est avec eux ?

— OK, mais si vous faites ça et que ça s'ébruite, et
si la RPC se lance dans la surenchère, tous les concitoyens que nous avons là-bas — près de cent mille ! —
deviennent des otages. Et je ne parle pas des considé-
rations commerciales, mais c'est un gros pari en
termes politico-économiques.

— Et si on ne soutient pas les Taiwanais, ils pense-
ront qu'ils sont seuls et acculés...

— Oui, monsieur, et ça entraînera les mêmes
conséquences, mais dans l'autre camp. La meilleure
solution, c'est de se débarrasser de cette histoire. Je
leur transmets la demande de Pékin, Taipei refuse,
alors je leur suggère de dire que le problème restera

en suspens jusqu'à ce qu'on ait éclairci l'affaire de l'avion de ligne. Pour ça, nous nous adressons aux Nations unies. Nous soumettons la question au Conseil de sécurité. Ça prendra du temps. Tôt ou tard leur foutue flotte va manquer de carburant. On a un porte-avions dans les environs, si bien que rien ne peut vraiment arriver.

Ryan fronça les sourcils.

— Vous êtes optimiste, mais c'est d'accord, jouons le jeu de cette façon. Ça permettra de gagner un jour ou deux, de toute manière. Mais mon instinct me dit de soutenir Taiwan et d'envoyer la RPC se faire voir.

— Le monde n'est pas aussi simple et vous le savez, lui répondit Adler.

— Exact. Faites ce que vous venez de proposer, Scott, et tenez-moi au courant.

— Oui, monsieur.

Alex consulta sa montre. A côté du microscope électronique se trouvait le bloc-notes du Dr Clemenger. A dix heures seize, elle y inscrivit la date et indiqua que le professeur et elle confirmaient la présence du virus Ebola. A l'autre bout du labo, un technicien menait une recherche d'anticorps sur le sang prélevé à la femme du cas index. Positif. Elle aussi, elle était contaminée, mais elle ne le savait pas encore.

— Ils ont des enfants ? s'enquit Janet, en l'apprenant.

— Oui. Deux. Ils sont à l'école.

— Alex, à moins que vous ne sachiez quelque chose que je ne sais pas, j'espère qu'ils ont une assurance vie...

— Quoi d'autre ? demanda-t-il.

— Va falloir que je travaille un peu sur la carte des gènes, mais regardez ça. (Elle tapa sur l'écran avec un doigt.) Vous voyez la façon dont les protéines sont groupées, et cette forme, là, en bas ?

Janet était leur meilleure spécialiste de la structure des virus.

— Un Mayinga ?

Mon Dieu, c'était cette souche-là qui avait tué George! Et on n'avait aucune idée de la façon dont George l'avait attrapé, et aujourd'hui, on ne savait pas non plus comment ce patient...

— Trop tôt pour en être absolument sûr, dit-elle. Vous savez quelle procédure je dois suivre pour le déterminer, mais...

— Ça colle. Aucun facteur de risque connu pour notre patient, et pour elle non plus, peut-être. Doux Jésus, Janet, si ce truc est aérogène...

— Je sais, Alex. Vous appelez Atlanta, ou je le fais?

— Je m'en occupe.

— J'isole immédiatement ce petit salopard, promit-elle.

— Le Dr Lorenz est en réunion, lui répondit une secrétaire.

En général, ça suffisait pour se débarrasser des gens. Pas cette fois:

— Interrompez-le, si vous pouvez, je vous en prie. Vous lui dites que c'est Pierre Alexandre, à Johns Hopkins, et que c'est très important.

— Oui, docteur. Veuillez patienter, s'il vous plaît. (Elle pressa sur un bouton, puis sur un autre, et fit sonner le poste de la salle de conférences, au rez-de-chaussée.) Le Dr Lorenz, s'il vous plaît, c'est urgent.

— Oui, Marjorie?

— J'ai le Dr Alexandre en attente sur la trois. Il dit que c'est important, monsieur.

— Merci. (Gus bascula l'appel.) Grouille-toi, Alex, on a une situation critique ici, lui dit-il d'une voix inhabituellement préoccupée.

— Je sais, Ebola vient de pénétrer dans cette partie du monde, annonça Alexandre.

— T'as parlé avec Mark, toi aussi?

— Mark? Mark qui? demanda le professeur.

— Attends, attends, on reprend au début, Alex. Pourquoi m'appelles-tu?

— J'ai deux patients dans mon unité, et ils sont contaminés tous les deux, Gus.

— A Baltimore?

— Oui. Et maintenant qu'est-ce... A quel autre endroit, Gus?

— Mark Klein, à Chicago, en a un, une femme, quarante et un ans. J'ai déjà fait la micrographie de l'échantillon sanguin. Un de tes deux cas s'est rendu à Chicago ou à Kansas City, récemment?

— Négatif, répondit l'ancien colonel. Quand le patient de Klein est-il arrivé?

— La nuit dernière, vers vingt-deux heures. Et les tiens?

— Un peu avant huit heures ce matin. Le mari a tous les symptômes, sa femme non, mais elle est positive... Oh, merde, Gus.

— Faut appeler Fort Detrick.

— Tu t'en occupes. Garde un œil sur le fax, Gus, lui conseilla le professeur Alexandre. Et espérons que tout ça n'est qu'une simple erreur.

Mais ce n'en était pas une, et ils le savaient tous les deux.

— Et toi, ne t'éloigne pas trop du téléphone, je peux avoir besoin de tes lumières, dit Lorenz.

— Promis.

A peine eut-il raccroché qu'il passa un autre coup de fil.

— Dave? C'est Alex.

— Eh bien? dit le doyen.

— Le mari et la femme sont positifs tous les deux. La femme n'a pas encore de symptômes. Mais l'homme a tous les signes classiques.

— Bon, et ça donne quoi, Alex? demanda le doyen avec circonspection.

— Dave, ça donne que j'ai réussi à joindre Gus pendant une réunion avec son équipe. On a aussi un cas d'Ebola à Chicago. Mark Klein a dû le leur annoncer vers minuit, j'imagine. Aucun lien entre le leur et les nôtres. Je... euh... je crois qu'on a un possible début d'épidémie sur les bras. Faut prévenir le personnel des urgences. Il peut très bien encore nous arriver quelques cas très dangereux.

— *Une épidémie?* Mais...

— Je suis obligé d'évoquer cette hypothèse, Dave. Le CDC alerte l'armée. Je sais exactement ce qu'ils

410

vont dire à Fort Detrick, parce qu'il y a six mois, j'étais encore à ce poste. Et j'aurais répondu la même chose.

L'autre ligne d'Alexandre se mit à sonner. Sa secrétaire prit la communication dans son bureau, à l'extérieur. Un instant plus tard, sa tête apparut dans l'encadrement de la porte.

— Docteur, c'est les urgences, ils disent qu'ils ont besoin de votre avis.

Alex relaya le message au doyen.

— Je vous retrouve en bas, lui promit celui-ci.

— Au prochain appel sur votre répondeur, vous serez libre de terminer votre mission comme vous l'entendrez, lui dit M. Alahad. C'est vous qui décidez du moment. (Il n'ajouta pas que ce serait mieux pour lui si Raman effaçait ensuite le message. Pour quelqu'un qui avait décidé de sacrifier sa vie, c'était une réflexion mal venue.) Nous ne nous rencontrerons plus dans cette existence, fils.

— Faut que je retourne travailler.

Ainsi donc, l'ordre était arrivé, finalement, tant bien que mal. Les deux hommes s'étreignirent et le plus jeune s'en alla.

— Cathy?

Elle leva les yeux et aperçut la tête de Bernie Katz dans l'entrebâillement de la porte.

— Oui, Bernie?

— Dave convoque une réunion des chefs de service dans son bureau à quatorze heures. Je pars pour New York faire cette conférence à Columbia et Hal a une opération cet après-midi. Tu peux y aller pour moi?

— Bien sûr, je suis libre.

— Merci, Cathy.

Sa tête disparut et Surgeon revint à ses dossiers.

Aux urgences, avec son masque, le doyen David James ressemblait à n'importe quel autre médecin.

Ce nouveau patient n'avait aucun lien avec les deux autres. A trois mètres de lui, dans un coin de la salle déjà placée en quarantaine, ils le regardaient vomir dans un récipient en plastique. Il y avait beaucoup de sang dans ce qu'il rendait.

C'était la même jeune interne qui s'était occupée de cette admission.

— Aucun voyage, expliqua-t-elle. Dit qu'il est allé à New York pour divers trucs. Pièces de théâtre, Salon de l'auto, des trucs de touristes, quoi. Et le premier ?

— Ebola, dit Alex.

Elle indiqua ce qui les entourait d'un signe de tête et s'exclama :

— Ici ?

— Ici. Ne soyez pas trop surprise, docteur. C'est vous qui m'avez appelé, vous vous souvenez ?

Il se tourna vers le doyen James, l'air interrogatif.

— Je réunis tous les chefs de service dans mon bureau à quatorze heures. Je n'ai pas pu faire plus vite, Alex. En ce moment, un bon tiers d'entre eux est en train d'opérer ou de soigner des patients.

— Je mets celui-là à Ross ? demanda l'interne, qui devait s'occuper de son malade.

— Aussi vite que possible.

Alexandre prit le doyen par le bras et l'entraîna dans le couloir. Là, l'ex-militaire alluma un cigare, à la grande surprise des vigiles qui avaient pour ordre de faire la chasse aux fumeurs.

— Merde, qu'est-ce qui s'passe, Alex ? demanda le doyen.

— Vous savez, ces choses-là ont un nom, répondit Alex en tirant quelques bouffées de son cigare. Je peux déjà vous indiquer ce qu'ils vont dire à Fort Detrick, sûr et certain.

— Allez-y.

— Deux cas index séparés, Dave. A plus de quinze cents kilomètres de distance et à huit heures de différence. Aucun lien d'aucune sorte. Pensez-y.

— Pas assez de données pour l'assurer, objecta le doyen.

— J'espère que je me trompe, dit Pierre Alexandre.

Ça va être la ruée, à Atlanta. Les gens sont extra-ordinaires, là-bas. Les meilleurs. Mais ils ne consi-dèrent pas ce genre de chose de la même façon que moi. Ça fait pas mal de temps que je suis dans ce métier. Eh bien (une autre bouffée), on va donc voir ce que donneront nos thérapies de soutien... Nous sommes plus performants que n'importe quel hôpital africain, n'est-ce pas ? Pareil pour Chicago et pour les autres hôpitaux qui doivent être en train de télé-phoner au CDC, je suppose...

— *Les autres ?*

Même s'il était bon médecin, le doyen James ne comprenait toujours pas.

— C'est Alexandre le Grand qui a inventé la guerre biologique, James. Avec des catapultes, il a balancé des cadavres de pestiférés dans une ville qu'il assié-geait. Je ne sais pas si ça a marché. Il a pris la ville, en tout cas, il a massacré tous ses habitants et il a pour-suivi sa route.

Ça y est, il a pigé, pensa Alex. Le doyen était soudain aussi pâle que le patient qu'ils venaient d'accueillir.

Raman se trouvait dans le poste de commande-ment local. Il revoyait le futur programme de Potus. Il avait une mission à terminer, désormais. Il était temps de commencer à planifier un peu les choses.

— Jeff ? fit Andrea en s'approchant. On a un dépla-cement à Pittsburgh, vendredi. Tu veux bien faire un saut là-bas avec l'équipe avancée ? Deux petits pro-blèmes à régler à l'hôtel.

— OK. Je pars quand ? demanda l'agent Raman.

— Ton vol décolle dans quatre-vingt-dix minutes. (Elle lui tendit un billet.) Tu rentres dans la nuit de demain.

Ça serait encore mieux, pensa Raman, *si je pouvais survivre*. Et dans le cas où il superviserait l'ensemble de la sécurité de l'un de ces déplacements, ce serait tout à fait possible. L'idée de mourir en martyr ne l'inquiétait pas plus que ça, mais s'il avait la possibi-lité de s'en tirer, il n'hésiterait pas.

— Parfait, répondit-il simplement.

Il n'avait pas besoin de se soucier de ses affaires. Les agents du détachement de protection avaient toujours un sac tout prêt dans leur voiture.

Le NRO n'accepta de donner son évaluation de la situation qu'après trois passages du satellite. Les six divisions blindées de la RIU qui avaient participé aux manœuvres étaient à présent regroupées pour un entretien complet. Certains auraient pu considérer qu'une telle chose était normale. Une unité avait droit à une révision totale après d'importantes manœuvres, mais six divisions — trois corps blindés — à la fois, c'était quand même un peu beaucoup... Ces données furent immédiatement communiquées aux gouvernements saoudien et koweïtien. En même temps, le Pentagone appela la Maison-Blanche.

— Oui, monsieur le secrétaire à la Défense ? répondit Ryan.

— La SNIE sur la RIU n'est pas encore prête, mais nous avons reçu... eh bien, disons, certaines informations gênantes. Je laisse l'amiral Jackson vous expliquer ça.

Le président l'écouta, et il n'avait pas besoin d'une analyse beaucoup plus poussée, même s'il aurait préféré avoir la SNIE sur son bureau pour se faire une meilleure idée des intentions politiques de la RIU.

— Vos recommandations ? demanda-t-il, lorsque Robby eut terminé.

— Je pense que le moment est venu de déplacer nos bateaux de Diego. Quelques exercices ne leur feront pas de mal, de toute façon. On peut les positionner à deux jours du Golfe sans que personne s'en aperçoive. Ensuite, je conseille d'envoyer un ordre d'alerte au 18ᵉ corps aéroporté, c'est-à-dire les 82ᵉ, 101ᵉ et 24ᵉ motorisés.

— Ça fera des remous ? s'enquit Jack.

— Non, monsieur. On traitera ça comme un exercice d'alerte normal. On en fait régulièrement. Ça permet de remettre les idées en place aux officiers d'état-major.

— Allez-y. Mais pas de vagues.

— Ça pourrait être aussi le bon moment pour lancer des manœuvres conjointes avec les pays amis de la région, suggéra le J-3.

— Je vais y réfléchir, dit Ryan. Autre chose?

— Non, monsieur le président, répondit Bretano. Je vous tiens au courant.

A midi, le CDC d'Atlanta avait reçu plus de vingt télécopies, de dix Etats différents. Toutes furent transmises à Fort Detrick, Maryland, où était basé l'USAMRIID, l'Institut de recherches médicales sur les maladies infectieuses de l'armée des États-Unis, l'équivalent militaire du CDC d'Atlanta. Ces données étaient trop effrayantes pour qu'on pût émettre un jugement immédiat. Une réunion des principaux responsables du centre fut convoquée tout de suite après le déjeuner, tandis qu'officiers et civils essayaient de mettre un peu d'ordre dans leurs informations. A Walter Reed, d'autres officiers supérieurs grimpèrent dans leur voiture de fonction et foncèrent sur l'Interstate 70.

— Docteur Ryan?

— Oui? répondit Cathy en levant les yeux.

— La réunion chez le Dr James est avancée, lui annonça sa secrétaire. Ils veulent que vous veniez tout de suite.

— J'imagine qu'il faut que je me grouille, alors, dit-elle en se levant et en se dirigeant vers la porte.

Roy Altman était posté là.

— Que se passe-t-il? demanda le principal agent de protection de Surgeon.

— Quelque chose, mais je ne sais pas quoi, répondit-elle.

— Où se trouve le bureau du doyen? fit-il.

Il n'était encore jamais allé là-bas. Toutes les réunions de l'équipe auxquelles il avait assisté s'étaient tenues à Maumenee.

— Par là. (Elle tendit la main.) De l'autre côté de Monument Street, dans l'immeuble administratif.

— Surgeon se déplace vers le nord jusqu'à Monument Street, annonça Altman dans son micro.

Les agents sortirent de nulle part, sembla-t-il. Ç'aurait pu être drôle, sans les récents événements.

— Si ça ne vous dérange pas, ajouta Altman, je vais vous accompagner. Je vous promets que je ne resterai pas dans vos jambes.

Cathy acquiesça d'un signe de tête. Pas moyen de protester. Il allait détester le bureau du doyen, à cause de toutes ses grandes fenêtres, elle en était sûre. Il y avait une dizaine de minutes de marche, presque uniquement en sous-sol. Elle fut contente de se retrouver à l'air libre pour traverser la rue. En pénétrant dans le bâtiment, elle aperçut bon nombre de ses amis, des chefs de service et des responsables de différentes équipes. Tous ces gens-là passaient leur temps à voyager, et c'était une des raisons pour lesquelles elle n'était pas sûre de vouloir monter en grade. Pierre Alexandre arriva en coup de vent, en tenue médicale, un dossier à la main. Il avait un air vraiment sinistre. Il manqua la bousculer et un agent du Service secret fit mine de se précipiter vers lui.

— Content que vous soyez là, Cathy, lui dit-il sans s'arrêter. Et vos amis aussi.

— Sympa comme accueil, glissa Altman à un collègue, tandis que le doyen ouvrait la porte et invitait tout le monde à entrer.

Un simple coup d'œil à la pièce convainquit Altman de fermer lui-même les rideaux. Les fenêtres donnaient sur une rue bordée de maisons en brique anonymes. Quelques médecins le regardèrent faire avec mauvaise humeur, mais ils savaient qui il était et n'émirent aucune objection.

— Je déclare la réunion ouverte, annonça Dave James, alors que tout le monde n'était pas encore assis. Alex a quelque chose d'important à nous dire.

Celui-ci ne s'embarrassa d'aucun préambule :

— Nous avons cinq cas d'Ebola à Ross, en ce moment même. Ils sont tous arrivés aujourd'hui.

Des têtes se tournèrent vivement. Au bout de la table, Cathy cligna des yeux.

— Des étudiants étrangers ? demanda le directeur de la chirurgie. Du Zaïre ?

— Un représentant en automobiles et sa femme, un vendeur de bateaux d'Annapolis et trois autres personnes. Aucun n'a voyagé récemment. Quatre des cinq patients présentent déjà tous les symptômes. L'épouse du représentant est positive, mais pas plus pour l'instant. Ça, c'étaient les bonnes nouvelles. Nos malades ne sont pas les seuls. Le CDC a enregistré des cas à Chicago, Philadelphie, New York, Boston et Dallas. Ça date d'une heure. On rapporte vingt cas au total, un chiffre passé du simple au double entre dix et onze heures ce matin. Et probablement que ça va continuer à augmenter.

— Doux Jésus..., murmura quelqu'un.

— Vous connaissez tous le travail que je faisais avant de venir ici. En ce moment même, j'imagine qu'ils tiennent une réunion d'état-major à Fort Detrick. La conclusion de cette réunion sera qu'il ne s'agit pas d'une épidémie accidentelle. Quelqu'un a lancé une guerre bactériologique contre notre pays.

Personne ne contesta l'analyse d'Alexandre, nota Cathy. Elle savait pourquoi. Les autres médecins présents dans cette pièce étaient des experts mondiaux dans leurs domaines respectifs, et quatre d'entre eux au moins étaient les meilleurs. Mais tous, aussi, prenaient régulièrement la peine, comme elle-même, de manger avec des collègues travaillant dans des champs de recherche différents, pour échanger des informations avec eux, parce qu'ils étaient tous des fanatiques du savoir. Ils voulaient tout connaître, et même s'ils avaient conscience que c'était impossible, ne fût-ce que dans leur propre spécialité, cela ne les arrêtait pas. Dans le cas présent, leur expression prouvait qu'ils partageaient l'analyse de Pierre Alexandre.

Ebola était une maladie infectieuse, et de telles maladies partaient généralement d'un seul endroit. Il y avait toujours une première victime, nommée « cas index », à partir de laquelle elles se développaient.

Aucune épidémie ne commençait à la façon d'aujourd'hui. Au CDC et à l'USAMRIID d'officialiser cette conclusion, de rassembler, d'organiser et de présenter l'information.

— Alex, intervint le directeur du service d'urologie, la littérature dit qu'Ebola ne se répand que par l'intermédiaire de grosses particules liquides. Comment pourrait-il exploser si rapidement ?

— Il existe une sous-souche appelée Mayinga. On lui a donné le nom d'une infirmière qui l'a contractée et en est morte. On n'a jamais réussi à déterminer la façon dont elle a pu être atteinte. Un collègue à moi, George Westphal, est décédé d'une manière identique en 1990. Pour lui non plus, on n'a pas été capable de découvrir les modes de transmission. On a pensé que la contamination de cette sous-souche pouvait être aérienne. Ça n'a jamais été prouvé, expliqua Alex. En outre, il existe des moyens de renforcer les capacités d'un virus, comme vous le savez tous. Par exemple, en ajoutant certains gènes du cancer à sa structure.

— Et il n'y a pas de traitement, pas même expérimental ? ajouta l'urologue.

— Rousseau mène des travaux intéressants à l'Institut Pasteur, mais jusqu'à présent il n'a eu aucun résultat positif.

Une espèce de malaise physique se propagea d'un médecin à l'autre, autour de la table de conférence. Ils étaient parmi les meilleurs du monde et ils le savaient. Mais ils avaient aussi conscience que cela ne comptait pas, contre cet ennemi-là.

— Et la mise au point d'un vaccin ? demanda quelqu'un. Ça ne devrait pas être trop difficile.

— L'USAMRIID cherche depuis dix ans. On a un problème particulier, ici, semble-t-il. Ce qui marche sur une sous-souche ne marche pas forcément sur une autre. Et puis les études que j'ai pu voir prédisent un taux d'infection de deux pour cent par le vaccin lui-même. Merck pense qu'il peut faire mieux, mais les tests prennent un temps fou.

— Ouille, grommela le responsable de la chirurgie avec une grimace.

Inoculer une maladie à une personne sur cinquante

avec un taux de mortalité de quatre-vingts pour cent signifiait vingt mille personnes infectées par un million de doses de vaccin, dont en gros seize mille mourraient. Appliqué à la population des États-Unis, cela signifiait donc *trois millions de morts* — et ce dans le but de protéger la population !

— Mais il est encore trop tôt pour déterminer l'extension de cette « épidémie », et nous n'avons aucune donnée brute sur la capacité qu'a la maladie de se propager dans les conditions environnementales existantes, reprit l'urologue. Donc nous ne savons pas vraiment quelles mesures prendre.

— C'est mon personnel qui va être en contact le premier avec le virus, intervint le directeur des urgences. Il faut que je les avertisse. Nous ne pouvons pas risquer de perdre nos gens inutilement.

— Et qui annonce ça à Jack ? demanda Cathy. Il doit le savoir, et vite.

— Eh bien, c'est le rôle de l'USAMRIID et du ministre de la Santé, expliqua Alex.

— Ils ne sont pas encore prêts, vous venez de le dire, répondit Cathy. Vous êtes sûr, pour tout ça ?

— Oui.

SURGEON se tourna vers Altman :

— Appelez mon hélicoptère.

49

TEMPS DE RÉACTION

L'appel étonna le colonel Goodman. Il déjeunait tard, de retour d'un vol de contrôle sur un VH-60 de secours qui sortait des ateliers après le remplacement d'un de ses turbomoteurs. Celui de SURGEON était sur son aire. Les trois hommes d'équipage embarquèrent et décollèrent sans connaître la raison de ce changement de programme. Dix minutes plus tard, l'appareil filait vers le nord. Encore vingt minutes, et il tournait au-dessus de son point d'atterrissage. SURGEON était là, avec SANDBOX, leurs sous-détachements respectifs et une autre personne que Goodman ne connaissait pas, en blouse blanche. Le colonel vérifia la direction du vent et entama sa descente.

La réunion, chez le doyen, s'était terminée cinq minutes plus tôt. On avait pris des décisions. Deux étages médicaux complets seraient libérés et préparés pour recevoir d'autres malades, si nécessaire. En ce moment même, le responsable du service des urgences rassemblait son équipe pour la mettre au courant. Deux collaborateurs d'Alexandre étaient au téléphone avec Atlanta ; ils se renseignaient sur le nombre total de cas connus et indiquaient que Hopkins avait mis en route le plan d'urgence prévu pour ce genre d'éventualité. Alex n'avait pas eu le temps de retourner à son bureau pour se changer ; Cathy portait elle aussi sa blouse de laboratoire, mais sur ses vêtements civils. Alex avait enfilé une nouvelle tenue chirurgicale pour la réunion — c'était sa troisième de la journée —, et il ne l'avait pas quittée. Cathy lui promit qu'il n'avait pas à s'en faire pour ça. On attendit l'arrêt du rotor, puis le Service secret autorisa ses protégés à embarquer. Alex nota la présence d'un hélicoptère de soutien, qui tournait dans le ciel à deux kilomètres de là, et d'un troisième plus près, celui-là qui, sans doute, appartenait à la police.

Tout le monde grimpa rapidement dans le VH-60. Katie s'installa sur le siège juste derrière les pilotes ; c'était censé être l'endroit le plus sûr de l'appareil. Alexandre n'était plus monté dans un Black Hawk depuis des années. La ceinture de sécurité quatre points n'avait pas changé. Cathy attacha la sienne d'un geste précis. La petite Katie dut se faire aider ; elle adorait son casque, peint en rose, avec un lapin dessiné dessus, une idée des Marines, certainement. Quelques secondes plus tard, le rotor tourna de nouveau.

— Tout ça va un peu trop vite, dit Alex par l'intercom.

— Vous pensez vraiment qu'on devrait attendre ? répondit Cathy dans son micro.

— Non, fit-il, estimant malvenu de répéter qu'il n'était pas correctement habillé pour rencontrer le président.

A environ neuf cents mètres d'altitude, l'appareil vira au sud.

— Colonel ? Dépêchons-nous, voulez-vous ? ordonna Cathy au pilote.

Goodman n'avait encore jamais entendu Surgeon parler avec l'autorité du médecin. Mais c'était une voix de commandement que tout Marine savait reconnaître. Il abaissa le nez du Black Hawk et grimpa à cent soixante nœuds.

— Z'êtes pressé, colonel ? demanda le pilote de l'hélico de soutien.

— La dame l'est. Route Bravo, approche directe.

Puis il appela l'aéroport de BWI et demanda aux contrôleurs d'interrompre les mouvements des avions pour le laisser passer. Ce fut rapide. Personne, au sol, ne remarqua grand-chose, mais deux 737 d'USAir furent obligés de se placer un moment en position d'attente avant leur atterrissage, au grand dam de leurs passagers.

— Monsieur le président ?

— Oui, Andrea, dit Ryan en levant les yeux.

— Votre femme arrive de Baltimore. Elle a besoin de vous voir pour quelque chose. Je ne sais pas de quoi il s'agit. Elle sera là dans quinze minutes, lui expliqua l'agent Price.

— Rien de grave ?

— Non, non, tout le monde va bien, monsieur. Sandbox est avec elle, le rassura l'agent.

— OK, murmura Ryan en se replongeant dans le dernier rapport sur l'attentat terroriste.

— Eh bien, officiellement, tu n'as pas violé la loi, Pat.

Jamais personne, bien sûr, n'en avait douté, mais Murray voulait annoncer cela lui-même à son inspecteur.

— J'aurais quand même bien voulu prendre le dernier vivant, fit remarquer O'Day avec une grimace.

— Oublie ça. Tu n'avais aucune chance, pas avec ces gosses tout autour. Je pense qu'on va probablement t'organiser une petite remise de décoration.

— On a quelque chose sur cet Azir ?

— La photo de son permis de conduire, et un certain nombre de documents écrits, mais à part ça, on aurait du mal à prouver son existence devant un tribunal si on nous le demandait.

Situation classique. Dans l'après-midi de vendredi, « Mordecai Azir » s'était rendu en voiture à l'aéroport international de Baltimore-Washington (BWI), et il avait pris un avion pour New York-Kennedy. Ils l'avaient appris grâce à l'employée d'USAir qui lui avait délivré un billet à ce nom. Et puis il s'était évanoui dans la nature. Il avait sans aucun doute d'autres documents de voyage. Il les avait peut-être utilisés à New York pour embarquer sur une ligne internationale. S'il était vraiment malin, il avait dû partir en taxi pour Newark et il était monté dans un vol transatlantique, ou il était allé jusqu'à La Guardia d'où il avait filé au Canada. En ce moment même, des agents du bureau de New York interrogeaient les personnels de tous les comptoirs des compagnies aériennes. Mais des avions du monde entier passent par Kennedy, où les réceptionnistes voient des milliers de personnes par jour. Peut-être qu'ils réussiraient à découvrir quel vol il avait choisi. Mais leur homme aurait déjà eu le temps d'atteindre la Lune.

— Un type entraîné, observa Pat O'Day. C'est pas vraiment plus compliqué que ça, n'est-ce pas ?

Murray se souvint des paroles de son chef du FCI, le contre-espionnage. Si on peut le faire une fois, on peut le refaire souvent. Il y avait toutes les raisons de croire qu'il existait un réseau d'espions — et pire encore : de terroristes — dans ce pays, qui se tenaient à carreau en attendant les ordres. Mais quels ordres ?

Et pour éviter d'être repérés, ces gens-là n'avaient *rien* à faire.

L'arrivée de l'hélicoptère surprit les journalistes qui gardaient toujours un œil sur l'endroit. Tout ce qui sortait de la routine, à la Maison-Blanche, était digne de faire une information. Ils reconnurent Cathy Ryan. Sa blouse blanche de médecin était inhabituelle, pourtant, et en apercevant une autre personne vêtue de la même façon, mais en tenue chirurgicale, ils pensèrent immédiatement que le président avait un problème médical. C'était exact, d'une certaine façon. Mais un porte-parole ne tarda pas à venir leur annoncer qu'il était en parfaite santé et qu'il était au travail dans son bureau ; non, il ne savait pas encore pourquoi le Dr Ryan était rentrée si tôt aujourd'hui.

Je ne suis pas habillé comme il faut pour tout ça, pensa de nouveau Alex. Les regards des agents qu'ils croisèrent en se rendant dans l'aile ouest le confirmaient ; un certain nombre d'entre eux se demandaient si SWORDSMAN était malade ; ils passèrent même quelques appels radio et essuyèrent immédiatement une rebuffade.

— Jack, voici Pierre Alexandre, annonça Cathy à son mari en pénétrant dans le Bureau Ovale, sans même lui dire bonjour.

Ryan se leva. Il n'avait aucun rendez-vous important pour les deux prochaines heures, et il avait ôté sa veste de costume.

— Hello, docteur, dit-il en lui tendant la main et en notant la façon dont son visiteur était vêtu. (Puis il se rendit compte que sa femme avait gardé sa blouse, elle aussi.) Que se passe-t-il, Cathy ? lui demanda-t-il.

— Alex ? fit-elle.

Personne ne s'était encore assis. Deux agents du Service secret avaient suivi les médecins. La tension, palpable dans la pièce, les alarmait, même s'ils ne comprenaient pas ce qui se passait. Roy Altman était dans un autre bureau, où il discutait avec Price.

— Monsieur le président, vous avez entendu parler du virus Ebola ?

— Afrique, répondit Jack. Une maladie de la jungle, c'est ça ? Absolument mortelle. J'ai vu un film sur...

— C'est presque ça, confirma Alexandre. C'est un virus. Nous ne savons pas où il vit — je veux dire, nous connaissons l'endroit, mais pas son hôte. L'animal qui l'accueille. Et il tue, monsieur. En gros, un taux de mortalité de quatre-vingts pour cent.

— OK, dit Potus, toujours debout. Poursuivez.

— Il est ici, maintenant.

— Où ça ?

— Selon nos derniers chiffres, on aurait cinq cas à Hopkins. Plus de vingt dans tout le pays. Et cette information est vieille de trois heures. Puis-je utiliser votre téléphone ?

Gus Lorenz était seul dans son bureau lorsque la sonnerie retentit.

— C'est Alexandre, de nouveau. Gus, que donnent les chiffres, maintenant ?

— Soixante-sept, entendit Alex, penché sur le haut-parleur.

— Où ?

— Principalement dans des grandes villes. Les rapports nous arrivent surtout de gros centres médicaux. Boston, New Haven, New York, Philadelphie, Baltimore, un à Richmond, sept cas chez nous, ici, à Atlanta, trois à Orlando... (Ils entendirent une porte qui s'ouvrait, et un froissement de papier.) Quatre-vingt neuf, Alex. Il y en a toujours plus.

— L'USAMRIID a lancé l'alerte ?

— Je l'attends dans l'heure qui vient. Ils tiennent une réunion pour déterminer...

— Gus, je suis à la Maison-Blanche, là, le coupa Alexandre, retrouvant ses réflexes de colonel de l'armée de terre. Et le président est ici. Je voudrais que tu lui expliques ce que tu penses de ça.

— Quoi... Comment as-tu... Alex, ce n'est pas encore sûr.

— Ou tu le dis, ou je le ferai. Vaudrait mieux que ce soit toi.

— Monsieur le président? (C'était Ellen Sumter, à la porte du secrétariat.) J'ai le général Pickett au téléphone, monsieur. Il prétend que c'est très urgent.

— Demandez-lui de patienter, s'il vous plaît.

— John est bon, mais il est un peu trop prudent, observa Alex. Gus, vas-y, s'il te plaît!

— Monsieur... monsieur le président, ceci semble être autre chose qu'un événement naturel. Ça ressemble beaucoup à un acte délibéré.

— Une attaque biologique? fit Ryan.

— Oui, monsieur. Nos données ne sont pas encore assez complètes pour tirer de véritables conclusions, mais les épidémies ne démarrent jamais de cette manière. Pas dans tout le pays en même temps.

— Madame Sumter, pouvez-vous passer le général sur cette ligne?

— Monsieur le président? demanda aussitôt une nouvelle voix.

— Général, j'ai le Dr Lorenz au téléphone avec nous, et à mes côtés se trouve le Dr Alexandre, de Hopkins, en haut de la rue.

— Salut, Alex.

— Salut, John, répondit Alexandre.

— Donc, vous êtes au courant, monsieur le président, reprit Pickett.

— Que pensez-vous de cette hypothèse? lui demanda Swordsman.

— On a au moins dix foyers épidémiques. Une maladie ne se développe pas toute seule de cette façon. Les données continuent d'arriver, monsieur. Tous ces cas qui apparaissent en vingt-quatre heures, ce n'est ni un accident ni un processus naturel. Alex pourra vous fournir des explications supplémentaires. Il a travaillé pour moi. Il est bon, dit Pickett à son commandant en chef.

— Docteur Lorenz, vous êtes d'accord avec cette analyse?

— Oui, monsieur le président.

— Bon sang! (Jack jeta un coup d'œil à sa femme.) Quoi d'autre?

— Monsieur, nous avons défini quelques options, répondit Pickett. J'ai besoin de venir vous voir.

Ryan se retourna :

— Andrea! Envoyez un hélico à Fort Detrick. Immédiatement!

— Oui, monsieur le président.

— Je vous attends, général. Docteur Lorenz, merci beaucoup. D'autres choses?

— Le Dr Alexandre se chargera de vous donner des détails.

— Parfait. Je vous passe Mme Sumter qui va vous indiquer mes numéros de ligne directe. (Jack alla jusqu'à la porte du secrétariat.) Dites-lui comment me joindre ici, demanda-t-il à sa secrétaire. Puis appelez Arnie et Ben.

Jack revint sur ses pas et s'assit au bord de son bureau. Il resta silencieux un instant, puis demanda :

— Bon, qu'est-ce que je dois savoir encore?

— En fait, nous ne pouvons pas vous dire le plus important pour le moment. Les problèmes sont techniques, lui expliqua Alex. Nous n'avons encore que des données non confirmées et peu fiables sur les capacités d'extension de la maladie. C'est la question clé. Si elle se transmet facilement par voie aérienne...

— Comment ça? demanda POTUS.

— Par minuscules gouttelettes, comme quand on tousse ou qu'on éternue. Si elle se transmet ainsi, alors on a vraiment une catastrophe sur les bras.

— Elle n'est pas censée le faire, objecta Cathy. Jack, ce virus est très délicat. Il ne survit à l'air libre que... combien, Alex, quelques secondes?

— Ça, c'est la théorie. Mais certaines souches sont plus robustes que d'autres. Et même s'il ne pouvait survivre que quelques minutes à l'air libre, c'est déjà très grave. S'il s'agit ici de la souche nommée Mayinga, bon, nous ne connaissons pas réellement son degré de résistance. Mais ça va plus loin. Une fois que quelqu'un a attrapé le virus, il le ramène chez lui. Une maison représente un environnement plutôt propice pour les microbes pathogènes, grâce au chauffage et à l'air conditionné, et notre malade a des contacts proches avec les membres de sa famille. Ils s'étreignent, ils s'embrassent. Ils font l'amour. Et une

426

fois que quelqu'un a le virus dans son système, celui-ci ne cesse de se reproduire à la chaîne.

— Vous avez travaillé à Fort Detrick?

— Oui, monsieur. J'étais colonel, responsable du Département des agents pathogènes. J'ai pris ma retraite, et Hopkins m'a engagé.

— Vous avez donc une idée des plans du général Pickett, de ses options, je veux dire?

— Oui, monsieur. Ces plans sont réévalués au moins une fois par an. J'ai fait partie du comité qui y a travaillé.

— Asseyez-vous, docteur. Je veux entendre ça.

Les navires prépositionnés venaient juste de rentrer d'une brève manœuvre, et le peu d'entretien dont ils avaient eu besoin ensuite était déjà terminé. Dès réception des ordres du CincPacFlt, le commandant en chef de la flotte du Pacifique, on lança les procédures d'allumage des moteurs, ce qui signifiait essentiellement réchauffer le mazout et les lubrifiants. Plus au nord, le croiseur *Anzio* et les frégates *Kidd* et *O'Bannon* reçurent aussi leurs ordres et virèrent vers l'ouest pour rejoindre le point de rendez-vous prévu. L'officier le plus haut gradé était le commandant du croiseur Aegis *Anzio*; il se demanda comment, bon sang, emmener ces mastodontes jusqu'au golfe Persique sans couverture aérienne. La marine des Etats-Unis n'allait jamais nulle part sans la protection des avions de l'US Air Force, et le porte-avions *Eisenhower* se trouvait à cinq mille kilomètres de là, derrière la Malaisie! Mais, d'un autre côté, ce n'était pas si mal d'avoir la responsabilité d'une force opérationnelle sans un amiral pour regarder par-dessus son épaule.

Le premier des navires prépositionnés à quitter le vaste mouillage fut l'USNS *Bob Hope*, un transporteur roulier de type militaire, de construction récente, de près de quatre-vingt mille tonnes; il emportait neuf cent cinquante-deux véhicules dans ses flancs, la totalité des effectifs d'une brigade lourde renforcée. Son équipage civil avait une petite tradition quand il prenait la mer : d'énormes haut-parleurs jouèrent à plein volume *Thanks for the Memories*, alors que le bâtiment passait devant la base navale, juste après minuit, suivi par quatre de ses frères jumeaux.

Ils attendirent l'arrivée de Goodley et de van Damm, et il fallut alors dix minutes pour les mettre au courant. Entre-temps, l'énormité de la chose avait fait son chemin dans la conscience du président, et il devait maintenant se battre avec ses émotions en plus de sa raison. Il nota que Cathy, pourtant aussi horrifiée que lui, sans doute, prenait les choses calmement — c'était du moins l'impression qu'elle donnait. Mais bon, c'était son boulot, n'est-ce pas ?

— Je pensais qu'Ebola ne survivait pas en dehors de la jungle, dit Goodley.

— Il ne peut pas, en tout cas pas longtemps, ou alors il aurait déjà fait le tour du monde.

— Il tue trop vite pour ça, objecta SURGEON.

— Cathy, on voyage en avion depuis plus de trente ans, maintenant. Mais ce petit salopard est délicat. Ça joue en notre faveur.

— Comment trouverons-nous ceux qui ont fait ça ? demanda Arnie.

— On interroge toutes les victimes, on voit où elles ont été, et on essaie de réduire les divers foyers épidémiques à un seul point — si on peut. C'est un travail d'enquête classique. Les épidémiologistes sont assez bons pour ça... Mais là, c'est plutôt un gros morceau, ajouta Alexandre.

— Le FBI pourrait vous aider, docteur ? demanda van Damm.

— Ça ne ferait pas de mal.

— Je vais prévenir Murray, dit le secrétaire général au président.

— Et ça ne se soigne pas ? demanda POTUS.

— Non, en général l'épidémie s'éteint d'elle-même après plusieurs cycles de génération. Plus simplement, bon, une personne attrape le virus, il se reproduit en elle, et cette personne contamine quelqu'un d'autre. Chaque victime devient un hôte imparfait. Mais, et c'est là la bonne nouvelle, Ebola ne se reproduit pas efficacement. Au fur et à mesure de ses cycles, il perd de sa virulence. La plupart des survivants apparaissent vers la fin d'une épidémie parce que le virus mute et prend peu à peu une forme moins dangereuse. C'est un organisme si primitif qu'il ne réussit pas tout correctement.

— Il faut combien de cycles avant que ça arrive, Alex ? intervint Cathy.

— C'est empirique, répondit l'ancien militaire avec un haussement d'épaules. On connaît le processus, mais on est incapable de le mesurer.

— Beaucoup d'inconnues, murmura-t-elle en grimaçant.

— Monsieur le président ?

— Oui, docteur.

— Le film que vous avez vu...

— Oui, quoi ?

— Son budget a largement dépassé l'ensemble des fonds qui permettent de financer les recherches en virologie. Gardez ça en tête. Je pense que ce n'est pas un sujet assez sexy. (Au moment où Arnie allait protester, Alexandre l'arrêta en levant la main.) Ce n'est plus le gouvernement qui m'emploie, monsieur. Je n'ai aucun empire à bâtir. Mes recherches dépendent de fonds privés. J'énonce simplement un fait. Bon sang, j'imagine qu'on ne peut pas tout financer.

— S'il n'y a pas moyen de le soigner, comment on l'arrête ? demanda Ryan, remettant la discussion sur ses rails.

Il tourna la tête. Une ombre traversa la pelouse sud et on perçut le rugissement d'un hélicoptère à travers les vitres blindées.

— Ahh ! observa Badrayn avec un sourire.

Le but d'Internet était de donner accès à l'information, et non de la dissimuler, et par l'intermédiaire de l'ami d'un ami d'un ami étudiant en médecine à l'Emory University, à Atlanta, il avait eu le mot de passe lui permettant d'entrer dans le courrier électronique du centre médical. Un autre mot clé élimina tous les bavardages, et ce fut bon. Il était quatorze heures sur la côte Est des Etats-Unis, et un e-mail d'Emory indiquait au CDC qu'il avait maintenant six cas de ce qu'on soupçonnait être une fièvre hémorragique. Mieux : le CDC avait répondu, et cela lui en apprit bien davantage. Badrayn imprima les deux courriers et passa un coup de téléphone. A présent, oui, il avait vraiment d'excellentes nouvelles à annoncer.

Raman sentit le train d'atterrissage du DC-9 toucher la piste, à Pittsburgh, après un vol rapide qui lui avait permis de réfléchir tranquillement à diverses possibilités. Son collègue, à Bagdad, avait eu une attitude un peu trop... sacrificielle, un peu trop dramatique, et le détachement de protection du chef irakien était très important, beaucoup plus, en fait, que celui dans lequel lui-même servait. Comment y arriver ? Le truc, c'était de créer le plus de confusion possible. Peut-être lorsque Ryan fendrait la foule pour serrer des mains. Abattre le président, tuer un ou deux autres agents, puis se perdre dans le public... S'il pouvait franchir la première ou les deux premières rangées de spectateurs, il n'aurait plus pour s'enfuir qu'à brandir sa carte du Service secret, et non pas son revolver, car tout le monde le croirait à la poursuite du coupable. L'élément clé pour échapper à la mort — l'USSS lui avait appris ça — c'étaient les trente premières secondes. Si vous étiez encore vivant à la trente et unième, alors vous aviez de bonnes chances de survivre. Et ce serait lui qui réglerait tous les détails concernant le déplacement de vendredi... Comment faire, alors, pour entraîner le président dans un endroit où lui-même aurait justement cette possibilité de s'échapper ? Tuer Potus. Tuer Price. Et un troisième. Puis se mêler à la foule. Ce serait probablement mieux de tirer avec l'arme à la hanche. On ne devait pas voir son arme avant le coup de feu. Oui, ça pouvait marcher..., se dit-il, tout en détachant sa ceinture et en se levant. Un agent des Finances l'attendrait à l'extrémité de la passerelle télescopique, et ils iraient directement à l'hôtel où le président prononcerait son discours dans la vaste salle à manger. Raman aurait toute la journée et une partie de celle de demain pour réfléchir à sa stratégie — et sous les yeux mêmes des autres agents, ses collègues. Quel défi !

Le général de division John Pickett était diplômé de la faculté de médecine de Yale et titulaire, en outre, de deux doctorats — biologie moléculaire à Harvard et santé publique à l'UCLA. C'était un homme maigre, au teint pâle, et il paraissait petit, dans son uniforme — il n'avait pas eu le temps de se changer et portait encore une tenue de camouflage —, si bien que son insigne de parachutiste avait l'air déplacé. Deux colonels l'accompagnaient, ainsi que le directeur du FBI, Murray, arrivé au pas de course du Hoover Building. Les trois officiers se mirent au garde-à-vous en entrant dans le Bureau Ovale, mais celui-ci était désormais trop exigu pour tout ce monde, et le président décida de poursuivre la réunion dans le salon Roosevelt. Au passage, un agent du Service secret tendit au général un fax dont le papier était encore tiède, expédié à l'instant au secrétariat présidentiel.

— Selon Atlanta, le nombre de cas s'élève à présent à cent trente-sept, annonça Pickett. Quinze villes, dans quinze Etats différents, de la côte Ouest à la côte Est.

— Salut, John, dit Alexandre, en lui serrant la main. On en a trois chez nous.

— Alex, content de vous revoir, mon vieux. (Il s'adressa aux autres :) J'imagine qu'Alex vous a expliqué les grandes lignes ?

— Exact, répondit Ryan.

— Des questions, monsieur le président ?

— Vous êtes certain qu'il s'agit d'un acte délibéré ?

— Les bombes n'explosent pas par accident.

Pickett déploya une carte. Un certain nombre de

villes étaient entourées d'un trait rouge. L'un des deux colonels qui l'accompagnaient ajouta trois points — San Francisco, Los Angeles, Las Vegas.

— Des villes de conventions, dit Alexandre dans un souffle. J'aurais fait exactement comme ça. On dirait notre Bio-War 95, John.

— Exact. C'est un wargame auquel nous avons joué avec l'Agence pour la défense nucléaire. Cette fois-là, nous avions utilisé l'anthrax. Alex était l'un des meilleurs d'entre nous pour la planification d'attaques biologiques, expliqua Pickett. Il commandait l'équipe rouge...

— Est-ce que ce n'est pas illégal? demanda Cathy, indignée par cette révélation.

— L'offensive [1] et la défensive sont les deux faces d'une même médaille, docteur Ryan, répondit Pickett, volant au secours de son ancien subordonné. Nous devons penser comme les méchants si nous voulons être capables de les arrêter.

— Concept opérationnel? demanda le président, qui comprenait mieux tout cela que sa femme.

— Lancer une guerre biologique signifie qu'il faut déclencher une réaction en chaîne dans une population cible. Essayer d'infecter le plus de gens possible. Des chiffres pas énormes, d'ailleurs — on ne parle pas d'armes nucléaires, ici. L'idée, c'est que vos victimes répandent la maladie à votre place. C'est ça, l'espèce... d'élégance de la guerre biologique. Vos victimes travaillent pour vous. Toute épidémie commence très lentement. Donc, si vous voulez recourir à l'arme biologique, pour démarrer plus vite, vous devez contaminer le maximum de gens en même temps, et, pour ça, l'idéal est de choisir des individus qui voyagent. Le choix de Las Vegas est typique de cette stratégie. C'est une ville de conventions et il y en a eu une importante, ces jours-ci, si mes renseignements sont exacts. Les visiteurs ont été infectés, ils sont rentrés chez eux en avion, et ils ont répandu la maladie autour d'eux.

---

1. En anglais, *offense* signifie « offensive », mais aussi « infraction » (*N.d.T.*).

— On a des chances de découvrir comment ils ont fait ? demanda Murray.

— Ce serait sans doute une perte de temps. L'autre truc sympa de la guerre biologique, c'est... Eh bien, dans le cas présent, la période d'incubation est de soixante-douze heures minimum. Quel que soit le système de contamination choisi, il est ramassé, mis en sac et balancé en décharge depuis longtemps. Aucun indice physique, aucune preuve pour nous mener aux coupables.

— Nous verrons ça plus tard, général, dit Ryan. Que faisons-nous *maintenant* ? Je constate que beaucoup d'Etats ne sont pas touchés...

— Pour le moment... monsieur le président. Le temps d'incubation d'Ebola, c'est entre trois et dix jours. Nous ne savons pas encore à quel point c'est grave. Et notre seul moyen de le découvrir, c'est d'attendre.

— Pourtant, il faut lancer Curtain Call [1], John, dit Alexandre. Et le plus vite possible.

Mahmoud Haji était en train de lire. Il avait un bureau à côté de sa chambre à coucher, et il préférait travailler dans cet environnement familier. Il n'aimait pas être dérangé ici, cependant, si bien que ce qu'il répondit au téléphone étonna les gardes chargés de sa sécurité. Une vingtaine de minutes plus tard, ils introduisirent son visiteur et ne l'escortèrent pas.

— Ça a commencé ?

— Ça a commencé, répondit Badrayn en lui tendant la copie imprimée des deux e-mails. Nous en saurons davantage demain.

— Vous nous avez bien servis, lui dit Daryaei en le congédiant.

Dès que la porte fut refermée, il décrocha de nouveau le combiné.

Alahad ne savait pas quels circuits compliqués

1. « Baisser de rideau » (*N.d.T.*).

empruntait l'appel, il savait simplement qu'il arrivait de l'étranger. Il pensait qu'il s'agissait de Londres, mais il n'en était pas sûr, et il n'avait aucune envie de poser la question. La demande de renseignements était tout ce qu'il y a de banale, hormis l'heure où elle était formulée — c'était le soir, en Angleterre, et les bureaux étaient déjà fermés. La clé de la conversation, c'était la question sur telle ou telle variété de tapis et sur leur prix — c'était cela qui lui indiquait ce qu'il avait besoin de savoir, un code qu'il n'avait jamais conservé par écrit. Il l'avait appris par cœur depuis longtemps. Le message était très clair. Maintenant, c'était à lui d'agir. Il plaça l'écriteau « Je reviens dans un instant » sur sa porte, il verrouilla sa boutique, et il alla jusqu'à une cabine téléphonique, deux pâtés de maisons plus loin. De celle-ci, il passa son dernier ordre à Aref Raman.

La réunion commencée dans le Bureau Ovale et poursuivie dans le salon Roosevelt se tenait à présent dans le salon du Cabinet, sous la surveillance de plusieurs portraits de George Washington. Les secrétaires de cabinet arrivèrent presque tous en même temps — et il fut impossible de le dissimuler aux journalistes. Trop de voitures officielles, trop de gardes du corps, trop de visages connus.

Pat Martin était là, représentant le département de la Justice. Le secrétaire à la Défense, Bretano, était accompagné de l'amiral Jackson, qui s'installa derrière lui. (Tout le monde était venu avec un adjoint, chargé surtout de prendre des notes.) Winston, le secrétaire aux Finances, n'avait eu que la rue à traverser. Les secrétaires au Commerce et à l'Intérieur, survivants de la présidence Durling, avaient été nommés, en fait, par Bob Fowler. La plupart des autres participants étaient des sous-secrétaires d'Etat qui avaient conservé leur poste, certains parce que le président n'avait pas eu le temps de s'occuper d'eux, et d'autres parce qu'ils paraissaient connaître leur boulot. En ce moment, en revanche, aucun d'eux ne comprenait ce que faisait le président... Ed Foley était là aussi, sur ordre présidentiel, bien que le chef de la CIA n'eût plus rang de ministre. A leurs côtés se trouvaient aussi Arnie van Damm, Ben Goodley, le directeur Murray, la First Lady, trois officiers de l'armée de terre et le Dr Alexandre.

— Mesdames et messieurs, merci d'être tous venus aussi vite. Je ne vais pas perdre de temps en préambules. Nous avons une urgence nationale à affronter. Les décisions que nous prendrons ici, aujourd'hui, auront des conséquences importantes pour notre pays. Le général de division John Pickett est avec nous. Il est aussi médecin et scientifique, et je lui donne immédiatement la parole. Général, c'est à vous.

— Merci, monsieur le président. Mesdames et messieurs, j'ai des responsabilités à Fort Detrick. Ce matin, nous avons commencé à recevoir des rapports très inquiétants de...

Ryan n'écouta pas le général. Il avait déjà entendu cette histoire deux fois. Il préféra s'intéresser au dossier que Pickett lui avait remis, avec sa bordure habituelle rouge et blanc. L'étiquette, au centre, annonçait : TOP SECRET — AFFLICTION, un nom de code plutôt approprié, pensa SWORDSMAN. Il l'ouvrit et commença à parcourir le PLAN OPÉRATIONNEL CURTAIN CALL. Il constata qu'il comportait quatre variantes. Il alla directement à l'option : SOLITARY, et ce nom-là, lui aussi, était bien trouvé. La simple lecture du résumé le fit frissonner.

— A quel point est-ce grave ? demanda le secrétaire à la Santé.

— Il y a une quinzaine de minutes, le CDC faisait état de plus de deux cents cas. J'insiste sur le fait que tous sont apparus en même temps, en moins de vingt-quatre heures, répondit le général Pickett.

— Qui a fait ça ? intervint le secrétaire à l'Agriculture.

— Laissons cette question de côté, dit le président. Nous réglerons ce problème plus tard. Nous devons d'abord décider la meilleure façon de contenir cette épidémie.

— Je n'arrive pas à croire qu'on ne puisse pas trai- ter cette...

— C'est pourtant la réalité. (Cathy coupa le secré- taire à l'Urbanisme.) Savez-vous combien de maladies virales nous sommes capables de guérir ?

— Euh, non..., avoua le secrétaire d'Etat.

— Aucune, dit Cathy, stupéfaite, une fois encore, de l'ignorance de certaines personnes en matière médicale.

— En conséquence, le confinement est la seule solution, poursuivit le général Pickett.

— Comment peut-on confiner un pays tout entier ? s'étonna Cliff Rutledge, le sous-secrétaire d'Etat adjoint aux Affaires étrangères, qui remplaçait Scott Adler.

— C'est le problème que nous devons régler, dit Ryan. Merci, général. Je prends la suite. Le seul moyen de le faire, c'est de fermer tous les lieux de ras- semblement — théâtres, centres commerciaux, stades, bureaux, tout — et d'interdire aussi la totalité des déplacements inter-Etats. Il me semble qu'au moins trente Etats sont épargnés par l'épidémie jusqu'à présent. Ça serait bien de les protéger. Nous y réussirons peut-être en suspendant toutes liaisons entre eux jusqu'à ce que nous connaissions mieux la dangerosité de l'organisme auquel nous sommes confrontés, et que nous soyons capables de mettre en place des contre-mesures moins radicales.

— Monsieur le président, c'est anticonstitutionnel ! répliqua immédiatement Pat Martin.

— Expliquez-moi ça, ordonna Ryan.

— La liberté de circuler est un droit protégé par notre Constitution. Même à l'intérieur des Etats, toute restriction à la liberté de circuler est contraire à la Constitution, et ce depuis l'affaire Lemuel Penn — un officier noir de l'armée de terre assassiné par le Ku Klux Klan dans les années 60. C'est une décision de la Cour suprême, expliqua le chef de la Criminelle.

— Je sais bien que j'ai juré — comme à peu près tout le monde dans cette pièce — de défendre la Constitution, mais si cela signifie laisser mourir quelques millions de nos concitoyens, j'aurai réussi quoi ? demanda Potus.

— Général, que se passera-t-il si nous ne le faisons pas ? interrogea Martin, à la surprise de Ryan.

— Hélas, je n'ai pas de réponse précise à ça. Parce que nous ne connaissons pas encore le mode de transmission du virus. S'il se diffuse par voie aérienne, et nous avons des raisons de le soupçonner, eh bien, d'après nos calculs et dans le pire des cas : vingt millions de morts. A ce moment-là, toute la société s'effondre. Les médecins et les infirmières abandonnent les hôpitaux, les gens s'enferment dans leurs maisons, et l'épidémie s'éteint exactement comme la peste noire, au XIVe siècle. Les interactions humaines s'arrêtent et la maladie cesse de se développer.

— Vingt millions ? Combien la peste noire a-t-elle fait de victimes ? demanda Martin, qui avait pâli.

— Nos informations sont insuffisantes. Il n'y avait pas de véritable système de recensement, à l'époque. Les données les plus sûres concernent l'Angleterre, répondit Pickett. La peste a décimé la moitié de la population du pays ; elle a duré à peu près quatre ans. Il a fallu dans les cent cinquante ans à l'Europe pour retrouver son niveau démographique de 1347.

— C'est si grave que ça, général ? insista Martin.

— Le problème, monsieur, c'est que si vous n'entreprenez rien et que vous découvrez ensuite qu'il a une telle virulence... eh bien, c'est trop tard.

— Je vois. (Martin se tourna vers Ryan.) Monsieur le président, je ne crois pas qu'on ait vraiment le choix, ici.

— Mais vous venez de dire que c'était une violation de la loi, bon sang ! s'exclama le secrétaire à l'Urbanisme.

— Monsieur le secrétaire d'Etat, la Constitution n'est pas un pacte suicidaire, et même si je pense savoir comment la Cour suprême statuerait sur cette affaire, il n'y a jamais eu de situation de ce genre et elle devra en tenir compte.

— Qu'est-ce qui vous a fait changer d'avis, Pat ? demanda Ryan.

— *Vingt millions* de raisons, monsieur le président.

— Si on piétine nos propres lois, que sommes-nous, alors ? demanda Cliff Rutledge.

— ... Vivants, répondit Martin doucement. Peut-être...

— Je suis d'accord pour écouter vos arguments pendant quinze minutes, annonça Ryan. Puis nous devrons prendre une décision.

Les échanges furent vifs. Quand le quart d'heure fut écoulé, Ryan les remercia et leur demanda de se prononcer.

Les secrétaires à la Défense, aux Finances, à la Justice et au Commerce votèrent oui. Tous les autres non. Ryan les considéra pendant de longues secondes, puis il laissa tomber froidement :

— Ce sont les oui qui l'emportent. Merci pour votre soutien. Monsieur Murray, le FBI apportera tout son concours au CDC et à l'USAMRIID pour découvrir d'où est partie l'épidémie. Cette enquête a priorité absolue sur tout le reste.

— Oui, monsieur le président.

— Monsieur Foley, l'ensemble de nos agents de renseignements devra se mettre aussi là-dessus. Vous travaillerez en relation avec nos experts médicaux. Cette histoire ne nous tombe pas du ciel et ses responsables ont commis un acte de guerre contre notre pays avec des armes de destruction massive. Nous devons trouver qui c'est, Ed. Toutes les agences de renseignements vous rendront compte directement des résultats. Vous avez autorité statutaire pour coordonner toutes les activités de renseignements. Dites aux autres agences que je vous ai donné l'ordre de l'exercer.

— Nous ferons de notre mieux, monsieur.

— Secrétaire Bretano, je déclare l'état d'urgence. Tous les réservistes et les effectifs de la Garde nationale seront immédiatement réunis et placés sous commandement fédéral. Vous avez ce plan au Pentagone (Ryan leva devant lui le dossier CURTAIN CALL.) Lancez l'option 4, SOLITARY, et le plus tôt possible.

— A vos ordres, monsieur.

Ryan considéra le secrétaire aux Transports, à l'autre bout de la table.

— Monsieur le Secrétaire d'Etat, c'est à vous qu'il revient de contrôler le trafic aérien. Lorsque vous regagnerez votre bureau, vous ordonnerez à tout appareil en vol d'aller jusqu'à sa destination et de s'y immobiliser. Les appareils au sol y resteront, et cela à partir de dix-huit heures, aujourd'hui.

— Non. (Le secrétaire aux Transports se leva.) Monsieur le président, je ne ferai pas une chose pareille. Je considère que c'est un acte illégal et je ne violerai pas la loi.

— Parfait, monsieur. J'accepte que votre démission entre immédiatement en vigueur. Vous êtes la secrétaire adjointe ? demanda-t-il alors à la femme assise derrière lui.

— Oui, monsieur le président.

— Exécutez-vous mon ordre ?

Elle regarda autour d'elle sans trop savoir quoi faire. Elle avait tout écouté, mais c'était une fonctionnaire de carrière et elle n'avait pas l'habitude de prendre de graves décisions sans être couverte politiquement.

— Je n'aime pas ça non plus, ajouta Ryan. (La pièce fut soudain envahie par le rugissement des réacteurs d'un avion de ligne décollant de Washington National.) Et si cet appareil emporte la mort quelque part ? Doit-on laisser faire ça ? lui demanda-t-il si doucement qu'elle dut tendre l'oreille.

— Je vous obéirai, monsieur.

— Vous savez, Murray, dit l'ancien (mais il n'en était pas encore sûr) secrétaire aux Transports, vous pourriez arrêter cet homme à l'instant même. Il viole la loi.

— Pas aujourd'hui, monsieur, désolé, répondit Murray, en considérant son président.

— Si d'autres personnes dans cette pièce ressentent le besoin de quitter le service de l'Etat à cause de ce que je demande aujourd'hui, j'accepterai aussi leur démission sans préjudice, mais je vous en prie, pensez à ce que vous faites. Si je me trompe, d'accord, je me trompe et j'en paierai le prix. Mais si les médecins ont raison et que nous ne faisons rien, nous aurons plus de sang sur les mains que Hitler en personne. J'ai besoin de votre aide et de votre soutien.

Ryan se leva et quitta la pièce bien avant tout le monde. Il courut presque. Il était obligé. Il pénétra en coup de vent dans le Bureau Ovale, tourna à gauche dans le salon présidentiel et il arriva à la salle de bains juste dans les temps. Quelques secondes plus tard, Cathy le retrouva en train de vomir dans les W.-C.

— Ai-je pris la bonne décision ? murmura-t-il, toujours à genoux.

— J'ai voté pour toi, Jack, dit SURGEON.

— Z'avez l'air en grande forme, dit van Damm en découvrant POTUS dans une position manquant de dignité.

— Pourquoi n'avez-vous rien dit, Arnie ?

— Parce que vous n'avez pas eu besoin de moi, monsieur le président, répondit le secrétaire général de la Maison-Blanche.

Le général Pickett et les autres médecins l'attendaient quand il revint dans son bureau.

— Monsieur, on vient de recevoir un fax du CDC. On a deux cas à Fort Stewart. C'est la base de la 24e motorisée.

50

ÉMISSION SPÉCIALE

Cela commença de la même façon dans les casernes de la Garde nationale de presque toutes les villes des Etats-Unis. Le téléphone sonna. Un sergent de permanence, parfois un officier, décrocha, et quelqu'un du Pentagone prononça un mot de code lançant un ordre d'alerte. Le commandant de l'unité fut immédiatement prévenu ; on passa d'autres coups de fil, et chacune des personnes appelées en contacta plusieurs autres, comme prévu. Il fallut une heure environ pour toucher tout le monde — ou presque, vu qu'immanquablement certains étaient en voyage d'affaires ou en vacances. Les commandants dépendaient du gouvernement de l'Etat, car la Garde nationale est une institution hybride, à la fois milice d'Etat et armée de terre des Etats-Unis (ou armée de l'air, dans le cas de la Garde nationale aérienne). Surpris par ces ordres, ils prirent contact avec leurs gouverneurs, pour leur demander des conseils que ces responsables n'étaient pas encore en mesure de leur donner, car eux non plus ne savaient pas ce qui se passait. Mais les hommes (et les femmes) qui formaient les compagnies et les bataillons s'empressèrent de quitter leur travail et de rentrer en vitesse à leur domicile pour enfiler leur treillis et chausser leurs bottes avant de rejoindre leur caserne. Là, ils apprirent avec étonnement qu'ils étaient censés prendre leurs armes, et pis encore, mettre leurs tenues MOPP, l'équipement de guerre chimique avec lequel ils ou elles s'étaient tous entraîné(e)s à un moment ou à un autre — et que toute personne en uniforme détestait cordialement. Tout en échangeant des plaisanteries comme à l'accoutumée, et des nouvelles sur leur boulot et leur famille, officiers et sous-officiers se réunirent dans leurs salles de conférences pour leur briefing. Tout le monde en ressortit en colère, désorienté et, pour les mieux informés, effrayé. On démarra les véhicules et on alluma la télévision.

A Atlanta, l'agent spécial chargé de la division locale du FBI fila au CDC, toutes sirènes hurlantes, suivi par dix de ses collègues.

A Washington, des membres de la CIA et divers officiers de renseignements se rendirent plus calmement au bâtiment Hoover pour organiser un groupe de travail conjoint. Dans les deux cas, il s'agissait de déterminer comment l'épidémie avait démarré et, à partir de là, de découvrir ses responsables. Tous n'étaient pas des civils. Le Service du renseignement de la Défense — le DIA — et l'Agence nationale de sécurité — la NSA — étaient pour l'essentiel des organisations militaires, et tous ces officiers à l'expression lugubre savaient que l'on vivait ici un nouveau tournant de l'histoire américaine. Si ceci était effectivement une attaque délibérée contre les Etats-Unis, alors un autre pays avait utilisé ce que l'on appelait en termes choisis « une arme de destruction massive ». Les militaires expliquèrent à leurs collègues civils quelle était la politique de la nation depuis deux générations en ce qui concernait la riposte à une telle agression.

Tout arrivait forcément trop vite puisqu'une situation de crise est, par définition, quelque chose de difficilement planifiable. Même pour le président. Ryan pénétra dans la salle de presse accompagné du général Pickett de l'USAMRIID. A peine vingt minutes plus tôt, la Maison-Blanche avait annoncé aux principales chaînes de télévision que le président avait une déclaration à faire et qu'à cette occasion le gouvernement userait de la possibilité qu'il avait d'exiger un temps d'antenne — au lieu de le solliciter —, puisque depuis les années 20, il était propriétaire des ondes. L'intervention présidentielle remplacerait donc les talk-shows et autres programmes précédant les informations du soir. En préambule, les journalistes expliquèrent aux téléspectateurs que personne ne savait de quoi il retournait, mais que le cabinet avait tenu une réunion extraordinaire quelques minutes plus tôt.

— Mes chers compatriotes..., commença le président Ryan.

Son visage apparut sur les écrans de presque tous les foyers du pays, et sa voix occupa la quasi-totalité des ondes radio. A la télévision, on nota qu'il était très pâle (Mme Abbot n'avait pas eu le temps de le maquiller), et que sa voix était sinistre.

Mais son message l'était encore plus.

Il y avait un autoradio dans la toupie à béton, bien sûr, et même un lecteur de cassette et de CD, puisque, véhicule de travail ou pas, ce camion avait été fabriqué pour des citoyens américains. Ils se trouvaient dans l'Indiana, à présent. Plus tôt dans la journée, ils avaient franchi le Mississippi et son affluent, l'Illinois. En changeant de stations, Holbrook découvrit que toutes retransmettaient l'intervention de Jack Ryan. C'était très inhabituel et il tendit donc l'oreille. Brown, au volant, constata que de plus en plus de voitures et de poids lourds s'arrêtaient au bord de la route, pour mieux écouter le discours.

« ... Et en conséquence, par décret présidentiel, votre gouvernement prend les mesures suivantes. Jusqu'à nouvel ordre :

« Un, toutes les écoles et les universités du pays sont fermées.

« Deux, toutes les entreprises, sauf celles fournissant des services essentiels — presse, soins, nourriture —, sont fermées aussi.

« Trois, tous les lieux publics, théâtres, bars, restaurants, etc., sont fermés.

« Quatre, tous les déplacements entre Etats sont suspendus : avions, autocars, trains et voitures particulières. Les camions transportant de la nourriture sont autorisés à se déplacer, sous escorte militaire ; cette dérogation est valable aussi pour les produits de première nécessité, les médicaments, etc.

« Cinq, j'ai mis en état d'alerte la Garde nationale dans les cinquante Etats et je l'ai placée sous contrôle fédéral pour assurer l'ordre public. Le pays est désormais soumis à la loi martiale.

« Nous conseillons vivement à nos concitoyens — non, permettez-moi de m'exprimer d'une façon moins informelle... Mesdames et messieurs, tout ce dont nous avons besoin pour surmonter cette crise, c'est d'un peu de bon sens. Nous ne connaissons pas encore la gravité de cette maladie. J'ai pris aujourd'hui des mesures de précaution. Elles paraissent extrêmes, et elles le sont, en effet. La raison à cela, comme je vous l'ai dit, c'est que ce virus est sans doute l'organisme le plus mortel de la planète, mais nous ne sommes encore sûrs de rien. Nous sommes certains, en revanche, que quelques mesures simples peuvent limiter son extension, et c'est pour cela que je les ai ordonnées. Cette décision repose sur les meilleurs avis scientifiques. Pour vous protéger, n'oubliez pas la façon dont le virus se propage. J'ai ici avec moi le général John Pickett, médecin militaire et spécialiste des maladies infectieuses ; il va vous donner des conseils médicaux. Général ?

Ryan lui passa le micro.

— Qu'est-ce que c'est, ce bordel ! hurla Holbrook. Il n'a pas le droit !

— Tu crois ça ? dit Brown en s'arrêtant sur le bas-côté derrière un huit-roues.

Ils étaient à cent soixante kilomètres de la frontière entre l'Indiana et l'Ohio. A peu près deux heures pour y arriver au volant de cet escargot, pensa-t-il. Certainement aucun moyen d'y être avant la fermeture de la route par la Garde nationale.

— Je crois qu'on aurait intérêt à s'trouver un motel, Peter, ajouta-t-il.

— Bon, je fais quoi ? demanda l'agent féminin du FBI à Chicago.

— Vous vous déshabillez. Vous accrochez vos vêtements au portemanteau derrière la porte.

Ils n'avaient pas le temps — et peu de place — pour les ronds de jambe, et après tout il était médecin. Sa visiteuse ne s'en formalisa pas. Le Dr Klein opta pour une tenue chirurgicale complète, à manches longues. Il n'avait pas assez de combinaisons étanches et il les réservait pour son équipe. Obligé. Ils s'approchaient des malades. Ils manipulaient des liquides. Ils touchaient les patients. Neuf personnes contaminées, à présent, dont six étaient mariées, se trouvaient dans

444

son service. Et quatre des épouses étaient positives. Ils analysaient le sang des enfants de ces familles, en ce moment. C'était vraiment dur.

La tenue protectrice qu'il tendit à l'agent était en coton, mais on l'avait vaporisée de désinfectant, surtout le masque. Il lui donna aussi de grosses lunettes de laboratoire, comme celles qu'utilisaient les étudiants en chimie.

— OK, lui dit Klein. Ne vous approchez pas. Restez au moins à deux mètres, et vous devriez être en parfaite sécurité. Si elle vomit, si elle tousse, ou si elle a des convulsions, reculez-vous. Ça, c'est notre boulot, pas le vôtre. Même si elle meurt sous vos yeux, vous ne touchez à rien.

— Je comprends. Vous pouvez fermer à clé ? dit-elle en montrant son revolver pendu avec ses vêtements.

— D'accord. Et quand vous aurez fini, donnez-moi vos notes, je les passerai à la photocopieuse.

— Et pourquoi donc ?

— La machine produit une lumière très brillante. Les ultraviolets tueront tous les virus qui risqueraient de se trouver sur vos papiers, lui expliqua le professeur Klein.

En ce moment même, à Atlanta, on faisait des expériences pour déterminer la virulence de cette souche Ebola. Cela permettrait de définir le niveau de précautions nécessaires dans les hôpitaux, et peut-être aussi de communiquer des conseils utiles à la population.

— Monsieur le président, ces mesures que vous avez prises sont-elles légales ? demanda Barry, de CNN.

— Barry, je suis incapable de répondre à cette question, dit Ryan, les traits tirés. Mais qu'elles le soient ou non, je suis convaincu de leur nécessité.

Tandis qu'il parlait, un membre du personnel de la Maison-Blanche distribuait des masques chirurgicaux aux journalistes. C'était une idée d'Arnie. Il se les était procurés à l'hôpital universitaire George Washington, tout proche.

— Mais, monsieur le président, vous n'avez pas le droit de violer la loi. Et si vous vous trompiez?

— Barry, nos deux professions sont fondamentalement différentes. Si vous faites une erreur, vous pouvez toujours lire un rectificatif à l'antenne. Nous venons d'assister à ça, hier, avec l'un de vos collègues, n'est-ce pas? Mais moi, Barry, dans une situation de ce genre, si je me plante, comment « rectifier » des milliers de victimes? Je ne peux pas me payer ce luxe, Barry. Si je me trompe, alors vous pourrez vous déchaîner contre moi. Ça aussi, ça fait partie de mon devoir, et j'y suis habitué.

— Mais vous n'avez aucune certitude, n'est-ce pas?

— En effet, admit Jack. Personne ne sait encore exactement ce qui se passe. Il faut juste essayer de deviner pour le mieux. Je voudrais paraître plus confiant, mais j'en suis incapable et je n'ai pas envie de mentir.

— Qui a fait ça, monsieur le président? demanda un autre journaliste.

— Aucune idée. Pour le moment, je me refuse à spéculer sur l'origine de cette épidémie.

Et cela, c'était un mensonge. Juste après avoir assuré qu'il voulait leur dire la vérité! Mais la situation l'exigeait. On vivait vraiment dans un foutu monde!

Ce fut le pire interrogatoire de sa vie. La jeune femme que l'on avait nommée « cas index » était belle, ou du moins elle l'avait été deux ou trois jours plus tôt. A présent, sa peau de pêche était cireuse et couverte de taches violettes. Et le pire, c'était qu'elle savait. Oui, elle était forcément au courant, pensa l'agent, qui tenait son stylo feutre dans sa main gantée de caoutchouc et prenait des notes — mais ne découvrait rien d'essentiel. Oui, la malade devait se rendre compte que ce genre de précautions médicales étaient inhabituelles, que les médecins avaient peur de la toucher, et qu'un agent spécial du FBI n'osait même pas s'approcher de son lit.

— Et à part votre voyage à Kansas City?

— Vraiment... rien... d'autre, répondit la femme d'une voix d'outre-tombe. J'ai travaillé... à mon... bureau. Me suis occupée... des commandes. Deux... jours au Salon... de l'équipement ménager du McCormick... Center.

L'agent lui posa quelques autres questions, dont elle ne tira aucune information immédiatement utile.

— Merci. Nous reviendrons bientôt, dit-elle en se levant de sa chaise de métal et en se dirigeant vers la porte.

Puis elle alla vers la chambre voisine pour l'interrogatoire suivant. Dans le couloir, Klein discutait avec quelqu'un de son équipe.

— Comment ça s'est passé? lui demanda-t-il.

— Quelles sont ses chances? murmura l'agent.

— Proches de zéro, répondit Mark Klein.

— Des dédommagements? Ils nous demandent des dédommagements — à nous? s'exclama le ministre de la Défense sans laisser le temps à son collègue des Affaires étrangères de répondre.

— Monsieur, je vous transmets simplement ce qu'ils m'ont dit, rappela Adler à ses hôtes.

— Deux officiers de votre Air Force ont examiné les fragments du missile. Leurs analyses confirment les nôtres. C'est un Pen-Lung-13, leur nouvel autodirecteur infrarouge à longue portée, qu'ils ont mis au point à partir d'une arme russe. C'est sans équivoque, désormais, et il y a aussi les preuves radar fournies par vos navires, reprit le ministre de la Défense. La destruction de notre avion de ligne a été un acte délibéré. Vous le savez. Nous aussi. Alors dites-moi, monsieur Adler, quelle est la position des Américains dans ce conflit?

— Nous ne souhaitons que la restauration de la paix, répéta le secrétaire d'Etat. Je vous fais remarquer aussi que la RPC, en me permettant d'effectuer un vol direct entre sa capitale et la vôtre, a montré sa bonne volonté.

— C'est vrai, reconnut le ministre des Affaires étrangères. Ou, du moins, c'est ce que pourrait penser un observateur superficiel. Mais, monsieur Adler, savez-vous ce qu'ils ont vraiment derrière la tête?

A ce moment-là, une secrétaire frappa à la porte et entra. Elle échangea quelques mots en mandarin avec son patron, et lui donna un télex. Elle en passa une copie à l'Américain.

— Il semble que votre pays ait un sérieux problème, monsieur le secrétaire d'Etat.

Une fois la conférence de presse terminée, Ryan retourna au Bureau Ovale et se laissa tomber sur le canapé à côté de sa femme.

— Comment ça s'est passé? lui demanda-t-elle.

— Tu n'as pas regardé? s'étonna Jack.

— On a discuté d'autres choses, expliqua Cathy.

Puis Arnie arriva.

— Pas mal, patron, lui dit-il en hochant la tête. Ce soir, vous rencontrez un certain nombre de sénateurs. J'ai arrangé ça avec les chefs des deux partis. Les élections...

— Arnie, le coupa SWORDSMAN, jusqu'à nouvel ordre nous ne parlerons plus de politique dans ce bâtiment. La politique, c'est de l'idéologie et de la théorie. Pour l'instant, on affronte des faits objectifs.

— Vous ne pourrez pas y échapper, Jack. La politique, c'est la réalité, et si le général a raison, si c'est une attaque délibérée contre notre pays, alors c'est la guerre — et la guerre *est* un acte politique. Vous dirigez le gouvernement. Vous n'êtes pas un roi philosophe, mais le président d'une nation démocratique.

— D'accord, soupira Ryan, s'avouant vaincu pour le moment. Quoi d'autre?

— Bretano a appelé. Le plan est en voie de mise en œuvre. Dans quelques minutes, les responsables du trafic aérien immobilisent tous les avions. Il y a sans doute déjà un sacré chaos dans les aéroports.

— J'imagine, murmura Jack.

Il se frotta les yeux.

— Monsieur, vous n'aviez pas beaucoup d'autres choix en la matière, lui rappela le général Pickett.

— Comment vais-je retourner à Hopkins ? demanda Alexandre. J'ai un service à diriger et des patients à soigner.

— J'ai dit à Bretano que la population serait autorisée à quitter Washington, expliqua van Damm. Idem pour les grandes villes proches des limites d'un autre Etat. New York, Philadelphie, etc. Les gens ont le droit de rentrer chez eux, d'accord ?

Pickett acquiesça d'un signe de tête.

— Oui, d'autant qu'ils seront mieux protégés chez eux. Soyons réalistes, le plan ne sera pas totalement appliqué avant minuit.

— Alex, je pense que vous pourrez profiter de mon hélico. Moi aussi, je dois y aller, dit Cathy.

— Quoi ? s'exclama Ryan.

— Jack, je suis médecin, tu te souviens ?

— Tu es spécialiste en ophtalmologie, Cathy. Tes patients peuvent attendre un peu leurs nouvelles lunettes, insista Jack.

— Aujourd'hui, à la réunion des responsables, on est tombés d'accord sur le fait que tout le monde devait mettre la main à la pâte. Impossible de laisser les infirmières et les internes se taper tous les soins. Je suis clinicienne. Chacun d'entre nous doit s'occuper de ça à tour de rôle, chéri.

— Non ! Non, Cathy, c'est trop dangereux ! s'exclama-t-il en la fixant. Je ne te laisserai pas faire.

— Jack, toutes ces fois où tu es parti, pour toutes ces choses dont tu n'as jamais voulu me parler, ces choses dangereuses, tu faisais ton boulot, à ce moment-là, n'est-ce pas ? répondit-elle d'une voix posée. Je suis médecin. Moi aussi, j'ai des devoirs.

— Ce n'est pas aussi terrible que ça, monsieur le président, intervint Alexandre. Il suffit de suivre les procédures. Je traite chaque jour des patients atteints du sida et...

— Non, merde !

— C'est parce que je suis une femme ? demanda Cathy doucement. Tout ça m'inquiète aussi, Jack, mais je suis prof dans une fac de médecine. J'apprends à des étudiants à devenir docteurs. Je leur enseigne leurs responsabilités professionnelles. L'une d'elles, c'est d'être là pour les malades. On ne peut pas fuir son devoir. Et c'est pareil pour moi, Jack.

— J'aimerais bien voir le travail que tu as fait, Alex, dit Pickett.

— Je serai ravi de t'avoir avec moi, John.

Jack observait sa femme. Il savait qu'elle était robuste et qu'il lui arrivait parfois de traiter des cas contagieux — le sida entraînait souvent de graves complications ophtalmiques. Mais il n'y avait jamais vraiment réfléchi. A présent, il le devait.

— Et si...

— Ça n'arrivera pas, Jack. Je serai très prudente. Je pense que tu auras l'occasion de me refaire... ça, dit-elle en l'embrassant devant tout le monde.

C'était trop, pour Ryan. Ses mains commencèrent à trembler légèrement, et il refoula ses larmes.

— Je t'en prie, Cathy...

— Tu m'aurais écoutée, quand tu as dû monter sur ce sous-marin, Jack ? lui demanda-t-elle avec un autre baiser.

Puis elle se leva.

Il y eut des résistances, mais pas autant qu'on aurait pu l'imaginer. Quatre gouverneurs ordonnèrent à leurs généraux adjoints — le titre habituel donné aux officiers supérieurs de la Garde nationale — de ne pas obéir au décret présidentiel, et trois autres hésitèrent jusqu'à ce que le secrétaire à la Défense en personne téléphonât à tout le monde et les menaçât de les relever immédiatement de leurs fonctions, de les arrêter et de les faire passer en cour martiale. Certains parlèrent d'organiser des manifestations, mais cela allait prendre du temps, alors que les véhicules verts commençaient déjà à se positionner. Les radios et les télévisions locales annoncèrent que les banlieusards étaient autorisés à rentrer chez eux jusqu'à vingt et une heures sans contrôle, puis jusqu'à minuit après vérification de leur identité. Quand c'était facile, on permettait aux gens de regagner leur domicile. Mais les motels commencèrent tout de même à se remplir sur l'ensemble du territoire américain.

Les enfants, à qui l'on annonça que les écoles seraient fermées au moins une semaine, accueillirent la nouvelle avec enthousiasme. Pourtant, la peur évidente manifestée par leurs parents les mettait mal à l'aise.

Les pharmacies épuisèrent en moins d'une heure leurs stocks de masques chirurgicaux ; certains de leurs employés ne comprirent pourquoi que lorsqu'ils allumèrent leur radio.

A Pittsburgh, curieusement, les agents du Service secret chargés des mesures de sécurité pour la prochaine visite du président Ryan apprirent la nouvelle assez tard. Tandis que la plupart de ses collègues se précipitaient au bar pour regarder le président à la télévision, Raman s'échappa pour téléphoner. Il appela chez lui, attendit les quatre sonneries avant le déclenchement de son répondeur, puis tapa le code pour récupérer ses messages. Comme les autres fois, on lui annonçait l'arrivée d'un tapis (qu'il n'avait pas commandé) et un prix (qu'il ne paierait pas). Raman réprima un léger frisson. Il était désormais libre de terminer sa mission comme il l'entendait. Bientôt, donc. Ça signifiait aussi qu'on s'attendait à ce qu'il laissât sa vie dans l'affaire. D'accord, il était prêt à mourir, mais tout en retournant au bar, il pensa qu'il avait une chance de s'en tirer. Les trois agents étaient debout devant la télévision. Lorsqu'un client protesta derrière eux parce qu'ils bouchaient la vue à tout le monde, ils exhibèrent leurs cartes.

— Bordel de merde ! s'exclama le responsable du bureau de Pittsburgh. Qu'est-ce qu'on fait, maintenant ?

Ce fut plus épineux pour les vols internationaux.

On commençait juste à informer les ambassadeurs étrangers à Washington. Ceux-ci transmirent des détails sur la nature de la crise à leurs gouvernements respectifs, mais en Europe les hauts fonctionnaires étaient chez eux, et beaucoup dormaient déjà lorsqu'on les appela. Ils durent retourner à leurs bureaux, organiser dans l'urgence leurs propres réunions et prendre les mesures adéquates. Par chance, la longueur des vols transatlantiques leur en laissa le temps. On décida que tous les passagers des avions en provenance des Etats-Unis seraient placés en quarantaine — on ne savait pas encore pour combien de temps. On contacta la Direction générale de l'aviation civile et l'on s'entendit pour permettre aux appareils qui arrivaient aux Etats-Unis de se poser, de refaire le plein et de regagner leurs aéroports d'origine. Leurs passagers ne pouvaient pas être contaminés ; ils furent donc autorisés à rentrer chez eux.

La nécessité de fermeture des marchés financiers fut évidente lorsqu'un patient porteur du virus se présenta au centre médical de la Northwestern University. C'était un opérateur sur les matières premières qui travaillait habituellement à la corbeille du Chicago Board of Trade, et la nouvelle se répandit très vite.

La plupart des gens restaient collés devant leur téléviseur. Chaque chaîne exhibait son ou sa spécialiste médical(e) et lui laissait expliquer le problème, en long et en large, généralement avec trop de détails. Les chaînes câblées diffusèrent des émissions spéciales sur les épidémies d'Ebola au Zaïre, s'étendant sur les horribles conséquences de ces symptômes de grippe. Il en résulta une espèce de panique à travers tout le pays. Les gens se cloîtraient chez eux, vérifiaient les provisions de leur garde-manger et regardaient la télévision. Lorsque des voisins se parlaient, c'était désormais à bonne distance.

A Atlanta, on avait enregistré environ cinq cents cas un peu avant vingt heures. La journée avait été longue pour Gus Lorenz, qui avait multiplié les allers et retours entre son labo et son bureau. Ce genre d'urgences étaient dangereuses, pour lui et pour son équipe, car la fatigue entraînait des erreurs et des accidents. En temps normal, son laboratoire de recherches, l'un des meilleurs du monde, était calme, et ses collaborateurs y travaillaient dans la sérénité. Mais là, il y régnait une ambiance frénétique. Les échantillons sanguins qu'ils recevaient devaient être étiquetés et analysés et les résultats faxés aux hôpitaux d'origine. Lorenz s'était démené toute la journée pour réorganiser l'emploi du temps de ses collaborateurs, de façon à avoir des équipes au travail vingt-quatre heures sur vingt-quatre et à ne pas les épuiser. Il devait faire attention à lui aussi. Mais lorsqu'il retourna à son bureau pour dormir un moment, quelqu'un l'attendait devant sa porte.

— FBI, lui dit son visiteur en lui montrant sa plaque.

C'était un haut responsable, un homme flegmatique, de grande taille, qui dirigeait ses agents par téléphone cellulaire. En situation de crise, il leur disait qu'ils devaient *d'abord* réfléchir.

On avait toujours le temps, ensuite, de merder, ajoutait-il. Et aussi, pourquoi pas, de régler correctement les problèmes ?

— Que puis-je pour vous ? lui demanda Lorenz en s'asseyant.

— Monsieur, j'ai besoin que vous me mettiez un peu au courant. Le FBI travaille avec d'autres agences pour découvrir comment tout ça a commencé. Nous interrogeons tous les malades pour tenter de déterminer où ils ont été contaminés, et j'ai pensé que vous étiez bien placé pour me donner une idée générale de la situation.

Les militaires ne savaient pas non plus où « tout ça avait commencé », mais où on allait leur devint rapidement évident... Fort Stewart, Géorgie, fut seulement le premier. Toutes les bases militaires étaient proches d'une grande ville. Fort Stewart était à portée de voiture de Savannah et d'Atlanta. Fort Hood était tout près de Dallas et de Fort Worth. Fort Campbell se trouvait à une heure de Nashville, où le Vanderbilt Hospital avait déjà déclaré des cas de maladie. La plupart des militaires logeaient dans des casernes avec des douches et des toilettes communes, et les médecins militaires de ces bases étaient littéralement terrifiés. Le personnel naval vivait dans une plus grande promiscuité encore. Les navires étaient des lieux clos. A ceux qui étaient en mer, on ordonna d'y rester en attendant une évaluation de la situation à terre. On détermina bientôt que chaque base importante était un endroit à risque, et si quelques unités — principalement de l'armée de terre et de la police militaire — furent déployées pour soutenir la Garde nationale, les médecins surveillèrent l'ensemble des soldats et des Marines. Ils eurent bientôt des hommes et des femmes présentant des symptômes de grippe. Tous furent immédiatement isolés, vêtus de combinaisons de protection MOPP et transportés en hélicoptère jusqu'à l'hôpital le plus proche accueillant des cas d'Ebola. Dès minuit, il fut clair que, jusqu'à nouvel ordre, l'armée US était un instrument de contamination. Des appels urgents passés au Centre national du commandement militaire permirent de savoir dans quelles unités on avait trouvé des cas, et à partir de ces informations, des bataillons entiers furent mis en quarantaine; leur personnel se nourrissait de rations de combat — les mess étaient fermés — en pensant à un ennemi qu'ils ne pouvaient pas voir.

— Bon Dieu, John! s'exclama Chavez.

Clark répondit d'un simple signe de tête. Sa femme, Sandy, était professeur dans un hôpital où l'on formait des infirmières, et sa vie, il le savait, était désormais en danger. Elle travaillait dans un service médical. Si un patient contaminé se présentait, il serait dirigé sur son unité et elle expliquerait à ses étudiants comment traiter ce genre de malades en toute sécurité.

En toute sécurité ? se demanda-t-il. Certainement. Cela lui rappela de mauvais souvenirs et le genre de peur qu'il n'avait plus connue depuis des années. Cette attaque contre son pays — personne ne le lui avait encore annoncé officiellement, mais il ne croyait pas aux coïncidences — ne le mettait pas lui-même en danger, mais sa femme, oui.

— Qui a fait ça, d'après toi ? demanda Chavez.

A question idiote, réponse idiote.

— Quelqu'un qui ne nous aime pas, grommela Clark.

— Peut-être les gens à qui on vient de rendre visite, monsieur C. ?

— Possible. Ou d'autres, je suppose.

John Clark regarda sa montre. Le directeur Foley devait être de retour de Washington, à présent. Quelques minutes plus tard, ils étaient tous les deux dans son bureau.

Mary Pat était là aussi.

— Ce n'est pas un accident, n'est-ce pas ? demanda Clark.

— Non, en effet, dit Ed Foley. Nous montons une force opérationnelle conjointe. Le FBI interroge les gens dans tout le pays. Si nous avons des pistes, notre boulot sera d'enquêter à l'étranger. Tenez-vous prêts pour ça tous les deux.

— Et la SNIE ? intervint Chavez.

— Tout le reste attendra, désormais. Jack m'a même donné autorité sur la NSA et le DIA.

De par la loi, le DCI en avait le droit, en effet, même si les autres agences importantes s'étaient toujours comportées comme des empires indépendants. Jusqu'à aujourd'hui.

— Des armes de destruction massive..., murmura Chavez.

Il n'ajouta rien. Ce n'était pas nécessaire.

— Ouais..., acquiesça le DCI d'un signe de tête.

Quelqu'un n'avait pas l'air de savoir que la politique des Etats-Unis était très claire là-dessus depuis des années. A moins que ce quelqu'un ne s'en moquât. Il n'y avait pas de différence fondamentale entre les armes atomique, bactériologique et chimique : la réponse à ces deux dernières était de toute façon une bombe nucléaire, pour la bonne raison que l'Amérique en avait encore quelques-unes, alors qu'elle avait renoncé aux deux autres...

Le téléphone sonna sur le bureau d'Ed Foley. Il écouta un instant son interlocuteur.

— Parfait. Une de vos équipes peut venir ? C'est bien. Merci.

— C'était qui ? demanda Clark.

— L'UNSAMRIID, à Fort Detrick. Ils seront là dans une heure. Nous pouvons envoyer des gens outre-mer, mais il faut d'abord leur faire passer un test de recherche d'anticorps. Les pays européens sont... eh bien, vous pouvez imaginer. Merde, on ne peut même pas introduire un malheureux cabot en Angleterre sans le laisser un mois dans un chenil pour être sûr qu'il n'a pas la rage ! Vous aurez sans doute droit à une autre prise de sang à votre arrivée. Idem pour l'équipage de l'avion.

— On n'a pas nos affaires, protesta Clark.

— Vous achèterez là-bas ce qu'il vous faut, John, OK ? (Après un silence, Mary Pat ajouta :) Désolée.

— On a des pistes ?

— Pas encore, mais ça viendra. On ne fait pas une chose pareille sans laisser quelques empreintes.

— C'est étrange, observa Chavez. Tu te souviens de ce que je t'ai dit l'autre jour, John ?

— Non, dit Clark.

— J'ai parlé d'un truc contre lequel on ne pourrait rien faire... Quelque chose d'irrémédiable. Hé, si c'était une opération terro...

— Trop important, objecta Mary Pat. Trop sophistiqué.

— D'accord, m'dame, dit Chavez. Mais si ça l'était quand même, on peut transformer la vallée de la Bekaa en parking, et une fois qu'elle est refroidie on envoie les Marines peindre les bandes blanches... Ce n'est un secret pour personne. Même chose pour un

Etat, n'est-ce pas? On n'a plus de missiles balistiques, mais il nous reste quelques bombes nucléaires. On peut vitrifier n'importe quel pays, et le président Ryan le fera — en tout cas je ne parierais pas ma maison sur le contraire. J'ai déjà vu le gars en action et c'est pas une poule mouillée.

— Et alors? demanda le DCI.

Il ne précisa pas que ce n'était pas aussi simple. Avant que Ryan ou quiconque ne donnât un ordre de riposte nucléaire, l'affaire devrait être examinée par la Cour suprême, et de toute façon il ne pensait pas Ryan capable de prendre une telle décision.

— Alors, je ne sais pas qui a lancé cette opération, mais manifestement cette personne-là pense que ça n'a pas d'importance si nous la découvrons, soit parce que nous ne pouvons pas répondre de cette façon, soit...

Il y avait une troisième possibilité, n'est-ce pas?

— ... Soit parce qu'elle peut éliminer le président, dit Mary Pat. Mais pourquoi alors avoir essayé d'abord avec sa gamine? Ça n'a fait qu'accroître les mesures de sécurité autour de lui, ça a rendu le boulot plus difficile à un éventuel tueur. Ça nous tombe dessus de tous les côtés. La Chine. La RIU. La marine indienne qui appareille en cachette. Toutes ces merdes de politique intérieure, et maintenant ce virus Ebola... Ça ne tient pas debout. Tous ces trucs sont sans rapport entre eux.

— A part qu'ils nous compliquent la vie, n'est-ce pas? répliqua Chavez.

Pendant un instant, on aurait entendu voler une mouche. Puis Clark dit:

— Notre garçon vient de marquer un point.

— Ça commence toujours en Afrique, expliqua Lorenz en bourrant sa pipe. C'est là qu'il vit. Il est réapparu au Zaïre, il y a quelques mois.

— Ça n'a pas fait les gros titres, remarqua l'agent du FBI.

— Juste deux victimes, un jeune garçon et une

infirmière — une religieuse, je crois, mais elle a disparu dans un accident d'avion. Puis on l'a retrouvé au Soudan, et là encore deux personnes ont été contaminées, un homme et une fillette. L'homme est mort, l'enfant a survécu. Ça fait des semaines, là aussi. On a des échantillons sanguins du cas index. On les a étudiés il y a déjà un moment.

— Comment faites-vous ça?

— Des cultures de virus. Avec des reins de singes, en fait. Oh, oui, je me souviens...

— Quoi?

— J'ai passé une commande de singes verts africains. Ce sont ceux-là qu'on utilise. On les euthanasie et on prélève leurs reins. Mais quelqu'un les avait achetés avant moi, et j'ai dû attendre une autre livraison.

— Vous savez qui c'était?

— Non, je n'ai jamais trouvé, dit Lorenz en secouant la tête. Ça m'a retardé d'une semaine, dix jours, c'est tout.

— Qui d'autre pourrait avoir besoin de singes? demanda l'agent du FBI.

— Des firmes pharmaceutiques, des labos, des gens comme ça.

— Qui dois-je interroger à ce sujet?

— Vous êtes sérieux?

— Oui, monsieur.

Lorenz haussa les épaules et sortit la carte de son Rolodex.

— Voilà.

L'organisation du petit déjeuner de travail avait pris un certain temps. A sa descente d'automobile, on escorta l'ambassadeur David L. Williams jusqu'à la résidence officielle du Premier ministre.

Celle-ci était déjà assise à la table. Elle se leva à son entrée, lui serra la main et le conduisit jusqu'à son fauteuil. La porcelaine avait un liséré d'or, et un serveur en livrée lui versa du café. Le petit déjeuner commença avec du melon.

— Merci de me recevoir, dit Williams.

— Vous êtes toujours le bienvenu dans ma maison, répondit-elle.

... A peu près autant qu'un serpent, l'ambassadeur le savait. Les mondanités durèrent dix bonnes minutes. Puis elle demanda :

— Bien, quel est le problème ?

— J'ai appris que votre marine avait appareillé.

— Ah oui, je crois. Après les... désagréments que vos forces nous ont fait subir, il a fallu procéder à quelques réparations, répondit le Premier ministre indien. Je suppose qu'on s'assure maintenant que tout fonctionne de nouveau.

— Juste des manœuvres ? s'enquit Williams. Mon gouvernement pose simplement la question, madame.

— Monsieur l'ambassadeur, je vous rappelle que nous sommes une nation souveraine. Nos forces armées opèrent selon nos propres lois, et vous ne cessez de nous répéter que la navigation est libre. Essayez-vous de me dire à présent que votre pays souhaite nous dénier ce droit ?

— Pas du tout, madame le Premier ministre. Nous trouvons simplement curieux que vous organisiez des manœuvres aussi importantes.

Il n'ajouta pas : *avec vos ressources limitées.*

— Monsieur l'ambassadeur, personne n'aime être maltraité. Il y a quelques mois, vous nous avez accusés à tort d'intentions agressives vis-à-vis d'un voisin. Vous avez menacé notre pays. Vous avez programmé une attaque contre notre marine et endommagé nos bateaux. Qu'avons-nous fait pour mériter pareil traitement ? demanda-t-elle en se laissant aller contre le dossier de son fauteuil.

Ces termes n'étaient pas prononcés à la légère, nota l'ambassadeur, ni par hasard.

— Madame, il ne s'est rien passé de tel. S'il y a eu une mauvaise interprétation, je suggère qu'elle a peut-être été mutuelle, et dans l'espoir d'éviter que ce genre de problème ne se reproduise, je suis venu vous voir pour vous poser une question toute simple. L'Amérique ne menace personne. Nous souhaitons juste savoir quelles sont les intentions de vos forces navales.

— Et je vous ai répondu. Nous faisons des manœuvres. (Un instant plus tôt, remarqua Williams, elle *supposait* que quelque chose était en cours. A présent, elle semblait plus catégorique.) Rien de plus.

— Dans ce cas, j'ai la réponse à ma question, dit Williams avec un sourire bienveillant.

Mon Dieu, mais elle se croit maligne! pensa-t-il. Williams avait grandi dans l'un des environnements politiques les plus compliqués des Etats-Unis, le Parti démocrate de Pennsylvanie, et il s'était battu pour en prendre la tête. Il avait déjà rencontré des gens dans son genre, avec un air un peu moins supérieur. Les politiciens avaient une telle habitude du mensonge qu'ils s'imaginaient toujours pouvoir s'en tirer de cette façon.

— Merci, madame le Premier ministre, conclut-il.

L'engagement fut une catastrophe, pour la première fois de ce cycle d'entraînement. Mais les Gardes nationaux étaient loin de leurs foyers et ils s'inquiétaient pour leurs familles, pensa Hamm. Ça les avait beaucoup perturbés, car ils n'avaient pas pu téléphoner chez eux pour s'assurer que leurs parents ou leurs femmes et leurs gosses allaient bien. Et ils l'avaient payé sur le terrain. Hamm savait qu'on ne pouvait pas le leur reprocher. Ce genre de problème, pourtant, n'aurait pas dû avoir de conséquences sur leurs manœuvres. Aussi réaliste fût-il, le NTC restait un jeu. Personne ne mourait, ici, sauf peut-être par accident — alors que ça arrivait chez eux, en ce moment. Or, ce n'était pas censé se passer ainsi pour des soldats, n'est-ce pas?

Un médecin militaire fit la prise de sang à Clark et à Chavez et se chargea des analyses. Ils suivirent l'opération avec une fascination morbide; et ce, d'autant plus que le docteur portait des gants épais et un masque.

— Négatifs tous les deux, leur annonça-t-il, avec un soupir de soulagement.

Là-dessus, ils embarquèrent dans une voiture officielle pour Andrews. Les rues de Washington étaient inhabituellement désertes. L'absence d'encombrements ne diminua en rien leur mauvais pressentiment. A la hauteur d'un pont, ils furent obligés d'attendre à un point de contrôle et de laisser passer trois autres véhicules. Un Hummer de la Garde nationale était stationné au milieu de la route. Clark s'arrêta et il montra sa carte de la CIA.

— Bon, et si tu me disais où nous allons, monsieur C.? demanda Chavez.

— En Afrique, via les Açores.

51

INVESTIGATIONS

La réunion avec les sénateurs se déroula comme prévu. La distribution de masques chirurgicaux donna le ton de la soirée — là encore, c'était une idée de van Damm. Le général Pickett avait fait un saut à Hopkins pour superviser les opérations, là-bas, puis il était revenu pour prendre en charge la majeure partie du briefing. Les quinze sénateurs rassemblés dans le salon est l'écoutèrent d'un air grave. Seuls leurs yeux étaient visibles par-dessus leur masque.

— Vos décisions m'inquiètent, monsieur le président, dit l'un d'eux, que Jack ne reconnut pas.

— Et moi, vous croyez que ça me plaît, tout ça? répondit-il. Si l'un d'entre vous a une autre idée, je l'écoute. J'ai essayé de suivre les meilleurs avis médicaux sur la question. Si cette saleté est aussi meurtrière que le prétend le général, la moindre erreur peut entraîner des milliers de victimes, voire des millions. Si nous péchons, donc, que ce soit par excès de prudence.

— Mais les libertés civiles ? demanda quelqu'un d'autre.

— Passent-elles avant la vie humaine ? répliqua Jack. Messieurs, je suis prêt à entendre vos opinions. Notre spécialiste, ici présent, nous aidera à les évaluer. Mais il n'est pas question que j'écoute des objections qui ne seront pas basées sur un fait scientifique. La Constitution et les lois ne peuvent prévoir toutes les éventualités. Dans des cas comme celui-ci, nous sommes censés nous servir de notre cervelle...

— Et surtout être guidés par des principes ! intervint de nouveau le sénateur qui défendait les libertés civiles.

— Parfait. Alors, parlons-en. Si nous trouvons un juste milieu entre ce que j'ai décidé et quelque chose, quoi que ce soit, qui permettrait au pays de continuer à tourner — et en toute sécurité, n'est-ce pas ? —, alors c'est d'accord. Je veux des solutions ! Proposez-moi des mesures concrètes que je puisse appliquer !

Cette exclamation fut suivie d'un long silence. Tout le monde échangea des regards.

— Pourquoi avez-vous réagi si vite ? demanda finalement quelqu'un.

— Des gens risquent de mourir, espèce d'âne ! lança d'un ton hargneux un autre sénateur à son ami et distingué collègue.

Jack pensa qu'il devait faire partie des nouveaux élus. Sans doute ne connaissait-il pas encore les formules consacrées.

— Mais si vous vous étiez trompé ? intervint quelqu'un d'autre.

— Alors, vous me jugerez lorsque la Chambre aura voté mon *impeachment* [1], répondit Jack. Ensuite, quelqu'un d'autre que moi prendra ce genre de déci-

---

1. Procédure extraordinaire de mise en accusation du président. La Chambre décide de l'inculpation ; dans l'affirmative, le procès est confié au Sénat (*N.d.T.*).

sions, et que Dieu lui vienne en aide ! Sénateurs, en ce moment même, ma femme est à Hopkins où elle soigne ces malades. Moi non plus je n'aime pas ça. J'ai besoin de votre soutien. Je me sens seul, dans cette crise. Mais, même sans votre aide, je ferai de mon mieux. Je le répète : si l'un d'entre vous a une meilleure idée, qu'il me l'explique.

Mais ils n'en avaient pas, et ce n'était pas de leur faute. Jack avait eu peu de temps pour comprendre la situation, et eux encore moins.

L'Air Force leur avait trouvé des uniformes tropicaux, à Andrews ; leurs vêtements de Washington étaient un peu trop chauds pour ce continent. C'était aussi une bonne couverture. Clark arborait les aigles d'argent, les insignes d'un colonel de l'Air Force, et Chavez était commandant, le tout complété par les rubans de pilote que leur avait donnés l'équipage de leur VC-20B. Il y avait en fait deux équipes dans cet avion. En ce moment, la seconde sommeillait dans les deux sièges des passagers les plus proches de la cabine.

La version militaire du Gulfstream d'affaires emportait une tonne d'appareils de communication, dont s'occupait une femme sergent. Ils étaient au-dessus du Cap-Vert et se dirigeaient vers Kinshasa.

— Second arrêt au Kenya, monsieur, annonça-t-elle à Clark, en lui tendant un télex qu'elle venait juste de recevoir. (Elle était, en fait, une spécialiste du renseignement. Elle lisait tout ce qui arrivait.) Vous rencontrez un homme à propos de singes.

Clark prit le document et le parcourut, puis le passa à Chavez.

— C'est une piste, monsieur C., fit Ding immédiatement.

Ils échangèrent un regard. C'était une mission de pur renseignement, une des rares qu'on leur eût jamais confiées. Leur tâche était de rassembler des informations essentielles pour leur pays, et rien d'autre. Pour le moment. Ils ne le disaient pas, mais ils n'auraient pas été gênés d'en faire un peu plus. Ils étaient officiers de terrain de la Direction des opérations de la CIA, mais c'étaient aussi d'anciens soldats (Clark avait appartenu aux SEAL [1]) et ils avaient très souvent mené des opérations paramilitaires que les « vrais » espions considéraient comme un peu trop... remuantes. Mais satisfaisantes, pourtant, pensa Chavez. Très satisfaisantes, même. Il faisait de son mieux pour contrôler sa colère, mais il aurait adoré découvrir ceux qui avaient attaqué son pays et les traiter... en soldats.

— Tu le connais mieux que moi, John, murmura-t-il. Qu'est-ce qu'il va faire ?

— Jack ? (Clark haussa les épaules.) Ça dépend de ce qu'on lui trouvera, Domingo. C'est notre boulot, tu te souviens ?

— Oui, monsieur, répondit le jeune homme sérieusement.

Le président dormit mal, cette nuit-là, même s'il savait que le sommeil était la condition *sine qua non* pour prendre de bonnes décisions — ce qui était sa seule véritable fonction. Tout le monde insistait là-dessus : c'était avant tout ce que les citoyens attendaient de lui. Il n'avait eu que six heures de sommeil, la veille, après un programme épuisant de voyages et de discours, et pourtant il ne parvenait pas à fermer l'œil. Il y avait aussi le problème chinois, treize heures d'avance sur Washington, avec le décalage horaire. Et les complications potentielles avec l'Inde, dix heures d'avance. Et le golfe Persique, huit heures. Tout ça en plus, bien sûr, de la crise majeure en Amérique qui s'étendait sur sept fuseaux horaires en comptant Hawaii. Il était allongé dans ses appartements présidentiels, et ses pensées dansaient tout autour du globe. Il se demandait quelle partie du monde, finalement, n'était pas un sujet d'inquiétude. Vers trois heures du matin, il renonça et se leva, il enfila des

1. Troupes d'élite US (*N.d.T.*).

vêtements sport, et se rendit au Bureau des Transmissions dans l'aile ouest, des membres de son détachement de protection sur les talons.

— Quelles nouvelles ? demanda-t-il à l'officier supérieur de permanence.

C'était le commandant Charles Canon, des Marines. C'était lui, déjà, qui lui avait annoncé l'assassinat du leader irakien. Tout le monde se leva à l'entrée du président. Il leur fit signe de se rasseoir d'un geste de la main.

— La nuit a été agitée, monsieur. Vous êtes sûr de vouloir vraiment le savoir ?

— Je ne suis pas quelqu'un qui dort beaucoup, commandant, répondit Ryan.

— OK, monsieur le président, nous sommes branchés en ce moment sur le CDC et l'USAMRIID, et nous récupérons l'ensemble de leurs données. Nous avons reporté ici tous les cas déclarés.

Canon indiqua le mur du doigt. Quelqu'un avait affiché une grande carte des Etats-Unis sur un panneau de liège où les punaises rouges indiquaient les cas d'Ebola. Des punaises noires étaient prêtes, aussi, dont la fonction était tout aussi évidente, même si aucune n'avait encore été utilisée. Les rouges étaient principalement regroupées dans dix-huit villes, à présent, mais il y en avait d'autres un peu partout ailleurs, isolées ou par deux, comme jetées au hasard sur la carte. Il y avait toujours un certain nombre d'Etats qui n'étaient pas touchés. L'Idaho, l'Alabama, les deux Dakota et même, curieusement, le Minnesota, avec sa Mayo Clinic, comptaient parmi les zones protégées, jusqu'à présent, par les décrets présidentiels — c'était peut-être une simple question de chance, comment faire la différence ? Plusieurs imprimantes crachaient leurs listings. Ryan en déchira un. Les malades y étaient répertoriés par ordre alphabétique, par Etat, par ville, par métier. A peu près quinze pour cent d'entre eux entraient dans la catégorie « personnel d'entretien » ; c'était le groupe statistiquement le plus important, avant celui des « agents commerciaux ». Ces données venaient du FBI et du

CDC qui travaillaient ensemble à l'étude des modèles de l'épidémie. Un autre listing indiquait les sites possibles de l'infection, et cela confirmait l'hypothèse du général Pickett selon lequel les villes de conventions avaient été des cibles prioritaires.

Lorsqu'il travaillait pour la CIA, Ryan avait étudié toutes sortes d'attaques théoriques contre son pays. Mais, d'une façon ou d'une autre, les documents concernant le genre d'agression qu'ils connaissaient aujourd'hui n'étaient jamais arrivés jusqu'à son bureau. Une guerre biologique était au-delà de l'entendement. Il avait passé des milliers d'heures à réfléchir à la guerre nucléaire. Notre potentiel, le leur, quelles cibles, combien de victimes, les centaines d'options de frappes choisies en fonction de critères politiques, militaires ou économiques, et pour chacune de ces options, l'éventail de résultats possibles suivant la météo, la période de l'année, l'heure de la journée, et diverses autres variantes, jusqu'au moment où seuls les ordinateurs étaient capables de gérer les résultats — et encore, ce n'étaient plus que des calculs de probabilités. Il avait détesté chaque seconde de ces analyses-là, et la fin de la guerre froide l'avait réjoui et soulagé.

Le président n'avait jamais pris de cours de gouvernement. Il avait seulement fait des sciences politiques au Boston College pour sa licence en économie. Il se souvenait des paroles du troisième président des Etats-Unis : « ... la Vie, la Liberté, et la Poursuite du Bonheur. Pour assurer ces droits, on a institué les gouvernements entre les hommes, qui tirent leurs pouvoirs du consentement des gouvernés. » Et c'était exactement la définition de sa mission. Le but de la Constitution était de « préserver, protéger et défendre » les existences et les droits des Américains, et lui-même n'était pas censé être là à parcourir des listes de noms, de lieux et de professions — des gens dont quatre-vingts pour cent allaient mourir. Ils avaient le droit de vivre, le droit d'être libres, le droit d'être heureux. Quelqu'un était en train de leur voler leur vie, et lui-même venait d'ordonner la suspension de leur liberté. Oh, oui, c'était foutrement sûr qu'ils n'étaient pas heureux, en ce moment !

— En fait, monsieur le président, il y a tout de même quelques petites bonnes nouvelles, reprit Canon, en tendant à Swordsman les résultats des élections de la veille.

Ryan fut surpris. Il avait oublié ça. Quelqu'un avait classé les nouveaux élus par profession. Un peu moins de la moitié étaient avocats. Il y avait vingt-sept médecins, vingt-trois ingénieurs, dix-neuf agriculteurs, dix-huit professeurs, quatorze hommes d'affaires. Bon, c'était déjà quelque chose, n'est-ce pas ? Il avait à présent un tiers de la Chambre des représentants. Il se demanda comment ils allaient pouvoir venir à Washington. Impossible de faire autrement. La Constitution était formelle sur ce point. On ne pouvait pas empêcher les membres du Congrès de participer à une séance de la Chambre sauf en cas de trahison, ou quelque chose comme ça... Jack ne s'en souvenait pas très bien, mais il savait que l'immunité parlementaire était une grosse affaire.

Il entendit bourdonner un télex.

— Une communication urgente du secrétariat d'Etat, annonça un militaire. Ça vient de l'ambassadeur Williams, en Inde.

— Voyons ça, dit Ryan.

Ce n'étaient pas des bonnes nouvelles. Et celles qui arrivèrent ensuite de Taipei non plus.

Les médecins travaillaient par périodes de quatre heures. Chaque interne était assisté par un membre plus ancien du personnel. Ils se chargeaient surtout de tâches réservées aux infirmières, même s'ils avaient bien conscience que ça n'y changerait pas grand-chose.

C'était la première fois que Cathy revêtait une combinaison de protection. Elle avait opéré une trentaine de patients atteints du sida, pour des complica-

467

tions oculaires, mais ça n'avait pas été spécialement difficile. On mettait des gants normaux, et le seul véritable problème, c'était le nombre de mains autorisées dans le champ opératoire — par chance, la chirurgie ophtalmique était bien moins complexe que les interventions thoraciques, par exemple. Il fallait être un peu plus lent et un peu plus prudent dans ses mouvements, et c'était bon. Mais plus maintenant. Maintenant, elle n'était plus qu'un gros sac en plastique épais, elle portait un casque dont la visière se couvrait souvent de la buée de sa respiration, et elle traitait des patients qui mouraient en dépit de tous leurs soins.

Ils devaient essayer, de toute façon. Elle considéra le cas index local, le vendeur de Winnebago, dont la femme se trouvait dans la chambre voisine. On lui avait posé deux goutte-à-goutte, l'un de liquides, d'électrolyte et de morphine, et l'autre de sang. Ils pouvaient juste le soutenir. A une époque, on avait pensé que l'interféron serait utile, mais ça n'avait pas marché. Les antibiotiques n'avaient aucun effet sur les maladies virales, et on n'avait donc rien, pour le moment, même si désormais une centaine de scientifiques étudiaient diverses options dans leurs laboratoires. Jusqu'à aujourd'hui, personne n'avait vraiment pris le temps de travailler sérieusement sur Ebola. Bien sûr, le CDC, l'armée et certains autres labos à travers le monde avaient effectué quelques recherches, mais sans commune mesure avec les efforts consacrés à d'autres maladies faisant rage dans les pays « civilisés ». En Amérique comme en Europe, la priorité allait à celles qui tuaient beaucoup de gens et attiraient l'attention des politiques parce que la distribution de l'argent gouvernemental pour la recherche était un acte politique. Les financements pour Ebola et autres maladies tropicales avaient toujours été infimes parce que ces virus ne frappaient pas les pays bailleurs de fonds. Cela allait changer, à présent, mais pas assez vite, hélas, pour les patients qui se bousculaient dans les hôpitaux du pays.

Le malade eut un nouveau haut-le-cœur et se

tourna sur le côté. Cathy attrapa la poubelle en plastique — les cuvettes étaient trop petites et débordaient — et la lui tendit. Il vomit de la bile et du sang, constata-t-elle. Un sang noir. Chargé de virus. Quand il eut terminé, elle lui passa un récipient d'eau avec une paille — il suffisait d'appuyer dessus pour aspirer un peu de liquide. Juste assez pour lui humecter la bouche.

— Merci, grogna-t-il.

Sa peau était pâle, sauf aux endroits où elle était tachée par les hémorragies sous-cutanées. Des pétéchies. Il la regardait. Il savait. Il devait savoir. Malgré la morphine, la douleur atteignait parfois sa conscience, comme une vague venant s'écraser contre une digue.

— Comment... je... vais ? murmura-t-il.

— Vous êtes très malade, répondit Cathy. Mais vous vous battez plutôt bien. Si vous tenez assez longtemps, votre système immunitaire pourra vaincre cette maladie, mais il faut vous accrocher — pour nous.

Ce qui n'était pas tout à fait un mensonge.

— Je ne vous ai jamais vue. Vous êtes infirmière ?

— Non, en fait, je suis professeur, lui dit-elle avec un sourire, à travers sa visière en plastique.

— Soyez... prudente, lui dit-il. Vous n'avez... pas besoin... d'attraper ça. Croyez-moi.

Il réussit même à lui retourner son sourire, à la façon des patients gravement atteints. Cathy en eut le cœur brisé.

— Nous sommes prudents. Désolée pour cet accoutrement.

Elle avait tant envie de le toucher, pour lui montrer à quel point elle se souciait de lui, mais elle ne pouvait pas avec toutes ces couches de caoutchouc et de plastique, et merde !

— Ça fait vraiment mal, doc.

— Essayez de dormir le plus possible. Je vais régler la morphine.

Elle contourna le lit pour augmenter le débit du goutte-à-goutte et elle attendit quelques minutes, jusqu'au moment où les yeux du malheureux se refermèrent. Puis elle s'occupa de la poubelle, qu'elle aspergea d'un puissant désinfectant. Le plastique du container était déjà tellement imprégné de produit chimique que tous les nouveaux virus avaient déjà dû être détruits. Les trente centilitres cubes qu'elle venait d'y ajouter étaient probablement inutiles, mais ils ne prendraient jamais assez de précautions. Une infirmière entra et lui tendit le listing avec la dernière analyse de sang. Le foie de l'homme était pratiquement détruit — Ebola avait une méchante affinité pour cet organe. Les autres indicateurs chimiques confirmaient le début de la nécrose systémique. Ses organes commençaient à mourir, ses tissus à pourrir, dévorés par le virus. Théoriquement, son système immunitaire pouvait encore rassembler ses forces et lancer une contre-attaque, mais ce n'était qu'une théorie, une chance sur des centaines. Certains patients survivaient en effet à la maladie. C'était dans la littérature que ses collègues et elle avaient étudiée au cours de ces dernières douze heures. S'ils étaient capables d'isoler les anticorps, ils auraient peut-être quelque chose qu'ils pourraient éventuellement utiliser pour leurs soins.

Si — Peut-être — Eventuellement.

— Bon Dieu! s'exclama Chavez. On dirait la Colombie.

— Ou le Vietnam, acquiesça Clark en sortant dans la chaleur tropicale.

Un fonctionnaire de leur ambassade et un représentant du gouvernement du Zaïre les attendaient. Ce dernier était en uniforme et il adressa aux deux « officiers » un salut que John lui retourna.

— Par ici, s'il vous plaît, colonel, leur dit-il.

L'hélicoptère était français et le service excellent. L'Amérique avait donné beaucoup d'argent à ce pays. Le temps des contreparties était venu.

Clark regarda au-dessous de lui. La jungle. Il avait déjà vu ce paysage, et dans bien des parties du monde. Dans sa jeunesse, il s'était trouvé dans des endroits de ce genre, à jouer à cache-cache avec l'ennemi — des petits hommes en pyjama noir ou en uniforme kaki, armés de AK-47. Tout cela semblait si irréel, désormais.

Les quatre transporteurs routiers, à un kilomètre de distance les uns des autres, prirent une formation en carré à six cents nautiques au nord-nord-ouest de Diego Garcia. Le destroyer *O'Bannon* se positionna à cinq kilomètres devant eux. Le *Kidd* était à dix kilomètres du navire de guerre anti-sous-marine (ASW). L'*Anzio* voguait à vingt nautiques à l'avant. Le groupe de ravitaillement en mer, avec ses deux frégates, les rejoindrait vers le coucher du soleil.

C'était l'occasion rêvée pour un exercice. Six PC-3C Orion étaient basés à Diego Garcia. L'un d'eux patrouillait en avant du miniconvoi, il lâchait des bouées sonores, une entreprise complexe pour une formation se déplaçant si rapidement, et il écoutait les éventuels sous-marins. Un autre Orion, beaucoup plus loin, suivait les deux porte-avions de la marine indienne et leur groupe de soutien grâce à leurs émissions radar, tout en veillant à rester lui-même hors de leurs limites de détection. L'Orion qui ouvrait la route à la flotte américaine n'avait que des armes anti-sous-marines, et sa mission n'était qu'une surveillance de routine.

— Oui, monsieur le président ? répondit le J-3, qui ne pouvait pas se permettre de lui demander pourquoi il ne dormait pas, à cette heure-ci.

— Robby, vous avez vu ce truc de l'ambassadeur Williams ?

— Ça a retenu mon attention, confirma l'amiral Jackson.

David Williams avait pris son temps pour rédiger son rapport. Cela avait contrarié le Département d'Etat qui l'avait réclamé à deux reprises — mais en vain. L'ancien gouverneur avait fait appel à tout son savoir politique pour analyser les paroles du Premier ministre indien, le ton de sa voix, ses attitudes — et, avant tout, son regard. Rien ne remplaçait le regard. Dave Williams l'avait constaté plus d'une fois au cours de sa carrière. Sa conclusion était que l'Inde préparait quelque chose. Il avait noté aussi qu'on n'avait même pas évoqué l'épidémie d'Ebola en Amérique. Pas un mot de sympathie. Cela, écrivait-il, était probablement une erreur dans un sens et un acte tout à fait délibéré dans un autre. Car l'Inde aurait dû s'en soucier, ou au moins exprimer sa préoccupation, même feinte. Mais l'affaire avait été carrément passée sous silence. S'il lui avait posé la question, le Premier ministre aurait répondu qu'elle n'avait pas encore été informée, un mensonge, bien sûr, ajoutait Williams. Au temps de CNN, de telles choses ne restaient pas longtemps secrètes. Au lieu de quoi, elle avait rabâché que son pays avait été malmené par l'Amérique, elle lui avait rappelé à deux reprises l'attaque contre sa flotte, qualifiée ensuite d'acte « inamical », une expression que l'on utilisait, en diplomatie, juste avant de poser sa main sur son holster. Il en concluait que l'exercice naval de l'Inde n'était pas une erreur, ni de minutage, ni de localisation. En gros, le message était : « Bien fait pour vous ! »

— Bon, qu'est-ce que vous en pensez, Rob ?

— Je pense que l'ambassadeur Williams est un petit malin de fils de pute. La seule chose dont il ne parle pas, c'est ce qu'il ne sait pas : on n'a pas de porte-avions là-bas. Maintenant, les Indiens ne nous ont à aucun moment pris en chasse, mais c'est de notoriété publique que l'*Eisenhower* se dirige vers la Chine, et si leurs officiers de renseignements sont un peu compétents, alors ils sont forcément au courant. Et, *shazam* [1], ils appareillent. Et maintenant, on reçoit ça de l'ambassadeur. Monsieur...

— Stop, Robby, commanda Ryan. Vous avez assez dit de « monsieur » pour la journée.

1. Incantation préférée du Captain Marvel. Transformation ou apparition instantanée (*N.d.T.*).

— OK, Jack. On a toutes les raisons de croire que la Chine et l'Inde ont déjà « travaillé » ensemble. Et qu'est-ce qu'on voit, maintenant ? La Chine déclenche un incident. Il s'envenime. On déplace un porte-avions. Les Indiens prennent la mer. Leur route passe directement entre Diego Garcia et le Golfe. Et celui-ci commence à brûler.

— Et nous avons une épidémie, ajouta Ryan. (Il s'appuya sur le bureau à bon marché des Transmissions.) Coïncidences ?

— Peut-être. Peut-être que le Premier ministre indien nous emmerde parce qu'on les a un peu secoués il y a un moment. Peut-être qu'elle essaie simplement de nous faire savoir qu'elle ne veut plus qu'on lui marche sur les pieds. Peut-être que ça n'est que des conneries, tout ça. Ou peut-être pas.

— Options ?

— Nous avons un groupe d'action de surface en Méditerranée orientale, deux croiseurs Aegis, un classe Burke et trois frégates. La Méditerranée est calme. Je suggère qu'on les fasse passer par Suez pour aller soutenir le groupe de l'*Anzio*. On devrait songer aussi à déplacer un porte-avions en Méditerranée. Ça va prendre un moment, Jack. C'est à six mille nautiques ; même avec une vitesse de vingt-cinq nœuds, il faudra presque neuf jours pour qu'il arrive là-bas. Nous n'avons aucun de ces bâtiments sur plus d'un tiers des mers de la planète, à présent, et la zone que nous ne couvrons pas commence à me rendre nerveux. Si nous devons faire quelque chose, Jack, je ne suis pas sûr que nous pourrons.

— Bonjour, ma sœur, dit Clark, en lui serrant doucement la main.

Il n'avait plus parlé à des religieuses depuis des années.

— Bienvenu, colonel Clark. (Elle adressa un signe de tête à Chavez.) Commandant. Qu'est-ce qui vous amène dans notre hôpital ?

L'anglais de sœur Marie-Charles était excellent ; son accent belge leur faisait penser au français.

— Ma sœur, nous avons appris la mort d'une de vos collègues, sœur Jean-Baptiste, lui dit Clark.

— Vous êtes catholiques? leur demanda-t-elle, en leur faisant signe de prendre une chaise.

C'était important, pour elle.

— Oui, m'dame, tous les deux, fit Clark.

Chavez acquiesça d'un mouvement de tête.

— Votre éducation?

— En fait, je n'ai été élevé que dans des écoles catholiques, lui expliqua Clark, pour lui faire plaisir. Ecole des Sœurs de Notre-Dame, en primaire, et ensuite les jésuites.

— Ah! (L'information lui arracha un sourire.) J'ai entendu parler de l'épidémie qui frappe votre pays. C'est affreux. Et donc, vous êtes ici pour évoquer Benedict Mkusa, sœur Jean-Baptiste et sœur Marie-Madeleine... Mais je crains de ne pouvoir vous aider beaucoup.

— Comment ça, ma sœur?

— Benedict est mort et son corps a été incinéré sur ordre du gouvernement, expliqua sœur Marie-Charles. Sœur Jean-Baptiste est tombée malade aussi, et on l'a évacuée sur Paris en avion médical, vous voyez, pour la transférer à l'hôpital Pasteur. L'appareil s'est écrasé en mer, et on les a tous perdus.

— *Tous?* s'étonna Clark.

— Sœur Marie-Madeleine était partie avec elle, et le Dr Moudi, bien sûr.

— Qui était-ce? demanda John.

— Il appartenait à la mission de l'OMS pour cette région. Certains de ses collègues sont installés dans le bâtiment voisin, ajouta-t-elle avec un geste de la main.

— Vous dites Moudi, m'dame? intervint Chavez qui prenait des notes.

— Oui. (Elle épela son nom.) Mohammed M-o-u-d-i. Un bon médecin. C'est vraiment triste qu'ils soient tous morts.

— Mohammed Moudi. Vous savez d'où il venait? dit Chavez.

— D'Iran. Euh, le nom vient de changer, n'est-ce

pas? Il avait fait ses études en Europe. C'était un jeune docteur très compétent, et très respecté par nous tous.

— Je vois. (Clark remua sur sa chaise.) Pourrions-nous parler avec ses collègues?

— Je pense que le président est allé trop loin, expliqua le « spécialiste » médical de la chaîne.

Il intervenait depuis les bureaux d'une chaîne locale affiliée, puisque ce matin, il n'avait pas pu venir en voiture à New York depuis le Connecticut.

— C'est-à-dire, Bob? demanda son collègue.

Lui, il habitait dans le New Jersey; il était arrivé dans les studios de New York, non loin de Central Park West, juste avant la fermeture des ponts et des tunnels, et désormais, il devait dormir sur place. Evidemment, il n'était pas très content.

— Ebola est une vraie saleté. Aucun doute là-dessus, répondit le correspondant. (Médecin de formation, il ne pratiquait pas, mais il connaissait à la perfection le langage de ses collègues. Et le matin il ne s'occupait que des bénéfices du jogging et de la nourriture diététique.) Mais on ne l'a jamais trouvé dans notre pays, parce qu'il ne peut pas survivre ici. Cependant, ces gens l'ont attrapé — pour le moment, je laisserai de côté les conjonctures à ce sujet. Toujours est-il qu'il ne pourra pas se développer beaucoup. J'ai peur que les actions du président ne soient, disons, précipitées.

— Et inconstitutionnelles, ajouta le correspondant juridique. Aucun doute là-dessus. Le président a paniqué et ce n'est bon pour le pays ni d'un point de vue sanitaire, ni d'un point de vue légal.

— Merci bien, les gars! grommela Ryan en coupant la télévision.

— Faut qu'on s'occupe de ça, dit Arnie.

— Et comment?

— On lutte contre les fausses informations avec de vraies informations.

— Super, Arnie, sauf que prouver que j'ai fait ce qu'il fallait signifie que des gens doivent mourir.

— Il faut prévenir la panique, monsieur le président.

Jusqu'à présent, ils avaient réussi à l'éviter, ce qui était remarquable. Les hasards de l'horloge leur avaient été d'un grand secours. La plupart des gens avaient appris les nouvelles dans la soirée. Ils étaient rentrés chez eux, ils avaient des réserves de nourriture pour quelques jours, et l'événement les avait suffisamment choqués pour que l'on ne vît pas encore de ruées sur les supermarchés aux quatre coins du pays. Mais cela changerait aujourd'hui. Dans quelques heures, les citoyens se mettraient à protester. Les médias rapporteraient la chose et le public se ferait une opinion. Arnie avait raison. Il fallait agir.

— Comment, Arnie ?

— Ah, enfin, Jack. Je pensais que vous ne poseriez jamais la question !

Leur visite suivante fut pour l'aéroport. Là, on leur confirma qu'un jet d'affaires privé, un Gulfstream IV, avait en effet décollé en direction de Paris, avec une escale en Libye pour son ravitaillement. Le chef contrôleur avait préparé une photocopie du dossier de l'aéroport et du manifeste de l'avion pour ses visiteurs américains. Ils étaient remarquablement exhaustifs, car ils servaient aussi aux services des douanes. On y trouvait même les noms de l'équipage.

— Eh bien ? demanda Chavez à son ami.

Clark considéra les fonctionnaires.

— Merci pour votre aide efficace, leur dit-il.

Puis Ding et lui regagnèrent la voiture qui les ramènerait à leur avion.

— Eh bien ? répéta Chavez.

— Du calme, partenaire.

Ils n'échangèrent plus un mot pendant les cinq minutes suivantes. Clark regardait par la vitre. De gros cumulo-nimbus se formaient. Il détestait voler dans ces trucs-là.

— On part pas. Faut attendre quelques minutes. (Le pilote de réserve était lieutenant-colonel.) C'est le règlement.

Clark tapota les aigles de ses épaulettes, et se pencha vers lui.

— Moi, colonel. Moi, dis on y va, scout aérien. Droit dans cette purée de pois et tout de suite!

— Ecoutez, monsieur Clark, je sais bien qui vous êtes et...

— Monsieur, intervint Chavez, je ne suis qu'un faux commandant, mais cette mission est plus importante que vos règlements. Evitez les endroits les plus dangereux, OK? On a nos sacs pour vomir, si besoin est.

Le pilote leur jeta un regard noir, mais gagna la cabine. Chavez se tourna vers son ami :

— Calme-toi, John.

Celui-ci lui tendit une feuille.

— Regarde les noms de l'équipage. Ils ne sont pas suisses, mais l'immatriculation de l'avion, si.

Chavez y jeta un coup d'œil. Numéro d'immatriculation, HX-NJA, et les noms de l'équipage n'étaient ni allemands, ni français, ni italiens.

— Sergent? dit Clark au moment où les turbos démarraient. Faxez ça à Langley, s'il vous plaît. Vous avez le numéro. Aussi vite que possible, m'dame, ajouta-t-il, puisque c'était une femme et pas seulement un sergent.

— Attachez vos ceintures! annonça le pilote dans le téléphone de bord, tandis que le VC-20B commençait son roulage.

Il fallut s'y prendre à trois reprises, en raison des interférences électriques de l'orage, mais la transmission transita par le satellite, fut reçue à Fort Belvoir, Virginie, et se retrouva à Mercury, le centre de communications de l'Agence. L'officier supérieur de permanence envoya son adjoint le porter au sixième étage. Entre-temps, Clark lui parlait au téléphone.

— J'ai des parasites, dit l'officier.

Satellite radio numérisé ou pas, un orage restait un orage.

— On est un peu secoués, en ce moment. Vérifiez

477

le numéro d'immatriculation et les noms de ce manifeste. Tout ce que vous pouvez trouver.

— Alors ? demanda Ding, en resserrant sa ceinture, tandis que le Gulfstream passait dans un trou d'air.

— Ce sont des noms farsis, Ding — oh, merde ! (Une autre secousse majeure. Il regarda par le hublot. On aurait dit une immense arène de nuages traversés un peu partout par des éclairs. Il avait rarement vu pareil spectacle.) Ce con fait ça exprès, grogna-t-il.

Mais il se trompait. Le lieutenant-colonel, aux commandes, avait très peur. Les règlements de l'Air Force, sans parler du simple bon sens, interdisaient ce qu'il était en train de faire. Il vira de trente degrés, inclinant leur avion sur l'aile, comme un chasseur, à la recherche d'une zone plus calme tout en poursuivant sa montée. Celle qu'il trouva enfin ne l'était pas vraiment, mais c'était tout de même mieux que rien. Dix minutes plus tard, le VC-20B émergeait dans la lumière du soleil.

Clark détacha sa ceinture et alla au lavabo se passer un peu d'eau sur le visage, puis il s'agenouilla sur le plancher à côté d'un des pilotes de réserve, une femme, et lui montra le document qu'on venait juste de lui transmettre.

— Vous pouvez m'expliquer ça ?

Elle n'eut besoin que d'un simple coup d'œil.

— Oui, dit-elle, on a été informés de cette histoire.

— Comment ça ?

— On est pratiquement dans le même avion. Quand l'un d'eux a un accident, le fabriquant transmet tous les détails à tout le monde. Je veux dire, on les demanderait, de toute façon, mais c'est quasiment automatique. Il est parti d'ici, il s'est posé pour refaire le plein dans le nord de la Libye, d'accord ? A redécollé presque aussitôt. Transport médical, je pense, n'est-ce pas ?

— Exact. Continuez.

— Il a lancé un SOS, a annoncé qu'un de ses turbos perdait de la puissance, puis l'autre, et il est tombé. Trois radars l'ont suivi. Libye, Malte et un navire de la marine US, un destroyer, je crois.

— Rien de bizarre dans tout ça, commandant ?

Elle haussa les épaules.

— C'est un bon avion. Je ne crois même pas qu'on en ait cassé un seul, dans l'armée. Vous venez juste de vous faire une idée de ses capacités. Jerry, on a déjà paumé un turbo en vol sur un Gulf?

— Deux fois, il me semble. Un défaut sur une pompe d'alimentation. Rolls-Royce les a toutes changées. Le second, en novembre, il y a quelques années. Ils ont aspiré une oie.

— C'est assez fréquent, expliqua-t-elle à Clark. Les oies pèsent dans les dix, quinze kilos.

— Et pourtant ce type a perdu *les deux*?

— Personne n'a encore découvert pourquoi. Mauvais carburant, peut-être. Ça arrive, mais les turbos sont des unités isolées, monsieur. Tout est séparé — les pompes, l'électronique, tout.

— Sauf le carburant, qui vient du même camion, ajouta Jerry.

— Quoi d'autre? Que se passe-t-il en cas de panne de moteur?

— Si on ne fait pas attention, on peut perdre le contrôle de l'avion. On a un arrêt complet, l'avion dévie sur le moteur mort. Ça change l'écoulement d'air sur les commandes mobiles. On a perdu un Lear, un VC-21, de cette façon, une fois. Si ça vous tombe dessus en manœuvre de transition, bon, alors, ça devient un peu plus excitant. Mais nous sommes entraînés pour ça, et le rapport indique que l'équipage de cet avion l'était aussi. Deux pilotes expérimentés, et ils avaient travaillé sur la « boîte » — le simulateur de vol — assez régulièrement. On est obligés, ou alors on nous enlève notre assurance. De toute façon, le radar montre qu'ils n'étaient pas en train de manœuvrer, à ce moment-là. Donc, non, ça n'aurait pas dû leur arriver. L'hypothèse la plus plausible, c'est un mauvais carburant, mais les Libyens assurent que leur carburant était OK.

— Ou alors l'équipage a pu merder complètement, ajouta Jerry. Mais c'est difficile à croire. Je veux dire que pour casser ces appareils, il faut vraiment en avoir envie, vous savez? J'ai deux mille heures de vol, là-dessus.

— Et moi, deux mille cinq cents, reprit le commandant. C'est plus sûr que de conduire une voiture à Washington, monsieur. Nous aimons tous ces avions.

— Bon, comment je reviens ? demanda Raman au téléphone.

— Tu ne reviens pas tout de suite, lui répondit Andrea. Tu ne bouges pas. Peut-être que tu pourrais aider le FBI pour son enquête.

— Ouais, c'est super !

— Faut faire avec, Jeff, dit-elle à son subordonné. J'ai pas le temps, ajouta-t-elle avec mauvaise humeur.

— Sûr, grogna-t-il, et il raccrocha.

Bizarre, pensa Andrea. Jeff était toujours le plus calme d'entre eux. Mais qui n'était pas sur des charbons ardents, en ce moment ?

52

QUELQUE CHOSE DE VALEUR

— T'es déjà venu à Nairobi, John ? demanda Chavez, au moment où leur avion se posait.

— J'y suis passé une fois, mais j'ai pas vu grand-chose, à part le terminal.

Clark détacha sa ceinture et s'étira. C'était le coucher du soleil, ici aussi — ce qui ne signifiait pas forcément que c'était la fin d'une très longue journée pour les deux officiers de renseignements.

— Tout ce que je sais du coin vient des bouquins d'un certain Ruark, un grand chasseur et tout ça, ajouta-t-il.

— Tu ne chasses pas — pas des animaux, en tout cas, répliqua Ding.

— Ça m'est arrivé, et j'aime toujours lire des trucs là-dessus. C'est super de tirer sur des choses qui ne peuvent pas riposter, répondit John avec un petit sourire.

Leur appareil roula jusqu'au terminal militaire. Le Kenya avait une petite armée de l'air. Ce qu'il pouvait bien fabriquer avec était un mystère pour les deux « officiers » de la CIA/Air Force — et ils avaient sans doute peu de chances de le résoudre. Là encore, un fonctionnaire de leur ambassade vint les accueillir : cette fois, il s'agissait de l'attaché à la Défense, un colonel noir de l'armée de terre, dont l'insigne de l'infanterie de combat indiquait que c'était un vétéran de la guerre du Golfe.

— Colonel Clark, commandant Chavez, dit-il. (Il se tut une seconde, puis :) Chavez, je vous connais, non ?

— Ninja ! répondit Ding avec un grand sourire.

— Bon sang, z'êtes un des types qu'on a perdus ! J'imagine qu'on a fini par vous retrouver. Soyez tranquilles, messieurs, je sais d'où vous venez, mais pas nos hôtes, ajouta l'officier, tandis qu'ils se dirigeaient vers leurs voitures. J'avais un bataillon du Big Red One, en Irak. On a botté quelques culs, là-bas. (Puis il se renfrogna :) Comment ça va, chez nous ?

— C'est l'angoisse, répondit Ding.

— Il ne faut pas oublier que la guerre biologique est essentiellement une arme psychologique, tout comme la menace des gaz, contre nous, en 1991.

— Peut-être bien, répondit Clark. En tout cas, ça me concerne foutrement, colonel.

— Moi aussi, admit l'attaché à la Défense. J'ai de la famille à Atlanta, et CNN dit qu'il y a des cas, dans cette ville.

— Jetez un œil rapide là-dessus, dit John, en lui tendant les dernières données qu'ils avaient reçues dans l'avion. C'est certainement plus fiable que ce qu'ils racontent à la télé.

Le colonel avait droit à un chauffeur. Il s'assit à l'avant, à côté du conducteur, et il feuilleta les documents de Clark.

— Pas d'accueil officiel, ce coup-ci ? demanda Chavez.

— Pas ici. Un policier nous attend, là où nous allons. J'ai de bons contacts dans le coin.

— Parfait, dit Clark, tandis que leur véhicule démarrait.

Il leur fallut dix minutes pour arriver à destination. Le vendeur d'animaux était installé dans la banlieue de la capitale. L'endroit était pratique, situé à côté de l'aéroport et de la route principale qui menait dans la jungle — mais tout de même assez à l'écart. Les deux officiers de la CIA ne tardèrent pas à découvrir pourquoi.

— Doux Jésus! s'exclama Chavez en descendant de la voiture.

— Ouais, ils sont bruyants, pas vrai? fit le colonel. Il prépare un chargement de singes verts pour Atlanta. (Il ouvrit sa mallette et leur tendit une enveloppe.) Au fait, vous aurez besoin de ça.

— Parfait, dit Clark en la fixant sur son clipboard.

— Bonjour! s'exclama le vendeur en sortant de son bureau.

C'était un gros homme, et à en juger à son estomac, les caisses de bière ne devaient pas l'effrayer. Un policier en uniforme l'accompagnait — un gradé, manifestement. L'attaché échangea quelques mots avec lui, et lui demanda de s'éloigner. Le policier ne sembla pas s'en offusquer.

— Salut, dit John, en lui serrant la main. Je suis le colonel Clark. Et voici le commandant Chavez. Nous aurions quelques questions à vous poser, si ça ne vous dérange pas?

— Sur les singes? Pourquoi vous intéressez-vous aux singes? Le directeur de la police ne me l'a pas dit.

— Est-ce si grave que ça qu'il ne vous en ait pas parlé? répondit John en lui tendant l'enveloppe.

Le vendeur l'empocha sans l'ouvrir pour la compter. Mais il avait senti son épaisseur.

— Non, vraiment pas. Bon, que voulez-vous savoir? fit-il d'une voix franche et amicale.

— Vous vendez des singes, dit John.

— Oui, c'est mon travail. Pour les zoos, les collectionneurs privés, les laboratoires médicaux. Venez, je vais vous montrer.

Il les conduisit vers un bâtiment qui n'avait que

trois côtés, en tôle ondulée, aurait-on dit. Il y avait là deux camions, sur lesquels cinq ouvriers chargeaient des cages, les mains protégées par d'épais gants de cuir.

— On vient juste d'avoir une commande de votre CDC, à Atlanta, expliqua l'homme. Cent singes verts. Ce sont de jolis animaux, mais très désagréables. Les fermiers locaux les détestent.

— Pourquoi ? intervint Ding, tout en regardant les cages.

Elles étaient en fils d'acier, avec des poignées sur le dessus. A une certaine distance, elles donnaient l'impression d'être de la taille de celles avec lesquelles on transporte les poulets au marché, mais vues de plus près, elles étaient un peu trop grandes pour ça... Pourtant...

— Parce qu'ils ravagent les moissons. C'est une véritable calamité, comme les rats, mais en plus malins ; les gens, en Amérique, ont l'air de penser que ce sont des dieux ou quelque chose comme ça, à entendre comment ils se plaignent de ce qu'on leur fait dans les laboratoires. (Il éclata de rire.) Comme si on risquait d'en manquer ! Il y en a des millions. On fait une descente à un endroit, on en capture trente, et le mois suivant quand on revient on en attrape encore trente. Les cultivateurs nous supplient de les en débarrasser.

— Un peu plus tôt, cette année, vous aviez une cargaison prête pour Atlanta, dit Clark, mais vous l'avez vendue à quelqu'un d'autre, n'est-ce pas ?

Il se retourna pour observer Chavez. Il ne les avait pas suivis. Il s'éloignait du hangar. Il semblait fasciné par les cages vides. Peut-être que c'était l'odeur qui lui déplaisait. Elle était plutôt costaude.

— Ils ne m'ont pas payé à temps, et un autre client s'est présenté et lui, il avait l'argent tout de suite, fit remarquer le vendeur. Je dirige une affaire, colonel Clark, figurez-vous.

John lui adressa un grand sourire.

— Hé, je ne suis pas là pour vous donner des conseils en management. Je voudrais juste savoir à qui vous les avez vendus.

— Un acheteur, dit l'homme. Je n'ai pas eu besoin d'en connaître davantage.

— D'où était-il? insista Clark.

— Aucune idée. Il m'a payé en dollars, mais il n'était certainement pas américain. C'était un type plutôt discret, se souvint-il, pas très amical. Oui, je sais que j'ai eu du retard pour la cargaison suivante pour Atlanta, mais eux aussi avaient traîné pour me payer, rappela-t-il à son visiteur. Pas vous, heureusement.

— Ils avaient un avion?

— Oui, un vieux 707. Il était plein. Il n'y avait pas que mes bêtes. Ils en avaient déjà acheté à d'autres endroits. Vous voyez, les singes verts sont tellement communs. Y en a partout en Afrique. Vos défenseurs des animaux n'ont pas de souci à se faire sur leur disparition. Maintenant, pour les gorilles, bon, j'admets que c'est autre chose.

— Vous avez des dossiers? s'informa Clark. Le nom de l'acheteur, le manifeste, le numéro d'immatriculation de l'avion?

— Les documents de douane, vous voulez dire? (Il secoua la tête.) Hélas, non. On les a peut-être perdus...

— Vous avez des arrangements avec les fonctionnaires de l'aéroport, murmura John en souriant, même s'il n'en avait nulle envie.

— J'ai beaucoup d'amis au gouvernement, oui, lui répondit le vendeur avec un sourire entendu, qui confirmait ses « arrangements ».

Bon, après tout la corruption existe aussi chez nous, aux Etats-Unis, pensa Clark.

— Et donc, vous ne savez pas où ils sont allés? dit-il.

— Non. Là, je suis incapable de vous aider. Si je le pouvais, j'en serais ravi, ajouta-t-il en tapotant la poche où l'enveloppe avait disparu. Je regrette de dire que mes dossiers sont incomplets pour certaines de mes transactions.

Clark se demanda s'il pouvait ou non pousser un peu l'homme dans ses retranchements sur cette question. Il pensa que non. Il n'avait jamais travaillé au Kenya. Mais brièvement en Angola, oui, dans les années 70, et l'Afrique était un continent très décontracté, dont le lubrifiant était l'argent liquide. Il regarda l'attaché US à la Défense qui parlait avec le chef de la police, un peu plus loin. Celui-ci devait sans doute lui confirmer que ce vendeur n'était pas un criminel, qu'il se montrait simplement « créatif » dans ses relations avec les autorités locales — qui, pour un modeste pot-de-vin, regardaient ailleurs quand il le leur demandait. Et de toute façon les singes étaient loin d'être une ressource rare pour le pays si l'on en croyait le marchand. Et sans doute que l'on pouvait. Les agriculteurs étaient certainement ravis d'être débarrassés de ces saletés juste pour ne plus entendre leur vacarme ! On aurait dit une bagarre dans le principal bar de la ville, un vendredi soir.

— Merci pour votre aide, dit Clark. Peut-être que quelqu'un reviendra parler de tout ça avec vous.

— Je regrette de ne pouvoir vous fournir davantage d'informations.

Il avait l'air sincère. Pour cinq mille dollars en liquide, Clark estimait qu'il aurait pu en faire davantage. Il n'en rendit pas un seul cent, bien sûr.

Ils retournèrent à la voiture. Au moment où ils démarraient, John se retourna et vit le vendeur qui sortait l'enveloppe de sa poche et en extrayait quelques billets, qu'il tendit à l'amical directeur de la police. C'était normal, ça aussi.

— Bon sang ! Mais oui ! Les cages ! s'exclama soudain Chavez.

— Quoi ? fit Clark.

— T'as pas remarqué, John, les cages ! On a déjà vu les mêmes. A Téhéran, dans le hangar de leur armée de l'air. Tu te souviens ?

— Merde !

— Un indice de plus, monsieur C. Les coïncidences s'empilent, mec. Où on va, maintenant ?

— Khartoum.

— Ouais, j'ai vu le film.

Les médias continuaient à couvrir l'événement, mais avec un peu moins de précipitation. A travers tout le pays, les journalistes locaux des chaînes affiliées prirent de l'importance, car les « grands noms » étaient coincés dans leurs bureaux de New York, de Washington, de Chicago et de Los Angeles. Les principaux reportages étaient désormais consacrés aux gardes nationaux, qui bloquaient les autoroutes inter-Etats avec leurs Hummer et d'autres véhicules. Personne n'essaya de forcer les barrages. Les camions de nourriture et de médicaments étaient autorisés à les franchir, après avoir été inspectés ; dans un jour ou deux, leurs chauffeurs feraient une prise de sang pour une recherche d'anticorps, et on leur fournirait des passes avec leur photo pour leur faciliter le travail. Les routiers jouaient le jeu.

C'était différent sur d'autres routes. Tous les Etats de l'Union avaient, bien sûr, un important réseau de voies secondaires connecté à celui des Etats voisins — et toutes devaient être bloquées, elles aussi. Cela prit du temps, et les médias interviewèrent des gens qui passaient d'un Etat à l'autre les doigts dans le nez. Cela prouvait que les décrets présidentiels étaient impossibles à mettre totalement en œuvre, concluaient les commentateurs, outre le fait qu'ils étaient mauvais, stupides et anticonstitutionnels.

Mais les gardes nationaux étaient des enfants du pays, et ils savaient lire les cartes. Ils se sentaient vexés, aussi, par ces reportages qui, implicitement, les prenaient pour des imbéciles. Dès le vendredi midi, ils avaient positionné un véhicule sur toutes les départementales, avec des hommes et des femmes armés et vêtus de combinaisons de protection chimique qui les faisaient ressembler à des Martiens.

Sur ce réseau secondaire, et parfois même sur les nationales, il y eut des affrontements. Certains ne furent que des échanges verbaux un peu vifs — ma famille est juste de l'autre côté, lâchez-moi la grappe, OK ? Parfois, on appliqua la loi avec du bon sens, après un contrôle d'identité et un échange radio. Dans d'autres cas, on la respecta au pied de la lettre, et la mayonnaise monta... A deux endroits, des coups de feu furent tirés. Un homme fut abattu. Cela fit les nouvelles nationales dans les deux heures qui suivirent, et une fois encore les journalistes mirent en cause la sagesse du décret présidentiel. L'un d'eux accusa même la Maison-Blanche d'être responsable de cette mort.

Il y eut le même genre de problèmes avec les frontières internationales. La police et l'armée canadiennes fermèrent tous les points de passage entre les deux nations. On demanda aux citoyens américains qui se trouvaient dans ce pays de se rendre à l'hôpital le plus proche pour une analyse de sang. Et là, on les retint, quoique fort civilement. La même chose se produisit aussi en Europe, avec diverses variantes d'un Etat à l'autre. Et pour la première fois, ce fut l'armée mexicaine qui boucla la frontière méridionale des Etats-Unis, avec la coopération des autorités US, pour empêcher un trafic de « clandestins » filant... vers le sud.

Il y avait encore quelques échanges locaux. Les supermarchés et les épiceries acceptaient les clients — généralement peu nombreux — qui venaient y chercher les produits de première nécessité. Les pharmacies avaient épuisé leurs stocks de masques chirurgicaux. Beaucoup de gens dévalisèrent les quincailleries de leur quartier et les boutiques de peinture ; aux informations télé, on avait expliqué que même s'ils étaient prévus pour d'autres usages, les masques qu'on y trouvait, aspergés avec des désinfectants ménagers, offraient une meilleure protection contre un virus que les combinaisons chimiques de l'armée. Inévitablement, certaines personnes forcèrent trop sur les vaporisations, et il y eut des réactions allergiques, des difficultés respiratoires et même quelques décès.

A travers tout le pays, les médecins travaillaient comme des damnés. Comme tout le monde savait désormais que les premiers symptômes d'Ebola ressemblaient à ceux de la grippe, ils se retrouvèrent avec quantité de patients qui étaient sûrs d'être conta-minés. Faire la différence entre les vrais malades et les hypocondriaques fut bientôt leur tâche principale.

Il y avait maintenant cinq cents cas confirmés, tous reliés, directement ou non, à dix-huit salons. Cela donna au CDC, à l'USAMRIID et au FBI des réfé-rences temporelles, et leur permit de repérer aussi quatre autres Salons où l'on n'avait encore signalé aucun cas de contamination. Des agents avaient visité ces vingt-deux centres et ils avaient appris que les déchets des récentes manifestations avaient été enle-vés depuis longtemps. Le Bureau pensa les retrouver, mais l'USAMRIID l'en dissuada, expliquant que pour identifier le système qui avait servi à la distribution du virus, il aurait fallu fouiller des milliers de tonnes de matière, une tâche tout simplement impossible, et qui pouvait même se révéler dangereuse. L'important, dans tout cela, c'était qu'on avait réussi à délimiter la période de la contamination. Cette information fut immédiatement rendue publique. Les Américains qui se trouvaient à l'étranger avant les dates d'ouverture de ces différentes foires commerciales, que l'on savait désormais être les centres de l'épidémie, n'étaient pas « dangereux ». Les services de santé du monde entier la diffusèrent en quelques heures. Il n'y eut aucun moyen de l'empêcher, ni aucune raison de garder le secret, même si cela avait été possible.

— Eh bien, ça signifie que personne n'est conta-miné ici, dit le général Diggs à son équipe, au briefing matinal.

Fort Irwin était l'un des camps militaires les plus isolés d'Amérique. Il n'y avait qu'une route pour y accéder, et celle-ci était désormais bloquée par un Bradley.

Hélas, ce n'était pas le cas d'autres bases militaires — et là, le problème était mondial. Un haut respon-sable de l'armée de terre du Pentagone était parti pour l'Allemagne où il avait participé à une conférence au quartier général du 5e corps, et, deux jours plus tard, il avait dû être hospitalisé, infectant au passage un médecin et deux infirmières. La nouvelle secoua les alliés de l'OTAN qui mirent immédiatement en quarantaine tous les camps américains. Mais le pire, pour le Pentagone, c'était que chaque base ou presque avait un cas, avéré ou suspecté. L'effet sur le moral des troupes fut terrible. Et cette nouvelle-là, comme les autres, fut impossible à dissimuler des deux côtés de l'Atlantique.

Washington aussi connaissait une activité frénétique. La force opérationnelle conjointe comprenait des membres de tous les services de renseignements, plus le FBI et les agences fédérales chargées de l'application de la loi. Le président leur avait donné beaucoup de pouvoir, et ils avaient bien l'intention de s'en servir. Le manifeste du Gulfstream perdu en mer avait fait évoluer les choses dans une direction imprévue, mais c'était souvent ainsi dans les enquêtes.

A Savannah, Géorgie, un agent du FBI frappa à la porte du domicile privé du président de Gulfstream et il lui tendit un masque chirurgical quand il lui ouvrit. Son usine était au chômage technique, comme la majeure partie des entreprises américaines, mais on ferait aujourd'hui une entorse à l'état d'urgence. L'industriel téléphona à son responsable de la sécurité et au chef des pilotes d'essai de la compagnie et leur demanda de les accompagner. Six agents du FBI eurent une longue conversation avec eux, qui se transforma en téléconférence. Le résultat immédiat le plus important fut la découverte que personne n'avait récupéré l'enregistreur de vol de l'avion. On le sut après un appel au commandant de l'USS *Radford* qui confirma que son navire, à présent en cale sèche, avait suivi l'avion en perdition, puis avait cherché à repérer les bruits sonar de sa boîte noire, mais en vain. L'officier naval était incapable d'expliquer la chose. Le pilote d'essai dit que si l'avion s'écrasait avec suffisamment de violence, l'instrument en question pouvait se volatiliser, malgré sa robustesse. Mais le commandant du *Radford* se souvenait que l'appareil, justement, n'allait pas très vite au moment du SOS, et que l'on n'avait pas ramassé non plus le moindre débris. On appela donc la Direction générale de l'aviation civile américaine — la FAA — et le Bureau national de sécurité des transports — le NTSB — pour leur demander immédiatement leurs dossiers.

A Washington — le groupe de travail s'était réuni dans l'immeuble du FBI — on échangea des coups d'œil par-dessus les masques que tout le monde portait. La FAA avait retrouvé des informations sur l'équipage de l'avion. Il s'agissait de deux anciens pilotes de l'armée de l'air iranienne, qui s'étaient entraînés aux Etats-Unis vers la fin des années 70. Leurs photos et leurs empreintes furent transmises aux enquêteurs. Deux autres pilotes, volant sur le même type d'appareil, pour la même compagnie suisse, avaient eu un entraînement similaire et l'attaché juridique du FBI à Berne appela immédiatement ses collègues suisses pour leur demander de les aider à les interroger.

— OK, résuma Dan Murray. On a une religieuse belge agonisante, son amie et un docteur iranien. Ils embarquent dans un avion enregistré en Suisse qui disparaît sans laisser de traces. Cet appareil appartient à une petite société commerciale — et nous savons que son équipage était iranien.

— Tout ça semble aller dans une certaine direction, Dan, dit Ed Foley. (A cet instant, un agent arriva avec un fax pour le directeur de la CIA.) Regardez ça, ajouta Foley, en le faisant glisser sur la table.

Ce n'était pas un long message.

— Certaines personnes se croient toujours plus malignes que les autres, lança Murray à la cantonade, en leur faisant passer le papier.

— Ne les sous-estimez pas, l'avertit Ed Foley. On n'a encore rien de sérieux. Le président ne peut rien faire tant que nous n'avons pas de certitudes.

Et peut-être que même à ce moment-là il sera

coincé, pensa-t-il, vu l'état de nos forces armées... Et puis il y avait aussi ce que Chavez avait dit avant de partir. Bon sang, mais ce gosse était en train de devenir très fort. Foley se demanda s'il devait leur parler de son hypothèse. Non, il y avait des problèmes plus pressants pour l'instant, décida-t-il. Il en discuterait en tête à tête avec Murray.

Au même moment, Chavez ne se sentait pas spécialement « très fort », tandis qu'il sommeillait dans son siège de cuir. Un autre saut de puce de trois heures jusqu'à Khartoum. Il rêvait. Des rêves agités. Il avait eu plus que sa part de voyages aériens en tant qu'officier de la CIA, mais jet d'affaires somptueux ou pas, on est vite épuisé. La diminution de la pression d'air signifie moins d'oxygène, et ça vous fatigue. L'air est très sec et ça vous déshydrate. Le bruit des moteurs vous donne l'impression de dormir dans un trou perdu avec des insectes grouillant autour de vous, toujours prêts à vous sucer sang...

Non, les responsables de cette histoire n'étaient pas forcément très malins. OK, un avion avait disparu avec cinq personnes à bord, mais ce n'était pas nécessairement une impasse, n'est-ce pas ? HX-NJA, il s'en souvenait d'après les documents de douane. Hum... Ceux-là, on les avait sans doute gardés parce que l'appareil transportait des gens et pas des singes... HX pour la Suisse. Pourquoi HX ? se demanda-t-il. H pour Helvétie, peut-être ? N'était-ce pas un ancien nom du pays ? Est-ce que dans certaines langues on l'appelait encore ainsi ? Oui. Les Allemands, peut-être. NJA servait à identifier l'avion. On utilisait des lettres plutôt que des chiffres parce qu'elles permettaient davantage de combinaisons. NJA, pensa-t-il, les yeux fermés. Ninja. Cela le fit sourire. C'était le surnom de son ancienne unité, le 1er bataillon du 17e régiment d'infanterie. « Nous sommes les maîtres de la nuit ! » Ouais, c'était le bon temps, quand ils se défonçaient à courir les collines, à Fort Ord et à Hunter-Liggett. Mais la 7e division d'infanterie légère avait été démobilisée, ses étendards roulés et rangés dans des caisses pour la retraite, ou pour un usage ultérieur. Ninja... Pourquoi cela lui semblait-il important ?

Il se leva, s'étira, et alla à l'avant. Puis il réveilla le pilote avec lequel Clark avait eu une brève algarade.

— Colonel ? Combien coûte un de ces avions ?

L'homme n'ouvrit qu'un seul œil et répondit :

— Aucun d'entre nous ne peut se le payer.

Et l'œil se referma.

— Non, sérieusement.

— Plus de vingt millions de dollars, ça dépend de la version et du choix de l'avionique. Si quelqu'un fabrique un meilleur avion d'affaires, je ne le connais pas.

— Merci.

Chavez retourna à son siège. Inutile de se rendormir, il sentit le nez de l'appareil qui s'abaissait et il entendit la diminution du régime des turbines. Ils entamaient leur descente sur Khartoum. Le chef de la station locale de la CIA les attendait. Pardon, pensa-t-il : l'attaché commercial. Ou devait-on dire « officier politique » ? Qu'importait, après tout. Il savait simplement que cette ville ne serait pas aussi amicale que les deux précédentes.

L'hélicoptère se posa à Fort McHenry, juste à côté de la statue d'Orphée que quelqu'un, semblait-il, avait jugée digne d'honorer la mémoire de Francis Scott Key [1], nota Ryan, une pensée qui n'avait aucun rapport avec le sujet. A peu près aussi peu que l'idée d'Arnie d'organiser cette foutue séance de photos ! Mais il devait montrer qu'il était concerné. Jack y réfléchit un instant. Les gens pensaient-ils qu'en des moments pareils le président organisait des réceptions mondaines ? Edgar Poe n'avait-il pas écrit une histoire comme ça ? *Le Masque de la mort rouge*. Oui, un truc dans ce genre. Mais la peste s'était invitée à la

1. L'auteur de *La Bannière étoilée*, l'hymne national américain (*N.d.T.*).

fête, n'est-ce pas? Le président se frotta le visage. *Dormir. Il faut que je dorme.* Il se mettait à penser à des conneries. C'était comme des flashes. Quand on avait l'esprit fatigué, des pensées incohérentes s'allumaient dans votre tête sans raison apparente, et il fallait les combattre, se forcer à revenir aux choses importantes.

Les habituelles Chevy Suburban étaient là, mais pas la limousine présidentielle. A l'évidence, ils avaient prévu de le transporter dans un blindé, cette fois. Il y avait des flics tout autour, l'air lugubre. Bon, tout le monde avait cet air-là, alors pourquoi pas eux?

Il portait un masque, lui aussi, et trois caméras de télévision étaient là pour enregistrer l'événement. Peut-être même que c'était en direct? Il n'en savait rien. Il regarda à peine dans leur direction pendant qu'il marchait jusqu'aux véhicules. Le convoi démarra presque immédiatement, remonta Fort Avenue, puis prit au nord sur Key Highway. Un trajet de dix petites minutes dans des rues désertes, pour rejoindre Johns Hopkins où le président et la First Lady montreraient combien tout cela les touchait, sous l'œil d'autres caméras. « Fonction de leadership », lui avait dit Arnie, choisissant une expression dont il était sûr qu'il respecterait le sens, même s'il n'aimait pas ce déplacement. Et le pire, c'était qu'Arnie avait raison. Le président n'avait pas le droit de s'isoler de la population — qu'il fût capable ou pas de faire quelque chose de substantiel pour l'aider, elle devait le voir se préoccuper de tout ça. Cela avait un sens et en même temps ça n'en avait aucun.

Le cortège s'arrêta devant l'entrée côté Wolfe Street. Il y avait des soldats, ici, des gardes nationaux du 175e régiment d'infanterie, le Maryland Line. Le commandant local avait décidé qu'on devait garder tous les hôpitaux, et Ryan estima que c'était sensé. Le détachement de protection était nerveux de voir des hommes autour du président avec des fusils chargés, mais c'étaient des soldats et c'était comme ça. Tous le saluèrent, dissimulés sous leur équipement MOPP, fusil en bandoulière. Personne n'avait menacé l'hôpital, peut-être parce que ces hommes étaient là, ou peut-être simplement parce que tout le monde était terrorisé. Assez, en tout cas, pour qu'il n'y eût pratiquement plus de crimes dans les rues, comme un policier le fit remarquer à un agent du Service secret. Même les dealers étaient invisibles.

En fait, il n'y avait pas grand monde nulle part, à cette heure-ci, mais ceux qui restaient étaient masqués, et même le hall empestait le désinfectant, qui était devenu l'odeur nationale. Jack se demanda à quel point c'était surtout psychologique. Mais sa visite ici l'était aussi, n'est-ce pas ?

— Salut, Dave, dit le président au doyen.

Celui-ci portait une tenue chirurgicale, un masque et des gants. Les deux hommes évitèrent de se serrer la main.

— Merci de votre visite, monsieur le président.

Il y avait des caméras dans le hall ; elles l'avaient suivi quand il était entré. Sans laisser le temps aux journalistes de crier pour lui demander une déclaration, Jack fit un signe et James leur ouvrit le chemin. Il supposa que ça lui avait donné l'air efficace. Les agents du Service secret se précipitèrent pour prendre la tête de leur groupe quand il sortit de l'ascenseur et se dirigea vers l'étage médical. Les portes s'ouvrirent sur un couloir où régnait une intense activité. Ici, contrairement à l'extérieur, il y avait de l'agitation et beaucoup de monde.

— Combien ici, Dave ?

— On a admis trente-quatre malades, chez nous. Total pour cette région : cent quarante cas — enfin, la dernière fois que j'ai vérifié. On a toute la place et tout le personnel nécessaires. On s'est débarrassés à peu près de la moitié de nos autres patients, du moins ceux qu'on a pu laisser sortir en toute sécurité. Tout ce qui n'est pas essentiel a été suspendu, mais il reste l'activité habituelle. Je veux dire, il y a toujours des bébés qui naissent. Des gens qui attrapent des maladies... normales. Certains traitements doivent être poursuivis, épidémie ou non.

— Où est Cathy ? demanda Ryan, tandis que le seul cameraman autorisé sortait de l'ascenseur.

Son film serait utilisé par toutes les chaînes. L'hôpital ne souhaitait pas — et ne pouvait pas — être envahi par des gens de l'extérieur, et si les responsables des médias avaient protesté, leur personnel sur place ne s'était guère bousculé au portillon. Peut-être était-ce à cause de l'odeur d'antiseptique ? Peut-être les gens réagissaient-ils exactement comme les chiens qu'on emmenait chez un vétérinaire. Pour tout le monde, ça sentait le danger.

— Par ici. Il vous faut une tenue.

En temps normal, une salle était réservée aux médecins, et une aux infirmières, pour leurs moments de repos. A présent, elles étaient toutes les deux utilisées pour une autre tâche. La plus éloignée était « chaude », on s'en servait pour se dévêtir et se décontaminer. La plus proche était sûre, ou censée l'être, on y enfilait les tenues de protection. Il n'y avait ni temps ni espace pour les ronds de jambe. Les agents du Service secret entrèrent les premiers, puis le président, et ils tombèrent sur une femme en soutien-gorge et en culotte, en train de choisir une combinaison plastique à sa taille. Elle ne s'en offusqua pas. C'était son quatrième tour de garde et elle avait d'autres chats à fouetter.

— Accrochez vos fringues ici, les gars, dit-elle avec un geste de la main. Oh ! ajouta-t-elle, lorsqu'elle reconnut le président.

— Merci, dit Ryan, qui ôta ses chaussures et prit le cintre que lui tendait Andrea.

Celle-ci jeta un coup d'œil rapide à la femme. A l'évidence, elle ne dissimulait aucune arme dans ses sous-vêtements.

— Comment c'est ? demanda Jack.

C'était l'infirmière responsable de l'étage. Elle ne se retourna pas pour répondre.

— Affreux. (Elle se tut une seconde, puis décida qu'elle devait tout de même le regarder quand elle lui parlait.) Vous savez, nous apprécions vraiment que votre épouse soit ici avec nous.

— J'ai essayé de l'en dissuader, avoua-t-il.

Il ne se sentait pas le moins du monde coupable pour ça, et il se demanda s'il aurait dû.

— Mon mari aussi, dit-elle. (Elle s'approcha.) Attendez, le casque se met comme ça.

Ryan eut un bref instant de panique. C'était l'un des actes les moins naturels du monde que de se placer un sac en plastique sur la tête. L'infirmière lut son inquiétude sur son visage.

— Ça m'a fait la même impression, au début. Vous vous habituerez.

De l'autre côté de la pièce, le doyen James était déjà équipé. Lui aussi, il vint vérifier la tenue du président.

— Vous m'entendez?

— Ouais.

Ryan suait, à présent, en dépit du système portatif d'air conditionné accroché à sa ceinture.

Le doyen se tourna vers les membres du Service secret.

— A partir d'ici, c'est moi le patron, leur annonça-t-il. Je ne laisserai pas votre président courir le moindre danger, mais nous n'avons pas assez de tenues pour vous. Si vous restez dans les couloirs, vous serez en sécurité. Ne touchez rien. Ni les murs ni le sol, rien. Si quelqu'un passe devant vous avec un chariot, écartez-vous. Si vous ne pouvez pas, allez jusqu'à l'extrémité du couloir. Si vous voyez des conteneurs en plastique, n'approchez pas. Vous avez compris?

— Oui, monsieur.

Pour une fois, même Andrea Price était intimidée, constata POTUS. Tout comme lui. L'impact psychologique de tout ça était affreux. Le Dr James donna une petite tape sur l'épaule du président.

— Suivez-moi. Je sais que c'est effrayant, mais vous êtes en sécurité, là-dedans. Il a fallu qu'on s'y habitue, nous aussi, n'est-ce pas, Tisha?

L'infirmière en chef se retourna; elle avait fini de passer sa tenue.

— Oui, docteur.

Il entendait sa propre respiration et le bourdonnement du système d'air conditionné, mais rien d'autre. Ryan avait une sensation effrayante de claustrophobie, tandis qu'il emboîtait le pas au doyen.

— Cathy est ici, lui dit ce dernier.

Il ouvrit la porte. Ryan entra.

C'était un enfant, un garçon d'environ huit ans. Deux silhouettes en combinaison bleue s'occupaient de lui. De derrière, Ryan ne pouvait dire laquelle était sa femme. James leva soudain la main, empêchant Ryan de faire un pas supplémentaire. L'une des deux silhouettes était en train de replacer une IV, et il ne fallait surtout pas la distraire. L'enfant gémissait et se contorsionnait sur son lit. Ryan voyait mal la scène, mais cela suffisait à lui retourner l'estomac.

— Calme-toi, maintenant. Tu vas te sentir mieux, avec ça.

C'était la voix de Cathy. Evidemment, c'était elle qui plantait l'aiguille. Les deux autres mains immobilisaient le petit bras.

— ... Voilà. Sparadrap, ajouta-t-elle, en levant les mains.

— Vous avez bien piqué, docteur.

— Merci.

Cathy s'approcha de la boîte électronique contrôlant le goutte-à-goutte de morphine, et elle programma les quantités nécessaires. Elle s'assura que la machine fonctionnait correctement. Quand elle eut fini, elle se retourna.

— Oh!

— Salut, chérie.

— Jack, tu n'es pas à ta place, ici, lui dit-elle fermement.

— Parce que tu connais qui l'est?

— OK, j'ai des infos sur ce Dr MacGregor, leur dit le chef de station, au volant de sa Chevy rouge.

Il se nommait Frank Clayton, il était diplômé de Grambling, et Clark l'avait connu à la Ferme quelques années plus tôt.

— Alors, filons le voir, Frank.

Clark regarda sa montre, fit les calculs et décida qu'il devait être dans les deux heures du matin. Il grogna. Ils s'arrêtèrent d'abord à l'ambassade, où ils se changèrent. Les uniformes militaires américains n'étaient pas tellement appréciés, ici. En fait, les avertit leur hôte, bien peu de choses américaines l'étaient. Chavez nota qu'une voiture les suivait depuis l'aéroport.

— T'en fais pas. On s'en débarrassera à l'ambassade. Vous savez, les gars, j'me demande parfois si ça a pas été un bon plan quand on a kidnappé mes frères pour les faire quitter l'Afrique de force! Ne répétez à personne que j'ai dit ça, d'ac'? Mais le sud de l'Alabama est un paradis sur terre, comparé à ce trou à rats.

Il se gara derrière l'ambassade et les fit entrer. Quelques minutes plus tard, l'un de ses hommes grimpa dans la Chevy et redémarra; l'autre voiture reprit sa filature.

— T'as discuté avec MacGregor? demanda Clark.

— Oui, y a quelques heures, au téléphone. On va passer le prendre chez lui. J'ai trouvé une jolie petite place de parking tranquille où on pourra causer, expliqua Clayton.

— Il ne court pas de danger?

— Je ne crois pas. Les gens du cru sont plutôt laxistes. Si quelqu'un nous file le train, je sais quoi faire.

— Alors, allons-y, mon pote, dit John. J'voudrais pas rater le clair de lune.

La maison de MacGregor n'était pas si mal que ça, située dans un district apprécié par les Européens et, selon le chef de station, très sûr. Il composa le numéro du beeper du docteur sur son téléphone cellulaire — il y avait un service local. Moins d'une minute plus tard, la porte s'ouvrit, et une silhouette s'approcha de la voiture et monta à l'arrière. Clayton démarra immédiatement.

— Ceci est plutôt inhabituel, pour moi. (John constata avec surprise qu'il était plus jeune que Chavez.) Qui êtes-vous exactement, les gars?

— CIA, lui répondit Clark.

— Vraiment!

— Vraiment, docteur, intervint Clayton de derrière son volant.

Il vérifia son rétroviseur. Ils n'étaient pas suivis. Juste pour s'en assurer, il prit la première à gauche, puis la première à droite, puis une autre rue à gauche. Parfait.

— Vous avez le droit de dire ça aux gens? demanda MacGregor, tandis qu'ils revenaient sur ce qui passait ici pour la rue principale de la ville. Vous allez être obligés de me tuer, maintenant?

— Doc, gardez ce truc pour les films, d'accord? suggéra Chavez. La vie réelle n'est pas comme ça, et si on vous avait dit qu'on était du Département d'Etat, vous ne nous auriez pas crus non plus, exact?

— Vous ne ressemblez pas à des diplomates, en effet, décida MacGregor.

Clark, qui était assis sur le siège du passager, à l'avant, se retourna :

— Merci d'avoir bien voulu nous rencontrer.

— La seule raison pour laquelle je le fais... Eh bien, le gouvernement local m'a obligé à négliger les procédures normales, pour mes deux cas. Ces procédures ont une utilité, vous comprenez.

— OK, avant tout, pourriez-vous me dire, s'il vous plaît, tout ce que vous savez sur vos patients? demanda John en lançant son magnétophone.

— Tu as l'air crevée, Cathy, murmura Jack, même s'ils ne se voyaient guère à travers leurs combinaisons, qui dissimulaient aussi les mouvements de leurs corps.

Surgeon considéra l'horloge murale, au-dessus des appareils de soins. Techniquement, elle n'était plus en service, à présent. Arnie van Damm avait appelé l'hôpital pour s'assurer que le timing serait bon, mais elle ne le saurait jamais. Elle aurait été furieuse, et elle avait déjà trop de raisons de l'être, avec tout ce qu'elle voyait autour d'elle.

— Les enfants ont commencé à arriver cet après-midi. La seconde génération de la maladie. Celui-là a dû être contaminé par son père. Il s'appelle Timothy. Il est en cours moyen. Son père est à l'étage au-dessus.

— Et le reste de la famille ?

— Sa mère est positive, elle aussi. On est en train de s'occuper de son admission. Il a une grande sœur. Elle, ça va, pour le moment. Elle se trouve dans l'immeuble réservé aux patients extérieurs. On a organisé une « zone d'attente » pour les gens qui ont été exposés au virus et qui n'ont rien. Viens, je vais te montrer un peu l'étage.

Une minute plus tard, ils se trouvaient dans la chambre numéro un, qui abritait le cas index.

Ryan estima que l'odeur qu'il sentait devait être le fruit de son imagination. Il y avait une tache noirâtre sur les draps que deux personnes — infirmières ou médecins, il n'aurait su dire — étaient en train de changer. L'homme, à demi conscient, essayait de libérer ses bras des liens qui les retenaient aux barreaux de son lit. Cela ennuyait les deux soignants, mais ils devaient d'abord s'occuper des draps, qui disparurent dans un sac en plastique.

— On va les brûler, expliqua Cathy, qui appuya un instant son casque contre celui de son mari. Nous prenons vraiment toutes les précautions de sécurité possibles.

— C'est grave, pour lui ?

Elle lui indiqua la porte d'un geste et suivit Jack dans le couloir. Une fois là, lorsque la porte fut refermée, elle lui planta un doigt méchant sur la poitrine :

— Jack, tu ne discutes jamais, jamais, du diagnostic d'un patient en sa présence, sauf si tu sais qu'il est bon ! *Jamais !* (Elle se tut un instant, puis, sans la moindre excuse pour ce bref éclair de colère, elle ajouta plus calmement :) Il présente des symptômes francs depuis trois jours.

— Il a des chances ?

Elle fit non de la tête à l'intérieur de son casque. Ils remontèrent le couloir, s'arrêtant dans quelques chambres où, à chaque fois, l'histoire était à peu près la même.

— Cathy ? (C'était la voix du doyen.) Vous avez fini votre service. Fichez le camp, ordonna-t-il.

— Où est Alexandre ? demanda Ryan, tandis qu'ils

se dirigeaient vers la salle des médecins pour se changer.

— Il s'occupe de l'étage du dessus, dit Cathy. Et Dave de celui-ci. Nous espérions que Ralph Foster viendrait nous aider, mais il n'y avait aucun vol. (Soudain, elle vit la caméra.) Bon sang, qu'est-ce qu'il fabrique ici, celui-là?

— Allez, viens, dit Ryan en entraînant sa femme.

Le costume qu'il portait en arrivant à l'hôpital avait été rangé dans un sac, quelque part. Il enfila donc une tenue médicale, devant trois femmes et un autre homme. En sortant de la pièce, il se dirigea vers l'ascenseur.

— Stop! lui ordonna une voix féminine. Un nouveau malade arrive des urgences. Prenez les escaliers.

Tout le monde obéit, Ryan, Cathy et le Service secret. Le président et sa femme traversèrent le rez-de-chaussée et sortirent du bâtiment, toujours avec un masque sur le visage.

— Tu tiens le coup? lui demanda-t-il.

Elle n'eut pas le temps de répondre. Quelqu'un hurla :

— Monsieur le président!

Deux membres de la Garde nationale se précipitèrent pour couper la route à un cameraman et un journaliste, mais Ryan les arrêta d'un signe de la main. Les deux hommes s'approchèrent, sous la surveillance de toute une armée, en uniforme et en civil.

— Oui? demanda Ryan en descendant son masque sous son menton.

Le journaliste tenait le micro au bout de son bras tendu. Ç'aurait été drôle, en d'autres circonstances. Tout le monde était terrorisé.

— Que faites-vous ici, monsieur le président?

— Eh bien, je pense que c'est mon travail de voir ce qui se passe Et puis je voulais savoir aussi comment Cathy se débrouillait.

— Nous savons que la First Lady est avec les malades. Allez-vous faire une nouvelle déclaration à la nation? Est-ce si grave que ça?

— Ecoutez, je comprends que vous soyez obligé de

poser cette question. Mais vous connaissez déjà la réponse. Ces gens sont vraiment très atteints et les médecins, ici, comme partout ailleurs dans le pays, font de leur mieux. C'est dur pour Cathy et pour ses collègues. C'est encore plus dur pour les patients et leur famille.

— Docteur Ryan, Ebola est-il aussi dangereux que ce que tout le monde raconte ?

— Oui, c'est affreux, dit-elle en hochant la tête. Mais on donne à nos malades le meilleur de nous-mêmes.

— Certains ont suggéré que puisque leur espoir de survie est si faible et leurs douleurs si intenses...

— Qu'est-ce que vous êtes en train de raconter ? Qu'il faut les tuer ?

— Eh bien, s'ils souffrent autant que ce qu'on le dit...

— Je ne suis pas ce genre de médecin, dit-elle, le rouge aux joues. Nous allons sauver certains d'entre eux. Et grâce à ceux-là, peut-être apprendrons-nous des choses qui nous permettront d'en sauver davantage. On n'avance pas en renonçant ! Voilà pourquoi les véritables docteurs n'euthanasient pas ceux qui leur sont confiés. Qu'est-ce qui vous arrive ? Il y a des êtres humains, là, et mon travail est de me battre pour les garder vivants — et vous osez venir me dire ce que je devrais faire ? (Elle se tut quand elle sentit le bras de son mari peser plus fort sur son épaule.) Pardonnez-moi. Mais c'est un peu dur, là-dedans.

— Pouvez-vous nous excuser quelques minutes ? intervint Ryan. On n'a pas échangé trois mots depuis hier. Vous savez, nous sommes mariés, juste comme des gens normaux.

— Oui, monsieur.

Ils se reculèrent, mais la caméra resta braquée sur eux.

— Viens ici, chérie.

Jack embrassa sa femme pour la première fois depuis plus de vingt-quatre heures.

— On va les perdre tous, Jack. Chacun d'eux. Ça va commencer demain, ou après-demain, murmura-t-elle.

Et elle éclata en sanglots.

— Ouais. (Il se pencha vers elle.) Tu sais, tu as le droit d'avoir des réactions d'être humain, toi aussi, doc.

— Oh, d'accord, on ne peut rien faire, alors on les laisse mourir dans la dignité, c'est ça? Alors on renonce? Non, ce n'est pas ce qu'on m'a appris dans cet hôpital.

— Je sais.

Elle renifla et essuya ses yeux sur la chemise de son mari.

— OK, ça va, maintenant. J'ai huit heures de libre.

— Où est-ce que tu dors?

Une profonde inspiration. Un frisson.

— On a installé quelques lits de camp. Bernie est à New York. Il donne un coup de main à Columbia. Ils ont deux cents cas, là-bas.

— T'es une dure à cuire, doc, lui dit Ryan en souriant.

— Jack, si tu découvres qui nous a fait ça...

— On y travaille, dit Potus.

— Vous connaissez certains de ces gens?

Le chef de station tendit au médecin les photos qu'il avait prises lui-même. Et aussi une lampe électrique.

— Mais c'est Saleh! Qui c'était, exactement? Il ne me l'a pas dit et je n'ai jamais pu le découvrir.

— Tous ces gens étaient irakiens. Lorsque la dictature s'est effondrée, ils se sont tirés. J'ai fait pas mal de clichés. Vous êtes sûr, pour celui-là?

— Tout à fait, je l'ai soigné pendant plus d'une semaine. Le pauvre gars est mort. (MacGregor continua à feuilleter les photos.) Et celle-là ressemble à Sohaila. Elle, elle a survécu, grâce à Dieu. Une gamine adorable — et là, c'est son père.

— Qu'est-ce que c'est que ce bordel? s'exclama Chavez. Personne ne nous a parlé de ça.

— On était à la Ferme, à ce moment-là, non? dit Clark.

— Tu redeviens un officier instructeur, John? se moqua Frank Clayton. Moi, j'ai eu l'info et j'ai filé à l'aéroport leur tirer le portrait. Sont arrivés en première classe, un joli Gulfstream. Vous le voyez, là?

Clark le regarda et grogna. C'était presque le même que celui qu'ils utilisaient en ce moment pour leur balade autour du monde.

— Bonnes photos, conclut-il.

— Merci, m'sieur.

— Faites-moi voir ça, dit Chavez en prenant le cliché. (Il tint la lampe électrique juste au-dessus.) *Ninja*..., murmura-t-il. Saloperie de *ninja*...

— Quoi? fit John.

— Lis un peu ces lettres sur la queue de l'avion, répondit Chavez doucement.

— HX-NJA... Nom de Dieu!

— Clayton, ajouta Ding, ce cellulaire est protégé?

Le chef de station l'alluma et composa trois chiffres.

— Maintenant, il l'est. Qui veux-tu appeler?

— Langley.

— Monsieur le président, on peut vous parler, maintenant?

Jack hocha la tête.

— Oui, sûr. Venez. (Il avait besoin de marcher un peu et il leur fit signe de le suivre.) Peut-être que je devrais m'excuser pour Cathy. Elle n'est pas comme ça, vous savez. C'est un bon toubib, ajouta-t-il d'une voix fatiguée. Ils sont tous affreusement stressés, ici. Ma femme vient de passer deux jours terribles. Mais c'est le cas de nous tous.

— S'agit-il d'un acte délibéré, monsieur?

— Nous n'en sommes pas sûrs, et je ne peux faire aucun commentaire à ce sujet jusqu'à ce que j'aie des informations fiables.

— Vous avez été très occupé, monsieur le président.

C'était un journaliste local qui n'appartenait pas au sérail de Washington. Et il passait en direct sur NBC, même s'il ne le savait pas.

— Oui, je pense, répondit Ryan.

— Monsieur, pouvez-vous nous donner un peu d'espoir ?

— Pour les malades, eh bien, l'espoir vient des médecins et des infirmières. Ce sont des gens formidables. On voit ça ici. Ils se battent. Je suis très fier de ma femme et du travail qu'elle fait. Je l'ai suppliée de ne pas venir ici. Je suppose que c'était égoïste de ma part, mais je n'ai pas pu m'en empêcher. Des terroristes ont déjà essayé de la tuer, vous savez. Personnellement, je n'ai pas peur du danger, mais mon épouse et mes enfants n'ont pas à vivre ce genre de choses. Et tous les gens qui se retrouvent ici, non plus. Mais c'est arrivé, et maintenant nous devons agir de notre mieux pour traiter les malades et éviter la contagion. Je sais que mon décret présidentiel a dérangé beaucoup de monde, mais je devais essayer de sauver des vies humaines. J'aurais préféré qu'il y ait un moyen plus facile, mais s'il existe, personne ne me l'a encore indiqué... Ecoutez, je suis vraiment crevé, ajouta le président, en se détournant de la caméra.

— Merci, monsieur le président.

Ryan s'éloigna sans but précis, en direction des immenses parkings. Il aperçut un Noir d'une quarantaine d'années qui fumait une cigarette, sans se soucier des panneaux qui l'interdisaient à proximité de ce temple de la science médicale. POTUS alla vers lui, oubliant les trois agents et les deux soldats qui le suivaient.

— Vous m'en offrez une ?

— Sûr.

Assis sur un bac à fleurs en briques, l'homme ne leva même pas les yeux, perdu dans la contemplation du sol en béton. Il lui tendit son paquet de cigarettes et un briquet à gaz. Ryan le remercia et s'assit à côté de lui.

— Toi aussi, mec ?

— Pardon ?

— Ma femme est là, elle a chopé la maladie. Elle travaillait dans une famille, comme bonne d'enfants, si tu veux. Ils l'ont tous attrapée, et maintenant elle est contaminée, elle aussi.

— La mienne est médecin. Elle est là-haut avec eux.

— Ça servira à rien, mec. Ça servira à rien du tout.

— Je sais, dit Ryan en aspirant une longue goulée.

— Ils veulent même pas me laisser la voir, ils disent que c'est trop dangereux. Z'ont pris *mon* sang, z'ont dit que je devais rester dans le coin, que j'avais ni le droit de fumer, ni de la voir. Doux Jésus, mec, comment c'est possible, tout ça ?

— Si c'était toi qui étais malade, et que tu risquais de contaminer ta femme, tu ferais quoi ?

Il hocha la tête, résigné, mais en colère.

— Je sais. Le docteur m'a raconté la même chose. Il a raison. Mais ça veut pas dire que c'est normal. (Un silence, puis :) Ça fait du bien de causer.

— Ouais, je pense, murmura Ryan.

— Y a des salopards qu'ont fait ça. C'est ce qu'ils racontent à la télé. Faudra qu'ils payent, mec.

Ryan ne sut pas quoi répondre à cela. Mais quelqu'un d'autre le fit à sa place. Andrea Price :

— Monsieur le président, j'ai le DCI pour vous.

Du coup, l'homme leva les yeux et considéra Ryan dans l'éclairage jaune orange du parking.

— Hé, t'es *lui*.

— Oui, m'sieur, répondit Jack doucement.

— Et tu dis que ta femme travaille là-haut ?

Un hochement de tête. Un soupir.

— Oui. Ça fait quinze ans qu'elle bosse ici. Je suis venu la voir et me rendre compte comment ça se passait. Je suis désolé.

— Comment ça ?

— Parce qu'ils ne t'ont pas laissé entrer, et moi oui.

— J'espère que tu as pu te faire une idée, dit-il avec une grimace. Dur, ce qui est arrivé à ta gamine, la semaine dernière. Elle est OK ?

— Oui, elle va bien.

— Parfait. Hé, merci d'avoir parlé avec moi.

— Et moi, je te remercie pour la clope, répondit le président en se levant.

Il se dirigea vers l'agent Price et prit le téléphone cellulaire qu'elle lui tendait :

— Ed, c'est Jack.

— Monsieur le président, on a besoin que vous reveniez rapidement. Y a quelque chose que vous devez voir d'urgence...

Ed Foley se demanda comment il pourrait lui expliquer que la preuve était punaisée sur un mur d'une salle de conférences du quartier général de la CIA.

53

SNIE

Avant de repartir, tout le monde dut passer à la décontamination dans une vaste salle prévue à cet effet, cette fois avec une séparation entre les hommes et les femmes. L'eau chaude empestait les produits chimiques, mais l'odeur donna à Ryan le sentiment de sécurité dont il avait besoin. On lui procura ensuite une nouvelle tenue médicale. Il s'était déjà habillé ainsi pour assister à la naissance de ses enfants. C'étaient des jours heureux et ils étaient loin, pensa-t-il, tandis qu'il regagnait le blindé qui le ramènerait à Fort McHenry où il prendrait un hélicoptère jusqu'à la Maison-Blanche. La douche, au moins, l'avait réveillé.

Ce fut sans doute l'engagement le plus terne de l'histoire du Centre national d'entraînement. Les troupes du 11e Cav et les tankistes de la Garde nationale de Caroline avaient avancé à l'aveuglette pendant cinq heures, exécutant tout juste les plans qu'ils avaient prévus. Les enregistrements que l'on visionna ensuite dans la Star Wars Room montraient que des tanks « ennemis » s'étaient parfois trouvés à moins

507

d'un kilomètre les uns des autres — et parfaitement visibles — sans, pourtant, échanger le moindre obus... Rien n'avait marché, dans aucun des deux camps, et l'engagement simulé s'était arrêté non pas parce qu'il était terminé, mais parce que tout le monde s'en fichait. Juste avant minuit, les unités se reformèrent pour rejoindre leurs campements respectifs, et les deux commandants se retrouvèrent chez le général Diggs, sur la colline.

— Salut, Nick, dit le colonel Hamm.

— Salut, Hal, répondit le colonel Eddington, à peu près sur le même ton.

— Qu'est-ce qui s'est passé, bordel? voulut savoir Diggs.

— C'est juste que mes hommes sont en train de craquer, monsieur, répondit le responsable de la Garde nationale. Ils s'inquiètent pour leur famille, à la maison. Ils sont peut-être en sécurité ici, mais les leurs sont en danger là-bas. Je ne peux pas leur en vouloir d'être distraits, général. Ce sont des êtres humains.

Hamm hocha la tête, d'accord avec son camarade d'armes plus âgé :

— Si je peux ajouter quelque chose, intervint-il, c'est que nos familles sont en sécurité ici, général, Mais nous avons tous des parents un peu partout dans le pays.

— OK, messieurs, ça y est, vous avez bien pleuré dans votre bière? J'aime pas cette merde non plus, OK? Mais votre boulot, c'est de diriger vos hommes, *diriger*, merde! Au cas où vous deux, les chefs de guerre, vous ne vous en seriez pas encore rendu compte, toute la foutue armée des Etats-Unis est coincée dans cette épidémie — *à part nous!* Vous voulez bien y réfléchir? Et peut-être en discuter avec vos hommes? Personne ne m'a jamais dit qu'être soldat, c'était une sinécure, et c'est foutrement sûr que le commandement n'en est pas une, mais c'est le boulot que nous faisons et si vous n'y arrivez pas, d'autres s'en chargeront pour vous, les gars!

— Impossible, monsieur, ça ne marchera pas.

Nous sommes irremplaçables..., remarqua Hamm d'un air narquois.

— Colonel...

— Il a raison, Diggs, intervint Eddington. Là, c'est trop, tout simplement, mon vieux. On se retrouve avec un ennemi contre lequel on ne peut pas se battre. Nos hommes se reprendront quand ils se seront habitués à la situation, ou peut-être quand ils auront reçu quelques bonnes nouvelles, pour changer. Allez, général, vous le savez bien. Vous connaissez l'Histoire. Ce sont des êtres humains. Des soldats, d'accord, mais avant tout des êtres humains. Ils sont choqués. Et moi aussi, je le suis, Diggs.

— Je sais aussi qu'il n'y a pas de mauvais régiments, seulement de mauvais colonels, répliqua Diggs, citant un des aphorismes préférés de Napoléon.

Mais aucun de ses deux invités ne mordit à l'hameçon. Doux Jésus, c'était donc si grave ?

— Comment c'était ? demanda van Damm.

— Horrible, répondit Ryan. J'ai vu six ou sept personnes en train de mourir. Dont un enfant. Et Cathy dit qu'il va en arriver de plus en plus.

— Elle est dans quel état ?

— Très stressée, mais elle tient. Elle a failli se payer un journaliste.

— Je sais, j'ai vu ça à la télé.

— Déjà ?

— Vous étiez en direct. (Arnie réussit à sourire.) Vous avez été super, patron. Concerné. Foutrement sincère. Vous avez dit de belles choses sur votre femme. Vous vous êtes même excusé pour sa colère — tout ça, c'était vraiment bon, et surtout parce que Cathy, elle aussi, a été merveilleuse. Dévouée. Passionnée. Exactement ce qu'on attend d'un docteur.

— Arnie, on n'est pas au théâtre, répondit Ryan.

Il était trop fatigué, pourtant, pour se mettre en colère.

— C'est ça, le leadership. Peut-être qu'un jour vous

l'apprendrez — merde, ou peut-être pas! Continuez seulement comme ça, conseilla Arnie. Bon sang, vous le faites sans même en avoir conscience, Jack. Vous n'avez pas besoin d'y penser.

Comme prévu, NBC offrit aux télévisions du monde entier la cassette tournée à l'hôpital. Malgré la compétition régnant entre les chaînes, la profession avait pris conscience qu'elle avait ici une responsabilité publique, et, une heure plus tard, l'enregistrement de la brève conversation avec le président faisait le tour de la planète.

Le Premier ministre indien estima qu'elle avait raison depuis le début sur toute la ligne. Ce gars-là était totalement perdu. Il n'arrivait même plus à se tenir droit. Il s'exprimait d'une façon décousue, et il laissait sa femme parler à sa place — et elle, elle était hystérique, et otage de ses émotions. Le temps était venu — l'Amérique n'était plus une grande puissance, désormais, car elle manquait d'un vrai chef. L'Indienne ne savait pas *officiellement* qui était responsable de cette épidémie, mais ce n'était pas difficile à deviner, n'est-ce pas? La RIU. Sinon, pourquoi Daryaei les aurait-il réunis récemment dans l'ouest de la Chine? Avec sa flotte qui contrôlait les approches du golfe Persique, elle avait rempli sa part du contrat. Elle était sûre qu'elle en serait récompensée en temps voulu.

— Votre président est bouleversé, dit Zhang. C'est bien compréhensible.

— Quel grand malheur! Vous avez notre profonde sympathie, ajouta le ministre des Affaires étrangères.

Tous les trois, ainsi que l'interprète, venaient juste de suivre l'interview.

Adler avait appris tardivement l'épidémie, mais il allait se rattraper. Sauf que, pour l'instant, il avait d'autres chats à fouetter.

— Nous commençons? demanda-t-il.

— Notre province lointaine accepte-t-elle nos exigences de compensations? demanda le ministre des Affaires étrangères.

— Hélas, non. Selon eux, l'incident est la conséquence de vos manœuvres. D'un point de vue abstrait,
cette analyse n'est pas entièrement fausse, ajouta le
secrétaire d'Etat en langage diplomatique.

— Mais la situation n'est pas abstraite. Nous
menons des exercices pacifiques ; un pilote à eux a
jugé bon d'attaquer notre aviation et, du coup, un
autre de leurs aviateurs fous a détruit un avion de
ligne. Qui peut dire que c'était un accident ou pas ?

— Pas un accident ? répliqua Adler. Dans quel but
pourrait-on faire une chose pareille ?

— Comment savoir avec ces bandits ? répondit le
ministre des Affaires étrangères.

Les mises avaient encore augmenté.

Ed et Mary Pat arrivèrent ensemble. Ed avait un
grand poster roulé sous le bras, ou quelque chose
comme ça, nota Jack en s'asseyant dans la salle du
Cabinet. Il était toujours vêtu de la tenue chirurgicale
avec HOPKINS imprimé dessus au pochoir.

Lorsque Murray entra, l'inspecteur O'Day sur les
talons, Ryan se leva et alla à leur rencontre.

— J'ai une dette envers vous, Pat. Désolé de n'avoir
pas pu vous voir plus tôt, lui dit-il en lui serrant la
main.

— C'était facile, monsieur le président, en comparaison de ce qui nous arrive aujourd'hui, répondit
O'Day. Et j'ai défendu ma fille aussi, vous savez. Mais,
oui, je suis heureux d'avoir été sur place. Je n'aurai
jamais de cauchemars à cause de ces gars que j'ai descendus. (Il se retourna.) Oh, salut, Andrea.

L'agent Price sourit pour la première fois de la
journée.

— Comment va votre gamine, Pat ?

— Elle est à la maison, avec la baby-sitter. Elles
vont bien toutes les deux.

— Monsieur le président ? (C'était Goodley.) Si
vous permettez, c'est une affaire plutôt grave.

— OK. Alors mettons-nous au travail. Qui
commence ?

— Moi, dit le DCI. (Il fit glisser vers lui une feuille à travers la table.) Voilà.

Ryan y jeta un coup d'œil rapide. C'était un papier officiel quelconque, rédigé en français.

— C'est quoi ? demanda-t-il.

— Le document des douanes et des services de l'immigration pour un avion. Vérifiez l'immatriculation de l'appareil, dans le coin en haut à gauche, s'il vous plaît.

— HX-NJA. OK, et alors ? fit SWORDSMAN.

Le tirage de la photo prise par Chavez à l'aéroport de Mahrabad était, en fait, plus grand qu'un poster. Au départ, c'était une plaisanterie. Mary Pat le déroula et le posa sur la table. On utilisa deux mallettes pour l'empêcher de se réenrouler.

— Vérifiez la queue de l'avion, lui conseilla la DDO.

— HX-NJA. J'ai pas le temps de jouer les Agatha Christie, mes amis, grommela Ryan.

— Monsieur le président, intervint Dan Murray, permettez-moi de vous expliquer tout ça, mais laissez-moi d'abord vous dire que cette photo est une pièce à conviction avec laquelle je pourrais emporter une condamnation si je la présentais devant un tribunal.

« Ce document des douanes identifie un jet d'affaires, un Gulfstream G-IV, appartenant à cette société basée en Suisse. (Une nouvelle feuille fut posée sur la table.) Piloté par cet équipage. (Deux photos, deux jeux d'empreintes.) Il a quitté le Zaïre avec trois passagers. Deux religieuses, sœur Jean-Baptiste et sœur Marie-Madeleine. Elles étaient infirmières dans un hôpital catholique de ce pays. Sœur Jean-Baptiste a soigné Benedict Mkusa, un petit garçon qui a été contaminé par Ebola et qui en est mort. D'une façon ou d'une autre, sœur Jean-Baptiste l'a attrapé aussi, et le troisième passager de cet avion, le Dr Mohammed Moudi — nous n'avons pas encore de photo de lui, mais ça viendra —, a décidé d'emmener la malade à Paris pour la faire soigner. Sœur Marie-Madeleine les a accompagnés. Le Dr Moudi est un ressortissant iranien qui travaille pour l'OMS. Il a

512

expliqué à l'infirmière en chef de l'hôpital que la malade avait peut-être une chance si elle était traitée à Paris et qu'il pouvait trouver un avion privé pour l'y emmener. Vous me suivez, jusque-là ?

— Et ça, c'est l'avion, dit Ryan.

— Exact, monsieur le président. C'est l'avion. Sauf une petite chose. Cet avion est considéré comme perdu en mer après une escale en Libye pour refaire le plein de carburant. Nous avons une tonne de documents là-dessus. Sauf une autre petite chose. Ce cliché a été pris par Domingo Chavez...

— Vous le connaissez, intervint Mary Pat.

— Poursuivez. Quand Ding a-t-il fait cette photo ?

— Clark et Chavez ont accompagné le secrétaire d'Etat Adler à Téhéran la semaine dernière, répondit Mary Pat.

— Or cet appareil était porté disparu depuis déjà un certain temps, reprit Murray. Il a même été suivi par un de nos destroyers lorsqu'il a lancé son SOS. On n'en a retrouvé aucune trace, cependant. Ed ?

— Lorsque l'Irak s'est effondré, l'Iran a autorisé certains de ses responsables militaires à se tirer. Notre ami Daryaei leur a même fourni un moyen de transport, d'accord ? Ça s'est passé le lendemain de la disparition de cet avion, expliqua Foley. On les a emmenés à Khartoum, au Soudan. Notre chef de station là-bas, Frank Clayton, a filé à l'aéroport pour prendre des photos et confirmer nos informations.

Le DCI fit passer au président ces photos-là.

— On dirait bien le même avion, en effet, mais si quelqu'un avait trafiqué les numéros, les lettres, n'importe quoi ? dit Ryan.

— Indice suivant, fit Murray. Deux cas d'Ebola à Khartoum.

— Clark et Chavez ont discuté il y a quelques heures avec le médecin qui s'en est occupé, ajouta Mary Pat.

— Ces deux personnes contaminées ont voyagé dans cet avion. On a des photos d'elles quand elles ont débarqué. Donc, poursuivit le directeur du FBI, on a un appareil avec une mourante à bord. Il se perd en

513

mer — mais il réapparaît ailleurs moins de vingt-quatre heures plus tard, et deux de ses passagers chopent le même virus. Ils arrivent d'Irak, par l'Iran, et se posent au Soudan.

— On connaît son propriétaire ? demanda Arnie.

— Une société privée. Les Suisses devraient nous fournir davantage de détails là-dessus dans quelques heures. Mais l'équipage est iranien. Nous avons des informations sur eux parce qu'ils ont appris à piloter chez nous, expliqua Murray. Et finalement, nous retrouvons notre ami Daryaei ici, dans le même avion. On dirait qu'il a été retiré des lignes internationales. Peut-être que Daryaei l'utilise maintenant pour voyager dans son nouveau pays ? Donc, monsieur le président, on a le virus, l'avion, le propriétaire et tout ça est lié. Demain, on verra avec Gulfstream si ce jet n'a pas une caractéristique particulière qui permettrait de l'identifier, en plus de son numéro d'immatriculation.

« Maintenant, nous savons qui a fait ça, monsieur, conclut Murray. Cet enchaînement de preuves est plutôt solide.

— Et on a d'autres détails pour l'étayer, reprit Mary Pat. Les origines de ce Dr Moudi. On a aussi retrouvé la trace de quelques cargaisons de singes — on utilise ces animaux pour travailler sur cette maladie...

— On suspend cette réunion un moment, ordonna Ryan. Andrea, demandez au secrétaire d'Etat Bretano et à l'amiral Jackson de nous rejoindre, s'il vous plaît.

— Oui, monsieur, fit-elle, avant de sortir.

Ed Foley attendit que la porte se fût refermée derrière elle.

— Monsieur le président ?

— Ouais, Ed ?

— Y a autre chose. J'en ai même pas encore parlé avec Dan. Nous savons maintenant que la RIU est derrière tout ça — plus exactement notre ami Mahmoud Haji Daryaei. Chavez m'a dit un truc avant de partir en mission avec Clark. D'après lui, l'autre camp s'attend à ce qu'on découvre sa responsabilité dans l'affaire. On ne peut quasiment pas espérer une sécurité absolue pour une opération de cette ampleur, d'accord?

— Et alors?

— Alors, deux choses, Jack. Un, quoi qu'ils aient planifié, ils peuvent penser que c'est irréversible et que ça n'a donc pas d'importance que nous le comprenions ou pas. Deux, rappelons-nous comment ils ont vaincu l'Irak... Ils avaient infiltré quelqu'un depuis longtemps.

C'étaient là deux hypothèses très graves. Ryan commença à réfléchir à la première. Dan Murray se tourna vers O'Day et les deux hommes échangèrent un regard à propos de la seconde.

— Doux Jésus, Ed! s'exclama un instant plus tard le directeur du FBI.

— Réfléchissez bien à ça, Dan, dit le DCI. On a un président. On a un Sénat. On a un tiers de la Chambre. Mais on n'a pas encore de vice-président. La succession présidentielle est toujours problématique, on n'a pas réellement de personnages charismatiques, et la tête du gouvernement est toujours dans un sale état. Rajoutez à ça cette épidémie, qui paralyse la totalité du pays. Aux yeux du monde entier, ou presque, nous paraissons faibles et vulnérables.

Ryan les considéra au moment où Andrea revenait.

— Attendez une minute, dit-il. Ils ont monté une opération contre Katie. Pourquoi ont-ils fait ça si c'est moi qu'ils veulent mettre hors jeu?

— Hé, qu'est-ce qui s'passe? demanda Andrea.

— L'autre côté a fait la preuve d'une capacité effrayante, dit Foley. Un, il a réussi à infiltrer les gardes du corps du président irakien, et il a éliminé le tyran. Deux, l'opération de la semaine dernière a été menée par un agent dormant installé chez nous depuis plus de dix ans. Il ne s'est pas manifesté pendant une décennie, mais quand il s'est « réveillé », il était toujours assez fanatisé pour s'attaquer à une gamine innocente. Et donc...

Murray était d'accord avec cette analyse :

— On y a pensé aussi. La Direction du renseignement travaille là-dessus.

— Attendez une minute ! objecta Andrea. Je connais personnellement chaque membre de mon détachement. Pour l'amour de Dieu, on a eu cinq morts chez nous en défendant Sandbox !

— Agent Price, intervint Mary Pat Foley, vous savez combien de fois la CIA s'est fait couillonner par des gens que nous *connaissions* — que *je* connaissais. Merde, j'ai perdu trois agents à cause d'une de ces taupes ! Ne me parlez pas de paranoïa. Ici, nous sommes en face d'un ennemi vraiment très fort.

— Andrea, intervint l'inspecteur O'Day, vous n'êtes pas en cause. Prenez un peu de recul, et réfléchissez-y. Vous avez les ressources d'un Etat, vous êtes patiente, et vous avez des gens vraiment motivés... Comment joueriez vous le coup ?

— Comment ont-ils fait, en Irak ? demanda Ed Foley, poursuivant le raisonnement. Vous auriez imaginé ça possible ?

Le président les considéra à tour de rôle.

Génial, pensa-t-il, *voilà maintenant qu'ils sont en train de m'expliquer que je ne peux même plus faire confiance à mon Service secret...*

— Tout ça a un sens si vous pensez comme notre adversaire, dit Mary Pat. Ça fait partie de leur tradition, vous vous souvenez ?

— OK, mais on fait quoi, alors ? répondit Andrea, visiblement sidérée par cette éventualité.

— Pat, tu as une nouvelle mission, annonça Murray à son subordonné. Avec la permission du président.

— Vous l'avez, souffla Potus.

— Des règles ? voulut savoir O'Day.

— Aucune. Absolument aucune, lui répondit Price.

Il n'était pas loin de midi en République islamique unie. Les opérations de maintenance se déroulaient correctement pour les six divisions lourdes stationnées dans le centre-sud du pays. On avait remplacé la quasi-totalité des chenilles des véhicules de combat mécanisés. Un esprit de compétition salutaire s'était développé entre les anciennes divisions irakiennes et celles qui étaient arrivées d'Iran. Une fois en ordre de bataille, les hommes de troupe refirent le plein des munitions de tous les chars T-80 et des transports d'infanterie BMP.

Les commandants de bataillon considérèrent avec satisfaction les résultats de l'exercice d'entraînement. Leurs nouvelles balises GPS étaient magiques, et les Irakiens savaient désormais pourquoi les Américains leur avaient administré une leçon aussi sévère en 1991. Avec le système GPS, on n'avait plus besoin de routes. La culture arabe avait toujours considéré le désert comme une mer ; désormais, ils pouvaient y naviguer exactement comme des marins, avec une confiance inconnue jusque-là.

Tous les officiers d'état-major comprenaient l'importance de la chose, car on venait juste de leur fournir certaines cartes et de leur préciser leur mission. Et ils avaient appris aussi le nouveau nom de leurs trois corps mécanisés : l'Armée de Dieu.

Il leur fallut une heure pour arriver. L'amiral Jackson avait dormi dans son bureau, mais le secrétaire à la Défense était rentré chez lui après une réunion marathon où on avait passé en revue le déploiement militaire dans l'ensemble du pays. Les deux hommes constatèrent que le code vestimentaire de la Maison-Blanche s'était assoupli : le président, qui lui aussi avait les yeux rougis par le manque de sommeil, portait des habits chirurgicaux.

Dan Murray et Ed Foley les mirent au courant de leurs découvertes.

Jackson prit plutôt bien la chose :

— Parfait. Maintenant, on sait au moins contre qui on se bat.

Mais pas Bretano :

— C'est un acte de guerre !

— Sauf que nous ne sommes pas l'objectif..., lui répondit le DCI. Leur but, c'est l'Arabie Saoudite, et les autres Etats du Golfe. Voilà la seule explication à tout ça. Daryaei pense que s'il conquiert tous ces pays, nous ne pourrons pas les atomiser — parce que ça couperait l'approvisionnement en pétrole du monde entier.

— Et il a l'Inde et la Chine dans sa poche, poursuivit Robby Jackson. Ils ont juste été chargés de brouiller les pistes, mais ils ont été efficaces : l'*Eisenhower* n'est pas là où il faudrait. Les porte-avions indiens bloquent la route du détroit d'Ormuz. On ne peut pas déployer nos navires prépositionnés sans couverture aérienne. Et paf, Daryaei déplace ses trois corps d'armée. Les Saoudiens se défendront, mais ils ne feront pas le poids. C'est l'affaire d'une semaine, peut-être moins. Pas mauvais, comme concept de guerre, conclut le J-3.

— Leur attaque biologique est assez maligne aussi. Je pense même qu'ils ne s'attendaient pas à ce que ça marche si bien. Pratiquement toutes nos bases et toutes nos unités sont hors service en ce moment, observa le secrétaire à la Défense, qui rattrapait vite son retard, côté opérationnel.

— Monsieur le président, dit Robby, quand j'étais gosse dans le Mississippi, je me souviens que les types du KKK disaient : « Quand tu vois un chien enragé, ne tue pas la pauvre bête, jette-la plutôt dans le jardin de quelqu'un. » Un de ces trous-du-cul nous a fait ça un jour, vu que mon père se démenait pour inscrire les gens du coin sur les listes électorales.

— Et il a fait quoi, Rob ?

— Papa a flingué le clébard d'un coup de fusil, répondit Jackson, et il a continué son travail. Faut se dépêcher de répliquer, si on le décide. Mais le problème, c'est : avec quoi ?

— Dans combien de temps nos navires prépositionnés peuvent-ils arriver en Arabie Saoudite ?

— En trois jours, sauf qu'on a quelqu'un qui nous coupe la route. Le CincPacFlt a ordonné à son groupe de surface de descendre le canal de Suez en vitesse et celui-ci arrivera peut-être à temps, mais nous devons d'abord nous arranger pour que nos porteurs de chars passent entre les filets des Indiens. Nos quatre

bateaux sont escortés par un croiseur, deux destroyers et deux frégates, et si nous les perdons, le
matériel le plus proche est à Savannah, monsieur.

— On a quelles réserves, en Arabie Saoudite?
demanda Ben Goodley.

— Assez pour une brigade lourde. Idem au Koweït.
Les véhicules de notre 3e brigade sont en mer et pour
l'instant, ils sont en danger.

— Le Koweït est en première ligne, dit le président.
On a quoi, chez eux?

— Si on est vraiment coincés, on peut aéroporter le
10e ACR d'Israël jusqu'au site Pomcus [1], au sud de la
capitale. On peut faire ça en vingt-quatre heures. Les
Koweïtiens se chargeront du transport. Ils ont un
accord sympa avec Israël, pour ça, dit Robby. Nous
avons servi d'intermédiaires pour sa signature. Ce
plan se nomme Buffalo Forward [2].

— L'un d'entre vous a quelque chose contre cette
idée? demanda Jack.

— Un régiment de cavalerie blindé, je ne crois pas
que ce sera suffisant pour les repousser, monsieur,
intervint Goodley.

— Il a raison, dit le J-3.

Ryan considéra ses interlocuteurs. Savoir, c'était
une chose. Etre capable d'agir, c'en était une autre. Il
pouvait ordonner une attaque nucléaire stratégique
contre l'Iran. Il avait des bombardiers furtifs B-2A
stationnés à la base de l'Air Force de Whiteman, et
avec les informations qu'ils avaient récoltées ces deux
dernières heures, valider Cinc-Strike, l'ordre de
frappe du commandant en chef, ne serait pas un problème. Les « Spirits », comme on surnommait les B-2,
seraient là-bas en moins de dix-huit heures et trans-
formeraient ce pays en une ruine fumante et radio-
active.

Mais il ne pouvait pas faire une chose pareille.
Même s'il n'avait pas d'autre solution, il ne s'y résou-
drait sans doute pas. Si les présidents américains

1. Matériel militaire prépositionné (N.d.T.).
2. « Bison en avant » (N.d.T.).

avaient l'obligation de certifier au reste du monde que *oui*, ils lanceraient leurs missiles et leurs bombes nucléaires s'ils le devaient, c'était une obligation que Ryan n'avait jamais pensé devoir affronter... Cette agression contre son pays, avec la pire des armes de destruction de masse — qui, pour l'Amérique, équivalait à une attaque nucléaire —, avait été la décision d'un seul homme, conduite par une poignée de complices. Avait-il le droit d'y répliquer en rayant des villes de la carte et en tuant des milliers d'innocents, comme Daryaei était en train de le faire ? Pourrait-il vivre ensuite avec ce souvenir ? Il y avait certainement une meilleure solution.

Eliminer Daryaei, par exemple.

— Ed ?

— Oui, monsieur le président ?

— Où se trouvent Clark et Chavez, en ce moment ?

— A Khartoum. Ils attendent des instructions.

— Vous pensez qu'ils pourraient retourner à Téhéran ?

— Ça ne sera pas facile, monsieur, répondit Ed, en se tournant vers sa femme.

— Les Russes nous ont aidés, dans le passé. Je peux leur demander ça. Quelle serait la mission de nos deux agents ? dit Mary Pat.

— Voyez d'abord s'ils peuvent y aller. Nous réfléchirons ensuite à cette question. Robby ?

— Oui, monsieur le président ?

— Le 10e régiment part immédiatement pour le Koweït.

Jackson respira profondément, mais il avait l'air sceptique.

— A vos ordres, monsieur.

Il fallait d'abord l'accord des Koweïtiens. L'ambassadeur US s'en chargea. Ce ne fut pas très difficile. Le commandant Sabah avait informé son gouvernement des développements de la situation chez leur nouveau voisin du Nord, et les photos satellite des chars de la RIU avaient fait le reste. Les Koweïtiens mirent toutes

520

leurs forces en alerte, puis ils envoyèrent par télex une requête officielle aux Américains pour leur demander d'organiser de grandes manœuvres dans l'ouest du pays. Dès lors, tout alla très vite. Les responsables de cette petite nation se souvenaient de leurs précédentes erreurs. Leur seule condition fut que ce mouvement restât secret. L'Amérique n'y vit aucun inconvénient. Moins de quatre heures plus tard, les somptueux avions de ligne flambant neufs de la compagnie nationale koweïtienne décollèrent et partirent vers le sud-ouest, au-dessus de l'Arabie Saoudite, puis ils virèrent au nord, vers le golfe d'Aqaba.

L'ordre venait du Commandement de la doctrine et de l'entraînement, qui, d'un point de vue administratif, était responsable du 10e ACR, puisque, techniquement, c'était un régiment de manœuvres. La plupart des autres unités des Etats-Unis relevaient du Commandement des forces armées et du FORCECOM. L'ordre de déploiement d'urgence fut communiqué par priorité critique au colonel Sean Magruder. Il avait en gros cinq mille personnes à déplacer, et il lui faudrait pour cela vingt Jumbo Jet. Ils parcourraient environ deux mille kilomètres par un itinéraire détourné, trois heures de voyage à l'aller et trois au retour, et une heure d'escale entre deux voyages. Tout avait été très précisément calculé, et la diminution du trafic aérien international avait libéré plus d'appareils que ne le prévoyait le plan pour BUFFALO FORWARD. Même les Israéliens coopérèrent. Les pilotes des Jumbo koweïtiens firent la singulière expérience d'approcher de l'importante base aérienne israélienne du Néguev avec une escorte de chasseurs F-15 marqués de l'étoile bleue de David.

Le premier appareil emporta les officiers supérieurs et un groupe de sécurité chargé de renforcer la garde koweïtienne de POMCUS. Le site comptait un certain nombre d'entrepôts contenant l'ensemble du matériel d'une brigade lourde. Tous ces équipements étaient entretenus avec grand soin par des contractuels grassement payés par les Koweïtiens.

Le second avion transportait le 1er escadron du 10e ACR. Dans le soleil de la fin d'après-midi, des autobus les emmenèrent jusqu'à leurs véhicules, qui, tous, démarrèrent immédiatement, avec le plein de carburant et de munitions. Les hommes du 1er escadron « Guidon » se mirent en route sous l'œil vigilant de leur officier commandant, le lieutenant-colonel Duke Masterman. Il avait de la famille dans la région de Philadelphie et il savait additionner deux et deux. Quelque chose de vraiment affreux arrivait à son pays et on avait activé Buffalo Forward.

C'était parfait pour lui et pour ses troupes, décida-t-il.

— Foleïeva, c'est aussi grave que ça ? demanda Golovko à Mary Pat, à propos de l'épidémie.

Ils parlaient russe. Bien que l'anglais de Golovko fût parfait, la haute fonctionnaire de la CIA s'exprimait en russe avec une élégance poétique qu'elle tenait de son grand-père.

— Nous n'en savons rien, Sergueï Nikolaïevitch, et en plus j'ai eu d'autres soucis.

— Ivan Emmetovitch tient le coup ?

— D'après vous ? Je sais que vous avez vu son interview télé, il y a quelques heures.

— Un homme bien intéressant, votre président. C'est si facile de le sous-estimer. Ça m'est arrivé une fois.

— Et Daryaei ?

— Redoutable. Mais c'est un barbare sans culture.

Mary Pat eut l'impression de l'entendre cracher.

— Je suis d'accord.

— Dites à Ivan Emmetovitch de bien réfléchir à la question, Foleïeva, suggéra Golovko. Oui, nous allons coopérer, ajouta-t-il, répondant à une question qu'elle ne lui avait pas encore posée. Pleinement.

— *Spasiba*. Je vous recontacte bientôt. (Elle se tourna vers son mari :) Tu apprécies ce gars-là, j'imagine ?

— J'aimerais qu'il soit de notre côté, observa le DCI.

— Il l'est, Ed.

Le chien avait cessé d'aboyer, notèrent-ils à Storm Track. Les trois corps de bataille qu'ils surveillaient n'utilisaient plus leurs radios depuis environ midi. Zéro. Même avec la sophistication de leur équipement ELINT assisté par ordinateur, rien, c'était rien. Un signe évident, qu'ils ne laissèrent pas passer. Les lignes directes pour Washington étaient perpétuellement occupées, maintenant. D'autres officiers saoudiens arrivèrent, preuve de l'état d'alerte croissant de leur armée, que l'on déployait calmement autour de la Cité Militaire du Roi Khaled — KKMC. C'était rassurant pour les gens du renseignement qui travaillaient dans le poste d'écoute, mais pas plus que ça. Car eux, ils étaient beaucoup plus près de la gueule du lion. Ils étaient des espions, et ils pensaient comme des espions : ils décidèrent d'un commun accord que les événements qui se déroulaient en Amérique trouvaient, d'une façon ou d'une autre, leur origine ici. N'importe où ailleurs, de telles idées les auraient conduits au désespoir. Mais pas ici. Leur colère était réelle, ils avaient une mission à remplir, que leur position fût exposée ou non.

— OK, dit Jackson, sur la ligne de téléconférence. Qui pouvons-nous vraiment déployer ?

Pour toute réponse, il eut un bref silence. La taille de leur armée était diminuée de moitié en comparaison de la décennie précédente. Ils avaient deux divisions lourdes en Europe — le 5ᵉ corps —, mais les Allemands les avaient mises en quarantaine. Même problème avec les deux divisions blindées de Fort Hood, Texas, et avec la 1ʳᵉ division d'infanterie mécanisée de Fort Riley, Kansas. Une partie du 82ᵉ régiment de Fort Bragg et du 101ᵉ de Fort Campbell était déjà déployée pour soutenir la Garde nationale, mais les unités consignées à leur base comptaient des soldats contaminés par Ebola. Même chose pour les

Marines, à Lejeune, Caroline du Nord, et à Pendleton, Californie.

— Ecoutez, dit le FORCECOM, nous avons le 11ᵉ ACR et une brigade de la Garde nationale au NTC, en ce moment. Ce camp n'est pas infecté. On peut les déplacer dès qu'on aura des avions pour ça. Les autres ? Avant tout, il faudra les trier et faire passer un test à chaque soldat. Mais les kits de contrôle ne sont pas encore disponibles partout.

— Il a raison, dit une autre voix.

Tout le monde acquiesça. Les sociétés pharmaceutiques s'employaient à fabriquer ces kits le plus vite possible. Il en fallait plusieurs millions, mais, pour l'instant, on n'en avait que quelques dizaines de milliers et on les réservait à des groupes de gens très ciblés — tous ceux qui présentaient des symptômes de la maladie, les parents ou les proches des cas déjà connus, les chauffeurs qui transportaient nourriture et médicaments, et, avant tout, le personnel médical qui était le plus exposé au virus. Le pire, c'était qu'un test négatif n'était pas suffisant. Certaines personnes devaient être vérifiées quotidiennement pendant trois jours ou plus, parce que si le test était fiable, le système immunitaire des éventuelles victimes ne l'était pas : les anticorps pouvaient apparaître une heure après des résultats négatifs. Dans tout le pays, les médecins et les hôpitaux réclamaient les kits à cor et à cri, mais pour l'instant, l'armée avait la priorité.

La RIU va attaquer, pensa le J-3, *et personne ne pourra s'y opposer.*

— Ça prendra combien de temps ? demanda-t-il.

— Au mieux jusqu'à la fin de la semaine, répondit le FORCECOM. J'ai mis un officier là-dessus.

— J'ai la 366ᵉ escadre aérienne, à Mountain Home. Aucune contamination, indiqua le responsable du commandement aérien. Et on a nos F-16 en Israël. En revanche, toutes mes unités européennes sont retenues en otages.

— Les avions, c'est super, Paul, répondit le FORCECOM. Et les bateaux aussi. Mais nous avons besoin de soldats là-bas, et foutrement vite.

524

— Levez les ordres de quarantaine à Fort Irwin, dit Jackson. J'aurai l'autorisation du secrétaire à la Défense dans l'heure qui vient.

— C'est comme si c'était fait.

— Moscou ? demanda Chavez. *Jesucristo*, qu'est-ce qu'on voyage !

— « Notre rôle n'est pas de discuter... »

— Oui, je connais la chanson, monsieur C.

— Votre carrosse vous attend, messieurs, dit Clayton. Les petits gars font tourner les turbos de l'avion pour vous.

— Ouais, ça me fait penser à quelque chose.

Clark sortit la chemise de son uniforme du placard. Une minute plus tard, il était de nouveau colonel. Ils partirent immédiatement pour l'aéroport, et ils abandonnèrent bientôt le Soudan aux bons soins de leur ami Frank Clayton.

O'Day réunit une équipe d'agents du FBI pour vérifier l'histoire de chacun des membres du Service secret proches du président, les officiers en uniforme et les autres. Il y en avait un certain nombre. En temps normal, quelques-uns d'entre eux auraient été éliminés d'office, quand rien n'indiquait qu'ils pouvaient être suspects — un dénommé O'Connor, par exemple —, mais, cette fois-ci, c'était trop grave pour se permettre ce genre d'impasse, et on devait examiner chaque dossier à fond avant de le mettre de côté. Il laissa ce boulot à d'autres. Une seconde équipe travaillait sur quelque chose dont peu de gens connaissaient l'existence : le fichier informatisé de tous les appels téléphoniques passés dans la zone métropolitaine de Washington D.C. D'un strict point de vue légal, si ce programme avait été appliqué dans un autre Etat, il aurait même déclenché l'indignation big-brothérienne des zélateurs les plus fanatiques de la police — mais le président vivait à Washington, et l'Amérique avait perdu certains de ses prédécesseurs ici. On n'avait pas grand-chose à espérer de ça, bien sûr, vu que, par définition, un conspirateur qui aurait réussi à s'infiltrer au sein du Service secret aurait été un expert des mesures de sécurité. Celui qu'ils cherchaient, s'il existait, serait irréprochable d'un point de vue professionnel — il le fallait pour appartenir au détachement de protection. Il serait parfaitement intégré à l'équipe. Il aurait une réputation sans tache. Il dirait des blagues, il parierait sur les résultats de base-ball, il boirait une bière avec ses collègues dans leur bar préféré — exactement comme tous les autres, sauf qu'ils étaient prêts, eux, à défendre la vie de leur président aussi courageusement que l'avait fait Don Russell... O'Day savait tout ça, et il se haïssait de devoir traiter ces gens comme les suspects d'une enquête criminelle.

Non, les choses n'étaient pas censées se passer ainsi.

Diggs convoqua les deux colonels dans son bureau pour leur annoncer la nouvelle :

— Nous avons l'ordre de nous déployer outre-mer.

— Qui ? fit Eddington.

— Vos deux unités, répondit le général.

— Où allons-nous, monsieur ? demanda alors Hamm.

— En Arabie Saoudite. Vous et moi, nous connaissons, Al, et nous avons déjà fait ça. Quant à vous, colonel Eddington, c'est votre chance.

— Pourquoi ? voulut savoir le responsable de la Garde nationale.

— On ne me l'a pas encore expliqué. Les infos vont m'arriver par fax. Au téléphone, ils m'ont simplement annoncé que la RIU était un peu nerveuse. Le 10e rejoint le POMCUS en ce moment même.

— Buffalo Forward ? s'étonna Hamm. Sans avertissement ?

— Correct, Al.

— Ça a un rapport avec l'épidémie ? s'enquit Eddington.

Diggs secoua la tête.

— Personne ne m'a parlé de ça.

L'affaire passerait devant un tribunal fédéral de district à Baltimore. Edward J. Kealty intentait un procès à John Patrick Ryan. Le fondement de la plainte était que le premier voulait franchir la frontière d'un Etat et que le second l'en empêchait. Il était demandé un jugement sommaire pour l'annulation immédiate du décret présidentiel (curieusement, on y parlait de Ryan comme président des Etats-Unis).

Kealty pensait qu'il avait des chances de gagner, cette fois. La Constitution était de son côté et il avait choisi le juge avec soin.

L'estimation spéciale du renseignement national était terminée — et désormais inutile. Les intentions de la République islamique unie étaient parfaitement claires. Ce qu'il fallait, maintenant, c'était réagir, et cela n'était pas, à proprement parler, une fonction du renseignement.

54

VOISINS ET AMIS

Dès l'aube, le lendemain, les trois escadrons terrestres du 10e de cavalerie étaient totalement déployés. Le quatrième, celui des hélicoptères d'attaque, avait besoin d'une journée supplémentaire pour être opérationnel. L'armée koweïtienne était encore relativement petite, mais composée de réservistes très motivés. Les officiers de carrière accueillirent leurs homologues américains en agitant leurs épées et avec force embrassades devant les caméras de télévision. Dans les tentes de commandement, ensuite, les discussions furent plus calmes et plus sérieuses. De son côté, le colonel Magruder rassembla un de ses escadrons en formation de parade, étendards déployés. C'était bon pour le moral de tout le monde et les cinquante-deux tanks faisaient penser au poing d'un Dieu en colère.

Le service du renseignement de la RIU s'attendait à quelque chose, mais pas à ça, et pas si vite.

— Qu'est-ce que ça signifie ? hurla Daryaei, laissant, pour une fois, éclater sa rage au grand jour.

En général, le fait de savoir qu'il était caché quelque part dans les environs était suffisant pour faire trembler ses collaborateurs.

— C'est une mystification. (Après le choc initial, son chef du renseignement avait pris le temps d'étudier la situation.) Il s'agit d'un seul *régiment*. Chacune des six divisions de l'Armée de Dieu a trois brigades — et deux d'entre elles en ont même quatre. Nous alignons donc vingt brigades contre un seul régiment ! Vous pensiez que les Américains ne réagiraient pas du tout ? C'est irréaliste. Bon, là, ils ont répondu. Avec un unique régiment, qu'ils ont déplacé depuis Israël, et déployé au mauvais endroit. Et avec ça, ils espèrent nous faire peur !

— Poursuivez, ordonna Daryaei, dont les yeux sombres étaient déjà moins hostiles.

— L'Amérique ne peut pas déployer ses troupes stationnées en Europe. Elles sont contaminées. Même chose pour leurs divisions lourdes aux Etats-Unis. Donc nous allons d'abord nous retrouver face aux Saoudiens. Ce sera une grande bataille, dont nous sortirons vainqueurs. Les autres Etats croupions se rendront ou seront écrasés, et ainsi le Koweït va se retrouver seul avec ses propres forces et ce régiment américain, et on s'en occupera à ce moment-là. Ils pensent probablement que nous allons d'abord envahir le Koweït. Mais nous ne referons pas cette erreur, pas vrai ?

— Et s'ils renforcent les Saoudiens ?

— Là encore, en Arabie Saoudite, ils n'ont le matériel que pour une brigade. La seconde est en mer. Vous en avez discuté avec l'Inde, n'est-ce pas ? (C'était si évident qu'il n'aurait même pas eu besoin de poser la question, pensa le responsable de l'espionnage de la RIU, en gardant volontairement une expression de chien battu. Les chefs sont toujours nerveux au début d'une campagne. Après tout, l'ennemi n'est pas obligé de suivre le scénario qu'on a élaboré pour lui!) Et je doute qu'ils aient des troupes à déplacer. Des avions, peut-être, mais leur premier porte-avions est à plus de dix mille kilomètres, et les avions, même s'ils sont gênants, ne peuvent ni prendre ni tenir du terrain.

— Merci de m'avoir informé sur tout ça.

L'humeur du vieil homme s'était améliorée.

— Nous nous rencontrons finalement, camarade colonel, dit Golovko à l'officier de la CIA.

Clark s'était toujours demandé s'il verrait un jour le quartier général du KGB. Mais il n'avait jamais imaginé se retrouver dans le bureau de son directeur en train de boire un verre avec lui. Même s'il était encore tôt dans la matinée, il avala une gorgée de vodka Starka.

— Votre hospitalité ne correspond pas à ce que j'attendais de cet endroit, camarade directeur.

— Nous ne torturons plus ici. La prison de Lefortovo est plus pratique pour ça. (Il se tut, posa son verre et passa au thé. Boire un doigt de vodka avec son invité était une obligation, mais c'était quand même un peu trop tôt.) Pardonnez-moi de vous demander ça : c'est vous qui avez fait sortir la femme de Gerasimov et sa fille?

Clark acquiesça. Il n'y avait rien à gagner à mentir à cet homme.

— Oui, c'est moi.

— Vous êtes le bienvenu pour tous les trois, Ivan... votre père s'appelait?

— Timothy. Moi, c'est Ivan Timofeïevitch.

— Ah! s'exclama Golovko en éclatant de rire. Même si la guerre froide a été très dure, mon ami, c'est bon, maintenant qu'elle est finie, de rencontrer ses anciens adversaires. Dans cinquante ans, quand nous serons tous morts, les historiens compareront les archives de la CIA et les nôtres, et ils décideront qui a gagné la guerre du renseignement. Vous avez une idée de ce qu'ils écriront ?

— Vous oubliez que je n'ai été qu'un simple soldat, pas un responsable, pendant la majeure partie de cette guerre.

— Vous et votre jeune partenaire, vous avez forcé l'admiration de notre commandant Tcherenko. Impressionnant, votre sauvetage de Koga. Et maintenant nous allons devoir travailler ensemble à nouveau. On vous a briefés ?

Chavez avait grandi avec les films de Rambo et avait appris, à ses débuts dans l'armée, qu'il pouvait se retrouver à tout moment face à face avec l'ennemi soviétique ; l'aventure présente, il voulait l'imputer aux hallucinations du décalage horaire, même si les deux officiers de la CIA avaient remarqué que les couloirs s'étaient vidés à leur passage. Inutile, évidemment, de leur laisser apercevoir des visages dont ils auraient pu se souvenir en d'autres circonstances..

— Non, nous avons essentiellement rassemblé des informations.

Golovko enfonça un bouton sur son bureau.

— Bondarenko est là ?

Quelques secondes plus tard, la porte s'ouvrit sur un général d'armée.

Les deux Américains se levèrent. Clark nota les médailles et examina de près l'homme qui venait d'entrer. Bondarenko en fit autant. Leurs poignées de main furent prudentes, interrogatives, et étrangement chaleureuses. Ils étaient de la même génération, élevés à une époque et prêts à entrer dans une autre bien différente.

— Gennadi Iosefovitch Bondarenko est le chef des opérations. Ivan Timofeïevitch est un agent de la CIA, expliqua le directeur. De même que son jeune et silencieux partenaire. Dites-moi, Clark, cette épidémie vient d'Iran ?

— Oui, certainement.

— Alors c'est un barbare, mais il est malin. Général ?

— La nuit dernière, vous avez déplacé votre régiment de cavalerie blindée d'Israël au Koweït, dit Bondarenko. Ce sont des troupes efficaces, mais le rapport des forces est extrêmement défavorable. Votre pays ne peut pas déployer un grand nombre d'hommes avant au moins deux semaines. Et il ne vous les laissera pas. Nous estimons que les divisions lourdes stationnées au sud-est de Bagdad seront prêtes à bouger dans trois jours, quatre au plus. Un jour pour rejoindre la zone frontière, et ensuite ? Ensuite, nous verrons quel est leur plan.

— Des idées là-dessus ? fit Clark.

— Nous n'avons pas plus de renseignements que vous à ce sujet, dit Golovko. Malheureusement, la plupart de nos espions, dans cette région, ont été abattus, et les généraux dont nous avions gagné l'amitié sous le précédent régime irakien ont quitté le pays.

— Le haut commandement de l'armée est iranien. Beaucoup de ces officiers ont été formés en Grande-Bretagne ou aux Etats-Unis, sous le shah, et ils ont survécu aux purges, ajouta Bondarenko. Nous avons des dossiers sur la plupart d'entre eux, et nous sommes en train de les transmettre au Pentagone.

— C'est très gentil de votre part.

— Tu parles, observa Ding. S'ils nous éliminent, ils remonteront ensuite vers le nord.

— Les alliances, jeune homme, ne sont pas motivées par l'amour, mais par des intérêts mutuels, acquiesça Golovko.

— Si vous ne pouvez pas régler son compte à ce maniaque aujourd'hui, nous nous retrouverons en face de lui dans trois ans, dit Bondarenko sérieusement. A mon avis, il vaut mieux pour tout le monde qu'on s'en occupe maintenant.

— Nous avons proposé notre aide à votre Foleïeva, ajouta Golovko. Elle l'a acceptée. Quand vous connaîtrez votre mission, tenez-nous au courant, et nous verrons ce que nous pouvons faire.

Certains tiendraient plus longtemps que d'autres.

Le premier décès enregistré survint au Texas, un représentant en équipements de golf qui expira à la suite de complications cardiaques trois jours après son arrivée à l'hôpital, et le lendemain de l'admission de sa femme, contaminée elle aussi. Les médecins qui l'avaient interrogée estimaient qu'elle avait contracté la maladie en nettoyant les vomissures de son mari dans leur salle de bains, et non à la suite de contacts sexuels, car depuis son retour de Phoenix il avait été trop souffrant pour seulement l'embrasser. Cette donnée paraissait insignifiante, mais elle fut faxée à Atlanta, car le CDC avait demandé qu'on lui envoyât toutes les informations possibles, même celles qui semblaient sans arrêt. Le premier décès eut pour effet de soulager et d'horrifier tout à la fois l'équipe médicale de Dallas. La soulager, parce que l'homme avait enfin sombré après une agonie désespérée ; l'horrifier, parce que beaucoup d'autres morts viendraient, toutes aussi affreuses.

La même chose se reproduisit six heures plus tard à Baltimore. Le vendeur de Winnegabo avait déjà un ulcère à l'estomac ; il le soignait sérieusement avec des médicaments en vente libre, mais ce fut une cible facile pour Ebola. La paroi de son estomac se désintégra, et le patient se vida rapidement de son sang, mais des doses massives de morphine l'avaient déjà plongé dans l'inconscience. Bientôt d'autres décès survinrent à travers tout le pays. Les médias en parlèrent, et la population fut de plus en plus terrorisée. La plupart du temps, le mari mourait le premier, et sa femme peu de temps après. Et les enfants ensuite.

Désormais, la maladie était beaucoup plus réelle pour tout le monde. La crise n'avait d'abord été qu'un événement lointain. Les entreprises et les écoles étaient fermées, la circulation restreinte, mais pour le reste il s'agissait tout simplement d'une catastrophe qu'on suivait à la télévision. Désormais, cependant, le mot *mort* revenait régulièrement dans les reportages. On voyait à l'écran des photos des victimes, parfois des vidéos d'amateur, des images de gens heureux, suivies par les commentaires sombres de journalistes devenus pour les téléspectateurs aussi proches que des parents — et tout cela touchait le public avec une immédiateté nouvelle et terrifiante. Ce n'était pas le genre de cauchemar dont on s'éveillait. Celui-ci ne cessait plus et il s'amplifiait comme dans ces rêves de votre enfance où un nuage noir entrait dans votre chambre, grossissait, s'approchait de vous, défiant toutes vos tentatives de fuite... Et vous saviez que s'il vous touchait, vous étiez perdu.

Les protestations contre les restrictions de circulation imposées au niveau fédéral moururent le même jour que le golfeur texan et le vendeur de voitures du Maryland... Les contacts entre les gens, qui avaient d'abord été interrompus, puis avaient peu à peu recommencé, se limitaient maintenant à la cellule familiale. On vivait au téléphone. Les lignes longue distance furent embouteillées par tous ceux qui voulaient des nouvelles de leurs parents et de leurs amis. AT&T, MCI, et diverses autres compagnies privées diffusèrent des publicités pour demander à leurs clients d'écourter ces appels, et on mit en place des lignes réservées à l'administration et au secteur médical. Le pays tout entier était paniqué, à présent, même si la population restait calme et ne sortait pas de chez elle. Il n'y eut pas de manifestations publiques. Dans les grandes villes, il n'y avait pratiquement plus de circulation. On ne se rendait même plus au supermarché. On restait à la maison, et on vivait pour le moment de conserves et de surgelés.

Les journalistes, qui, eux, se déplaçaient toujours avec leurs caméras mobiles, rapportaient tout cela, et ce faisant, ils augmentaient les tensions tout en contribuant à leur solution.

— Ça marche, dit le général Pickett au téléphone à son ancien subordonné qui se trouvait à Baltimore.

— Où êtes-vous, John ? demanda Alexandre.

— A Dallas. Ça marche, colonel. Et j'ai besoin que vous fassiez quelque chose.

— Quoi ?

— Cessez de jouer au docteur. Vos internes sont là pour ça. J'ai réuni un groupe de travail à Walter Reed. Grouillez-vous de nous rejoindre. Vous êtes trop important du point de vue théorique pour perdre votre temps à vous balader en Racal et à jouer du thermomètre, Alex.

— John, c'est mon service maintenant, et je dois conduire mes troupes.

— Parfait, vos hommes savent que vous vous souciez d'eux, colonel. Maintenant vous pouvez déposer ce satané fusil et commencer à réfléchir comme un foutu *commandant*. On ne gagnera pas cette bataille dans les hôpitaux, n'est-ce pas ? demanda Pickett, plus calmement. J'ai un Hummer qui vous attend en bas pour vous emmener à Reed. Ou vous préférez que je vous reverse dans l'active et que je vous en donne l'ordre ?

Et il pouvait le faire, Alexandre le savait.

— Laissez-moi une demi-heure.

Le professeur associé raccrocha et jeta un œil dans le couloir. Des aides-soignants en combinaison de protection évacuaient un autre sac mortuaire d'une chambre... Il perdait des patients, et il en perdrait d'autres, mais il montrait à son personnel qu'il était à ses côtés et qu'il soignait de son mieux les malades, suivant en cela le serment qu'il avait prononcé à l'âge de vingt-six ans. Quand tout cela serait fini, l'équipe se souviendrait de la grande solidarité qui avait régné entre eux. Ç'aurait été un boulot horrible, peut-être, mais ils l'auraient mené à bien...

Et merde ! jura-t-il. John Pickett avait raison. Le combat avait lieu ici, mais ce n'est pas ici qu'on le gagnerait. Il informa son premier assistant qu'il montait à l'étage du doyen James.

Il y avait un cas intéressant là-haut. Une femme de trente-neuf ans, admise deux jours auparavant. Son partenaire était à l'agonie, et elle était bouleversée. Son sang contenait des anticorps Ebola, et elle avait présenté les symptômes classiques de la grippe, mais la maladie n'avait pas évolué. Elle avait, en fait, apparemment cessé.

— Qu'est-ce que ça donne, avec elle?

Cathy Ryan discutait avec le doyen James.

— Ne vous emballez pas, Cath, répondit-il d'une voix fatiguée.

— Non, Dave, mais je veux savoir *pourquoi*. C'est moi qui l'ai interrogée. Elle a dormi avec lui deux jours avant de l'amener ici...

— Ils ont eu un rapport sexuel? demanda Alex, se joignant à la conversation.

— Non, Alex. J'ai demandé. Il ne se sentait pas assez bien. Je pense que celle-ci survivra.

Et c'était une grande nouveauté pour Baltimore.

— Nous la gardons au moins une semaine, Cathy.

— Je *sais*, Dave, mais c'est la première, souligna SURGEON. Il y a un truc différent ici. Qu'est-ce que ça peut être? Nous devons le découvrir!

Cathy passa son tableau à Alex. Il le parcourut rapidement. Température tombée à trente-huit, pression sanguine encore anormale, mais...

— Qu'est-ce qu'elle a dit, Cathy? demanda Alexandre tout en feuilletant le dossier.

— Comment elle se sent? Paniquée, terrorisée. Maux de tête affreux, crampes abdominales — mais je pense qu'une grande partie de tout ça vient simplement du stress. Difficile de lui en vouloir, n'est-ce pas?

— Toutes ses fonctions sont en progrès. Le foie a eu de gros problèmes, mais ça s'est arrêté la nuit dernière, et maintenant il se remet...

— C'est ce qui a attiré mon attention. Elle est en train de le repousser, Alex, dit le Dr Ryan. Je pense que nous allons gagner avec elle. Mais *pourquoi*? Pourquoi est-ce différent ce coup-ci? Que pouvons-nous apprendre de ça? Et en quoi ça peut nous servir pour nos autres patients?

Le Dr Alexandre accusa le coup. Il pensa de nouveau que John Pickett avait raison. Il *devait* filer à Reed.

— Dave, ils veulent que je les rejoigne à Washington immédiatement.

— Allez-y, répondit aussitôt le doyen. Nous

sommes en nombre suffisant ici. Si vous pouvez nous aider, là-bas, à donner un sens à tout cela, allez-y.

— Cathy, la réponse la plus probable à votre question est la plus simple, reprit Alex. Votre capacité à combattre cette saleté et à l'éliminer est inversement proportionnelle au nombre de virus présents dans votre organisme. Tout le monde croit qu'un seul peut vous tuer. C'est faux. Rien n'est à ce point dangereux. Ebola détruit d'abord le système immunitaire; *ensuite*, il se met au travail sur les organes. Elle n'avait peut-être qu'une faible quantité de virus, son système immunitaire a engagé la bataille et l'a gagnée. Interrogez-la encore, Cathy. Le moindre détail de ses contacts, la semaine dernière, avec son compagnon. Je vous appelle dans deux heures. Comment vous vous sentez, tous?

— Alex, si on a un espoir ici, répondit le Dr James, je pense que nous aurons la force de tenir.

Alexandre se rendit à la décontamination. Sa combinaison fut d'abord soigneusement vaporisée aux produits chimiques. Puis il se déshabilla, enfila des vêtements chirurgicaux et mit un masque. Il emprunta l'ascenseur « décontaminé » jusqu'au hall, et franchit la porte.

— Etes-vous le colonel Alexandre? lui demanda un sergent.

— Oui.

— Suivez-moi, monsieur, dit le NCO en le saluant. Nous avons un Hummer et un chauffeur pour vous. Vous voulez une veste, monsieur? Fait plutôt frisquet dehors.

— Merci.

Il passa la parka de guerre chimique caoutchoutée. Un vêtement aussi désagréable à porter lui tiendrait forcément chaud tout au long du trajet. Un Spec-4 [1] féminin était au volant. Alexandre prit place sur le siège inconfortable, boucla sa ceinture et se tourna vers elle.

— Vous pouvez y aller! dit-il.

1. Brigadier-chef (*N.d.T.*).

536

Il repensa soudain à l'explication qu'il avait donnée à Ryan et à James, là-haut. Il sursauta comme s'il avait voulu chasser un insecte. Pickett *avait* raison. Peut-être.

— Monsieur le président, s'il vous plaît, laissez-nous d'abord le temps de réexaminer les données. J'ai envoyé chercher le Dr Alexandre à Hopkins pour qu'il rejoigne mon groupe de travail à Reed. C'est beaucoup trop tôt pour tirer la moindre conclusion de tout ça.

— OK, général, grommela Ryan avec colère. Vous pouvez me joindre ici. Et merde ! jura-t-il après avoir raccroché.

— Nous avons d'autres tâches, monsieur, souligna Goodley.

— Ouais.

Quand ça commença, il faisait encore sombre dans le fuseau horaire du Pacifique. Au moins, prendre l'avion ne posait pas de problème, ici. Les Jumbo de la plupart des grandes compagnies aériennes atterrirent à Barstow, Californie, les médecins militaires firent une recherche d'anticorps aux équipages avec les kits désormais fabriqués en série. On apporta aussi quelques modifications aux systèmes de ventilation des appareils. Au Centre national d'entraînement de l'armée de terre, les soldats embarquaient dans des bus. C'était normal pour les visiteurs de la Force bleue, mais pas pour l'OpFor, dont les familles étaient venues assister à leur départ. On savait peu de chose, sinon qu'ils se déployaient. Leur destination était toujours secrète ; eux-mêmes ne l'apprendraient qu'au cours du voyage qui durerait seize heures. Plus de dix mille hommes et femmes, cela représentait quarante vols, décollant, à raison de quatre par heure seulement, de la piste rudimentaire du désert de Californie. A ceux qui les appelaient pour les questionner, les officiers des relations publiques — PAO — répondaient que les unités de Fort Irwin se déplaçaient pour participer à la quarantaine nationale. A Washington, quelques journalistes en apprirent davantage.

— Thomas Donner? demanda la femme dont le bas du visage était masqué.

— Exact, répondit sèchement le présentateur de NBC, dérangé pendant son petit déjeuner.

Il était vêtu d'un jean et d'une chemise en flanelle.

— FBI. Voulez-vous bien venir avec moi, monsieur? Nous avons à discuter de certaines choses avec vous.

— Suis-je en état d'arrestation? demanda la vedette de la télévision.

— Seulement si vous le désirez, monsieur Donner, lui répondit l'agent. Mais vous devez m'accompagner immédiatement. Vous n'avez besoin de rien de particulier, sinon de votre portefeuille, d'une pièce d'identité et de ça, ajouta-t-elle, en lui tendant un masque chirurgical dans un sachet plastique.

— Bien. Juste une minute.

Donner referma la porte sur elle. Il embrassa sa femme, prit une veste et changea de chaussures. Puis il ressortit, mit le masque et suivit l'agent jusqu'à sa voiture.

— Alors, de quoi s'agit-il?

— Je ne suis que le taxi, répondit-elle, mettant fin à la conversation matinale.

Qu'il fût trop idiot pour ne pas se rappeler qu'il faisait partie de l'équipe de presse accréditée pour les opérations du Pentagone, cela ne la regardait pas.

— La plus grave erreur commise en 1990 par les Irakiens était logistique, expliqua l'amiral Jackson en déplaçant sa baguette sur la carte. Tout le monde croit que la guerre, c'est une question de canons et de bombes. Mais c'est faux. C'est une question de carburant et d'informations. Si vous avez assez de carburant pour continuer à avancer, et si vous savez ce que fait votre adversaire, alors vous avez des chances de gagner. (Une nouvelle diapositive apparut sur l'écran, à côté de la carte. La baguette s'y déplaça.) Là.

Les photos satellite étaient nettes. Dans chaque groupe de chars et de BMP se trouvait un grand nombre de camions-citernes. Les avant-trains de l'artillerie étaient attachés aux camions. Des agrandissements montraient les fûts de carburant fixés aux châssis arrière des chars T-80. Contenant chacun cinquante-cinq gallons de diesel, ils augmentaient beaucoup la vulnérabilité des chars, mais on pouvait s'en débarrasser en appuyant sur un bouton situé dans la tourelle.

— Aucun doute. Ils se préparent à un mouvement, probablement dans la semaine. Notre 10e de cavalerie est en position au Koweït. Le 11e et la 1re brigade de la Garde nationale de Caroline du Nord arrivent. C'est tout ce dont nous sommes capables pour le moment. Nous ne pourrons sortir d'autres unités de la quarantaine que vendredi au plus tôt.

— Et c'est de notoriété publique, ajouta Ed Foley.

— En résumé, nous déployons une division, très grosse, peut-être, mais une seule, conclut Jackson. La totalité de l'armée du Koweït est en place. Les Saoudiens aussi sont sur le pied de guerre.

— Et la 3e brigade dépend de notre capacité à faire passer nos navires MPS *à travers* la marine indienne, souligna le secrétaire Bretano.

— Impossible, les informa l'amiral DeMarco. Nous n'avons pas la puissance de feu suffisante pour ça.

Jackson ne répondit pas. Il ne pouvait pas. Le vice-responsable des opérations navales était son supérieur, quoi qu'il pensât de lui.

— Ecoutez, Brucie, dit Mickey Moore, en se tournant pour le regarder bien en face, mes hommes ont besoin de ces véhicules, ou la Garde de Caroline devra affronter une force mécanisée ennemie avec de simples pistolets. Ça fait des années que vos marins nous gonflent les couilles avec ces croiseurs Aegis. Alors, on se bat quand il faut ou on la ferme, OK?

Demain à la même heure, j'aurai quinze mille soldats en danger.

— Amiral Jackson, dit le président. Vous êtes responsable des opérations.

— Monsieur le président, sans couverture aérienne...

— On peut y arriver ou pas ? demanda Ryan.

— Non, répondit DeMarco. Je ne veux pas voir de navires sacrifiés de cette façon. Pas sans couverture aérienne.

— Robby, je veux un avis définitif là-dessus, dit Bretano.

— OK. (Jackson prit une profonde inspiration avant de répondre.) Ils ont au total une quarantaine de Harrier. De beaux avions, mais pas très performants. Leur force d'escorte a une trentaine de missiles surface-surface. Nous n'avons pas à nous inquiéter d'un combat d'artillerie. L'*Anzio* emporte actuellement soixante-quinze SAM, quinze Tomahawk, et huit Harpoon. Le *Kidd* a soixante-dix SAM, et huit Harpoon. Le *O'Bannon* n'est pas un navire SAM. Il n'a que des armes de défense rapprochée, mais aussi des Harpoon. Les deux frégates qui viennent de leur être adjointes ont une vingtaine de SAM chacune. Théoriquement, ils peuvent s'en tirer.

— C'est trop dangereux, Jackson ! On n'envoie pas une force de surface toute seule contre un porte-avions ! *Jamais !*

— Et si nous tirions les premiers ? demanda Ryan. (Du coup, tout le monde se tourna vers lui.)

— Monsieur le président. (DeMarco, de nouveau.) Nous ne pouvons pas faire une chose pareille ! Nous ne sommes même pas sûrs qu'ils soient hostiles.

— Notre ambassadeur pense qu'ils le sont, intervint Bretano.

— Amiral DeMarco, cet équipement doit être livré, dit le président, dont le visage commençait à s'empourprer.

— L'Air Force se déploie vers l'Arabie Saoudite en ce moment. Dans deux jours nous pourrons l'utiliser, mais jusque-là...

— Amiral, je vous prie de me présenter votre démission, dit soudain le secrétaire d'Etat Bretano en considérant son dossier de briefing. Vos services ne sont plus nécessaires ici. Nous n'avons pas deux jours devant nous pour nous chamailler.

C'était une violation du protocole. Les chefs d'état-major Interarmes étaient nommés par le président, et s'ils avaient le titre de conseillers militaires du secrétaire à la Défense *et* du président, seul ce dernier avait normalement le pouvoir de les démettre de leurs fonctions. L'amiral DeMarco se tourna vers Ryan au centre de la table de conférence.

— Monsieur le président, permettez-moi de vous donner mon sentiment exact là-dessus.

— Amiral, nous avons quinze mille hommes en position délicate. Vous ne pouvez pas nous dire que notre marine ne les appuiera pas. Vous êtes relevé de vos fonctions à compter de cet instant, répondit le président. Au revoir. (Les autres responsables militaires échangèrent des regards. Une chose pareille ne s'était jamais produite.) Contact avec les Indiens dans combien de temps ? poursuivit Ryan, comme si de rien n'était.

— Environ vingt-quatre heures, monsieur.

— Un moyen de fournir un soutien supplémentaire ?

— On a aussi un sous-marin, avec torpilles et missiles. Il se trouve à environ cinquante nautiques en avant de l'*Anzio*, répondit Jackson, tandis que l'amiral, sonné, quittait la salle avec son assistant. Nous pouvons lui demander d'accélérer. Il risquera davantage d'être détecté, mais les Indiens ne sont pas très forts pour la lutte anti-sous-marine. Ce serait une arme offensive, monsieur. Les sous-marins ne font pas dans la défense passive. Ils coulent les navires.

— Je pense qu'il faut que j'aie une petite conversation avec le Premier ministre indien, observa POTUS. Et une fois qu'on est passés ?

— Eh bien, ensuite il faut franchir le détroit d'Ormuz et gagner les ports de déchargement.

— Pour ça, je peux vous aider, promit le chef

d'état-major de l'Air Force. Nos F-16 couvriront cette partie du trajet. La 366ᵉ escadre aérienne ne sera pas encore prête, mais nos gars d'Israël seront là.

— Nous aurons *vraiment* besoin de cette couverture, général, insista Jackson.

— Voyez-vous ça, la marine qui demande de l'aide aux pauvres scouts de l'air ! dit-il en riant. (Puis, reprenant immédiatement son sérieux :) Nous descendrons le moindre de ces marchands de tapis d'enfants de salaud qui se promènera dans le ciel, Robby. Ces quarante-huit F-16 Charlie sont armés et prêts à tirer. Dès que vous vous trouverez à cent nautiques du détroit, vous aurez des amis au-dessus de la tête.

— Ce sera suffisant ? demanda le président.

— A strictement parler, non. L'autre camp a quatre cents très bons avions. Quand la 366ᵉ sera opérationnelle — trois jours, au minimum — nous aurons quatre-vingts chasseurs air-air, mais les Saoudiens ne sont pas mauvais non plus. Nous avons des AWACS sur zone. Au pire, vos chars combattront sous un ciel neutre, Mickey. (Le général consulta sa montre.) Ils devraient être en train de décoller en ce moment.

Le premier vol de quatre chasseurs-intercepteurs F-15C prit sa formation avec les ravitailleurs KC-135R. Il y en avait six de leur propre escadre, les autres arriveraient bientôt de la Garde nationale aérienne du Montana et du Dakota du Nord et du Sud — des Etats encore épargnés par l'épidémie. Pendant la plus grande partie du trajet vers la péninsule Arabique, ils resteraient en position à dix miles en avant des quatre appareils commerciaux venant de Californie. Leur plan de vol était de prendre au nord jusqu'au Pôle, puis de franchir la courbure de la terre et de descendre au sud en direction de la Russie et ensuite de l'Europe de l'Est. A l'ouest de Chypre, une escorte israélienne les rejoindrait et resterait avec eux jusqu'en Jordanie. A partir de là, les chasseurs américains Eagle retrouveraient des F-15 saoudiens. Cela permettrait peut-être aux premiers Jumbo de passer inaperçus, estimaient les officiers de planification, mais si l'autre camp se réveillait, il y aurait une bataille aérienne. Les pilotes des Eagle de la formation de tête s'en souciaient peu, en fait. Il n'y eut pas de bavardage inutile à la radio quand ils aperçurent l'aube, sur leur droite. Pendant ce voyage, ils en verraient bientôt une autre, sur leur gauche, celle-là.

— OK, mesdames et messieurs, dit le PAO, l'officier des relations publiques, à l'adresse des quinze journalistes rassemblés devant lui. Voici le scoop. Vous avez été appelés pour un déploiement militaire. Le sergent Astor est en train de vous distribuer des formulaires de décharge. Vous êtes priés de les signer et de les lui rendre.

— De quoi s'agit-il ? demanda l'un d'eux.

— Vous pourriez peut-être essayer de le lire ? suggéra le colonel des Marines, de derrière son masque.

— Test sanguin, grommela une femme. Pas étonnant. Mais le reste ?

— M'dame, ceux d'entre vous qui signeront ce papier en apprendront plus. On ramènera les autres chez eux.

La curiosité l'emporta. Tout le monde signa.

— Merci. (Le colonel vérifia les documents un à un.) Maintenant, si vous voulez bien franchir la porte située à votre gauche, des hommes de la marine vous attendent.

Il plaidait lui-même. Ed Kealty était membre du barreau depuis trente ans, mais il n'avait jamais fréquenté les tribunaux que comme spectateur, même si à de nombreuses occasions il s'était tenu sur les marches d'un palais de justice pour faire un discours ou une annonce. Il avait toujours été du genre théâtral. Et cette fois encore, il ne dérogea pas à la règle.

— Si j'en appelle à la cour, commença l'ancien vice-président, c'est pour requérir un jugement sommaire. Mon droit de franchir une frontière d'Etat a été violé par un décret présidentiel. Ceci est contraire au droit constitutionnel, ainsi qu'à une jurisprudence de la Cour suprême, à savoir l'affaire Lemuel Penn, dans laquelle elle a unanimement décrété que...

Pat Martin était assis à côté du *solicitor general* [1] qui s'exprimerait au nom du gouvernement. Il y avait là une caméra de *Court TV* [2] qui diffuserait le procès dans bon nombre de foyers du pays. La scène était étrange. Le juge, le greffier, l'huissier, tous les avocats, les dix journalistes, et les quatre spectateurs portaient des masques chirurgicaux et des gants en caoutchouc. Et tous venaient de voir Ed Kealty commettre la pire erreur politique de sa carrière, même si aucun d'eux ne l'avait encore compris. Martin, lui, était là en prévision de la chose.

— La liberté de circuler est au cœur de toutes les libertés énoncées et protégées par la Constitution. Le président n'a aucune autorité constitutionnelle ni statutaire pour dénier cette liberté aux citoyens, et encore moins avec la complicité des forces armées qui ont déjà tué un citoyen et en ont blessé plusieurs autres...

« ... Ce n'est qu'un simple point de droit, concluait Kealty une demi-heure plus tard, et, en mon nom et au nom de mes concitoyens, je prie la cour d'annuler cet ordre illégal.

Là-dessus, Edward J. Kealty retourna s'asseoir.

— Votre Honneur, dit le *solicitor general* en s'avançant vers le podium où se trouvait le micro de la TV, comme le plaignant nous l'a exposé, il s'agit là d'une affaire de la plus haute importance, mais qui n'est pas fondée sur une grande complexité juridique.

« Le gouvernement cite M. le juge Holmes [3] et sa fameuse défense de la liberté d'expression, où il explique que la suspension des libertés est effectivement possible quand le pays court un danger "réel et immédiat". La Constitution, Votre Honneur, n'est pas un pacte suicidaire. La crise qui frappe aujourd'hui

1. Chargé de représenter l'*attorney general* (le ministre de la Justice) auprès des tribunaux (*N.d.T.*).
2. Chaîne par satellite et par câble qui diffuse des procès en direct 24 heures sur 24 (*N.d.T.*).
3. Oliver Wendell Holmes, 1841-1935, célèbre juge à la Cour suprême (*N.d.T.*).

notre nation est mortelle, comme nous l'ont montré les reportages des médias, et les rédacteurs de la Constitution ne pouvaient pas avoir l'idée de ce genre de problème : à la fin du XVIIIe siècle, à ma connaissance, on n'avait pas encore découvert la nature des maladies infectieuses. Mais à cette époque, la mise en quarantaine des bateaux était une chose fréquente et communément admise. On peut citer le précédent de l'embargo de Jefferson sur le commerce extérieur, mais surtout, Votre Honneur, il y a le bon sens. On ne peut pas sacrifier nos citoyens sur l'autel de principes théoriques...

Martin écoutait, se frottant le nez sous son masque. L'odeur lui faisait penser à un baril de Lysol renversé dans la pièce.

Quand les journalistes eurent passé leurs tests sanguins — aucun d'eux n'était positif, à leur grand soulagement —, et qu'ils eurent ôté leur masque, on les conduisit dans une autre salle de briefing.

— OK, un autocar vous emmène à Andrews. Vous recevrez de plus amples informations après votre départ, leur dit le PAO.

— Une minute ! objecta Tom Donner.

— Monsieur, c'était précisé sur le document que vous avez signé, vous vous souvenez ?

— Vous aviez raison, John, dit Alexandre.

L'épidémiologie était l'équivalent médical de la profession de comptable. Tout comme cette ennuyeuse activité était vitale pour la conduite d'une entreprise, l'étude des maladies et de leur diffusion était la mère de la médecine moderne : dans les années 1830, un médecin français avait établi que les malades mouraient ou guérissaient dans les mêmes proportions, qu'on les soignât ou non. Cette étrange découverte avait forcé la communauté médicale à interroger ses propres pratiques, à chercher quelles mesures marchaient et lesquelles ne marchaient pas. Et peu à peu, la médecine avait cessé d'être un simple commerce pour devenir une science.

Le démon était toujours caché dans les détails. Sauf que cette fois, ça n'en serait peut-être pas un, pensa Alex.

On avait recensé 3 451 cas d'Ebola dans le pays, un chiffre incluant ceux qui avaient développé la maladie et commençaient à en mourir, ceux qui présentaient des symptômes francs, et ceux qui étaient positifs à la recherche d'anticorps. Le nombre en lui-même n'était pas spécialement élevé. Le sida faisait beaucoup plus de victimes, et le cancer et les maladies cardio-vasculaires encore plus — deux ordres de grandeur, au moins. Les études statistiques, appuyées par les interrogatoires du FBI et les rapports de médecins locaux à travers tout le pays, avaient permis d'établir deux cent vingt-trois cas primaires. Tous avaient été infectés lors de manifestations commerciales, puis avaient contaminé d'autres personnes qui à leur tour avaient transmis la maladie... Si les nouveaux cas étaient toujours plus nombreux, le taux de propagation de l'épidémie restait inférieur aux prédictions des modèles informatiques. Et, à Hopkins, on venait d'avoir le premier patient qui présentait des anticorps mais ne développait pas la maladie...

— On aurait dû avoir davantage de cas primaires, Alex, dit Pickett. On a commencé à comprendre ça la nuit dernière. Notre premier mort, au Texas, avait pris un avion entre Phoenix et Dallas. Le FBI a obtenu les données du vol, et l'université du Texas a fait passer un test à tous les passagers ; on a fini ce matin. Un seul présente des anticorps, et pas vraiment de symptômes.

— Facteurs de risque ?

— Gingivite. Saignements des gencives, rapporta le général Pickett.

— Il essaie peut-être de se transmettre par l'air... mais il n'y arrive pas...

— C'est aussi ce que je crois, Alex. Les cas secondaires semblent avoir été causés principalement par des contacts physiques. Etreintes, baisers, soins donnés à une personne aimée. Si on a raison, on aura un pic dans trois jours, puis ça cessera. Et on verra de plus en plus de survivants.

— On en a déjà une à Hopkins. Recherche d'anticorps positive, mais rien au-delà des symptômes initiaux.

— Il faut faire travailler Gus sur la dégradation environnementale. Il a déjà dû commencer, d'ailleurs.

— D'accord. Appelez-le. Je fais quelques suivis ici.

Le juge était un vieil ami de Kealty. Martin ne savait pas comment Ed avait réussi à faire inscrire son affaire dans ce district, mais ça n'avait plus d'importance maintenant. Chacune des deux plaidoiries avait duré une vingtaine de minutes. C'était, comme Kealty l'avait dit et comme le *solicitor general* l'avait confirmé, un point de droit très simple, même si ses applications pratiques pouvaient entraîner toutes sortes de problèmes complexes. C'était aussi une question très urgente — ce fut pourquoi le juge revint à peine au bout d'une heure de réflexion. Il annonça qu'il lirait sa décision d'après ses notes, et ferait taper un jugement complet plus tard dans la journée.

— La cour, commença-t-il, est consciente du terrible danger encouru par le pays, et doit comprendre que le président Ryan veut sincèrement faire son devoir de sauver des vies américaines en plus de leur liberté.

« Cependant, la cour doit reconnaître le fait que la Constitution est, et demeure, la loi suprême de notre nation. Violer un tel rempart législatif constitue un précédent potentiel dont les conséquences peuvent être si graves qu'elles se feront sentir bien au-delà de la crise actuelle, et si les motivations du président sont certainement louables, cette cour est forcée de casser ce décret et de faire confiance à la capacité des citoyens d'agir avec intelligence et prudence dans l'intérêt de leur propre sécurité. Il en est ainsi ordonné.

— Votre Honneur. (Le *solicitor general* se leva.) Le gouvernement doit faire et fera appel de votre décision immédiatement devant le quatrième circuit de

Richmond. Nous demandons un sursis à exécution jusqu'à ce que ces formalités puissent être réglées, plus tard dans la journée.

— Demande rejetée. Les débats sont clos.

Le juge se dressa et quitta le banc sans ajouter un mot. La salle, bien sûr, explosa.

— Qu'est-ce que cela signifie ? demanda le correspondant de *Court TV* (avocat lui-même, il le savait probablement déjà) en tendant son micro à Ed Kealty, imité par ses collègues.

— Cela signifie que le soi-disant président Ryan ne peut pas enfreindre la loi. Je pense avoir démontré ici que c'est encore la loi qui règne dans ce pays, répondit le politicien en évitant de trop afficher sa satisfaction.

— Quelle est la position du gouvernement ? demanda ensuite le journaliste au *solicitor general*.

— Nos documents seront enregistrés auprès de la cour d'appel du quatrième circuit avant que le juge Venable n'ait rédigé son jugement. La décision de la cour n'est pas officiellement exécutoire tant qu'elle n'est pas écrite, signée, et correctement classée. Notre appel sera rédigé avant. Le quatrième circuit fera surseoir à cette décision.

— Et dans le cas contraire ?

Martin prit la parole.

— Alors, monsieur, le décret présidentiel restera en place dans l'intérêt de la sécurité du public jusqu'à ce que l'affaire puisse être plaidée dans un contexte plus... structuré. Mais nous avons toutes les raisons de croire que le quatrième circuit fera surseoir à cette décision. Outre les tenants de la chose écrite, les juges sont des gens réalistes. Il y a autre chose, toutefois.

— Oui ? demanda le journaliste.

Kealty les observait, trois mètres plus loin.

— La cour vient de régler ici un autre important problème constitutionnel. En faisant référence au président Ryan à la fois par son nom et par le titre de sa fonction, la cour a réglé la question de la succession posée par l'ex-vice-président Kealty. De plus, la cour a indiqué que le décret présidentiel était cassé.

Si M. Ryan n'avait pas été le président, ledit décret n'aurait pas été valable, ni légalement exécutoire, et la cour aurait pu argumenter là-dessus. Au lieu de quoi, elle a pris une mauvaise décision, je pense, mais une décision juste en termes de procédure. Merci. Le *solicitor general* et moi-même avons quelques formalités à régler.

C'était rare de faire taire les journalistes. Et plus difficile encore de clouer le bec aux personnalités politiques.

— Hé, attendez une minute ! cria Kealty.

— Vous n'avez jamais été un très bon avocat, Ed, dit Martin en s'éloignant.

— Je pense qu'il a raison, dit Lorenz. Mon Dieu, j'espère *vraiment* qu'il a raison.

Depuis le début de l'épidémie, les laboratoires du CDC travaillaient très dur pour étudier la survie du virus à l'air libre. Des chambres environnementales avaient été mises en place avec diverses valeurs de température et d'humidité, différents niveaux d'intensité lumineuse, et pour une raison incompréhensible, les données continuaient à indiquer la même chose : la maladie qui aurait dû être aérogène ne l'était pas, ou à peine. Sa survie à l'air libre, même dans les conditions les plus favorables, se mesurait en minutes.

— J'aimerais comprendre un peu mieux le côté « guerre biologique » de tout ça, grommela Lorenz après un moment de réflexion.

— Deux cent vingt-trois cas primaires. C'est tout. S'il y en avait davantage, nous devrions le savoir, à l'heure actuelle. Dix-huit sites confirmés, mais il y avait quatre autres salons, ce jour-là. Aucune contamination, dans ceux-là. Pourquoi ces dix-huit-là et pas les quatre autres ? se demanda Alex. Ils ont peut-être attaqué les vingt-deux, mais dans quatre d'entre eux il ne s'est rien passé.

— Sur la base de nos données expérimentales, c'est une possibilité réelle, Alex, répondit Lorenz en tirant sur sa pipe. Nos modèles prévoient maintenant un total de huit mille cas. Nous aurons des survivants, et leur nombre modifiera un peu le modèle. Cette histoire de quarantaine a terrorisé les gens. Vous savez, je ne pense pas que la circulation puisse vraiment avoir un effet direct, mais les gens sont tellement affolés qu'ils n'ont plus assez de contacts pour...

— Doc, c'est la troisième bonne nouvelle de la journée! s'exclama Alexandre. (La première, c'était la « survivante », à Hopkins. La seconde, les données analytiques de Pickett. Et maintenant, la troisième leur venait du travail de labo de Gus et de sa conclusion logique.) John a toujours dit que la guerre biologique était plus psychologique que réelle.

— John est un bon docteur, Alex. Et vous aussi, mon ami.

— Trois jours et nous saurons.

— D'accord. Dites quelques prières, Alex.

— Vous pourrez me joindre à Reed pour le moment.

— Je dors au bureau, moi aussi.

— A bientôt.

Alexandre coupa le haut-parleur du téléphone. Six médecins militaires l'entouraient, trois de Walter Reed et trois de l'USAMRIID.

— Des commentaires? leur demanda-t-il.

— Situation dingue, observa un commandant avec un sourire épuisé. C'est une arme psychologique, d'accord. Elle fout la trouille à tout le monde, et ça nous aide, aussi. Et quelqu'un a fait une gaffe de l'autre côté. Je me demande comment on...?

Alex y réfléchit un moment. Puis il décrocha le téléphone et appela Hopkins.

— Ici le Dr Alexandre, dit-il à l'infirmière de permanence à l'étage médical. Il faut que je parle au Dr Ryan, c'est très important... OK, je patiente. (L'attente dura quelques minutes.) Cathy? C'est Alex. J'ai besoin de discuter avec votre mari, et il vaudrait mieux que vous soyez là, aussi... Et c'est bigrement important..., ajouta-t-il un instant plus tard.

55

COMMENCEMENT

Deux cents dossiers, cela signifiait autant d'extraits de naissance, de permis de conduire, de cartes de crédit, d'actes de propriété ou de baux de location à contrôler, plus des quantités d'autres paperasses. Inévitablement, l'agent spécial Aref Raman allait faire l'objet d'une attention particulière de la part de quelques-uns des trois cents agents du FBI chargés de cette affaire. En fait, tous les employés du Service secret bénéficiant d'un accès régulier à la Maison-Blanche figuraient sur la liste des vérifications prioritaires. A travers le pays, les agents commencèrent par étudier les extraits de naissance, puis les annuaires des lycées, pour voir si les photos correspondaient. Trois agents du détachement de protection étaient des immigrants, pour lesquels il n'était pas facile de vérifier l'exactitude des renseignements personnels. L'un, Français de naissance, était arrivé en Amérique dans les bras de sa mère. Une autre, venue du Mexique, était en fait entrée illégalement avec ses parents ; elle avait régularisé sa situation ultérieurement et, à la Division technique de la sécurité, elle s'était distinguée par son génie — et son patriotisme féroce. « Jeff » Raman était le seul sur qui la documentation manquait, mais cela pouvait s'expliquer par le statut de réfugiés de sa famille.

A de nombreux points de vue, c'était trop facile. Son dossier indiquait qu'il était né en Iran et qu'il avait émigré en Amérique quand ses parents s'étaient enfuis après la chute du shah. Tous les indicateurs suivants montraient qu'il s'était parfaitement adapté à son nouveau pays, jusqu'à un fanatisme pour le basket devenu légendaire dans le Service. Il ne perdait jamais un pari, et une blague courante racontait que les parieurs professionnels le consultaient au téléphone avant les matches importants. Il était toujours heureux de boire une bière avec ses collègues. Il s'était fait parmi eux une réputation d'excellent agent de terrain. Il était célibataire, ce qui n'avait rien d'extraordinaire pour un officier chargé de l'application des lois fédérales. Le Service secret ne ménageait guère les épouses, forcées de partager leur bien-aimé (en général un mari) avec une tâche beaucoup plus impitoyable que la plus exigeante des maîtresses. Dans ce métier, il y avait davantage de divorces que de mariages. On l'avait vu en galante compagnie, mais il en parlait peu. Sa vie privée était calme — dans la mesure où il en avait une. On était certain qu'il n'avait jamais eu aucun contact avec d'autres personnes nées en Iran, qu'il n'était pas religieux pour un sou, et qu'il n'avait jamais mentionné l'islam dans aucune conversation, sauf pour dire, comme il l'avait expliqué un jour au président, que la religion avait fait tant de mal à sa famille qu'il préférait laisser ce sujet de côté.

L'inspecteur O'Day, qui avait repris le travail parce que le directeur Murray lui faisait confiance pour les affaires délicates, n'était pas le moins du monde impressionné par cette histoire, ni par aucune autre, d'ailleurs. Il supervisait l'enquête. Il supposait que l'adversaire, s'il existait, était un spécialiste, et par conséquent l'identité la plus plausible et la plus cohérente ne pouvait être pour lui qu'une couverture parmi d'autres à examiner avec attention. De plus, on ne lui avait imposé aucune règle. L'agent Price avait pris seule cette décision. Il choisit lui-même l'équipe d'enquêteurs parmi les membres du quartier général et du bureau local de Washington. Il désigna les meilleurs pour Aref Raman qui se trouvait, par chance, coincé à Pittsburgh.

Son appartement au nord-ouest du district était modeste, mais confortable. Il avait une alarme anti-vol, mais ce n'était pas un problème. Parmi les agents qui devaient pénétrer chez lui par effraction, il y avait un magicien de la technique; après avoir fait sauter les verrous en deux minutes, il étudia le tableau de bord et y entra le code d'urgence du fabricant — il les avait tous mémorisés — pour désactiver le système.

Les deux premiers agents en appelèrent trois autres quand ils eurent réussi à entrer. Ils commencèrent par photographier l'appartement, au cas où il y aurait eu des « indicateurs » : des objets apparemment anodins qui, une fois dérangés, avertissaient l'occupant des lieux que quelqu'un était passé par là. C'était parfois terriblement difficile de les détecter et de les mettre en échec, mais ces cinq agents appartenaient à la Division du contre-espionnage du FBI, et ils avaient été entraînés à la fois par des barbouzes professionnels et contre eux. Fouiller l'appartement leur demanderait des heures d'efforts fastidieux. Ils savaient que cinq autres équipes au moins faisaient la même chose en ce moment chez d'autres suspects potentiels.

Le P-3C [1] restait à la limite de la couverture radar des navires indiens ; il volait très bas et il était chahuté par les turbulences de l'air au-dessus des eaux chaudes de la mer d'Arabie. Ils avaient des traces de trente émissions radar, provenant de dix-neuf sources différentes. C'étaient les puissants radars de recherche à basse fréquence qui les inquiétaient le plus, même s'ils avaient aussi des traces de radars SAM sur leurs récepteurs de menace. Les Indiens étaient censés être en manœuvres, leur flotte ayant appareillé après une longue maintenance à quai. Difficile, hélas, de faire la différence entre ce type d'exercices et la préparation à la bataille. Les données analysées par l'équipe ELINT de l'avion était téléchargées par l'*Anzio* et les autres bâtiments d'escorte du groupe opérationnel Comedy, comme les marins avaient surnommé les quatre *Bob Hope* et leurs protecteurs.

Le commandant du groupe était assis dans le centre d'information de combat du croiseur. Les trois grands panneaux d'affichage (en fait des écrans de rétroprojection reliés au système d'ordinateur-radar)

1. Le P-3C Orion est un quadrimoteur de lutte anti-sous-marine équipé de systèmes de détection sophistiqués (*N.d.T.*).

indiquaient avec une bonne précision la position de la flotte indienne. Il savait même quels points représentaient probablement les deux porte-avions. Sa tâche était complexe. COMEDY était désormais entièrement formé. Les navires de ravitaillement en mer *Platte* et *Supply* avaient maintenant rejoint le groupe, ainsi que leurs escortes *Hawes* et *Carr,* et dans les prochaines heures tous les bâtiments prendraient leur tour contre leur flanc pour remplir leurs réservoirs de carburant — pour un commandant de marine, le mazout c'était comme l'argent : on n'en avait jamais assez. Ensuite, les navires UNREP recevraient l'ordre de prendre position à l'extérieur des deux transporteurs de chars de tête, et les frégates à l'extérieur des deux de queue. Le *O'Bannon* filerait vers l'avant pour continuer ses recherches ASW — les Indiens avaient deux sous-marins nucléaires, et personne ne semblait savoir où ils se trouvaient en ce moment. Le *Kidd* et l'*Anzio,* deux navires SAM, reviendraient au sein de la formation pour une défense aérienne rapprochée. D'habitude, le croiseur Aegis devait se trouver à l'avant, mais pas cette fois.

Ce changement ne venait pas de ses ordres de mission, mais de la télévision, que chaque bâtiment du groupe recevait par satellite ; aujourd'hui, les marins demandaient et obtenaient une diffusion par câble dans leurs bateaux, et tandis que l'équipage passait une bonne partie de ses loisirs à regarder les multiples chaînes de cinéma — *Playboy* était toujours leur préférée, les marins étant ce qu'ils étaient — le commandant se faisait des overdoses de CNN, parce que si ses ordres ne lui donnaient pas toujours toutes les informations annexes dont il avait besoin, la plupart du temps CNN, elle, le faisait. Les hommes étaient nerveux. Impossible de leur dissimuler les événements, et les images de malades et de mourants, d'autoroutes bloquées et de rues désertes les avaient choqués. Les officiers avaient dû s'asseoir avec eux dans les quartiers du mess pour en discuter. Puis les ordres étaient arrivés. Il se passait quelque chose dans le golfe Persique, il se passait quelque chose au pays, et voilà que les navires MPS, avec leur brigade entière de véhicules de combat, devaient rejoindre le port saoudien de Dharan... avec la marine indienne en plein milieu! Pour le moment, l'équipage était calme, nota le commandant Greg Kemper de l'USS *Anzio*. Ses officiers mariniers lui rapportaient que les « troupes » ne riaient pas et ne chahutaient pas au mess, et que les nombreuses simulations des derniers jours sur le système de combat Aegis avaient fait passer le message. COMEDY faisait route vers le danger.

Chaque navire d'escorte possédait un hélicoptère, coordonné par l'équipe d'élite ASW sur le *O'Bannon* — homonyme du navire US indestructible de la Seconde Guerre mondiale, un destroyer de classe Fletcher qui avait combattu dans tous les plus grands engagements du Pacifique sans perdre un seul homme et sans la moindre écorchure; le nouveau *O'Bannon* avait un « A » d'or peint sur sa superstructure, la marque d'un bon tueur de sous-marins, du moins en simulation. L'héritage du *Kidd* était moins glorieux. Il portait le nom de l'amiral Isaac Kidd, décédé à bord de l'USS *Arizona* au matin du 7 décembre 1941, et faisait partie de la « classe des amiraux morts », quatre destroyers lanceurs de missiles construits à l'origine pour les Iraniens à l'époque du shah — le président Carter avait dû accepter cette vente, malgré ses réticences. Ces bâtiments avaient ensuite reçu les noms d'amiraux morts au cours de batailles perdues. L'*Anzio*, suivant l'une des traditions les plus étranges de la marine, portait le nom d'un engagement terrestre de la campagne d'Italie, en 1943, au cours duquel un débarquement risqué s'était transformé en boucherie. Les navires de guerre, en fait, étaient conçus pour ce genre de situations, mais il incombait à leurs commandants de s'assurer que la boucherie serait réservée à l'adversaire.

Dans une vraie guerre, ç'aurait été facile. L'*Anzio* possédait quinze missiles Tomahawk, chacun avec une ogive de mille livres, et il était presque à portée de tir du groupe de combat indien. Dans un monde idéal, il les aurait lancés un peu avant de se trouver à deux cents nautiques de l'ennemi, sur la base des informations de désignation d'objectif fournies par les Orion — ses hélicoptères aussi auraient pu le renseigner, mais les P-3C risquaient beaucoup moins.

— Commandant! annonça un officier marinier du poste ESM. On accroche des radars aériens. L'Orion a de la compagnie qui approche, on dirait deux Harrier, distance inconnue, relèvement constant, signal en augmentation.

— Merci. Le ciel est libre jusqu'à nouvel ordre, rappela Kemper à tout le monde.

C'était peut-être un exercice, mais la veille le groupe de combat indien n'avait pas parcouru quarante nautiques; il s'était déplacé du nord au sud, d'est en ouest, en coupant et recoupant ses propres sillages. Les exercices étaient censés avoir, disons, des formes plus libres. Le commandant de l'USS *Anzio* en avait conclu qu'ils considéraient que cette zone de l'océan leur appartenait. Or, ils se trouvaient justement là où COMEDY devait passer pour se rendre à sa destination.

D'ailleurs, rien de tout cela n'était très secret. Tout le monde faisait comme si les conditions normales de temps de paix étaient effectives. Le radar SPY-1 de l'*Anzio* crachait des millions de watts. Et les Indiens utilisaient les leurs. C'était presque comme jouer à « T'es pas chiche ».

— Commandant, nous avons des échos radar ennemis. Plusieurs contacts aériens inconnus relèvement zéro-sept-zéro, portée deux-un-cinq nautiques. Pas d'identification vocale, ce ne sont pas des avions commerciaux. Désignation Raid-Un. (Les symboles apparurent sur l'écran central.)

— Pas d'émissions électroniques sur ce relèvement, rapporta l'ESM.

— Très bien.

Le commandant croisa les jambes sur son fauteuil de commandement. Dans les films, c'est à ce moment-là que Gary Cooper allume une clope.

— Raid-Un s'avère être quatre avions en formation, vitesse quatre cent cinquante nœuds, cap deux-quatre-cinq.

556

Ce qui les amenait dans leur zone, encore que pas directement sur Comedy.

— Projection du CPA[1] ? demanda le commandant.

— Ils passeront dans un rayon de vingt nautiques par rapport à leur cap actuel, monsieur, répondit un marin avec nervosité.

— Très bien. OK, les gars, écoutez-moi. Je veux que cet endroit soit calme et affairé. Vous connaissez tous votre boulot. Quand il y aura une raison de s'énerver, je vous préviendrai, dit-il à l'équipe du CIC. Tir retenu.

Ce qui signifiait que les règles de temps de paix restaient applicables, et qu'on n'était pas prêts au feu. Mais cette situation pouvait être modifiée juste en pressant deux ou trois boutons...

— Anzio, ici Gonzo-Quatre, terminé, fit une voix à la radio air-surface.

— Gonzo-Quatre, Anzio, terminé.

— Anzio, rapporta l'aviateur, nous avons deux Harrier qui jouent au chat et à la souris avec nous. L'un d'eux vient de passer en trombe à une cinquantaine de mètres. Il a des blancs accrochés à ses pylônes d'armes. De vrais missiles sous les ailes, pas des trucs d'exercice.

— Il fait quelque chose ? demanda l'officier du contrôle aérien.

— Négatif, on dirait simplement qu'il s'amuse un peu.

— Dites-lui de continuer sa mission, intervint le commandant. De faire semblant de s'en foutre.

— A vos ordres, commandant.

Le message fut passé.

Ce genre de choses n'était pas si inhabituel que ça. Un pilote de chasse ne se refait pas, le commandant le savait. Comme les gars qui sifflent les filles à vélo. Mais ça n'allait jamais plus loin. Il s'intéressa de nouveau à Raid-Un. Cap et vitesse inchangés. Ce n'était pas un acte hostile. Les Indiens lui faisaient savoir qu'ils l'avaient trouvé. L'apparition des chasseurs à

1. Point d'approche maximum (N.d.T.).

deux endroits en même temps le prouvait. A présent, on allait vraiment comparer ses biscoteaux

Que faire maintenant? se demanda-t-il. *La jouer à la dure? A la stupide? A l'indifférent?* On donnait souvent trop d'importance à l'aspect psychologique des opérations militaires. Raid-Un était à cent cinquante nautiques et il approchait rapidement à la portée de ses SM-2 MR SAM.

— Qu'est-ce que vous en pensez, Weps? demanda-t-il à son officier d'armement.

— Pour moi, ils essaient juste de nous énerver.

— D'accord. (Le capitaine joua mentalement à pile ou face.) Bon, ils harcèlent notre Orion. Montrons-leur qu'on les voit, ordonna-t-il.

Deux secondes plus tard, la puissance du radar de recherche SPY passa à quatre millions de watts, qui furent envoyés sur un seul degré de relèvement aux chasseurs en approche; on augmenta aussi le « temps d'exposition » des cibles, ce qui signifiait qu'elles étaient touchées presque en continu. C'était assez pour saturer leur appareil de détection de menace. A moins de vingt nautiques, ça risquait même de l'endommager, s'il était tant soit peu fragile. On appelait ça un *zorch* et le commandant avait encore deux millions de watts de réserve dans sa manche, s'il voulait. Le plus marrant de l'histoire, c'était que si vous réussissiez vraiment à énerver un Aegis, vous risquiez d'avoir plus tard des enfants à deux têtes.

— Le *Kidd* vient d'ordonner les stations de combat, monsieur, rapporta le chef de quart, OOD.

— Un bon moment pour s'entraîner, non? (Raid-Un était à un peu moins de cent nautiques, à présent.) Weps, allumez-les.

A cet ordre, les quatre radars SPG-51 à illumination de cible du navire tournèrent et envoyèrent sur les chasseurs des faisceaux étroits d'énergie sur bande X. Ils indiquaient aux missiles comment trouver leurs cibles. Les appareils de détection de menace des chasseurs indiens noteraient qu'ils étaient accrochés.

Les avions ne changèrent ni de cap ni de vitesse.

— OK, ça veut dire qu'on ne fait rien de terrible

aujourd'hui. S'ils avaient quelque chose derrière la tête, ils manœuvreraient maintenant, dit le commandant à son équipe. Vous savez, c'est comme tourner au coin de la rue quand on voit un flic.

Ou alors ils avaient de l'eau glacée dans les veines, ce qui semblait fort improbable.

— Veulent examiner notre formation de plus près ? demanda Weps.

— C'est ce que je ferais. Prendre des photos, voir un peu qui est là, dit Kemper d'un air songeur.

Il décrocha le téléphone hurleur.

— Passerelle, répondit l'OOD.

— Dites à vos vigies que je veux savoir qui c'est. Des photos, si possible. Comment est la visibilité là-haut ?

— Brume de surface, mais pas mauvaise au-dessus, monsieur. Les Gros Yeux [1] s'en occupent en ce moment.

— Très bien. Ils vont nous dépasser au nord, virer à gauche, et descendre sur notre bâbord, prédit le commandant.

— Commandant, Gonzo-Quatre rapporte un passage très rapproché il y a quelques secondes, annonça le contrôle aérien.

— Dites-lui de rester calme.

— A vos ordres, commandant.

Puis la situation évolua rapidement. Les chasseurs firent deux fois le tour de COMEDY, mais jamais à moins de cinq nautiques. Les Harrier indiens restèrent encore un quart d'heure autour du Orion en patrouille, puis ils durent retourner à leur porte-avions pour se ravitailler, et une autre journée en mer continua sans tir ni acte ouvertement hostile, sauf si on prenait en compte le jeu des chasseurs, mais ça aussi, c'était la routine. Quand tout fut terminé, le commandant de l'USS *Anzio* se tourna vers son officier des communications.

— Il faut que je parle au CincPacFlt. Ah, oui... Weps ? ajouta Kemper.

---

1. Surnom des vigies (*N.d.T.*).

— Oui, commandant ?

— Je veux que l'ensemble du système de combat de ce navire soit vérifié.

— Commandant, nous avons déjà fait ça il y a douze heures et...

— Immédiatement, Weps, insista-t-il d'un ton tranquille.

— Et c'est une bonne nouvelle ? demanda Cathy.

— Docteur, c'est vraiment simple, répondit Alexandre. Vous avez vu des gens mourir ce matin. Vous en verrez d'autres mourir demain, et c'est affreux. Mais il vaut mieux des milliers de victimes que des millions, n'est-ce pas ? Je pense que l'épidémie va s'éteindre.

Il n'ajouta pas que, d'une certaine façon, c'était plus facile pour lui. Cathy était une chirurgienne des yeux. Elle n'avait pas l'habitude de voir des morts. Lui, il s'occupait de maladies infectieuses, où c'était monnaie courante.

Plus *facile* ? Etait-ce bien le mot ?

— Nous le saurons dans quelques jours, avec les analyses statistiques, conclut-il.

Le président hocha la tête en silence. Van Damm posa la question à sa place :

— Vous avez une idée du chiffre ?

— Moins de dix mille, d'après les modèles informatiques de Reed et de Detrick. Monsieur, je ne prends pas cela à la légère. Je dis seulement que dix mille, c'est mieux que dix millions.

— Un mort, c'est une tragédie. Un million, c'est une statistique..., grommela finalement Ryan.

— Oui, monsieur. Je connais la formule.

Cette « bonne nouvelle » ne réjouissait pas Alexandre autant qu'il voulait le faire croire. Mais comment annoncer autrement à quelqu'un qu'un désastre était préférable à une catastrophe ?

— Iossif Vissarionovitch Staline, dit Swordsman. Il avait la langue bien pendue...

— Vous connaissez le coupable, observa Alexandre.

560

— Qu'est-ce qui vous fait croire ça ? demanda Jack.

— Vous n'avez pas réagi normalement à ce que je vous ai dit, monsieur le président.

— Docteur, je n'ai pas fait grand-chose *normalement* depuis quelques mois. Qu'est-ce que cela signifie pour l'interdiction de circuler ?

— Que nous la laissons en place au moins encore une semaine. Nos prévisions ne sont pas parole d'évangile. La période d'incubation de cette maladie est plutôt variable. On ne renvoie pas les pompiers dès que la dernière flamme est éteinte. On reste là et on attend une éventuelle reprise du feu. Jusqu'ici, les gens sont terrorisés. Du coup, les contacts personnels sont réduits, et c'est *ça* qui fait cesser ce type d'épidémie. On ne change rien pour l'instant. Les nouveaux cas seront très circonscrits, et on les gérera exactement comme on l'a fait pour la variole : on les identifie, on teste toutes les personnes avec qui un malade a été en contact, on isole celles qui présentent des anticorps, et on les suit. Et ça *marche*, OK ? Les responsables de cette attaque ont fait un mauvais calcul, on dirait. La maladie est loin d'être aussi contagieuse qu'ils le pensaient — ou bien ce n'était peut-être qu'un exercice psychologique. C'est le propre de la guerre biologique, n'est-ce pas ? Les grandes épidémies du passé se sont développées parce que les gens n'avaient pas idée des modes de transmission. Ils ne connaissaient pas les problèmes des microbes, des puces et de l'eau contaminée... Nous, si. Tout le monde sait ça, on l'enseigne à l'école. Mince, c'est pour cela que nous n'avons eu aucun toubib infecté. Nous avons appris beaucoup en nous occupant du sida et des hépatites. Les précautions qui marchent avec ces maladies-là marchent aussi avec celle-ci.

— Comment s'assurer que cela ne se reproduira pas ? demanda van Damm.

— Je vous l'ai déjà dit. Financement. Recherches génétiques, travail plus ciblé sur les virus. Il n'y a pas de raison particulière pour que nous ne puissions pas développer un vaccin efficace contre Ebola et ses petits copains. Voilà comment on empêchera que ça recommence. Vous, monsieur le président, vous travaillez déjà sur l'autre face du problème. C'est qui ?

Ryan n'eut pas besoin de préciser à quel point l'information était secrète.

— L'Iran. L'ayatollah Mahmoud Haji Daryaei et ses joyeux lurons.

Alexandre redevint l'officier de l'armée des Etats-Unis qu'il avait été :

— Monsieur, en ce qui me concerne, vous pouvez tuer tous ceux que vous voulez.

Intéressant de découvrir l'aéroport international de Mahrabad en plein jour. Pour Clark, l'Iran avait toujours été un pays ennemi. Apparemment, avant la chute du shah, les gens étaient plutôt sympas, ici, mais il n'avait pas fait le voyage assez tôt pour le voir. Il était venu secrètement en 1979, puis de nouveau en 1980, d'abord pour rassembler des informations pour la libération des otages, puis pour participer à celle-ci. Impossible de décrire vraiment ce qu'on éprouvait dans une nation en pleine révolution. Même son séjour en Union soviétique avait été beaucoup plus facile. Ennemie ou pas, la Russie avait toujours été un pays civilisé avec des lois — et des citoyens qui les enfreignaient. Mais l'Iran s'était enflammé comme une traînée de poudre. Tout le monde criait « A mort l'Amérique ! », et il s'était retrouvé au milieu de la foule à hurler avec les loups. Il n'avait jamais rien connu de pire de toute sa vie. La moindre erreur, contacter un agent retourné par exemple, et il était mort — une pensée plutôt effrayante pour quelqu'un qui avait de jeunes enfants, barbouze ou pas. En général, ils fusillaient les criminels, mais les espions étaient pendus. Ça lui semblait une cruauté gratuite de prendre la vie d'un homme de cette façon.

Certaines choses avaient changé ces dernières années. D'autres non. Ici, au poste de douane, on soupçonnait encore les étrangers. Il y avait des militaires avec le fonctionnaire ; leur travail consistait à repérer et à arrêter des hommes comme lui. Pour la nouvelle RIU, comme pour l'ex-Iran, chaque nouveau visage était un espion potentiel.

— Klerk, dit-il en tendant son passeport, Ivan Sergueïevitch.

Bon Dieu, sa couverture russe avait déjà marché, et
il l'avait mémorisée. Et son russe était parfait.

— Tchekhov, Ievgueni Pavlovitch, dit Chavez à
l'autre fonctionnaire.

Une fois encore, ils étaient des correspondants de
presse. La loi interdisait aux officiers de la CIA de se
déguiser en journalistes *américains,* mais cela ne
s'appliquait pas aux médias étrangers.

— But de votre visite ?

— Découvrir votre nouveau pays, répondit Ivan
Sergueïevitch. Ça doit être passionnant pour tout le
monde.

— Nous sommes ensemble, dit Ievgueni Pavlovitch
au fonctionnaire.

Leurs passeports étaient flambant neufs — mais
personne n'aurait pu s'en apercevoir. Une des rares
choses dont Clark et Chavez n'avaient pas à s'inquiéter. Le travail du RVS était aussi bon que celui de
l'ancien KGB : les faux documents qu'il fabriquait
comptaient parmi les meilleurs du monde. Les pages
étaient couvertes de timbres, qui se chevauchaient
souvent, et elles étaient froissées et cornées par des
années d'utilisation apparente. Un inspecteur ouvrit
leurs sacs. Il y trouva des vêtements, plutôt usés, deux
livres, qu'il feuilleta pour vérifier s'ils n'étaient pas
pornographiques, deux appareils photo de qualité
médiocre, à l'émail noir passablement écaillé mais
aux lentilles neuves. Deux pochettes avec des carnets
de notes et des mini-magnétophones. Les policiers
prirent leur temps, mais ils finirent par laisser passer
les visiteurs avec une réticence évidente.

— *Spasiba,* dit John d'un ton léger en récupérant
son sac et en s'éloignant.

Au fil du temps, il avait appris à ne pas dissimuler
totalement son soulagement. Les voyageurs normaux
étaient intimidés. Il devait l'être aussi, s'il voulait leur
ressembler. Les deux officiers de la CIA sortirent de
l'aéroport et firent la queue en silence pour prendre
un taxi. Quand il n'y eut plus personne devant eux,

Chavez lâcha son sac de voyage, dont le contenu se répandit par terre. Clark et lui laissèrent deux clients passer devant eux pendant que Ding ramassait ses affaires. Un moyen bien connu pour s'assurer que leur voiture ne serait pas surveillée — ou alors, elles étaient toutes conduites par des barbouzes!

La difficulté consistait à avoir l'air normal. Pas trop stupide. Jamais trop élégant. Se perdre et demander son chemin, mais pas trop souvent. Descendre dans des hôtels bon marché. Et, dans leur cas particulier, prier pour qu'aucune des personnes qui les avaient vus lors de leur récente visite avec le secrétaire Adler ne croisât leur chemin... Leur tâche était censée être facile. C'était l'idée, d'habitude. On envoyait rarement des officiers de renseignements pour des missions complexes — ils étaient assez intelligents pour refuser, n'est-ce pas?

Sauf que les missions « faciles » l'étaient moins une fois que vous étiez sur place...

— On l'a surnommé le groupe opérationnel COMEDY, lui expliqua Robby. Ils sont venus lui sonner les cloches, ce matin.

— Ils ont joué les méchants? demanda le président.

— Oh, ils ont donné à notre Orion un vrai spectacle aérien. J'ai fait la même chose deux ou trois fois, dans ma folle jeunesse. Ils veulent que nous sachions qu'ils sont là, et qu'ils n'ont pas peur. Le commandant de notre formation, c'est Greg Kemper. Je ne le connais pas personnellement, mais il a très bonne réputation. Le CincPacFlt l'aime bien. Il demande un changement de ROE [1].

— Pas encore, dit Ryan. Plus tard.

— OK. Je ne m'attends pas à une attaque de nuit, mais n'oubliez pas que quand le jour se lève là-bas, il est minuit ici, monsieur.

— Arnie, où en est-on avec le Premier ministre indien?

1. Les règles d'engagement (*N.d.T.*).

— Elle n'échange pas des cadeaux de Noël avec l'ambassadeur Williams, répondit le secrétaire général.

— La mettre en garde risque simplement de lui donner envie d'appeler Daryaei, intervint Ben Goodley. Si vous la prenez de front, elle se défilera.

— Et alors ? Robby ?

— Si nous dépassons la flotte indienne, mais qu'elle prévienne Daryaei ? Ils peuvent essayer de bloquer le détroit. Mais nos forces de Méditerranée seront là dans quelques heures et nous rejoindront à cinquante nautiques de l'entrée. Et nous aurons une couverture aérienne. Ça sera intéressant, mais on devrait y arriver. Le plus inquiétant, ce sont les mines. Plus près de Dharan, c'est une autre histoire. Plus longtemps la RIU reste dans le noir, et mieux c'est, mais elle a peut-être déjà deviné la destination de COMEDY...

Le transfert avait reçu pour nom de code opération CUSTER. Les quarante avions étaient en l'air à présent, chacun transportant à peu près deux cent cinquante soldats dans un « train » aérien long de six mille miles. L'appareil de tête était maintenant à six heures de Dharan. Il sortait de l'espace aérien russe et survolait l'Ukraine.

Les pilotes des F-15 avaient salué quelques chasseurs russes venus leur dire bonjour. Ils étaient crevés. Ils avaient mal aux fesses après toutes ces heures passées sur le même siège — les équipages des Jumbo qui les suivaient pouvaient au moins se lever et faire quelques pas, eux. Ils avaient même des toilettes, un luxe pour les pilotes de chasse qui disposaient d'un simple « tube de soulagement ». Ils avaient les bras raides et les muscles endoloris par l'immobilité. Ils en étaient même à un point où ils avaient du mal à se ravitailler à leur KC-135. Et ils pensaient qu'un engagement aérien à une heure de leur destination n'aurait certainement rien d'amusant. La plupart buvaient du café, bougeaient leurs mains sur le manche, et s'étiraient du mieux qu'ils pouvaient.

En Indiana, Brown et Holbrook avaient eu la bonne idée de trouver un motel avant la panique générale. Ils étaient coincés là, maintenant. Ce motel, comme ceux où ils étaient descendus dans le Wyoming et le Nebraska, était fait pour les routiers. Il avait un grand restaurant, du genre démodé avec un comptoir et des boxes — et, désormais, avec des serveuses masquées et des clients qui se fuyaient les uns les autres. Ils mangeaient et retournaient dormir dans leurs chambres ou dans leurs camions. Tous les jours, ils déplaçaient leurs poids lourds pour éviter d'endommager leurs pneus. Tout le monde écoutait les bulletins d'informations à la radio. Les télévisions dans les chambres, dans le restaurant, et même dans certains camions fournissaient d'autres nouvelles et des distractions. Mais tout le monde s'ennuyait ferme.

— Foutu gouvernement, grommela un transporteur de meubles.

Sa famille se trouvait deux Etats plus loin.

— Ils nous ont montré qui commande, hein? lança Ernie Brown à la cantonade.

Plus tard, les données montreraient qu'aucun routier inter-Etats n'avait attrapé le virus. Ils étaient trop solitaires pour ça. Mais le déplacement était essentiel pour eux, parce que c'était ainsi qu'ils gagnaient leur vie et parce qu'ils avaient choisi ce mode de vie. Rester inactif n'était pas dans leur nature.

Et en recevoir l'ordre, encore moins.

— Bon Dieu! s'exclama un autre chauffeur. J'suis vachement content d'avoir quitté Chicago. Ces nouvelles foutent la trouille.

— Parce que tu penses que tout ça a un sens? demanda quelqu'un.

— Depuis quand le gouvernement a un sens? râla Holbrook.

— J'suis bien d'accord, claironna une voix

Les deux Mountain Men se sentaient enfin chez eux quelque part.

— Que dalle..., conclut l'agent principal.

Aref Raman avait l'air maniaque, comme beaucoup de célibataires qui vivaient seuls. Un des enquêteurs du FBI constata avec surprise que même ses chaussettes étaient soigneusement pliées dans ses tiroirs. Ils ne trouvèrent rien d'autre. Il y avait une photo de ses parents, décédés tous les deux. Il était abonné à deux hebdos d'information et à toutes les options du câble sur ses deux téléviseurs ; il ne picolait pas chez lui et se nourrissait sainement. Il avait l'air d'aimer tout particulièrement les hot dogs casher, à en juger par le contenu de son frigo. Aucun tiroir dissimulé — ils les auraient trouvés — ni rien d'un tant soit peu suspect. C'était à la fois bon et mauvais signe.

Le téléphone sonna. Ils ne répondirent pas, parce qu'ils n'étaient pas là, et qu'ils avaient des beepers et des téléphones cellulaires pour leurs communications personnelles.

« Bonjour, vous êtes au 536-3040 », dit la voix enregistrée de Raman, après la deuxième sonnerie. « Personne ne peut vous parler dans l'immédiat, mais si vous me laissez votre nom et votre numéro, je vous rappellerai dès que possible. »

Suivit un bip. Et un clic. Le correspondant avait raccroché.

— Faux numéro, dit un agent.

— Récupère les messages, tu veux ? ordonna l'agent principal au génie technique de leur équipe.

Raman possédait un répondeur numérique. Là encore, un code d'urgence était programmé par le fabricant. L'agent le composa pendant qu'un de ses collègues prenait des notes. Trois clics et le faux numéro. Quelqu'un demandait un certain M. Sloan.

— Une histoire de tapis ? Un M. Alahad ? dit l'un des enquêteurs.

Mais en regardant autour d'eux, ils ne virent aucun tapis dans l'appartement — juste une moquette bon marché.

— Faux numéro.

— Prends quand même les noms.

Plus par habitude qu'autre chose. On vérifiait tout. Comme au contre-espionnage. On ne savait jamais.

Le téléphone sonna de nouveau, et les cinq agents se tournèrent vers le répondeur, comme s'il pouvait s'agir d'un témoin réel avec une voix réelle.

Merde, pensa Raman, *j'ai oublié d'effacer les messages*. Rien de nouveau, sur son répondeur. Son contact n'avait pas rappelé. Ç'aurait été surprenant, d'ailleurs. Depuis sa chambre d'hôtel de Pittsburgh, il composa son code d'effacement total.

Les agents du FBI notèrent la chose, en échangeant des coups d'œil étonnés.

OK, tous les abonnés du téléphone recevaient des appels qui ne leur étaient pas destinés. Et c'était un collègue. Mais ils contrôleraient tout de même.

A présent, SURGEON, au grand soulagement de son détachement de protection, dormait à l'étage des appartements présidentiels. Roy Altman et les autres agents avaient failli craquer quand elle était à Hopkins. Les gosses, pendant ce temps, étaient restés devant la télé, comme la plupart des petits Américains, et à jouer sous les yeux de leurs agents qui, maintenant, s'inquiétaient de voir apparaître chez eux des symptômes de grippe.

SWORDSMAN, lui, se trouvait dans la salle de crise.

— Quelle heure est-il, là-bas ?

— Dix heures d'avance, par rapport à nous, monsieur.

— Passez-moi la communication, ordonna POTUS.

Le premier 747 d'United Airlines pénétra dans l'espace aérien saoudien quelques minutes plus tôt que prévu, car les vents arctiques avaient été favorables. Un itinéraire plus compliqué n'aurait servi à rien. Le Soudan avait des aéroports et des radars, tout comme l'Égypte et la Jordanie, et la RIU devait avoir des informateurs dans ces pays. L'armée de l'air saoudienne, augmentée des F-16C arrivés d'Israël la veille, dans le cadre de Buffalo Forward, patrouillait le long de la frontière entre l'Arabie Saoudite et la RIU. Deux AWACS E-3B surveillaient la zone.

— Bonjour, madame le Premier ministre. Ici Jack Ryan, dit le président.

— C'est un plaisir de vous entendre. Il est tard à Washington, n'est-ce pas? demanda-t-elle.

— Nous avons tous les deux des horaires de travail atypiques. J'imagine que votre journée ne fait que commencer.

— En effet, répondit-elle. (Ryan avait un écouteur normal contre son oreille. Mais leur conversation était également transmise par haut-parleur, et enregistrée sur un magnétophone numérique. La CIA lui avait fourni aussi un analyseur vocal.) Monsieur le président, les troubles dans votre pays ont-ils diminué?

— Non, pas encore. Mais nous avons bon espoir.

— Pouvons-nous faire quelque chose pour vous?

— Eh bien, oui, en fait.

— Quoi donc?

— Madame, des navires à nous font route en mer d'Arabie en ce moment, lui dit Ryan.

— Ah bon?

Voix absolument neutre.

— Oui, madame, et vous le savez. Et je voudrais votre assurance personnelle que votre marine, qui se trouve aussi dans cette zone, ne les empêchera pas de passer.

— Pourquoi me demandez-vous ça? Pourquoi interviendrions-nous? A propos, à quoi sert votre mouvement de navires?

— Votre parole me suffira, madame le Premier ministre, lui dit Ryan.

— Monsieur le président, je ne saisis pas le but de votre appel.

— Obtenir votre garantie personnelle que la

marine indienne n'empêchera pas le passage pacifique des navires des Etats-Unis en mer d'Arabie...

— Monsieur le président, je trouve votre requête inopportune. L'Amérique ne nous avait pas prévenus de ce mouvement. Vous me dites que vous déplacez des navires de guerre près de mon pays, mais vous ne m'expliquez pas pourquoi. Ça n'a rien d'amical, ça.

— Très bien, madame, je vous le demande pour la troisième fois : me donnez-vous votre assurance que vous n'interviendrez pas ?

— Mais pourquoi envahissez-vous nos eaux ? demanda-t-elle.

— Parfait. (Ryan marqua une pause, puis sa voix changea.) Madame, notre mouvement ne concerne pas directement votre pays, mais je vous assure que ces navires atteindront leur destination. Leur mission est d'une importance capitale pour nous, et nous ne tolérerons donc aucune, je dis bien *aucune*, interférence, et je dois vous avertir que si un navire ou un avion non identifié s'approchait de notre formation, cela pourrait avoir de graves conséquences. Pour l'éviter, je vous informe de notre déplacement, et je vous demande au nom des Etats-Unis d'Amérique de me promettre personnellement que vous ne nous attaquerez pas.

— Voilà maintenant que vous me menacez ? Monsieur le président, je comprends que vous soyez stressé, mais pardonnez-moi, vous n'avez pas le droit de traiter de cette façon des pays souverains.

— Madame le Premier ministre, je vais donc être très clair. Les Etats-Unis d'Amérique sont attaqués. Toute interférence, toute agression contre n'importe quel élément de notre armée sera considérée comme un acte de guerre et aura de graves conséquences.

— Mais qui vous fait ça ?

— Madame, cette question n'est pas de votre ressort, sauf si vous le souhaitez. Dans l'intérêt de nos deux pays, je pense qu'il serait bon que votre marine rentre au port immédiatement.

— Vous nous adressez des reproches et vous nous donnez des ordres ?

— J'ai commencé par une demande, madame. Vous avez jugé bon de l'esquiver à trois reprises. Je considère cela comme un acte inamical. Je vous pose donc une nouvelle question : souhaitez-vous entrer en guerre contre les Etats-Unis d'Amérique ?

— Monsieur le président...

— Parce que si vous ne modifiez pas la route de ces navires, madame, vous le serez. Je pense que vous vous êtes trompée d'alliés. Votre pays pourrait payer très cher cette erreur de jugement. Nous subissons une attaque directe contre nos citoyens. C'est une agression particulièrement cruelle et barbare, avec une arme de destruction massive. Cette information n'est pas encore portée à la connaissance de notre population. Mais elle va bientôt l'apprendre. Après quoi, madame le Premier ministre, nos agresseurs affronteront notre justice. Nous ne convoquerons pas de réunion extraordinaire du Conseil de sécurité de l'ONU à New York. *Nous ferons la guerre*, madame, avec toute la puissance et la rage dont ce pays et ses citoyens sont capables. Comprenez-vous ce que je dis ? Des hommes, des femmes et des enfants ont été tués chez nous par une nation étrangère. Votre pays souhaite-t-il y être associé ? Si c'est le cas, madame, alors c'est la guerre entre nous.

56

DÉPLOIEMENT

— Mon Dieu, Jack, vous m'avez convaincu ! s'exclama Jackson.

— Ça ne sera pas aussi facile avec notre ami iranien, murmura le président. (Il se frotta les mains. Elles étaient moites.) Et nous ne savons toujours pas si le Premier ministre indien tiendra parole. OK, le groupe opérationnel Comedy est à DEFCON 1. S'ils pensent que leur adversaire est hostile, qu'ils se battent. Mais pour l'amour de Dieu, assurez-vous que notre commandant sait se servir de sa tête.

La salle de crise était calme, à présent, et le président Ryan se sentait très seul, malgré toutes ces personnes rassemblées autour de lui. Bretano et les chefs d'état-major interarmes. Rutledge pour le Département d'Etat. Wilson, car Ryan croyait en son jugement. Goodley, parce qu'il était parfaitement briefé sur toutes les informations du renseignement. Plus Arnie van Damm, et ses gardes du corps habituels. Tous, ils le soutenaient, mais ça ne le réconfortait pas vraiment. C'était lui qui avait parlé à l'Inde, parce que, en dépit de l'aide et des conseils dont il bénéficiait, Jack Ryan représentait maintenant les États-Unis d'Amérique, et le pays partait en guerre.

Les journalistes furent finalement informés au-dessus de l'océan Atlantique. L'Amérique s'attendait à une attaque de la RIU sur les autres Etats du Golfe. Ils étaient là pour couvrir l'événement. Ils apprirent aussi le rapport de forces.

— C'est tout ? demanda l'un d'eux — le plus au fait de ce genre de questions.

— Oui, c'est tout pour le moment, confirma l'officier des relations publiques. Nous espérons que notre démonstration suffira à les dissuader d'attaquer, mais dans le cas contraire, ce sera passionnant.

Puis le PAO leur expliqua pourquoi on en était arrivé là, et on entendit soudain voler une mouche dans le KC-135 qui les emmenait en Arabie Saoudite.

Le Koweït possédait deux brigades lourdes, complétées par une brigade de reconnaissance motorisée dotée d'armes antichars et conçue comme une force de protection. Ces deux brigades, équipées et formées sur le modèle américain, étaient stationnées à distance de la frontière, selon la méthode stratégique habituelle : elles devaient pouvoir se déplacer pour contrer une incursion plutôt que d'affronter une attaque initiale risquant de les surprendre à un endroit pas forcément favorable. Le 10ᵉ de cavalerie US se tenait entre les deux, et légèrement en retrait. Le commandement général était ambigu : le colonel Magruder avait plus d'années de service que tous les autres, et il était aussi le tacticien le plus expérimenté, mais certains Koweïtiens étaient plus gradés que lui — chacune de leurs trois brigades était dirigée par un général — et, après tout, on *était* chez eux. D'autre part, la taille du pays ne nécessitait qu'un poste de commandement principal, et Magruder était là pour mener son régiment et conseiller les chefs militaires koweïtiens. Ces derniers étaient à la fois fiers et nerveux. Ils étaient fiers du développement de leur petit pays depuis 1990, et c'était compréhensible. L'armée qui s'était désintégrée lors de la précédente invasion irakienne — même si certaines sous-unités s'étaient vaillamment battues —, disposait désormais de ce qui ressemblait sur le papier, et sur le terrain, à une force mécanisée digne de ce nom. Mais ils étaient nerveux, aussi, parce qu'ils se savaient largement inférieurs en nombre, et que leurs soldats, pour la plupart des réservistes, étaient loin des normes d'entraînement américaines auxquelles ils aspiraient. Ils connaissaient bien l'artillerie, cependant. Tirer sur des chars est un passe-temps aussi agréable que vital ; les trous, dans leurs lignes, s'expliquaient par le fait que vingt de leurs tanks étaient à l'atelier pour le remplacement de leurs tubes principaux, un travail confié à des sous-traitants civils. En attendant, leurs équipages faisaient les cent pas.

Les hélicoptères du 10ᵉ Cav patrouillaient sur la frontière ; leurs radars Longbow surveillaient une bonne portion du territoire de la RIU, à la recherche de mouvements de troupes. Jusqu'à présent, ils n'avaient rien repéré. L'aviation koweïtienne menait des missions de quatre appareils, et le reste de ses avions était en état d'alerte maximum. Même avec des effectifs bien inférieurs à l'adversaire, cette guerre ne serait pas une répétition de 1990. Les sapeurs creusaient des trous pour permettre à tous les chars de tirer à châssis protégé. Seules leurs tourelles dépassaient au-dessus du niveau du sol, et des filets les recouvraient, si bien qu'elles étaient invisibles du ciel.

— Alors, colonel? demanda le général koweïtien.

— Rien à redire à vos déploiements, monsieur, répondit Magruder, en observant à nouveau la carte.

Il garda pour lui certaines de ses réflexions. Par exemple que deux ou trois semaines d'entraînement intensif auraient été les bienvenues. Il venait de faire un exercice très simple, opposant un de ses escadrons à la 1re brigade koweïtienne, et il avait pris très facilement l'avantage, malgré le rapport de forces désavantageux. Ce n'était pourtant pas le moment de les faire douter d'eux-mêmes. Ils étaient enthousiastes et leur artillerie répondait à environ soixante-dix pour cent aux normes américaines, mais ils avaient encore beaucoup à apprendre sur la guerre de manœuvre. Bon, il fallait du temps pour lever une armée, et encore plus pour former des officiers de campagne — et ils faisaient de leur mieux.

— Votre Altesse, je vous remercie pour votre coopération jusqu'à présent, dit Ryan au téléphone.

L'horloge de la salle de crise indiquait deux heures dix.

— Jack, avec un peu de chance, ils verront nos positions et ils ne bougeront pas..., répondit le prince Ali ben Cheikh.

— J'aimerais vous croire. Il est temps pour moi de vous informer de quelque chose que vous ne connaissez pas encore, Ali. Notre ambassadeur vous communiquera tous les détails dans la journée. Pour le moment, vous devez savoir ce que vos voisins ont fait. Ce n'est pas seulement une question de pétrole, pour nous, Votre Altesse.

Jack lui résuma la situation pendant cinq bonnes minutes.

— Vous êtes certain de tout ça?

— Nos preuves seront entre vos mains dans quatre

heures, lui promit Ryan. Nous n'en avons même pas encore informé nos soldats.

— Pourraient-ils utiliser ça contre nous ?

Une question bien naturelle : la guerre biologique donnait la chair de poule à tout le monde.

— Nous ne le pensons pas, Ali. Les conditions environnementales, chez vous, ne sont pas favorables au virus.

Ils avaient vérifié ça, aussi. La météo pour la semaine à venir prévoyait un temps chaud et sec.

— Ceux qui utilisent ce genre d'armes commettent un acte de barbarie absolue, monsieur le président,

— C'est pourquoi nous ne pensons pas qu'ils feront marche arrière. Ils ne peuvent pas...

— Pas « ils », monsieur le président. Un homme. Un mécréant. Quand en informerez-vous votre peuple ?

— Bientôt, répondit Ryan.

— S'il vous plaît, Jack, ce n'est pas notre religion, ce n'est pas notre foi. Je vous en prie, expliquez ça aux vôtres.

— Je le sais, Votre Altesse. Il ne s'agit pas de Dieu, mais de pouvoir. C'est toujours comme ça...

— Je dois voir notre roi.

— Présentez-lui mes respects, s'il vous plaît. Nous sommes ensemble, Ali, exactement comme avant.

Là-dessus, il raccrocha.

— Où est Adler en ce moment ? demanda-t-il ensuite.

— Il est reparti à Taiwan, répondit Rutledge.

— OK, il y a des lignes de communications protégées dans son avion. Mettez-le au courant, demanda-t-il au sous-secrétaire d'Etat. Autre chose dans l'immédiat ?

— Vous pourriez dormir un peu, maintenant..., lui dit l'amiral Jackson. Laissez-nous jouer les veilleurs de nuit, Jack.

— Bon plan. (Ryan se leva. Il titubait légèrement sous l'effet du stress et du manque de sommeil.) Réveillez-moi s'il le faut.

— Bien, dit le commandant Kemper en lisant le message classé « Critique » du CinPacFlt. Voilà qui nous simplifie les choses.

La flotte indienne se trouvait maintenant à deux cents nautiques, environ huit heures de vapeur — une expression toujours utilisée, alors même que tous les navires de combat étaient désormais propulsés par des turbines. Kemper décrocha le téléphone et appuya sur une touche pour se faire entendre sur l'intercom 1-MC du navire.

— Votre attention, s'il vous plaît. Ici le commandant. Le groupe opérationnel COMEDY se trouve maintenant en DEFCON 1. Cela signifie que nous descendons quiconque s'approche. Notre mission est d'emmener nos véhicules blindés en Arabie Saoudite. Notre pays y envoie par avion les soldats qui les conduiront, en prévision d'une attaque de la nouvelle République islamique unie contre nos alliés.

« Dans seize heures, un groupe de combat de surface nous rejoindra ; il arrive à toute vitesse de la Méditerranée. Ensuite, nous entrerons dans le golfe Persique pour notre livraison. Des chasseurs F-16C de l'Air Force nous fourniront une couverture aérienne, mais la RIU ne sera pas forcément ravie de nous voir arriver.

« L'USS *Anzio* part à la guerre, les gars. C'est tout pour le moment.

Là-dessus, il coupa la communication.

— OK, on commence les simulations, dit-il alors à son équipe. Je veux reprendre à zéro tout ce que ces salopards peuvent essayer contre nous. On reçoit une nouvelle estimation du renseignement dans deux heures. En attendant, voyons ce qu'on peut faire contre les attaques aériennes et les missiles.

— Et les Indiens ? demanda Weps.

— On les tient à l'œil aussi.

Le tableau tactique principal montrait qu'un P-3C Orion survolait COMEDY en ce moment pour remplacer celui qui se trouvait sur zone à surveiller les Indiens, dont le groupe de combat se dirigeait vers l'est, coupant une nouvelle fois son propre sillage, comme il le faisait déjà depuis un bon moment.

Un satellite KH-11 passa au-dessus du golfe Persique. Ses caméras photographièrent les trois corps blindés de l'Armée de Dieu, puis l'ensemble de la côte iranienne, à la recherche des sites de lancement des missiles Silkworm de fabrication chinoise. Leurs films étaient transmis en liaison croisée à un satellite de communication qui tournait sur l'océan Indien, puis, de là, à Washington, où des techniciens qui portaient encore des masques chirurgicaux imprégnés de produits chimiques commencèrent à chercher les missiles surface-surface en forme d'avions. Les sites fixes étaient parfaitement connus, mais cette arme pouvait aussi être tirée de l'arrière d'un gros camion, et il y avait beaucoup de routes côtières à surveiller.

Les quatre premiers avions de ligne atterrirent à Dharan sans incident. Il n'y eut pas de cérémonie d'arrivée. Il faisait déjà chaud. Le printemps avait été précoce, après un hiver étonnamment froid et humide ; la température de milieu de journée était proche des dix-huit degrés, contre quarante-huit en plein été, mais la nuit elle descendait jusqu'à cinq. Et, à proximité de la côte, l'air était humide.

L'avion s'immobilisa, on avança les escaliers camionnés, et le général de brigade Marion Diggs descendit le premier. Il dirigerait les opérations terrestres. L'épidémie avait touché aussi la base de l'Air Force de McDill en Floride, siège du commandement central, qui avait la responsabilité de cette zone. Ses documents de briefing indiquaient que le commandant de la 366ᵉ escadre de combat aérien était aussi un général une étoile, mais plus jeune que lui. Il pensa que lui-même était bien novice pour une opération aussi vitale.

Il fut accueilli par un général saoudien trois étoiles. Ils échangèrent un salut et se rendirent en voiture au poste de commandement local pour un briefing de renseignement. Le groupe de direction du 11ᵉ ACR était arrivé par le même avion que Diggs ; les trois autres appareils transportaient un groupe de sécurité et la majeure partie du 2e escadron Blackhorse. Des autocars les conduisirent sur le site POMCUS. Tout cela ressemblait beaucoup aux exercices REFORGER de la guerre froide en prévision d'une confrontation entre l'OTAN et le pacte de Varsovie. A la différence que, cette fois, c'était pour de bon — et pas contre les Soviétiques. Deux heures plus tard, le 2e escadron Blackhorse était en place.

— Que voulez-vous dire ? demanda Daryaei.

— Un important mouvement de troupes ennemies est en cours, répondit son chef du renseignement. Nos radars, dans l'ouest de l'ex-Irak, ont détecté l'arrivée d'avions de ligne en Arabie Saoudite depuis Israël. Et également de chasseurs qui les escortent et patrouillent sur la frontière.

— Quoi d'autre ?

— Rien pour le moment. Il semble cependant probable que l'Amérique envoie une autre force vers l'Arabie Saoudite. Je ne sais pas exactement laquelle, mais elle ne sera sans doute pas énorme. Leurs divisions basées en Allemagne sont en quarantaine, comme toutes celles de leur territoire national. En fait, la majeure partie de leur armée encore disponible doit assurer leur sécurité intérieure. Ils peuvent déployer tout au plus une brigade contre nous. Ils en ont une autre à Diego Garcia — du matériel, je veux dire —, mais rien ne nous indique qu'ils l'ont déplacée, et dans le cas contraire, nous pensons que nos amis indiens sont capables de l'arrêter.

— Faire confiance à des païens ? demanda d'un air dédaigneux le responsable de leur force aérienne.

C'était ainsi que les musulmans considéraient la religion officielle du sous-continent.

— On peut au moins se fier à leur haine de l'Amérique, dit le chef du renseignement. Demandons-leur s'ils ont repéré quelque chose. De toute façon, les Américains ne peuvent positionner qu'une autre brigade. Et ce serait une erreur de les attaquer tout de suite, à mon avis. Ils n'ont encore aucune raison de soupçonner que nous sommes en guerre contre eux. S'en prendre à leurs avions les alertera inutilement. Ils s'inquiètent de nos mouvements de troupes en Irak. Donc ils font venir par l'air de petits renforts. Nous nous en occuperons le moment venu, conclut-il.

— Bien, j'appelle l'Inde, dit Daryaei.

— Seuls les radars de navigation font cette double recherche aérienne, probablement à partir de leurs deux porte-avions, dit l'officier marinier. Trace radar à zéro-neuf-zéro à une vitesse d'environ seize nœuds.

L'officier tactique de l'Orion — le *tacco* — considéra son graphique. Le groupe de combat indien se trouvait à l'extrême limite, vers l'est, de l'itinéraire en boucle qu'il suivait depuis ces derniers jours. Dans moins de vingt minutes, il repartirait vers l'ouest. En revanche, si cette fois il tournait, les choses deviendraient intéressantes. COMEDY était maintenant à cent vingt nautiques de leur formation, et son avion fournissait des renseignements en continu à l'*Anzio* et au *Kidd*. Sous ses ailes étaient accrochés quatre missiles Harpoon. Des blancs, des munitions de guerre. Désormais, il était placé lui aussi sous le commandement de Kemper, et, sur son ordre, il pouvait les tirer contre les deux porte-avions indiens, parce que c'étaient eux qui avaient la frappe la plus longue de la marine adverse. Ensuite viendraient un essaim de Tomahawk, puis des Harpoon.

— Ils sont en EMCON? demanda l'officier marinier.

— COMEDY doit les avoir sur son ESM, maintenant, répondit le marin. A tous les coups nos gars illuminent le ciel, monsieur.

COMEDY n'avait que deux solutions. Passer aussi en EMCON — contrôle des émissions — en coupant ses radars pour forcer l'autre partie à perdre du temps et du carburant à le chercher, ou les allumer tous et créer ainsi une bulle électronique facilement repérable par l'autre partie, mais dont la pénétration serait dangereuse. L'*Anzio* choisit la seconde option.

— Des échanges entre les chasseurs indiens ? demanda le *tacco*.

— Négatif, aucun.

L'Orion volait très bas, mais les Indiens n'avaient pas dû le repérer. Il avait vraiment envie de se montrer en allumant son propre radar de recherche. Qu'est-ce qu'ils magouillaient ? Quelques-uns de leurs bateaux s'étaient peut-être séparés du groupe, vers l'ouest, par exemple, pour lancer une attaque de missiles hors axe [1] ? Il n'avait aucun moyen de savoir ce qu'ils avaient en tête. Il ne disposait que de traces de route informatiques basées sur des signaux radar. L'ordinateur savait exactement où se trouvait l'Orion grâce au système GPS. A partir de cela, le relèvement des sources radar permettait de calculer leur position et...

— Changement de route ?

— Négatif. D'après le GPS, ils se dirigent zéro-neuf-zéro à seize nœuds. Ils sortent de leur boîte maintenant, monsieur. Ils sont beaucoup plus à l'est que depuis trois jours, à trente nautiques de la route de COMEDY vers le détroit.

— Oui, notre flotte a appareillé, lui répondit le Premier ministre indien.

— Vous avez vu les navires américains ?

Elle était seule dans son bureau. Son ministre des Affaires étrangères venait de la quitter. Elle s'attendait à cet appel téléphonique — mais elle s'en serait volontiers passée.

Car la situation avait changé.

Le président Ryan était faible — seul un homme aux abois aurait pu menacer ainsi un pays souverain — et pourtant il lui avait fait peur. Daryaei était-il responsable de l'attaque biologique contre l'Amérique ? Elle n'en avait pas la preuve, et elle ne la chercherait jamais, car son pays ne pouvait pas se permettre

---

1. Tir indirect de missile pour tromper l'ennemi sur son lieu de lancement (*N.d.T.*).

d'être associé à un tel acte. Ryan lui avait demandé — combien, quatre ou cinq fois ? — sa parole que la marine indienne n'entraverait pas le mouvement de la flotte américaine. Mais il n'avait parlé qu'une fois des *armes de destruction massive*.

C'était la phrase codée la plus dangereuse des échanges internationaux. Surtout que les Américains ne possédaient plus qu'une arme de ce type, comme le lui avait expliqué son ministre des Affaires étrangères : ils considéraient donc les armes biologiques et les armes chimiques *comme* des armes nucléaires...

Du coup, elle devait faire un autre calcul. Avions contre avions. Navires contre navires. Chars contre chars. On répondait à une attaque en utilisant la même arme que l'ennemi. *Toute la puissance et la rage*, avait dit Ryan, se rappelait-elle. Il avait clairement affirmé qu'il répondrait à l'agression de la RIU. Ryan était peut-être faible, mais c'était un homme *en colère*, et il disposait d'armes dangereuses.

Daryaei avait été inconscient de provoquer ainsi l'Amérique. Il aurait mieux fait de s'attaquer à l'Arabie Saoudite et de l'emporter avec des armes conventionnelles sur le champ de bataille. Point final. Mais non, il avait préféré s'en prendre aux Américains chez eux. Et d'une façon démente. Et voilà que, maintenant, son pays était impliqué dans cette histoire.

Elle ne s'était pas engagée sur ce genre de choses. Déployer sa flotte ainsi était déjà assez dangereux — les Chinois, eux, qu'est-ce qu'ils avaient fait, hein ? Quelques manœuvres, peut-être. Et la destruction d'un avion de ligne — à cinq mille kilomètres ! Quels risques avaient-ils courus ? Aucun. Daryaei attendait beaucoup de l'Inde, mais cette attaque biologique contre l'Amérique, c'était trop.

— Non, répondit-elle à Daryaei, en choisissant ses mots avec soin. Notre flotte a vu des avions américains, mais pas de navires. Nous avons entendu dire, tout comme vous peut-être, qu'une flotte de guerre US transitait par Suez. Mais rien d'autre.

— Vous en êtes sûre ? demanda Daryaei.

— Ni nos navires ni notre aviation de marine n'ont repéré de bâtiments américains dans la mer d'Arabie.

Comme seuls des MIG-23 de l'armée de l'air indienne avaient survolé la flotte US, elle estimait qu'elle ne mentait pas à son allié supposé. Presque pas, disons.

— Nous n'oublierons pas votre amitié, lui promit Daryaei.

En raccrochant, elle se demanda si elle avait eu raison. Bon. Si les navires américains atteignaient le Golfe, elle pourrait toujours dire que sa flotte ne les avait pas vus. C'était la vérité, n'est-ce pas ?

Tout le monde pouvait se tromper, non ?

— Attention. J'ai quatre avions qui décollent de Gasr Amu, annonça un capitaine à bord de l'AWACS.

L'aviation intégrée de la RIU était en activité, elle aussi, mais surtout dans le centre du nouveau pays, ce qui la rendait difficile à situer, même depuis la plate-forme radar aéroportée.

Le minutage de l'adversaire n'était pas mauvais. Le quatrième groupe de quatre avions de ligne venait d'entrer dans l'espace aérien saoudien, à moins de trois cents kilomètres des chasseurs de la RIU qui prenaient de l'altitude. Jusque-là, le front aérien était resté calme. On avait suivi deux chasseurs, ces dernières heures, mais d'après les profils de mission radar, ils ne semblaient faire que des sauts de puce. Sans doute avait-on réparé ces avions, puis on les avait fait voler pour un contrôle. Mais cette fois, c'était différent : quatre appareils avaient pris l'air, en deux éléments distincts. Ce qui en faisait des chasseurs en mission.

Quatre F-26 américains qui orbitaient dans un rayon de trente-deux kilomètres de la frontière étaient chargés, en ce moment, de la couverture aérienne dans ce secteur pour l'opération CUSTER.

— Kingston Lead, ici Sky-Eye Six, terminé.

— Sky, de Lead.

— Nous avons quatre bandits, zéro-trois-cinq de votre position, angle dix et prenant de l'altitude, cap deux-neuf-zéro.

Les quatre chasseurs américains filèrent vers l'ouest pour se placer entre les chasseurs de la RIU et les avions de ligne qui arrivaient.

A bord de l'AWACS, un officier saoudien écouta la conversation radio entre la station radar au sol et les quatre avions de la RIU, des F-1 de fabrication française. Ceux-ci continuèrent à se rapprocher de la frontière, virèrent à une quinzaine de kilomètres avant celle-ci, et la longèrent finalement à quinze cents mètres de distance. Les F-16 firent à peu près la même chose, et les pilotes purent se voir et observer leurs avions respectifs à quatre kilomètres les uns des autres, à travers les visières de protection de leurs casques. Les missiles air-air étaient nettement visibles sous toutes les ailes.

— Voulez-vous venir nous dire bonjour ? lança le commandant de l'US Air Force en tête des F-16, tout en restant sur ses gardes.

Pas de réponse. Les quatre Jumbo de l'opération Custer se dirigèrent sans problème sur Dharan.

O'Day rentra tôt. La baby-sitter, dont l'école était fermée, était ravie, car elle allait pouvoir gagner pas mal d'argent. Pas un seul cas d'Ebola dans le quartier : voilà la nouvelle la plus importante pour tout le monde. Malgré les difficultés, l'inspecteur était revenu chez lui tous les soirs. Il ne se sentait pas un vrai papa s'il n'embrassait pas sa petite fille au moins une fois par jour, même si elle dormait. Le FBI lui avait donné une voiture. Elle était plus rapide que son pick-up, et le gyrophare lui permettait de franchir sans s'arrêter tous les postes de contrôle sur le trajet.

Sur son bureau se trouvaient les résumés de toutes leurs enquêtes sur le personnel du Service secret. Travail inutile et absurde, dans presque tous les cas, puisque, évidemment, on avait déjà mené des vérifications approfondies pour chaque employé de l'USSS, faute de quoi ceux-ci n'auraient pas obtenu leurs habilitations. Extraits de naissance, photos de lycée, et tout le reste — tout collait. Mais dix dossiers contenaient des points de détail qu'ils reverraient dans la journée. O'Day les feuilleta une fois encore. Et il revenait toujours sur le même.

Raman était d'origine iranienne. Mais l'Amérique était un pays d'immigrants. Au départ, le FBI n'était composé que d'Américains de souche irlandaise, de préférence sortant d'écoles jésuites — Boston College et Holy Cross étaient les préférées, selon la légende — parce que J. Edgar Hoover estimait impossible, disait-on, qu'un Américain d'origine irlandaise élevé chez les jésuites pût trahir son pays. Evidemment, la chose avait fait jaser, à l'époque, et aujourd'hui encore l'anticatholicisme restait le dernier des préjugés respectables. Mais on savait bien que les immigrants devenaient souvent les citoyens les plus loyaux — et parfois même férocement. L'armée et les autres agences de sécurité en profitaient. Bon, pensa O'Day, c'était facile à établir. Faudrait juste vérifier ça. Il se demanda qui était M. Sloan. Un type qui aimait les tapis, probablement.

Les rues de Téhéran étaient calmes. Clark n'avait pas gardé ce souvenir de 1979-1980. Ils étaient journalistes et se comportaient comme tels. Clark parcourut à nouveau les quartiers des bazars ; il questionnait poliment les gens sur la situation du commerce, la disponibilité des vivres, leur opinion sur l'unification avec l'Irak, leurs espoirs pour l'avenir, et il n'obtenait que des fadaises. Des lieux communs. Les commentaires politiques, particulièrement ternes, manquaient de cette passion qu'il se rappelait avoir observée pendant la crise des otages, où chaque cœur et chaque esprit étaient tournés contre le reste du monde — et surtout l'Amérique. *Mort à l'Amérique !* Eh bien, ils avaient mis ce vœu en pratique..., pensa John. Quelqu'un, en tout cas. Mais l'homme de la rue souhaitait sans doute être comme tout le monde. Leur apathie lui rappelait celle des citoyens soviétiques dans les années 80. Ils voulaient juste vivre un peu mieux. Juste voir la société répondre à leurs besoins.

Ils avaient perdu toute leur rage révolutionnaire. Pourquoi, alors, Daryaei avait-il commis cet acte? Comment la population y réagirait-elle? La réponse la plus évidente était qu'il avait perdu le contact avec la réalité, comme c'était si souvent le cas des « grands hommes ». Il avait sa coterie de vrais croyants, et il était entouré de gens qui avaient pris le train en marche pour profiter du confort pendant que tous les autres continuaient à pied sur le chemin, et c'était comme ça. Clark estima que le terrain était fertile pour recruter des agents, des personnes qui en avaient assez et étaient prêtes à parler... Quel dommage qu'on n'eût pas le temps de mener une véritable opération de renseignements ici! Il regarda sa montre. Retour à l'hôtel. Cette première journée avait été une perte de temps, mais cela faisait partie aussi de leur couverture. Leurs collègues russes arrivaient demain.

Le plus urgent était de vérifier les noms de Sloan et d'Alahad. Ils commencèrent par les annuaires. Il y avait un Mohammed Alahad. Il avait passé une annonce dans les pages jaunes. Tapis persans et orientaux. La boutique se trouvait sur Wisconsin Avenue, à environ quinze cents mètres de l'appartement de Raman, ce qui n'avait rien d'extraordinaire en soi. De la même façon, il y avait bien un M. Joseph Sloan au 536-4040. Raman était au 536-3040. Une erreur d'un chiffre qui pouvait aisément expliquer le faux numéro enregistré par le répondeur de l'agent du Service secret.

L'étape suivante fut de pure routine : on contrôla avec les archives informatiques des appels téléphoniques. Il y en avait tant qu'il fallait plus d'une minute pour les faire défiler, même quand on connaissait leurs dates... L'agent retrouva enfin la communication vers le 202-536-3040. Elle venait du 202-459-6777. Sauf que ce n'était pas le numéro de la boutique d'Alahad... Une autre vérification montra que le -6777 était une cabine située à deux pâtés de maisons de son magasin. Ça, c'était bizarre. S'il était si près que ça de chez lui, pourquoi dépenser une pièce — vingt-cinq cents, dans ce cas — pour appeler ?

L'agent décida donc de procéder à une autre vérification. C'était le petit génie technique de leur brigade. Il n'avait pas connu un succès fou quand il travaillait sur les attaques de banques, mais il adorait le contre-espionnage étranger. Il avait aussi découvert que les espions qu'il chassait avaient le même système de pensée que lui. Hum, ce dernier mois la boutique de tapis n'avait pas appelé une seule fois le 536-4040. Il contrôla le mois précédent. Non plus. Et dans l'autre sens ? Non, le 536-4040 n'avait *jamais* appelé Sloan au 457-1100. OK. Le gars avait commandé un tapis, et ces choses prenaient du temps. Mais si le vendeur avait cherché à faire savoir à son client qu'il était finalement arrivé... pourquoi n'y avait-il eu aucune autre communication entre eux à ce sujet ?

L'agent se pencha vers le bureau voisin.

— Sylvia, tu veux jeter un coup d'œil là-dessus ?

— C'est quoi, Donny ?

La totalité du Blackhorse était arrivée en Arabie Saoudite, maintenant. La plupart des hommes se tenaient dans leurs engins ou près de leur avion. Le 11e régiment de cavalerie blindée comptait cent vingt-trois chars de bataille Abrams M1A2, cent vingt-sept véhicules de reconnaissance Bradley M3A4, seize canons mobiles 155 mm Paladin M109A6, et huit véhicules chenillés lance-roquettes multiples M270, plus quatre-vingt-trois hélicoptères, dont vingt-six appareils d'attaque Apache AH-54D. La puissance de feu, c'étaient eux. Ils étaient soutenus par des centaines de véhicules légers — essentiellement des camions pour le transport de carburant, de vivres et de munitions — plus vingt « Water Buffaloes », selon la terminologie locale, qui emportaient de l'eau, un besoin vital dans cette partie du monde.

Le plus urgent était d'évacuer tout le monde du site POMCUS. On monta les véhicules chenillés sur des remorques basses pour les conduire vers le nord jusqu'à Abou Hadriyah, une petite ville dotée d'un aéroport et choisie comme point de rassemblement du 11e Cav. Chacun d'eux, une fois sorti de son entrepôt, s'arrêtait sur une marque rouge peinte sur le sol. Là, on vérifiait ses systèmes de navigation GPS par rapport à un point de référence connu. Deux IVIS étaient en panne. Le premier l'avait annoncé lui-même en envoyant un message radio codé à la troupe d'appui du régiment, pour demander son remplacement et sa réparation. L'autre était complètement mort, et l'équipage dut s'en rendre compte tout seul.

Les camions-remorques étaient conduits par des Pakistanais, quelques centaines d'hommes parmi ces milliers d'immigrés chargés des travaux subalternes en Arabie Saoudite. Les équipages des Abrams et des Bradley trouvaient la situation passionnante, tandis qu'ils vérifiaient leurs engins. Une fois les tâches de routine effectuées, les chauffeurs, les servants-chargeurs et les commandants sortaient la tête de leurs trappes dans l'espoir de profiter du spectacle. Ce qu'ils découvraient était différent de Fort Irwin, mais pas extraordinaire. A l'est, on apercevait un oléoduc. A l'ouest, rien de rien. Quant aux conducteurs locaux, apparemment, ils étaient payés au kilomètre et non à l'heure, car ils conduisaient comme des dératés.

Les gardes nationaux commençaient aussi à arriver. Ils n'avaient rien à faire pour le moment, sinon monter les tentes qui leur avaient été fournies, boire des litres d'eau, et s'entraîner.

Le superviseur Hazel Loomis commandait cette brigade de dix agents. « Sissy » Loomis était au FCI depuis le début de sa carrière qu'elle avait presque entièrement passée à Washington. Elle approchait maintenant de la quarantaine, mais elle avait gardé cette allure de majorette qui lui avait tant servi pendant ses années d'agent de terrain. Elle avait aussi derrière elle une belle collection d'affaires réussies.

— Ce truc me paraît un peu bizarre, lui dit Donny Selig en étalant ses notes sur son bureau.

Il n'avait pas besoin de lui expliquer pourquoi. Dans leurs contacts téléphoniques, les agents de renseignements ne disaient jamais : « J'ai le microfilm. » On s'était entendu à l'avance sur les messages les plus anodins pour transmettre l'information juste. Loomis parcourut les données, puis leva les yeux.

— T'as les adresses ?

— Pardi, Sis, lui dit Selig.

— Alors, allons voir ce Sloan.

Sa promotion avait un inconvénient : le poste de superviseur lui ôtait toute chance de retourner sur le terrain. *Mais pas cette fois,* pensa Loomis.

Le F-15E Strike Eagle avait un équipage de deux hommes, ce qui permettait au moins au pilote et à l'opérateur armement de bavarder pendant les vols qui n'en finissaient pas. Idem pour les six hommes du bombardier B-1B. Dans le Lancer, on avait même la place de s'allonger pour dormir — sans parler des toilettes normales. Contrairement aux équipages des chasseurs, ces derniers ne furent donc pas obligés de foncer à la douche dès leur arrivée à Al-Kharj, au sud de Riyad. La 366e escadre de combat aérien avait trois postes prépositionnés à travers le monde, des bases situées dans des zones de troubles potentiels, avec des équipements de soutien, du carburant et du matériel, le tout entretenu par de petites équipes de maintenance. Celles-ci seraient renforcées par le propre personnel de la 366e, qui arrivait dans les Jumbo. Il comprenait, entre autres, des pilotes de réserve, de sorte que, théoriquement, l'équipage qui avait volé jusqu'ici depuis la base de l'Air Force de Mountain Home, dans l'Idaho, pouvait prendre un peu de repos, tandis qu'un autre partait au combat. Heureusement, ce ne fut pas nécessaire. Les aviateurs (et, désormais, les aviatrices), totalement épuisés, posèrent leurs oiseaux, les roulèrent jusqu'à leurs abris, mirent pied à terre et passèrent le relais au personnel de maintenance. Avant tout, on retira les réservoirs supplémentaires, et on les remplaça par les pylônes d'armement, tandis que les équipages allaient prendre une longue douche avant d'être briefés par des officiers du renseignement. En l'espace de cinq heures, la totalité de la force de combat du 366e arriva en Arabie Saoudite, à l'exception d'un F-16C qui, à la suite d'ennuis d'avionique, avait été dérouté vers la base de la Royal Air Force de Bentwaters en Angleterre.

— Oui ?

La vieille dame ne portait pas de masque chirurgical. Sissy Loomis lui en tendit un. C'était la nouvelle forme de salutation, en Amérique.

— Bonjour, madame Sloan. FBI, dit l'agent en lui montrant sa carte.

— Oui ? répéta-t-elle.

Elle était surprise, mais pas intimidée.

— Madame Sloan, nous menons une enquête, et nous aimerions vous poser quelques questions. Nous avons juste besoin d'éclaircir une chose. Pourriez-vous nous aider, je vous prie ?

— Je suppose, oui.

Mme Joseph Sloan avait dépassé la soixantaine, elle était bien habillée, et elle avait plutôt l'air sympathique, bien qu'étonnée par cette visite. Dans l'appartement, la télévision était allumée, réglée sur une station locale à en juger d'après le son. La météo.

— Pouvons-nous entrer ? Voici l'agent Don Selig, dit Sissy, en indiquant d'un signe de tête leur génie de l'informatique.

Comme d'habitude, son sourire amical lui ouvrit la voie. Mme Sloan ne mit même pas le masque.

— Mais certainement, dit-elle en s'effaçant devant eux.

Il ne fallut à Sissy Loomis qu'un seul regard pour se rendre compte que quelque chose clochait, dans ce décor. D'abord, il n'y avait pas le moindre tapis persan dans le salon — et à sa connaissance les amateurs de ce genre d'objets en achetaient toujours plusieurs. Ensuite, cet appartement était tout simplement trop propre.

— Excusez-moi, votre mari est-il là ?

— Il est mort en septembre dernier, répondit-elle tristement à l'agent.

— Oh, je suis désolée, madame Sloan. Nous l'ignorions.

Leur enquête de routine venait de prendre un virage radical.

— Il était beaucoup plus âgé que moi. Joe avait soixante-dix-huit ans, dit-elle, en indiquant sur le guéridon une vieille photo représentant deux personnes, l'une d'environ trente ans et l'autre encore adolescente.

— Alahad, ce nom vous dit-il quelque chose, madame Sloan ? demanda Loomis après s'être assise.

— Non. Ça devrait ?

— Il vend des tapis persans et orientaux.

— Oh, nous n'en avons jamais eu. Je suis allergique à la laine, voyez-vous.

57

PASSAGE DE NUIT

— Jack ?

Ryan cligna des yeux, et vit le soleil briller par les fenêtres. Sa montre indiquait huit heures passées.

— Mon Dieu ! Pourquoi personne ne m'a rév...

— Tu n'as même pas entendu le réveil, lui dit Cathy. Selon Andrea, Arnie a dit qu'il fallait te laisser dormir. Je pense que j'en avais besoin, moi aussi, ajouta Surgeon. (Elle venait de s'offrir plus de dix heures de sommeil. Elle s'était levée une heure plus tôt.) Dave m'a donné ma journée, ajouta-t-elle.

Jack sauta du lit et fila immédiatement à la salle de bains. Quand il en ressortit, Cathy, en robe de chambre, lui tendit ses fiches de briefing. Il les lut, debout au milieu de la pièce. Sa raison lui disait que, s'il s'était passé quelque chose de grave, on l'aurait prévenu — il lui était déjà arrivé de ne pas entendre le radio-réveil, mais jamais le téléphone. Les documents lui indiquaient que tout était relativement stable. Dix minutes plus tard, il était habillé. Il prit le temps de dire bonjour à ses enfants et d'embrasser sa femme. Puis il sortit.

— SWORDSMAN se déplace, annonça Andrea dans son micro radio. Salle de crise ? demanda-t-elle à POTUS.

— Ouais. Qui a eu l'idée de...

— Monsieur le président, c'est le secrétaire général, mais il a eu raison, monsieur.

Ryan la regarda, tandis que, dans l'ascenseur, elle appuyait sur le bouton du rez-de-chaussée.

— Alors, je suis en minorité, je pense.

A l'évidence, l'équipe chargée de la sécurité nationale était restée debout toute la nuit. Un café attendait Ryan à sa place. C'est avec ça qu'ils avaient tenu le coup.

— OK, comment c'est, là-bas ?

— COMEDY est à présent à cent trente nautiques des Indiens. Croiriez-vous qu'ils ont repris leur station de patrouille *derrière* nous ? dit l'amiral Jackson à son commandant en chef.

« L'opération CUSTER est presque achevée. La 366e est en Arabie Saoudite, à l'exception d'un chasseur en panne dérouté sur l'Angleterre. Le 11e de cavalerie est en train de rejoindre sa zone de rassemblement. Jusque-là, dit le J-3, tout va bien. L'autre partie a effectué des sorties de chasseurs à la frontière, mais les Saoudiens et nous, nous avions une force d'interposition, et nous n'avons échangé que des regards méchants.

— Quelqu'un pense qu'ils vont reculer ? demanda Ryan.

— Non. (C'était Ed Foley.) Ils ne peuvent pas. Plus maintenant.

Le rendez-vous eut lieu à cinquante nautiques du

cap Ra's al-Hadd, la pointe à l'extrême sud de la péninsule Arabique. Les croiseurs *Normandy* et *Yorktown*, le destroyer *John Paul Jones,* et les frégates *Underwood, Doyle* et *Nicholas* vinrent se ranger les uns après les autres contre la *Platte* et la *Supply* pour se réapprovisionner en carburant, après leur course rapide depuis Alexandrie. Les hélicoptères transférèrent leurs commandants sur l'*Anzio,* pour discuter de la mission. Leur destination était Dharan. Ils devaient donc filer au nord-ouest jusqu'au détroit d'Ormuz. Ils y seraient dans un peu plus de six heures, à vingt-deux heures, heure locale. Le détroit, large de vingt nautiques et parsemé d'îles, était l'une des voies de navigation les plus empruntées du monde — et elle l'était encore en ce moment même, en dépit de cette crise. Dans cette zone, les bâtiments les plus impressionnants étaient bien sûr les supertankers. Le tonnage d'un seul d'entre eux dépassait celui de l'ensemble des navires de guerre de la flotte US, désormais connue sous le nom de code TF-61.1. Mais il y avait aussi d'énormes porte-conteneurs de dix nationalités, et même un transporteur de moutons à plusieurs niveaux qui ressemblait au parking d'une grande ville et arrivait d'Australie avec des animaux vivants. Son odeur était célèbre sur tous les océans de la planète... La circulation dans le détroit était contrôlée par radar — on ne pouvait pas risquer une collision entre deux supertankers —, et donc la TF-61.1 ne passerait certainement pas inaperçue en ces eaux. Mais la marine US avait plus d'un tour dans son sac. Au point le plus étroit, les navires prendraient vers le sud, et se faufileraient entre de multiples îles appartenant à Oman qui, espérait-on, les dissimuleraient. Ensuite, ils fonceraient au sud d'Abou Moussa, au milieu de nombreuses plates-formes pétrolières qu'ils utiliseraient de nouveau pour échapper aux radars, puis ils fileraient droit sur Dharan en dépassant les mini-Etats du Qatar et de Bahreïn. Leur adversaire, d'après les officiers de renseignements, possédait des navires d'origine américaine, britannique, chinoise, russe et française, tous armés de dif-

592

férents missiles. Les transporteurs du groupe US, bien sûr, étaient totalement dépourvus d'armes. Ils conserveraient leur formation en carré, l'*Anzio* serait en tête, deux mille mètres en avant. Le *Normandy* et le *Yorktown* prendraient position, à deux mille mètres à tribord, avec le *Jones* en remorque. Les deux navires de ravitaillement en mer, avec le *O'Bannon* et toutes les frégates en escorte rapprochée, formeraient un second groupe — un leurre. Tous les hélicoptères seraient en l'air, pour patrouiller et simuler des cibles beaucoup plus grosses grâce à leurs transpondeurs radar. Les divers CO approuvèrent ce plan et attendirent les appareils qui les ramèneraient à leurs bâtiments respectifs. C'était la première fois depuis une éternité qu'une flotte américaine affrontait le danger sans l'appui rapproché d'un porte-avions. Les soutes pleines de carburant, les navires prirent les positions prévues, pointèrent leurs proues vers le nord-ouest, et montèrent à vingt-six nœuds. A dix-huit heures, heure locale, quatre chasseurs F-16 les survolèrent pour permettre aux Aegis de pratiquer un contrôle de tir sur de vraies cibles et pour vérifier les codes IFF qu'on utiliserait en mission nocturne.

Mohammed Alahad, constatèrent-ils, était un homme très ordinaire. Il était arrivé en Amérique quinze ans plus tôt. Veuf et sans enfant, disait-on, il gérait une petite affaire prospère dans l'une des rues commerçantes les plus chics de Washington.

Il était là. Le panneau Fermé était placé sur la vitre, mais il n'avait sans doute rien de mieux à faire que de rester dans sa boutique et contrôler ses factures.

Un agent de la brigade de Loomis frappa à la porte. Alahad vint lui ouvrir, une brève conversation s'ensuivit avec les gestes prévus, et ses collègues imaginaient aisément ce qui se disait. *Je suis désolé, tous les magasins sont fermés sur l'ordre du président. — Oui, bien sûr, mais je n'ai rien à faire, et vous non plus, n'est-ce pas ? — Oui, mais c'est un ordre. — Et alors, qui le saura ?* Finalement, l'agent entra, vêtu d'un masque chirurgical. Il ressortit au bout de dix minutes, passa le coin de la rue et lança un appel radio crypté depuis sa voiture.

— C'est vraiment une boutique de tapis, indiqua-t-il à Loomis. Si on veut fouiller les lieux, faudra attendre.

La ligne téléphonique était déjà sur écoute, mais aucun appel n'avait encore été envoyé ni reçu.

L'autre moitié de la brigade s'introduisit dans l'appartement d'Alahad. Ils y trouvèrent une photo représentant une femme et un enfant, probablement son fils, vêtu d'une sorte d'uniforme — âgé de quatorze ans environ, pensa l'agent en la photographiant avec un Polaroïd. Mais encore une fois, ça ne signifiait rien. Tous les hommes d'affaires de la région de Washington vivaient de cette façon, de même que les officiers de renseignements. On ne pouvait rien avancer. On tenait quelque chose, mais on manquait de preuves pour saisir un juge, et surtout pour obtenir un mandat de perquisition. Cependant, il s'agissait d'une enquête sur la sûreté nationale impliquant la sécurité personnelle du président, et au quartier général on leur avait bien dit qu'il n'y avait pas de règle qui tienne. Techniquement, ils avaient déjà violé deux fois la loi en fouillant deux appartements sans mandat, et deux autres fois en mettant sur écoute sans autorisation deux lignes téléphoniques. Quand tout cela fut terminé, Loomis et Selig pénétrèrent dans un immeuble d'habitation situé de l'autre côté de la rue en face de la boutique d'Alahad. Ils expliquèrent le problème au concierge et obtinrent sans difficulté les clés d'un appartement vacant ; ils y installèrent leur planque, tandis que deux autres agents gardaient la porte de derrière du magasin. Puis Sissy Loomis appela le quartier général sur son portable. Ce qu'ils avaient là n'était peut-être pas suffisant pour saisir un juge, mais elle pouvait toujours en discuter avec un petit camarade, n'est-ce pas ?

Le cas de l'autre suspect potentiel n'était pas encore

tout à fait clair, remarqua O'Day. Outre Raman, il y avait un agent clandestin dont la femme était musulmane et essayait manifestement de convertir son mari — mais l'agent en avait parlé avec ses collègues, et une note dans son dossier indiquait que son mariage, comme tant d'autres dans le Service, battait de l'aile.

Le téléphone sonna.

— Pat? C'est Sissy.

— Où on en est, pour Raman?

Il avait travaillé avec elle sur trois affaires, toutes concernant des espions russes. Le joli minois de la majorette prenait une expression de pit-bull dès qu'elle reniflait quelque chose.

— Notre négociant en tapis appelait une personne décédée dont la femme est allergique à la laine, lui dit Loomis.

Tilt.

— Continue, Sis.

Elle lui lut ses notes et lui communiqua les informations des agents qui avaient visité l'appartement du négociant.

— Pourquoi téléphoner d'une cabine, s'il ne craignait pas d'être sur écoute? ajouta-t-elle. Pourquoi appeler un mort par erreur? Et pourquoi le faux numéro a-t-il abouti chez quelqu'un du détachement de protection?

— Bon, Raman n'est pas en ville.

— Qu'il reste là ou il est, conseilla Loomis.

Ils n'avaient encore rien de solide à présenter devant un juge. S'ils arrêtaient Alahad, il prendrait un avocat — et ils auraient quoi? Il avait téléphoné. La belle affaire! Il n'aurait même pas besoin de se défendre. Il lui suffirait de ne rien dire. Son avocat expliquerait que tout le monde faisait ce genre d'erreur et il demanderait des preuves, et le FBI n'aurait rien à montrer.

— Ça vous chatouille aussi, n'est-ce pas?

— Mieux vaut prévenir que guérir, Pat.

— Il faut que j'en parle à Dan. Quand fouillez-vous la boutique?

— Ce soir.

Les soldats du Blackhorse étaient épuisés. Ils avaient beau être entraînés et préparés au désert, ils avaient passé les trois quarts d'une journée dans des avions à l'atmosphère sèche, assis sur des sièges exigus, avant de débarquer onze fuseaux horaires plus loin dans une chaleur étouffante. Mais ils firent leur devoir.

D'abord l'artillerie. Les Saoudiens avaient installé un vaste champ de tir pour leur propre usage, avec des cibles d'acier escamotables entre trois cents et cinq cents mètres de distance. Les artilleurs réglèrent leurs viseurs, puis ils firent feu avec des munitions réelles au lieu de munitions d'entraînement, et ils constatèrent par la même occasion que celles-ci étaient beaucoup plus précises. Une fois descendus des remorques de transport, les chauffeurs essayèrent leurs véhicules pour s'assurer que tout fonctionnait correctement, mais les chars et les Bradley étaient pratiquement neufs, comme on le leur avait promis pendant le vol. On vérifia les radios, pour que tout le monde pût parler à tout le monde, puis les liaisons de données IVIS qui étaient si importantes. L'un après l'autre, les équipages roulèrent un moment sur la route. Les Bradley tirèrent même un missile TOW. Puis on chargea de nouvelles munitions en remplacement de celles utilisées sur les cibles.

Le tout se déroula dans le calme et le sérieux. Les Blackhorse, parce qu'ils entraînaient régulièrement d'autres soldats à l'art de la mort mécanisée, menaient toutes ces tâches de routine sans même y penser. Ils devaient se rappeler pourtant qu'il ne s'agissait pas ici de *leur* désert. Les Saoudiens firent honneur à leurs lois de l'hospitalité en fournissant en abondance nourriture et boissons sans alcool aux hommes de troupe, tandis que les officiers discutaient au-dessus des cartes en buvant le café amer de la région.

Marion Diggs avait passé toute sa vie dans la cavalerie blindée; il avait toujours apprécié cette possibilité de diriger soixante tonnes d'acier du bout des doigts, et de détruire un véhicule ennemi à cinq kilomètres de distance. Maintenant il commandait une division — dont un tiers, cependant, se trouvait à trois cent vingt kilomètres au nord, et un autre sur des navires qui risquaient d'être bientôt exposés au feu...

— Bon, qui avons-nous en face de nous? demanda-t-il. Quel est leur état de préparation?

Les photos satellite apparurent, et un colonel du renseignement américain, basé à la KKMC, se lança dans son briefing de mission. Cela dura une demi-heure, et pendant tout ce temps Diggs resta debout, silencieux. Il en avait marre d'être assis.

— Storm Track rapporte un trafic radio minimal, indiqua le colonel. Au fait, n'oublions pas que la position de notre station est très exposée.

— J'ai une compagnie qui se déplace pour la protéger, intervint un officier saoudien. Elle devrait être là-bas au matin.

— Que fait Buffalo? demanda Diggs.

Une autre carte apparut. Les dispositions koweïtiennes lui semblaient bonnes. Au moins leurs troupes n'étaient-elles pas déployées sur l'avant. Il n'y avait qu'une force écran sur la berme, constata-t-il, et les trois brigades lourdes étaient en position pour contrer une pénétration. Il connaissait par cœur son Magruder. En fait, il connaissait les trois commandants d'escadron. Si la RIU attaquait la première à cet endroit, la Force bleue, inférieure en nombre ou pas, allait ficher un sacré coup à la Rouge.

— Les intentions de l'ennemi?

— Inconnues. Y a encore des choses que nous ne comprenons pas. Washington nous prévient de nous attendre à une attaque, mais ne nous explique pas pourquoi.

— C'est quoi, ce bordel?

— On en saura davantage ce soir ou demain matin, c'est ce que je peux vous dire de mieux, répondit l'officier de renseignements. Ah, au fait, on nous a imposé des journaleux. Sont arrivés il y a quelques heures. Ils sont dans un hôtel de Riyad.

— Génial.

— L'objectif est clair, non ? observa le commandant saoudien le plus âgé. Nos voisins chiites ont tout le désert dont ils ont besoin. (Il tapota la carte.) Notre centre de gravité économique est là.

— Le centre de gravité est politique, non militaire, intervint le colonel Eddington. N'oublions pas ça, messieurs. S'ils filent sur les champs pétroliers côtiers, nous aurons un gros avertissement stratégique.

— Ils nous sont supérieurs en nombre, Nick. Ça leur donne un certain degré de flexibilité en ce domaine. (Puis le général américain remarqua :) Je vois beaucoup de camions de carburant sur ces photos.

— La dernière fois, ils se sont arrêtés à la frontière koweïtienne parce qu'ils en manquaient, leur rappela le commandant saoudien.

L'armée saoudienne comptait cinq brigades lourdes, presque entièrement équipées de matériel américain. Trois étaient déployées au sud du Koweït, dont une à Ra's al-Khafji, site de la seule invasion du royaume, mais presque sur la plage, alors que personne n'attendait d'attaque par la mer. Il n'était pas inhabituel, pour des soldats, de se préparer à refaire la guerre précédente..., se rappela l'Américain.

Eddington, lui, se souvint d'un mot de Napoléon. Alors qu'on lui montrait un plan de défense où ses troupes étaient régulièrement espacées sur la frontière française, il avait demandé à l'officier s'il s'agissait de coincer des contrebandiers. Ce concept stratégique avait été légitimé par la doctrine de défense avancée de l'OTAN à la frontière entre les deux Allemagne, mais il n'avait jamais été testé. Eddington resta muet là-dessus. Il était moins gradé que Diggs, et les Saoudiens semblaient plutôt possessifs en ce qui concernait leur territoire, comme la plupart des peuples. Diggs et lui échangèrent un regard. Si le 10e de cavalerie constituait la réserve du théâtre d'opérations pour les Koweïtiens, le 11ᵉ assumerait cette fonction pour les Saoudiens. Les choses changeraient peut-être quand ses Gardes nationaux récupéreraient leur matériel à Dharan, mais pour le moment il faudrait bien se contenter de ce déploiement.

Le gros problème, ici, venait des rapports de commandement sur le terrain. Diggs avait une étoile — et une étoile foutrement belle, Eddington le savait —, mais il n'était que général de brigade. Si le CENTCOM avait été là, son statut et son grade l'auraient autorisé à faire des suggestions plus fermes aux Saoudiens. La position de Diggs était plus difficile.

— Bien, nous disposons de quelques jours, en tout cas. (Diggs se retourna.) Envoyez sur place des éléments de reconnaissance supplémentaires. Au moindre pet de ces six divisions, je veux savoir ce qu'ils ont bouffé au dîner.

— Nous lancerons des Predator au coucher du soleil, promit l'officier de renseignements.

Eddington sortit pour allumer un cigare. Mais il n'avait pas à s'en faire, car tous les Saoudiens fumaient.

— Alors, Nick ? demanda Diggs qui l'avait rejoint.

— Envie d'une bière.

— Des calories inutiles, observa le général.

— Quatre contre un, et ils ont l'initiative. Et à condition, en plus, que mes hommes reçoivent leur matériel à temps. Ça pourrait devenir vraiment intéressant, Diggs. (Une autre bouffée.) Leur déploiement est nul à chier. (Une expression piquée à ses étudiants, pensa son supérieur.) A propos, comment on appelle tout ça ?

— Opération Buford. Z'avez trouvé un petit nom pour votre brigade, Nick ?

— Wolfpack [1], ça vous plaît ? Tout ça va vraiment vite, général.

— Une leçon que l'autre partie doit avoir apprise la dernière fois : ne pas nous laisser le temps d'organiser nos forces.

1. « Meute de loups » (N.d.T.).

— C'est vrai. Bon, il faut que je file voir mes hommes.

— Prenez mon hélico, lui dit Diggs. Je vais rester ici un moment.

— Entendu. (Eddington le salua et s'éloigna. Puis il se retourna.) Diggs ?

— Oui ?

— On n'est peut-être pas aussi bien entraînés que Hamm et ses hommes, mais on y arrivera, vous entendez ?

Il le salua à nouveau, écrasa son cigare, et se dirigea vers le Black Hawk.

Rien n'avance plus silencieusement qu'un navire. On n'entendait que le sifflement de la coque d'acier fendant une mer calme, et il ne portait pas très loin. A bord, on sentait les vibrations du moteur, mais c'était tout, et la nuit, ces bruits ne se percevaient qu'à une centaine de mètres sur l'eau. Derrière chaque bâtiment se formait une vague écumeuse, un fantôme verdâtre né des minuscules organismes qui, perturbés par leur passage, émettaient une lueur phosphorescente comme pour protester contre la violation de leur univers.

Sur tous les bâtiments, les lumières étaient éteintes. Même les feux de route étaient coupés, en violation des règles de navigation en ces eaux confinées. Les vigies utilisaient des jumelles conventionnelles et des lunettes de vision nocturne pour surveiller la route. La formation tournait dans la partie la plus étroite du passage.

Dans les centres d'information de combat, des hommes, penchés sur des plans et des graphiques, parlaient bas comme s'ils avaient peur d'être entendus.

— Venant de la gauche, nouveau cap deux-huit-cinq, rapporta l'officier de pont sur l'*Anzio*.

Sur l'écran radar principal, on voyait plus de quarante « cibles » (nom qu'on donnait aux contacts radar), chacune avec un vecteur indiquant son cap et sa vitesse approximatifs. Des bâtiments approchaient et d'autres s'éloignaient, presque aussi nombreux. Certaines cibles étaient énormes : les retours radar des supertankers avaient à peu près la taille d'une île moyenne.

— Bon, on est au moins arrivés jusqu'ici, dit Weps au commandant Kemper. Peut-être qu'ils dorment.

— Ouais, peut-être qu'il existe vraiment une Grosse Citrouille, Charlie Brown.

Désormais, seuls les radars de navigation tournaient. Les Iraniens/RIUiens devaient avoir du matériel ESM dans le coin, mais s'ils avaient une patrouille dans le détroit d'Ormuz, personne ne l'avait encore repérée. Certaines « cibles » restaient inexpliquées. Des bateaux de pêche ? Des trafiquants ? Des yachts privés ? Impossible à dire. L'ennemi hésitait probablement à envoyer ses navires trop loin dans le détroit. Kemper supposa que les Arabes étaient aussi terriens que n'importe qui.

Tous les navires étaient aux postes de combat. Tous les systèmes de bataille fonctionnaient à pleine puissance — mais en position d'attente. Si quelqu'un s'approchait, ils essaieraient d'abord d'obtenir un visuel. Si on les allumait avec un radar de désignation d'objectif, le navire qui aurait le relèvement le plus clair augmenterait son niveau d'alerte et lancerait quelques balayages avec ses SPY pour détecter quelque chose. Mais ça serait difficile. Tous ces missiles avaient des autodirecteurs indépendants, et le détroit était encombré — et l'un d'entre eux pouvait fort bien tomber sur quelque chose d'imprévu... L'autre camp n'aurait sans doute pas la gâchette facile. Peut-être même qu'ils finiraient par abattre quelques milliers de moutons, pensa Kemper avec un sourire. Leur mission était dure, sans doute, mais la tâche de l'adversaire n'était pas *aussi* aisée que ça.

— Changement de cap sur trace radar quatre-quatre, venant de la gauche, annonça un timonier.

C'était un contact de surface dans les eaux territoriales de la RIU, à sept nautiques et derrière eux. Kemper se pencha en avant. Une commande d'affichage informatique indiquait la trajectoire du contact depuis vingt minutes. Il s'était déplacé à la vitesse de manœuvre, environ cinq nœuds. Il allait à dix nœuds, à présent, et il avait tourné... vers le groupe leurre de queue. L'information fut transmise à l'USS *O'Bannon*, dont le commandant était l'officier le plus ancien du groupe. La distance entre les deux navires était de seize mille mètres et elle diminuait.

Les choses devenaient intéressantes. L'hélicoptère du *Normandy* s'approcha du contact par l'arrière, en restant bas. Lorsque le bâtiment inconnu prit de la vitesse, une écume vert et blanc agita l'eau, dérangeant les organismes qui avaient réussi à survivre à la pollution de l'endroit. Une telle puissance signifiait...

— C'est une canonnière! annonça le pilote. Elle vient juste de se remuer le cul!

Kemper grimaça. Il devait choisir, maintenant. Il ne faisait rien, et il n'arriverait peut-être rien. Il ne faisait rien, et la canonnière lance-missiles tirerait peut-être la première sur le *O'Bannon* et son groupe. Mais s'il intervenait, il risquait d'alerter l'autre partie. Pourtant, si le bâtiment ennemi faisait feu, c'était que l'adversaire savait déjà quelque chose, pas vrai? Peut-être. Ou peut-être pas. Des données complexes auxquelles il réfléchit cinq secondes. Puis il s'en donna cinq de plus.

— La cible est un bateau lance-missiles, je vois deux lanceurs, la cible garde son relèvement.

— Il a une ligne de visée directe sur le *O'Bannon*, commandant, indiqua Weps.

— Conversation radio, j'ai une conversation radio sur UHF, relèvement zéro-un-cinq.

— Tirez, ordonna Kemper immédiatement.

— Tir! dit Weps à l'hélico.

— Roger, engagement!

— Combat, de vigie, commandant, j'ai un flash, comme un lancement de missile à bâbord — ça fait deux.

— Faites un balayage radar...

— Deux lancements supplémentaires, commandant.

Merde! pensa Kemper. L'hélico n'avait que deux missiles Penguin antinavires. L'ennemi avait tiré les deux premiers. Kemper ne pouvait plus rien faire maintenant. Le groupe leurre jouait son rôle. Il essuyait des tirs.

— Deux vampires en approche. Cible détruite, ajouta le pilote, annonçant la destruction du bateau lance-missiles — confirmée un moment plus tard par la vigie dans les hauts. Je répète, deux vampires vers le *O'Bannon*.

— Les Silkworm sont de gros poissons, dit Weps.

Ils eurent du mal à suivre la mini-bataille. L'écran radar de navigation indiqua que le *O'Bannon* changeait de cap vers bâbord, pour démasquer son système antimissile rapproché, situé vers sa poupe. Et fournir également une belle cible radar aux vampires qui arrivaient. Le destroyer n'avait pas lancé ses leurres de crainte de trop bien les tromper et de les faire se tourner vers les transporteurs qu'il était censé protéger. Une décision purement machinale? se demanda Kemper. Ou réfléchie? Osée en tout cas. Le radar illuminateur du destroyer s'alluma. Cela signifiait qu'il tirait, mais le radar de navigation ne pouvait pas le dire. Finalement l'une des frégates s'en mêla.

— Toutes sortes d'éclairs à l'arrière, dit encore la vigie dans les hauts. *Waouh*, ça c'était un gros! En voilà un autre!

Puis cinq secondes de silence.

— *O'Bannon* au groupe, c'est OK, dit une voix.

Pour le moment, pensa Kemper.

Trois Predator avaient été lancés, un pour chacun des trois corps cantonnés au sud-ouest de Bagdad, volant à seulement deux fois la vitesse d'un char. Aucun d'eux n'eut besoin d'aller aussi loin que prévu. A cinquante kilomètres de leurs objectifs, leurs caméras thermiques pointées vers le sol filmèrent les formes rougeoyantes de véhicules blindés. L'Armée de Dieu s'était mise en mouvement. Les images qui arrivèrent à Storm Track furent instantanément retransmises à la KKMC, et de là dans le monde entier.

— Quelques jours de plus auraient été appréciables, pensa Ben Goodley à voix haute.

— Nos hommes sont prêts ? (Ryan se tourna vers le J-3.)

— Le 10ᵉ est paré pour la danse. Le 11ᵉ a besoin au moins d'une journée de plus. L'autre brigade n'a même pas encore reçu son équipement, répondit Jackson.

— Combien de temps jusqu'au contact ? demanda ensuite le président.

— Au moins douze heures, peut-être dix-huit. Ça dépend de leur route exacte.

Jack hocha la tête.

— Arnie, est-ce que Callie a été briefée sur tout ça ?

— Non, pas du tout.

— Alors faites-le. J'ai un discours à prononcer.

Alahad avait dû finir par s'ennuyer dans une boutique sans client, pensa Loomis. Il sortit tôt, regagna sa voiture, et s'en alla. Aucun problème pour le filer dans cette ville presque déserte. Quelques minutes plus tard, il se gara et entra dans son immeuble. Selig et elle quittèrent leur planque, traversèrent la rue et gagnèrent l'arrière du magasin. Il y avait deux verrous sur la porte, et il fallut dix minutes au jeune agent pour les vaincre, ce qui l'ennuya beaucoup. Vint ensuite le système d'alarme, plus facile, car c'était un vieux modèle. A l'intérieur, ils trouvèrent quelques autres photos, dont une, probablement, de son fils. Ils vérifièrent d'abord le Rolodex, où ils trouvèrent la carte de J. Sloan, avec le numéro de téléphone 536-4040, mais pas d'adresse.

— Dis-moi ce que tu en penses, dit Loomis.

— C'est une carte récente, ni cornée ni rien, et je pense qu'il y a un point au-dessus du premier *quatre*, qui lui rappelle quel numéro changer, Sis.

— Ce type est un joueur, Donny.

— Tu as raison, et Aref Raman en est un aussi.

Mais comment le prouver?

Leur stratagème était éventé, ou peut-être pas. Impossible à savoir. Kemper évalua la situation de son mieux. Peut-être le bateau lance-missiles avait-il communiqué avec un supérieur et reçu la permission de tirer... Peut-être qu'un jeune commandant avait pris lui-même la décision... Mais probablement pas. Les Etats dictatoriaux ne laissaient guère d'autonomie à leurs militaires. Le dictateur qui s'y risquait était sûr de se retrouver tôt ou tard dos au mur. A ce point, le score était USN 1 [1] contre RIU 0. Ses deux groupes continuaient maintenant vers le sud-ouest dans un golfe qui s'élargissait, toujours à vingt-six nœuds, toujours entourés de trafic marchand et baignés à présent dans un environnement électronique plein de conversations entre navires. On se demandait ce qui avait bien pu se passer au nord d'Abou Moussa.

La confusion, décida Kemper, leur était profitable. C'était une nuit d'encre, et il n'était jamais facile d'identifier des bateaux dans le noir.

— Combien, jusqu'à l'aube?

— Cinq heures, répondit le timonier de garde.

— Soit près de trois cents kilomètres. On continue comme avant. On verra comment ils se débrouillent. Arriver à Bahreïn sans être détectés serait déjà assez miraculeux.

Ils posèrent leur dossier sur le bureau de l'inspecteur O'Day. Trois pages de notes et quelques Polaroïd. Le plus important, semblait-il, était une sortie imprimante des archives téléphoniques, griffonnée par Selig. C'était aussi leur unique preuve légale.

— C'est pas vraiment la pile de preuves la plus épaisse que j'aie jamais vue, remarqua Pat.

— Hé, Pat, vous nous avez dit de nous grouiller, lui

---

1. *United States Navy*: marine de guerre des Etats-Unis (*N.d.T.*).

rappela Loomis. Ils ne sont pas clairs, tous les deux. Je ne peux pas le prouver devant un jury, mais c'est suffisant pour lancer une enquête importante, en supposant qu'on ait du temps, ce dont je doute.

— C'est juste. Venez, dit-il en se levant. Allons voir le directeur.

Murray était déjà débordé. Le FBI ne menait pas les études épidémiologiques sur tous les cas d'Ebola, mais les agents du Bureau déblayaient le terrain. L'enquête sur l'attentat de Giant Steps n'était toujours pas bouclée. Et ça, maintenant, la troisième « toutes-affaires-cessantes » en moins de dix jours. L'inspecteur entra sans frapper dans le bureau du directeur.

— Une chance que je ne sois pas en train de pisser, grommela Murray.

— Je me suis dit que vous n'auriez pas le temps, de toute façon, répondit Pat. Finalement, y a sans doute une taupe dans le Service, Dan.

— Oh?

— Oh *oui*, et oh *merde*. Je laisse Loomis et Selig vous expliquer ça.

— Je peux en parler à Andrea Price sans me faire descendre? demanda le directeur.

— Oui, je pense.

58

LA LUMIÈRE DU JOUR

Il n'y avait pas vraiment de quoi faire la fête, mais pour le deuxième jour consécutif, les nouveaux cas d'Ebola avaient diminué — et un tiers de ces patients avaient une recherche d'anticorps positive, mais pas de symptômes. Le CDC et l'USAMRIID vérifièrent deux fois les données avant de les communiquer à la Maison-Blanche, ajoutant qu'il était encore trop tôt pour les révéler au public. Apparemment, l'interdiction de circuler était efficace — mais le président ne pouvait pas l'annoncer, parce qu'elle cesserait sans doute de l'être dès la reprise des contacts entre les gens.

On continuait à travailler aussi sur l'attentat de Giant Steps, surtout la Division laboratoire du FBI. Là, les microscopes électroniques ne servaient pas à l'identification d'Ebola, mais à l'étude des pollens et autres infimes particules. Des analyses d'autant plus compliquées que l'attaque contre la crèche avait eu lieu au printemps, période où l'air était saturé de pollens.

Mordecai Azir, c'était désormais établi, était la quintessence d'une non-personne qui était venue à la vie apparemment dans un seul dessein et avait disparu après l'avoir accompli. Mais il avait laissé des photographies derrière lui, et on pouvait toujours s'occuper de ça, apprit Ryan. Il se demanda s'il y aurait une vraie bonne nouvelle pour terminer la journée. Mais non.

— Salut, Dan.

Il était de retour dans son bureau.

— Monsieur le président, dit le directeur du FBI, en entrant avec l'inspecteur O'Day et Andrea Price.

— Pourquoi faites-vous cette tête?

Ils le lui expliquèrent.

Il fut courageux, celui qui réveilla l'ayatollah Mahmoud Haji Daryaei avant l'aube; les gens de son entourage craignaient tant son courroux qu'il leur fallut un long moment avant de s'y résoudre. A quatre heures du matin à Téhéran, le téléphone sonna à son chevet. Dix minutes plus tard, il était dans le salon de son appartement privé, ses yeux noirs et creux prêts à incendier les responsables de ce dérangement.

— Un rapport indique que des navires américains sont entrés dans le Golfe, lui annonça son chef du renseignement.

— Quand et où? demanda calmement l'ayatollah.

— Après minuit, dans le détroit. Un de nos patrouilleurs lance-missiles a repéré un destroyer américain. Il a reçu du commandant naval local l'ordre de l'attaquer, et depuis nous n'avons plus de nouvelles de notre bateau.

— Et c'est tout? *Vous m'avez réveillé pour ça?*

— Nous avons capté un intense trafic radio entre les navires de la zone. Ils ont mentionné plusieurs explosions. Nous avons des raisons de croire que notre lance-missiles a été détruit, probablement par un avion — mais un avion qui venait d'où?

— Nous avons besoin de votre permission pour commencer dès l'aube des opérations aériennes de surveillance du Golfe, intervint le chef de la force aérienne. Nous n'avons jamais fait cela sans votre aval, souligna-t-il.

— Vous l'avez, répondit Daryaei. Quoi d'autre?

— L'Armée de Dieu progresse vers la frontière. L'opération se déroule comme prévu, dit son chef du renseignement, pensant que cette nouvelle lui ferait sûrement plaisir.

Mahmoud Haji hocha la tête. Prévoyant que les prochaines journées seraient très longues, il avait espéré avoir une bonne nuit de sommeil. Mais une fois réveillé, il ne pouvait plus se rendormir. C'était dans sa nature. Il regarda la pendule, sur son bureau — il n'avait pas de montre — et décida que la journée devait commencer.

— Allons-nous les surprendre?

— Certainement, répondit le responsable du renseignement. L'armée a reçu l'ordre strict de rester en silence radio. Les postes d'écoute américains sont très sensibles, mais ils ne peuvent pas entendre le silence... Quand nous atteindrons Bussayyah, ils nous détecteront sûrement, mais alors nous serons prêts à attaquer, et il fera nuit.

Daryaei secoua la tête.

— Attendez, que nous a dit ce bateau patrouilleur?

— Il a signalé la présence d'un destroyer ou d'une frégate américaine, avec peut-être d'autres navires, mais c'est tout. Nos avions décollent dans deux heures pour inspecter la zone.

— Leurs navires de transport?

— Nous ne savons pas, admit-il.

Il avait espéré qu'on n'aborderait pas cette question.

— Essayez de le savoir, alors !

Les deux hommes se retirèrent sur cet ordre. Daryaei sonna son domestique pour avoir du thé. A ce moment précis, il eut une autre idée. Tout, ou presque, serait réglé quand le jeune Raman aurait rempli sa mission. Le rapport indiquait qu'il était en position, et qu'il avait reçu son feu vert. Mais pourquoi, alors, n'avait-il pas encore agi ? se demanda l'ayatollah, sentant revenir la colère.

Il regarda à nouveau sa pendule. Il était trop tôt pour appeler.

Kemper avait accordé une pause à son équipage. L'automatisation des Aegis le permettait ; deux heures après l'« incident » avec le lance-missiles, les hommes furent autorisés à quitter par roulement leurs postes de combat, pour se détendre, manger quelque chose, et, pour la plupart, faire un peu de gonflette.

A présent, tout le monde était de retour. L'aube serait là dans deux heures. Ils étaient à un peu moins de cent nautiques du Qatar, et ils se dirigeaient maintenant ouest-nord-ouest, après être passés à proximité de toutes les îles et les plates-formes pétrolières susceptibles de confondre un poste de radar ennemi. Le plus dur était derrière eux. Le Golfe était beaucoup plus large ici. COMEDY manœuvrait et utilisait ses puissants détecteurs plus aisément. L'image radar du CIC de l'*Anzio* montrait un vol de quatre F-16 à vingt nautiques au nord de sa formation ; leurs codes IFF étaient bien clairs sur leur écran. Il aurait préféré avoir un AWACS au-dessus de sa tête, mais il avait appris une heure plus tôt qu'ils étaient tous déployés plus au nord. Aujourd'hui, il y aurait une bataille. L'Aegis n'était ni conçu ni entraîné pour ce genre de choses, mais « La marine travaille pour vous », n'est-ce pas ?

Il dirigea son groupe leurre vers le sud. Pour l'instant, celui-ci avait rempli sa tâche. Quand le soleil serait levé, il n'y aurait plus moyen de dissimuler COMEDY, ni sa route.

— Vous en êtes sûrs? demanda POTUS. Mon Dieu, j'ai été seul avec ce type une centaine de fois!

— Oui, dit Price. Monsieur, c'est vrai que c'est difficile à croire. Je pensais que je le connaissais bien...

— Vous allez l'arrêter?

— On ne peut pas, répondit Murray. C'est le genre de situation où vous savez — ou pensez savoir —, mais où vous ne pouvez rien prouver. Pat a un plan, cependant.

— Je vous écoute, alors, ordonna Ryan.

Sa migraine était revenue. Ou, plus précisément : la brève période intermédiaire sans migraine avait pris fin. C'était déjà assez dur comme ça de penser à une vague possibilité de trahison du Service secret, et voilà que maintenant ils estimaient avoir la preuve — non, faux, se corrigea-t-il, juste un soupçon de plus! — qu'une des rares personnes assez dignes de confiance pour se trouver dans son entourage et celui de sa famille était un assassin en puissance! Ça ne finirait donc jamais? Il accorda cependant toute son attention à l'idée de Pat O'Day.

— En fait, c'est un plan très simple, conclut celui-ci.

— Non! s'exclama Andrea immédiatement. Et si...

— C'est contrôlable. Il n'y aura pas de réel danger, leur assura l'inspecteur.

— Attendez, dit SWORDSMAN. Vous dites que vous pouvez enfumer le gibier?

— Oui, monsieur.

— Et que j'aurai vraiment quelque chose à faire au lieu de rester assis ici les bras ballants?

— Oui, monsieur, répéta Pat.

— Où est-ce que je signe? demanda Ryan. Allons-y.

— Monsieur le président...

— Andrea, vous serez avec moi, pas vrai?

— Eh bien, oui, mais...

— Alors c'est approuvé, lui dit Potus. Il ne s'approche pas de ma famille. C'est bien clair, n'est-ce pas ? S'il jette un œil sur l'ascenseur, vous le descendez, Andrea, compris ?

— Compris, monsieur le président. Ça se passera seulement dans l'aile ouest.

Sur ce, ils rejoignirent la salle de crise, où Arnie et les meilleurs éléments de la sécurité nationale regardaient une carte sur un grand écran de télévision.

— OK, on éclaire le ciel, dit Kemper à l'équipe du CIC.

A cet ordre, l'*Anzio* et les quatre autres navires Aegis allumèrent leurs radars à pleine puissance. Inutile, désormais, de se cacher. Ils se trouvaient juste à la verticale d'un couloir aérien commercial dénommé W-15, et n'importe quel pilote de ligne qui baisserait les yeux verrait leurs navires. Et il en parlerait probablement. L'élément de surprise avait ses limites.

En une seconde, les trois grands écrans indiquèrent une multitude de traces radar aériennes. Sans doute le ciel le plus encombré après O'Hare ! pensa Kemper. Le balayage IFF montrait un vol de quatre chasseurs F-16 déployé au nord-ouest de sa formation. Plus six avions de ligne — et la journée venait seulement de commencer ! Les spécialistes des missiles réalisèrent des poursuites d'entraînement, juste pour s'exercer sur leurs ordinateurs, mais le système Aegis était conçu pour déclencher automatiquement l'enfer en une seconde.

Et ils étaient au bon endroit pour ça.

Les premiers chasseurs iraniens à approcher furent deux vieux Tomcat F-14 venus de Chiraz. Le shah avait acheté environ quatre-vingts de ces chasseurs à Grumman dans les années 70. Dix volaient encore, avec des pièces récupérées sur une centaine d'autres ou obtenues sur le marché noir mondial en pleine expansion des composants d'avions de combat. Ces deux-là filèrent d'abord au sud-est, jusqu'à Bandar'Abbas, puis ils prirent de la vitesse et foncèrent au sud vers Abou Moussa. Dans chacun des deux avions, le pilote s'occupait des commandes tandis que son coéquipier surveillait la mer avec ses jumelles. Le soleil était bien visible à vingt mille pieds, mais sur l'eau régnait encore la pénombre de l'aube.

Depuis le ciel, on ne voit pas les navires eux-mêmes ; les marins et les aviateurs ont tendance à l'oublier. Dans la plupart des cas, ils sont trop petits, et la surface de la mer trop vaste. Sur photo satellite ou à l'œil nu, on aperçoit seulement un sillage ressemblant à une flèche à la pointe surdimensionnée. L'œil est attiré par ces formes aussi naturellement que par le corps d'une femme, et c'est au sommet du V qu'on trouve le navire. Ou plutôt, dans le cas présent, de *nombreux* navires. Ils repérèrent d'abord le groupe leurre, à une cinquantaine de kilomètres, puis le corps principal de COMEDY une minute plus tard.

Le problème pour les bateaux, c'était l'identification positive des appareils aériens. Kemper ne pouvait pas risquer de « tuer » un avion de ligne, comme l'USS *Vincennes* l'avait déjà fait dans cette région... Les quatre F-16 avaient viré pour revenir dans leur direction quand COMEDY capta l'appel radio. Mais personne à bord ne comprenait le farsi.

— Tally-ho [1] ! annonça le chasseur F-16 de tête. On dirait des F-14.

Et il savait que la marine US n'en avait aucun dans le coin.

— *Anzio* à Starfighter, tir libre, abattez-les !

— Roger.

— Formation, de leader. Feu vert pour l'attaque.

Les F-14 étaient trop occupés à surveiller la mer

1. Argot des pilotes : « Je les vois ! » (*N.d.T.*).

pour s'intéresser au ciel. Un vol de reconnaissance, imagina le leader de Starfighter. Dur pour eux. Il choisit un AIM-120 et tira, juste une fraction de seconde avant les trois autres avions de sa formation.

— Fox-One, Fox-One [1] !

La bataille du Qatar avait commencé.

Les récepteurs d'alerte radar des Tomcat de la RIU donnaient toutes sortes d'émissions à ce moment-là, et les traces radar air-air des Vipères [2] se perdaient parmi beaucoup d'autres. Le leader des deux avions essayait de compter les navires, au-dessous de lui, tout en parlant dans sa radio, quand deux missiles AMRAAM explosèrent à vingt mètres devant son vieux chasseur. Le second pilote leva les yeux à temps pour voir la mort arriver.

— *Anzio*, de Starfighter, deux coups au but, pas de parachute, je répète, deux coups au but.

— Roger.

— Chouette manière de commencer la journée, commenta le commandant de l'US Air Force qui venait de passer seize mois à jouer avec l'aviation israélienne dans le Néguev. Retour à la base. Terminé.

— Je ne suis pas sûr que c'était une bonne idée, murmura van Damm.

L'image radar du *John Paul Jones* était reliée par satellite à Washington. Ils voyaient les événements pratiquement en temps réel, à une demi-seconde près.

— On doit préserver ces navires à tout prix, monsieur, lui expliqua Robby Jackson. On ne peut pas prendre de risques.

1. Tir-Un ! Tir-Un ! (*N.d.T.*).
2. Avions ennemis (*N.d.T.*).

— Mais ils diront qu'on a tiré les premiers et...

— Faux, monsieur. Leur bateau lance-missiles a fait feu sur notre flotte il y a environ cinq heures, lui rappela le J-3.

— Mais ils raconteront le contraire.

— Stop, Arnie, intervint Ryan. J'ai donné mes ordres. Les règles d'engagement sont en place. Bon, et maintenant, Robby?

— Ça dépendra. Les Iraniens comprendront-ils le message? Ces premiers tirs ont été faciles. C'est toujours le cas, dit Jackson qui se rappelait ceux de sa carrière.

Aucun n'avait correspondu à l'entraînement qu'il avait reçu à Top Gun, mais il n'y avait pas de fair-play dans les combats réels, n'est-ce pas?

Leur flotte passerait bientôt au large de la ville iranienne de Basatin, dans la partie la plus étroite du Golfe, en face du Qatar. Là-bas, il y avait une base aérienne, et la couverture satellite indiquait que des chasseurs étaient prêts à décoller.

— Salut, Jeff.

— Quelles nouvelles, Andrea? demanda Raman. (Il ajouta aussitôt:) Content que tu te souviennes que tu m'as abandonné ici.

— On est à la bourre avec cette épidémie. On a besoin que tu rentres. T'as une voiture?

— Je pense pouvoir en piquer une au bureau local.

— OK, lui dit-elle, je crois que pour l'instant on peut laisser tomber le boulot là où tu es. Ta carte te permettra de franchir les barrages routiers sur la I-70. Fais aussi vite que tu pourras. Y a du nouveau ici.

— Donne-moi quatre heures.

— Tu as des vêtements de rechange?

— Ouais, pourquoi?

— T'en auras besoin. On a mis en place des procédures de décontamination. Tout le monde doit se briquer avant d'entrer dans l'aile ouest.

— Ça me va.

Alahad ne faisait rien. Les micros posés dans son appartement avaient établi qu'il avait regardé la télévision, zappant d'une chaîne câblée à une autre, et qu'il avait écouté un moment *CNN Headline News* avant d'aller se coucher. Puis plus rien. Toutes les lumières étaient éteintes, et les caméras thermiques ne voyaient pas à travers les rideaux des fenêtres de sa chambre. Les agents de surveillance buvaient leur café dans des gobelets plastique, et s'inquiétaient de l'épidémie, comme tout le monde en Amérique. Les médias continuaient à lui consacrer à peu près tout leur temps. Il ne se passait pas grand-chose d'autre. Les rencontres sportives avaient cessé. On avait toujours des bulletins météo, mais peu de gens sortaient de chez eux pour vérifier s'ils correspondaient à la réalité. Tout le reste tournait autour d'Ebola. On évoquait aussi le procès intenté par Ed Kealty, mais personne n'avait l'air très enthousiaste sur la levée de l'interdiction de circuler. Des reportages montraient des avions, des bus et des trains à l'arrêt, et beaucoup de rues vides ; d'autres expliquaient comment se débrouillaient les gens coincés dans les hôtels. Ou comment réutiliser les masques chirurgicaux. Mais on diffusait aussi beaucoup d'images d'hôpitaux et de sacs mortuaires. On évoquait l'incinération des dépouilles, mais on ne la filmait pas. Trop affreux. Des journalistes et des conseillers médicaux commençaient à parler du manque de données statistiques — qui leur semblait inquiétant —, mais ils suggéraient que, dans les hôpitaux, le nombre de lits réservés aux cas d'Ebola n'augmentait pas — et cela réconfortait certains commentateurs. Les alarmistes patentés continuaient, eux, à débiter leurs inepties, mais les autres disaient calmement que la situation semblait se stabiliser, en ajoutant, toutefois, qu'il était trop tôt pour l'affirmer.

Certains, aussi, indiquaient avec un grand sérieux que cette épidémie n'était nullement un événement naturel. Les médias ne pouvaient pas vraiment mesurer le sentiment de la population à ce sujet, car les gens étaient trop isolés pour avoir une idée d'ensemble là-dessus. Mais lorsqu'on fut à peu près sûr que ce n'était pas la fin du monde, on se demanda comment cela avait bien pu commencer.

L'avion du secrétaire d'Etat Adler filait vers la République populaire. Les dernières informations l'avaient rendu furieux, mais d'une certaine façon il y avait pris aussi un malin plaisir. C'était Zhang qui déterminait la politique de son gouvernement. On en était pratiquement certain, maintenant qu'on savait que l'Inde était à nouveau impliquée dans cette histoire — et dupée, cette fois, par l'Iran et la Chine. La vraie question était de savoir si le Premier ministre ferait savoir ou pas à ses partenaires qu'elle ne respecterait pas sa partie du contrat. Probablement pas, pensa Adler. Une fois de plus, elle avait changé ses plans. Elle semblait capable de faire ce genre de choses comme elle respirait.

Mais la rage ne le quittait pas. Son pays avait été attaqué, et par quelqu'un qu'il venait de rencontrer à peine quelques jours plus tôt. La diplomatie avait échoué. Il n'avait pas réussi à empêcher un conflit — n'était-ce pas son rôle, pourtant ? Pis encore, il s'était fait avoir, et son pays avec lui. La Chine s'était arrangée pour le tromper, *lui* — et du même coup une force navale vitale. La RPC était à présent engagée dans une crise qu'elle avait volontairement déclenchée contre des intérêts américains — et sans doute dans le but de redessiner le monde selon sa propre conception. Elle avait été maligne. Elle ne s'était pas engagée directement — à part assassiner les passagers d'un avion de ligne ! — et avait laissé quelqu'un d'autre se charger du boulot et assumer tous les risques. Quel que soit le dénouement de cette crise, elle pourrait continuer à commercer, elle conserverait le respect dû à une superpuissance, et son influence sur la politique américaine. Elle avait assassiné des Américains dans l'Airbus. Elle avait tué des innocents et frappé son pays — et tout cela sans aucun risque, pensa calmement le secrétaire d'Etat en regardant par son hublot, tandis que l'avion atterrissait.

Sauf que les Chinois ignoraient qu'il était au courant, n'est-ce pas ?

L'attaque suivante risquait d'être un peu plus sérieuse. D'après le renseignement US, la RIU possédait beaucoup de missiles C-802. Fabriqués par la Société chinoise d'importation et d'exportation de machines de précision, ils étaient de type et de capacité similaires à l'Exocet français, avec une portée d'environ cent vingt kilomètres. Mais, encore une fois, le problème était la désignation d'objectif. En ce moment, il y avait tout simplement trop de navires dans le Golfe. Pour atteindre les « bonnes » cibles, les chasseurs iraniens devraient descendre jusqu'à ce que leurs radars air-sol rasent l'enveloppe de missiles de COMEDY.

Bien, décida Kemper, *on verra*. Le *John Paul Jones* poussa à trente-deux nœuds en direction du nord. Le nouveau destroyer était « furtif » — au radar, on le confondait avec un bateau de pêche de taille moyenne ; pour se faire encore plus discret, il coupa toutes ses émissions électroniques. COMEDY leur avait montré un de ses visages. Il allait maintenant en révéler un autre. Kemper réclama aussi par radio le soutien d'un AWACS à Riyad. Les trois croiseurs, l'*Anzio*, le *Normandy* et le *Yorktown,* restèrent en position près des navires-cargos, sur lesquels tous les équipages civils étaient à leurs postes. Le matériel incendie était déployé sur l'ensemble des ponts des *Bob Hope*, dont les moteurs diesel fournissaient toute la puissance autorisée par les manuels.

Dans les airs, la nouvelle patrouille de F-16 qui avait remplacé celle de l'aube avait ordre de tirer à vue, et les avions civils recevaient en ce moment même un message leur annonçant qu'il valait mieux éviter le golfe Persique. Cela faciliterait la tâche de tout le monde. La présence de la flotte US en ces eaux n'était désormais plus un secret. Les radars iraniens les détectaient certainement, mais on n'y pouvait rien.

— Il semble qu'il y ait deux forces navales dans le Golfe, avoua à Daryaei son responsable du renseignement. Nous ne sommes pas sûrs de leur composition, mais il s'agit peut-être de navires de transport militaires.

— Et ?

— Et deux de nos chasseurs ont été abattus en les approchant, intervint le chef de sa force aérienne.

— Certains de ces bâtiments de guerre sont très modernes, reprit son collègue. Notre aviation indique que d'autres ressemblent à des navires marchands. Il s'agit probablement des transporteurs de chars qui arrivent de Diego Garcia...

— Ceux que les Indiens devaient arrêter !

— Sans doute.

J'ai été fou de faire confiance à cette femme ! pensa Daryaei.

— Coulez-les ! ordonna-t-il, prenant ses désirs pour des réalités.

Raman adorait rouler vite. L'autoroute dégagée, l'obscurité et la puissante voiture du Service lui permettaient de s'adonner à ce plaisir, cette nuit. Le grand nombre de camions le surprit. Il n'avait jamais imaginé qu'il fallait tant de poids lourds pour transporter la nourriture et les médicaments.

Il réfléchissait tout en roulant. Il aurait mieux valu pour tout le monde qu'on l'eût informé plus tôt de ce qui se passait. L'attaque contre SANDBOX lui avait déplu. C'était une enfant, trop jeune, trop innocente pour être une ennemie — il *connaissait* son visage, son nom, sa voix ; bref, cette histoire le troublait. Il ne comprenait pas pourquoi cela avait été ordonné... sinon pour renforcer les protections autour de POTUS, et donc pour faciliter sa propre mission. Ce qui n'était pas nécessaire, car l'Amérique n'était pas l'Irak. Mahmoud Haji ne l'avait sans doute pas compris.

L'attaque bactériologique, c'était autre chose. Le mode de diffusion du virus participait de la volonté divine. C'était écœurant, mais c'était comme ça. Il se souvenait de l'incendie de ce cinéma à Téhéran. Des gens étaient morts là-bas aussi, des gens ordinaires qui avaient commis l'erreur de regarder un film au lieu de pratiquer leurs dévotions. Le monde était dur, et la foi était la seule chose qui pouvait alléger le fardeau de l'homme. Lui, il l'avait.

Qu'il n'ait pas été mis au courant de choses qui lui auraient été utiles ne le choquait pas — bon, c'était une mesure de sécurité raisonnable... s'il acceptait le fait qu'il n'était pas censé survivre. Cette éventualité ne l'effrayait pas, mais il essaierait de rester en vie si l'occasion s'en présentait. Il n'y avait pas de mal à cela, n'est-ce pas ?

Kemper se rendait compte que, manifestement, ses supérieurs réfléchissaient encore à leur opération. En 1990-1991, on avait eu le temps de prendre des décisions, de positionner les troupes, de mettre en place des liaisons de communication et tout ça. Mais pas cette fois. Quand il avait réclamé un AWACS, un abruti de l'Air Force lui avait répondu : « Quoi, vous n'en avez pas ? Pourquoi ne pas l'avoir demandé plus tôt ? » Le commandant de l'USS *Anzio* et de la force opérationnelle 61.1 ne s'était pas mis en colère. Ce n'était probablement pas de la faute de ce pauvre gars, de toute façon. Et donc, ils en avaient un, maintenant, et c'était l'essentiel. Et le moment aurait pu être plus mal choisi : quatre chasseurs, de type inconnu, venaient de décoller de Basatin, à cent cinquante kilomètres d'ici.

— COMEDY, ici Sky-Two, nous détectons quatre appareils en approche.

Les données de l'AWACS apparurent sur l'un des écrans Aegis. Son propre radar ne pouvait pas voir à cette distance, parce qu'il était trop en dessous de l'horizon. Quatre points groupés par deux.

— Sky, de COMEDY, ils sont à vous. On les abat.

— Roger. En attente. Il en arrive quatre autres.

— C'est maintenant que ça devient intéressant,

leur expliqua Jackson dans la salle de crise. Kemper a un piège à missiles à l'extérieur de sa formation principale. Si quelqu'un réussit à passer les F-16, on verra s'il fonctionne.

Un troisième groupe de quatre chasseurs décolla une minute plus tard. Les douze chasseurs grimpèrent à dix mille pieds, puis virèrent au sud à grande vitesse.

Les F-16 ne pouvaient pas prendre le risque de trop s'écarter de COMEDY, mais ils allèrent à la rencontre de la menace au centre du Golfe, sous la direction de l'AWACS. Les deux parties allumèrent leurs radars de désignation d'objectif ; les avions de la RIU étaient suivis par des équipements au sol, et ceux de l'US Air Force par le E-3B qui effectuait des cercles à cent cinquante kilomètres derrière eux. L'engagement ne fut pas très élégant. Les F-16, équipés de missiles à plus longue portée, tirèrent les premiers, et virèrent au moment où les Iraniens arrivant du sud lançaient les leurs et cherchaient à éviter ceux de l'adversaire. Puis la première formation de la RIU plongea vers l'océan. Ils allumèrent des contre-mesures électroniques, aidés par une puissante interférence basée à terre, ce que les Américains n'avaient pas prévu. Trois chasseurs de la RIU tombèrent sous la salve de missiles, tandis que les F-16 distançaient la salve de riposte et viraient sur l'aile dans l'intention d'engager de nouveau l'ennemi. Ils se séparèrent en deux éléments de deux avions qui filèrent vers l'est, puis tournèrent pour une attaque en enclume. Mais tous les appareils volaient à très grande vitesse, et un groupe de chasseurs iraniens se trouva bientôt à moins de cinquante nautiques de COMEDY : ils apparurent alors sur le radar de l'*Anzio*.

— Commandant, dit l'officier marinier du tableau ESM, je reçois des signaux de radars d'acquisition, relèvement trois-cinq-cinq. Ce sont des valeurs de détection. Ils peuvent nous avoir.

— Très bien.

Kemper tourna sa clé. Il en fut de même sur le

Yorktown et le *Normandy*. Le *Yorktown* était une version plus ancienne de son croiseur. Dans son cas, quatre SM-2 MR blancs furent sortis de ses magasins avant et arrière et avancés sur les rails de lancement. Pour l'*Anzio* et le *Normandy*, il n'y eut en revanche aucun changement visible, car leurs missiles se trouvaient déjà dans des cellules verticales de tir. Les radars SPY produisaient maintenant six *millions* de watts d'énergie RF [1], et allumaient presque en permanence les chasseurs-bombardiers en approche. Ils étaient à la limite de portée des croiseurs.

Mais pas du *John Paul Jones*, à dix nautiques au nord du groupe principal. Son radar entra en activité en moins de trois secondes, et le premier de ses huit missiles jaillit de ses cellules de tir, s'élança vers le ciel dans une colonne de flammes et de fumée, puis changea de direction, se stabilisa et fila vers le nord.

Les chasseurs n'avaient pas vu le *Jones*. Son profil furtif ne s'était pas inscrit sur leurs écrans comme une cible réelle, et ils n'avaient pas remarqué non plus qu'ils étaient suivis par un quatrième radar SPY. Quand les pilotes levèrent les yeux de leurs écrans radar, ils eurent une mauvaise surprise en découvrant les différentes traînées de fumée blanche. Deux d'entre eux, pourtant, eurent le temps de lancer leurs C-802.

A quatre secondes de leurs cibles, les missiles SM-2 américains reçurent leurs signaux de guidage final des radars illuminateurs SPG-62. C'était trop soudain, trop inattendu pour permettre aux pilotes de la RIU d'esquiver. Leurs quatre chasseurs disparurent dans d'immenses nuages jaune et noir — mais ils avaient tout de même réussi à lancer six missiles antinavires.

— Vampires, vampires! Je vois des missiles autodirecteurs, relèvement trois-cinq-zéro.

— OK, nous y voilà, murmura Kemper.

Il tourna sa clé d'un cran supplémentaire, en position « spécial auto ». Désormais, l'Aegis était totalement automatique. Dans les hauts, les mitrailleuses Gatling CIWS [2] se positionnèrent à tribord. Sur les

1. Fréquence radio (*N.d.T.*).
2. Système d'armes de défense rapprochée (*N.d.T.*).

quatre navires de guerre, les marins tendirent l'oreille et firent de leur mieux pour ne pas trembler. Quant aux équipages civils des transporteurs, ils ne pouvaient pas encore avoir peur puisqu'ils ne savaient rien, pour l'instant.

Les F-16 se rapprochèrent de la dernière formation ennemie de quatre appareils encore indemne. Ceux-là aussi étaient armés de missiles antinavires, mais ils regardaient au mauvais endroit, probablement vers le groupe leurre. Au moment où ils furent à portée des radars Aegis, le ciel s'emplit de traînées de fumée. Ils se séparèrent. Deux explosèrent en vol. Un autre, endommagé, tenta de retourner vers le nord-ouest avant de perdre de la puissance et de s'écraser, tandis que le quatrième, sain et sauf, passa en postcombustion après un virage serré à gauche, tout en larguant son chargement d'armes extérieures.

Les quatre F-16 de l'Air Force avaient abattu six chasseurs ennemis en moins de quatre minutes.

Le *Jones* détruisit un des missiles à vol rasant, mais aucun des autres n'était visible sur son retour radar, et les cibles à grande vitesse étaient difficiles à engager. Trois des quatre tentatives de lancement par ordinateur échouèrent. Il restait cinq missiles.

Sur les cargos, ils avaient vu la fumée du *Jones* et s'étaient demandé ce qui se passait, mais ils comprirent vraiment que quelque chose allait très mal lorsque les trois croiseurs proches commencèrent à tirer.

Dans le CIC d'*Anzio*, Kemper décida, comme le *O'Bannon* la veille, de ne pas lancer ses leurres. Trois des missiles en approche semblaient se diriger vers l'arrière de la formation, et les deux autres vers l'avant. Son croiseur et *Normandy* se concentrèrent sur ces deux-là. On sentit les lancements. La coque frémit aux deux premiers tirs. L'écran radar changeait à chaque seconde désormais, montrant les traces qui arrivaient et celles qui partaient. Les vampires n'étaient plus qu'à huit nautiques. Comme ils filaient à dix nautiques à la minute, cela signifiait qu'il restait moins de cinquante secondes pour les engager et les détruire.

Le système était programmé pour adopter le mode de riposte adapté à la situation. Il était maintenant en « tir-tir-évalue » : un missile, un deuxième, puis il vérifiait si la cible avait survécu aux deux premiers et méritait un troisième essai. Sa cible fut éliminée par le premier SM-2 et son autre SAM s'autodétruisit. Le premier missile du *Normandy* rata son but, mais le second toucha le C-802 et le fit tomber en mer. On sentit son explosion à travers la coque une seconde plus tard.

Le *Yorktown* avait un avantage : son système d'armes, plus ancien, permettait de frapper directement les vampires au lieu de tirer des missiles qui devaient tourner en vol avant d'engager une cible. Mais il avait aussi un inconvénient : il était moins rapide. Trois objectifs et cinquante secondes pour les détruire. Le premier C-802 explosa à cinq nautiques, touché deux fois. Le second se trouvait maintenant à sa hauteur terminale de trois mètres au-dessus de l'eau. Le SM-2 fut trop haut et il explosa trop tôt. L'autre SM-2 fut également trop court. La seconde vague, tirée par les lanceurs avant, détruisit le deuxième C-802 à trois nautiques. L'air se remplit de fragments qui dévièrent le cap des deux suivants, qui explosèrent tous les deux parmi les restes d'une cible morte. Les deux lanceurs du croiseur pivotèrent en avant, en arrière et verticalement pour charger quatre autres SAM. Le dernier C-802 réussit à passer à travers les fragments des missiles précédents, et se dirigea directement sur le croiseur. Le *Yorktown* tira encore deux fois, mais un missile défectueux ne put maintenir sa trajectoire, et l'autre tomba trop court. Les systèmes CIWS situés sur la superstructure avant et arrière tournèrent légèrement, au moment où le vampire entrait dans leur enveloppe de désignation d'objectif. Tous les deux ouvrirent le feu à huit cents mètres, manquant, manquant encore, et le détruisant finalement à moins de deux cents mètres à tribord. L'ogive de cinq cents livres éclaboussa le croiseur de fragments, et des morceaux du corps du missile touchèrent le panneau du radar SPY avant-droit du navire et éventrèrent sa superstructure, tuant six marins et en blessant vingt autres.

— Waouh! s'exclama le secrétaire Bretano.

Toutes les théories qu'il avait ingurgitées ces dernières semaines se concrétisaient soudain devant ses yeux.

— Pas mal. Ils ont lancé quatorze avions contre nous, et ils n'en récupèrent que deux ou trois, c'est tout, dit Robby. Cela leur donnera matière à réfléchir pour la prochaine fois.

— Et le *Yorktown*? demanda le président.

— Il faut attendre.

Leur hôtel était seulement à huit cents mètres de l'ambassade russe. En bons journalistes économes, Clark et Chavez décidèrent de s'y rendre à pied. Ils sortirent quelques minutes avant huit heures et comprirent bientôt qu'il se passait quelque chose. Les gens traînaient beaucoup dans la rue, pour le début d'une journée de travail. Avait-on annoncé la guerre contre les Saoudiens? John tourna dans une rue du bazar, et il tomba sur des gens qui écoutaient des transistors dans leurs boutiques au lieu de s'occuper de leurs marchandises.

— Excusez-moi, dit John dans un farsi teinté d'accent russe. Il est arrivé quelque chose?

— Nous sommes en guerre avec l'Amérique, dit un vendeur de fruits.

— Oh, et depuis quand?

— La radio dit qu'ils ont attaqué nos avions, ajouta l'homme. Qui êtes-vous?

John sortit son passeport.

— Nous sommes des journalistes russes. Puis-je vous demander ce que vous en pensez?

— Est-ce qu'on s'est pas déjà assez battus? répliqua son interlocuteur.

Raman dut s'arrêter à la frontière entre le Maryland

et la Pennsylvanie. Une bonne vingtaine de camions attendaient d'être contrôlés par la police d'Etat du Maryland, sous la surveillance de la Garde nationale, et ils bloquaient complètement la route en faisant la queue sur deux rangs. Il rongea son frein pendant dix minutes, puis il montra sa carte à un flic qui, sans un mot, lui fit signe de passer. Il se remit en phares et reprit de la vitesse. Il alluma la radio, trouva une station d'informations en continu. A minuit et demi, un flash spécial annonça une bataille aérienne dans le golfe Persique. Mais ni la Maison-Blanche ni le Pentagone n'avaient encore commenté l'incident présumé. L'Iran prétendait avoir coulé deux navires américains et abattu quatre chasseurs.

Raman avait beau être fanatique et patriote, il n'en crut pas ses oreilles. L'Amérique était décadente, idolâtre, et mal gouvernée, mais d'une efficacité mortelle dans l'usage de la force. Même le président Ryan, si décrié par les politiciens, avait une espèce de puissance tranquille. Il ne criait pas, il ne s'emportait jamais, il ne se conduisait pas comme la plupart des « grands hommes ». Il se demanda combien de personnes comprenaient à quel point Swordsman pouvait être *dangereux*. Mais bon, voilà pourquoi il devait le tuer, et tant pis si c'était au prix de sa propre vie.

La TF 61.1 vira au sud derrière la péninsule du Qatar sans autre incident. La superstructure avant du *Yorktown* était gravement endommagée. Le feu électrique avait causé autant de dégâts que les fragments du missile. Kemper, une fois encore, modifia la position de ses navires d'escorte et les plaça tous les quatre derrière les transporteurs de chars, mais il n'y eut pas d'autre attaque. L'ennemi avait été trop gravement touché à son premier assaut. Huit F-15, quatre de l'aviation saoudienne et quatre de la 366e US Air Force, tournaient au-dessus d'eux. Des navires amis apparurent, principalement des chasseurs de mines saoudiens ; ils commencèrent à vérifier les eaux du Golfe devant Comedy, mais de ce côté-là, tout allait bien. A Dharan, six gros porte-conteneurs avaient appareillé pour leur laisser la place. Chaque cargo fut emmené jusqu'au quai par trois remorqueurs. Les quatre navires Aegis restèrent aux postes de combat et jetèrent l'ancre à cinq cents mètres du port pour maintenir une couverture de défense aérienne pendant le déchargement. Le groupe leurre, qui n'avait pas eu une seule égratignure, poussa jusqu'à Bahreïn en attendant d'autres développements.

Depuis la timonerie de l'USS *Anzio,* le commandant Gregory Kemper vit les premiers autocars marron s'arrêter sur le quai, à la hauteur des transporteurs de chars. Dans ses jumelles, il apercevait des hommes en treillis « perle de chocolat » qui se rassemblaient sur les ponts des navires, et les rampes d'accostage qu'on approchait à leur rencontre.

Price avait rassemblé tous les agents du détachement de protection dans l'aile ouest, et leur avait expliqué leur plan. Elle allait le répéter au personnel de la Maison-Blanche, et leur réaction serait à peu près la même, elle en était certaine : choc, incrédulité, colère proche de la rage.

— Dédramatisons, voulez-vous ? Nous savons quoi faire à ce propos. C'est une affaire criminelle, nous la traiterons comme telle. Tout le monde garde son sang-froid. Des questions ?

Il n'y en eut pas.

Daryaei regarda à nouveau sa pendule. Oui, enfin c'était l'heure. Sur une ligne protégée, il passa une communication à l'ambassade de la RIU à Paris. Là, l'ambassadeur téléphona à quelqu'un d'autre. Et ce quelqu'un d'autre appela Londres. Dans tous les cas, les mots échangés étaient anodins. Mais pas le message.

Après Cumberland, Hagerstown, Frederick, Raman

tourna vers le sud, par la I-270. Plus qu'une heure de route avant Washington. Il était fatigué, mais il ressentait des picotements dans les mains. Il verrait le soleil se lever, ce matin. Pour la dernière fois peut-être. Si c'était le cas, il espéra que l'aurore serait belle.

Le bruit fit sursauter les deux agents. Ils jetèrent un coup d'œil à leurs montres. Le numéro de la personne qui appelait s'inscrivit sur un écran LED. Ça venait d'outre-Atlantique, code 44, le Royaume-Uni.

— Oui ?

C'était la voix de leur client, Mohammed Alahad.

— Désolé de vous déranger si tôt. J'appelle au sujet du tapis d'Ispahan de trois mètres, le rouge. Est-il enfin arrivé ? Mon client est très inquiet.

La voix avait un accent, mais pas le bon.

— Pas encore, répondit Alahad d'un ton endormi. J'en ai parlé à mon fournisseur.

— Parfait, mais comme je viens de vous le dire, mon client est très inquiet.

— Je vais voir ce que je peux faire. Au revoir.

Et la ligne fut coupée.

Don Selig décrocha son cellulaire, appela le quartier général et lui transmit le numéro au Royaume-Uni pour une vérification rapide.

— Les lumières viennent de s'allumer chez lui, dit l'agent Sylvia Scott. On dirait que ça a réveillé notre homme. Le sujet est debout, il se déplace, dit-elle dans sa radio portable.

Cinq minutes plus tard, Alahad était dans la rue. Le filer à pied sans être repéré ne fut pas facile, mais les agents avaient pris la précaution de localiser les quatre cabines téléphoniques du quartier et de les placer sous surveillance. Il choisit celle qui était proche d'une épicerie station-service. L'ordinateur leur indiquerait quel numéro il appelait, mais on l'observa au téléobjectif et on le vit insérer une pièce de vingt-cinq cents dans la fente, puis composer rapidement 3-6-3. Quelques secondes plus tard, un autre téléphone sur écoute sonna et un répondeur numérique se déclencha.

— Monsieur Sloan, c'est M. Alahad. Votre tapis est arrivé. Je ne comprends pas pourquoi vous ne m'appelez pas, monsieur.

Clic.

— *Bingo !* annonça un autre agent sur leur réseau radio. C'était bien ça. Il a appelé le numéro de Raman. « Monsieur Sloan, nous avons votre tapis. »

Une autre voix se fit entendre :

— Ici O'Day. Arrêtez-le immédiatement !

Alahad entra dans la boutique pour acheter un litre de lait, puis il retourna directement chez lui. Il ouvrit la porte de son appartement avec sa clé, et il eut la surprise de se retrouver face à face avec un couple.

— FBI, annonça l'homme.

— Vous êtes en état d'arrestation, monsieur Alahad, dit la femme en sortant des menottes.

Il ne vit aucun pistolet braqué sur lui, mais il ne résista pas. De toute façon, s'il l'avait fait, il y avait maintenant deux agents supplémentaires de l'autre côté de la porte.

— Et pourquoi donc ? demanda-t-il.

— Conspiration dans le but d'assassiner le président des Etats-Unis, dit Sylvia Scott en le poussant contre le mur.

— C'est faux !

— Monsieur Alahad, vous avez commis une erreur. Joseph Sloan est décédé l'année dernière. Comment pouvez-vous vendre un tapis à un mort ? demanda-t-elle.

Alahad sursauta comme s'il venait d'encaisser une décharge électrique. Les plus malins réagissaient toujours ainsi quand ils comprenaient qu'ils n'avaient pas été si malins que ça. Ils ne s'attendaient jamais à se faire coincer. L'astuce consistait à exploiter ce moment-là : on ne s'en priverait pas, dans quelques minutes, quand on lui préciserait la peine encourue pour violation de l'article 18 USC § 1751.

L'intérieur de l'USNS *Bob Hope* ressemblait au parking de l'enfer, avec des véhicules entassés si près les uns des autres qu'on n'aurait pas pu glisser entre eux une feuille de papier à cigarettes. Pour monter dans un char, son équipage devait grimper sur les châssis des véhicules voisins, en s'accroupissant pour ne pas s'assommer contre le plafond. On pouvait se poser des questions sur la santé mentale de ceux qui avaient dû les vérifier périodiquement, faire tourner leurs moteurs, et bouger leurs tubes pour éviter le dessèchement des joints de caoutchouc et de plastique.

Attribuer les chars et les camions à leurs différents équipages avait été une tâche administrative complexe, mais le transport avait été organisé de façon à permettre d'abord le déchargement des éléments les plus importants. Les gardes nationaux arrivèrent par unités, avec des listings informatiques indiquant le numéro et l'emplacement du matériel qui leur était affecté, et le personnel du navire les guida pour sortir au plus vite. Moins d'une heure après l'amarrage du bateau, le premier char M1A2 roulait sur la rampe jusqu'au quai et était immédiatement chargé à bord du même porte-chars qui avait servi peu de temps auparavant pour un engin du 11e de cavalerie, et avec les mêmes chauffeurs. Le débarquement prendrait tout de même plus d'une journée, et une grande partie du lendemain serait encore nécessaire pour organiser la brigade WOLFPACK.

Oui, l'aube était belle, constata Raman avec satisfaction en entrant dans West Executive Drive. Au portail, le garde en uniforme le salua tandis que la barrière de sécurité s'abaissait. Une autre voiture arriva juste derrière, et passa en même temps que lui. Elle se gara deux places plus loin, et Raman reconnut le chauffeur; c'était ce type du FBI, O'Day, qui avait eu tant de chance à la crèche. Mais il ne lui en voulait pas. Il défendait sa propre gamine, après tout.

— Comment allez-vous? lui demanda cordialement l'inspecteur du FBI.

— J'arrive de Pittsburgh, répondit Raman en sortant sa valise du coffre.

— Qu'est-ce que vous fabriquiez là-bas ?

— On préparait le voyage du président, mais ce discours n'aura pas lieu, je pense. Et vous, vous faites quoi ici ?

Raman appréciait cette rencontre. Elle lui permettait de se remettre dans le bain, pour ainsi dire.

— Le directeur et moi, on doit briefer le patron sur un truc. Mais la douche d'abord.

— La douche ?

— La désinfec... Oh, c'est vrai que vous n'étiez pas là. Un membre du personnel de la Maison-Blanche a chopé ce satané virus. Du coup, *tout le monde* doit prendre une douche désinfectante en arrivant, maintenant. Venez, dit O'Day qui portait une valise, lui aussi.

Les deux hommes passèrent par l'entrée ouest. Ils firent sonner le détecteur de métal, mais comme ils étaient tous les deux des officiers fédéraux assermentés, ils pouvaient être armés. L'inspecteur fit un signe sur sa gauche.

L'agent du Service secret remarqua que deux bureaux avaient été modifiés. Sur la porte de l'un était noté Hommes, et sur l'autre Dames. Andrea Price en sortit juste au même moment, les cheveux mouillés et, comme elle passait devant lui, il nota qu'elle sentait le produit chimique.

— Salut, Jeff, bon voyage ?

O'Day ouvrit la porte Hommes et entra, posa sa valise par terre.

On avait vraiment travaillé dans l'urgence, constata Raman. On avait déménagé les meubles et couvert le sol d'une épaisse feuille de plastique. On avait installé aussi une penderie portative pour les vêtements. O'Day se déshabilla et entra dans la douche fermée par un rideau de toile.

— Au moins, ces fichus produits chimiques vous réveillent, rapporta l'inspecteur du FBI quand l'eau coula.

Il en sortit deux minutes plus tard et entreprit de s'essuyer vigoureusement.

— A vous, Raman.

— Super, grogna l'agent du Service, en se déshabillant avec la pudeur qui caractérisait sa culture d'origine.

Mais O'Day ne le regarda pas. Il continua à se sécher jusqu'à ce que Raman fût passé derrière le rideau. L'agent avait posé son pistolet de service, un SigSauer, sur le dessus de la penderie. O'Day ouvrit d'abord sa valise. Puis il prit l'automatique de Raman, éjecta le chargeur, et retira la cartouche engagée dans la culasse.

— Comment étaient les routes ? demanda O'Day.

— Dégagées, un vrai plaisir... Bon sang, ce que cette eau pue !

— Ouais, vous l'avez dit !

Raman avait deux chargeurs de rechange pour son pistolet, constata O'Day. Il fit disparaître les trois chargeurs dans la poche à rabat de sa valise, puis déballa les quatre qu'il avait préparés. Il en fit glisser un dans la crosse du Sig et fit monter une cartouche, puis il remplaça le chargeur par un autre, plein, celui-là, et mit les deux derniers dans la ceinture de l'agent. Alors, il soupesa le pistolet. Poids et équilibre exactement identiques. Parfait. O'Day reposa le Sig-Sauer sur la penderie et retourna s'habiller comme si de rien était. Se dépêcher avait été inutile, d'ailleurs. Car, de toute évidence, Raman avait l'air d'avoir besoin d'une douche.

Peut-être se purifiait-il ? pensa froidement l'inspecteur.

— Tenez.

O'Day lui passa une serviette tout en enfilant sa chemise.

— Heureusement que j'avais des vêtements de rechange.

— J'imagine qu'il faut toujours être nickel pour travailler avec le président, hein ? dit l'agent du FBI en laçant ses chaussures. (Il leva les yeux.) 'Jour, directeur.

— J'sais pas pourquoi j'me suis emmerdé à me laver chez moi, grommela Murray. Vous avez les papiers, Pat ?

— Oui, monsieur. Faut vraiment lui montrer ça.

— Sûr, qu'il faut. (Murray quitta sa veste et sa cravate.) 'Jour, Jeff.

O'Day et Raman finirent de s'habiller, récupérèrent leurs armes et sortirent dans le couloir.

O'Day n'attendit pas longtemps Murray, et Price fut là juste au moment où le directeur du FBI réapparaissait. O'Day se frotta le nez pour lui indiquer que tout allait bien. Elle hocha la tête en guise de réponse.

— Jeff, tu emmènes ces messieurs chez le président? Moi, faut que je fasse un saut au poste de commandement. Le patron les attend.

— Sûr, Andrea. Par ici, dit Raman, en leur ouvrant le chemin.

A l'étage, Raman vit qu'on montait un équipement de télévision dans le Bureau Ovale. Arnie Van Damm arrivait dans le couloir, sur les talons de Callie Weston. Ryan était assis, en bras de chemise comme d'habitude, et il feuilletait un dossier. Le directeur de la CIA, Ed Foley, était là aussi.

— Salut, Jeff, dit Ryan en relevant les yeux.

— Bonjour, monsieur le président, répondit Raman en prenant sa place habituelle contre le mur.

— OK, Dan, qu'est-ce que vous aviez de si urgent à me dire, les gars? demanda Ryan.

— Nous avons démantelé un réseau d'espionnage iranien. Nous pensons qu'il est lié à l'attentat contre votre fille.

Pendant que Murray parlait, O'Day ouvrit sa mallette et en tira un dossier.

— Les Brits assuraient la liaison, intervint Foley. Et le contact, ici à Washington, c'est un dénommé Alahad. Vous imaginez que ce salopard a une boutique à un mile de la Maison-Blanche?

— On l'a mis sous surveillance, indiqua Murray. Et on épluche ses archives téléphoniques.

Penchés sur le bureau du président, ils examinaient les documents et ne voyaient pas le visage de Raman se pétrifier.

Le cerveau de l'agent se mit à travailler à toute vitesse, comme si on lui avait injecté une drogue dans les veines. Le président était là, avec les directeurs du FBI et de la CIA, et il pouvait tous les livrer à Allah, et si cela n'était pas un sacrifice suffisant... Il déboutonna sa veste de la main gauche. Il s'éloigna du mur contre lequel il se tenait appuyé, ferma les yeux pour une brève prière. Puis, dans un mouvement rapide et régulier, sa main droite se posa sur son SigSauer.

Raman découvrit avec surprise que le président le fixait. Bon, il saurait donc que sa mort arrivait... Raman ne regrettait qu'une chose : Ryan ne comprendrait jamais vraiment pourquoi.

Ryan tressaillit quand le pistolet apparut.

Une réaction automatique, même s'il savait à quoi s'attendre, même si O'Day lui avait fait comprendre avec un signe discret que tout allait bien. Il hésita une seconde, se demandant s'il pouvait encore avoir confiance en quelqu'un... et il vit Raman le viser et appuyer sur la détente comme un robot, sans la moindre émotion dans les yeux...

Le bruit fit sursauter tout le monde, mais pour des raisons différentes.

Pop.

Ce fut tout. Raman ouvrit la bouche, incrédule. L'arme, pourtant, était chargée. Il sentait le poids des cartouches, et...

— Pose ça, commanda O'Day calmement, son Smith pointé sur lui à présent.

Un instant plus tard, Murray le tenait en joue, lui aussi, avec son arme de service.

— Nous avons arrêté Alahad, dit le directeur.

Raman avait aussi sa matraque téléscopique, l'Asp, mais le président se trouvait à cinq mètres et...

— Je peux t'en envoyer une juste dans les rotules si tu veux, dit froidement O'Day.

— Saloperie de traître ! cria Andrea en entrant dans la pièce, armée elle aussi. Saloperie d'assassin ! *Au sol, tout de suite !*

— Du calme, Price. Il ne s'échappera pas, lui dit Pat.

Mais ce fut Ryan qui faillit craquer :

— Ma petite fille, mon *bébé*, vous avez aidé à préparer *son* assassinat ?

Il voulut faire le tour du bureau, pour le frapper, mais Foley l'arrêta.

— Stop! lui dit le DCI. Nous l'avons, Jack. Nous le tenons.

— Tu t'allonges par terre, dit Pat, ignorant les autres et visant le genou de Raman, ou je t'y oblige avec un pruneau. Jette ton arme et couche-toi.

Raman tremblait maintenant, de peur, de rage, toutes sortes d'émotions l'assaillaient... Il arma de nouveau son SigSauer et appuya sur la détente. Il ne visait même pas, c'était juste un acte de dénégation.

— Je ne pouvais pas utiliser les balles à blanc. Elles ne pèsent pas le même poids, expliqua O'Day. Ce sont de vraies cartouches, mon vieux. Sauf que j'ai enlevé la poudre. L'amorce fait un joli petit bruit, n'est-ce pas?

On aurait dit que Raman avait un instant oublié de respirer. Il s'affaissa sur lui-même et tomba à genoux. Le pistolet rebondit sur le tapis décoré du sceau présidentiel. Price le poussa dans le dos pour le forcer à s'allonger.

Pour la première fois depuis des années, Murray passa des menottes à quelqu'un.

— Voulez-vous entendre vos droits? demanda le directeur du FBI.

59

RÈGLES D'ENGAGEMENT

Diggs n'avait toujours pas reçu de véritables ordres de mission. Plus troublant encore, son opération BUFORD n'avait pas vraiment de plan. L'armée avait entraîné ses commandants à agir rapidement et à faire preuve d'esprit de décision, mais tout comme les médecins dans les hôpitaux, ils préféraient évidemment les procédures planifiées aux situations d'urgence. Juste pour essayer de se faire une idée de ce que pouvait bien fabriquer l'ennemi, Diggs était en contact permanent avec les commandants de ses deux régiments de cavalerie blindée, celui de l'Air Force (le général une étoile qui avait amené la 366e), les Saoudiens, les Koweïtiens, et divers personnels du renseignement. A partir de là, il essayait de mettre sur pied une sorte de plan au lieu de réagir à celui de l'adversaire.

Les ordres et les règles d'engagement tombèrent finalement sur son fax aux alentours de 11 heures, heure de Washington, 16 heures Zoulou [1] et 19 heures Lima, ou heure locale. C'était enfin l'explication qui lui manquait. Il la transmit aussitôt à ses principaux subordonnés, et rassembla son état-major pour un briefing. Les troupes, leur expliqua-t-il, allaient recevoir des informations directement de leur commandant en chef. Les officiers devraient être auprès de leurs hommes quand ce message-là arriverait.

Il y avait beaucoup à faire, à présent. D'après les observations satellite, l'Armée de Dieu (les gens du Renseignement avaient découvert son nom) se trouvait à moins de cent miles de la frontière koweïtienne. Elle arrivait de l'ouest en bon ordre, et par la route, comme prévu. Du coup, le déploiement saoudien, dont trois des cinq brigades protégeaient les approches des champs pétroliers, avait l'air plutôt bon.

Sauf qu'ils n'étaient toujours pas prêts. La 366e escadre aérienne était en Arabie Saoudite, mais ce n'était pas suffisant d'avoir les avions sur les pistes prévues. On avait encore un millier de détails à régler, et on était loin d'avoir fini. Les quarante-huit chasseurs F-16 d'Israël étaient OK, et ils avaient même connu quelques victoires lors des escarmouches initiales, mais pour le reste, il faudrait un jour de plus. De même, le 10e de cavalerie était en place, mais le 11e n'avait pas terminé son rassemblement et son mouvement vers sa zone de déploiement. Sa 3e bri-

1. Temps standard (GMT) (*N.d.T.*).

gade venait à peine de commencer à récupérer son équipement. Or, une armée n'était pas simplement une accumulation d'armements. C'était une équipe avec une idée de ce qu'elle avait à faire. Mais décider de la date et du lieu de la guerre était, d'habitude, la tâche de l'agresseur — un rôle que son pays n'avait pas souvent joué.

Il regarda encore les trois pages du fax. Il avait l'impression qu'elles allaient lui exploser à la figure. Ses personnels de planification lisaient leurs exemplaires et tout le monde resta étrangement calme, puis le S-3 du 11e, l'officier d'opérations, déclara à la cantonade :

— On va s'en payer quelques-uns.

Les trois Russes étaient là. Clark et Chavez devaient faire un effort pour se persuader que toute cette histoire n'était pas une espèce de rêve éthylique. Deux officiers de la CIA alliés à des Russes avec des ordres de mission reçus de Langley via Moscou ! En fait, ils avaient deux tâches distinctes. Les Russes avaient tiré la plus difficile : ils avaient apporté l'équipement nécessaire par valise diplomatique pour que les deux Américains essaient, eux, de réussir la plus facile. Une dépêche était également arrivée de Washington, par l'intermédiaire de Moscou, qu'ils lurent ensemble.

— Ça va trop vite, John, soupira Ding. (Puis, avec son expression professionnelle, il ajouta :) Mais, quel truc !

La salle de presse de la Maison-Blanche était presque vide. De nombreux journalistes accrédités étaient bloqués à l'extérieur de la ville par l'interdiction de circulation, d'autres étaient simplement absents et personne ne savait au juste pourquoi.

— Le Président fait une déclaration essentielle dans une heure, leur annonça van Damm. Malheureusement, nous n'aurons pas le temps de vous distribuer à l'avance les copies du discours. S'il vous plaît, informez vos employeurs qu'il s'agit d'une affaire de la plus haute importance.

— Arnie! appela l'un d'eux.

Mais le chef d'état-major avait déjà tourné les talons.

Les journalistes présents en Arabie Saoudite en savaient davantage que leurs collègues restés à Washington, et ils se préparaient à rejoindre les unités qui leur avaient été assignées. Pour Tom Donner, c'était la Troupe-B, le 1er escadron du 11e. Vêtu d'une tenue de campagne de désert, il s'approcha du commandant âgé de vingt-neuf ans qui se tenait debout près de son char.

— Salut, dit le capitaine, levant à peine les yeux de sa carte.

— Où voulez-vous que je me mette? demanda Donner.

Le capitaine éclata de rire.

— Ne demandez jamais à un soldat où il veut voir un journaliste, monsieur.

— Je reste avec vous, alors?

— Je suis là-dedans, répondit l'officier en désignant son char d'un signe de tête. J'vous mettrai dans un des Brad.

— J'ai besoin d'une équipe de tournage.

— Ils sont déjà arrivés, lui dit le capitaine avec un geste de la main. Par là-bas. Autre chose?

— Ouais, vous aimeriez savoir ce qui s'passe? demanda Donner.

Jusqu'à présent, les journalistes avaient été virtuellement prisonniers dans un hôtel de Riyad. Ils n'avaient même pas eu le droit d'appeler leurs familles pour leur dire où ils se trouvaient — celles-ci savaient simplement qu'ils étaient « en mission », et que leurs employeurs avaient accepté par contrat de ne pas révéler les raisons de leur absence en de telles circonstances. Dans le cas de Donner, sa chaîne répondait qu'il était « en déplacement ». Vu l'interdiction de circuler, cette explication était difficile à avaler.

— On le découvrira dans une petite heure, d'après le colonel, grommela le jeune officier, dont la curiosité était tout de même éveillée.

— Y a un truc que vous devez apprendre, maintenant. Honnêtement.

— Monsieur Donner, je sais ce que vous avez fait au président et...

— Si vous voulez m'abattre, faites-le plus tard. Ecoutez-moi, capitaine. C'est important.

— Allez-y, m'sieur.

Se faire maquiller avait quelque chose de pervers en un moment pareil. Comme toujours, c'était Mary Abbott qui s'en occupait. Mais aujourd'hui, elle portait un masque et des gants. Les deux téléprompteurs chargeaient le texte de l'allocution. Ryan n'avait eu ni le temps ni l'envie de faire un essai. C'était peut-être un discours important, mais il souhaitait ne le prononcer qu'une fois.

— Ils ne peuvent pas traverser le pays, insista le général saoudien. Ils n'ont pas l'entraînement pour ça, et ils dépendent encore des routes.

— Certaines informations suggèrent le contraire, monsieur, répondit Diggs.

— Nous sommes prêts.

— On n'est jamais assez prêt, général. Personne.

A PALM BOWL, la situation était tendue, mais à part ça normale. Les photos satellite téléchargées leur indiquaient que les forces de la RIU continuaient leur mouvement, et qu'elles ne tarderaient donc pas à se trouver face à deux brigades koweïtiennes combattant sur leur propre terrain, un régiment américain en réserve, et des Saoudiens capables de leur fournir un soutien rapide. Ils ignoraient comment la bataille tournerait — les rapports de forces ne paraissaient pas favorables — mais ce ne serait pas comme la dernière fois, pensa le commandant Sabah. Il lui semblait invraisemblable que les forces alliées ne puissent pas prendre l'initiative. Car elles savaient parfaitement ce qui se préparait.

— On a des conversations radio, rapporta un technicien.

A l'extérieur, le soleil se levait. Les photos satellite que les officiers du renseignement avaient sous les yeux dataient de quatre heures. Ils n'en recevraient pas d'autres avant deux heures.

Storm Track, proche de la frontière entre l'Arabie Saoudite et la RIU, était hors de portée des obus de mortier, mais pas à l'abri de tirs de l'artillerie lourde. Une compagnie de quatorze chars saoudiens avait désormais pris position entre le poste d'écoute et la berme. Pour la première fois depuis des jours, on commençait à enregistrer des transmissions. Les signaux étaient brouillés, comme ceux des radios des postes de commandement — alors que les communications tactiques régulières, beaucoup trop nombreuses pour être facilement cryptées, ne l'étaient jamais. Incapable, donc, de les lire immédiatement (cette tâche incombait aux ordinateurs de la KKMC), on tenta d'en localiser l'origine. En vingt minutes, on identifia trente points-sources : vingt quartiers généraux de brigades, six postes de commandement de division, trois de corps, et un commandement général de l'armée. L'équipe ELINT en conclut qu'ils devaient tester leur réseau de communications. Maintenant, il fallait attendre le décryptage des ordinateurs. On avait localisé l'ennemi : il était sur la route de Busayyah, et il avançait toujours vers le Koweït. Le trafic radio n'avait rien d'extraordinaire en lui-même. Beaucoup estimèrent que l'Armée de Dieu avait peut-être encore besoin de s'entraîner à la discipline de mouvement... Même si elle avait déjà montré son efficacité lors de ses récentes manœuvres...

Au crépuscule, on lança de nouveau les Predator vers le nord. Ils se dirigèrent d'abord vers les sources radio. Leurs caméras filmèrent une zone située à dix miles à l'intérieur de la RIU, et la première chose observée fut une batterie de canons tractés de 203 mm [1], détachés de leurs camions, avant-trains déployés, tubes pointés vers le sud.

— Colonel ! appela un sergent affolé.

A l'extérieur, les chars saoudiens s'étaient dissimulés derrière de petites collines, avec quelques guetteurs. Les premiers venaient de s'installer à leurs postes d'observation quand l'horizon, au nord, s'illumina de lueurs orange.

Diggs discutait encore des schémas de déploiement quand le premier message arriva :

— Commandant, STORM TRACK rapporte qu'ils sont pris sous un feu d'artillerie.

— Mes chers compatriotes, bonjour, dit Ryan aux caméras.

Son discours était retransmis un peu partout dans le monde, à la télévision et à la radio. En Arabie Saoudite, il passait sur les bandes MA, FM, et sur les ondes courtes, de façon à être entendu par l'ensemble des soldats, des marins et des aviateurs.

— Nous avons beaucoup souffert ces deux dernières semaines.

« Je dois d'abord vous parler des progrès réalisés dans la lutte contre l'épidémie infligée à notre pays.

« Il ne m'a pas été facile d'ordonner cette interdiction de circuler. Peu de libertés sont plus importantes que le droit d'aller et venir à sa guise, mais sur la base des meilleurs avis médicaux, j'ai estimé nécessaire de prendre cette mesure. Je peux à présent vous informer qu'elle a eu l'effet souhaité. Le nombre de nouveaux cas diminue maintenant depuis quatre jours. Cette amélioration est due en partie aux actions de votre gouvernement, mais aussi et surtout à ce que

1. Du vieux matériel des années 50 (N.d.T.).

vous avez fait vous-mêmes pour vous protéger. Nous vous donnerons de plus amples informations dans quelques heures, mais pour le moment je peux vous annoncer que l'épidémie d'Ebola devrait bientôt prendre fin, sans doute dès la semaine prochaine. Et beaucoup de ceux qui l'attrapent aujourd'hui survivront, c'est désormais certain. Les professionnels américains de la médecine ont fait un travail surhumain pour accompagner les malades et pour nous aider à comprendre ce qui s'est passé. Cette tâche, toutefois, n'est pas achevée, mais notre nation se relèvera de cette tempête comme elle s'est relevée de tant d'autres.

« Mais, vous l'avez entendu, je viens de parler d'une épidémie *infligée* à notre pays.

« L'arrivée de cette maladie chez nous n'est pas un accident, en effet... Nous avons subi une attaque d'un genre nouveau. Une attaque barbare. Il s'agit d'une guerre biologique, une chose interdite par les traités internationaux. Cette guerre a pour but d'effrayer et de traumatiser une nation, plutôt que de la détruire. Nous avons tous ressenti le même dégoût, la même horreur pour ce qui nous arrivait, pour la façon dont cette maladie décimait les gens au hasard.

« Depuis le début nous soupçonnons que cette épidémie est un acte de guerre, et au cours des derniers jours, nos diverses agences ont rassemblé les preuves nécessaires...

Sur les écrans de télévision du monde entier apparurent les visages d'un jeune garçon africain et d'une religieuse vêtue de blanc.

— Cette maladie est apparue il y a quelques mois au Zaïre..., poursuivit le président.

Il devait convaincre le monde, mais il avait du mal à garder une voix égale.

Les conducteurs des chars saoudiens remontèrent immédiatement dans leurs véhicules, poussèrent leurs turbines à fond, et se déplacèrent pour le cas où leurs positions initiales auraient été repérées. Mais ils constatèrent que cette attaque visait Storm Track.

C'était logique, pensa leur chef, car ce poste d'écoute était un maillon essentiel de collecte d'informations. Leur tâche consistait à le protéger, ce qu'ils pouvaient faire contre des chars et des troupes, mais pas contre des tirs d'artillerie. Le capitaine saoudien était un jeune homme de vingt-cinq ans, beau et à l'allure sensuelle. Mais il était en fait très religieux et conscient, donc, que les Américains, hôtes de son pays, étaient placés sous sa protection... Il appela par radio le quartier général de son bataillon, et réclama des transports blindés — avec des hélicos, ç'aurait été suicidaire — pour évacuer les spécialistes du renseignement.

Il nous faut un jour de plus, merde ! pensa Diggs.

Et les forces ennemies se trouvaient presque à deux cents miles à l'ouest de l'endroit où tout le monde les attendait !

— Qui est le plus proche ? demanda-t-il.

— La 4ᵉ brigade, répondit le général saoudien.

Celle-ci était cependant dispersée sur un front de plus de cent miles. Elle avait quelques hélicos de reconnaissance, mais les appareils d'attaque se trouvaient au mauvais endroit, eux aussi, à cinquante miles au sud de la Wadi al-Batin [1]. Le camp adverse ne se montrait pas très coopératif, n'est-ce pas ?

Daryaei eut un choc en voyant sa photographie sur l'écran. Pis encore, dix pour cent au moins de ses concitoyens la voyaient au même moment. On ne captait pas CNN dans son nouveau pays, mais British Sky News oui, et personne n'avait pensé à...

— Et voici l'homme qui se cache derrière l'agression biologique de notre pays, dit Ryan, avec le calme d'un robot. Il est responsable de la mort de plusieurs milliers de nos concitoyens. Je suppose que

1. Rivière d'Arabie Saoudite qui termine son cours au Koweït (*N.d.T.*).

M. Daryaei est devant la télévision, lui aussi, en cet instant. Mahmoud Haji, dit-il en fixant la caméra, votre tueur, Aref Raman, est dans une prison fédérale. Pensiez-vous vraiment que l'Amérique était aussi stupide ?

Comme tout le monde dans le Blackhorse, Tom Donner écoutait — avec un casque branché sur la radio du Bradley. Il regarda les visages des hommes qui l'entouraient. Ils étaient aussi pâles et inexpressifs que l'avait été la voix de Ryan jusqu'à cette dernière phrase méprisante.

— Mon Dieu, murmura-t-il.

— ... L'armée de la RIU s'apprête à envahir notre allié, le royaume d'Arabie Saoudite, poursuivait Ryan. Durant ces deux derniers jours, nous avons envoyé des forces sur place pour soutenir nos amis.

« Je dois maintenant ajouter quelque chose de très important. L'attaque barbare contre notre pays a été perpétrée par des gens qui se prétendent musulmans. Mais comprenons bien que l'islam n'a absolument rien à voir avec ces actes inhumains. L'islam est une *religion*. L'Amérique est un pays où la liberté religieuse est inscrite dans le Bill of Rights [1] avant même la liberté d'expression. L'islam n'est l'ennemi ni de notre pays ni d'aucun autre. De la même manière que ma famille a été un jour attaquée par des assassins qui se prétendaient catholiques, de même aujourd'hui cet homme a détourné et profané sa propre foi au nom d'un pouvoir temporel, puis il s'est retranché derrière elle comme le lâche qu'il est. Je ne sais pas ce que Dieu pense de ça. Je sais seulement que l'islam, comme le christianisme et le judaïsme, nous enseigne que Dieu est amour et miséricorde — et justice.

« Eh bien, justice sera faite. Si l'armée de la RIU déployée à la frontière saoudienne fait mouvement pour envahir notre allié, nous l'arrêterons. Nos forces

1. Les dix premiers amendements de la Constitution américaine (*N.d.T.*).

sont en campagne au moment où je vous parle, et maintenant c'est à elles que je m'adresse.

« Désormais, vous savez pourquoi on vous a fait quitter vos foyers, vos familles. Désormais, vous connaissez la nature de votre ennemi, et la nature de ses actes.

« Mais l'Amérique n'a pas pour tradition de s'attaquer délibérément aux innocents. Vous agirez en accord avec nos lois, à tout moment. Je dois vous envoyer au combat. J'aurais souhaité que ce ne fût pas nécessaire. J'ai moi-même servi comme Marine, et je sais ce que l'on ressent quand on est loin de chez soi. Mais vous êtes là-bas pour soutenir votre pays, et ici, votre pays vous soutient. Nous prierons pour vous.

« A nos alliés du Koweït, du royaume d'Arabie Saoudite, du Qatar, d'Oman, et de tous les autres Etats du Golfe, je dis : l'Amérique se dresse à nouveau à vos côtés pour arrêter l'agression et restaurer la paix. Bonne chance.

La voix de Ryan changea alors, et pour la première fois il laissa vraiment s'exprimer ses émotions :

— *Et bonne chasse.*

Les quatre transporteurs de troupe blindés (APC) fonçaient à travers le désert à plus de soixante kilomètres à l'heure. Ils évitèrent d'emprunter la piste de terre battue menant à Storm Track de peur d'être les cibles d'un tir d'artillerie — ce qui s'avéra une précaution judicieuse. Tout ce qu'ils virent d'abord de leur destination, ce fut un nuage de fumée et de poussière, alors même que les tirs continuaient à pleuvoir sur le site. Seul un des trois bâtiments semblait encore debout, mais il brûlait, et le lieutenant saoudien responsable de la section de reconnaissance se demanda s'il pouvait y avoir des survivants dans cet enfer... Vers le nord, il aperçut une lueur différente — à cinq miles, la langue de flammes horizontale du canon principal d'un char illumina les creux et les bosses d'un paysage beaucoup moins plat qu'il n'y paraissait

644

en plein jour. Une minute plus tard, les tirs sur STORM TRACK diminuèrent un peu, et se concentrèrent sur l'endroit où, manifestement, des chars résistaient à l'invasion. Il remercia Allah de lui faciliter ainsi sa mission immédiate, tandis que son opérateur radio lançait un appel sur son matériel tactique.

Les APC se frayèrent un passage à travers les antennes tombées sur la piste menant aux installations détruites. Leurs portes arrière s'ouvrirent et des soldats en bondirent pour examiner les environs. Trente hommes et femmes travaillaient ici. Ils trouvèrent neuf personnes saines et sauves et cinq blessés. Ils fouillèrent les décombres quelques minutes, mais n'y découvrirent aucun autre survivant, et ils n'avaient pas le temps de se préoccuper des morts. Les APC repartirent vers le poste de commande du bataillon, où les attendaient des hélicoptères pour évacuer les Américains.

Le commandant de la compagnie de chars saoudiens n'en croyait pas ses yeux. Comment l'effet de surprise de la RIU avait-il pu réussir ? A présent, la majeure partie des forces de son pays se trouvaient à deux cent miles à l'est. Mais l'ennemi était *ici*, et il se dirigeait vers le sud ! Il n'avait nulle intention d'entrer au Koweït ni de s'emparer des champs pétroliers... Ce fut évident quand les premiers chars de la RIU apparurent dans son télescope thermique, sur la berme, hors de portée de ses canons parce qu'il avait reçu l'ordre de ne pas trop s'approcher. Le jeune officier ne savait vraiment plus quoi faire. Il demanda ses instructions par radio. Mais en ce moment, son commandant de bataillon était plutôt débordé, avec ses cinquante-quatre chars et le reste de son matériel dispersés sur un front de trente kilomètres, qui tous étaient sous le feu de tirs d'artillerie indirects et rapportaient que des chars adverses franchissaient la frontière, soutenus par des transporteurs d'infanterie.

L'officier décida qu'il devait faire quelque chose, et il ordonna à ses chars de l'avant de contre-attaquer. A trois mille mètres, ses hommes ouvrirent le feu, et huit de leurs quatorze premiers tirs firent mouche. Compte tenu des conditions, et pour des soldats non professionnels, ce n'était pas si mal, estima-t-il. Il décida donc de tenir le terrain ici et de défendre son sol contre l'envahisseur. Ses quatorze chars étaient positionnés sur un front de trois kilomètres. C'était un déploiement défensif, mais fixe, et au centre de son dispositif, l'officier accorda trop d'importance à l'avant-garde de son adversaire. Leur deuxième salve élimina six autres cibles en longue portée, mais l'un de ses chars reçut un obus direct qui détruisit son moteur et provoqua un incendie. Au moment où son équipage l'évacuait, il fut fauché par un autre tir d'artillerie. Il les vit mourir à quatre cents mètres de lui, et il sut qu'il y avait désormais un trou dans sa défense et il était censé y remédier.

Son canonnier cherchait à « tuer » les chars enne-mis, les T-80 avec leurs tourelles à dôme, quand les transporteurs d'infanterie BMP, derrière eux, tirèrent leurs premiers missiles antichar. Beaucoup atteignirent leurs cibles, et s'ils ne pouvaient pas pénétrer le blindage frontal des chars saoudiens, les chenilles furent endommagées, les moteurs incendiés et les systèmes de contrôle de tir mis hors service. Quand la moitié de ses effectifs furent en flammes, le commandant décida de se replier. Quatre de ses chars tournèrent et filèrent deux kilomètres plus au sud. Il resta avec les trois autres et réussit à éliminer un dernier char avant de se remettre en mouvement. Désormais, les missiles avaient pris possession du ciel ; l'un d'eux toucha l'arrière de sa tourelle et mit le feu à son magasin de munitions. Les flammes aspirèrent l'air par la trappe ouverte. Il fut brûlé vif et son équipage asphyxié.

Privée de son chef, la compagnie continua le combat pendant trente minutes, tout en se repliant, et finalement les trois derniers chars filèrent vers le sud à cinquante kilomètres à l'heure, pour rejoindre le poste de commandement du bataillon.

Mais il n'existait plus. Il avait été localisé grâce à

ses transmissions radio et, faute de préparation, il avait été écrasé par une brigade d'artillerie de la RIU, juste au moment où les survivants de Storm Track arrivaient avec les éclaireurs.

Au cours de la première heure de la Seconde Guerre du golfe Persique, une trouée de cinquante kilomètres venait d'être ouverte dans les lignes saoudiennes. La route de Riyad était libre. Dans cette opération, l'Armée de Dieu avait perdu une demi-brigade. C'était cher payé, mais elle s'y était préparée.

La première vision de la bataille n'était pas claire. Ça l'était rarement. L'assaillant avait presque toujours cet avantage, Diggs le savait, et la tâche d'un commandant consistait à remettre de l'ordre dans le chaos. Avec la destruction de Storm Track, il avait temporairement perdu l'utilisation de ses Predator et il devait reconstituer d'urgence cette capacité. La 366e s'était déployée sans radar aéroporté J-STARS capable de suivre les mouvements des troupes au sol. Mais ils avaient deux AWACS E-3B, chacun protégé de près par quatre F-16. Vingt chasseurs de la RIU les engageaient. L'Air Force allait s'amuser.

Diggs avait ses propres problèmes. Avec la perte de Storm Track et de ses drones Predator, il était presque aveugle, et sa première mesure pour y remédier fut d'ordonner à l'escadron aérien du 10e Cav de filer en reconnaissance vers l'ouest. Les avertissements d'Eddington étaient un souvenir douloureux. Le « centre de gravité » saoudien ne constituait peut-être pas une cible économique, après tout.

— Nos troupes sont entrées dans le royaume, lui annonça son chef du renseignement. Elles rencontrent une résistance, mais forcent leur passage. Le poste espion américain a été détruit.

Les nouvelles ne parvinrent pas à dérider Daryaei.

— Comment ont-ils su ? Comment ont-ils su ?

Son interlocuteur n'osa pas lui demander *qui* avait su *quoi*. Aussi éluda-t-il la question :

— Nous serons à Riyad dans deux jours, et alors rien d'autre n'aura d'importance.

— Et l'épidémie en Amérique ? Pourquoi n'y a-t-il pas plus de malades ? Comment peuvent-ils encore avoir des troupes à envoyer ?

— Cela, je l'ignore, admit le chef du renseignement.

— Qu'est-ce que vous *savez*, alors ?

— Il semble que les Américains ont un régiment au Koweït et un autre dans le royaume. Un troisième, à Dharan, réceptionne en ce moment l'équipement apporté par leurs navires — ceux que les Indiens n'ont pas arrêtés.

— Détruisez-les, alors !

Mahmoud Haji avait presque crié. L'arrogance de cet Américain, qui l'appelait par son nom ! Et le peuple qui l'avait vu et entendu ! Peut-être même qu'il l'avait cru ?

— Notre aviation est occupée au nord. C'est l'endroit décisif. Toute diversion apportée à cette opération serait une perte de temps, répondit-il avec pertinence.

— Tirez des missiles, alors !

— Je vais voir.

On avait dit au général commandant la 4e brigade saoudienne qu'il n'y aurait certainement qu'une attaque de diversion dans sa zone, et qu'il devait se tenir prêt à lancer une contre-attaque sur la RIU dès le début de son invasion massive du Koweït. Comme tant de généraux avant lui, il avait commis l'erreur de faire un peu trop confiance à ses services de renseignements. Il avait trois bataillons mécanisés, couvrant chacun un secteur de cinquante kilomètres, et séparés les uns des autres par un espace de dix à vingt kilomètres. Dans un rôle offensif, ç'aurait été un déploiement flexible destiné à harceler le flanc de l'ennemi, mais la perte inattendue de son bataillon central avait coupé son commandement en deux, et il n'avait guère la possibilité de diriger séparément les deux derniers. Il aggrava ensuite l'erreur stratégique de ses chefs en faisant mouvement vers l'avant plutôt que vers l'arrière. Il s'agissait d'une décision courageuse, mais c'était oublier qu'il avait un territoire de cent miles de profondeur derrière lui jusqu'à la cité militaire du roi Khaled, et qu'il pouvait s'y réorganiser pour lancer une solide contre-attaque, au lieu d'une action fragmentée et improvisée.

L'assaut de la RIU reprenait le modèle perfectionné par l'armée soviétique dans les années 70. La phase initiale de pénétration avait été menée par une brigade lourde fonçant vers l'avant, après un déluge d'artillerie. On avait prévu dès le début l'élimination de Storm Track. Cette station et celle de Palm Bowl — la RIU connaissait même leurs noms de code — étaient les yeux de la structure de commandement de leur ennemi. Contre les satellites, ils ne pouvaient rien, mais la tâche était simple contre les postes de collecte de renseignements basés au sol.

Comme prévu, les Américains avaient déployé des troupes, mais en petite quantité, constatèrent-ils, et la moitié était constituée d'avions incapables de mener des missions nocturnes. Comme avec les Soviétiques, qui avaient mis au point cette stratégie pour déferler jusqu'au golfe de Gascogne, la RIU acceptait le coût de cette manœuvre, sacrifiant des vies pour gagner du temps et atteindre son objectif politique avant de devoir affronter l'ensemble de ses ennemis potentiels. Si les Saoudiens croyaient que Daryaei voulait d'abord leur pétrole, tant mieux, car à Riyad se trouvaient la famille royale et le gouvernement. Ce faisant, la RIU dégarnissait son flanc gauche, mais les forces basées au Koweït devraient franchir la Wadi al-Batin, puis traverser deux cents miles de désert juste pour arriver là où l'Armée de Dieu était déjà allée.

La clé, c'était la vitesse, et pour l'obtenir il fallait éliminer rapidement la 4e brigade saoudienne. L'artillerie, toujours massée au nord de la berme, reçut des transmissions radio urgentes, et commença un tir de zone ininterrompu destiné à briser les communications et la cohésion des unités dont ils étaient sûrs qu'elles seraient utilisées pour contrer leur invasion. Le succès de cette tactique était presque certain, aussi longtemps qu'ils étaient prêts à en payer le prix.

Le commandant de la 4e brigade avait, lui aussi, de l'artillerie, mais elle serait plus utile, décida-t-il, sur la brèche centrale, pour malmener les unités qui fonçaient sur une route dégagée vers le cœur de sa nation. La majorité de l'appui d'artillerie s'y positionna donc et harcela les envahisseurs qui passaient, plutôt que les brigades qui, au même moment, s'attaquaient au reste de ses forces mécanisées. Une fois celles-ci détruites, le trou dans les lignes saoudiennes serait trois fois plus important.

Diggs se trouvait dans le poste de commandement principal où étaient centralisées toutes ces nouvelles, et il commençait à comprendre ce qui lui arrivait. Il avait fait la même chose aux Irakiens en 1991. Il l'avait fait pendant deux ans aux Israéliens comme CO de l'escadron Buffalo de la Cav. A présent, il voyait l'effet de la chose sur le camp qui était du mauvais côté... Tout allait trop vite pour les Saoudiens. Ils réagissaient au lieu de réfléchir à une stratégie, ils percevaient l'étendue de la crise mais non sa forme ; ils étaient à moitié paralysés par la rapidité d'événements qui les auraient tout simplement passionnés, s'ils s'étaient trouvés en face.

— Faites reculer la 4e d'une trentaine de kilomètres, dit-il calmement. Vous avez tout l'espace nécessaire pour manœuvrer.

— Nous les arrêterons ici même ! répondit le commandant saoudien, sans prendre la peine de penser à ce conseil.

— Général, c'est une erreur. Vous mettez cette brigade en péril alors que vous n'y êtes pas obligé. On peut reconquérir le terrain perdu, mais pas le temps ni les hommes...

Il n'écoutait pas, et Diggs n'avait pas assez d'étoiles à son col pour se permettre d'insister davantage.

Encore un jour, pensa-t-il, *encore un foutu jour !*

Les hélicoptères furent prudents. La Troupe-M, le 4e escadron du 10e, était constituée de six hélicos de reconnaissance OH-58 Kiowa et de quatre appareils d'attaque Apache qui, tous, transportaient plus de fûts de carburant supplémentaire que d'armements. Ils savaient que les chasseurs ennemis patrouillaient, ce qui leur interdisait de voler très haut. Leurs détecteurs cherchaient à repérer des émissions de radars SAM — il devait certainement y en avoir dans le coin —, tandis que les pilotes progressaient en se dissimulant de colline en colline, tout en surveillant les environs avec leurs systèmes de visualisation par intensification de lumière et leurs radars Longbow. En pénétrant sur le territoire de la RIU, ils virent un occasionnel véhicule avançant en éclaireur, et environ une compagnie déployée sur plus de vingt kilomètres à portée de la frontière koweïtienne, estimèrent-ils, mais ce fut tout. Les cent kilomètres suivants se révélèrent pratiquement identiques, sauf qu'ils découvraient des engins plus lourds. Dans la banlieue de Bussayah, dont l'Armée de Dieu s'était approchée, selon les informations du renseignement par satellite, ils ne virent que des traces dans le sable et quelques groupes de véhicules de soutien, des camions-citernes pour la plupart. Ils n'avaient pas pour mission de les détruire. Leur tâche consistait à localiser le corps principal de l'ennemi et à déterminer son axe de progression.

Il leur fallut encore une heure de « sauts de dauphins », avec des piqués, des « dérapages sol », et des cabrés. Les hélicoptères savaient comment éviter des véhicules SAM à courte portée de fabrication franco-russe. A deux cent cinquante kilomètres de leur point de départ, une équipe d'un Kiowa et d'un Apache observa d'assez près une colonne de chars, de la taille d'une brigade, qui franchissait une brèche de la berme. Une fois en possession de cette information, les hélicoptères se replièrent sans lancer la moindre frappe. La prochaine fois, ils reviendraient en force. Aucune raison d'avertir l'ennemi qu'il y avait un trou dans ses défenses aériennes avant de pouvoir l'exploiter correctement.

Le bataillon de la 4ᵉ brigade le plus à l'est tint le terrain, et la plupart de ses hommes moururent sur place. Les hélicoptères d'attaque de la RIU étaient arrivés ; si les Saoudiens tiraient bien, leur incapacité à manœuvrer les perdit. L'Armée de Dieu laissa une autre brigade dans l'accomplissement de cette mission, mais la brèche dans les lignes saoudiennes était large, désormais, de soixante-dix miles.

A l'ouest, la situation était différente. Ce bataillon-là, repris par un commandant après la mort de son colonel, rompit le contact et se dirigea vers le sud-ouest avec le reste de ses forces (la moitié des effectifs), puis il tenta de tourner vers l'est pour couper la route à la colonne ennemie. Comme il n'avait plus assez de puissance de feu pour tenir une position, il lança une attaque éclair et s'échappa, détruisant au passage vingt chars et un certain nombre d'autres matériels, avant de tomber en panne de carburant à trente kilomètres au nord de la KKMC. Les véhicules d'appui de la 4ᵉ brigade s'étaient perdus quelque part. Le major réclama de l'aide par radio, se demandant s'il en recevrait jamais.

Ils furent tous plus surpris qu'ils n'auraient dû. Un satellite du programme de système d'appui de la défense, au-dessus de l'océan Indien, enregistra la corolle de fumée du lancement. L'information fut transmise à Sunnyvale, Californie, et de là à Dharan. Tout cela était déjà arrivé, mais pas avec des missiles tirés depuis l'Iran. Les navires étaient à peine à moitié déchargés. La guerre n'avait commencé que quatre heures plus tôt quand le premier Scud s'éleva de son camion lanceur d'engins en direction du sud au-delà des monts Zagros.

— Et maintenant ? demanda Ryan.

— Maintenant vous voyez pourquoi les croiseurs Aegis sont encore là, répondit Jackson.

Ce ne fut pas vraiment nécessaire de les prévenir.

Sur les trois croiseurs US et sur le *Jones*, les radars balayaient le ciel en permanence, et ils acquirent la trace du Scud à plus de cent miles du port. Les hommes de la Garde nationale qui attendaient leur tour pour prendre possession de leurs véhicules chenillés observèrent les boules de feu des missiles surface-air filant vers le ciel, vers quelque chose que seuls les radars pouvaient voir. Les trois éléments du premier tir explosèrent séparément dans l'obscurité, et ce fut tout. Mais les soldats furent encore plus pressés de recevoir leurs chars quand la triple détonation se fit entendre à cent mille pieds d'altitude.

Sur l'*Anzio*, le capitaine Kemper regarda la trace disparaître de l'écran. Ça aussi, Aegis savait le faire. Mais rester assis sous le feu n'était pas vraiment ce qui amusait le plus le commandant, dans la vie.

L'autre événement de la soirée fut une bataille aérienne mouvementée au-dessus de la frontière. Les AWACS avaient repéré un vol de vingt-quatre chasseurs qui venaient directement sur eux pour essayer d'éliminer la couverture aérienne des alliés. L'exercice s'avéra coûteux. Ils n'eurent même pas l'occasion d'attaquer directement le E-3B. La force aérienne de la RIU continua seulement à démontrer sa capacité à gaspiller ses avions... Mais cela avait-il une importance ? Le contrôleur américain d'un AWACS se rappela une vieille blague de l'OTAN. Deux généraux de chars soviétiques se rencontrent à Paris et le premier demande au second : « A propos, qui a gagné la guerre aérienne ? »

Car les guerres, en fin de compte, se gagnent ou se perdent au sol. Et ce serait la même chose ici.

60

BUFORD

Les intentions de la RIU ne devinrent claires que six heures après son premier barrage d'artillerie. Les rapports de l'escadron d'hélicoptères permirent de s'en faire une petite idée, mais ce furent les photos satellite, impossibles à mettre en doute, qui révélèrent finalement le mauvais coup de l'adversaire. Marion Diggs se rappela divers précédents historiques. En 1940, par exemple, le haut commandement français avait accueilli avec le sourire l'attaque initiale des Allemands — et celle-ci ne s'était arrêtée qu'à la frontière espagnole. Les Saoudiens ne comprirent que bien après minuit que le gros de leur armée ne se trouvait pas au bon endroit, et que leur force de couverture, à l'ouest, venait de passer sous le rouleau compresseur d'un ennemi trop intelligent — ou trop stupide — pour faire ce qu'on attendait de lui. Ils devaient maintenant se lancer dans une guerre de manœuvres, à laquelle ils n'étaient pas préparés. La RIU fonçait sur la KKMC, c'était désormais évident. Il y aurait une bataille à cet endroit, puis elle se dirigerait vers l'est, vers le golfe Persique — et le pétrole — piégeant ainsi les forces alliées ; ou elle continuerait vers le sud, jusqu'à Riyad — un coup politique qui lui permettrait de gagner la guerre.

L'un dans l'autre, pensa Diggs, leur tactique n'était pas si mauvaise que ça. S'ils réussissaient à l'exécuter... Parce qu'ils avaient le même problème que les Saoudiens : ils avaient monté un plan ; ils le croyaient très bon, et ils étaient sûrs, eux aussi, que *leur* adversaire travaillerait à sa propre destruction. Tôt ou tard, tout le monde pensait ainsi. Sauf que pour être du côté du gagnant, il fallait être conscient de ses capacités.

Cet ennemi ignorait encore ce qu'il ne *pouvait pas* faire. Et il n'y avait pas lieu de le lui indiquer si tôt.

Dans la salle de crise, Ryan était en communication avec son ami de Riyad.

— Je sais ce qui se passe, Ali, lui assura-t-il.

— C'est grave.

— Le soleil sera bientôt levé, et vous avez suffisamment d'espace pour gagner du temps. Ça a déjà marché auparavant, Votre Altesse.

— Et que vont faire vos forces ?

— Elles ne peuvent pas exactement rentrer à la maison, n'est-ce pas ?

— Vous êtes vraiment aussi confiant que ça ?

— Vous savez ce que ces salauds nous ont fait, Votre Altesse.

— Euh, oui, mais...

— Nos troupes le savent aussi, mon ami.

— Cette guerre a mal commencé pour les forces alliées, expliquait Tom Donner en direct sur *NBC Nighty News*. C'est ce qu'on nous dit, en tout cas. Les armées combinées d'Irak et d'Iran ont enfoncé les lignes saoudiennes à l'ouest du Koweït et en ce moment elles foncent vers le sud. Je suis ici avec les hommes de troupe du 11e régiment de cavalerie blindée, le Blackhorse. Voici le sergent Bryan Hutchinson de Syracuse, New York. Sergent, que pensez-vous de la situation ?

— Il faut encore attendre, monsieur. Ce que je peux vous dire, c'est que la Troupe-B est prête à tout. Mais je me demande si eux, ils sont prêts à ce que nous allons leur faire, monsieur. Vous n'avez qu'à venir avec nous et vous verrez.

Là-dessus, il se tut.

— Comme vous voyez, conclut Tom Donner, malgré les mauvaises nouvelles du champ de bataille, ces soldats attendent avec impatience le contact.

Le général saoudien raccrocha après s'être entretenu au téléphone avec son souverain. Il se tourna vers Diggs.

— Quelles sont vos recommandations ?

— Dans un premier temps, je pense qu'il faudrait déplacer les 5e et 2e brigades vers le sud-ouest.

— Mais Riyad va se trouver à découvert...

— Non, en fait, non.

— Il faudrait contre-attaquer immédiatement !

— Pas encore, général, grommela Diggs, penché sur la carte.

Le 10e était en effet sur une position intéressante... Levant les yeux, il ajouta :

— Vous connaissez l'histoire du jeune taureau et du vieux taureau ?

Et il lui raconta une de ses histoires drôles favorites. Un instant plus tard, les officiers saoudiens acquiesçaient d'un signe de tête.

— Vous voyez, même la télévision américaine reconnaît nos succès, dit le responsable du renseignement à son chef.

Le général commandant l'aviation de la RIU se montra moins optimiste. La veille, il avait perdu trente chasseurs, et les Saoudiens deux avions. Son plan pour abattre les AWACS avait échoué et lui avait coûté ses meilleurs pilotes. La bonne nouvelle, pour lui, c'était que ses ennemis n'avaient pas l'aviation nécessaire pour envahir son pays et lui causer de sérieuses destructions. A présent, d'autres forces terrestres arrivaient d'Iran et fonçaient vers le Koweït par le nord, et avec un peu de chance il n'aurait qu'à les couvrir, ce que ses hommes savaient faire, et surtout de jour.

Au total, quinze missiles Scud furent lancés sur Dharan. Certains furent interceptés par COMEDY et la plupart coulèrent en mer, sans causer le moindre dommage au cours de cette nuit de bruit et de feu. Le reste du chargement — principalement des camions, à ce stade — était en route, maintenant, et Greg Kemper reposa ses jumelles tandis que les véhicules peints en brun disparaissaient dans la brume matinale. Il ignorait leur destination.

Il savait, en revanche, que cinq mille hommes très en colère de la Garde nationale de Caroline du Nord étaient prêts à l'action.

Eddington se trouvait déjà au sud de la KKMC avec son état-major de brigade. Comme WOLFPACK n'y arriverait probablement pas à temps pour mener un combat, il l'avait dirigée sur Al Artawiyah. Pendant que ses hommes faisaient leur boulot, le colonel alluma un cigare et sortit faire quelques pas. Deux compagnies arrivaient avec leurs véhicules. Il décida d'aller à leur rencontre tandis que les MP leur faisaient prendre des positions de défense rapprochée. Des chasseurs passèrent dans le ciel en mugissant. Des F-15E de l'Air Force, d'après leur aspect. OK, se dit-il, l'ennemi avait bénéficié de douze heures de tranquillité. Qu'il y pense!

— Bonjour, colonel! le salua le chef d'un Bradley, depuis son écoutille.

Dès qu'il s'arrêta, Eddington grimpa à son côté.

— Comment ça s'passe?

— Nous sommes foutrement prêts, monsieur! Dites-moi simplement où ils sont, demanda le sergent en enlevant ses lunettes poussiéreuses.

— A environ cent cinquante kilomètres par là-bas, répondit Eddington avec un geste de la main, et ils approchent. Le moral des troupes, sergent?

— On a le droit d'en tuer combien avant de nous arrêter, monsieur?

— Si c'est un char, détruisez-le. Si c'est un BMP, détruisez-le. Tous ceux qui sont au sud de la berme et qui tiennent une arme, abattez-les. *Mais...* il y a des règles importantes qui interdisent de tuer ceux qui ne résistent pas. Nous respecterons ces règles. Ça compte pour nous, d'accord?

— Ça m'paraît juste, colonel.

— Cependant, vous n'êtes pas obligés de prendre des risques inconsidérés avec les prisonniers...

657

— Oui, colonel, murmura le chef du Bradley. C'est promis.

Le Blackhorse était en tête. Il avançait vers la KKMC, à l'ouest, depuis la zone de rassemblement. Les troupes du colonel Hamm progressaient de front, avec ses trois escadrons disposés en ligne du sud au nord, couvrant chacun un front de trente kilomètres. Il gardait en réserve son 4e escadron (aviation) et n'utilisait que quelques hélicos de reconnaissance, tandis que ses éléments de soutien au sol établissaient une base avancée sur une zone que ses troupes n'avaient pas encore atteinte. Dans son char de commandement M4 — surnommé « Star Wars » (certains disaient tout simplement « Dieu »), il commençait à recevoir des informations de ses unités de tête. Le système IVIS crachait désormais des renseignements en continu dans un environnement tactique réel. L'armée jouait depuis environ cinq ans avec ce réseau de liaison de données qui n'avait jamais été testé en combat réel — et Hamm se réjouissait d'être le premier à prouver son intérêt. Les écrans de commande de son M4 recevaient l'ensemble des informations. Chaque véhicule de ses escadrons était à la fois une source et un récepteur. Tout le monde sut d'abord où se trouvaient les unités amies, à un mètre près grâce au GPS — ce qui était censé éviter les pertes occasionnées par les « tirs alliés ». En appuyant sur une touche de son clavier, Hamm connaissait la position de chacun de ses véhicules de combat, notée sur une carte qui, en outre, indiquait tous les accidents de terrain utiles. En temps voulu, il recevrait une image tout aussi précise des dispositions de l'ennemi, et une fois qu'il saurait la position de chacun, il pourrait établir sa stratégie. Les 2e et 5e brigades saoudiennes se trouvaient sur son nord-ouest, descendant de la frontière koweïtienne. Il avait une centaine de miles à parcourir hors piste avant le contact avec l'ennemi, et les quatre heures de l'approche lui serviraient à contrôler correctement ses unités et à s'assurer que tout fonctionnait comme il fallait. Il n'en doutait pas, mais c'était un exercice nécessaire, parce que les erreurs sur le champ de bataille, même mineures, coûtaient cher.

Les vestiges de la 4e brigade saoudienne tentèrent de se rassembler au nord de la KKMC. Il lui restait à peu près deux compagnies de chars et de transporteurs d'infanterie, qui tous s'étaient battus et repliés au cours de cette longue nuit dans le désert. Certains ne devaient leur survie qu'à la chance, d'autres à cette espèce de processus darwinien brutal que constituait la guerre de mouvement... Le commandant qui s'était retrouvé à leur tête était un homme intelligent; il avait réquisitionné un char à un sous-officier qui n'avait pas apprécié. Ses subordonnés avaient négligé l'entraînement sur leur matériel IVIS, préférant s'entraîner à l'artillerie et aux mouvements plutôt qu'à des exercices de combat plus structurés. Eh bien, ils l'avaient payé, conclut-il.

Sa tâche la plus urgente était de trouver et de rappeler les camions de carburant dispersés que sa brigade avait conservés à l'arrière, pour permettre aux vingt-neuf chars et aux quinze autres véhicules chenillés qui lui restaient de refaire le plein. Il récupéra aussi quelques camions de munitions, qui permirent à la moitié à peu près de ses véhicules lourds de se réapprovisionner. Ensuite, il renvoya son matériel d'appui à l'arrière et il choisit une nouvelle position de défense dans un oued — le lit d'une rivière asséchée, au nord et à l'ouest de la KKMC. Il lui fallut encore une demi-heure pour établir un contact fiable avec son haut commandement et demander des renforts.

Ses forces n'étaient pas cohérentes. Les chars et les véhicules chenillés provenaient de cinq bataillons différents. Ses équipages se connaissaient peu ou pas du tout, et il manquait d'officiers pour les commander. Il comprit donc que sa tâche principale consistait à commander plutôt qu'à combattre lui-même. Il rendit à contrecœur le char à son « propriétaire », un sergent, et lui préféra un transporteur d'infanterie mieux équipé en radios. Pour quelqu'un dont les traditions guerrières exigeaient de conduire un groupe de cavaliers en fendant l'air de son sabre, c'était une décision difficile, mais il venait de recevoir quelques dures leçons dans l'obscurité, au sud de la berme, au milieu de beaucoup d'hommes qui étaient morts de ne pas les avoir apprises assez vite.

Les combats de la journée commencèrent après une pause dans les mouvements et dans les tueries, qui rappellerait plus tard la mi-temps d'un match de football. Les restes de la 4e brigade saoudienne eurent assez de temps et d'espace pour se réorganiser, parce que l'Armée de Dieu dut en faire autant. Ses éléments de queue refirent le plein en carburant auprès des camions-citernes qui avaient suivi les unités de combat, puis ils remplacèrent les troupes de l'avant qui se réapprovisionnèrent à leur tour. Cette procédure dura quatre heures. A ce stade, les commandants de division et de brigade étaient satisfaits. Leur retard sur le planning — les plannings sont toujours trop optimistes — se limitait à dix kilomètres en termes de distance, et à une heure en termes de temps. Ils avaient éliminé l'opposition initiale, au prix de pertes plus importantes qu'ils ne l'auraient souhaité, mais ils avaient bel et bien écrasé leur ennemi. Les hommes étaient fatigués, mais la pause du réapprovisionnement permit à la plupart d'entre eux de dormir suffisamment pour reprendre des forces. Et quand l'aube se leva, l'Armée de Dieu fit démarrer ses moteurs diesel et reprit sa progression vers le sud.

Les premières batailles de cette journée auraient lieu dans le ciel. Juste après quatre heures du matin, de nombreux avions alliés commencèrent à décoller de bases situées dans la partie méridionale du royaume. D'abord des Eagle F-15, qui rejoignirent trois AWACS E-3B tournant à haute altitude, à l'est et à l'ouest de Riyad. Les chasseurs de la RIU prirent l'air également, toujours sous le contrôle des stations radar au sol à l'intérieur de l'ancienne frontière de l'Irak. Cela ressembla d'abord à une sorte de ballet entre deux troupes de danseurs. Chacun des deux camps cherchait à savoir où se trouvaient les SAM de l'autre, sur lesquels ils avaient rassemblé des informations pendant la nuit. En fait, les deux parties étaient protégées par une ceinture de missiles, mais les batailles initiales auraient lieu dans un no man's land électronique. Une formation de quatre appareils de la 390ᵉ escadrille de chasseurs, les Wild Boars [1], fit le premier mouvement. Avertis par leur AWACS qu'une formation de la RIU avait viré vers l'est, les Eagle filèrent vers l'ouest et passèrent en post-combustion tout en inversant leur cap en direction de la mer. Les Américains étaient sûrs de l'emporter, et ce fut le cas. Les chasseurs de la RIU — des F-4 iraniens datant de l'époque du Shah — furent pris à revers. Avertis par leurs contrôleurs au sol, ils firent demi-tour, mais leur problème dépassait largement cette simple situation tactique. Ils s'attendaient à un schéma d'engagement où un camp tirerait ses missiles tandis que l'autre les éviterait puis lancerait les siens à son tour — un style d'affrontement aussi rigide qu'une joute médiévale. Personne ne leur avait expliqué que leurs ennemis américains n'étaient pas entraînés ainsi.

Les Eagle firent feu les premiers, chacun avec un AMRAAM. C'étaient des missiles tire-et-oublie, qui permettaient de s'échapper immédiatement après leur lancement. Mais leurs pilotes ne se replièrent pas, suivant ainsi leur doctrine autant que leur inclination. Ils avaient eu dix longues heures pour songer aux déclarations de leur président, et ils en avaient fait une affaire personnelle. Et donc, ils restèrent sur leur position tandis que leurs missiles fonçaient vers leurs quatre premières cibles. Trois furent détruites, surprises par les missiles que les pilotes américains surnommaient Slammer [2]. Le quatrième avion réussit à esquiver et au moment où il virait pour riposter, le

1. Les sangliers *(N.d.T.)*.
2. Frappeur *(N.d.T.)*.

pilote découvrit sur son radar la présence d'un chasseur à une quinzaine de kilomètres de distance, en approche à une vitesse de près de deux mille nœuds. Il hésita une seconde, puis commit l'erreur de tourner vers le sud. Le pilote de l'Eagle ralentit et se plaça juste derrière lui : il voulait un pointage à vue pour le descendre et il l'eut. Il arma ses canons. Le F-4 ne comprit pas assez vite. Quinze secondes plus tard, il explosait.

Une deuxième formation d'Eagle entra à son tour dans la zone de combat à la poursuite de ses propres cibles. Les contrôleurs au sol de la RIU ordonnèrent à leurs chasseurs de tirer leurs missiles à longue portée guidés par radar — mais là encore, les Américains ne s'enfuirent pas comme leurs adversaires l'avaient prévu. Au contraire, ils s'inclinèrent de quatre-vingt-dix degrés sur l'aile et restèrent à une distance suffisante de leurs ennemis pour mettre en échec leurs radars doppler et les accrochages de leurs missiles dont les trajectoires étaient donc impossibles à contrôler. Alors, les Eagle tournèrent et lancèrent leurs propres missiles à moins de dix miles de distance, tandis que les chasseurs de la RIU cherchaient à réacquérir leurs cibles et à tirer une nouvelle salve. Constatant que d'autres missiles arrivaient sur eux, ils tentèrent de faire demi-tour et de s'enfuir, mais ils étaient trop avancés à l'intérieur de l'enveloppe des Slammer, et tous les quatre furent détruits.

— Hé, les gars, ici Bronco ! lança une voix moqueuse sur le canal des contrôleurs de la RIU. S'il vous plaît, envoyez-en d'autres, on a faim ! On va *tous* les descendre et niquer leurs mères !

Il passa sur Sky-One.

— Leader Razorback, y'en a encore ? Terminé.

— Pas dans votre secteur. En attente.

— Roger.

Le lieutenant-colonel Winters, commandant la 390ᵉ escadrille, bascula sur l'aile et observa, au-dessous de lui, les chars qui quittaient leurs points de rassemblement. Pour la première fois de sa vie, il souhaita pouvoir tirer air-boue plutôt qu'air-air. Il venait de New York et il savait que là-bas des gens étaient malades. Lui, ici, il était en guerre contre les responsables de cette maladie. Mais il n'avait encore abattu que deux avions. Il consulta sa jauge de carburant. Il allait devoir se réapprovisionner sous peu.

Les Strike Eagle de la 391e arrivèrent alors, avec une escorte de F-16 équipés de HARM. Les chasseurs monoplace, qui avaient activé leurs récepteurs de menace à la recherche de lanceurs SAM mobiles, repérèrent un certain nombre de véhicules lance-missiles de basse altitude, des Crotale français et de vieux Gainful SA-6 russes. Ils lancèrent leurs missiles anti-radar pour protéger l'arrivée des F-15E qui étaient là, avant tout, pour démolir l'artillerie ennemie.

Les Predator menaient une mission identique. Trois d'entre eux s'étaient écrasés après la disparition de leur contrôle au sol à STORM TRACK. Il avait fallu des heures pour combler le trou ainsi créé dans la couverture du renseignement. Il n'en restait que dix sur le théâtre des opérations. Quatre d'entre eux étaient en vol à huit mille pieds d'altitude, invisibles, au-dessus des divisions qui avançaient. Les forces de la RIU reposaient principalement sur les canons tractés. Ceux-ci se préparaient pour la prochaine grande attaque, alignés derrière deux brigades mécanisées qui allaient bondir sur la KKMC. Un Predator les repéra. Les données furent transmises à l'équipe chargée de les collecter, puis aux AWACS, et enfin aux seize Strike Eagle de la 391e.

La formation saoudienne attendait, tendue. Leurs quarante-quatre véhicules de combat étaient dispersés sur plus de huit kilomètres, sur la largeur maximale de front que leur commandant avait osée pour équilibrer dispersion et puissance de feu afin au moins de retarder l'ennemi, voire de l'arrêter. Au premier hurlement dans le ciel ses hommes et lui se mirent à l'abri ; des obus de vingt-quatre commencèrent à pleuvoir en avant de leur position. Le bombardement initial dura trois minutes, et les obus se rapprochaient de leurs véhicules...

— Tigers *in hot* [1]! annonça le commandant de la formation.

A l'évidence, l'ennemi avait prévu que la première attaque de l'adversaire viserait ses chars avancés. C'est là que les SAM se trouvaient, et les Vipères tentèrent de s'en occuper. Les trois formations de quatre avions se séparèrent, puis formèrent des éléments de deux, descendirent à quatre mille pieds, et filèrent à une vitesse de cinq cents nœuds. Les batteries étaient très soigneusement alignées, avec leurs canons espacés d'une centaine de mètres, chacun avec son camion, exactement comme dans leurs manuels, pensa le lieutenant-colonel (LTC) Steve Berman. Son opérateur armement, le *wizzo*, opta pour les munitions en grappes et commença à les arroser de ses bombettes.

— Ça paraît bon, murmura-t-il.

Ils avaient vidé deux tambours de munitions à effets combinés BLU-97, soit plus de quatre cents mini-bombes de la taille d'une balle de softball. La première batterie fut soufflée, puis des explosions secondaires se produisirent dans les camions de munitions.

— Suivant.

Le pilote fit un virage serré à droite. Il filait vers la batterie suivante, quand il repéra...

— Triple-A [2] à dix.

C'était un véhicule antiaérien ZSU-23, dont les quatre canons commencèrent à tirer des balles traçantes contre leur Strike Eagle.

— Sélection Mav.

Cette danse de mort ne dura que quelques secondes. L'Eagle esquiva le feu et lança un missile air-sol Maverick, qui élimina le ZSU, puis le pilote s'attaqua à la batterie suivante. *C'est comme à Red*

1. Quand un pilote est prêt à lâcher ses bombes *(N.d.T.)*.
2. AAA, Artillerie antiaérienne *(N.d.T.)*.

Flag, pensa soudain le pilote. A l'époque, en 1991, il avait détruit des objectifs, mais il avait surtout perdu son temps à la chasse aux Scud. Ses expériences du combat réel n'avaient jamais égalé les exercices de la base aérienne de Nellis. Aujourd'hui, oui. La mission n'était planifiée que dans ses grandes lignes. Il cherchait des cibles en temps réel avec un radar air-sol et un viseur, et contrairement aux petits jeux de Nellis, ces types, en bas, ripostaient avec des balles réelles. Mais bon, lui aussi lançait de *vraies* bombes.

Une trentaine d'obus explosèrent dans le désert à cent mètres devant sa position. Trente secondes plus tard, dix autres, et trente secondes après, trois seulement. A l'horizon, derrière la première ligne de chars qui venaient d'apparaître, d'énormes nuages de fumée montèrent vers le ciel. Le sol trembla sous leurs pieds, puis ils entendirent un grondement lointain. Ils ne tardèrent pas à comprendre ce qui se passait. Des chasseurs de couleur verte apparurent, filant vers le sud. Des appareils amis, d'après leur forme. Un autre les suivit de près, avec une traîne de fumée; il sembla vaciller dans le ciel, puis il piqua du nez. L'équipage eut le temps de s'éjecter et les deux parachutes touchèrent le sol à un kilomètre derrière sa position, au moment où le chasseur explosait dans une immense boule de feu. Le commandant envoya un véhicule chercher les rescapés, puis reporta son attention sur les chars ennemis toujours hors de portée — car il n'avait pas d'artillerie.

Le colonel vit un véhicule approcher, et il se demanda à qui il appartenait. Bientôt, il crut reconnaître un Hummer de fabrication américaine. Il venait de se débarrasser de son parachute. Il tira son pistolet. Oui, c'était bel et bien un véhicule ami. Un soldat saoudien en descendit et s'approcha de lui, tandis que l'autre emmenait le Hummer vers l'endroit où avait atterri son *wizzo*, à un demi-mile de là.

— Allez, venez, venez! le pressa le soldat.

Une minute plus tard, le Hummer était de retour avec l'autre Américain qui se tenait le genou en grimaçant.

— Mauvaise entorse, chef. J'ai atterri sur un putain de rocher, expliqua-t-il en se laissant tomber sur un des sièges arrière.

Tout ce qu'il avait entendu dire des conducteurs saoudiens était vrai, constata le colonel. Il avait l'impression d'être dans un film de Burt Reynolds, tandis que le Hummer filait en bondissant vers l'oued et la sécurité. Ils se garèrent à côté de ce qui devait être le poste de commandement. Quelques obus tombaient encore en avant de leur position, mais leur trajectoire était faussée, désormais.

— Qui êtes-vous ? demanda le lieutenant-colonel Steve Berman.

— Commandant Abdullah, répondit l'homme en le saluant.

— Ah, c'est vous qu'on est venus soutenir, j'imagine. On a bien allumé leur artillerie, mais un salaud a eu de la chance avec son Shilka. Vous pouvez nous avoir un hélico ?

— Je vais essayer. Vous êtes blessés ?

— Mon *wizzo* s'est démoli un genou. On aimerait bien quelque chose à boire, en tout cas.

Le commandant Abdullah leur tendit son bidon.

— On a une attaque qui arrive.

— Ça vous dérange si on regarde ? demanda Berman.

A cent cinquante kilomètres au sud, la brigade d'Eddington n'avait toujours pas fini de se former. Un bataillon était à peu près définitif. Il le déplaça de trente kilomètres vers l'avant, des deux côtés de la route de la KKMC, pour protéger le reste de ses forces, qui venaient de Dharan. Hélas, son artillerie avait été déchargée en dernier, et elle ne serait là que dans quatre heures au minimum. Mais il n'y pouvait rien. Au fur et à mesure que ses unités arrivaient, il les dirigeait d'abord vers ses zones de rassemblement où elles pourraient refaire le plein en carburant. Il fallut environ une heure à chaque compagnie pour s'organiser. Son 2ᵉ bataillon était presque prêt à partir. Il allait l'envoyer à l'est de la route : cela permettrait au 1ᵉʳ bataillon de se déplacer latéralement vers l'est, et doublerait sa force de sécurité avancée. Il était toujours difficile d'expliquer aux hommes qu'au combat il s'agissait moins de tuer des ennemis que de contrôler les voies de communication et de rassembler des informations ! Une bataille ressemblait au dernier acte d'un ballet avec beaucoup de danseurs — la plupart du temps, le problème était seulement de bien les placer sur la scène. Les deux premiers actes — savoir où les envoyer, puis parvenir à le faire — étaient liés. Eddington n'avait pas encore une image très nette de la situation. Le groupe du renseignement de sa brigade était en train de se positionner et commençait à recevoir des informations de Riyad. A quinze kilomètres sur l'avant, son bataillon de tête avait un écran de reconnaissance de HMMWV et de Bradley ; les véhicules étaient dissimulés au mieux, et les hommes, allongés sur le ventre, observaient aux jumelles le terrain devant eux. Jusqu'à présent, ils n'avaient repéré que d'occasionnels nuages de poussière au-delà de l'horizon visible, et entendu que des grondements qui portaient incroyablement loin.

Bien, décida Eddington, *ça vaut mieux*. Ça lui laissait du temps pour se préparer, et le temps était le bien le plus précieux d'un soldat.

— Colonel ! dit le commandant responsable de son renseignement. Nous avons des informations.

— Enfin !

Les tirs d'artillerie continuèrent et quelques salves tombèrent dans l'oued. C'était la première expérience de la chose, pour le colonel Berman. Il découvrit qu'il n'aimait pas vraiment ça, et comprit aussi pourquoi les chars et les véhicules chenillés étaient si espacés, ce qui lui avait d'abord paru étrange. Un obus frappa à une centaine de mètres à gauche du char derrière lequel il s'abritait avec le commandant Abdullah — heureusement, du côté opposé de l'explosion. Tous les deux, ils entendirent distinctement les *bing!* des fragments qui frappaient le blindage marron de leur véhicule.

— Pas drôle, observa Berman en secouant la tête pour se remettre du vacarme.

— Merci de vous être occupé de leurs canons. C'était plutôt effrayant, dit Abdullah en observant dans ses jumelles les T-80 de la RIU qui avançaient et se trouvaient maintenant à environ trois mille mètres; ils n'avaient pas encore repéré ses M1A2 aux châssis surbaissés.

— Vous êtes au contact de l'ennemi depuis quand?

— Hier, après le coucher du soleil. Nous sommes tout ce qui reste de la 4ᵉ brigade.

Cette information ne fit rien pour améliorer la confiance de Berman. Au-dessus de leurs têtes, la tourelle du char se déplaça légèrement vers la gauche. On entendit une phrase très brève dans la radio du commandant, à laquelle celui-ci répondit par un seul mot — qu'il hurla. Une seconde plus tard, le char situé à leur gauche cracha une explosion de feu avec un recul. En comparaison, les obus qu'ils avaient reçus n'étaient que de simples pétards. Contre toute logique, Berman releva la tête. Au loin, il vit une colonne de fumée, dans laquelle retombait une tourelle de char.

— Bon Dieu! s'exclama-t-il.

Puis il ajouta :

— Je peux utiliser une radio?

— Sky-One, ici leader de Tiger, entendit soudain l'officier d'un AWACS sur un canal latéral. Je suis au sol avec un groupe de chars saoudiens au nord de la KKMC. (Il indiqua sa position.) Nous sommes sous le feu ici. Vous nous envoyez de l'aide? Terminé.

— Tiger, vous pouvez vous authentifier?

— Non, merde, parce que mes putains de codes sont tombés avec mon F-15! Je suis le colonel Steve Berman, et en ce moment j'en ai vraiment plein le cul, Sky. Il y a quarante minutes, on a bien mouché l'artillerie irakienne, et maintenant nous avons des chars qui nous arrivent dessus. Vous me croyez ou non, terminé.

— C'est bien un Américain, pour moi, estima un officier plus gradé, dans l'AWACS.

— ... Et si vous faites l'effort de regarder de plus près, leurs chars ont des tourelles rondes pointées vers le sud, et les nôtres des plates pointées vers le nord, terminé.

Cette information fut suivie par le bruit d'une explosion.

— Et leurs canons de merde ne sont pas marrants du tout, ajouta-t-il.

— C'est bon, décida le premier contrôleur. Tiger, en attente. Leader de Devil, ici Sky-One, nous avons du boulot pour vous...

Ça n'avait pas été prévu ainsi, mais c'était comme ça que ça se passait. Sky-One avait un vol de quatre F-16 en attente d'une action air-boue, et cette mission lui sembla aussi bonne qu'une autre.

Les chars de la RIU s'arrêtèrent pour tirer, mais ils n'avaient aucune chance contre les systèmes de contrôle de feu des Abrams américains, dont les équipages saoudiens venaient de recevoir un cours supérieur d'artillerie, un peu plus tôt dans la journée. L'ennemi recula dans des nuages de fumigènes qui obscurcirent le champ de bataille. La première partie de l'engagement avait duré cinq minutes et avait coûté vingt blindés à la RIU que Berman pouvait voir, et pas la moindre perte alliée. Ce n'était peut-être pas si mal que ça, après tout.

Les Vipères arrivèrent de l'ouest et lâchèrent leurs Mark-82 au beau milieu de la formation ennemie.

— *Brillant!* s'exclama le commandant Abdullah, qui avait fait ses études en Angleterre.

Personne n'aurait pu dire combien de véhicules venaient d'être encore détruits, mais ses hommes savaient désormais qu'ils n'étaient plus seuls dans ce combat. Et cela faisait toute la différence.

Les rues de Téhéran étaient encore plus sinistres qu'à leur arrivée — si c'était possible. Ce qui étonna le plus Clark et Chavez (Klerk et Tchekhov, à présent), c'était le silence : les gens se croisaient sans échanger un mot. Et bientôt, les hommes disparurent : on venait de rappeler les réservistes dans les casernes ; ils devaient se préparer à participer à la guerre que leur pays avait annoncée de mauvaise grâce après le discours télévisé du président Ryan.

Les Russes leur avaient donné l'adresse du domicile privé de Daryaei, et, pour l'instant, leur tâche se limitait à observer les lieux — ce qui était plus facile à dire qu'à faire dans la capitale d'un pays avec lequel on était en guerre, et surtout quand on s'était trouvé dans cette même ville peu de temps auparavant, et qu'on avait été vu par des membres de la force de sécurité de l'individu en question...

Daryaei vivait modestement, constatèrent-ils. Aucun signe extérieur du pouvoir autour de son immeuble de trois étages situé dans une rue quelconque, à l'exception de la présence ostensible de gardes sur le perron et de quelques voitures stationnées aux coins des artères environnantes. Ils remarquèrent aussi que les gens évitaient de passer sur ce trottoir-là. Il avait l'air populaire, l'ayatollah.

— Bon, qui d'autre habite ici ? demanda Klerk au *rezident* russe.

Si on en croyait sa couverture, c'était le second secrétaire de l'ambassade, et il assumait effectivement de nombreuses fonctions diplomatiques pour entretenir sa légende.

— Juste ses gardes du corps, pensons-nous. (Ils étaient assis à la terrasse d'un bar et ils buvaient un café en évitant soigneusement de regarder l'immeuble qui les intéressait.) Nous pensons que les immeubles d'en face ont été évacués. Il a des problèmes de sécurité, l'homme de Dieu. Les gens d'ici sont incroyablement mal à l'aise sous sa férule. Même l'enthousiasme qui a suivi la conquête de l'Irak s'est estompé. Vous percevez l'atmosphère aussi bien que moi, Klerk. Ces gens sont tenus en laisse depuis presque une génération. Ils en ont assez. Et votre président a bien fait d'annoncer les hostilités avant notre ami. Un choc très salutaire, à mon avis. J'aime bien votre président, ajouta-t-il. Et Sergueï Nikolaïevitch aussi.

— Cet immeuble est très proche, Ivan Sergueïe-vitch, dit doucement Chavez en rappelant le serveur. Deux cents mètres, et une vue directe.

— Et pour les pertes dans la population civile ? demanda Clark.

Poser cette question en russe l'obligea à recourir à quelques métaphores.

— Vous autres Américains, vous êtes si sensibles à ces choses..., observa le *rezident,* d'un air amusé.

— Le camarade Klerk a toujours eu un cœur d'arti-chaut, confirma Tchekhov.

Huit pilotes arrivèrent à l'hôpital de la base aérienne de Holloman au Nouveau-Mexique pour un examen sanguin. Les kits de test d'Ebola étaient enfin disponibles en grand nombre et les premières livrai-sons avaient été pour l'Air Force, car celle-ci pouvait déployer plus de puissance et plus rapidement que les autres branches des forces armées. Il y avait eu quel-ques cas dans la ville voisine d'Albuquerque, tous trai-tés au centre médical de l'université du Nouveau-Mexique, et deux sur la base de Holloman, un sergent et sa femme. Le premier était mort et la seconde ago-nisait. La nouvelle s'était répandue et avait enragé les guerriers du ciel, déjà naturellement très passionnés. Les huit aviateurs étaient négatifs. Maintenant, ils pouvaient partir et faire quelque chose. Puis ce fut le tour des équipages au sol. Négatifs, eux aussi. La moi-tié des pilotes embarqua dans des F-117 Night Hawk. L'autre moitié monta avec les équipages au sol à bord de transporteurs/ravitailleurs KC-10, et tout le monde s'envola pour l'Arabie Saoudite.

Les informations circulaient sur le réseau de com-munications de l'Air Force. La 366e et les F-16 basés en Israël faisaient du bon boulot, mais tout le monde voulait une part du gâteau. Les hommes et les femmes d'Holloman mèneraient la seconde vague d'attaque.

— Il est fou, ou quoi ? demanda le diplomate à un collègue iranien.

Les officiers du RVS étaient chargés de la partie dangereuse — ou, du moins, la plus sensible — de la mission de renseignement.

— Vous n'avez pas le droit de parler de notre chef en ces termes, répondit le fonctionnaire du ministère des Affaires étrangères, tandis qu'ils descendaient la rue, tous les deux.

— D'accord. Votre sage et saint homme comprend-il vraiment ce qui arrive quand on emploie des armes de destruction massive? demanda alors le Russe avec le plus de tact possible.

Bien sûr qu'il ne le comprenait pas — et ils le savaient tous les deux. Aucun Etat-nation n'avait perpétré un tel crime depuis plus de cinquante ans.

— Il a peut-être fait un mauvais calcul, suggéra l'Iranien.

— Certainement.

Le Russe décida d'en rester là pour le moment. Il jouait ce rôle de diplomate de niveau moyen depuis plus d'un an.

— Le monde sait maintenant que vous avez cette capacité. Il est vraiment fou. Et vous le savez. Votre pays va devenir un paria...

— Pas si nous pouvons...

— En effet, pas si vous pouvez. Mais dans le cas contraire? demanda le Russe. Alors le monde entier se retournera contre vous.

— C'est vrai? demanda le religieux.

— Absolument, assura Golovko. Le président Ryan est un homme d'honneur. Il a été notre ennemi durant la majeure partie de sa vie, et un ennemi dangereux, mais maintenant que la paix nous rapproche, c'est un vrai ami. Il est respecté par les Israéliens et les Saoudiens tout à la fois. Le prince Ali ben Cheikh et lui sont très liés, tout le monde le sait. (Cette rencontre avait lieu à Achkhabad, la capitale du Turkménistan, désagréablement proche de la frontière iranienne.) Pourquoi, d'après vous, le président Ryan a-t-il dit ces choses sur l'islam dans son discours télévisé ? On attaque son pays, et lui, est-ce qu'il s'en prend à votre religion, mon ami ? Non. Qui d'autre qu'un homme d'honneur parlerait ainsi ?

Son interlocuteur, de l'autre côté de la table, hocha la tête :

— C'est possible. Qu'attendez-vous de moi ?

— J'ai juste une question à vous poser. Vous êtes un homme de Dieu. Pouvez-vous tolérer les actes commis par le chef de la RIU ?

Indignation :

— Allah déteste le sacrifice de vies innocentes. Tout le monde le sait.

Le Russe acquiesça, puis ajouta :

— Il est temps, alors, de décider ce qui est le plus important à vos yeux, le pouvoir politique, ou votre foi.

Ce n'était pas aussi simple, bien sûr.

— Que nous proposez-vous ? demanda l'homme de Dieu. Des gens vont bientôt se tourner vers moi pour me demander mon aide. Vous ne pouvez pas utiliser la foi comme arme contre le croyant.

— Autonomie accrue. Liberté de commerce pour vos biens dans le monde entier. Vols directs vers l'étranger. Les Américains et nous, nous vous aiderons à obtenir des crédits auprès des Etats du Golfe. Ils n'oublient pas les actes d'amitié, assura Golovko au prochain Premier ministre du Turkménistan.

Les élections étaient proches.

— Comment un croyant a-t-il pu faire une chose pareille ?

— Mon ami (ils ne l'étaient pas vraiment, mais c'était la formule appropriée), combien d'hommes commencent par une action noble avant de se laisser corrompre ? C'est peut-être une leçon à méditer. A vous de décider. Quelle sorte de leader souhaitez-vous être ? Et avec qui vous associerez-vous ?

Golovko se laissa aller contre son dossier et sirota son thé. Quelle erreur avait fait son pays qui n'avait pas compris la religion ! Et pourtant, quel beau résultat, maintenant...

— Notre foi, tout cela a un rapport avec Dieu, pas

avec le meurtre. Le Prophète prêche la guerre sainte, oui, mais il ne nous enseigne pas de singer nos ennemis. A moins que Mahmoud Haji ne prouve que ces affirmations sont fausses, je ne le soutiendrai pas, malgré tout l'argent qu'il me promet. J'aimerais rencontrer ce Ryan, le moment venu.

A treize heures Lima, l'image se confirmait. Le rapport de forces n'était toujours pas terrible, pensa Diggs, avec cinq divisions avançant contre une armée de la taille de quatre brigades... et encore, dispersées.

Mais personne n'y pouvait rien.

Les Saoudiens au nord de la KKMC avaient tenu pendant trois heures de façon spectaculaire, mais ils étaient encerclés, à présent, et il fallait les déplacer, en dépit des souhaits de leur état-major. Diggs ne connaissait même pas le nom de ce jeune commandant, mais il espérait le rencontrer plus tard. Avec quelques années d'entraînement, on en ferait vraiment quelqu'un.

Conformément à sa « suggestion », la cité militaire du roi Khaled était en cours d'évacuation. Le seul problème, c'était le personnel de renseignement qui s'y trouvait, et en particulier les équipes chargées des Predator qui avaient dû rappeler leurs oiseaux pour leur retrait sur la ligne de WOLFPACK, au nord d'Al-Artawiyah.

Diggs s'inquiétait d'une division lourde iranienne dont on savait qu'elle était en train de traverser les marais à l'ouest de Bassorah. Mais il y avait une faille dans le concept opérationnel de l'ennemi. Il n'avait pas laissé de force de couverture au Koweït. Bon, tout plan avait son défaut.

Son opération BUFORD aussi, probablement, en avait un, pensa Diggs. Mais il ne voyait pas où il avait pu se planter, alors même qu'il cherchait depuis deux heures.

— Nous sommes d'accord, messieurs ? demanda-t-il.

Tous les officiers saoudiens qui l'entouraient

étaient plus gradés que lui, mais ils comprenaient la logique de sa proposition. On allait baiser l'ennemi — et pas qu'un peu. Les généraux acquiescèrent d'un signe de tête. Ils ne protestaient même plus contre l'abandon de la KKMC. On aurait toujours le temps, ensuite, de la reconstruire.

— Bien, conclut-il, l'opération BUFORD débute donc au coucher du soleil.

Ils se replièrent par échelon. Quelques canons mobiles saoudiens les avaient rejoints, qui tiraient à présent des obus fumigènes pour obscurcir le champ de bataille. Aussitôt, la moitié des véhicules du commandant Abdullah abandonnèrent leurs positions et foncèrent vers le sud. Ses unités de flanc, déjà en mouvement, brisaient les tentatives d'encerclement de l'ennemi.

L'hélicoptère de Berman n'était jamais arrivé, et cet après-midi de bruit et de confusion avait été instructif. Appeler des attaques aériennes et en observer les effets au sol, voilà une chose qu'il n'oublierait pas, si les Saoudiens trouvaient le moyen de se tirer du piège que l'autre partie était en train de leur tendre.

— Venez avec moi, colonel, dit Abdullah, en courant vers son véhicule de commandement.

Et cela mit fin à la première bataille de la KKMC.

61

LA CHEVAUCHÉE DE GRIERSON

Ce qu'on voyait sur la carte était tout simplement désastreux.

On n'avait aucun mal à comprendre ce que signifiaient ces longues flèches rouges et ces petites flèches bleues. Les plans que montraient les actualités télévisées, ce matin, ne différaient guère de ceux de la salle de crise. Les « spécialistes » expliquaient que les forces américaines et saoudiennes étaient très inférieures en nombre et mal déployées, dos à la mer.

Puis il y eut le direct par satellite.

— On parle de violents combats aériens au nord-ouest. (Donner s'adressait à la caméra de « quelque part en Arabie Saoudite ».) Mais les hommes de troupe du Blackhorse ne sont pas encore entrés en action. Je ne peux pas dire exactement où je me trouve — tout simplement parce que je ne le sais pas. En ce moment, la Troupe-B se réapprovisionne en carburant, et nos chars Abrams M1 avalent des centaines de gallons. Ça pue l'essence, me disent les soldats. Mais leur moral n'a pas changé. Ce sont des hommes — *et des femmes* — en colère, ajouta-t-il. J'ignore ce que nous découvrirons à l'ouest. Je peux seulement affirmer que tout le monde brûle d'impatience, malgré les mauvaises nouvelles arrivées du haut commandement saoudien. L'ennemi est quelque part par là-bas et il se dirige vers le nord. On pense être au contact juste après le coucher du soleil. Ici Tom Donner sur le champ de bataille avec la Troupe-B, le 1er escadron du Blackhorse..., conclut le reporter.

— Joli sang-froid, remarqua Ryan. C'est diffusé quand, ce truc ?

Heureusement pour tout le monde, la totalité des liaisons télévision passaient par les canaux militaires — cryptés et contrôlés. Le moment aurait été mal choisi pour faire savoir à la RIU *qui* était *où* exactement. Toutefois, le commentaire négatif sur la « défaite » de l'armée saoudienne, serait bel et bien diffusé. Cette nouvelle — une « fuite » de Washington que le Pentagone avait délibérément choisi de ne pas commenter — était parole d'Evangile. Mais Jack était inquiet, même s'il trouvait amusant d'un point de vue abstrait de voir les médias faire de la désinformation sans même y être priés.

— Ce soir. Peut-être avant, répondit le général Mickey Moore. Là-bas, le soleil se couche dans trois heures.

676

— On peut y arriver ? demanda Potus.
— Oui, monsieur.

A présent la Wolfpack, 1re brigade, Garde nationale de Caroline du Nord, était entièrement formée. Eddington fit un tour dans un Black Hawk UH-60 pour jeter un coup d'œil à ses unités avancées. Lobo, son 1er bataillon opérationnel, avait calé son flanc gauche sur l'autoroute reliant Al-Artawiyah et la KKMC. White-fang [1], le 2e, était disposé côté ouest. Coyote, le 3e, était sa force de manœuvre en réserve, vers l'ouest, parce qu'il estimait que ses possibilités étaient par là. Il sépara son bataillon d'artillerie en deux groupes, capables de couvrir les extrémités gauche ou droite et, ensemble, de tenir le centre. Il manquait de support aérien et il n'avait pu obtenir que trois Black Hawk pour ses évacuations médicales, rien d'autre. Il avait aussi un groupe de renseignement, un bataillon d'appui de combat, du personnel médical, des hommes de la police militaire — et tout ce qui était essentiel à une unité de la taille d'une brigade. A l'avant de ses deux bataillons de sa ligne de front, se trouvaient des éclaireurs dont la mission consistait d'abord à lui envoyer des rapports, puis à détruire les « yeux » de l'ennemi. Il avait envisagé de réclamer au 11e ACR quelques-uns de ses hélicoptères, mais il savait ce que Hamm avait prévu pour eux et ça ne servait donc à rien de les lui demander. Il recevrait ses informations de ses seuls éléments de reconnaissance, et il lui faudrait s'en contenter.

Depuis le ciel, il constata que les M1A2 et les Bradley de sa ligne avancée avaient tous trouvé de bonnes positions, la plupart derrière des bermes ou de petites dunes et, quand c'était possible, un accident de terrain, de sorte qu'on voyait tout au plus le sommet d'une tourelle, et même rien pour la plupart d'entre eux. Les chars étaient séparés d'au moins

1. « Croc blanc » (*N.d.T.*).

trois cents mètres, souvent davantage. Cela en faisait des cibles sans intérêt pour l'artillerie ou les avions. On lui avait conseillé de ne pas s'inquiéter d'une attaque aérienne, mais il était soucieux tout de même, vu les circonstances.

Leur retraite commença par un trajet de quinze kilomètres parcourus à cinquante kilomètres à l'heure, assez pour s'éloigner des tirs d'artillerie et pour ressembler à la déroute que Berman avait imaginée — avant de se souvenir qu'il avait fait des exercices de repli sous le feu ennemi à une vitesse au moins quinze fois supérieure. Ils roulaient avec l'écoutille ouverte. Berman regarda derrière lui. Il n'avait jamais assisté à un combat défensif. Plutôt individuel, pensa-t-il. Il s'était attendu à voir d'importants regroupements d'hommes et de véhicules, oubliant ce que lui-même faisait à ce genre de cibles quand il les repérait depuis le ciel. Il aperçut une cinquantaine de colonnes de fumée, qui, toutes, provenaient de véhicules détruits par la Garde nationale saoudienne. Même s'ils ne prenaient pas leur entraînement assez au sérieux — c'est ce qu'il avait entendu dire —, cette équipe avait tenu trois heures contre une force au moins cinq fois plus importante.

Non sans casse. Devant lui, il n'y avait que quinze chars et huit blindés d'infanterie. Peut-être y en avait-il d'autres, qu'il ne pouvait voir dans les nuages de poussière. Il l'espéra. Il leva les yeux vers un ciel qu'il souhaitait ami.

Il l'était. Depuis l'aurore, le score s'élevait à quarante chasseurs de la RIU abattus, tous dans des combats air-air, contre six pertes américaines et saoudiennes, sol-air, celles-là. La couverture radar aéroportée des alliés n'avait pas laissé beaucoup de chances à l'aviation adverse, et le meilleur compliment qu'on pouvait lui faire c'était qu'elle avait « gêné » les attaques alliées contre les forces au sol.

L'ensemble hétéroclite d'avions de combat de fabrication américaine, française et russe était impressionnant sur le papier et sur les aérodromes, mais beaucoup moins dans les airs. Hélas, les capacités de l'aviation alliée diminuaient beaucoup la nuit. Seuls les quelques Strike Eagle F-15E étaient vraiment opérationnels tout-temps (on considère la nuit comme une condition météorologique). Il n'y en avait qu'une vingtaine, et ils ne pouvaient pas leur faire grand mal, estimait le renseignement de la RIU. Leurs divisions qui avançaient firent halte juste avant la KKMC, à nouveau pour se réapprovisionner en carburant et en munitions. Encore un autre saut identique, pensaient leurs commandants, et ils seraient à Riyad. Ils n'auraient même pas laissé le temps aux Américains de s'organiser pour engager le combat. Ils avaient encore l'initiative, et se trouvaient à mi-chemin de leur objectif.

PALM BOWL suivait tout cela grâce aux interceptions des transmissions radio dans le sud-ouest, mais il devait maintenant s'occuper au nord de la nouvelle menace que présentait une division blindée iranienne. La RIU avait peut-être prévu que les Koweïtiens, effrayés, n'agiraient pas en voyant l'Arabie Saoudite isolée ou au moins engagée dans de durs combats. Dans ce cas, ils avaient pris leurs désirs pour des réalités. Les frontières se traversent dans les deux sens, et le gouvernement koweïtien avait supposé à juste titre que l'inaction ne ferait qu'aggraver sa situation. Là encore, un jour supplémentaire aurait été nécessaire pour régler les choses, mais cette fois c'était l'assaillant qui en aurait eu besoin.

L'escadron de cavalerie aérienne, le 4e du 10e, décolla vingt minutes après le coucher du soleil et fila vers le nord. Quelques unités légères motorisées montaient la garde sur la frontière et pensaient être bientôt relevées par l'unité qui franchissait en ce moment le delta du Tigre et de l'Euphrate, deux bataillons de troupes à bord de camions et de véhicules blindés légers. Contre toute attente la RIU ne prévoyait pas d'être envahie par une nation au moins dix fois plus petite qu'elle. Au cours de l'heure suivante, les vingt-six Apache du Cav Buffalo les détruisirent au canon de 30 mm et aux roquettes, ouvrant ainsi la voie à la brigade légère mécanisée du Koweït dont les véhicules de reconnaissance se déployèrent, cherchant et trouvant les éléments de tête des blindés iraniens. Cinq kilomètres derrière elle avançait un bataillon de blindés lourds koweïtiens guidé par les informations qu'elle lui transmettait. La première grande surprise de la nuit pour la RIU fut la célébration du coucher du soleil par vingt tirs de chars, suivis, deux secondes plus tard, par quinze coups au but. Leur premier contact avec l'ennemi ayant été un succès, les éléments koweïtiens de tête poursuivirent l'attaque avec enthousiasme. Tout arrivait en même temps pour eux. Les systèmes de vision nocturne et leurs canons fonctionnaient. Leur ennemi était acculé à un terrain défavorable et n'avait nulle part où aller.

A PALM BOWL, le commandant Sabah entendit les appels radio ; encore une expérience vécue par procuration, pensa-t-il. Il s'avéra qu'une seule brigade de la 4ᵉ division blindée iranienne, une formation de réserve pour l'essentiel, avait traversé le delta et s'était brusquement retrouvée devant une force blindée ennemie qui avançait. Trois heures après le coucher du soleil, la seule route d'accès utilisable vers le sud de l'Irak était bloquée, interdisant ainsi à l'Armée de Dieu de recevoir par là des renforts. Pour assurer un blocage définitif, on allait faire sauter les ponts avec des bombes guidées. C'était une petite bataille pour sa petite nation, mais une bataille victorieuse qui préparait le terrain aux alliés de son pays.

Les éléments au sol du Cav Buffalo étaient déjà en mouvement vers l'ouest, tandis que l'escadron de cavalerie aérienne revenait pour se réapprovisionner en carburant et en armes ; ils laissaient une armée koweïtienne satisfaite d'elle-même — et avec raison — tenir les arrières et se préparer à la prochaine bataille.

Jusque-là, le 1er corps d'armée de la RIU avait été gardé en réserve; il était composé, entre autres, de l'ancienne 1re division blindée iranienne, les Immortels et d'une division où se retrouvaient principalement les officiers survivants de la Garde républicaine et une nouvelle classe d'appelés qui n'avaient pas connu la guerre de 1991. Le 2e corps avait fait la percée à la frontière et pris la tête de l'avance sur la KKMC, au cours de laquelle il avait perdu plus d'un tiers de ses forces. Cette tâche accomplie, il se déplaça sur sa gauche, vers l'est, laissant la voie libre au 1er corps qui n'avait encore été touché que par de rares attaques aériennes, et au 3e corps, également indemne. Le 2e corps monterait à présent la garde sur le flanc de la force d'assaut, contre les contre-attaques attendues du côté de la mer. Toutes les unités, suivant leur doctrine, envoyèrent des forces de reconnaissance à la tombée de la nuit.

Celles de tête, avançant par bonds, furent surprises de ne rencontrer aucune opposition en arrivant autour de la cité militaire du roi Khaled. Enhardi, le commandant du bataillon de reconnaissance fit entrer des troupes dans la ville. Elle était pratiquement déserte; sa population avait été évacuée la veille. Le commandant, en y réfléchissant, trouva la chose logique. L'Armée de Dieu avançait, et même si elle avait subi quelques lourdes pertes, les Saoudiens étaient incapables de l'arrêter. Satisfait, il poursuivit vers le sud, en prenant davantage de précautions, désormais. Il devait bien y avoir une opposition quelque part.

Le détachement de la police militaire d'Eddington avait rempli sa mission qui consistait à éloigner les gens du terrain des opérations et à les convoyer vers le sud. Tous ceux qu'il avait croisés avaient l'air découragés — jusqu'au moment où ils jetaient un coup d'œil à ce qui attendait l'ennemi entre la KKMC et Al-Artawiyah. Wolfpack ne pouvait pas se dissimuler entièrement. Finalement, les unités de la police militaire saoudienne annoncèrent qu'il n'y avait plus personne entre l'ennemi et elles. Elles se trompaient.

Avec, en tête, ses véhicules légers et en queue ses blindés de combat, tourelles tournées vers l'arrière, le commandant Abdullah avait pensé s'arrêter de nouveau et résister encore un moment, mais sa puissance de feu ne lui aurait pas permis de tenir longtemps contre ce qui arrivait. Ses hommes étaient épuisés par vingt-quatre heures de combats ininterrompus, en particulier les conducteurs de chars. A l'avant de leurs véhicules, ils étaient installés assez confortablement pour risquer de s'endormir en roulant. Ils étaient réveillés par les hurlements de leurs chefs ou les embardées des chars qui tombaient dans les fossés du bord de route...

Les véhicules qui arrivaient en ordre dispersé ne furent d'abord que des taches blanches sur leurs écrans à images thermiques. Eddington, dans son poste de commandement, pensait bien qu'il y aurait quelques Saoudiens à la traîne, et il avait averti ses troupes de reconnaissance, et lorsque les Predator furent lancés dans la soirée, il sut avec certitude que c'étaient eux. Le sommet plat particulier des M1A2 se dessinait nettement dans leurs télescopes thermiques. Il transmit l'information à Hootowl [1], son détachement de reconnaissance, dont la tension se relâcha tandis que les taches informes sur ses systèmes de vision au sol se transformaient peu à peu en profils connus. Mais il subsistait toujours un risque : les « véhicules amis » auraient très bien pu être récupérés par l'adversaire.

Les hommes de troupe craquèrent des bâtons à allumage chimique et les jetèrent sur la route. Les camions s'arrêtèrent presque dessus. Quelques officiers de liaison saoudiens assignés à Wolfpack vérifièrent leur identité et leur firent signe de se diriger vers le sud. Le commandant Abdullah, atteignant dix

---

1. « Hululement » (*N.d.T.*).

minutes plus tard les positions du détachement de reconnaissance, descendit de son char de commandement suivi du colonel Berman. Les gardes nationaux américains leur offrirent à manger et à boire, puis le fameux café des GI qui contient trois fois plus de caféine que la normale.

— Ils sont encore loin, mais ils arrivent, dit Berman. Mon ami que voici — euh, il a eu une dure journée.

Le commandant saoudien était sur le point de s'évanouir, sous l'effet d'un épuisement physique et mental qu'il n'avait encore jamais connu. Il gagna en chancelant le poste de commandement de Hootowl où, penché sur une carte, il relata ce qu'il savait, de la façon la plus cohérente qu'il le pouvait.

— Il faut les arrêter, conclut-il.

— Commandant, poussez donc à quinze kilomètres d'ici, et vous verrez le plus gros putain de blocage routier jamais vu ! Beau boulot, mon garçon, dit l'avocat de Charlotte au jeune homme.

Le commandant retourna vers son véhicule chenillé.

— C'était si dur que ça ? demanda à Berman le garde national, quand le Saoudien fut trop loin pour les entendre.

— Je sais qu'ils ont détruit une cinquantaine de chars, et encore, c'est juste ce que j'ai pu voir, dit Berman en sirotant son café dans une tasse métallique. Mais y en a beaucoup qui arrivent.

— Vraiment ? dit l'avocat/lieutenant-colonel. C'est juste ce qu'il nous faut. Pas d'autres amis derrière vous ?

Berman secoua la tête.

— Aucune chance.

— Prenez la route, maintenant, Berman. Quinze kilomètres, et vous allez assister à un sacré spectacle, z'entendez ?

Ils avaient bien l'air d'Américains, constata Berman, dans leurs tenues de campagne pour le désert, avec leurs visages peints et leurs casques de forme allemande. Les cartes étaient éclairées par des lampes rouges. Dehors, il faisait noir et seules les étoiles permettaient de différencier la terre et le ciel. Un croissant de lune apparaîtrait plus tard, mais cela n'y changerait pas grand-chose. Le HMMWV de commandement du responsable de l'avant-garde était truffé de radios. Plus loin, Berman ne vit qu'un seul Bradley et quelques troupes. Rien d'autre. Mais ils se comportaient comme des Américains et parlaient comme des Américains.

— Hootsix, ici Deux-Neuf. On a du mouvement, à cinq miles au nord de notre position. Deux véhicules juste sur l'horizon.

— Roger, Deux-Neuf, répondit le commandant. Tenez-nous au courant. Terminé. (Puis, se tournant vers Berman :) Filez, colonel. Nous avons du travail, ici.

Leur flanc était couvert. C'était certainement le 2ᵉ corps ennemi, pensa le colonel Hamm. Sa ligne avancée d'hélicoptères de reconnaissance Kiowa l'observait maintenant. Les Kiowa — une version militaire du Bell 206, l'hélicoptère le plus utilisé aux Etats-Unis pour les informations sur les embouteillages routiers — étaient très pratiques pour se cacher, la plupart du temps derrière des collines et des crêtes. Seul le périscope électronique monté au-dessus du rotor inspectait le terrain, tandis que le pilote faisait du surplace, et qu'une caméra filmait et transmettait les images. Hamm en avait six en l'air, à présent, éclaireurs avancés de son 4ᵉ escadron, à quinze kilomètres en avant de ses éléments au sol qui avaient pris position à trente miles au sud-est de la KKMC.

Tandis qu'il regardait son écran dans son blindé Star Wars, des techniciens convertissaient les informations provenant des éclaireurs Kiowa en données affichables sous forme de graphiques et distribuées à tous ses véhicules de combat. Des données arrivèrent ensuite des drones Predator. Ils étaient très haut, couvraient les routes et le désert au sud de la cité capturée. Un autre drone la survolait. Les rues, remarqua

Hamm, étaient envahies de camions-citernes et de vivres. Bon endroit pour les dissimuler, en effet.

Les détecteurs électroniques avaient désormais du travail. Les forces de la RIU avançaient trop vite pour pouvoir rester en silence radio. Les commandants étaient obligés d'échanger des informations. Toutes ces sources se déplaçaient, mais elles suivaient un itinéraire maintenant prévisible. Les commandants indiquaient aux sous-unités où aller et quoi faire, recevaient divers renseignements qu'ils transmettaient tout au long de la chaîne. Deux PC de brigade étaient définitivement identifiés, et probablement aussi un PC de division.

Hamm changea d'écran pour se faire une idée plus générale de la situation. Deux divisions filaient maintenant vers le sud, depuis la KKMC. Ce devait être le 1er corps ennemi, progressant sur un front de quinze kilomètres, côte à côte, en colonnes de brigades, une de chars à l'avant, une d'artillerie mobile juste derrière. Le 2e corps se déplaçait sur leur gauche, assez groupé pour fournir une protection de flanc. Le 3e corps semblait en réserve. Un déploiement conventionnel et prévisible. Le premier contact avec WOLF-PACK aurait lieu dans une heure environ, et il se tiendrait en retrait jusqu'à ce moment-là, ce qui permettrait au 1er corps de passer du nord au sud, de droite à gauche le long de son front.

On avait manqué de temps pour préparer correctement le champ de bataille. Il manquait aux troupes de la Garde nationale un détachement complet de sapeurs et les mines antichars qu'elles auraient pu semer pour « salir » le terrain. Le temps leur avait manqué aussi pour préparer des obstacles et des pièges efficaces. Ils étaient sur place depuis à peine dix heures. Ils n'avaient vraiment qu'un plan de tir. WOLFPACK pouvait faire des tirs courts où il voulait, mais tous les tirs en profondeur devaient avoir lieu à l'ouest de la route.

— Très bonne image ici, colonel, dit son officier de renseignements, un sergent-chef.

— Envoyez-la.

Tous les véhicules de combat du Blackhorse eurent instantanément la même photo numérique de l'ennemi que lui. Hamm, alors, saisit sa radio.

— WOLFPACK-SIX, ici BLACKHORSE-SIX.

— Ici WOLFPACK-SIX-ACTUAL. Merci pour les données, colonel, répondit Eddington. (Les deux unités savaient aussi où se trouvaient les amis.) Je dirais contact initial dans environ une heure.

— Prêts pour la danse, Nick? demanda Hamm.

— Al, j'ai du mal à retenir mes gars. On est armés et prêts à tirer, lui assura le commandant de la Garde. On voit leur protection avancée, maintenant.

Hamm modifia les réglages de sa radio et appela BUFORD-SIX.

— J'ai l'ensemble des positions, Al, lui assura Marion Diggs.

Il se trouvait à cent cinquante kilomètres à l'arrière, et cela lui déplaisait fortement. Il envoyait des hommes au combat par télécommande — difficile à accepter pour un nouvel officier général.

— OK, colonel, nous sommes en place. Il ne leur reste qu'à passer la porte.

— Roger, BLACKHORSE. En attente ici. Terminé.

Le travail le plus important était à présent réalisé par les Predator. Les opérateurs des UAV, installés avec la section du renseignement de Hamm, augmentèrent l'altitude de leurs petits avions pour minimiser les risques d'être repérés ou entendus. Les caméras tournées vers le sol permettaient de compter et de vérifier les positions. Les Immortels sur la gauche, et l'ancienne division irakienne des gardes sur la droite, à l'ouest de la route, avançaient à une allure régulière, les bataillons alignés et très proches les uns des autres pour une puissance et un effet de choc maximum s'ils rencontraient une opposition, à dix miles derrière leurs propres forces de reconnaissance. Derrière la brigade de tête se trouvait l'artillerie de la division, séparée en deux groupes bien distincts. Tandis qu'ils observaient le terrain dans le blindé du renseignement, l'une des deux moitiés fit halte, se dispersa et se positionna de façon à fournir un tir de couverture, tandis que l'autre moitié continuait d'avancer. Des dispositions, une fois encore, directement sorties du manuel. Ils seraient en place d'ici environ une heure et demie. Les Predator survolèrent la ligne des canons et transmirent leur position exacte grâce au GPS, des données immédiatement communiquées aux batteries de MLRS. On lança deux Predator supplémentaires pour obtenir les positions précises des véhicules de commandement ennemi.

— Bon, je ne sais pas exactement quand cela va commencer, dit Donner à la caméra. Je suis à l'intérieur de Bravo-Trois-Deux, le blindé de reconnaissance numéro deux du 3e peloton de la Troupe-B. Nous venons de recevoir des informations sur la position de l'ennemi. Il se trouve en ce moment à une trentaine de kilomètres à l'ouest de notre formation. Deux divisions au moins font mouvement vers le sud sur la route venant de la cité militaire du roi Khaled. Je sais maintenant qu'une brigade de la Garde nationale de Caroline du Nord est en position pour les arrêter. Ils se sont déployés avec le 11e régiment de cavalerie parce qu'ils étaient en manœuvres au Centre national d'entraînement, au moment où l'épidémie a éclaté.

« Quelle est notre humeur, ici ? Eh bien, comment expliquer ça ? Les troupes du Blackhorse sont en colère après ce qui est arrivé à notre pays. J'en ai parlé avec les soldats. Mais pour l'instant, ils me font penser à des médecins attendant l'arrivée de l'ambulance aux urgences. Tout est calme. On sait simplement qu'on va bientôt partir vers l'ouest, vers l'endroit où tout va se jouer.

« Je voudrais ajouter une remarque personnelle. Récemment, comme vous le savez, j'ai enfreint une règle de ma profession. J'ai commis une erreur. J'ai été abusé, mais je suis responsable. J'ai appris aujourd'hui que c'est le président en personne qui a demandé que je vienne ici. Peut-être pour me faire tuer ? ajouta Donner sur le ton de la plaisanterie. Non, non, je blaguais. Ici, c'est le genre de situation dont rêvent tous les professionnels de l'information. Je suis à l'endroit où l'Histoire se fait, et c'est là qu'un journaliste doit être. Monsieur le président Ryan, merci de m'avoir donné cette chance.

« C'était Tom Donner, au sud-est de la KKMC, avec la Troupe-B, 1ᵉʳ escadron du Blackhorse. (Il abaissa son micro.) Ça allait ?

— Oui, monsieur, lui répondit le sergent, avant d'ajouter quelque chose dans son propre micro. La transmission satellite est bonne, monsieur.

— Excellent, Tom, dit le commandant du blindé en allumant une cigarette. Venez par ici. Je vais vous montrer comment fonctionne l'IVIS et... (Il s'interrompit, la main sur son casque pour écouter le message qui lui arrivait par radio.) Démarrez, Stanley, dit-il au chauffeur. Le spectacle commence.

Il les laissa approcher. L'homme qui commandait la force de reconnaissance de Wolfpack était un avocat au criminel. En fait, il était diplômé de West Point, mais il avait préféré une carrière civile. Pourtant, il n'avait pas perdu le virus de la chose militaire, même s'il n'avait jamais vraiment compris pourquoi. Il avait quarante-cinq ans maintenant, et il avait servi sous un uniforme ou un autre pendant presque trente années — trente ans d'exercices et d'entraînements épuisants, de routines abêtissantes qui lui avaient volé tout son temps et sa famille. Mais maintenant, en cet instant, en première ligne de sa force de reconnaissance, il savait.

Leurs premiers engins se trouvaient à deux miles devant lui. Deux pelotons, évalua-t-il, d'après ce qu'il voyait, dix au total, dispersés sur trois miles, se déplaçant par groupes de trois ou quatre dans l'obscurité. Ils avaient sans doute des systèmes de visualisation par intensification de lumière ; il n'en était pas sûr, mais il devait faire comme si c'était le cas. Il les identifiait dans son télescope thermique : c'étaient des

BRDM-2 de reconnaissance, à quatre roues, équipés de mitrailleuses lourdes ou de missiles antichars. Il en chercha un avec quatre antennes radio. Ce serait le véhicule du commandant du peloton ou de la compagnie...

— Blindé avec des antennes juste en face, annonça un commandant de Bradley à quatre cents mètres à la droite du colonel. Portée deux kilomètres, et il se rapproche.

L'avocat/colonel passa la tête au-dessus de la crête et inspecta le terrain avec son télescope thermique. C'était le moment.

— Hootowl, ici Six, frappe dans dix, je répète, frappe dans dix secondes. Quatre-Trois, en attente.

— Quatre-Trois en attente, SIX.

Ce Bradley allait s'offrir le premier tir du deuxième round de la bataille de la KKMC. Le canonnier choisit un obus incendiaire brisant. Les BRDM n'étaient pas assez durs pour nécessiter les salves perforantes dont il disposait dans le magasin à double alimentation de son canon Bushmaster. Il positionna sa cible dans le centre de son viseur et l'ordinateur de bord régla la portée.

— *Bouffe cette merde et crève!* cracha le canonnier dans l'interphone.

— Hootowl, de Six, début des tirs, début des tirs.

— Feu! ordonna le commandant du blindé au canonnier.

Le spec-4 chargé du canon de 25 mm appuya sur les détentes et lâcha trois obus. Trois coups au but. Le BRDM de commandement disparut dans une boule de feu au moment où son réservoir à gaz explosait — contrairement à la majorité des véhicules de fabrication russe, ceux-ci n'étaient pas équipés d'un moteur diesel.

— Touché! annonça immédiatement le commandant, confirmant que le canonnier l'avait détruit. Pointage à gauche, cible BRDM.

— Identifiée! dit le canonnier quand il eut accroché l'objectif.

— Feu! (Une seconde plus tard :) Touché! Cessez

le feu, pointage à droite ! Cible BRDM, deux heures, portée quinze cents !

La tourelle du Bradley effectua une rotation dans l'autre sens au moment où l'ennemi commençait à réagir.

— Identifiée !

— Feu !

Dix secondes après le premier, un troisième véhicule était détruit.

En une minute, tous les BRDM que le commandant avait vus étaient en feu. Il eut un mouvement de recul, presque aveuglé par la violente lumière blanche dans son télescope thermique. Puis il ordonna :

— Déployez-vous et écrasez-les !

Vingt Bradley émergèrent au même moment de leurs diverses cachettes, et ils foncèrent sur l'ennemi, leurs canonniers à la recherche de ses véhicules de reconnaissance. Une canonnade commença, brève, brutale, rapide. Elle dura dix minutes, sur trois kilomètres ; les BRDM qui essayaient de faire retraite se révélèrent incapables de tirer efficacement. Ils ripostèrent avec deux missiles antichars Sagger, trop courts tous les deux, qui explosèrent dans le sable au moment même où leurs lanceurs étaient éliminés par un tir de Bushmaster. Leurs mitrailleuses lourdes n'étaient pas assez puissantes pour percer le blindage avant des Bradley. La force adverse, trente véhicules au total, fut totalement détruite.

Hootowl venait de se rendre maître de cette partie du champ de bataille.

Hootowl poursuivit son avance. C'était plus sûr que de rester sur place ou de reculer. Les Bradley et les Hummer filèrent à deux kilomètres vers le nord, à la recherche du reste de la force de reconnaissance de l'ennemi qui devait être en train de se déplacer, certainement avec une grande prudence, vers son commandement de brigade ou de division. Le lieutenant-colonel de la Garde nationale savait qu'il ne menait là qu'une bataille de reconnaissance, avant l'événement principal, mais il pouvait continuer à préparer le champ de bataille pour WOLFPACK. Il s'attendait à tomber sur une autre compagnie de véhicules de reconnaissance, suivie de près par une garde lourde avancée de chars et de BMP. Les Bradley avaient des missiles TOW pour s'occuper des chars, et le Bushmaster était conçu pour abattre le transporteur d'infanterie qu'ils surnommaient le *bimp*. En outre, si l'ennemi savait désormais où il se trouvait — plus exactement où il *s'était trouvé* —, il ne pensait certainement pas qu'il continuerait à avancer. Au contraire, il devait être certain qu'il reculait.

Ce fut évident deux minutes plus tard, quand un déluge de feu s'abattit un kilomètre *derrière* les Bradley en mouvement. L'adversaire suivait toujours sa vieille tactique soviétique. Celle-ci n'était pas foncièrement mauvaise, mais les Américains la connaissaient par cœur. HOOTOWL parcourut rapidement un autre kilomètre et s'arrêta derrière une ligne de crêtes basses qui lui convenait parfaitement. Il y avait de nouveau des taches sur l'horizon. L'avocat/colonel décrocha sa radio pour transmettre cette information.

— BUFORD, ici WOLFPACK, nous avons le contact, annonça Eddington à Diggs depuis son PC. Nous venons de détruire leurs éléments de reconnaissance. Nos forces de l'avant voient maintenant leur garde qui progresse. J'ai l'intention d'engager un combat rapide et de les repousser vers le sud-est. Des tirs d'artillerie ennemie tombent entre nos éclaireurs et nous. Terminé.

— Roger, WOLFPACK.

Sur son écran de commandement, Diggs voyait les Bradley qui avançaient, se déplaçant sur une ligne assez régulière, mais étendue. Puis ceux-ci repérèrent un mouvement. Ce qu'ils virent apparut comme des symboles ennemis inconnus sur le système de commandement IVIS.

Tout cela était terriblement frustrant pour Diggs. Il

connaissait mieux le développement d'une bataille que quiconque dans toute l'histoire de la guerre. Il pouvait indiquer aux pelotons quoi faire, où aller, sur qui tirer — *mais il n'en avait pas le droit*. Il avait donné son accord à la stratégie d'Eddington, de Hamm et de Magruder, il avait coordonné leurs plans et, à présent, étant leur commandant, il devait les laisser agir et n'intervenir que si quelque chose tournait mal ou qu'une situation imprévue se développait. Le commandant des forces américaines en Arabie Saoudite n'était plus qu'un spectateur. Le général noir secoua la tête, étonné. Il savait que les choses se passeraient ainsi, mais il n'avait pas imaginé à quel point cela le frustrerait.

Il était presque temps. Les escadrons de Hamm avançaient de front ; chacun ne couvrait que dix kilomètres, mais était séparé des autres par des intervalles de la même longueur. Dans chaque cas, leurs commandants respectifs avaient choisi de placer leurs compagnies de chars en réserve. Chaque escadron avait neuf chars et treize Bradley, plus deux véhicules chenillés M113 transporteurs de mortiers. A sept kilomètres devant eux, maintenant, se trouvaient les brigades du 2e corps de la RIU, affaiblies par leur bataille au nord de la KKMC, mais sans doute encore efficaces. Ses hélicoptères et les images transmises par ses Predator avaient permis à Hamm de bien définir leurs positions. L'ennemi, en revanche, ne savait sans doute encore rien à son sujet, même s'il essayait d'obtenir des informations fiables, et avec certainement autant d'ardeur que lui-même. Tout était parfaitement en place, et à cinquante miles derrière, ses Apache et ses Kiowa de reconnaissance décollèrent pour participer à la fête.

Les Strike Eagle F-15E se trouvaient tous dans le nord. On en avait perdu deux plus tôt dans la journée, dont celui du commandant de l'escadrille. Maintenant, sous la protection de F-16 équipés de HARM, ils pilonnaient les ponts et les chaussées surélevées dans l'estuaire des deux fleuves jumeaux avec des bombes guidées par laser. Ils voyaient les chars, en flammes à l'ouest des marais et intacts à l'est. Les frappes répétées détruisirent toutes les routes de la zone. Ce fut une heure passionnante.

Les F-15C, eux, survolaient la région de la KKMC, comme toujours sous le contrôle des AWACS. Un groupe de quatre restait à haute altitude, au-delà de l'enveloppe des SAM mobiles des forces terrestres qui progressaient. Leur tâche consistait à chercher des chasseurs RIU susceptibles d'entrer dans la danse. Les autres traquaient les hélicoptères des divisions blindées. Ce n'était pas aussi prestigieux que de descendre un chasseur — mais c'était quand même un objectif détruit. Mieux encore, les hélicos transportaient souvent des généraux, et par-dessus tout, ils faisaient partie de l'effort de reconnaissance de la RIU et le plan disait qu'on ne pouvait pas les laisser faire.

Au-dessous d'eux, l'ennemi avait dû se passer rapidement le mot. Trois hélicos seulement avaient été abattus pendant la journée, mais dès la tombée de la nuit, un grand nombre d'entre eux avaient décollé — dont la moitié fut détruite au cours des dix premières minutes. C'était vraiment différent de la dernière fois. La chasse était très facile. L'ennemi, menant l'offensive, était obligé de livrer bataille — il ne pouvait ni se dissimuler dans des abris, ni se disperser. Cela convenait aux pilotes des Eagle. L'un d'eux, au sud de la KKMC, averti par son AWACS, localisa un hélico sur son radar air-sol et lâcha immédiatement un missile AIM-120. Il suivit sa trajectoire et repéra la boule de feu qui explosa à sa gauche. Une partie de lui-même ne pouvait s'empêcher de penser que c'était gaspiller un excellent Slammer.

Plus de la moitié des canonniers des Bradley n'avaient jamais tiré de « vrais » missiles TOW, même s'ils l'avaient tous fait des centaines de fois en simulation. Ils engagèrent le combat les premiers, et cette seconde bataille au canon fut un véritable échange entre les deux camps. Deux BRDM avaient franchi sans le savoir la ligne des véhicules de reconnaissance américains. Ils virèrent immédiatement. L'un d'eux entra presque en collision avec un HMMWV et il eut le temps de le mitrailler avant d'être détruit par un Bradley. Celui-ci fila vers le HMMWV et ne découvrit qu'un survivant parmi les trois hommes de l'équipage du Hummer. Les fantassins s'occupèrent de lui tandis que le chauffeur du Bradley montait au sommet d'une berme et que le canonnier pointait son lanceur TOW.

Les chars de la RIU ripostaient, maintenant, repérant les flammes de départ des canons des Bradley et utilisant leurs systèmes de vision nocturne ; il y eut un nouvel engagement bref et violent. Un Bradley fut touché et explosa avec tous ses hommes. Les autres lancèrent chacun un ou deux missiles, éliminant vingt chars ennemis avant que leur commandant ne les rappelât, et échappant de justesse au barrage d'artillerie que le commandant adverse demanda contre leurs positions. HOOTOWL abandonna ce Bradley, et deux Hummer — et les premières victimes américaines de la seconde guerre du golfe Persique.

A Washington, l'heure du déjeuner se terminait. Le président avait mangé sur le pouce. L'information arriva à la salle de crise alors qu'il finissait. Sur le plateau incrusté d'or qui était encore devant lui restaient la croûte de son sandwich et les chips qu'il avait négligées. La nouvelle de ces morts le toucha durement, plus durement peut-être que celle des victimes du USS *Yorktown* ou des six aviateurs disparus — *disparus* ne signifiait pas nécessairement *morts,* n'est-ce pas ? pensa-t-il. Ceux-là, sur le terrain, l'étaient certainement. Des membres de la Garde nationale. Des soldats-citoyens qui intervenaient surtout pour aider les populations en cas d'inondations ou d'ouragans...

— Monsieur le président, seriez-vous parti là-bas pour cette mission ? demanda le général Moore, sans laisser le temps à Robby Jackson d'intervenir. Vous avez vingt et quelques années, vous êtes lieutenant des Marines et on vous ordonne d'y aller, vous le faites, non ?

— Je suppose — non, non, j'irais certainement. Je le *devrais*.

— Eux aussi, monsieur, ajouta Mickey Moore.

— C'est le boulot, Jack, dit doucement Robby. C'est pour cela qu'on nous paie.

— Ouais.

Et il devait admettre que lui aussi.

Les quatre F-117 Night Hawk atterrirent à Al-Kharj et roulèrent jusqu'aux abris, puis, presque immédiatement, les appareils transportant les renforts de pilotes et d'équipes au sol. Les officiers du renseignement venus de Riyad les accueillirent et emmenèrent les pilotes à leur premier briefing de mission pour une guerre qui commençait juste à prendre de l'ampleur.

Le général de brigade chargé de la division des Immortels se trouvait dans son véhicule de commandement et tentait de trouver un sens à la situation. Jusque-là, ce conflit avait été assez satisfaisant. Le 2e corps avait fait son travail, il avait ouvert la brèche et permis à la force principale de s'y précipiter, et une heure plus tôt, l'image globale de leur campagne était à la fois claire et agréable. Oui, des forces saoudiennes se dirigeaient vers le sud-ouest et vers lui, mais c'étaient les vestiges de la bataille passée. A ce moment-là, il se trouverait déjà aux abords de leur capitale. A l'aube, le 2e corps quitterait sa position de couverture sur sa gauche et ferait semblant de se diriger sur les champs pétroliers. Ça donnerait à réfléchir aux Saoudiens. Lui, il aurait certainement un jour supplémentaire au cours duquel, avec un peu de chance, il s'emparerait d'une partie, voire de la totalité de leur gouvernement. Et peut-être même de la famille royale — mais elle s'était sans doute enfuie, auquel cas le royaume se trouvait privé de chef. Alors, son pays aurait gagné la guerre.

Celle-ci leur avait coûté cher, bien sûr. Le 2e corps avait perdu la moitié de sa puissance de feu pour permettre à l'Armée de Dieu de venir si loin, mais aucune victoire n'avait jamais été acquise à bon marché. Et ici non plus, ce ne serait pas le cas. Sa force avancée avait totalement disparu du réseau radio. Un appel pour annoncer le contact avec des forces inconnues, une demande d'appui d'artillerie, et puis plus rien... Il savait qu'il y avait des Saoudiens quelque part devant lui, qu'il s'agissait des restes de la 4e brigade, presque entièrement éliminée par le 2e corps, et qu'elle avait combattu âprement au nord de la KKMC avant de se replier... Elle avait dû recevoir l'ordre de tenir pour permettre l'évacuation de la ville... Et elle était sans doute encore assez forte pour réduire en bouillie ses groupes de reconnaissance. Il ignorait aussi où était le régiment de cavalerie américain... A l'est, probablement. Il savait qu'il y avait une autre brigade américaine quelque part, sans doute à l'est, là encore. Il aurait bien voulu avoir des hélicoptères, mais il venait juste d'en perdre un contre les chasseurs américains, avec son responsable du renseignement. Il pouvait oublier aussi l'appui aérien... Le seul chasseur ami qu'il avait vu dans la journée était une épave fumante dans un trou dans le désert, à l'est de la KKMC. Peut-être les Américains le gêneraient-ils, mais ils seraient incapables de l'arrêter, et s'il atteignait Riyad à temps, il pourrait envoyer des troupes s'emparer de la plupart des terrains d'aviation saoudiens et contrer cette menace. La clé de l'opération, lui avait dit son commandement en chef, consistait à continuer le plus rapidement possible. Une fois cette décision prise, il ordonna à sa brigade de tête de progresser comme prévu, avec la Garde sur l'avant pour la reconnaissance. Ils venaient de rapporter un contact et une bataille, avec un ennemi non encore identifié, mais qui s'était retiré après un bref échange de tirs. Probablement cette force saoudienne, pensa-t-il, qui faisait de son mieux pour frapper et reculer ; il la réduirait après le lever du soleil. Il donna ses ordres, informa son état-major de ses intentions, et quitta le poste de commandement pour se rendre sur l'avant. Comme tout bon général, il voulait voir l'opération au front.

Les Kiowa rapportèrent la présence de quelques éléments avancés. Pas beaucoup. Ils avaient dû être durement touchés au cours de leur déplacement vers le sud, pensa le colonel Hamm. Pour les éviter, il fit se mouvoir un de ses escadrons vers la gauche et demanda à son responsable aérien de détacher un Apache pour s'occuper de l'ennemi dans quelques minutes. Un autre groupe pouvait être contourné sans peine ; le troisième se trouvait juste sur la route du 3e escadron ; tant pis pour lui. La position des BRDM était indiquée sur les écrans IVIS, ainsi que ce qui restait du 2e corps très éprouvé de la RIU.

Voilà donc les Immortels. Eddington constata que leur garde avancée, suivie de près par les éléments de tête de leur force principale, arrivait peu à peu à portée de tir de ses chars ; ils progressaient à environ vingt kilomètres à l'heure. Il appela Hamm.

— Dans cinq minutes. Bonne chance, Al.

— A vous aussi, Nick, entendit Eddington.

On appelait cela la synchronisation. A cinquante kilomètres d'écart, plusieurs batteries de canons mobiles Paladin dressèrent leurs tubes et les pointèrent sur les cibles définies par les drones Predator et les intercepteurs ELINT. Les canonniers entrèrent dans leurs ordinateurs les coordonnées adéquates qui permettraient à leurs armes largement séparées les unes des autres d'atteindre les mêmes objectifs. Tous les yeux étaient maintenant fixés sur les chronomètres et suivaient le défilement des chiffres numériques, qui approchaient, seconde après seconde, de 22 h 30 Lima, 19 h 30 Zoulou, 14 h 30 Washington.

La scène était identique dans les blindés MLRS. Les soldats avaient vérifié le blocage de leurs suspensions pour stabiliser les véhicules pendant les lancements et l'étanchéité de leurs compartiments, car les fumées d'échappement de leurs roquettes étaient mortelles.

Au sud de la KKMC, les tankistes de la Garde de Caroline suivaient des yeux l'avancée des taches blanches. Les canonniers manipulaient leurs télémètres laser. Les éléments avancés de l'ennemi se trouvaient maintenant à deux mille cinq cents mètres, et le corps principal à mille mètres derrière, composé de chars et de BMP.

Au sud-est de la KKMC, le Blackhorse avançait à quinze kilomètres à l'heure, vers une ligne de cibles sur une crête, à quatre kilomètres à l'ouest.

Ce n'était pas parfait. La Troupe-B, 1er escadron du 11e, tomba sur une position de BRDM inattendue et ouvrit le feu de sa propre initiative, ce qui alerta l'ennemi quelques secondes trop tôt ; mais finalement cela n'eut pas de conséquences, car le compte à rebours approchait de la fin.

Eddingron n'avait pas pu fumer de toute la soirée, de peur que la lueur de son cigare ne fût repérée par les jumelles de vision nocturne de quelqu'un, il ouvrit son Zippo et l'alluma au moment précis où 59 faisait place à 00. Une minuscule lumière n'avait plus d'importance... désormais.

Ce fut l'artillerie qui commença. Les MLRS étaient les plus spectaculaires, douze roquettes pour chaque lanceur, jaillissant à moins de deux secondes d'intervalle ; les flammes de leurs moteurs illuminaient les fumées d'échappement et violaient l'obscurité du ciel. A vingt-deux heures trente minutes trente secondes, presque deux cents roquettes à vol libre M77 étaient en l'air. Au même moment, les engins mobiles étaient déjà prêts à être rechargés.

La nuit était claire, et dans un rayon de cent cinquante kilomètres personne n'aurait pu manquer le spectacle lumineux. Les pilotes des chasseurs qui volaient au nord-est virent les roquettes, et veillèrent à ne surtout pas dévier de leur plan de vol : ils n'avaient aucune envie de se retrouver dans le même ciel que ces objets.

Les officiers irakiens de la division blindée de la Garde furent les premiers à les voir arriver du sud, puis virer à l'ouest de la route reliant la KKMC à Al-Artawiyah. Beaucoup d'entre eux avaient assisté au même spectacle quand ils étaient encore lieutenants et capitaines, des années auparavant, et ils en connaissaient précisément la signification. Une pluie d'acier se préparait. Certains officiers furent paralysés par cette vision. D'autres ordonnèrent en hurlant à leurs hommes de se mettre à couvert, de fermer leurs écoutilles... et d'attendre que ça passe.

Mais c'était impossible aux artilleurs de la division. La plupart de leurs canons étaient tractés, la majorité de leurs servants se trouvaient à découvert, et des camions de munitions garés à côté d'eux. Ils voyaient les roquettes, notaient leur direction, mais ils ne pouvaient à peu près rien faire d'autre. Après s'être dispersés, ils plongèrent au sol, en maintenant leurs casques et en priant pour que ces saletés tombent ailleurs.

A leur apogée, les roquettes s'inclinèrent vers le sol. A plusieurs milliers de pieds d'altitude, une minuterie fit exploser leurs ogives, et chacune lâcha six cent quarante-quatre sous-munitions d'une demi-livre, soit un total de sept mille sept cent vingt-huit pour chaque MLRS. Toutes visaient l'artillerie de la division de la Garde. C'était elle qui avait la plus longue portée, et Eddington voulait la mettre hors jeu immédiatement. Suivant la pratique courante de l'armée américaine, le MLRS était le fusil de chasse personnel du commandant de l'unité.

Ce fut une mort bruyante pour les soldats, au milieu des explosions de plus de *soixante-dix mille* munitions au-dessus d'une zone d'environ cent hectares. Les camions prirent feu. Les charges propulsives déclenchèrent des explosions secondaires, mais plus de quatre-vingts pour cent des artilleurs étaient déjà morts ou gravement blessés. Il y aurait deux autres salves. A l'arrière de WOLFPACK, les véhicules de lancement retournèrent vers leurs camions de réapprovisionnement. Juste avant de les rejoindre, les cellules de lancement usagées furent éjectées et remplacées par des neuves. Le rechargement dura environ cinq minutes.

Il fut plus rapide pour les canons de 155 mm. Ceux-ci visaient aussi l'artillerie ennemie, et leurs obus étaient largement aussi précis que les roquettes. C'était la plus mécanique des activités militaires. Le canon tirait et les hommes servaient le canon. Ils ne voyaient pas ce qu'ils faisaient, et aujourd'hui, ils n'avaient même pas un observateur de l'avant pour le leur dire, mais ils savaient qu'avec le GPS pour la visée ils n'avaient aucun souci à se faire — et si les choses se déroulaient comme prévu, ils auraient tout le temps, ensuite, de constater les résultats de leur tâche meurtrière.

Etrangement, les derniers à tirer furent ceux qui avaient une vue directe sur l'ennemi. Malgré sa puissance de mort, le système de contrôle de feu du char Abrams est l'un des mécanismes les plus simples jamais placés entre les mains des soldats, plus facile même à utiliser que les simulateurs à un million de dollars pour l'entraînement des équipages. Chaque canonnier s'était vu attribuer des secteurs; les premiers obus utilisés contre l'ennemi étaient des HEAT — explosif antichar à grande puissance —, ce qui leur conférait une signature visuelle distincte. Les chars avaient des zones situées à gauche ou à droite de ces premiers coups au but. Les systèmes de visée à image thermique étaient basés sur la chaleur, la radiation infrarouge. La température de leurs cibles, plus élevée que celle du désert nocturne, annonçait leur présence aussi clairement que des ampoules. Chaque canonnier choisit un T-80 qui avançait. Une fois la cible centrée dans le viseur, il déclenchait un faisceau laser qui se dirigeait vers celle-ci et lui revenait. Le signal de retour indiquait à l'ordinateur balistique la distance de la cible, sa vitesse et le sens de son déplacement. D'autres détecteurs lui disaient la température extérieure, celle des munitions, la densité de l'atmosphère, la direction et la vitesse du vent, l'état du canon (il s'affaisse un peu en chauffant), et même combien d'obus avaient été tirés par ce tube à ce stade de sa carrière. L'ordinateur enregistrait toutes ces informations, il les traitait, après quoi il envoyait un rectangle blanc dans le viseur pour indiquer au canonnier que le système était sur la cible. Et l'homme n'avait plus qu'à appuyer sur les détentes doubles. Le char faisait une embardée, la culasse reculait, la lueur de départ aveuglait un instant, et les obus « sabots » jaillissaient à plus d'un mile à la seconde. Les projectiles ressemblaient à d'énormes flèches, plus courtes qu'un bras humain, et d'un diamètre de six centimètres. Leurs courtes ailettes de queue brûlaient sous l'effet de la friction de l'air pendant le bref vol de ces « balles d'argent ».

Les cibles étaient des T-80 de fabrication russe, des chars d'un modèle ancien. Ils étaient beaucoup plus petits que leurs adversaires américains, essentiellement en raison d'une puissance de moteur inadaptée, et leur taille réduite avait entraîné un certain nombre de compromis de conception. A l'avant se trouvait un réservoir de carburant dont le bord suivait celui de la tourelle. Les obus de canon étaient fixés dans des espaces pratiqués dans le réservoir de carburant arrière, de sorte que les munitions étaient entourées de diesel. Enfin, pour économiser de l'espace dans la tourelle, on avait installé un système de chargement automatisé, moins rapide qu'un homme. En outre, il obligeait à garder toujours en attente, dans la tourelle, un obus amorcé. Dans la plupart des cas, la différence était négligeable, mais pas quand on prenait un coup au but spectaculaire.

Un second T-80 fut détruit par une « balle d'argent » qui frappa la base de sa tourelle, transperça son blindage et le fit éclater en fragments mortels projetés à une vitesse supérieure à cent mètres à la seconde dans les espaces intérieurs exigus. L'équipage fut instantanément réduit en charpie; puis les munitions et le carburant du char explosèrent, et sa lourde tourelle fut propulsée à plusieurs mètres de hauteur. Quinze autres chars connurent le même sort en l'espace de trois secondes. La totalité de la garde avancée de la division des Immortels fut éliminée au cours des dix secondes suivantes. La fumée et les flammes des carcasses de leurs véhicules obscurcirent le champ de bataille, et ce fut bien la seule résistance qu'ils furent en mesure d'opposer aux Américains.

Les tirs commencèrent immédiatement sur le corps d'armée principal, trois bataillons qui avançaient en ligne et étaient à environ trois mille mètres, soit un peu plus de cent cinquante chars venant à la rencontre d'un bataillon de quarante-cinq...

Les chefs de chars iraniens se tenaient debout dans leurs tourelles, le meilleur poste d'observation, même s'ils avaient vu les roquettes. Ils aperçurent soudain une espèce de vague blanche et orange à trois kilomètres de distance, puis l'univers explosa autour d'eux. Les plus rapides ordonnèrent à leurs canonniers d'envoyer des obus là où ils repéraient les lueurs de départ de l'adversaire. Dix au moins tirèrent, mais ils avaient manqué de temps pour régler leur portée, et tous furent trop courts. Les équipages iraniens avaient été entraînés, ils savaient quoi faire, et la surprise n'avait pas encore cédé la place à la terreur. Certains lancèrent le cycle du rechargement, tandis que d'autres ajustaient leurs télémètres pour diriger correctement leurs obus, mais l'horizon redevint orange, et ce qui suivit leur laissa à peine le temps de remarquer le changement de couleur du ciel.

La deuxième salve de cinquante-quatre obus eut quarante-quatre coups au but, dix T-80 étant touchés deux fois. C'était moins de vingt secondes après le début de l'engagement.

— Trouvez-m'en un qui bouge encore, dit le chef d'un char (TC) à son canonnier.

Le champ de bataille était illuminé à présent, et les explosions gênaient les viseurs thermiques. Là-bas ! Le canonnier définit sa portée par télémètre laser — 3 650 m —, le canon s'éleva, et il tira. Son périscope se brouilla un instant, puis il vit son obus traçant filer dans le désert directement sur sa proie.

— Nouvelle cible ! dit le TC. Décalage du tir.

— Identifiée !

— Feu !

— C'est parti !

Le canonnier tira sa troisième salve en une demi-minute, et trois secondes plus tard, une autre tourelle de T-80 était projetée dans les airs.

La bataille de chars était terminée.

A présent, les Bradley engageaient le combat avec leurs canons Bushmaster contre les BMP qui avançaient. Pour eux, ce fut un peu plus long, car la portée était plus problématique pour leurs canons plus légers, mais le résultat fut tout aussi définitif.

Le commandant des Immortels arrivait à l'arrière de la brigade de tête quand il repéra les roquettes. Il ordonna à son chauffeur de s'arrêter, et se retourna à temps pour apercevoir les explosions secondaires sur l'ensemble de son déploiement d'artillerie. Puis, s'intéressant de nouveau au front, il vit la deuxième salve des chars d'Eddington. Il venait de perdre quarante pour cent de sa puissance de feu en moins d'une minute. Il comprit qu'il était tombé dans une embuscade — mais de qui ?

Les roquettes MLRS qui avaient privé les Immortels de leur artillerie étaient arrivées de l'est, non du sud. C'était un cadeau de Hamm aux hommes de la Garde nationale, qui ne pouvaient pas attaquer eux-mêmes les canons iraniens, compte tenu du plan de feu existant. Les MLRS du Blackhorse s'en étaient donc chargés, puis ils avaient décalé leurs tirs pour laisser travailler les hélicoptères d'attaque Apache du régiment, qui frappaient en profondeur, bien au-delà des unités du 2ᵉ corps essuyant en ce moment le feu des trois escadrons terrestres.

La répartition des tâches sur ce champ de bataille avait été déterminée la veille dans ses grandes lignes, et personne n'avait changé d'avis avec l'actuel développement de la situation. L'artillerie s'attaquerait à

703

l'artillerie et les chars aux chars. Les hélicoptères étaient là pour éliminer les commandants. Le PC de la division des Immortels s'était arrêté depuis vingt minutes. Dix minutes avant le premier tir de roquettes, des équipes d'Apache et de Kiowa arrivèrent du nord après une large boucle, approchèrent les Iraniens par l'arrière et se dirigèrent vers les endroits d'où provenaient les signaux radio. Ils se chargeraient d'abord du commandement de la division, puis de celui des brigades.

L'état-major des Immortels devait s'occuper des communications qui arrivaient. Certains officiers demandaient des confirmations ou des éclaircissements dont ils avaient besoin pour pouvoir réagir correctement à la situation. C'était le problème des postes de commandement. Représentant les cerveaux institutionnels des unités qu'ils commandaient, ils devaient rester en contact pour établir les processus de décision.

A six kilomètres de distance, ce rassemblement de véhicules était évident. Quatre tireurs de SAM étaient orientés vers le sud, plus un cercle de canons AAA. Ils furent les premières cibles. Les Apache de la Troupe-P (attaque) trouvèrent un endroit où l'environnement ne présentait rien de dangereux, et firent du surplace à une centaine de pieds au-dessus du sol. Les canonniers assis à l'avant, tous de jeunes adjudants, utilisèrent leurs optiques directes pour sélectionner le premier groupe de cibles, et optèrent pour des missiles antichars à guidage laser Hellfire. Un soldat iranien vit l'éclair du premier lancement et hurla à l'adresse d'un tireur, qui fit pivoter ses canons antiaériens dans tous les sens et commença à arroser les hélicos. La suite fut digne d'un asile de fous. Pour éviter les obus, l'Apache visé fit un « dérapage-sol » sur sa gauche, en accélérant à cinquante nœuds, et son canonnier, pris par surprise, rata le guidage de son premier missile qui frappa trop loin, et il dut en lâcher un second. Les autres AH-64 ne furent pas gênés, et cinq de leurs six lancements firent mouche. Une minute plus tard, le problème antiaérien était réglé et les hélicoptères d'attaque se rapprochèrent. Des gens s'extirpaient maintenant des blindés de commandement et fuyaient en courant. Certains soldats du groupe de protection du commandement se mirent à tirer des coups de fusil vers le ciel. L'activité des mitrailleurs fut un peu plus structurée, mais la surprise était dans le camp américain. Les canonniers tirèrent des roquettes de 70 mm pour nettoyer la zone, des Hellfire pour éliminer les derniers blindés, puis ils utilisèrent leur canon de 30 mm. Les Apache, tels de gigantesques insectes, tournèrent au-dessus du désert à la recherche d'ennemis que les armes plus lourdes avaient épargnés. Les soldats de la RIU ne pouvaient se cacher nulle part sur ce terrain plat, et les corps humains rougeoyaient dans les appareils de vision nocturne des canonniers qui les chassèrent par groupes, puis par deux, et enfin un par un, balayant le site comme des moissonneurs. Au cours de la préparation de cette mission, il avait été décidé que, contrairement à ce qui s'était passé en 1991, les hélicoptères ne feraient aucun prisonnier dans cette guerre-ci, et les projectiles de 30 mm avaient des pointes explosives. La Troupe-P — ils s'étaient surnommés « les Prédateurs » — resta encore dix minutes pour s'assurer que tous les véhicules étaient bien détruits et que tous les hommes étaient bien morts, puis ils tournèrent, abaissèrent leurs nez, et se dirigèrent à l'est vers leurs points de réapprovisionnement en carburant et en munitions.

L'attaque prématurée contre l'élément de reconnaissance du 2e corps avait fait débuter une partie de cette bataille un peu trop tôt, et avait alerté une compagnie de chars raisonnablement intacte avant le moment prévu, mais ceux-ci étaient toujours des taches blanches sur un fond noir, à moins de quatre mille mètres.

— Engagement ! ordonna le commandant de la Troupe-B, en tirant son premier obus, immédiatement suivi de huit autres.

Six firent mouche, même à cette portée extrême, et le Blackhorse lança son attaque contre le 2e corps de la RIU avant même la salve de MLRS. Puis cinq autres chars explosèrent; leur riposte avait été trop courte. Ce n'était pas facile de faire mouche en roulant. Les canons étaient stabilisés, mais une bosse du terrain pouvait faire dévier l'objectif.

Les chars de la Troupe-B étaient espacés d'un bon demi-kilomètre; chacun avait une zone de tir qui recouvrait exactement cet intervalle, et à mesure qu'ils avançaient, les cibles étaient plus nombreuses. Les Bradley de reconnaissance restaient une centaine de mètres en retrait, et leurs canonniers cherchaient à repérer des armes antichars dans l'infanterie. Les deux divisions du 2e corps étaient positionnées sur un front de trente kilomètres et sur une profondeur d'une douzaine de kilomètres, comme le montrait l'IVIS. En dix minutes, la Troupe-B se fraya un passage à travers un bataillon déjà diminué par les Saoudiens et désormais écrasé par les Américains. Elle tomba sur une batterie d'artillerie qui se mettait en place. Ce furent les Bradley qui la détruisirent en balayant la zone avec leurs canons de 25 mm et en ajoutant d'autres boules de feu dans un ciel qui faisait oublier que le soleil s'était couché quatre heures plus tôt.

— Et merde! dit Eddington d'un ton neutre.

Il avait été appelé à l'avant par les commandants de son bataillon et, à présent, il se tenait debout dans son HMMWV.

— Moins de cinq minutes, vous croyez? s'étonna LOBO-SIX, qui avait entendu plusieurs fois poser la même question sur le réseau radio de son propre bataillon.

« C'est tout? » avait demandé à voix haute plus d'un sergent. C'était un manque évident de discipline radio, mais tout le monde pensait la même chose.

Ils avaient cependant mieux à faire qu'à admirer le travail.

Eddington alluma son combiné radio pour appeler son sergent-chef.

— Que nous dit le Predator ?

— Deux brigades se dirigent toujours vers le sud, mais elles sont un peu ralenties, monsieur. Elles sont à peu près à neuf kilomètres au nord de votre ligne pour la plus proche, à douze pour l'autre.

— Passez-moi BUFORD, ordonna WOLFPACK-SIX.

Le général n'avait pas changé de place. Des morts devant, et des morts derrière. Dix minutes à peine s'étaient écoulées. Trois chars et douze BMP s'étaient repliés et ils avaient pris position dans une dépression en attendant des instructions. Des hommes arrivaient à pied, maintenant, certains blessés, la plupart indemnes.

Il avait déjà essayé de contacter son poste de commandement de division, mais il n'avait eu que de la friture sur la ligne pour toute réponse. Son expérience sous l'uniforme, ses années de commandement, les écoles militaires qu'il avait fréquentées, les exercices où il avait gagné et ceux où il avait perdu — rien de tout cela ne l'avait préparé à la situation présente.

Mais il lui restait la moitié d'une division à commander. Deux de ses brigades étaient encore intactes, et il n'était pas venu jusqu'ici pour être vaincu. Il demanda à son chauffeur de faire demi-tour. Les éléments survivants de la brigade de tête reçurent l'ordre de tenir le terrain. Il devait manœuvrer. Il allait traverser un cauchemar, mais sûrement pas partout.

— Que proposez-vous, Eddington ?

— Général Diggs, je veux déplacer mes hommes vers le nord. Nous venons de nous payer deux brigades de chars les doigts dans le nez. L'artillerie ennemie est largement détruite, monsieur, et la voie est libre, devant moi.

— OK, mais prenez votre temps et surveillez vos flancs. Je préviens BLACKHORSE.

— Roger, monsieur. Nous démarrons dans vingt minutes.

Ils avaient envisagé cette possibilité, bien sûr. Ils avaient même esquissé un plan sur les cartes. LOBO irait vers la droite, WHITEFANG filerait droit au nord en traversant la route, et le bataillon Task Force COYOTE qui n'avait pas encore combattu prendrait vers la gauche, en restant assez échelonné pour pouvoir arriver rapidement depuis le terrain accidenté à l'ouest. Depuis leurs nouvelles positions, la brigade pousserait vers le nord par étapes de dix kilomètres. Ils devraient avancer lentement à cause de l'obscurité, du terrain inconnu, et du fait qu'il ne s'agissait que d'un plan sommaire. Le nom de code d'activation était NATHAN, et la première étape MANASSAS.

— Ici WOLFPACK-SIX à tous les six. Nom de code NATHAN. Je répète, nous lançons le plan NATHAN dans vingt minutes. Confirmez, ordonna-t-il.

Les commandants des trois bataillons répondirent dans les secondes qui suivirent.

Le colonel Magruder n'était pas du tout étonné par les premiers résultats, sauf peut-être par l'excellente prestation des gardes nationaux. La progression de son 10e ACR était plus surprenante. Avançant à la vitesse régulière de trente kilomètres à l'heure, il avait pénétré loin à l'intérieur de l'ex-Irak. A deux heures, il tourna vers le sud. Sans son escadron d'hélicoptères resté à l'arrière pour couvrir les Koweïtiens, il se sentait un peu nu, mais il ferait encore nuit pendant quatre heures. A ce moment-là, il serait de retour en Arabie Saoudite. BUFFALO-SIX estimait que sa mission de cavalerie blindée surpassait toutes les autres. Il était là, profondément enfoncé en territoire ennemi, et plus loin encore sur ses arrières. C'était exactement ce que le colonel John Grierson [1] avait fait à Johnny Reb [2]. Il ordonna à ses unités de se disperser largement. Son détachement de reconnaissance l'informa qu'ils n'avaient pas grand-chose en face d'eux, que la force principale de l'ennemi était au cœur du royaume. Bon, il ne pensait pas qu'elle irait encore très loin, et il ne lui restait plus qu'à claquer la porte derrière elle.

Donner était debout dans l'écoutille du véhicule chenillé éclaireur, derrière la tourelle, près de son cameraman de l'armée de terre. Il n'avait jamais rien vu de tel. Il avait fait un enregistrement de l'assaut contre la batterie de canons, mais il ne pensait pas que sa bande serait utilisable, à cause de tous ces rebonds. Autour de lui, tout n'était que destruction. Derrière lui, vers le sud-est, il y avait au moins une centaine de chars et de camions carbonisés, et des tas d'autres choses qu'il ne reconnaissait pas, et tout cela était arrivé en moins d'une heure. Quand le Bradley s'arrêta, il fut projeté en avant et sa tête heurta le bord de l'écoutille.

Les Bradley étaient déployés en cercle, à un mile environ au nord des canons RIU détruits. Rien ne bougeait, ce dont leur canonnier s'assura en faisant pivoter sa tourelle. Le panneau arrière du véhicule chenillé s'ouvrit, et deux hommes en bondirent. Ils regardèrent autour d'eux avant de s'éloigner au pas de course, leurs fusils à la main.

— Montez ici, dit le sergent en tendant la main à Donner, qui grimpa sur le toit du véhicule. Voulez une cigarette ?

Donner secoua la tête.

— J'ai arrêté.

1. Considéré comme le plus beau fait d'armes nordiste dans le domaine de la cavalerie pendant la guerre de Sécession. En avril 1863, Benjamin Grierson et sa brigade s'avancent très loin dans le Mississippi pour détruire les axes de ravitaillement de Pemberton (*N.d.T.*).

2. Surnom des Confédérés (*N.d.T.*).

— Ouais ? Ben, ces gars-là aussi arrêteront de fumer... dans un jour ou deux, dit-il en montrant le carnage à un mile derrière eux.

Le sergent eut l'air d'apprécier sa plaisanterie. Il inspecta les alentours aux jumelles.

— Qu'est-ce que vous en pensez ? demanda le reporter en tapotant l'épaule de son cameraman.

— Que c'est pour ça qu'on me paie, et que tout baigne.

— Pourquoi nous sommes-nous arrêtés ?

— Dans une demi-heure, on refera le plein de carburant et on renouvellera le stock de munitions, répondit le sergent en reposant ses jumelles.

— On a besoin de carburant ? On n'a presque pas bougé.

— D'après le colonel, on devrait avoir pas mal de boulot, demain.

62

PRÊTS ET EN AVANT !

Ce qu'on nomme l'« initiative », dans la guerre comme dans tous les autres domaines de l'activité humaine, n'est jamais ni plus ni moins qu'un avantage psychologique. Un camp a le sentiment de tenir la victoire, et l'autre que quelque chose ne va pas — qu'il doit maintenant se préparer à répondre aux actions de l'adversaire au lieu de préparer sa propre offensive. Quand un événement imprévu se produit, ce à quoi il s'attendait persiste un moment dans son esprit, car c'est plus facile, pendant un temps, de nier une situation plutôt que de s'y adapter, et cela, bien sûr, lui rend les choses bien plus ardues, car il les subit. Pour le nouveau maître du jeu, c'est une autre histoire.

Pour les forces américaines au contact de l'ennemi,

il y eut une brève pause — malvenue, mais nécessaire. Le colonel Nick Eddington de WOLFPACK aurait dû l'apprécier, mais ce ne fut pas le cas. Ses troupes de la Garde nationale étaient pratiquement restées en place pour leur première bataille, et l'ennemi était venu se jeter dans la gueule du loup. A l'exception de leurs forces de reconnaissance, les hommes de Caroline n'avaient presque pas bougé. Mais, maintenant, ça allait changer. Eddington n'oubliait pas que s'il ressemblait, d'un certain point de vue, à un maître de ballet, ses danseurs étaient des chars, lourds et patauds, qui traversaient dans le noir un terrain inconnu...

Heureusement, il y avait la technologie. La radio lui permettait d'indiquer à ses hommes quand partir et où aller, et le système IVIS comment le faire... La Task Force LOBO commença par s'éloigner des positions en pente qui leur avaient été si utiles à peine quarante minutes auparavant; elle se tourna vers le sud et se dirigea par des points de navigation présélectionnés vers des destinations situées moins de dix kilomètres au sud de sa position de combat initiale. Au cours de l'opération, le bataillon se dispersa davantage que dans sa formation précédente, une prouesse rendue possible parce que son état-major était en mesure de programmer électroniquement ses déplacements et de transmettre ses intentions aux commandants des sous-unités, qui, responsables de zones bien définies, pouvaient subdiviser celles-ci quasi automatiquement, jusqu'à ce que chaque véhicule connût sa destination au mètre près. Le délai initial de vingt minutes après la notification du lancement du plan NATHAN permit le début de ce processus de sélection. Le mouvement latéral demanda une bonne heure car les véhicules se déplaçaient très lentement. Mais même ainsi, le planning fut respecté. WOLFPACK, qui couvrait à présent un espace latéral bien supérieur à trente kilomètres, fit demi-tour vers le nord, et commença à se déplacer à la vitesse de dix kilomètres à l'heure, derrière ses équipes de reconnaissance qui avançaient plus vite pour être toujours à cinq kilomètres devant le corps principal, un intervalle très inférieur aux prescriptions des manuels de stratégie. Eddington n'oubliait pas qu'il manœuvrait une importante force de soldats à temps partiel dépendant un peu trop de leur technologie électronique, et cela le mettait mal à l'aise. Il garderait sous son étroit contrôle ses trois bataillons de combat jusqu'au moment où le contact avec l'ennemi serait établi et que la situation générale serait claire.

Tom Donner nota avec surprise la vitesse à laquelle les gros véhicules de soutien pouvaient suivre les unités de combat. Il avait eu du mal à comprendre leur importance, habitué qu'il était à se rendre dans la même station-service une ou deux fois par semaine. Ici, les personnels d'entretien devaient être aussi mobiles que leurs clients, et leur tâche était essentielle. Les camions-citernes prirent position. Les Bradley et les chars de combat vinrent se ravitailler deux par deux puis retournèrent à leurs postes, où les équipages chargèrent des munitions amenées par d'autres camions.

Le commandant de la troupe, qui avait abandonné son char M1A2 pour un HMMWV, vérifia l'état de chacun de ses véhicules et de ses hommes. Il garda le Trois-Deux pour la fin.

— Monsieur Donner, tout va bien?

Le reporter sirotait un café préparé par le chauffeur du Bradley. Il hocha la tête.

— C'est toujours comme ça? demanda-t-il au jeune officier.

— Pour moi, c'est la première fois, monsieur. Ça ressemble beaucoup à l'entraînement, en tout cas.

— Que pensez-vous vraiment de tout ça? ajouta le journaliste. Je veux dire, là-bas, vous et vos hommes, euh, vous avez tué beaucoup d'ennemis?

Le capitaine réfléchit un instant à la question.

— Monsieur, vous couvrez les tornades, les ouragans et tous ces trucs, d'habitude?

— Exact.

712

— Les gens voient soudain leur vie bouleversée, et vous leur demandez quel effet ça fait, c'est ça?

— C'est mon boulot.

— C'est pareil pour nous. Ces types nous ont fait la guerre. Nous leur rendons la pareille. S'ils n'aiment pas ça, eh bien, la prochaine fois ils y réfléchiront peut-être à deux fois. Monsieur, j'ai un oncle au Texas — un oncle et une tante, en fait. Un ancien golfeur professionnel, il m'a appris à jouer, puis il a travaillé pour Cobra — le fabricant de clubs, vous savez? Juste avant notre départ de Fort Irwin, ma mère m'a appelé pour m'annoncer qu'ils étaient morts tous les deux de cette saloperie d'Ebola, monsieur. Vous voulez *vraiment* savoir ce que nous en pensons? Alors en selle, monsieur Donner. Le Blackhorse repart dans dix minutes. Vous pouvez prévoir un contact juste avant l'aube, monsieur. (Un éclair pâle éclaira soudain l'horizon, suivi, une minute plus tard, par un grondement de tonnerre lointain.) J'ai l'impression que les Apache sont déjà au turbin.

A vingt kilomètres au nord-ouest, le poste de commandement du 2ᵉ corps venait d'être rayé de la carte.

Le plan évoluait. Le 1ᵉʳ escadron allait pivoter et se diriger vers le nord à travers les restes des unités du 2ᵉ corps. Le 3ᵉ escadron irait, lui, vers le sud et se préparerait à la première attaque sur le flanc gauche du 3ᵉ corps ennemi. A quinze kilomètres sur l'avant, Hamm déplaçait son artillerie pour faciliter la destruction des vestiges du 2ᵉ corps, dont son escadron d'hélicoptères venait d'éliminer les commandants.

Eddington se rappela encore une fois qu'il devait faire simple. Malgré toutes ses années d'études, malgré le nom qu'il avait donné à cette contre-attaque, il n'était pas Nathan Bedford Forrest, et ce champ de bataille était trop vaste pour improviser des manœuvres, comme ce raciste l'avait fait si souvent pendant la guerre de Sécession...

Le déploiement de Hootowl était particulièrement

étendu maintenant ; le front de cette brigade avait doublé au cours des quatre-vingt-dix dernières minutes, et cela la ralentissait. *Tant mieux, peut-être*, pensa le colonel. Il devait être patient. La force ennemie ne manœuvrerait pas trop à l'est pour éviter de tomber sur le flanc gauche du Blackhorse — à supposer qu'elle sache qu'il était là, pensa-t-il —, et à l'ouest, le sol était trop accidenté pour faciliter les déplacements. L'ennemi avait essayé le milieu et s'était fait pilonner. Par conséquent, le mouvement logique pour le 1er corps était d'essayer un enveloppement limité, pesant probablement davantage vers l'est. Les films des drones Predator ne tardèrent pas à confirmer cette prévision.

Le chef des Immortels n'avait plus de poste de commandement ; il se servit donc des vestiges de celui de la 1re brigade disparue. Le plus urgent pour lui était de rétablir le contact avec le commandement du 1er corps, ce qui se révéla assez difficile, car ce PC était tombé dans une embuscade américaine sur la route d'Al-Artawiyah. Le 1er corps se remettait peu à peu en place, et il était sans doute en communication permanente avec le commandement de l'armée. Lui-même réussit à joindre un trois-étoiles, un Iranien comme lui, et lui expliqua sa situation aussi vite que possible.

— L'ennemi n'a certainement pas plus qu'une simple brigade, lui assura son supérieur immédiat. Qu'allez-vous faire ?

— Je vais regrouper le reste de mes forces et contre-attaquer avant l'aube à partir de mes deux flancs, répondit le commandant de la division.

Il n'avait guère d'autre choix, et ils le savaient tous les deux. Le 1er corps ne pouvait pas se replier, parce que le gouvernement qui lui avait ordonné de se mettre en marche ne le tolérerait pas. Mais rester sans réaction équivalait à attendre le déferlement des forces saoudiennes depuis la frontière koweïtienne. Il fallait donc reprendre l'initiative en enfonçant le barrage américain. Les chars étaient faits pour ça, et il en avait encore plus de quatre cents sous son commandement.

— Approuvé. Je vous envoie mon artillerie. Les blindés, à votre droite, en feront autant. Effectuez votre percée, poursuivit son compatriote iranien. Puis nous nous dirigerons sur Riyad au crépuscule.

Très bien, pensa le commandant des Immortels. Il ordonna à sa 2e brigade de ralentir son avance, pour laisser la 3e la rattraper. Ensuite, toutes les deux se concentreraient, et manœuvreraient vers l'est. A l'ouest, les Irakiens effectueraient un mouvement à peu près identique. La 2e irait au contact, fixerait le flanc de l'ennemi, et la 3e le prendrait à revers. On laisserait le centre vide.

— La brigade de tête s'est arrêtée. Ils sont à huit kilomètres au nord, dit le sergent-chef. Hoot devrait avoir un visuel sur eux dans quelques minutes pour confirmer.

Voilà qui expliquait le comportement d'une des forces ennemies situées devant lui. Le groupe de l'est qui était encore plus en arrière n'était pas arrêté, lui, mais il n'avançait que lentement, manifestement dans l'attente d'instructions. Son adversaire prenait le temps de réfléchir.

Eddington ne pouvait pas le leur permettre.

Le seul vrai problème du MLRS venait de ce que sa portée minimum était beaucoup moins pratique que sa portée maximum. Pour leur seconde mission de cette nuit, les véhicules lance-roquettes, qui n'avaient pas encore vraiment bougé, bloquèrent leurs suspensions et élevèrent leurs boîtiers de lancement, guidés une fois encore par les seules informations électroniques. A nouveau, la nuit fut troublée par des traces lumineuses, bien que sur des trajectoires beaucoup plus basses. Les canons tirèrent aussi, les deux forces partageant leur attention entre les brigades avancées à gauche et à droite de la route.

L'objectif était surtout psychologique. Les bombettes des roquettes MLRS ne pouvaient pas *tuer* un char. Un tir heureux sur un pont arrière détruirait un moteur diesel, et une explosion à côté d'un transporteur d'infanterie BMP pouvait à la rigueur enfoncer son flanc, mais cela relèverait du hasard. Il s'agissait d'abord de harceler l'ennemi, de limiter sa capacité de vue, et, avec la pluie d'acier, sa capacité de penser. Les officiers qui avaient quitté leurs chars de commandement pour discuter de leur stratégie durent y retourner précipitamment, et certains furent tués ou blessés par le soudain barrage d'artillerie. Réfugiés dans leurs véhicules à l'arrêt, ils entendirent les chocs des fragments de métal percutant leur blindage, et ils actionnèrent leur système de vision nocturne pour vérifier si ce bombardement annonçait une attaque. Les obus de 155 mm, moins nombreux, étaient nettement plus dangereux, d'autant plus que les obus américains n'explosaient pas en l'air — ils touchaient le sol d'abord. Certains véhicules disparurent dans des boules de feu, alors que le reste de la 2e brigade avait reçu l'ordre de rester sur place pendant que la troisième remontait sur sa gauche. Dans l'impossibilité de bouger, et de riposter — depuis la perte de leur propre artillerie de division —, ils ne pouvaient que se faire tout petits et observer la pluie d'obus et de bombettes.

La Troupe-B, 1er escadron du 11e, se déplaça selon le plan prévu. Elle se dispersa et se dirigea droit vers le nord, les éclaireurs Bradley en tête et les chars Battlestar à un demi-kilomètre derrière, prêts à réagir à une annonce de contact. C'était une étrange expérience, pour Donner. Homme intelligent et habitué au plein air — il aimait partir en randonnée dans les Appalaches avec sa famille —, il observait la scène autant qu'il le pouvait depuis le Bradley, mais il n'avait pas la moindre idée de ce qui se passait vraiment. Surmontant son embarras, il demanda par l'interphone au commandant du blindé comment lui, il pouvait le savoir. On le fit venir à l'avant, où il fut le troisième à s'entasser dans un espace prévu pour deux — ou plutôt pour un et demi, pensa-t-il.

— Nous sommes ici, lui dit le sergent-chef en touchant du doigt son écran IVIS. Nous allons par là. Si j'en crois c't'écran, y a personne dans l'coin pour nous emmerder, mais nous sommes vigilants. L'ennemi (il modifia l'écran) se trouve ici, et nous sommes sur cette ligne.

— A quelle distance?

— Une douzaine de kilomètres, nous devrions bientôt les voir.

— Degré de certitude de ces informations? insista Donner.

— Elles ont réussi à nous conduire jusqu'ici, Tom, n'est-ce pas? souligna le chef du blindé.

Le plan de progression était plutôt ennuyeux. Sans jamais dépasser trente kilomètres à l'heure, les blindés avançaient d'une configuration de terrain à une autre, inspectaient la zone devant eux, puis repartaient. Le sergent lui expliqua que, sur un meilleur terrain, le déplacement aurait été plus régulier, mais que cette partie du désert saoudien était parsemée de collines, de crêtes et de creux où l'adversaire pouvait se dissimuler. Les Bradley étaient formés en peloton, mais ils semblaient en fait se déplacer par paires. Chaque M3 avait un « ailier », un terme emprunté à l'Air Force.

— Et si on tombe sur quelqu'un?

— Ils essaieront probablement de nous démolir, expliqua le sergent-chef.

Pendant ce temps, le canonnier faisait tourner sa tourelle dans les deux sens à la recherche du rougeoiement de la chaleur de corps humains ou de moteurs. En fait, on y voyait mieux dans le noir, apprit Donner. Voilà pourquoi les Américains préféraient chasser la nuit.

— Stanley, prends à gauche et arrête-toi devant cette bosse, ordonna-t-il au chauffeur. Si j'étais un troufion, j'aimerais bien cet endroit là-bas. On couvrira Chuck quand il en fera le tour.

La tourelle se déplaça et visa une bosse plus importante, tandis que l'ailier du Bradley les dépassait.

— OK, Stanley, vas-y.

Le commandement de l'Armée de Dieu se révéla très difficile à coincer, mais Hamm avait à présent deux groupes d'hélicoptères de reconnaissance détachés exclusivement pour cette mission, et sa section de renseignement électronique venait de se reconstituer, au quartier général du 2ᵉ escadron. Ils avaient surnommé leurs cibles « Grosses Légumes ». S'ils l'éliminaient, l'ensemble des forces ennemies serait désorganisé. Les officiers de renseignements saoudiens attachés aux blindés ELINT écoutaient les signaux. Les chefs des forces de la RIU avaient des radios cryptées, qu'ils ne pouvaient cependant utiliser que pour communiquer avec des gens disposant du même équipement, et compte tenu de la dégradation progressive de leur réseau radio, les Grosses Légumes devraient se résoudre tôt ou tard à parler en clair. Les postes de commande d'un corps et de deux divisions avaient été touchés ; deux étaient presque totalement détruits et l'autre gravement perturbé. En outre, les alliés savaient vaguement où se trouvait le 3ᵉ corps, et les responsables militaires de la RIU allaient commencer à s'adresser à cette formation, la seule qui n'avait encore affronté que de rares attaques aériennes. Ils n'étaient pas obligés de lire les messages, même si ç'aurait été intéressant. Ils connaissaient les fréquences du circuit du haut commandement, et quelques minutes de trafic seulement leur permettraient de les localiser avec assez de précision pour faire décoller les troupes M et N des hélicoptères de reconnaissance qui leur gâcheraient la matinée.

Ça ressemblait à des parasites, mais c'était généralement ainsi avec les cryptages numériques. L'officier ELINT, un premier lieutenant, adorait écouter aux portes. C'était tout un art. Ses hommes, tous des spécialistes du renseignement militaire, devaient savoir faire la différence entre les parasites atmosphériques et ceux de l'homme, tandis qu'ils balayaient les fréquences.

— Bingo! s'exclama l'un d'eux. Relèvement trois-zéro-cinq, ça siffle comme un serpent!

Ce son semblait aléatoire, mais il était trop puissant pour des bruits atmosphériques.

La localisation apparut bientôt sur l'écran de l'ordinateur. Le lieutenant appela le poste de commandement du 4e escadron.

— ANGEL-SIX, ici PEEPER, nous avons peut-être une position pour les Grosses Légumes...

Les quatre Apache et les six Kiowa se trouvaient à peine à vingt kilomètres de celle-ci, en recherche visuelle. Une minute plus tard, ils viraient vers le sud.

— Que se passe-t-il? exigea de savoir Mahmoud Haji.

Il détestait ce radiotéléphone bricolé, et il avait eu un mal fou rien que pour contacter le commandant en chef de sa propre armée.

— Nous avons rencontré une opposition au sud de la cité militaire du roi Khaled. Nous sommes en train de nous en occuper.

— Demandez-lui la nature de l'opposition, lui conseilla son responsable du renseignement.

— Peut-être que c'est votre invité qui pourrait me le dire, parce que c'est son travail, non? suggéra le général au bout du fil. Nous ne le savons pas encore.

— Les Américains ne peuvent pas aligner plus de deux brigades sur le terrain! insista le collaborateur de Daryaei. Et l'équivalent d'une brigade au Koweït, mais c'est tout!

— Vraiment? Moi, j'ai perdu plus d'une division au cours de ces trois dernières heures, et j'ignore toujours ce que j'affronte ici... Notre 2e corps a été très malmené. Le 1er corps est tombé sur quelque chose et il continue le combat en ce moment même. Le 3e est intact — pour l'instant. Je poursuis mon attaque vers Riyad, mais j'ai besoin d'informations supplémentaires sur mes adversaires.

Le commandant général, soixante ans, était loin d'être un idiot et il avait l'impression qu'il pouvait encore gagner. Il disposait toujours d'une force de combat équivalant à quatre divisions. Le seul problème consistait à les diriger correctement. En fait, il s'estimait heureux du peu d'importance des attaques aériennes américaines et saoudiennes. Il avait vite appris quelques autres leçons. La disparition de trois sections de commandement l'avait rendu prudent — au moins pour sa sécurité personnelle. Il se trouvait maintenant à un bon kilomètre des transmetteurs radio de son blindé de commandement, et son combiné pendait au bout d'une longue bobine de câble de communication. Et il était protégé par un escadron de soldats, qui faisaient de leur mieux pour ne pas entendre l'énervement qui perçait dans la voix de leur chef.

— Bon Dieu, regardez-moi tous ces blindés SAM ! dit dans l'intercom un éclaireur du Kiowa, à huit kilomètres au nord.

Pendant qu'il les comptait, son pilote appelait le quartier général.

— MARAUDER-LEAD, ici MASCOT-TROIS. Je crois que nous avons nos Grosses Légumes.

Réponse laconique :

— TROIS, de LEAD, allez-y.

— Six *bimps*, dix camions, cinq lanceurs SAM, deux blindés radar, et trois ZSU-23 dans un oued. Recommande approche par l'ouest, je répète, approche par l'ouest.

Une puissance de feu trop défensive pour pouvoir être autre chose que la section de commandement mobile de l'Armée de Dieu. Tous les lanceurs SAM étaient des Crotale français, et ces petits enculés avaient la trouille, MASCOT-TROIS le savait. Mais ils auraient dû choisir une autre planque. Dans une telle situation, on était mieux à découvert, et encore plus sur une éminence, d'où les radars SAM voyaient mieux.

— TROIS, de LEAD, vous nous éclairez ?

— Affirmatif. Dites-nous quand. D'abord les blindés radar.

Le leader des Apache, un capitaine, rasait le sol vers l'ouest, à trente nœuds maintenant, et il se dirigeait sur ce qu'il pensait être une ligne de crêtes dominant l'oued. Il progressait très lentement, laissant le travail de surveillance à son capteur aérodynamique de tête de rotor.

— Comme ça c'est parfait, lui conseilla le canonnier depuis son siège avant.

— Trois, de Lead, en avant la musique ! annonça le pilote.

Le Trois Kiowa alluma son illuminateur laser, un rayon infrarouge qui se posa d'abord sur le blindé radar le plus éloigné. Une fois l'éclairage de la cible notifié, l'Apache leva son nez et lâcha un premier Hellfire, suivi d'un second cinq secondes plus tard.

Le général entendit le hurlement d'avertissement à un kilomètre de distance. En fait, un seul des véhicules radar transmettait, et de façon intermittente, par mesure de sécurité électronique. Ce fut lui qui reçut le premier missile. L'un des lanceurs fit tourner son affût de quatre tubes et tira, mais le Crotale perdit son acquisition du Hellfire lorsque celui-ci prit un angle en descente, et il s'éloigna dans le ciel, désormais inoffensif. Le véhicule radar explosa, puis un autre, six secondes plus tard. Le général commandant de l'Armée de Dieu cessa alors de parler, et ignora la conversation qui arrivait de Téhéran, car il n'avait littéralement rien d'autre à faire que de se jeter à terre.

Les quatre Apache étaient en vol stationnaire en demi-cercle maintenant, en attendant que leur leader tirât ses Hellfire. Ce qu'il fit, à cinq secondes d'intervalle, avec le guidage du Kiowa. Il détruisit les lanceurs de SAM, puis les canons mobiles de fabrication russe. Plus rien, désormais, ne protégeait les BMP de commandement.

Les missiles semblaient venir de l'ouest, constata le général. Il voyait la lumière jaunâtre de leurs moteurs traversant l'obscurité comme de grosses lucioles, mais ses hommes furent incapables de les arrêter et leurs véhicules furent détruits les uns après les autres. L'opération dura moins de deux minutes, et c'est alors seulement que les hélicoptères apparurent. Des fantassins triés sur le volet composaient le détachement de sécurité de son poste de commandement mobile. Ils répliquèrent à la mitrailleuse lourde et aux missiles sol-sol, mais les hélicoptères étaient trop éloignés. Les obus traçants des Américains les éliminèrent systématiquement, un escadron ici, une section là-bas, deux hommes ailleurs... Certains tentèrent de s'échapper, mais les hélicoptères se rapprochèrent et leur tirèrent dessus à quelques centaines de mètres seulement — une chasse cruelle et impitoyable. Le général tenait toujours à la main son combiné radio, désormais silencieux.

— Lead, de Deux, j'ai un groupe à l'est, annonça un pilote au leader des Apache.
— Eliminez-les, ordonna celui-ci.
Un des hélicos d'attaque piqua au-dessus des restes du poste de commandement.

Rien à faire. Nulle part où s'enfuir. Trois de ses hommes épaulèrent et tirèrent. D'autres prirent leurs jambes à leur cou, mais il n'y avait aucun moyen de s'échapper. Les hélicos tiraient sur tout ce qui bougeait. Des Américains, certainement. Ils étaient furieux de ce qu'ils avaient appris. Et...

— Comment dit-on « tant pis pour toi » chez les bougnoules ? demanda le canonnier, qui prenait son temps pour être sûr de ne porter que des coups au but.
— Je pense qu'ils ont compris le message, répondit le pilote.

Il effectuait des cercles avec son hélico et cherchait de nouvelles cibles.

— Angel-Six, Angel-Six, ici Marauder-Six-Actual. Ça ressemblait vraiment à un poste de commandement. Il est grillé, maintenant, annonça le commandant de l'escadron. On est à court de munitions et de carburant. On décroche.

— Eh bien, rappelez-le ! hurla Daryaei à l'officier des communications qui était en ligne.

Son chef du renseignement resta silencieux, soupçonnant que, dans cette vie, ils ne parleraient jamais plus au commandant de leur armée. Le plus difficile, maintenant, c'était de savoir pourquoi. Ses informations sur les unités américaines étaient correctes. Il en était certain. Comment, alors, des troupes si peu nombreuses pouvaient-elles leur poser tant de problèmes... ?

— Ils avaient deux brigades — des régiments, ou je ne sais quoi — là-bas, n'est-ce pas ? demanda Ryan qui venait de visionner les dernières images satellite du champ de bataille, dans la salle de crise.

— Ouaip, approuva le général Moore, remarquant avec une certaine satisfaction que même l'amiral Jackson était silencieux. Mais y'en a plus, maintenant, monsieur le président. Bon Dieu, ces gardes sont vraiment bons !

— Monsieur, intervint Ed Foley, jusqu'où voulez-vous aller ?

— Avons-nous encore le moindre doute sur le fait que ce soit Daryaei en personne qui ait pris toutes ces décisions ?

Question idiote, pensa-t-il immédiatement. Dans le cas contraire, il ne l'aurait pas annoncé à ses concitoyens. Mais il devait la poser tout de même, et les personnes présentes autour de lui savaient pourquoi.

— Aucun, répondit le DCI.

— Alors nous allons jusqu'au bout, Ed. Les Russes vont-ils jouer le jeu ?

— Oui, monsieur, je crois.

Jack pensa à l'épidémie qui s'éteignait désormais en Amérique. Des milliers d'innocents étaient déjà morts, et d'autres suivraient. Il pensa aux soldats, aux marins et aux aviateurs qui prenaient des risques sous son commandement. Il se surprit même à penser aux soldats de la RIU qui avaient dû suivre le mauvais drapeau et la mauvaise idéologie parce qu'ils n'avaient pas eu la chance de pouvoir choisir leur pays ni leur leader, et qui payaient maintenant le prix de cette « erreur » de lieu de naissance. S'ils n'étaient pas tout à fait innocents, ils n'étaient pas non plus tout à fait coupables : après tout, la plupart des soldats se contentent d'obéir aux ordres. Et puis, il se rappela aussi le regard de sa femme quand Katie était arrivée en hélicoptère sur la pelouse sud. A certains moments, il avait le droit d'être un homme comme les autres — à la seule exception du pouvoir qu'il détenait.

— Vérifiez, dit froidement le président.

C'était une matinée ensoleillée à Pékin. Adler possédait davantage d'informations que ses interlocuteurs. Pas les détails, juste les points essentiels qu'il avait montrés à son colonel, attaché à la Défense. Celui-ci l'avait assuré qu'il pouvait les croire mot pour mot. Les reportages télé passaient par les réseaux de communications militaires et, en raison du décalage horaire en Amérique, on n'avait pas diffusé grand-chose depuis le début des combats. Si la RPC était de mèche avec la RIU, elle pouvait encore penser que ses lointains amis avaient l'avantage.

Oui, ça vaut la peine d'essayer, estima le secrétaire d'Etat.

— Monsieur le secrétaire d'Etat, vous êtes de nouveau le bienvenu, lui dit gentiment le ministre des Affaires étrangères.

Zhang était là, silencieux et énigmatique comme toujours.

— Merci, dit Adler en s'asseyant sur son fauteuil habituel — moins confortable que celui de Taipei.

— Ces nouveaux développements — est-ce vrai? demanda son hôte.

— C'est la position de mon président et de mon pays, répondit le secrétaire d'Etat.

Ce qui signifiait que c'était forcément la réalité.

— Etes-vous capables de protéger vos intérêts dans la région?

— Monsieur le ministre, je ne suis pas un spécialiste des affaires militaires, et je ne peux donc pas vous répondre là-dessus, dit Adler.

C'était tout à fait exact, mais un homme en situation de force aurait probablement dit autre chose.

— C'est fort regrettable, observa Zhang.

Adler aurait aimé connaître l'avis de la RPC à ce sujet, mais leur réponse aurait été... diplomatique, et n'aurait donc rien signifié. Ils n'auraient rien exprimé non plus sur la présence de l'*Eisenhower* et de son groupe de combat dont les avions patrouillaient désormais sur les « eaux internationales » du détroit de Formose.

La difficulté consistait à leur faire dire quelque chose.

— La situation mondiale exige quelquefois un réexamen de nos positions sur de nombreuses questions, et il arrive qu'on doive reconsidérer sérieusement ses amitiés, hasarda Adler.

Le silence qui suivit dura presque une minute.

— Nous sommes amis depuis que votre président Nixon a eu, le premier, le courage de nous rendre visite, répondit le ministre des Affaires étrangères, après réflexion. Et nous le sommes toujours, malgré ce malentendu temporaire.

— Voilà qui est agréable à entendre, monsieur le ministre. C'est dans le besoin qu'on reconnaît ses amis.

OK, réfléchissez à ça, pensa Adler. *Votre ami Daryaei va peut-être gagner.* L'hameçon resta encore quinze secondes à se balancer.

— En fait, notre seul point de désaccord, c'est la position de l'Amérique sur ce que votre président a malencontreusement appelé « les deux Chine ». Si seulement cette question pouvait être résolue..., dit le ministre, d'un air songeur.

— Eh bien, comme je vous l'ai expliqué, le président répondait à des journalistes, à un moment difficile.

— Nous devrions donc ne pas en tenir compte?

— L'Amérique pense toujours qu'une solution pacifique à ce conflit entre provinces servirait les intérêts des deux parties.

— La paix est toujours préférable, murmura Zhang. Mais combien de temps encore devrons-nous faire preuve d'une telle indulgence? Les récents événements n'ont servi qu'à mettre en lumière un problème de fond.

Une avancée très légère, remarqua Adler.

— Je comprends votre frustration, dit-il, mais nous savons tous que la patience est la plus précieuse des vertus.

Le ministre des Affaires étrangères prit sa tasse de thé et répondit :

— Une déclaration positive de l'Amérique serait accueillie avec une grande reconnaissance.

— Vous souhaitez nous voir modifier notre politique?

Le secrétaire d'Etat se demandait si Zhang allait encore s'exprimer après cette discrète intervention.

— Seulement prendre conscience de la logique de la situation. Cela renforcerait l'amitié entre nos deux peuples. Ce n'est, après tout, qu'un sujet mineur pour des pays comme les nôtres.

— Je vois, répondit Adler.

Et il voyait, en effet. C'était certain maintenant. Il se félicita de les avoir fait fléchir. Il allait l'annoncer à Washington, à supposer qu'ils aient un peu de temps, là-bas, pour penser à autre chose qu'à la guerre en cours.

Le 10e ACR regagna l'Arabie Saoudite à trois heures trente Lima. Le Cav Buffalo était maintenant déployé sur un front de trente miles. D'ici une heure, il franchirait la ligne d'approvisionnement de la RIU. Il progressait plus vite à près de trente miles à l'heure. Sur le territoire de la RIU, ses éléments avancés étaient tombés sur quelques patrouilles et des unités de sécurité, en majorité des véhicules isolés, et les avaient immédiatement détruits. Il y en aurait davantage dès qu'ils atteindraient la route. Il s'agirait d'abord d'unités de police militaire — quel que fût le nom que l'ennemi leur donnât — contrôlant la circulation. Il devait y avoir un grand nombre de camions-citernes sur la route de la KKMC, et c'était cela, la première mission des soldats du Cav Buffalo.

La 2e brigade des Immortels était sous le feu ennemi depuis presque une heure, quand elle reçut l'ordre d'avancer, et les véhicules de l'ancienne division blindée iranienne se mirent en mouvement avec enthousiasme. Le général deux étoiles qui la commandait se tenait en arrière de la 3e brigade, sur son flanc ; il se demandait pourquoi la puissance aérienne américaine était invisible, et il s'en félicitait, évidemment. Son artillerie était arrivée et se mettait en position. Elle ne tiendrait peut-être pas longtemps, mais il voulait profiter de sa présence. Son adversaire ne devait pas avoir plus d'une brigade de ce côté-ci de la route, et il en avait le double — et même s'il devait affronter une brigade complète, ses camarades irakiens qui se trouvaient de l'autre côté viendraient le soutenir. A la radio — il parla sans cesse de se déplacer pour éviter une frappe d'artillerie ou d'hélicoptères —, il exhorta ses commandants à hâter leur attaque.

Lobo passa le point Manassas avec vingt minutes de retard, ce qui énerva un peu le colonel Eddington, qui estimait leur avoir octroyé bien assez de temps pour cette manœuvre. Mais ce fichu avocat au criminel — « une redondance » avait-il plaisanté plus d'une fois — qui commandait Hootowl était à nouveau loin devant et couvrait le flanc droit pendant que son capitaine de bataillon prenait le gauche.

— Wolfpack-Six, ici Hoot-Six, terminé.

— De Six-Actual, Hoot, répondit Eddington.

— Ils arrivent, monsieur, deux brigades alignées et bien rapprochées, qui passent Highpoint juste en ce moment.

— Vous êtes à quelle distance, colonel?

— Trois mille. Je suis en train de faire reculer mes hommes.

Ils avaient défini pour cela des zones de passage sûres. Hoot espéra que tout le monde se rappelait leur localisation. Ce redéploiement les porterait plus à l'est, en avant du bord droit de la force opérationnelle de flanc.

— OK, dégagez le terrain, maître.

— Roger, professeur Eddington. Hootowl file, répondit l'avocat. Terminé.

Il demanda alors à son chauffeur de vérifier à quelle vitesse il pouvait rouler dans le noir. Ce fan de Nascar [1] fut ravi de le lui montrer.

Quatre minutes plus tard, un rapport identique arrivait du flanc gauche. Sa seule brigade en affrontait quatre. Il était temps de modifier quelque peu ce rapport de force. Son bataillon d'artillerie ouvrit le feu. Ses chefs de chars et de Bradley commencèrent à surveiller les mouvements à l'horizon, et les trois bataillons mécanisés se lancèrent à la rencontre de leur ennemi qui approchait. Les commandants de compagnies et de pelotons vérifièrent l'écartement de leurs lignes. Le commandant du bataillon se trouvait dans son char, sur leur gauche. L'officier des opérations S-3 contrôlait le flanc droit. Comme d'habitude, les Bradley étaient un peu à l'arrière des cinquante-quatre chars Abrams, avec mission de nettoyer le terrain pour l'infanterie et les véhicules d'appui.

L'artillerie tira des obus ordinaires, et leur effet de proximité rendit la vie vraiment dure aux chars à écoutilles ouvertes et aux gens assez fous pour se trouver à découvert. Personne ne pensait à des chevaliers en armure. Le champ de bataille était trop vaste pour cela. Cela ressemblait plutôt à une bataille navale livrée sur une mer de sable et de rochers aussi hostile à la vie humaine qu'un véritable océan. Eddington resta avec Whitefang, qui était essentiellement une force de réserve, alors que l'ennemi pro-

---

1. Courses US avec des voitures de série (*N.d.T.*).

gressait sur les deux flancs, ne conservant en son centre que sa force avancée.

— Contact, annonça un chef de peloton sur le réseau radio de sa compagnie. J'ai des véhicules blindés ennemis à cinq kilomètres.

Il vérifia son écran IVIS pour confirmer, à nouveau, qu'il n'y avait plus aucun des leurs par là-bas. Parfait. HOOTOWL avait quitté le terrain. Ils n'avaient plus en face qu'une Force rouge.

La lune s'était levée — à peine un quartier, mais qui éclairait assez le terrain pour permettre à l'avant-garde des Immortels de déceler un mouvement sur leur horizon visible. Les hommes de la 2ᵉ brigade, furieux du pilonnage qu'ils avaient subi en attendant d'avancer, étaient très remontés. Certains avaient des télémètres laser, qui leur indiquaient les cibles à une distance presque double de leur portée de tir effective. Cette information remonta la ligne de commandement, et ils eurent l'ordre d'accélérer au maximum pour sortir de la zone des tirs indirects. Les canonniers visèrent des objectifs qui se trouvaient encore trop loin, mais qu'ils pourraient atteindre d'ici deux minutes. Ils sentirent leurs véhicules prendre de la vitesse, et ils reçurent de leurs chefs de chars l'ordre d'attendre pour tirer. Les effectifs de l'adversaire n'étaient pas très impressionnants. Ils avaient l'avantage. Ils *devaient* l'avoir, pensaient les Immortels.

Mais, dans ce cas, pourquoi les Américains avançaient-ils sur eux ?

— Début des tirs à quatre mille mètres, ordonna le commandant de la compagnie à ses équipages.

Les chars Abrams étaient déployés à près de cinq cents mètres de distance les uns des autres sur deux lignes irrégulières et ils couvraient beaucoup de terrain pour un seul bataillon. Les chefs de chars (TC) gardèrent la tête hors de l'écoutille pendant la phase d'approche, puis ils disparurent à l'intérieur pour activer leurs propres systèmes de contrôle de tir.

— J'en ai un, dit un canonnier à son TC. Un T-80, identifié, portée quarante-deux-cinquante.

Il attendit encore quinze secondes et fut le premier de sa compagnie à tirer, et à faire mouche. Le char de soixante-deux tonnes fit une embardée au moment du tir, puis reprit sa route.

— Cible à onze, dit le TC dans l'interphone.

— Identifiée! répondit le canonnier.

— Feu!

— C'est parti! (Une pause. L'obus traçant suivit la bonne trajectoire.) En plein dans le mille!

Commandant :

— Cible à un!

Chargeur :

— C'est bon!

Canonnier :

— Identifié!

Commandant :

— Feu!

— C'est paaaartiii! s'exclama le canonnier, faisant son troisième tir en onze secondes.

Ça n'a pas l'air réel, pensa le commandant du bataillon, vraiment trop occupé à observer les opérations pour faire feu lui-même. On aurait dit une immense vague qui avançait sur vous. Ce fut d'abord la première ligne de T-80 qui explosa; puis la seconde ligne des ennemis se mit en mouvement et commença à riposter. Leur salve initiale tomba trop court. Quelques T-80 eurent le temps de tirer un second obus. Mais pas un troisième.

— Bon Dieu, monsieur, donnez-moi une cible! cria son canonnier.

— Z'avez qu'à en choisir une vous-même.

Le canonnier tira un obus brisant et fit un coup au but à un peu plus de quatre kilomètres.

Comme la fois précédente, la bataille dura moins d'une minute. Les Américains avancèrent. Quelques BMP tirèrent des missiles, mais ils étaient maintenant sous le feu des chars et des Bradley. Des véhicules explosèrent et le ciel s'emplit de flammes et de fumées.

Moins de quatre minutes après la première salve,

les chars US de tête dépassèrent les vestiges fumants de la division des Immortels. Les tourelles tournèrent à la recherche de cibles. Les chefs de chars sortirent la tête, et posèrent leurs mains sur leurs mitrailleuses. Ils ripostèrent à chaque tir, et chacun essaya de tuer le plus d'ennemis possible — la passion et l'*urgence* à se battre sont inconnues de ceux qui n'ont jamais été dans cette situation, un sentiment de puissance divine, un pouvoir de vie et de mort au bout des doigts. Mieux encore — les gardes savaient pourquoi ils étaient là et qui ils devaient venger. Chez certains d'entre eux, cette rage dura plusieurs minutes, tandis que les véhicules avançaient à moins de dix miles à l'heure, tels de sinistres moissonneuses venues de l'aube des temps, d'une inhumanité et d'une insensibilité affreuses.

Mais, bientôt, il ne fut plus question de devoir ni de vengeance. Ce n'était plus la fête qu'ils attendaient : c'était du meurtre pur et simple, et les uns après les autres, les hommes se souvinrent de ce qu'ils étaient et ils devinèrent ce qu'ils risquaient de devenir s'ils ne se retenaient pas. Ils n'étaient pas dans la situation d'aviateurs qui, à des centaines de mètres de hauteur, tiraient sur des formes qui faisaient des mouvements comiques dans leurs systèmes de visée et ne semblaient jamais vraiment humaines. Non, ces hommes-là étaient plus proches. On voyait leurs visages et leurs blessures. Même les quelques fous qui continuaient à riposter attiraient la pitié des canonniers américains, et tous eurent bientôt conscience de la futilité de leurs actes, écœurés par les conséquences de leur fureur. Les canons se turent peu à peu, par un commun accord plutôt que sur ordre, car la résistance cessait, et avec elle la nécessité de tuer. Le bataillon opérationnel **LOBO** avança au milieu des carcasses fumantes de deux brigades lourdes; les hommes cherchaient désormais des cibles dignes de leur attention professionnelle. Ils n'en faisaient plus une question personnelle.

Il n'y avait plus rien à faire. Le général se remit

debout et s'éloigna de son véhicule de commandement, enjoignant à ses hommes d'en faire autant. Sur
son ordre, ils abandonnèrent leurs armes et attendirent debout sur une éminence. Ils n'attendirent pas
longtemps. Le soleil se levait. Les premières lueurs
orange, à l'est, annonçaient un jour très différent de
celui qui venait de prendre fin.

Le premier convoi passa à bonne vitesse juste
devant eux, trente camions-citernes dont les chauffeurs avaient dû croire que les véhicules qui se dirigeaient vers le sud appartenaient à leur propre armée.
Les canonniers des Bradley de la Troupe-1, le 3e du
10e, s'en occupèrent avec une série de tirs qui enflam-
mèrent les cinq premiers camions. Les autres stop-
pèrent, et deux se renversèrent dans le fossé et explosèrent, tant leurs conducteurs avaient hâte de fuir.
Les Américains laissèrent aux équipages de la RIU le
temps de s'éloigner, puis les Bradley détruisirent les
camions avec des obus brisants, et poursuivirent leur
avance sous les yeux des chauffeurs ennemis qui restèrent là, stupéfiés et figés, au bord de la route.

Ce fut un Bradley qui le trouva. Le général qui,
douze heures auparavant, avait commandé une division blindée pratiquement intacte, n'opposa aucune
résistance. Il ne bougea pas quand quatre hommes
d'infanterie apparurent à l'arrière du M2A4 et s'avancèrent vers lui, fusils pointés.

— Au sol! ordonna le caporal-chef.
— Je vais transmettre ça à mes hommes. Je parle
anglais, eux non, dit le général.
Ses soldats s'aplatirent, face contre terre. Il resta
debout, espérant mourir, peut-être.
— Les mains en l'air, mon vieux.
Ce caporal-chef était officier de police dans le civil.
Son prisonnier obtempéra. L'Américain ne savait pas
encore quel grade il pouvait avoir, mais son uniforme
était trop classe pour un simple troufion. Il posa son

fusil, sortit un pistolet, s'approcha et le tint contre la tête de l'homme pendant qu'il le fouillait d'une main experte.

— OK, vous pouvez vous allonger. Si vous êtes fair-play, on ne fera de mal à personne. Expliquez ça à vos hommes, s'il vous plaît. Nous les tuerons s'il le faut, mais nous ne voulons assassiner personne, d'accord ?

— Je le leur dis.

Au lever du jour, Eddington retourna à l'hélicoptère qu'il avait emprunté et survola le champ de bataille. Il comprit vite que sa brigade avait détruit deux divisions complètes. Il ordonna à ses forces de l'avant de lancer des reconnaissances en prévision de la phase de poursuite, puis il appela Diggs pour lui demander des instructions au sujet des prisonniers. Personne n'avait encore réglé ce problème lorsqu'un hélicoptère arriva de Riyad avec une équipe de télévision.

Les rumeurs se répandirent avant les images, comme c'est toujours le cas dans les pays où la presse n'est pas libre. Un appel téléphonique arriva au domicile d'un responsable de l'ambassade russe juste avant sept heures, et le réveilla. Quelques minutes plus tard il roulait dans des rues calmes vers un rendez-vous avec un homme qui, pensait-il, franchissait enfin le pas et devenait un agent du RVS.

— Alors ? dit-il dès qu'il vit l'homme.

Ils n'avaient pas de temps à perdre en formalités.

— Vous avez raison. Notre armée a été... vaincue la nuit dernière. Ils m'ont appelé à trois heures pour connaître mon opinion sur les intentions améri-caines, et j'ai tout entendu. Nous ne pouvons même plus communiquer avec nos unités. Notre comman-dant en chef a tout simplement disparu... C'est la panique au ministère des Affaires étrangères. Pas étonnant, grommela le « diplomate ». Je dois vous dire que le chef turkmène a...

— Nous le savons. Il a appelé Daryaei hier soir pour lui demander si l'histoire de l'épidémie était vraie.

— Et qu'a-t-il répondu?

— Que c'étaient des mensonges d'infidèles. Qu'est-ce que vous espériez? (L'officier marqua une pause.) Il n'a pas été totalement persuasif. Il est neutralisé. L'Inde nous a trahis — j'ai appris ça aussi. La Chine n'est pas encore au courant.

— Si vous pensez qu'*ils* seront de votre côté, c'est que vous avez violé les lois de votre religion sur la consommation d'alcool. Bien sûr, mon gouvernement aussi est avec les Américains. Vous êtes totalement seuls, ajouta le Russe. J'ai besoin d'informations.

— Lesquelles?

— L'endroit où on a fabriqué le virus. Il me faut ça aujourd'hui.

— Une ferme expérimentale, au nord de l'aéroport. *C'est donc aussi facile?* pensa le Russe.

— Comment pouvez-vous en être sûr?

— On a acheté le matériel aux Allemands et aux Français. Je faisais partie de la section commerciale à ce moment-là. Si vous voulez une confirmation, ce sera simple. Vous connaissez beaucoup de fermes qui sont surveillées par des gardes en uniforme?

Le Russe hocha la tête.

— Je verrai. Il y a d'autres problèmes. Votre pays sera bientôt en guerre totale avec l'Amérique. Mon pays peut proposer ses bons offices en vue d'un règlement négocié. Si vous chuchotez les mots qu'il faut dans l'oreille qui convient, notre ambassadeur est à votre disposition, et vous aurez rendu service au monde.

— C'est simple. D'ici midi nous chercherons le moyen d'en sortir.

— Votre gouvernement n'a *aucun* moyen d'en sortir. Aucun, souligna l'officier du RVS.

63

LA DOCTRINE RYAN

Si les guerres commencent à un moment précis, on ne sait jamais exactement quand elles finissent.

Quand le jour se leva, le 11ᵉ régiment de cavalerie blindée s'était rendu maître d'un nouveau champ de bataille, après l'annihilation d'une des divisions du 2ᵉ corps. L'autre division de la RIU affrontait maintenant la 2ᵉ brigade saoudienne, tandis que l'unité américaine faisait halte pour se réapprovisionner en carburant et en munitions, en vue de l'attaque contre le 3ᵉ corps.

Mais la situation évoluait déjà. L'ennemi faisait désormais l'objet de l'attention exclusive de tous les avions tactiques. Leur défense antiaérienne fut la première visée. Chacun de leurs radars qui s'allumait attirait l'attention des F-16 équipés de HARM — missiles antiradars à grande vitesse — et, en deux heures, le ciel fut sûr. Les chasseurs de la RIU essayèrent bien de défendre leurs forces terrestres, mais aucun ne dépassa la ceinture de protection déployée bien avant les forces qu'ils étaient censés protéger. Dans cette opération, l'ennemi perdit encore plus de soixante avions. Il leur fut plus facile de s'en prendre aux brigades koweïtiennes qui avaient osé envahir leur voisin plus vaste et plus puissant. La petite force aérienne de ce pays se défendit seule pendant la majeure partie de la journée, mais cette bataille ne présentait qu'un faible intérêt stratégique. Les routes de la région des marais étaient coupées, et leur réparation demanderait plusieurs jours. Aussi cette bataille aérienne n'était guère autre chose qu'une manifestation de colère et de frustration, et là encore les Koweïtiens tinrent le choc, peut-être pas de manière spectaculaire, mais en abattant trois fois plus d'avions que leur ennemi. Dans ce petit pays qui faisait l'apprentissage des arts de la guerre, on raconterait cet épisode pendant des années en amplifiant ce fait d'armes à chaque nouveau récit. Et cependant, toutes les morts de cette journée ne furent que des vies gaspillées, car tout était déjà joué.

Au-dessus du 3ᵉ corps, une fois les SAM éliminés, la tuerie fut plus structurée. Il y avait plus de six cents chars sur le terrain, huit cents transporteurs d'infanterie, plus de deux cents pièces d'artillerie remorquées et automotrices, plusieurs milliers de camions et trente mille hommes, loin à l'intérieur du territoire d'une nation étrangère, et tous tentant de s'enfuir. Les Strike Eagle F-15 décrivaient doucement des cercles à environ quinze mille pieds d'altitude, et leurs opérateurs armement sélectionnaient tranquillement les cibles de leurs bombes à guidage laser. L'air était clair, le soleil brillait et le champ de bataille était plat : des conditions beaucoup plus faciles que n'importe quel exercice au-dessus de la base d'entraînement de Nellis. Les F-16 se joignirent à la danse avec des Maverick et des bombes conventionnelles. Avant midi, le commandant trois étoiles du 3ᵉ corps ordonna une retraite générale, rassembla les camions de soutien cantonnés à la KKMC, et tenta de donner à ses unités une forme plus ou moins ordonnée. Les bombes continuaient à pleuvoir, la 5ᵉ brigade saoudienne approchait par l'est, et une force américaine le serrait sur ses arrières. Il obliqua vers le nord-ouest, dans l'idée de regagner un territoire ami par le même itinéraire qu'à l'aller. Au sol, ses véhicules se dissimulèrent tant bien que mal avec des fumigènes. Frustrés, les aviateurs alliés ne descendirent toutefois pas plus bas pour affiner leurs attaques, car les forces de la RIU avaient encore les moyens de riposter avec une certaine efficacité. Du coup, le commandant espéra ramener environ les deux tiers de ses forces. Il ne s'inquiétait pas pour le carburant. Tous les camions-citernes de l'Armée de Dieu étaient désormais avec son corps.

Diggs s'arrêta d'abord dans la brigade d'Eddington. Il avait déjà vu ce genre de spectacle, déjà senti ces

odeurs. Avec le carburant et les munitions qu'il contenait, un char continuait à brûler parfois pendant deux
jours, et l'odeur du diesel et des propergols dissimulait assez bien la puanteur des chairs humaines en
train de se consumer. Les ennemis en armes devaient
être éliminés, mais une fois morts ils n'étaient plus
que des objets de pitié, particulièrement quand ils
avaient été massacrés comme ici. Seul un relativement petit nombre avait été tué par les hommes de
Caroline. La plupart s'étaient rendus. Ceux-là, il fallait les rassembler, les désarmer, les compter, et les
mettre au travail, surtout pour l'évacuation des corps
de leurs camarades.

— Et maintenant? demanda Eddington, un cigare
entre les dents.

Sur le champ de bataille, les vainqueurs étaient
assaillis par toutes sortes d'impressions changeantes.
Arrivés dans la hâte et la confusion, ils avaient
affronté l'inconnu en dissimulant leur peur, ils
avaient engagé le combat avec détermination — et,
dans leur cas, avec une fureur jamais vue —, ils
avaient gagné dans l'exaltation, mais à présent, horri-
fiés par le carnage, ils avaient pitié des vaincus.

Au cours des dernières heures, la plupart des unités
mécanisées s'étaient réorganisées; elles étaient prêtes
pour un nouveau mouvement, tandis que leurs PM et
les unités saoudiennes qui arrivaient prenaient en
charge les prisonniers.

— Ne bougez pas. (La réponse de Diggs déçut et
soulagea à la fois Eddington.) Les derniers s'enfuient
à toute allure. Vous ne les rattraperez jamais, et nous
n'avons pas reçu l'ordre d'envahir leur pays.

— Bon sang, Diggs! Ces quelques heures passées à
tout mettre en place, à manœuvrer mes bataillons, à
attendre les informations, à attaquer... (Il secoua la
tête.) J'ignorais pouvoir éprouver ce genre de sentiments... Mais à présent...

— « Heureusement que la guerre est aussi affreuse,
autrement nous l'aimerions trop. » Le plus drôle, c'est
qu'on l'oublie quelquefois. Pauvres cons, dit le général
en observant cinquante hommes qu'on faisait grim-

per sur des camions pour les renvoyer à l'arrière. Finissez le nettoyage, colonel. Rassemblez vos unités. L'ordre de bouger pourrait venir, mais j'en doute.

— Le 3ᵉ corps?

— Ira pas loin, Nick. On « continue à les faire courir » et on les envoie droit sur le 10ᵉ ACR.

— Ah, finalement, vous connaissez Bedford Forrest.

C'était une des formules favorites de l'officier confédéré. *Continuez à les faire courir :* ne laissez pas de repos à un ennemi en fuite. Harcelez-le, épuisez-le, arrangez-vous pour qu'il multiplie les erreurs et qu'il se casse la gueule... Même si ça n'a plus d'importance.

Diggs lui sourit et le salua.

— Vous et vos hommes, vous avez été remarquables, Nick. Content de vous avoir eus à mes côtés dans cette balade.

— J'aurais surtout pas voulu rater ça.

Le véhicule portait des plaques diplomatiques, mais le chauffeur et le passager savaient bien que cela n'avait pas toujours forcé le respect à Téhéran. Beaucoup de choses changeaient dans un pays en guerre, et, souvent, on reconnaissait les bâtiments censés être « secrets » parce que en période de trouble leur surveillance était renforcée. Le contraire aurait été préférable, mais ce n'était, hélas, jamais le cas. Ils s'arrêtèrent. Le chauffeur prit des jumelles, le passager un appareil photo. Le laboratoire de la ferme expérimentale était entouré d'hommes en armes. Ce qui n'était pas normal, n'est-ce pas? Ce fut aussi facile que ça. La voiture fit demi-tour et retourna à l'ambassade.

Ils n'attrapaient que les traînards. A présent, le Blackhorse avait lancé la poursuite, mais l'opération traînait en longueur. Les véhicules américains étaient plus performants et plus rapides, mais la fuite était plus facile que la chasse. Les poursuivants devaient se méfier des embuscades, et la peur de mourir dans une guerre déjà gagnée l'emportait sur le désir de tuer davantage d'ennemis. Les unités du flanc droit étaient désormais en contact radio avec les Saoudiens qui en finissaient en ce moment même avec les derniers bataillons du 2e corps et envisageaient d'engager avec le 3e corps la bataille finale.

— Cible, dit un TC. Un char à dix heures.

— Identifiée, répondit le canonnier tandis que l'Abrams s'arrêtait pour faciliter le tir.

— Retenez le feu. Ils s'enfuient. Laissez-leur quelques secondes.

— D'accord.

Le canon principal du T-80 n'était pas pointé sur eux, de toute façon. Ils attendirent que l'équipage eût parcouru une centaine de mètres.

— OK, allez-y.

— C'est parti.

Le char eut un soubresaut et l'obus fila. Trois secondes plus tard, la tourelle du T-80 vola en éclats.

— Dans le mille!

— Démarrez, ordonna le TC au chauffeur.

C'était leur douzième cible détruite. Ils se demandèrent quel serait le record de l'unité, tandis que le TC pianotait la position des trois hommes de l'équipage ennemi sur son boîtier IVIS, qui indiqua immédiatement au détachement de sécurité du régiment où aller les chercher.

— Des commentaires? demanda Potus.

— Monsieur, cela crée un précédent, répondit Cliff Rutledge.

— C'est l'idée, dit Ryan.

Ils avaient été les premiers à recevoir la vidéo du champ de bataille, avant montage. On y voyait les horreurs habituelles, les corps humains déchiquetés par les explosions, une main qui pendait à l'extérieur d'un transporteur de personnel dont la carcasse fumait encore, un pauvre gars qui avait presque réussi à sortir — *presque*.

Les morts sont morts, et chacun est une victime d'une façon ou d'une autre, pensa Ryan. Ces soldats de deux pays distincts unis par une culture coïncidant à peu près étaient tombés sous les coups des Américains, mais ils avaient été envoyés à la boucherie par un homme, un homme qui avait fait une erreur de calcul, et avait joué aux dés avec leurs vies. Ça n'aurait pas dû se passer ainsi. Le pouvoir conférait une responsabilité. Jack avait décidé d'écrire une lettre manuscrite à la famille de chaque Américain tué, comme George Bush l'avait fait en 1991. Ces lettres avaient deux objectifs. Peut-être apporteraient-elles un certain réconfort aux parents des disparus. Mais, surtout, elles rappelleraient à celui qui avait envoyé ces hommes au combat qu'ils étaient vivants en partant. Il se demanda à quoi ils avaient ressemblé. Probablement à ces hommes et à ces femmes qui avaient constitué sa garde d'honneur à Indianapolis, le jour de sa première apparition publique. Mais chaque vie humaine était particulière, et Ryan avait joué un rôle dans leur désintégration. Aussi longtemps qu'il occuperait ce poste, il devrait se rappeler qu'ils étaient autre chose que de simples visages. C'est là, se disait-il, que réside la différence. *Je* suis conscient de *mes* devoirs. *Il* n'est pas conscient des *siens*. *Il* vit encore dans l'illusion que le peuple est responsable envers lui, et non l'inverse.

— Politiquement, c'est de la dynamite, dit van Damm.

— Et alors ?

— Cela pose un problème juridique, intervint Pat Martin. Cela viole un décret présidentiel de Gerald Ford.

— Je sais, grommela Ryan. Mais qui décide des décrets présidentiels ?

— Le chef de l'exécutif, monsieur, répondit Martin.

— Alors préparez-m'en un nouveau, voulez-vous ?

— C'est quoi, c't'odeur ?

Dans l'Indiana, les routiers étaient sortis du motel

pour la danse matinale des camions, qu'ils déplaçaient pour protéger les pneus. Ils en avaient marre
de cet endroit, et ils étaient impatients de voir lever
l'interdiction de circuler. L'un d'eux venait de terminer la gymnastique de son Mack, et il était revenu se
garer près de la toupie à béton des Mountain Men. Le
printemps avançant, il commençait à faire chaud, et
les carrosseries métalliques transformaient l'intérieur
des camions en véritables fournaises. Dans la toupie,
cela produisait un effet que ses propriétaires n'avaient
pas prévu.

— T'as une fuite de diesel? demanda-t-il à Holbrook en se penchant pour vérifier. Non, pourtant,
ton réservoir a l'air bon.

— Ça vient peut-être de la pompe, là-bas?
Quelqu'un a dû en renverser, suggéra le Mountain
Man.

— J'crois pas. L'ont juste nettoyée au jet c'matin.
Vaudrait mieux trouver ce que c'est. J'ai vu un KW
cramer parce qu'un truc mécanique avait foiré. Le
chauffeur est mort, c'était sur la I-40, en 85. Sacré
bordel. (Il tournait autour du camion.) T'as une fuite
quelque part, mon pote. Faut vérifier ta pompe d'alimentation, dit-il encore en déverrouillant d'office le
capot.

— Hé, euh, attends un peu... Je veux dire...

— T'en fais pas, vieux, j'm'y connais en bricolage.
J'économise au moins cinq mille biftons par an en faisant tout moi-même.

Le routier souleva le capot et examina le moteur,
secoua quelques tuyaux, puis tâta les raccords du
réservoir.

— OK, ils sont en bon état.

Il regarda ensuite les injecteurs. Un écrou avait un
peu de jeu, et il le resserra. Rien d'anormal. Il se pencha à nouveau pour voir par-dessous.

— Y a rien qui coule. Et merde, conclut-il en se
redressant.

Pourtant, il en était sûr, l'odeur de diesel venait
bien d'ici... et il y avait même une autre odeur, maintenant qu'il y faisait attention.

— Qu'est-ce qui se passe, Coots? demanda un autre chauffeur qui s'approchait.

— Tu sens rien?

Les deux hommes se mirent à renifler l'air comme des marmottes.

— Ouais, quelqu'un a un problème de réservoir?

— Apparemment pas, dit Coots, qui se tourna vers Holbrook.

— Ecoute, j'voudrais pas jouer les casse-pieds, mais j'suis propriétaire et j'm'inquiète pour mon bahut, tu vois? Ça t'embêterait pas d'éloigner un peu le tien? Et si j'étais toi, je jetterais un œil sérieux sur le moteur, OK?

— Non, non, ça m'dérange pas.

Holbrook démarra et s'éloigna lentement jusqu'à une partie déserte du parking. Les deux autres le regardèrent faire.

— L'odeur a disparu, hein, Coots?

— Il est pourri, son camion.

— Qu'il aille s'faire foutre. C'est bientôt l'heure des infos. Rapplique.

L'autre le suivit.

Wouah! entendirent-ils à leur entrée dans le restaurant. La télévision était sur CNN. Le spectacle faisait penser aux effets spéciaux d'un grand studio de cinéma. Rien de tel n'arrivait jamais dans la réalité. Et pourtant...

— Colonel, que s'est-il passé la nuit dernière?

— Eh bien, Barry, l'ennemi est venu à deux reprises à notre rencontre. La première fois, expliqua Eddington qui tenait un cigare dans sa main tendue, nous étions sur cette crête, là-bas. La deuxième, nous avancions et eux aussi, et nous nous sommes rencontrés à peu près ici.

La caméra pivota pour montrer deux chars qui passaient sur la route, à côté de l'endroit où le colonel faisait son exposé.

— Ça doit être marrant de conduire ces saloperies, fit Coots.

— De tirer avec, surtout, dit l'autre.

L'image changea à nouveau. Le visage familier d'un

742

journaliste vedette était couvert de poussière, et de larges cernes soulignaient ses yeux.

— Ici Tom Donner, avec l'équipe de presse attachée au 11ᵉ régiment de cavalerie blindée. Comment décrire la nuit que nous avons vécue ? J'accompagnais l'équipe de ce Bradley. La Troupe-B et nous avec, nous avons rencontré... je ne sais pas combien de véhicules ennemis au cours de ces douze dernières heures. C'était *La Guerre des mondes* en Arabie Saoudite, la nuit dernière, et c'étaient nous, les Martiens.

« Les forces de la RIU — celles que nous avons affrontées comprenaient des Irakiens et des Iraniens — ont riposté, ou ont essayé, plutôt, mais rien de ce qu'elles ont fait...

— Putain, dommage qu'ils n'aient pas envoyé mon unité, dit un policier de la route en s'installant à sa place habituelle devant son café.

Il connaissait certains des chauffeurs.

— Hé, Smoky, z'avez les mêmes dans la Garde de l'Ohio ? lui demanda Coots.

— Ouais, mon unité appartient à la cavalerie blindée. Ces mecs de Caroline ont eu une nuit géante. Bon Dieu !

Le flic secoua la tête, et dans le miroir il remarqua l'homme qui arrivait du parking.

— Les forces ennemies sont en fuite, à présent. Vous venez d'entendre le récit du colonel de la Garde nationale qui a vaincu deux divisions blindées...

— Tant que ça ! Waouh ! s'exclama le flic en sirotant son café.

— Les mecs, bienvenue chez les grands ! dit Coots à l'écran de télévision.

— Hé, la toupie, elle est à vous ? demanda le flic en se retournant.

— Oui, m'sieur, répondit Holbrook qui s'immobilisa, au moment où il allait rejoindre son ami pour le petit déjeuner.

— Fais gaffe qu'elle t'explose pas à la gueule..., grommela Coots.

— Qu'est-ce qu'une toupie à béton du Montana peut bien faire par ici ? demanda le flic d'un ton léger. Hein ? ajouta-t-il à l'attention de Coots.

743

— Il a un problème d'essence. On lui a demandé de déplacer son bahut. Au fait, merci, lança-t-il à Holbrook. J'voulais pas être vache, mon vieux.

— T'inquiète. Je le ferai vérifier, tu peux en être sûr.

— Ouais, pourquoi tout ce chemin depuis le Montana? s'enquit encore le flic.

— Euh, ben, on l'a achetée là-bas, et on l'emmène dans l'Est pour bosser, vous voyez?

— Hum...

Il s'intéressa de nouveau à la télévision.

— ... Oui, ils venaient du sud, et nous sommes tombés pile sur eux! disait un officier koweïtien à un autre journaliste.

Il caressait le tube du canon de son char avec l'affection qu'on porte à un cheval de course.

— On pourra reprendre l'travail bientôt, Smoky? demanda Coots au flic.

Le policier de la route secoua la tête.

— Vous en savez autant que moi, mon vieux. En partant d'ici, je retourne sur la frontière jouer au barrage routier.

— J'avais pas remarqué les plaques. Bon Dieu, pourquoi venir jusqu'ici avec une toupie du Montana? se demanda Coots.

Il y avait quelque chose qui collait pas, avec ces gars-là, pensa-t-il.

— Peut-être qu'il l'a eue à bon marché? dit le flic en finissant son café. J'n'ai aucun camion comme ça au fichier à surveiller. Je me demande si on a jamais volé un truc pareil. Allez, bonne journée à tout le monde, dit le policier en sortant.

Il monta dans sa voiture. Au moment où il démarrait en direction de l'autoroute, il décida d'aller tout de même jeter un œil à la toupie à béton. Autant vérifier la plaque, se dit-il. Peut-être qu'il était fiché?

Puis il sentit l'odeur, et pour lui ce n'était pas du diesel... On aurait dit de l'ammoniac... Il associait toujours cette odeur à celle du propergol, dans son unité de cavalerie de la Garde nationale. Sa curiosité éveillée, il retourna dans le restaurant.

— Excusez-moi, messieurs, c'est votre camion qui est garé là-bas au bout?

— Ouais, pourquoi? demanda Brown. On a fait quelque chose?

Ce furent ses mains qui le trahirent. Le policier les vit se crisper, soudain. Oui, il était tombé sur un truc, ici.

— Voudriez-vous me suivre, messieurs?

— Hé, attendez un peu, c'est quoi, le problème?

— Y a pas de problème. Je veux juste savoir ce que c'est que cette odeur.

— On fera vérifier, d'accord.

— On va le faire tout de suite, messieurs. (Il fit un geste.) Si vous voulez bien?

Il les suivit à l'extérieur, monta dans sa voiture et roula derrière eux pendant qu'ils marchaient vers le camion. Ils avaient l'air de discuter ferme. Quelque chose clochait. Ses collègues n'étaient pas spécialement débordés en ce moment, et d'instinct il appela une autre voiture pour obtenir un soutien, et il demanda à son bureau de vérifier les plaques. Puis il descendit et reporta son attention sur le camion.

— Vous voulez le faire démarrer?

— Ouais, bien sûr.

Brown s'installa et lança le moteur.

— Qu'est-ce qui se passe, ici? demanda le flic à Holbrook. Je peux voir vos permis, s'il vous plaît?

— Hé, j'comprends pas où est le lézard.

— Y a pas de lézard, monsieur, mais je veux voir vos permis, d'accord?

Peter Holbrook sortit son portefeuille au moment où une seconde voiture de police arrivait. Brown la vit aussi, puis Holbrook avec son portefeuille et la main du flic sur la crosse de son pistolet. C'était la position habituelle des flics, mais Brown s'imagina autre chose. Aucun des deux Mountain Men n'avait son pistolet sur lui. Ils les avaient laissés dans leur chambre, ne jugeant pas utile de venir déjeuner avec. Le policier prit le permis de conduire de Peter, retourna à sa voiture, saisit son microphone...

— La plaque est en règle. Rien dans l'ordinateur, l'informa la femme, au commissariat.

— Merci.

Il remit son micro en place et se retourna vers Peter Holbrook en agitant le permis dans sa main...

Brown voyait un flic avec son copain, et un autre flic, et ils venaient de parler à la radio...

Le policier de la route leva les yeux, surpris, quand le camion démarra en trombe. Il hurla et fit signe au conducteur d'arrêter. La deuxième voiture avança pour le bloquer, et le camion s'immobilisa.

C'était bien ça. Y avait un truc, avec ces deux gars.

— Sors de là! cria-t-il en brandissant son pistolet, cette fois.

Le second officier arrêta Holbrook, sans rien comprendre à ce qui se passait. Brown descendit, se sentit agrippé par le col et poussé contre la carrosserie du camion.

— Qu'est-ce qu'il y a, avec vous, hein? demanda le flic.

Il leur fallut des heures, mais ils le découvrirent.

Daryaei hurla, bien que cela ne lui ressemblât pas. La vidéo était incontestable. La télévision mondiale bénéficiait d'une respectabilité instantanée, et il ne pouvait pas les empêcher de diffuser ces images. Dans son pays, les riches avaient leur propre parabole, et même ses voisins, ici, en avaient une. Qu'allait-il faire maintenant? Leur ordonner d'éteindre?

— Pourquoi n'attaquons-nous pas? demanda-t-il.

— Impossible de joindre notre commandant en chef ni un seul de nos commandants de corps. Nous ne sommes en contact qu'avec deux de nos divisions. Une brigade affirme être en route vers le nord, poursuivie par l'ennemi.

— Et?

— Et nous sommes vaincus, laissa tomber le chef du renseignement d'une voix sinistre.

— *Mais comment?*

— Est-ce que ça compte, maintenant?

Ils arrivèrent du nord et Buffalo du sud. Le 3e corps

de la RIU ignorait ce qui se trouvait devant lui. Il le découvrit en milieu d'après-midi. Le 1er escadron de Masterman avait déjà éliminé une centaine de camions-citernes et autres. Désormais, il restait simplement à savoir quelle résistance l'ennemi montrerait encore. Grâce à sa couverture aérienne, il savait exactement où se trouvait la force qui avançait, et il connaissait sa puissance, sa concentration et sa direction.

La Troupe-A était sur l'avant, les B et C se trouvaient à trois kilomètres derrière, et la compagnie de chars était en réserve. Il décida de ne pas encore utiliser son artillerie. Il n'y avait pas lieu de les avertir que des chars se trouvaient à proximité. Moins de dix minutes avant le contact, il fit se déplacer la Troupe-A sur la droite. Contrairement à la première — et seule — bataille de sa carrière, Duke Masterman ne verrait pas celle-ci. Il la suivrait à la radio.

La Troupe-A engagea le combat à la limite de sa portée de tir avec ses canons et ses missiles TOW, et écrasa la première ligne disparate des véhicules ennemis. Le commandant de la troupe estima qu'il se trouvait en face au moins d'une force de la puissance d'un bataillon au moment où il attaqua son front gauche en oblique, selon la manœuvre d'ouverture prévue. Cette division RIU, d'origine irakienne, recula vers la droite sans deviner qu'on la poussait directement sur deux autres troupes de cavalerie.

— Ici GUIDON-SIX. Frappez à gauche, je répète, frappez à gauche, ordonna Masterman depuis son véhicule de commandement.

Les troupes B et C tournèrent vers l'est, parcoururent à grande vitesse environ trois kilomètres, puis virèrent. A peu près au même moment, Masterman laissa enfin son artillerie tirer sur la seconde ligne de l'adversaire. L'effet de surprise était désormais passé, et il était temps de frapper l'ennemi par tous les moyens possibles. Quelques minutes plus tard, il fut évident que le 1er escadron Buffalo engageait au moins une brigade, mais le rapport de force ne comptait pas plus maintenant que pendant la nuit.

L'horreur mécanique régna de nouveau, pour la dernière fois. Les lueurs de départ des canons brillaient moins à la lumière du jour, et les chars avançaient dans les nuages de poussière soulevés par leurs propres tirs. Comme prévu, la force ennemie recula encore sous les effets dévastateurs des Troupes-B et C, fit demi-tour dans l'espoir de se frayer un passage entre les deux forces attaquantes. Mais elle se retrouva en face de quatorze M1A2 de la compagnie de chars de l'escadron, espacés de deux cents mètres. GUIDON pénétra la formation ennemie et détruisit d'abord ses chars, puis ses transporteurs d'infanterie mécanisée. Alors, il s'arrêta. Les véhicules adverses qui n'étaient pas encore engagés cessèrent d'avancer. Leurs équipages les abandonnèrent. On informa Masterman que la même scène se produisait tout le long de la ligne de front à l'ouest. Les soldats assez heureux pour comprendre à temps la situation décidèrent que toute résistance leur serait fatale. La troisième (et dernière) bataille de la KKMC avait duré une demi-heure.

Ce ne fut pas aussi facile pour les envahisseurs. Les forces saoudiennes qui avançaient écrasèrent une autre brigade. Celle-là était iranienne, et pour cette raison elle fut plus... maltraitée que ne l'aurait été une unité irakienne. Au coucher du soleil, les six divisions de la RIU qui étaient entrées dans le royaume étaient détruites. Des sous-unités engagées dans des combats d'arrière-garde reçurent de leurs officiers supérieurs l'ordre de se rendre avant d'être anéanties par l'ennemi qui les encerclait.

Le principal casse-tête administratif, cette fois encore, fut celui des prisonniers, d'autant que la nuit qui tombait aggravait la confusion. Heureusement, la plupart des soldats de la RIU avaient leurs propres rations d'eau et de vivres. On leur retira leurs armes et on les mit sous surveillance, mais si loin de leur pays, il y avait peu de risques de les voir s'enfuir à pied dans le désert.

Clark et Chavez quittèrent l'ambassade russe une

heure après le coucher du soleil. A l'arrière de leur voiture se trouvait une grande valise dont le contenu n'aurait éveillé la suspicion de personne — il correspondait totalement à cette profession de journaliste qui leur servait de couverture. La mission, décidèrent-ils, était un peu folle, mais, si cela troublait le plus âgé de l'équipe, Ding, lui, s'en réjouissait plutôt. Le trajet jusqu'à la ruelle située derrière le café se déroula sans encombre. Mais le périmètre de sécurité autour du domicile de Daryaei les obligea à s'arrêter avant leur destination. Le café était fermé, à cause du black-out imposé à une ville entre la guerre et la paix, les réverbères étaient éteints, les rideaux des fenêtres étaient tirés, mais les voitures étaient autorisées à rouler en phares, et, à l'évidence, l'électricité n'était pas coupée dans les maisons. Tout cela servait leur dessein. Ils n'eurent aucun mal à faire sauter le verrou, dans la ruelle obscure. Chavez entrouvrit et regarda à l'intérieur. Clark le suivit avec la valise, et les deux hommes entrèrent, refermant la porte derrière eux. Ils étaient déjà au premier étage quand ils entendirent des bruits. Une famille vivait ici. Un couple d'une cinquantaine d'années était à table et regardait la télévision. C'étaient les propriétaires du café-restaurant du rez-de-chaussée. Si la mission avait été mieux préparée, ils l'auraient su plus tôt. Oh, et puis ils feraient avec...

— Bonjour, dit doucement Clark. Ne faites pas de bruit, s'il vous plaît.

— Qu'est-ce...

— Vous n'avez rien à craindre, ajouta-t-il, tandis que Ding cherchait autour de lui...

Oui, les fils électriques seraient parfaits.

— Soyez gentils, allongez-vous par terre, voulez-vous ?

— Qui...

— Nous vous libérerons en partant, poursuivit Clark en farsi littéraire. Mais si vous vous débattez, nous serons obligés de vous faire du mal.

Le couple était trop terrifié pour résister aux deux hommes qui venaient de pénétrer chez eux comme des voleurs. Clark leur lia les bras, puis les chevilles, avec les fils électriques. Chavez les allongea sur le côté, et donna à boire à la femme avant de la bâillonner.

— Assure-toi qu'ils peuvent respirer, dit Clark, en anglais cette fois.

Il vérifia tous les nœuds, heureux de ne pas avoir oublié ce qu'il avait appris dans la marine trente ans auparavant. Puis ils montèrent à l'étage.

Le plus fou de l'histoire, c'était leur système de communication bricolé. Chavez ouvrit la valise et commença à en extraire des tas d'objets. Le toit du bâtiment était plat, et il offrait une vue directe sur un autre immeuble identique, à trois pâtés de maisons de là. Pour cette raison, ils devaient travailler courbés en deux. Tout d'abord, Ding installa la parabole miniature, avec un lourd tripode, pour garantir sa stabilité. Puis il la positionna pour recevoir la tonalité du signal du satellite souhaité et la bloqua dans cette direction. Ensuite, il monta la caméra, elle aussi sur un tripode et la pointa sur le centre des trois immeubles qui les intéressaient. Il fixa alors le câble de la caméra dans le boîtier de transmission et d'alimentation, qu'il laissa dans la valise ouverte.

— Ça marche, John.

Le seul ennui était qu'ils ne disposaient que d'une liaison montante. Ils pouvaient télécharger des signaux du satellite, mais ils n'avaient pas de canal audio séparé. Pour cela, il leur aurait fallu un équipement supplémentaire.

— La voilà, dit Robby Jackson, depuis le Centre national de commandement militaire.

— C'est bien ça, confirma Mary Pat Foley, qui regardait la même image.

Elle composa alors le numéro de téléphone de l'ambassade américaine à Moscou et son appel fut transmis au ministère russe des Affaires étrangères, puis à l'ambassade de Russie à Téhéran, et enfin au téléphone cellulaire qui se trouvait entre les mains de John Clark.

— Ivan, vous m'entendez ? demanda-t-elle en russe. C'est Foleïeva.

La réponse ne lui parvint qu'au bout d'une longue seconde.

— Ah, Maria, que c'est bon d'entendre votre voix.

Merci, mon Dieu, d'avoir inventé le téléphone, pensa John avec un profond soupir.

— J'ai votre photo ici sur mon bureau, dit-elle.

— J'étais beaucoup plus jeune à l'époque.

— Il est en place et tout va bien, annonça la DDO.

— OK, dit Jackson en décrochant un autre téléphone.

— C'est parti, je répète, c'est parti. Confirmez.

— L'opération Booth a démarré, fit Diggs depuis Riyad.

Le système iranien de défense aérienne était en alerte maximum.

Aucune attaque n'avait été lancée contre leur territoire, mais les opérateurs radar étaient sur le qui-vive. Ils observèrent plusieurs avions qui patrouillaient le long des côtes de l'Arabie Saoudite et du Qatar.

Bandit-Deux-Cinq-Un et Bandit-Deux-Cinq-Deux terminèrent leur réapprovisionnement aérien en carburant à quelques secondes d'intervalle. On voyait rarement des chasseurs Stealth opérer ensemble. Tous deux s'éloignèrent des KC-10 et partirent vers le nord pour un vol d'une heure environ, avec toutefois un écart vertical de mille pieds. Les équipages des tankers restèrent en attente et en profitèrent pour réapprovisionner en carburant la patrouille de chasseurs qui se trouvait sur la côte saoudienne, juste à temps pour les opérations de nuit. A quatre-vingts kilomètres de là, un AWACS suivait tous les avions — ou presque. Même les E-3B étaient incapables de détecter un F-117.

Callie Weston tapait les modifications du discours directement sur le téléprompteur. Même les techniciens de la télévision n'avaient pas été autorisés à le lire, et d'une certaine façon elle était surprise d'avoir pu le faire, elle. Quand elle eut terminé, elle vérifia l'ensemble du texte à la recherche de fautes de frappe qui, elle l'avait appris au fil des ans, pouvaient être très gênantes pour un président s'adressant à la nation en direct à la télévision.

A l'extérieur, les gardes fumaient, constata John Clark. Un manquement à la discipline, peut-être — mais utile pour rester éveillé.

— John, ça t'arrive de penser que ce boulot est un peu trop speed?

— T'as envie de pisser?

Une réaction naturelle, même pour eux.

— Ouais.

— Moi aussi, avoua Clark.

C'était le genre de choses qu'on ne voyait jamais dans les films de James Bond, bien sûr.

Il posa l'écouteur contre son oreille, entendit quelqu'un annoncer que le président s'exprimerait dans deux minutes.

Là-dessus, les deux derniers objets furent sortis de la valise.

— Chers compatriotes, je suis là pour vous donner les dernières nouvelles de la situation au Moyen-Orient, dit le président sans préambule.

« Il y a environ quatre heures, la résistance organisée a cessé parmi les forces de la République islamique unie qui ont envahi le royaume d'Arabie Saoudite. Les armées saoudiennes, koweïtiennes et américaines, agissant ensemble, ont détruit six divisions au cours d'une bataille qui a fait rage pendant une nuit et un jour. Les dernières unités de la RIU ont tenté de se replier vers le nord, mais elles ont été bloquées et, après un bref engagement, elles ont commencé à se rendre. Les combats terrestres dans la région sont, *pour le moment,* terminés.

« Je dis "pour le moment", parce que cette guerre ne ressemble à aucune de celles que nous avons connues au cours des cinquante dernières années. Une attaque a été lancée contre nos citoyens, sur notre sol. Une attaque délibérée contre des civils avec une arme de destruction massive. On ne peut même pas dresser la liste des violations du droit international, dans cette affaire, tellement elles sont nombreuses, continua le président.

« Pourtant, il serait faux de prétendre que le peuple de la République islamique unie est responsable de cette attaque contre l'Amérique. Car les *peuples* ne font pas la guerre. La décision est souvent prise par un seul homme. Commencer une guerre n'est jamais la conséquence d'un processus démocratique.

« Nous autres, Américains, nous n'avons aucun problème avec les peuples de l'ex-Iran et de l'ex-Irak. Leur religion, certes, est différente de la nôtre, mais notre pays protège la liberté religieuse. Si l'Amérique a prouvé une chose au monde, c'est que tous les hommes sont semblables, et que s'ils bénéficient de la même liberté et des mêmes chances, ils prospèrent dans les seules limites de leurs capacités individuelles.

« Au cours des dernières vingt-quatre heures, nous avons tué au moins dix mille soldats de la RIU. Probablement beaucoup plus. Nous ne connaîtrons sans doute jamais le nombre total de nos *ennemis* tués, mais nous ne devrons jamais oublier qu'ils n'avaient pas *choisi* leur destin. Ce destin leur a été imposé par d'autres, et en fin de compte par une seule personne.

— Allons-y, dit Chavez, le visage collé à l'objectif de la caméra qui montrait maintenant l'image parvenant du satellite placé en orbite. Envoie la musique.

Clark actionna le transmetteur laser en prenant soin de vérifier qu'il était sur le réglage infrarouge invisible. Il pointa la corniche de l'immeuble. Un garde se tenait là.

Diggs, à Riyad :
— Vérification finale.
— Bandit-Deux-Cinq-Un, entendit-il en réponse.
— Deux-Cinq-Deux...

— Au cours de l'histoire, les rois et les princes ont fait la guerre suivant leur bon plaisir. A leurs yeux, ceux qu'ils envoyaient à la mort n'étaient que de simples paysans; pour les riches et les puissants la guerre n'était qu'un jeu, une espèce de divertissement. Personne ne se souciait vraiment des victimes, et quand elle prenait fin, les rois demeuraient rois, même les vaincus, parce qu'ils étaient au-dessus de tout cela.

« Jusqu'au début de ce siècle, on considérait qu'un chef d'Etat avait le *droit* de faire la guerre. A Nuremberg, après la Seconde Guerre mondiale, on a modifié cette règle en jugeant et en exécutant certains responsables.

En levant les yeux, Ryan vit Andrea Price lui faire un signe. Elle ne souriait pas. Il n'y avait pas de quoi sourire. Mais elle lui faisait tout de même un petit signe de sympathie.

Le laser n'était qu'une assurance. A la limite, ils auraient pu s'en passer, mais ç'aurait été plus difficile de viser juste la bonne maison dans la ville, et ils voulaient éviter les bavures. De plus, cela permettait aux avions de lâcher leurs bombes d'une altitude plus élevée. Les systèmes optiques sophistiqués délivraient une frappe à un mètre près. Exactement au moment prévu, les deux avions Bandit ouvrirent leurs soutes à bombes. Chaque avion transportait un seul projectile de cinq cents livres, avec un guidage Paveway.
— Bandit-Deux-Cinq-Un, bombe lancée !
— Deux-Cinq-Deux, bombe lancée !

Dans tous les pays équipés d'antennes paraboliques et de réseaux câblés, dans d'innombrables foyers, l'image passa du Bureau Ovale de la Maison-Blanche à un immeuble de trois étages d'une ville ordinaire. La plupart des spectateurs pensèrent à une erreur, un extrait de film, une mauvaise liaison...

Daryaei, lui aussi, regardait le discours du président. Quelle sorte d'homme était donc ce Ryan ? s'était-il demandé jusqu'à présent.

Il le découvrait trop tard.

— Voici l'endroit où vit Mahmoud Haji Daryaei, l'homme qui a déversé ce virus sur notre pays et qui a attaqué ma fillette, l'homme qui a lancé son armée dans une guerre de conquête qui s'est transformée en carnage... Maintenant, monsieur Daryaei, voici la réponse des Etats-Unis d'Amérique.

La voix du président se tut, et une ou deux secondes plus tard, les traductions se turent aussi dans le monde entier, faisant place au silence, tandis que tout le monde voyait l'image en noir et blanc d'un immeuble ordinaire... Et puis les deux bombes firent mouche, crevèrent le toit, et explosèrent un centième de seconde plus tard.

Le bruit fut terrible. Et l'onde de choc encore pire.

— Ça va ? demanda Ding.

— Ouais. Prêt pour la danse, mon pote ?

Ils redescendirent à l'étage de la chambre à coucher aussi vite que possible. Chavez coupa les fils électriques avec son canif. D'après lui, il leur faudrait cinq minutes pour se libérer. Ils quittèrent le quartier en empruntant les ruelles, pour éviter les véhicules de secours qui arrivaient sirènes hurlantes vers les ruines des trois immeubles. Une demi-heure plus tard, ils étaient en sécurité à l'ambassade de Russie.

Ils burent une vodka. Chavez n'avait jamais autant tremblé. Clark, si.

La vodka fut la bienvenue.

— A présent, au peuple de la République islamique unie, les Etats-Unis d'Amérique disent ceci :

« *Primo*, nous connaissons l'emplacement exact de l'usine de guerre biologique. Nous avons demandé et obtenu l'aide de la Fédération de Russie, qui connaît bien ce type d'arme. Leurs techniciens sont en route pour Téhéran. Quand ils atterriront, vous les conduirez immédiatement jusqu'à cette usine pour superviser sa neutralisation. Ils seront accompagnés de journalistes pour un contrôle indépendant. Si cette opération n'est pas réalisée, dans douze heures nous détruirons le site avec une bombe nucléaire de faible puissance. Et ne commettez pas l'erreur de penser que je ne suis pas déterminé à donner cet ordre. Cet ultimatum de douze heures commence maintenant.

« *Secundo*, vos prisonniers seront traités selon les conventions internationales. Ils vous seront rendus aussitôt que seront livrés aux Etats-Unis toutes les personnes qui ont joué un rôle dans la préparation et la diffusion de cette arme biologique sur notre pays, ainsi que tous les responsables de l'attaque contre ma fille. Sur ce point, il n'y aura aucun compromis.

« *Tertio*, nous accordons à votre pays une semaine pour satisfaire cette demande. Dans le cas contraire, l'Amérique vous mènera une guerre illimitée. Vous avez vu ce dont nous sommes capables, ce que nous avons fait. Je vous assure que, s'il le faut, nous ferons plus encore. C'est à vous de choisir.

« Enfin, et je m'adresse ici à toutes les nations qui pourraient nous vouloir du mal, nous ne tolérerons aucune attaque contre notre pays, nos biens, nos citoyens. A compter de ce jour, quiconque exécutera ou ordonnera une telle agression sera retrouvé et puni. J'ai prêté serment devant Dieu d'assumer mes devoirs de président. Je le ferai. A nos amis, je dis qu'ils ne trouveront personne de plus fidèle que nous.

Mais que ceux qui souhaitent devenir nos ennemis se rappellent que nous sommes fidèles, en ce domaine aussi.

« Chers compatriotes, nous venons de vivre une période difficile. Nous avons résisté à cette agression. Nous venons de punir son responsable, et nous allons également régler nos comptes avec ceux qui ont suivi ses ordres

« Merci, et bonne journée.

Épilogue

Salle de presse

— ... Et pour finir, je soumets au Sénat le nom du Dr Pierre Alexandre pour le poste de secrétaire à la Santé. Il m'a beaucoup aidé pendant l'épidémie d'Ebola. C'est un clinicien brillant et un chercheur qui s'apprête à lancer et à superviser plusieurs nouveaux programmes, y compris une recherche fondamentale sur les maladies infectieuses rares. Il s'agit de mettre en place un nouveau système de travail au sein duquel les médecins et les autres chercheurs pourront échanger davantage de données scientifiques. Je souhaite que le Sénat puisse rapidement confirmer sa nomination.

« Ici prend fin ma déclaration préliminaire. (Il montra une première journaliste du doigt.) Oui, Helen ?

— Monsieur le président, vos remarques à propos de la Chine...

— Je pensais avoir été assez clair là-dessus. A la suite de conversations privées avec la République de Chine, nous sommes arrivés à la conclusion qu'il était dans l'intérêt de nos deux pays de rétablir des relations diplomatiques complètes.

— Mais que va en penser la Chine continentale ?

— Ça la regarde. Nous sommes deux nations souveraines. Et Taiwan également. Il est temps de cesser de prétendre le contraire. Ensuite ? demanda Ryan.

— Monsieur le président, on dit que le nouveau gouvernement provisoire iranien cherche à établir des relations diplomatiques avec notre pays. Accéderons-nous à cette demande ?

— Oui, certainement, répondit Jack. Ouvrir des discussions et des échanges est la meilleure manière de transformer un ennemi en ami... Ils se sont montrés très coopératifs, et nous avons encore une ambassade là-bas, mais je pense qu'il faudra quand même changer les serrures.

Rire général.

— Oui, Tom ? Beau bronzage, à propos. Bienvenue au pays.

— Monsieur le président, merci. Concernant la destruction de l'usine biologique de la banlieue de Téhéran, les deux seuls journalistes qui soient allés sur place sont ces deux Russes envoyés par leur ambassade. Comment pouvons-nous être sûrs...

— Tom, les Russes qui ont supervisé la destruction de cette usine étaient de vrais experts. Les journalistes nous ont transmis les films des procédures de démantèlement, et nous sommes pleinement satisfaits.

— Monsieur le président, l'échange des prisonniers est à présent terminé. Que répondrons-nous aux demandes de crédits de l'Irak et de l'Iran ?

— Nos secrétaires Adler et Winston se rendent à Londres la semaine prochaine pour en discuter avec les représentants des deux gouvernements.

— Monsieur, cela se traduira-t-il par des tarifs préférentiels sur les importations de pétrole, et dans ce cas, pour combien de temps ?

— Ce sont là des sujets à négocier, mais je suppose qu'ils nous feront des propositions en échange de l'accord de crédit qu'ils demandent. Les détails restent à définir, et les deux hommes qui s'en occuperont sont très compétents.

— Les femmes ne le sont pas assez ? demanda une journaliste.

— Nous en avons beaucoup, Denise, y compris vous-même. Et au cas où vous ne le sauriez pas, je vous annonce que l'agent spécial Andrea Price va se marier. Ce sera un mariage *mixte,* d'ailleurs, puisque le fiancé, l'inspecteur Patrick O'Day, est un agent du FBI. Je leur présente mes vœux, même si cela signifie que j'aurai besoin d'un nouveau garde du corps. Oui, Barry? dit-il à l'adresse du journaliste de CNN.

— La grande question que personne n'a encore posée aujourd'hui... monsieur le président...

Ryan leva la main.

— Il y a encore tant de choses à faire pour rendre le gouvernement pleinement opérationnel, après tout ce que nous venons de vivre...

— Monsieur, nous ne vous laisserons pas raccrocher.

Sourire. Soupir. Hochement de tête. Reddition.

— La réponse à votre question, Barry, est oui.

— Merci, monsieur le président.

C'est maintenant le moment où, d'un commun accord, nous prenons le temps de réfléchir à notre vie nationale et de nous en réjouir, de nous souvenir de ce que notre pays a fait pour chacun d'entre nous, et de nous demander comment nous pouvons lui rendre la pareille.

Oliver Wendell Holmes, Jr.